ammann

Ralph Ellison

Der unsichtbare Mann

Aus dem Amerikanischen
von Georg Goyert

Ammann Verlag

Die Originalausgabe erschien 1952 unter dem Titel
Invisible Man.

Das Nachwort wurde von Helma Schleif übersetzt.

Vignette: Aaron Douglas, 1926
Satz: Dörlemann Satz, Lemförde
Druck: Pustet, Regensburg

ISBN 3-250-10266-0

Für Ida

PROLOG

Ich bin ein Unsichtbarer. Nein, keine jener Spukgestalten, die Edgar Allan Poe heimsuchten, auch keins jener Kino-Ektoplasmen, wie sie in Hollywood hergestellt werden. Ich bin ein wirklicher Mensch, aus Fleisch und Knochen, aus Nerven und Flüssigkeit – und man könnte vielleicht sogar sagen, daß ich Verstand habe. Aber trotzdem bin ich unsichtbar – weil man mich einfach nicht sehen will. Wie die körperlosen Köpfe, die man manchmal auf Jahrmärkten sieht, als wäre ich von erbarmungslosen Zerrspiegeln umgeben. Wer sich mir nähert, sieht nur meine Umgebung, sich selbst oder die Produkte seiner Phantasie – ja, alles sieht er, alles, nur mich nicht.

Meine Unsichtbarkeit wird auch nicht durch eine besondere biochemische Beschaffenheit meiner Haut bedingt. Die Unsichtbarkeit, die ich meine, ist die Folge einer eigenartigen Anlage der Augen derer, mit denen ich in Berührung komme, des Baus ihrer *inneren* Augen, jener Augen, mit denen sie durch ihr körperliches Auge die Wirklichkeit sehen. Ich beklage mich nicht, ich protestiere auch nicht. Manchmal hat es sogar sein Gutes, unsichtbar zu sein, aber meist ist es sehr bedrückend. Man stößt dauernd mit denen zusammen, die schlecht sehen können. Manchmal hat man sogar Zweifel an seiner eigenen Existenz. Man fragt sich, ob man nicht einfach ein Phantom in den Köpfen der anderen ist. Vielleicht die Gestalt in einem Alptraum, die der Schläfer mit aller Gewalt vernichten will. Sobald man so empfindet, fängt man aus Wut an, den Stoß zu erwidern. Und so empfindet man meistens, das will ich nicht verheimlichen. Man hat das quälende Bedürfnis, sich von seiner Existenz in der wirklichen Welt zu überzeugen, sich zu vergewissern, daß man ein Teil allen Lärms und aller Qual ist, und dann schlägt man mit den Fäusten um sich, flucht und schwört sich, dafür zu sorgen, daß die anderen einen erkennen. Aber leider hat das meist keinen Erfolg.

Eines Abends stieß ich zufällig mit einem Mann zusammen. Vielleicht sah er mich, weil es noch nicht ganz dunkel war, und er beschimpfte mich. Ich sprang ihn an, packte ihn bei den Rockaufschlägen und verlangte, daß er sich entschuldigte. Er war ein großer, blonder Mann, und als mein Gesicht sich dem seinen näherte, sah er mich frech aus blauen Augen an, schimpfte, und während er sich zu befreien versuchte, wehte mir sein heißer Atem ins Gesicht. Ich stieß ihm hart den Kopf unter das Kinn, stieß immer wieder zu, wie ich es bei den Indianern im Westen gesehen hatte, und fühlte, wie sein Fleisch zerriß und sein Blut hervorquoll, und immer wieder schrie ich: »Du sollst dich entschuldigen! Sollst dich entschuldigen!« Aber er fluchte und wehrte sich weiter, und ich stieß immer wieder zu, schlug auf ihn ein, bis er schwer blutend in die Knie sank. Ich trat ihn, mehr als einmal, voller Wut darüber, daß er mich immer wieder beschimpfte, obwohl seine Lippen blutiger Schaum waren. Ja, ich trat ihn! Und in meiner Wut zog ich mein Messer, um ihm unter der Laterne in der einsamen Straße die Kehle durchzuschneiden. Mit der einen Hand hielt ich ihn am Rockkragen und mit den Zähnen öffnete ich schon das Messer – als mir plötzlich einfiel, daß der Mann mich wirklich nicht *gesehen* hatte; daß er glauben mußte, in einem wilden, wandernden Traum gefangen zu sein! Ich hielt ein, und die Klinge schlitzte die Luft, während ich den Mann von mir stieß und auf die Straße fallen ließ. Ich betrachtete ihn genau, als die Lichter eines Autos die Dunkelheit durchstachen. Stöhnend lag er auf dem Asphalt, ein Mann, der beinahe von einem Phantom umgebracht worden wäre. Mein Mut schwand. Ich war nur noch Ekel und Scham. Ich kam mir vor wie ein Betrunkener, der auf schwachen Beinen torkelt. Und dann kam etwas wie Lustigkeit über mich: etwas in dem dicken Schädel dieses Mannes war zum Vorschein gekommen und hätte ihn fast totgeschlagen. Bei dieser wahnsinnigen Entdeckung begann ich laut zu lachen. War er an der Schwelle des Todes wach geworden? Hatte der Tod selbst ihn in waches Leben befreit? Aber ich zögerte nicht. Ich lief davon, in die Dunkelheit, lachte so laut, daß ich glaubte, ich würde platzen. Am nächsten Tag sah ich sein Bild in der *Daily News* und darunter den Text, der besagte, er wäre überfallen worden. Der arme Narr, der arme, blinde Narr, dachte ich mit aufrichtigem Mitleid, von einem Unsichtbaren überfallen!

Meist bin ich nicht so hemmungslos gewalttätig (wenn ich auch nicht wie früher Gewalttätigkeit dadurch verneine, daß ich sie einfach ignoriere). Ich denke daran, daß ich unsichtbar bin, und gehe leise meinen Weg, die Schlafenden nicht zu wecken. Manchmal ist es das beste, sie nicht zu wecken. Nur wenig in der Welt ist so gefährlich wie Schlafwandler. Ich habe rechtzeitig gelernt, daß ein Kampf gegen sie möglich ist, ohne daß sie es merken. So führe ich zum Beispiel augenblicklich einen Kampf gegen die Licht- und Kraftwerke. Ich nutze ihre Dienste, ohne etwas dafür zu zahlen – und sie haben keine Ahnung. Sie haben den Verdacht, daß Strom entnommen wird, aber sie wissen nicht, wo. Ihr Hauptzähler im Kraftwerk zeigt an, daß irgendwo im Dschungel von Harlem eine Menge Strom verschwindet. Der Spaß dabei ist, daß ich nicht in Harlem, sondern in einem Grenzbezirk wohne. Vor vielen Jahren (ich kannte damals die Vorteile des Unsichtbarseins noch nicht) kaufte ich wie jeder andere ihren Strom und zahlte ihre unverschämten Preise. Aber heute nicht mehr. Das habe ich längst aufgegeben, wie ich auch meine Wohnung und meine alte Lebensweise aufgegeben habe, die auf der trügerischen Annahme beruhte, ich wäre, wie alle anderen Menschen, sichtbar. Nachdem ich jetzt weiß, daß ich unsichtbar bin, wohne ich umsonst in einem Haus, das ausschließlich an Weiße vermietet ist, in einem Teil des Kellers, der im neunzehnten Jahrhundert zugebaut und vergessen wurde und den ich entdeckte, als ich damals nachts Ras dem Zerstörer zu entkommen versuchte. Aber damit greife ich zu weit vor, fast bis ans Ende der Geschichte, und doch liegt das Ende im Anfang und damit weit zurück.

Vor allem mußte ich ein Heim finden – oder ein Loch in der Erde, wenn man so will. Aber man hüte sich vor dem Schluß, mein Heim sei feucht und kalt wie ein Grab, weil ich es Höhle nenne. Es gibt kalte und warme Höhlen. Meine Höhle ist warm. Und dann vergesse man auch nicht, daß sich der Bär für den Winter in seine Höhle zurückzieht und dort bis zum Frühling lebt. Dann kommt er wieder hervor, wie das Osterküken, das die Eierschale sprengt. Ich sage das alles nur, um darauf hinzuweisen, daß die Annahme, ich sei tot, weil ich unsichtbar bin und in einer Höhle wohne, falsch ist. Ich bin weder tot noch sind meine Lebensfunktionen für eine Zeit unterbrochen. Man nenne mich Jack den Bären, denn ich befinde mich in einer Art Winterschlaf.

Meine Höhle ist warm und voller Licht. Ja, *voller* Licht. Ich glaube nicht, daß es in ganz New York, den Broadway eingeschlossen, einen helleren Ort gibt. Das gilt auch für das Empire State Building in einer Traumnacht für jeden Photographen. Das ist bewußte Täuschung. Die zwei genannten

Orte sind das Dunkelste unserer ganzen Zivilisation – Verzeihung, unserer ganzen *Kultur* (ein bedeutsamer Unterschied, wie ich gehört habe) –, vielleicht klingt das wie Schwindel oder Widerspruch, aber so (durch Widerspruch, meine ich) bewegt sich die Welt: nicht wie ein Pfeil, sondern wie ein Bumerang. (Man hüte sich vor denen, die von der *Spiral*bewegung der Geschichte reden. Sie bereiten bestimmt einen Bumerang vor. Man habe einen Stahlhelm zur Hand.) Ich weiß Bescheid; mir ist so mancher Bumerang über den Kopf geflogen, daß ich heute die Dunkelheit des Lichtes sehe. Und ich liebe das Licht. Vielleicht klingt es seltsam, daß ein Unsichtbarer Licht braucht, sich nach Licht sehnt und Licht liebt. Aber vielleicht kommt das daher, weil ich unsichtbar *bin*. Licht bestätigt meine Realität, gebiert meine Gestalt. Ein schönes Mädchen erzählte mir einmal von einem immer wiederkehrenden Alptraum, in dem sie in der Mitte eines großen, dunklen Zimmers lag und fühlte, wie sich ihr Gesicht immer weiter ausdehnte, bis es den ganzen Raum füllte, eine formlose Masse wurde, während ihre Augen als gallige Gallerte den Kamin hinaufliefen. Genau so geht es mir. Ohne Licht bin ich nicht nur unsichtbar, sondern auch gestaltlos. Und wer sich seiner Gestalt nicht bewußt ist, lebt einen Tod. Nachdem ich etwa zwanzig Jahre existiert hatte, wurde ich erst lebendig, als ich meine Unsichtbarkeit entdeckte.

Deshalb führe ich meinen Kampf gegen die Licht- und Kraftwerke. Der tiefere Grund aber ist: er läßt mich meine Vitalität fühlen. Ich bekämpfe sie auch, weil sie mir so viel Geld abnahmen, bis ich endlich lernte, mich zu schützen. In meiner Höhle im Kellergeschoß brennen genau eintausenddreihundertneunundsechzig Lampen. Ich habe jeden Zoll der Decke mit Drähten bespannt. Und keine fluoreszierenden Birnen, sondern solche mit Kohlenfäden, die im Verbrauch teurer sind. Die reinste Sabotage. Ich habe schon angefangen, die eine Wand mit Drähten zu bespannen. Ein phantasievoller Trödler hat mir den Draht und die Fassungen besorgt. Nichts, weder Sturm noch Flut, sollte sich unserem Bedürfnis nach Licht, nach immer mehr, immer hellerem Licht in den Weg stellen. Wahrheit ist Licht, und Licht ist Wahrheit. Sobald ich mit den vier Wänden fertig bin, kommt der Fußboden an die Reihe. Wie das wird, weiß ich noch nicht. Aber wenn man so lange wie ich unsichtbar gelebt hat, wird man erfinderisch. Ich werde das Problem schon lösen. Vielleicht erfinde ich sogar einen Apparat, mit dem ich vom Bett aus meinen Kaffee kochen kann, oder auch etwas, um mein Bett aufzuwärmen, wie der Mann, von dem eine Illustrierte berichtete, er hätte einen Apparat für die Erwärmung seiner Schuhe erfunden. Wenn ich auch unsichtbar bin, so lebe ich doch in der großen amerikanischen Tradition der Bastler. Und das verbindet mich mit Ford, Edison und Franklin. Da ich meine eigenen Theorien und Vorstellungen habe, könnte man mich gut als ›Denker und Bastler‹ bezeichnen. Ja, meine Schuhe wärme ich auch noch. Sie haben es bei ihren vielen Löchern sehr nötig. Und noch vieles andere werde ich erfinden.

Augenblicklich habe ich einen Radio-Phonographen, aber ich will fünf haben. Meine Höhle hat eine gewisse akustische Starre, und wenn ich Musik anstelle, will ich ihre Schwingungen nicht nur mit den Ohren, sondern mit dem ganzen Körper *fühlen*. Ich würde gern fünf Platten von Louis Armstrong mit ›What Did I Do to Be so Black and Blue‹ (Spiel und Gesang) gleichzeitig hören. Manchmal höre ich jetzt Louis, wenn ich meinen Lieblingsnachtisch Vanilleeis mit Schlehensaft esse. Ich gieße die rote Flüssigkeit über den weißen Kegel, sehe zu, wie er glitzert und der Dampf aufsteigt, während Louis seinem militärischen Instrument ein Leuchten aus lyrischen Tönen entlockt. Vielleicht mag ich Louis Armstrong deshalb gern, weil er aus Unsichtbarsein

Poesie gemacht hat. Vielleicht tut er das, weil er nicht spürt, daß er unsichtbar *ist*. Und weil ich über Unsichtbarkeit Bescheid weiß, kann ich seine Musik verstehen.

Als ich einmal in einer Gesellschaft um eine Zigarette bat, gaben mir ein paar Spaßvögel eine Marihuana-Zigarette, die ich zu Hause anzündete, als ich meinem Phonographen lauschte. Es war ein seltsamer Abend. Unsichtbarkeit gibt dem von ihr Betroffenen einen etwas anderen Zeitbegriff, und man ist nie ganz im Takt. Einmal ist man voraus, dann wieder hinkt man hinterher. Anstatt des schnellen, unmerklichen Verrinnens der Zeit spürt er ihre Knoten, jene Stellen, an denen die Zeit stillsteht oder vorauseilt. Und man gerät in die so entstehenden Lücken und schaut um sich. Das alles klingt in Louis' Musik.

Einmal sah ich einen Preisboxer mit einem Neuling boxen. Der Boxer war schnell und ein erstaunlicher Könner. Sein Körper war wildes Fließen schnellen, rhythmischen Handelns. Er traf den anderen hundertmal, der in lähmendem Staunen die Arme hob. Aber plötzlich landete der Neuling, der im Hagel der Boxhandschuhe hin- und hertorkelte, einen Schlag, kalt wie der Hintern eines Brunnengräbers, der Können, Behendigkeit und Fußarbeit zunichte machte. Der Preisboxer flog in die Seile. Der lange Schlag traf den Kopf. Der Neuling war einfach in das Zeitgefühl seines Gegners eingebrochen. So entdeckte ich unter der Wirkung der Marihuana-Zigarette eine neue analytische Art, der Musik zu lauschen. Die ungehörten Töne kamen zum Vorschein, und jede melodische Linie existierte durch sich selbst, löste sich deutlich von allen anderen, sagte, was sie zu sagen hatte, und wartete geduldig, bis die anderen Stimmen sprachen. An jenem Abend merkte ich, daß ich nicht nur in der Zeit, sondern auch im Raum hörte. Ich trat nicht nur in die Musik ein, sondern stieg wie Dante in ihre Tiefen hinab. Und *unter der Schnelligkeit des wilden Tempos war ein langsameres Tempo und eine Höhle, und ich trat in sie und sah mich um und hörte eine alte Frau ein Spiritual singen, das voller ›Weltschmerz‹ wie ein Flamenco war, und darunter lag eine noch tiefere Ebene, auf der ich ein schönes Mädchen von der Farbe des Elfenbeins sah, das mit einer Stimme, die der meiner Mutter glich, flehte, während es vor einer Gruppe von Sklavenhaltern stand, die für ihren nackten Körper boten, und darunter eine noch tiefere Ebene und noch schnelleres Tempo, und ich hörte jemand rufen:*

»Brüder und Schwestern, mein heutiger Text lautet: ›Die Schwärze der Finsternis‹.«

Und eine Gemeinde von Stimmen antwortete: »Jene Schwärze ist sehr schwarz, Bruder, sehr schwarz ...«

»Im Anfang ...«

»Zu Urbeginn«, riefen sie.

»... war Finsternis.«

»Darüber rede ...«

»... und die Sonne ...«

»Die Sonne, Herr ...«

»... war blutigrot ...«

»Rot ...«

»Schwarz ist jetzt«, rief der Prediger.

»Blutig ...«

»Schwarz ist, sagte ich ...«

»Rede, Bruder ...«

»... und Schwarz ist nicht ..«

»Rot, Herr, rot. Er sagte, sie ist rot.«

»Amen, Bruder ...«

»Schwarz wird euch ...«

»Ja, das wird es ...«

»Und Schwarz will nicht ...«

»Nein, es will nicht.«

»Es wird ...«

»Es wird, Herr ...«

»... und wird nicht ...«

»Halleluja!«

»... Es wird euch, Ehre und Ruhm, dir, mein Gott, in den BAUCH *des* WALS *bringen.«*

»Rede, lieber Bruder.«

»... und euch in Versuchung führen ...«

»Allmächtiger Gott!«

»Alte Tante Nelly!«

»Schwarz macht euch ...«

»Schwarz ...«

»... oder Schwarz wird euch verderben.«

»Ist das nicht die Wahrheit, Herr?«

Und in diesem Augenblick schrie mir eine Stimme, die wie eine Posaune klang, zu: »Hebe dich fort von hier, du Narr. Bist du bereit, Verrat zu begehen?«

Und ich schlich mich davon, hörte die alte Spiritualsängerin stöhnen: »Verfluche deinen Herrn, Junge, und stirb.«

Ich blieb stehen und fragte sie, was los wäre.

»Ich liebte meinen Herrn sehr, mein Sohn«, sagte sie.

»Und hättest ihn hassen sollen«, sagte ich.

»Er gab mir mehrere Söhne«, sagte sie, »und da ich meine Söhne liebte, lernte ich auch ihren Vater lieben, wenn ich ihn auch haßte.«

»Auch ich habe Ambivalenz kennengelernt«, sagte ich. »Und deshalb bin ich hier.«

»Was sagst du?«

»Nichts, ein Wort, das es nicht erklärt. Weshalb stöhnst du?«

»Ich stöhne, weil er tot ist«, sagte sie.

»Sage mir, wer da oben lacht.«

»Meine Söhne. Sie freuen sich.«

»Ja, auch das verstehe ich«, sagte ich.

»Ich lache auch, aber ich stöhne auch. Er versprach uns, uns freizulassen, aber dann tat er es doch nicht. Und doch liebte ich ihn ...«

»Liebtest ihn? Du meinst, ...?«

»Ja, aber was anderes liebte ich noch mehr.«

»Was?«

»Freiheit.«

»Freiheit«, sagte ich. »Vielleicht ist Hassen Freiheit.«

»Nein, Junge, Liebe ist Freiheit. Ich liebte ihn und gab ihm das Gift, und er welkte dahin wie ein vom Frost getroffener Apfel. Und dann wollten die Jungen ihn mit ihren selbstgemachten Messern in Stücke schneiden.«

»Irgendwo wurde ein Fehler gemacht«, sagte ich, »ich bin ganz verwirrt.« Und ich wollte noch etwas sagen, aber das Lachen oben wurde zu laut und klang für mich wie Stöhnen, und ich versuchte, aus ihm auszubrechen, aber das konnte ich nicht. Als ich dann ging, überkam mich der dringende Wunsch, sie zu fragen, was Freiheit wäre, und ich kehrte um. Sie saß da mit dem Kopf in den Händen, stöhnte leise. Ihr lederbraunes Gesicht war voller Traurigkeit.

»Alte Frau«, fragte ich um eine Ecke meines Geistes herum, »wie sieht die Freiheit aus, die du so liebst?«

Sie machte ein erstauntes, dann nachdenkliches, dann bestürztes Gesicht. »Das habe ich vergessen, Junge. Es ist alles durcheinander. Zuerst meine ich, sie ist das, dann wieder, das. Mir wirbelt der Kopf. Ich glaube jetzt, sie ist nichts anderes als zu wissen, wie man das, was man im Kopf hat, sagt. Aber das ist schwer, Junge. Ich habe in kurzer Zeit zu viel erlebt. Als hätte ich Fieber. Wenn ich aufstehe und gehen will, dreht sich mir alles im Kopf, und ich falle. Und wenn es das nicht ist, dann sind es die Jungen. Die fangen an zu lachen und wollen alle Weißen umbringen. Sie sind böse, ja, das sind sie …«

»Und die Freiheit?«

»Laß mich in Ruh, Junge. Mir tut der Kopf weh.«

Ich verließ sie. Mir schwindelte. Ich kam nicht weit.

Plötzlich erschien einer der Söhne, ein ein Meter achtzig großer Bursche, aus dem Nirgendwo und versetzte mir einen Faustschlag.

»Was ist denn los, Mensch?« rief ich.

»Du hast Ma zum Weinen gebracht.«

»Ich?« sagte ich und wich einem neuen Schlag aus.

»Ja, du, mit all deinen Fragen. Mach, daß du hier raus kommst, und wenn du wieder was zu fragen hast, frage dich selbst.«

Er packte mich mit steinkaltem Griff, seine Finger krallten sich um meine Gurgel, und ich dachte, ich würde ersticken, bis er mich endlich losließ. Wie in einem Nebel taumelte ich davon, hysterisch schlug die Musik in meinen Ohren. Es war dunkel. Mein Kopf wurde klarer, und während ich über einen schmalen, dunklen Pfad ging, glaubte ich seine Schritte hinter mir her eilen zu hören. Ich war traurig, und eine tiefe Sehnsucht nach Ruhe war über mich gekommen, nach Frieden und Stille, aber ich fühlte, daß mir dies alles versagt blieb. Denn die Trompete schmetterte immer noch, und der Rhythmus war zu hektisch. Ein Tamtam, das schlug wie der Schlag eines Herzens, begann die Trompete zu übertönen und füllte meine Ohren. Ich sehnte mich nach Wasser, und ich fühlte es durch die kalten Rohre rinnen, an denen meine Finger sich entlangtasteten, aber ich konnte nicht stehenbleiben, konnte es nicht suchen, denn immer noch klangen die Schritte hinter mir.

»He, Ras«, rief ich. »Bist du es, Zerstörer? Rinehart?«

Keine Antwort. Nur die rhythmischen Schritte hinter mir. Einmal versuchte ich, den Weg zu überqueren, aber eine vorbeirasende Maschine packte mich, riß mir die Haut vom Bein und toste weiter.

Und dann war ich auf einmal draußen, hastete aus dieser Unterwelt aus Klängen und hörte Louis Armstrong unschuldig fragen:

What did I do
To be so black
And blue?

Zuerst war ich erschrocken. Diese vertraute Musik hatte ein Handeln verlangt, dessen ich unfähig war, und doch, wäre ich länger unter der Oberfläche geblieben, hätte ich vielleicht zu handeln versucht. Immerhin – ich weiß jetzt, daß nur wenige dieser Musik wirklich lauschen. Ich saß auf dem Rand des Stuhls, in Schweiß gebadet, als wäre jede meiner eintausenddreihundertneunundsechzig Birnen eine besondere Lampe in einem Verhör dritten Grades geworden, das Ras und Rinehart leiteten. Es war erschöpfend – als hätte ich eine Stunde lang unter der erschreckenden Heiterkeit, die auf Tage wütenden Hungers folgt, den Atem angehalten. Und doch war es ein seltsam befriedigendes Erlebnis für einen Unsichtbaren, das Schweigen der Klänge zu hören. Ich hatte einen unbekannten Zwang meines Seins entdeckt, obwohl ich sein Drängen nicht bejahen konnte. Aber seitdem habe ich keine Marihuana-Zigaretten mehr geraucht; nicht, weil sie verboten sind, sondern weil um Ecken *sehen* genügt (das ist weiter nicht ungewöhnlich, wenn man unsichtbar ist). Aber um Ecken hören, das ist zu viel. Das lähmt alles Handeln. Und trotz Bruder Jack und der traurigen, verlorenen Zeit der Bruderschaft glaube ich nur an Handeln.

Noch eins: Winterschlaf ist geheime Vorbereitung für offeneres Handeln.

Außerdem zerstört die Droge vollkommen das Zeitgefühl. Wenn das geschähe, könnte ich eines hellen Morgens vergessen auszuweichen, und irgendein Esel mit einem orangefarbenen oder gelben Wagen könnte mich überfahren, oder ich könnte unter einen galligen Bus geraten. Oder ich könnte vergessen, meine Höhle zu verlassen, wenn der Augenblick des Handelns gekommen ist.

Inzwischen genieße ich durch die Güte der Licht- und Kraftwerke mein Leben. Da mich niemand erkennt, auch wenn ich mit ihm in engste Berührung komme, und da man zweifellos kaum glaubt, daß ich existiere, ist es belanglos, ob jemand weiß, daß ich eine Leitung, die in das Haus führt, angezapft und in meine Höhle unter der Erde verlegt habe. Vorher lebte ich in der Dunkelheit, in die ich getrieben wurde, aber jetzt sehe ich. Ich habe die Dunkelheit meiner Unsichtbarkeit erhellt – und vice versa. Und so spiele ich die unsichtbare Musik meiner Einsamkeit. Letztere Feststellung ist vielleicht nicht ganz richtig. Sie ist richtig; man hört diese Musik, weil Musik gehört und selten – mit Ausnahme von

Musikern – gesehen wird. Kann dieser Zwang, Unsichtbarkeit in Schwarz und Weiß festzuhalten, so stark sein, daß er aus Unsichtbarkeit Musik macht? Aber ich bin ein Redner, ein Hetzer – bin ich das? Ich war es und werde es vielleicht auch wieder werden. Wer weiß das? Nicht jede Krankheit führt zum Tode, und auch Unsichtbarkeit ist heilbar.

Ich höre die Leute sagen: »Dieser gemeine, verantwortungslose Halunke.« Und sie haben recht. Ich bin durchaus der gleichen Meinung. Ich bin eins der verantwortungslosesten Wesen, die je gelebt haben. Verantwortungslosigkeit gehört zu meiner Unsichtbarkeit. Wie man sie auch betrachtet, sie ist Verneinung. Aber wem gegenüber sollte ich verantwortungsvoll sein, und weshalb sollte ich es sein, wenn kein Mensch mich sehen will? Man wird schon noch erfahren, wie sehr ich ohne Verantwortung bin. Verantwortung beruht auf Erkennen, und Erkennen ist eine Form der Zustimmung. Nehmen wir zum Beispiel den Mann, den ich beinahe umgebracht hätte: wer war für den Mord, der beinahe geschehen wäre, verantwortlich? Ich? Ich glaube es nicht, und will es auch nicht glauben. Ich will keine Verantwortung, weder gekauft noch geschenkt. *Er* rannte *mich* fast um, *er* beleidigte *mich.* Hätte er, seiner eigenen Sicherheit wegen, meine Hysterie, mein ›Gefahren-Potential‹ nicht erkennen müssen? Er war – nennen wir es so – in eine Traumwelt versunken. Aber kontrollierte nicht er diese Traumwelt, die leider nur zu wirklich ist – und verjagte nicht er mich aus ihr? Und hätte er nach der Polizei geschrien, ich wäre sicher für den Angreifer gehalten worden. Ja, ja. Ich bin ganz Ihrer Meinung, ich war der Unverantwortliche; denn ich hätte mein Messer gebrauchen sollen, um die höheren Interessen der Menschheit zu schützen. Eines Tages wird diese Art Torheit die Ursache tragischer Konflikte werden. Alle Träumer und Schlafwandler müssen den Preis bezahlen, und selbst das unsichtbare Opfer ist für das Schicksal aller verantwortlich. Aber ich ging dieser Verantwortung aus dem Weg. Ich war zu sehr in die unvereinbaren Begriffe verstrickt, die in meinem Gehirn summten. Ich war ein Feigling …

Aber weshalb war *ich* so ängstlich? Man habe Geduld mit mir.

1. KAPITEL

Es ist lange her, etwa zwanzig Jahre. Mein ganzes Leben lang hatte ich etwas gesucht, und wohin ich mich auch wandte, immer wieder versuchte jemand mir zu sagen, was es war. Ich nahm auch ihre Antworten hin, obwohl sie sich einander oft widersprachen und in sich selbst voll Widerspruch waren. Ich war naiv. Ich suchte mich selbst und stellte jedem, nur mir selbst nicht, Fragen, die nur ich, ich allein beantworten konnte. Es kostete mich viel Zeit, und meine Erwartungen wurden mehr als einmal von dem Bumerang getroffen, bis es mir gelang, zu einer Erkenntnis zu gelangen, mit der anscheinend jeder andere geboren wird: daß ich niemand anders bin als ich selbst. Aber vorher mußte ich entdecken, daß ich ein Unsichtbarer bin!

Und doch bin ich weder eine Laune der Natur noch der Geschichte. Es stand in den Karten, denn vor fünfundachtzig Jahren waren andere Dinge genau so (oder vielleicht nicht genau so) gewesen. Ich schäme mich meiner Großeltern, die Sklaven waren, nicht. Ich schäme mich nur meiner selbst, weil ich mich einmal geschämt habe. Vor etwa fünfundachtzig Jahren sagte man ihnen, sie wären frei, mit anderen unseres Landes in allem, was das Allgemeinwohl angeht, verbunden, und doch jeder für sich, wie die Finger einer Hand. Und sie glaubten es. Sie waren voller Freude und

Jubel. Sie blieben da, wo sie waren, arbeiteten schwer und erzogen meinen Vater, dasselbe zu tun. Aber die Hauptperson ist mein Großvater. Er war ein seltsamer Mann, und man behauptet, ich gliche ihm. Auf jeden Fall war er es, mit dem der Ärger anfing. Auf dem Sterbebett rief er meinen Vater zu sich und sagte: »Mein Sohn, wenn ich gestorben bin, sollst du den guten Kampf weiterführen. Ich habe dir das nie gesagt, aber unser Leben ist Krieg, und ich war mein Lebtag ein Verräter, ein Spion im Land des Feindes, seit ich in der *Reconstruction* meine Flinte zurückgab. Lebe mit dem Kopf im Rachen des Löwen. Du sollst sie mit ›ja‹ überwinden, sie durch Lächeln unterminieren, mit ihnen einer Meinung sein in Tod und Verderben, sie sollen dich fressen, bis sie das Speien kriegen oder platzen.« Sie dachten, der Alte hätte den Verstand verloren. Er war doch immer so lammfromm gewesen. Die kleineren Kinder wurden aus dem Zimmer geschafft, die Blenden heruntergelassen und die Flamme der Lampe war so klein geschraubt, daß sie auf dem Docht flackerte wie der Atem des alten Mannes. »Das sollst du dem Jungen beibringen«, flüsterte er erregt. Dann starb er.

Aber meine Angehörigen waren über seine Worte betroffener als über seinen Tod. Es war, als wäre er nicht gestorben; aber seine Worte hatten große Angst hinterlassen. Mir wurde nachdrücklich aufgetragen, seine Worte zu vergessen, und heute erwähne ich sie zum erstenmal außerhalb des Familienkreises. Aber sie hinterließen bei mir einen tiefen Eindruck. Was er eigentlich meinte, konnte ich nicht ergründen. Großvater war ein ruhiger, alter Mann gewesen, der nie irgendwelche Schwierigkeiten machte, aber auf dem Totenbett hatte er sich als Verräter und Spion bezeichnet und von seiner Sanftmut als einer gefährlichen Aktivität gesprochen. Das alles wurde ein dauerndes Rätsel, das ungelöst in der Tiefe meines Geistes lag. Wenn die Dinge für mich erfreulich verliefen, dachte ich immer wieder an meinen Großvater, und ein Gefühl der Schuld und des Unbehagens kam über mich. Mir war, als befolgte ich seinen Rat gegen meinen Willen. Und was alles noch schlimmer machte: jeder liebte mich deswegen. Ich wurde von den lilienweißesten Menschen der Stadt gelobt. Man sah in mir ein Beispiel wünschenswerten Verhaltens – wie mein Großvater es auch gewesen war. Daß der alte Mann es als *Verrat* bezeichnet hatte, ließ mich nicht zur Ruhe kommen. Wurde ich meines Verhaltens wegen gelobt, befiel mich ein Gefühl der Schuld, als handelte ich gegen die Wünsche der Weißen und ich meinte, falls sie das begriffen, müßten sie den Wunsch haben, ich wäre düster und gemein. Aber sie ließen sich täuschen und glaubten, ich täte gerade das, was sie wollten. Ich hatte Angst, daß sie in mir eines Tages einen Verräter sähen und ich dann verloren wäre. Aber noch mehr Angst hatte ich davor, anders zu handeln, weil sie dafür nicht das geringste Verständnis hatten. Die Worte des alten Mannes waren wie ein Fluch. Am Tage meiner Reifeprüfung hielt ich eine Rede, in der ich ausführte, daß Demut das Geheimnis, ja, das Wesen des Fortschritts wäre. (Das war natürlich nicht meine Überzeugung – meines Großvaters wegen wäre das ganz ausgeschlossen gewesen. Ich glaubte nur, daß so etwas zog.) Die Rede war ein großer Erfolg. Jeder lobte mich, und ich wurde eingeladen, die Rede bei einer Versammlung der führenden weißen Bürger der Stadt zu wiederholen. Das war ein Triumph für unsere ganze Gemeinde.

Es war im Hauptsaal des ersten Hotels der Stadt. Als ich dort ankam, entdeckte ich, daß es sich um einen Herrenabend handelte, und man sagte mir, da ich nun einmal da wäre, könnte ich an dem Wettkampf teilnehmen, den einige meiner Schulkameraden im Verlauf des Programms durchführten. Die Balgerei stand sogar oben an.

Alle wichtigen Leute der Stadt waren da, im Smoking, verschlangen gierig die Speisen auf dem Büfett, tranken Bier und Whiskey und rauchten schwarze Zigarren. Es war ein großer Saal mit einer hohen Decke. In ordentlichen Reihen waren an den drei Seiten eines transportablen Boxrings Stühle aufgestellt. Die vierte Seite war frei und zeigte eine blinkende Fläche blankgeputzten Fußbodens. Was den Kampf angeht, hatte ich von Anfang an meine Zweifel. Nicht, weil mir Boxen zuwider gewesen wäre, sondern weil ich mir aus den Burschen, die an dem Kampf teilnahmen, nichts machte. Sie waren stramme Kerle, auf deren Geist sicher nicht der Fluch eines Großvaters lastete. Niemand konnte ihre Zähigkeit bezweifeln. Und außerdem fürchtete ich, dieser Wettkampf könnte der Würde meiner Rede Abbruch tun. In jenen Tagen, die meiner Unsichtbarkeit vorangingen, sah ich mich schon als einen Booker T. Washington. Aber die anderen Jungen machten sich ebensowenig aus mir, und sie waren zu neunt. Irgendwie fühlte ich mich ihnen überlegen, und mir gefiel von vornherein die Art und Weise nicht, wie wir alle zusammen in den Personalaufzug gedrängt wurden. Ihnen paßte meine Anwesenheit auch nicht. Ja, während die warm erleuchteten Flure am Aufzug vorbeihuschten, gerieten wir gleich aneinander, ich hätte durch meine Teilnahme an dem Kampf einen ihrer Freunde um den Verdienst gebracht.

Wir verließen den Aufzug und gelangten durch eine Rokoko-Halle in einen großen Vorraum, wo wir unseren Kampfdress anzogen. Jeder von uns erhielt ein Paar Boxhandschuhe und begab sich dann in die große Spiegelhalle. Vorsichtig blickten wir uns um und flüsterten, aus Furcht, wir könnten vielleicht trotz des Lärms in dem Raum gehört werden. Er war voller Zigarrenqualm. Der Whiskey tat bereits seine Wirkung. Ich war empört, als ich feststellte, daß ein paar der wichtigsten Männer der Stadt bereits betrunken waren. Sie waren alle da: Bankiers, Anwälte, Richter, Ärzte, die Hauptleute der Feuerwehr, Lehrer, Kaufleute.

Sogar einer der moderneren Pfarrer. Etwas, was wir nicht sehen konnten, schien in Vorbereitung. Eine Klarinette vibrierte sinnlich, und die Männer standen auf und drängten nach vorn. Wir bildeten eine kleine, dichte Gruppe, unsere nackten Oberkörper berührten sich und funkelten von dem Schweiß, der uns im voraus ausbrach. Unterdessen wurden vorn die großen Männer immer erregter über etwas, das wir nicht sehen konnten. Plötzlich hörte ich den Schulinspektor, der mich hierher bestellt hatte, rufen: »Raus mit den Schuhputzern! Raus mit den kleinen Schuhputzern!«

Wir wurden in den vorderen Teil des Saals geführt, wo es noch mehr nach Tabak und Whiskey roch. Dann mußten wir antreten. Ich machte mir fast die Hose naß. Ein Meer von Gesichtern, von denen die einen feindselig, die anderen belustigt waren, toste um uns, und in der Mitte, uns gegenüber, stand eine herrliche Blondine – vollkommen nackt. Es herrschte Totenstille. Ich fühlte, wie kalter Wind mich streifte. Ich versuchte zurückzuweichen, aber sie standen hinter mir und um mich herum. Manche von den Jungen standen zitternd mit gesenktem Kopf da. Ich fühlte eine Woge aus irrationaler Schuld und Angst. Mir klapperten die Zähne, ich bekam eine Gänsehaut, meine Knie wurden weich. Aber dennoch war ich fasziniert und sah gegen meinen Willen hin. Wäre der Preis des Hinsehens Blindheit gewesen, ich hätte den Blick nicht abgewandt. Ihr Haar war gelb wie das einer Zirkuspuppe, das Gesicht dick gepudert und mit viel Rot bestrichen, als sollte eine abstrakte Maske geschaffen werden, die Augen waren leer und mit einem kalten Blau ummalt, das an die Farbe eines Pavianhintern erinnerte. Während meine Augen langsam über ihren Körper glitten, überkam mich ein Verlangen, sie anzuspucken. Ihre Brüste waren fest und rund wie die Kuppeln ostindischer Tempel, und ich stand ihr so nahe, daß ich das feine Gewebe der Haut und Tropfen perlengleichen Schweißes wie Tau um die rosafarbenen und aufrechten Knospen ihrer Brustwarzen sehen konnte. Ich hatte gleichzeitig das Verlangen, den Saal zu verlassen, in den Boden zu versinken, oder zu ihr zu gehen und sie mit meinem Körper vor meinen und der anderen Blicke zu schützen, die weichen Schenkel zu berühren, sie zu liebkosen und zu vernichten, sie zu lieben und sie zu ermorden, mich vor ihr zu verkriechen und sie dort zu streicheln, wo unter der kleinen amerikanischen Flagge, die auf ihren Bauch tätowiert war, ihre Schenkel ein großes V bildeten. Ich meinte, daß sie von allen im Saal nur mich mit ihren unpersönlichen Augen sah.

Und dann begann sie zu tanzen, eine langsame, sinnliche Bewegung. Der Rauch von hundert Zigarren heftete sich an sie wie ein dünner Schleier. Sie kam mir vor wie eine in Schleier gehüllte Meerjungfrau, die mich von der zornigen Oberfläche eines grauen und drohendes Meeres rief. Ich war außer mir. Dann hörte ich die Klarinette spielen und die wichtigen Männer uns zurufen. Die einen bedrohten uns, wenn wir sie nicht betrachteten, und die anderen, wenn wir es taten. Rechts von mir fiel ein Junge in Ohnmacht. Und jetzt nahm ein Mann einen silbernen Krug von einem Tisch und übergoß den Jungen mit Eiswasser, hob ihn auf und befahl zweien von uns, ihn zu stützen, während er den Kopf hängen ließ und ein Stöhnen seinen dicken, bläulichen Lippen entwich. Ein anderer Junge wollte weg. Er war der größte der Gruppe, er trug eine dunkelrote Sporthose, die viel zu eng war, als daß sie die Erektion hätte verbergen können, die gleichsam die Antwort auf das einschmeichelnde, leise Stöhnen der Klarinette war. Er versuchte, sich mit seinen Boxhandschuhen zu bedecken.

Unterdessen tanzte die Blondine weiter, lächelte den wichtigen Männern schwach zu, die sie wie verzaubert anstarrten, lächelte über unsere Angst. Ich sah einen gewissen Kaufmann, der sie gierig verfolgte, mit schlaffen, Unsinn redenden Lippen. Er war groß und trug Diamantknöpfe im Vorhemd, das ein Wanst schwellte, und jedesmal, wenn die Blondine sich in den Hüften wiegte, strich er sich mit der Hand durch das dünne Haar seines fast kahlen Kopfes und bewegte, die Arme erhoben, in der plumpen Haltung eines betrunkenen Panda in langsamem, obszönem Mahlen seinen Bauch. Der Mann war vollkommen hypnotisiert. Die Musik war jetzt schneller; während sich die Tänzerin mit gelöstem Gesicht bewegte, fingen ein paar Männer an, nach ihr zu greifen, um sie zu berühren. Ich sah, wie ihre fleischigen Finger sich in ihr weiches Fleisch bohrten. Andere versuchten, sie daran zu hindern, und sie begann sich in anmutigen Kreisen über den Boden zu bewegen, während die Männer, über den blanken Fußboden gleitend, hinter ihr her waren. Es war wie Wahnsinn. Stühle wurden umgeworfen, Gläser verschüttet, während sie lachend und heulend hinter ihr herliefen. Sie fingen sie in dem Augenblick, als sie eine Tür erreichte, warfen sie hoch, wie Schuljungen bei ›Klassenkeile‹ hochgeworfen werden, und über ihren roten, starr lächelnden Lippen sah ich das Entsetzen und den Abscheu in den Augen, fast wie mein eigenes Entsetzen und das, welches ich in den Augen einiger der Jungen sah. Während ich zusah, wurde sie zweimal hochgeworfen, und ihre weichen Brüste schienen durch den Luftdruck flach zu werden, und ihre Beine zappelten wild. Ein paar Männer, die weniger betrunken waren, verhalfen ihr zur Flucht. Und ich machte mich mit den übrigen Jungen durch den Flur davon zum Vorraum.

Manche schienen immer noch außer Rand und Band. Aber als wir versuchten, uns aus dem Staube zu machen, wurden wir angehalten und mußten in den Ring. Es blieb uns nichts anderes übrig, als dem Befehl zu gehorchen. Wir zehn kletterten unter den Seilen durch und ließen uns mit breiten, weißen Binden die Augen verbinden. Einer der Männer schien ein wenig Mitleid mit uns zu haben und versuchte, uns aufzuheitern, während wir mit dem Rücken gegen die Seile standen. Ein paar von uns versuchten zu lächeln. »Siehst du den da drüben?« sagte einer der Männer. »Wenn die Glocke ertönt, rennst du auf ihn zu und haust ihm eins vor den Bauch. Wenn du ihn nicht kriegst, krieg ich dich. Der Kerl gefällt mir nicht.« Jedem von uns wurde dasselbe gesagt. Die Binden wurden uns angelegt. Selbst jetzt noch dachte ich an meine Rede und wiederholte sie. In meinem Geist stand jedes Wort leuchtend wie eine Flamme. Ich fühlte, wie die Binde zurechtgeschoben wurde. Ich zog dabei die Stirn kraus, damit sie locker säße, wenn ich die Stirn wieder glättete.

Aber dann überkam mich blindes Entsetzen. Ich war an Dunkelheit nicht gewöhnt. Als befände ich mich plötzlich in einem anderen Raum voll giftigem Getier. Ich hörte die rohen Stimmen, die gierig nach dem Beginn der Balgerei verlangten.

»Los!«

»Ich nehme den dicken Neger aufs Korn!«

Ich bemühte mich, die Stimme des Schulinspektors zu erkennen, als könnte mir der vertraute Klang etwas Sicherheit geben.

»Ich nehme mir die schwarzen Halunken vor«, schrie jemand.

»Nein, Jackson, nein!« gellte eine andere Stimme. »Wer hilft mir, den Jack packen?«

»Ich nehme mir den ingwerfarbenen Nigger vor und haue ihn zu Brei!« schrie die erste Stimme wieder.

Zitternd stand ich an den Seilen. Denn damals war ich, was man ingwerfarben nannte, und seine Worte klangen, als wollte er mich zwischen seinen Zähnen wie ein knuspriges Ingwerplätzchen zermalmen.

Bald war ein wilder Kampf im Gange. Stühle wurden hin- und hergestoßen, und ich hörte Stimmen wie in furchtbarer Anstrengung keuchen. Ich wollte sehen, verzweifelter als je zuvor. Aber die Binde war dicht wie dicker, die Haut in Falten ziehender Schorf, und als ich meine behandschuhten Hände hob, um die Lagen aus Weiß beiseite zu schieben, schrie eine Stimme: »Das gibt es nicht, du schwarzer Hund. Laß die Finger davon.«

»Läute die Glocke, ehe Jackson ihn ganz in die Pfanne haut«, dröhnte jemand in die plötzliche Stille. Und ich hörte die Glocke und das Schlurren vorwärts drängender Füße.

Ein Handschuh traf meinen Kopf. Ich fuhr herum, schlug steif zu, als jemand vorbeikam, und ich fühlte den Schlag über meinen Arm nach der Schulter rieseln. Dann war es auf einmal, als hätten sich die neun Jungen gleichzeitig gegen mich gewandt. Schläge trafen mich von allen Seiten, während ich zurückschlug, so gut ich konnte. So viele Schläge landeten bei mir, daß ich mich fragte, ob ich nicht der einzige blinde Kämpfer im Ring war, oder ob der, den sie Jackson nannten, mich schließlich nicht doch erwischt hatte.

Mit der Binde vor den Augen konnte ich meine Bewegungen nicht mehr kontrollieren. Ich hatte keine Würde mehr. Ich torkelte umher wie ein Baby oder ein Betrunkener. Der Rauch war dicker geworden, und mit jedem neuen Schlag schien er heißer zu werden und meine Lunge einzuengen. Ein Handschuh, der sich mit meinem Kopf verband, füllte meinen Mund mit warmem Blut. Er war überall. Ich wußte nicht, ob die Feuchtigkeit, die ich auf meinem Körper fühlte, Schweiß oder Blut war. Ein harter Schlag traf mein Genick. Ich fühlte mich fallen, fühlte, wie mein Kopf auf den Fußboden schlug. Streifen blauen Lichtes füllten die schwarze Welt hinter der Binde. Ich lag auf dem Bauch, tat so, als wäre ich k. o., aber dann packten mich Hände und rissen mich wieder auf die Füße. »Los, Schwarzer, ran!« Meine Arme waren wie Blei, mein Kopf schmerzte von all den Schlägen. Es gelang mir, mich nach den Seilen zu tasten, mich festzuhalten, und ich versuchte, Luft zu bekommen.

Ein Handschuh traf mich in der Mitte, und ich ging wieder runter. Ich hatte das Gefühl, der Rauch wäre ein Messer geworden, das in meinen Eingeweiden wütete. Von den Beinen, die sich um mich bewegten, nach hier und dort gestoßen, richtete ich mich schließlich auf und entdeckte, daß ich die schwarzen, schweißbedeckten Gestalten sehen konnte, die sich in der rauchblauen Luft wie Tänzer nach dem schnellen, trommelgleichen Dröhnen der Schläge bewegten.

Jeder schlug um sich wie von Sinnen. Es herrschte vollkommene Anarchie. Jeder bekämpfte jeden. Keine Gruppe kämpfte lange zusammen. Zwei, drei, vier kämpften gegen einen, wandten sich dann gegeneinander, wurden ihrerseits angegriffen. Schläge landeten unter dem Gürtel und in den Nieren, mit offenen wie mit geschlossenen Handschuhen, aber bei meinen teilweise geöffneten Augen war das Entsetzen nicht mehr so groß. Ich bewegte mich vorsichtig, mied Schläge, wenn auch nicht zu viele, um keinen Verdacht zu erregen, schlug bald auf diese, bald auf jene Gruppe ein. Die Jungen tasteten umher wie blinde, vorsichtige Krabben, krümmten sich, um die Mitte des Körpers zu schützen, hatten die Köpfe tief zwischen die Schultern gezogen. Nervös streckten sie die Arme von sich, tasteten mit den Fäusten, als wären sie die knopfigen Fühler überempfindlicher Schnekken, die von Rauch gefüllte Luft ab. In einer Ecke sah ich einen Jungen, der wie wild in die Luft schlug, und hörte ihn vor Schmerz brüllen, als er gegen einen der Ringpfosten schlug. Eine Sekunde lang sah ich ihn sich vornüberbeugen und seine Hand halten, dann ging er zu Boden, als ein Schlag seinen ungeschützten Kopf traf. Ich spielte eine Gruppe gegen die andere aus. Schlüpfte hinein, brachte einen Schlag an, brach dann wieder aus, stieß die anderen ins Getümmel, damit sie die Schläge empfingen, die mir blind zugedacht waren. Der Rauch war erstickend, von Runden war keine

Rede, keine Glocke ertönte nach drei Minuten, um unsere Erschöpfung zu erleichtern. Der Raum drehte sich um mich, ein Wirbel aus Lichtern, Rauch, schwitzenden Leibern, umgeben von gespannten, weißen Gesichtern. Ich blutete aus Nase und Mund, das Blut spritzte mir auf die Brust.

Immer noch schrien die Männer. »Hau ihn, Schwarzer. Schlag ihm die Därme aus dem Leib.«

»Hau ihm einen Uppercut! Schlag ihn tot! Schlag den Dicken tot!«

Ich markierte einen Fall und sah dabei, wie einer der Jungen neben mir schwer auf die Bretter ging, als hätte ein einziger Schlag uns gleichzeitig gefällt, sah, wie ein mit Turnschuhen bekleideter Fuß ihn in die Lenden trat, wie die zwei, die ihn niedergeschlagen hatten, auf ihn stolperten. Ich wälzte mich beiseite. Mir war zum Erbrechen elend.

Je heftiger wir kämpften, desto drohender wurden die Männer. Und doch machte ich mir wieder Gedanken wegen meiner Rede. Wie würde sie verlaufen? Ob man meine Geschicklichkeit würdigte? Was würde man mir geben?

Ich schlug mechanisch weiter um mich, als ich auf einmal merkte, daß die Jungen einer nach dem anderen den Ring verließen. Ich war überrascht, von Panik ergriffen, als stünde ich allein einer unbekannten Gefahr gegenüber. Dann begriff ich. Die Jungen hatten das unter sich verabredet. Es war Sitte, daß die beiden, die im Ring blieben, um den Preis kämpften. Das erkannte ich zu spät. Als die Glocke ertönte, sprangen zwei Männer im Smoking in den Ring und nahmen uns die Augenbinden ab. Ich stand Tatlock, dem größten der Gang, gegenüber. Mir wurde übel. Kaum war der Klang der Glocke in meinen Ohren verklungen, als sie schon wieder ertönte, und ich sah Tatlock auf mich zukommen. Mir fiel nichts anderes ein, als ihm einen Schlag auf die Nase zu versetzen. Er kam weiter auf mich zu, brachte die ranzige, scharfe Gewalttätigkeit schalen Schweißes mit sich. Sein Gesicht war eine schwarze Leere – nur seine Augen waren lebendig – voller Haß gegen mich und glühten durch das, was wir bisher erlebt hatten, in fieberhaftem Entsetzen. Ich bekam Angst. Ich wollte meine Rede halten, und er kam auf mich zu, als wollte er sie aus mir herausschlagen. Ich schlug wieder und wieder auf ihn ein, nahm seine Schläge hin, wie sie kamen. Dann, einem plötzlichen Impuls folgend, versetzte ich ihm einen leichten Schlag, und als wir im Clinch dastanden, flüsterte ich: »Tu so, als hätte ich dich k. o. geschlagen, du kannst auch den Preis haben.«

»Ich hau dich zu Mus«, flüsterte er heiser.

»Für *die* da?«

»Für *mich,* du Hundesohn.«

Man rief uns zu, zum Ende zu kommen, und Tatlock legte mich mit einem Schlag halb um, und wie eine Kamera auf Federn und Nuten bei der Aufnahme einer Schlägerei, sah ich die heulenden, roten Gesichter gespannt unter der Wolke aus blaugrauem Rauch kauern. Einen Augenblick lang wakkelte die Welt, aufgelöst, zerfließend, dann wurde mein Kopf wieder klarer, und Tatlock sprang vor mir herum. Der flatternde Schatten vor meinen Augen war seine stoßende linke Hand. Ich fiel nach vorn, und den Kopf an seiner feuchten Schulter, flüsterte ich:

»Ich gebe dir noch fünf Dollar dazu.«

»Der Teufel soll dich holen.«

Aber seine Muskeln erschlafften etwas unter meinem Druck, und ich keuchte: »Sieben?«

»Gib die deiner Ma«, sagte er und versetzte mir einen Schlag unter das Herz.

Und während ich ihn noch hielt, schlug ich immer wieder zu und setzte mich ab. Wie Bomben trafen mich seine Schläge. Ich wehrte mich mit hoffnungsloser Verzweiflung. Mehr als alles andere in der Welt wollte ich meine Rede halten, denn ich fühlte, daß nur diese Männer meine Geschicklichkeit beurteilen konnten, und nun war dieser blöde Clown dabei, mir meine Chance zu verderben. Ich kämpfte jetzt vorsichtiger, ging auf ihn zu, versetzte ihm schnell einen Schlag und wich dann schneller noch zurück. Ein glücklicher Schlag ans Kinn – und dann war er fertig – da hörte ich eine laute Stimme rufen: »Ich habe auf den Großen gesetzt.«

Als ich das hörte, vergaß ich fast, mich zu decken. Ich wurde verwirrt. Sollte ich versuchen, gegen die Stimme zu gewinnen? Aber verstieß das nicht gegen meine Rede, und war jetzt nicht der Augenblick für Demut, für Nichtwiderstand gekommen? Ein Schlag an meinen Kopf, während ich herumtänzelte, ließ mein rechtes Auge vorspringen wie den Teufel aus dem Kasten und machte meinem Dilemma ein Ende. Während ich fiel, wurde der Raum rot. Es war ein Traum-Fall, mein Körper wurde schlaff und wußte nicht, wo er landen sollte, bis der Boden ungeduldig wurde und mir entgegenstürzte. Einen Augenblick später hatte er mich. Eine hypnotische Stimme sagte laut und betont: FÜNF. Und ich lag da, wie in einem Nebel, beobachtete einen dunkelroten Flecken meines eigenen Blutes, der sich in einen leuchtenden Schmetterling verwandelte und dann in der schmutzig-grauen Welt der Leinwand verging.

Als die Stimme ZEHN sagte, wurde ich aufgehoben und zu einem Stuhl geschleppt. Ich war wie betäubt. Mein Auge tat mir weh und schwoll mit jedem Schlag meines stampfenden Herzens mehr zu, und ich fragte mich, ob man mir nun erlauben würde zu sprechen. Ich war klatschnaß, mein Mund blutete immer noch. Wir standen jetzt in einer Gruppe an der Wand. Die anderen Jungen nahmen keine Notiz von mir, während sie Tatlock gratulierten und sich ausrechneten, wieviel Geld sie bekämen. Einer der Jungen wimmerte über seine verletzte Hand. Als ich aufblickte, sah ich Kellner in weißen Jacken, die den transportierbaren Ring wegräumten und einen kleinen viereckigen Teppich auf den leeren, von

Stühlen umgebenen Platz breiteten. Vielleicht, dachte ich, stehe ich gleich auf diesem Teppich und halte meine Rede.

Dann rief der Festordner: »Antreten, Jungens, zum Geldempfang!«

Wir liefen dahin, wo die Männer auf ihren Stühlen lachten, schwatzten und warteten. Jeder schien jetzt freundlich.

»Da liegt es auf dem Teppich«, sagte der Mann. Ich sah den Teppich mit Münzen aller Größen und ein paar zerknüllten Noten bedeckt. Aber was mich besonders erregte, waren die verstreut liegenden Goldstücke.

»Das alles gehört euch, Jungens«, sagte der Mann. »Was einer sich holt, gehört ihm.«

»Das stimmt schon, Sambo«, sagte ein blonder Mann und blinzelte mir vertraulich zu.

Ich zitterte vor Erregung, vergaß meine Schmerzen. Ich wollte mir die Goldstücke und die Banknoten sichern. Mit beiden Händen wollte ich zugreifen. Ich würde mich gegen die Jungen in meiner Nähe stemmen, um sie von dem Gold fernzuhalten.

»Kniet am Rande des Teppichs nieder«, befahl der Mann, »und keiner rührt das Geld an, bis ich das Zeichen gegeben habe.«

»Das wird großartig«, hörte ich jemand sagen.

Wir knieten um den viereckigen Teppich. Langsam hob der Mann seine sommersprossige Hand; wir folgten gespannt ihrer Bewegung.

»Diese Nigger sehen aus, als beteten sie«, hörte ich jemand sagen.

»Fertig«, rief der Mann. »– Los!«

Ich stürzte mich auf eine gelbe Münze, die auf dem blauen Muster des Teppichs lag, berührte sie und stieß einen überraschten Schrei aus, der sich denen zugesellte, die um mich herum ertönten. Wie von Sinnen versuchte ich, meine Hand zu heben, aber das war unmöglich. Eine heiße, wilde Gewalt riß durch meinen Körper, schüttelte mich wie eine nasse Ratte. Der Teppich war elektrisch geladen. Das Haar sträubte sich mir auf dem Kopf, während ich mich zu befreien versuchte. Meine Muskeln zuckten, meine Nerven kreischten, wanden sich. Aber ich sah, daß das die anderen Jungen nicht anfocht. Ängstlich und verlegen lächelnd, hielten sich manche zurück und sammelten die Geldstücke ein, die die schmerzvollen Verrenkungen der anderen ihnen vor die Füße warfen. Die Männer lachten, während sie uns zusahen.

»Heb's doch auf, verdammt noch mal!« rief jemand wie ein Papagei mit Baßstimme. »Los, heb's doch auf.«

Ich kroch schnell über den Boden, hob die Geldstücke auf, ließ die Kupferstücke liegen und versuchte, die Banknoten und die Goldstücke zu erwischen. Lachend den Schock ignorierend, entdeckte ich, während ich die Münzen schnell zusammenfegte, daß ich die Elektrizität binden konnte – ein Widerspruch, aber es war tatsächlich so. Dann fingen die Männer an, uns auf den Teppich zu treiben. Verlegen lachend, befreiten wir uns aus ihren Händen und waren hinter den Münzen her. Wir alle waren schweißbedeckt und glatt und schwer festzuhalten. Plötzlich sah ich, wie ein Junge hochgehoben wurde, schweißglänzend wie ein Seelöwe im Zirkus, und mit dem nassen Rücken auf dem geladenen Teppich landete. Seine Ellenbogen trommelten wild auf den Boden, seine Muskeln zuckten wie das Fleisch eines Pferdes, das von vielen Fliegen gestochen wird. Als er sich endlich von dem Teppich wälzte, war sein Gesicht grau, und niemand hielt ihn auf, als er unter schallendem Gelächter weglief.

»Holt euch das Geld«, schrie der Festordner. »Es ist gutes, amerikanisches Geld.«

Und wir griffen und grabschten, grabschten und griffen. Ich hütete mich jetzt, dem Teppich zu nahe zu kommen, und als ich heißen Whiskey-Atem über mich hinwehen fühlte wie eine Wolke schlechter Luft, dann streckte ich die Hand aus und hielt mich an einem Stuhlbein fest. Der Stuhl war besetzt, und ich hielt das Bein verzweifelt umklammert.

»Laß los, Nigger, laß los!«

Das große Gesicht schwankte auf das meine zu, während der Mann auf dem Stuhl meine Hand loszureißen versuchte. Aber mein Körper war glatt, und der Mann war zu betrunken. Es war Mr. Colcord, der Besitzer mehrerer Kinos und Vergnügungslokale. Jedesmal, wenn er mich packte, entglitt ich seinen Händen. Es wurde ein richtiger Kampf. Ich fürchtete den Teppich mehr als den Betrunkenen. Ich hielt mich fest und überraschte mich sogar dabei, wie ich versuchte, *ihn* auf den Teppich zu stoßen. Der Gedanke war so großartig, daß ich tatsächlich versuchte, ihn in die Tat umzusetzen. Ich versuchte es heimlich, aber als ich sein Bein ergriff und versuchte, ihn vom Stuhl zu kippen, erhob er sich laut lachend, sah mich blöde an und versetzte mir einen harten Stoß vor die Brust. Meine Hand ließ das Stuhlbein los, und dann fühlte ich, wie ich durch die Luft flog. Mir war, als rollte ich über ein Bett aus glühenden Kohlen. Es schien, als sollte es ein ganzes Jahrhundert dauern, ein ganzes Jahrhundert, in dem ich bis in die tiefsten Tiefen meines Körpers versengt wurde. Mein Atem war glühend heiß und wurde immer heißer, bis zum Siedepunkt. Gleich ist alles vorbei, dachte ich, während ich weiterrollte. Gleich ist alles überstanden.

Aber das war nicht der Fall. Die Männer auf der anderen Seite warteten, rote, dicke Gesichter, die dem Schlagfluß nahe waren, beugten sich auf den Stühlen vor. Als ich ihre Finger nach mir greifen sah, rollte ich davon wie ein Fußball aus den Händen dessen, der nach ihm greift, zurück in die Kohlen. Dieses Mal verschob ich den Teppich und hörte, wie die Geldstücke auf das Parkett fielen, wie die Jungen herbeiliefen, sie aufzuheben, und wie der Festordner rief: »Schluß,

Jungens, das war's! Zieht euch an, und dann nehmt das Geld in Empfang.«

Ich war schlapp wie ein Putzlumpen. Ich hatte ein Gefühl, als wäre mir der Rücken mit Drähten geschlagen worden.

Als wir uns angezogen hatten, kam der Festordner und gab jedem fünf Dollar, außer Tatlock, der zehn erhielt, weil er bis zuletzt im Ring gestanden hatte. Dann sagte er, wir könnten gehen. Ich dachte, daß ich meine Rede nun nicht mehr halten würde. Verzweifelt ging ich nach draußen in die dunkle Allee, als ich angehalten und mir gesagt wurde, ich sollte zurückkommen. Ich kehrte in den Saal zurück, wo die Männer die Stühle zurückschoben, sich in Gruppen zusammenfanden und miteinander plauderten.

Der Festordner klopfte auf den Tisch und bat um Ruhe. »Meine Herren«, sagte er, »beinahe hätten wir einen wichtigen Teil des Programms vergessen. Einen sehr wichtigen Teil, meine Herren. Dieser junge Mann ist hierher bestellt, um die Rede zu wiederholen, die er gestern bei der Schlußfeier in der Schule gehalten hat ...«

»Bravo!«

»Er soll der beste Schüler in Greenwood sein – und über einen größeren Wortschatz verfügen als ein Taschenwörterbuch.«

Viel Beifall und Gelächter.

»Und nun, Gentlemen, schenken Sie ihm Ihre Aufmerksamkeit.«

Während ich ihnen mit trockenem Mund und klopfendem Auge gegenüberstand, ertönte immer noch Lachen. Ich begann langsam, aber meine Stimme hatte augenscheinlich den Klang verloren, denn sie riefen: »Lauter, lauter!«

»Wir Jüngeren preisen die Weisheit jenes großen Führers und Erziehers«, rief ich, »der als erster diese flammenden Worte der Weisheit sprach: ›Ein Schiff, das seit vielen Tagen auf dem Meer umherirrte, sichtete plötzlich ein freundliches

Schiff. Vom Mast des unglücklichen Schiffs wehte ein Signal: ›Wasser! Wasser! Wir verdursten!‹ Die Antwort des freundlichen Schiffes lautete: ›Laßt den Eimer da, wo ihr seid, ins Wasser.‹ Der Kapitän des unglücklichen Schiffes folgte endlich der Aufforderung, ließ den Eimer ins Wasser, und als er wieder in die Höhe gezogen wurde, war er voll frischen, funkelnden Wassers aus der Mündung des Amazonas.« Und wie er sage auch ich mit seinen Worten: »Denen meiner Rasse, die auf eine Besserung ihrer Lage in einem fremden Lande hoffen oder die Wichtigkeit der Pflege freundlicher Beziehungen zu dem Weißen des Südens, der ihr unmittelbarer Nachbar ist, unterschätzen, denen möchte ich sagen: ›Laßt den Eimer da ins Wasser, wo ihr seid – –‹ laßt ihn hinunter und schließt männlich Freundschaft mit den Menschen aller Rassen, von denen wir umgeben sind ...«

Ich sprach ganz mechanisch, aber mit solchem Eifer, daß ich gar nicht merkte, daß die Leute sich immer noch unterhielten und lachten, bis mein trockener Mund, der sich wieder mit Blut füllte, mich beinahe erstickte. Ich hustete, wollte aufhören und an einen der großen, mit Sand gefüllten Messingspucknäpfe gehen, um mir Erleichterung zu verschaffen. Aber ein paar Leute, unter ihnen der Schulinspektor, hörten zu, und so wagte ich es nicht. Ich schluckte Blut, Speichel und alles hinunter und sprach weiter. (Wie ausdauernd war ich damals! Welche Begeisterung! Welcher Glaube an die Richtigkeit der Dinge!) Trotz der Schmerzen sprach ich sogar lauter. Aber immer noch sprachen sie, lachten, als hätten sie Watte in ihren dreckigen Ohren. Daher sprach ich mit größerer Erregung und größerem Nachdruck. Ich verschloß meine Ohren und schluckte Blut, bis mir schlecht wurde. Die Rede kam mir hundertmal länger vor als früher, aber ich konnte kein einziges Wort auslassen. Alles mußte gesagt, jede wohlüberlegte Nuance wiedergegeben werden. Aber damit noch nicht genug. Wenn ich ein drei- oder mehrsilbiges Wort sagte, schrie mir eine Gruppe aus Stimmen zu, es zu wiederholen. Ich benutzte den Ausdruck ›soziale Verantwortung‹, und sie schrien:

»Was hast du gesagt, Junge?«

»Soziale Verantwortung«, sagte ich.

»Was?«

»Soziale ...«

»Lauter.«

»... Verantwortung.«

»Lauter!«

»Verant...«

»Noch mal!«

»...wortung.«

Der Raum füllte sich mit dem Aufruhr von Gelächter, bis ich, vielleicht durch das Blutschlucken abgelenkt, einen Fehler machte und einen Ausdruck hinausschrie, den ich manchmal in Leitartikeln gelesen und in Privatkreisen debatiert gehört hatte.

»Soziale ...«

»Was?« schrien sie.

»... Gleichheit ...«

Das Gelächter hing rauchgleich in der plötzlichen Stille. Verwirrt öffnete ich die Augen. Worte des Mißfallens füllten den Raum. Der Festordner kam auf mich zu. Man schrie mir feindselige Worte entgegen. Aber ich verstand nichts. Ein kleiner, hagerer Mann mit Schnurrbart rief mir aus der ersten Reihe zu: »Wiederhole das noch mal, Junge.«

»Was, Sir?«

»Was du eben gesagt hast.«

»Soziale Verantwortung«, erwiderte ich.

»Hast dich wohl eben versprochen, Junge?« fragte er nicht unfreundlich.

»Wieso, Sir?«

»Das mit der Gleichheit war wohl ein Versehen?«

»Gewiß, Sir«, sagte ich. »Ich habe gerade Blut geschluckt.«

»Sprich lieber etwas langsamer, damit wir dich verstehen können. Wir meinen es gut mit dir, aber gewisse Grenzen darfst du nicht überschreiten. Und nun sprich weiter.«

Ich hatte Angst. Ich wollte fort, wollte aber auch weitersprechen und fürchtete, man würde mich zum Teufel jagen.

»Vielen Dank, Sir«, sagte ich und fuhr da fort, wo ich aufgehört hatte, und wieder achtete kein Mensch auf mich.

Aber als ich dann endlich fertig war, erscholl donnernder Applaus. Überrascht sah ich den Polizeipräsidenten mit etwas, das in weißes Seidenpapier gewickelt war, auf mich zukommen. Mit einer Handbewegung bat er um Ruhe und sagte:

»Meine Herren, Sie haben sicher erkannt, daß ich diesen jungen Mann nicht über Gebühr gelobt habe. Er hat eine gute Rede gehalten, und eines Tages wird er sein Volk auf den richtigen Weg führen. Und ich brauche nicht darauf hinzuweisen, daß das heute sehr wichtig ist. Er ist ein braver, ordentlicher Junge, und um ihn auf dem von ihm eingeschlagenen Weg zu ermutigen, möchte ich ihm im Namen des Unterrichtsministeriums einen Preis in Form ...«

Er machte eine Pause, entfernte das Seidenpapier von dem Paket, und zum Vorschein kam eine glänzende Aktenmappe aus Kalbsleder.

»... in Form dieses erstklassigen Artikels aus Shad Whitmores Laden überreichen.«

»Junge«, fuhr er, sich mir zuwendend, fort, »nimm diesen Preis und verwahre ihn gut. Bedenke, daß es eine amtliche Auszeichnung ist. Halte sie wert. Entwickle dich weiter wie bisher, und eines Tages wird diese Mappe dann wichtige Papiere enthalten, die dazu beitragen, das Schicksal deines Volkes zu gestalten.«

Ich war so bewegt, daß ich kaum danken konnte. Ein Faden aus blutigem Speichel bildete auf dem Leder einen

Flecken, der die Gestalt eines noch unentdeckten Kontinents hatte, und ich wischte ihn schnell weg. Ich fühlte eine Wichtigkeit, die ich mir niemals erträumt hatte.

»Sieh mal nach, was die Mappe enthält«, wurde mir gesagt.

Mit bebenden Fingern tat ich, was mir aufgetragen wurde. Ich roch den Duft des neuen Leders und fand im Innern der Mappe etwas, das wie ein amtliches Schriftstück aussah. Es war ein Stipendium für das staatliche Neger-College. Mir stiegen Tränen in die Augen, und verwirrt eilte ich davon.

Ich konnte mich vor Freude nicht fassen, und als ich entdeckte, daß die Goldstücke, nach denen ich so gierig gegriffen hatte, Reklamemarken aus Messing für eine Autofirma waren, konnte das meine Freude nicht beeinträchtigen.

Als ich nach Hause kam, waren alle voller Aufregung. Am nächsten Tag kamen die Nachbarn und gratulierten mir. Ich fühlte mich sogar vor dem Großvater sicher, dessen Fluch auf dem Sterbebett mir meist jeden Triumph verdarb. Ich stand unter seiner Photographie, die Aktentasche in der Hand, und lächelte triumphierend in sein stumpfes, schwarzes Bauerngesicht. Sein Gesicht ließ mich nicht los. Wohin ich auch ging, seine Augen schienen mir zu folgen.

In jener Nacht träumte ich, ich wäre mit ihm im Zirkus, wo er über die Clowns nicht lachen wollte, was immer sie auch anstellten. Später sagte er dann zu mir, ich sollte die Aktenmappe öffnen und ihm vorlesen, was sie enthielt. Das tat ich, und ich fand einen Umschlag mit dem Staatssiegel; und in dem Umschlag fand ich einen anderen Umschlag und dann wieder einen, endlos, und ich war so müde, daß ich umzufallen glaubte. »Das dauert Jahre«, sagte er. »Und nun öffne den letzten Umschlag.« Ich tat es, und in ihm fand ich ein Dokument mit einer kurzen Botschaft in goldenen Buchstaben. »Lies es«, sagte mein Großvater. »Laut.«

»Für den, den es angeht«, begann ich. »Halte diesen Negerjungen auf Trab.«

Ich wurde wach; in meinen Ohren hallte das Lachen des alten Mannes.

(Es war ein Traum, an den ich mich erinnern und den ich viele Jahre später wieder träumen sollte. Aber damals verstand ich seine Bedeutung noch nicht. Jetzt mußte ich erst mal das College besuchen.)

2. KAPITEL

Es war ein herrliches College. Die Gebäude waren alt und mit wildem Wein bewachsen, und die anmutig sich windenden Wege waren von Hecken und wilden Rosen eingefaßt, die die Augen in der Sommersonne blendeten. Geißblatt und violette Glyzinien hingen schwer von den Bäumen herab, und weiße Magnolien mischten ihren Duft in der von Bienen summenden Luft. Hier in meiner Höhle habe ich oft daran gedacht: wie sich das Gras im Frühling grün färbte und die Spottdrosseln die Schwänze spreizten und sangen, wie der Mond auf die Gebäude herabschien, und die Glocke der Kapelle die kostbaren, kurzlebigen Stunden verkündete. Wie die Mädchen in hellen Sommerkleidern über den Rasen gingen. Manchmal habe ich abends die Augen geschlossen und bin über den verbotenen Weg gegangen, der an den Schlafsälen der Mädchen vorbeiführte, vorbei an der Halle mit der Uhr im Turm, an ihren warm erleuchteten Fenstern, und dann weiter an der kleinen, weißen Haushaltungsschule vorbei, die im Mondlicht noch weißer aussah, über den Weg mit seinen Senkungen und Windungen, der parallel zur Kraftstation verläuft mit ihren Maschinen, deren erderschütternde Rhythmen in der Dunkelheit dröhnten, mit den Fenstern, die rot waren von der Glut des Ofens, weiter bis dahin, wo der Weg eine Brücke wurde über ein ausgetrocknetes

Flußbett mit dem Gewirr aus Buschwerk und kletternden Weinranken; eine Brücke aus rohen Holzstämmen, die für ein Stelldichein geschaffen, aber jungfräulich und von keinem Liebespärchen berührt waren. Und dann weiter, an den Gebäuden vorbei, mit den nach Süden liegenden Veranden, die einen halben Block lang waren, bis dahin, wo der Weg sich plötzlich gabelte, ohne jegliche Gebäude, ohne Vögel oder Gras, und weiter führte zum Irrenhaus.

Wenn ich bis dahin gekommen bin, öffne ich die Augen. Der Zauber zerbricht, und ich versuche, die Kaninchen wieder zu sehen, die in den Hecken und am Wegrand spielten, zahm, weil sie niemals gejagt wurden. Und ich sehe das Purpur und das Silber der Disteln, die zwischen den Glasscherben und sonnenheißen Steinen wachsen, die Ameisen, die eifrig in langer Reihe dahineilen, und dann drehe ich mich um und gehe denselben Weg zurück und bin bald wieder auf dem sich windenden Weg am Hospital vorbei, wo nachts auf gewissen Stationen lustige Schwesternschülerinnen den Jungens, die Bescheid wußten, etwas Wertvolleres als Pillen verabreichten. An der Kapelle bleibe ich stehen. Und dann ist es auf einmal Winter, und oben am Himmel steht der Mond, und die Glocken im Turm läuten, und ein wohltönender Posaunenchor bläst ein Weihnachtslied. Und überall Stille und Weh, als wäre die ganze Welt nur Einsamkeit. Und ich stehe da und höre unter dem hochhängenden Mond: ›Ein feste Burg ist unser Gott‹, majestätisch weich auf vier Posaunen, und dann die Orgel. Und der Klang flutet dahin über alles, klar wie die Nacht, flüssig, heiter und einsam. Und ich stehe da, als wartete ich auf eine Antwort, und ich sehe mit meinem geistigen Auge die von leeren Feldern umgebenen Holzhütten jenseits roter Lehmwege, und jenseits eines gewissen Wegs einen Fluß, träge und mit Algen bedeckt, die in der stagnierenden Stille eher gelb als grün sind. Ich gehe vorbei an anderen leeren Feldern, zu den von der Sonne gedörrten Hütten, wo der Bahnübergang ist, wo die arbeitsunfähigen Veteranen die Huren besuchen, den Pfad entlang humpelnd auf Krücken und Stöcken; manchmal den Beinlosen, den Schenkellosen in einem roten Karren schiebend. Und manchmal lausche ich, um zu erkennen, ob Musik so weit reicht, aber ich erinnere mich nur des betrunkenen Gelächters trauriger, trauriger Huren. Und ich stehe in dem Kreis, wo drei Wege auf das Standbild zulaufen, wo wir in Viererreihen auf dem glatten Asphalt exerzierten, kehrtmachten und sonntags die Kapelle betraten, in glattgebügelter Uniform, mit blitzblanken Schuhen, gesammelten Geistes und mit Augen, die, blind wie die eines Roboters, weder die Besucher noch die Beamten auf der niedrigen, gekalkten Tribüne sahen, von wo aus die Besichtigung stattfand.

Das alles ist so lange her und so fern, daß ich mich hier in meiner Unsichtbarkeit frage, ob es jemals Wirklichkeit war. Und dann sehe ich vor meinem geistigen Auge das Bronzestandbild des College-Gründers, das kalte Vatersymbol, die Hände in einer atemraubenden Geste ausgestreckt, als höbe er einen Schleier, der in harten, metallenen Falten über dem Gesicht eines knienden Sklaven flattert. Und verwirrt stehe ich da und kann nicht entscheiden, ob der Schleier wirklich gehoben wird oder sich nur fester auf den senkt, den er bedeckte. Ob ich eine Enthüllung erlebe oder Zeuge einer tieferen Blendung bin. Und während ich schauend dastehe, höre ich ein Rauschen von Schwingen und sehe einen Schwarm Stare vor mir fliehen, und wenn ich dann wieder hinschaue, rinnt über das bronzene Gesicht, dessen leere Augen auf eine Welt sehen, die ich nie geschaut habe, flüssige Kreide und schafft neue Ungewißheit, die meinen tastenden Geist verwirrt. Weshalb ist ein von Vögeln beschmutztes Standbild eindrucksvoller als ein sauberes?

Ach, das weit sich dehnende Schulgelände, ach, die ruhigen Lieder, wenn es dämmerte, ach, du Mond, der du den Turm küßtest und die duftenden Nächte durchzogst, ach, Horn, das morgens erklang. Ach, Trommel, nach deren Klang wir mittags exerzierten – was war wirklich, was greifbar, was war mehr als ein zeitvertreibender Traum? Wie kann es wirklich gewesen sein, wenn ich jetzt unsichtbar bin? Wenn es wirklich gewesen ist, weshalb kann ich mich auf dieser Insel aus Grün nur eines Brunnens erinnern, der zerbrochen, verwittert und trocken war? Und weshalb fällt kein Regen durch meine Erinnerungen, weshalb klingt er nicht durch mein Gedächtnis, weshalb sickert er nicht durch die harte, trockene Kruste der noch so jungen Vergangenheit? Weshalb erinnere ich mich nicht des Duftes berstender Samen zur Frühlingszeit, sondern des gelben Inhalts der Grube, der sich über den toten Rasen ergoß? Warum? Und wie? Wie und warum?

Das Gras wuchs; und grüne Blätter erschienen an den Bäumen und füllten die Wege mit Schatten und Farben, genau so sicher wie die Millionäre jeden Frühling am Tag des Gründers aus dem Norden kamen. Und wie kamen sie! Sie lächelten, besichtigten, ermutigten, unterhielten sich leise, hielten Reden für die weit offenen Ohren unserer schwarzen und gelben Gesichter – und jeder ließ bei der Abreise einen ansehnlichen Scheck zurück. Ich bin davon überzeugt, daß es das Ergebnis eines feinen Zaubers war, die Alchemie des Mondlichts; die Schule eine mit Blumen geschmückte Wüste, die Felsen versunken, die dörrenden Winde verborgen, die einsamen Heimchen gelben Schmetterlingen zuzirpend.

Ach, ach, ach, diese Multimillionäre!

Sie alle waren so sehr ein Teil jenes Lebens, das nun tot ist, daß ich mich ihrer aller nicht erinnern kann. (Zeit war wie ich war, aber jene Zeit und jenes »Ich« existieren nicht mehr.) Aber dieses einen erinnere ich mich: Gegen Ende meines ersten Studienjahres fuhr ich ihn während der Woche, die er in der Schule verbrachte. Ein rotes Nikolausgesicht, das ein weißer Haarschopf krönte. Offenes, wenig formelles Wesen, auch mir gegenüber. Aus Boston, rauchte Zigarren und erzählte nette Negergeschichten, gerissener Bankier, guter Wissenschaftler, Direktor, Philantrop, vierzig Jahre lang Träger der Bürde der Weißen und seit sechzig Jahren Symbol der großen Traditionen.

Wir fuhren, der starke Motor surrte und füllte mich mit Stolz und Angst. Der Wagen roch nach Minze und Zigarrenrauch. Die Studenten blickten auf, erkannten uns und lächelten, während wir langsam weiterfuhren. Ich hatte gerade gegessen und beugte mich vor, um ein Rülpsen zu unterdrücken. Zufällig drückte ich dabei auf die Hupe im Lenkrad, und das Rülpsen wurde lauter, schmetternder Klang. Die Leute auf der Straße drehten sich um und sahen uns an.

»Verzeihung«, sagte ich. Ich fürchtete, er würde mich Dr. Bledsoe, dem Leiter der Anstalt, melden, der dann sicher verbot, daß ich weiterhin den Wagen fuhr.

»Schon gut, schon gut.«

»Wohin soll ich Sie fahren, Sir?«

»Einen Augenblick ...«

Im Rückspiegel konnte ich sehen, wie er auf eine waffeldünne Uhr sah, sie dann wieder in die Tasche seiner karierten Weste steckte. Sein Hemd war aus weicher Seide, davon hob sich eine blau-weiß getupfte Fliege ab. Sein Wesen war aristokratisch, seine Bewegungen flink und geschmeidig.

»Bis zur nächsten Konferenz haben wir noch Zeit genug«, sagte er. »Fahren Sie einfach los, irgendwohin.«

»Haben Sie das ganze Schulterrain schon gesehen?«

»Ich glaube, ja. Ich bin einer der Gründer der Anstalt.«

»Das wußte ich nicht. Dann werde ich einfach geradeaus fahren.«

Natürlich wußte ich, daß er zu den Gründern gehörte, aber ich wußte auch, daß es vorteilhaft war, reichen Weißen zu schmeicheln. Vielleicht gab er mir ein ordentliches Trinkgeld oder einen Anzug oder ein Stipendium für das nächste Jahr.

»Wohin Sie wollen. Die Anstalt ist ein Teil meines Lebens, und ich kenne mein Leben einigermaßen.«

»Selbstverständlich, Sir.«

Er lächelte immer noch.

Einen Augenblick später lag das grüne Schulgelände mit den von wildem Wein bewachsenen Gebäuden hinter uns. Der Wagen jagte über die Straße. Wieso war die Anstalt ein Teil seines Lebens? Und wie stellte man es an, sein Leben »einigermaßen zu kennen«?

»Junger Mann, Sie gehören zu einer wundervollen Anstalt. Sie ist ein großer Traum, der Wirklichkeit wurde ...«

»Ja, Sir«, erwiderte ich.

»Ich bin ebenso glücklich, ihr anzugehören, wie Sie zweifellos auch. Vor vielen Jahren kam ich hierher, als das heute so schöne Schulgelände noch wüstes Land war. Keine Bäume, keine Blumen, kein fruchtbares Ackerland. Vor vielen Jahren, als Sie noch nicht geboren waren ...«

Gebannt hörte ich zu, die Augen starr auf den weißen Strich gerichtet, der die Straße teilte, während meine Gedanken mich in jene Zeit zu versetzen versuchten, von der er sprach.

»Auch Ihre Eltern waren damals noch jung. Der Sklaverei war gerade ein Ende gemacht worden. Ihr Volk wußte noch nicht, welchen Weg es gehen sollte, und, das muß ich gestehen, viele meines Volkes wußten das ebensowenig. Aber Ihr großer Gründer wußte es. Er war mein Freund, und ich glaubte an seine Vision. So sehr, daß ich manchmal nicht weiß, ob es seine oder meine Vision war ...«

Er lachte leise, wobei sich in den Augenwinkeln kleine Falten bildeten.

»Aber es war natürlich seine Vision. Ich half ihm nur. Mit ihm zusammen kam ich hierhin, besichtigte das öde Land und tat, was ich konnte, um zu helfen. Und ein gütiges Schicksal gewährte mir, jeden Frühling hierher zu kommen und zu sehen, was alles im Laufe des Jahres geschaffen wurde. Das war für mich erfreulicher und befriedigender als meine eigene Arbeit. Es war wirklich ein gütiges Schicksal.«

Seine Stimme klang milde und bedeutungstiefer, als ich zu ergründen vermochte. Während ich weiterfuhr, tauchten verblaßte und vergilbte Bilder aus den Anfängen der Schule, die in der Bibliothek hingen, auf der Leinwand meines Geistes auf, wurden ungleichmäßig und fragmentarisch lebendig – Photographien von Männern und Frauen auf Wagen, die von Maultieren und Ochsen gezogen wurden, in schwarzen, staubigen Kleidern, Menschen, die keine Individualität zu haben schienen, ein schwarzer Haufen, der zu warten schien, mit leeren Gesichtern dreinschaute, und unter ihnen die unvermeidliche Schar weißer Männer und Frauen, lächelnd, mit hellen Gesichtern, auffallend, elegant und voller Vertrauen. Bisher waren mir die Gestalten auf den Photographien, obwohl ich den Gründer und Dr. Bledsoe unter ihnen erkannte, niemals lebendig vorgekommen, sondern waren für mich eher wie die Zeichen oder Symbole, die man auf den letzten Seiten eines Wörterbuchs findet ... Aber jetzt fühlte ich, daß ich an einem großen Werk teilnahm, und während der Wagen dem Druck meines Fußes gehorchte, identifizierte ich mich mit dem reichen Mann, der hinten im Wagen saß und sich seinen Erinnerungen hingab ...

»Ein gütiges Schicksal«, wiederholte er, »hoffentlich ist Ihres ebenso gütig.«

»Vielen Dank, Sir«, sagte ich voller Freude darüber, daß er mir etwas Gutes wünschte.

Aber gleichzeitig war ich verwirrt: Wie konnte jemandes Schicksal *gütig* sein? Für mich war Schicksal immer etwas Schmerzliches gewesen. Niemand, den ich kannte, nannte es gütig – auch Woodridge nicht, unter dessen Anleitung wir griechische Tragödien lasen.

Wir hatten die äußerste Grenze des zu der Anstalt gehörenden Geländes erreicht, als mir plötzlich der Gedanke kam, die Straße zu verlassen und in einen Weg einzubiegen, der anscheinend nur wenig benutzt wurde. Kein Baum, und die Luft war hell und klar. In der Ferne glühte die Sonne grausam auf ein Blechschild, das an eine Scheune genagelt war. Eine einsame Gestalt, die sich am Hügelhang über eine Hacke beugte, richtete sich müde auf und winkte, gegen den Horizont eher ein Schatten als ein Mensch.

»Wie weit sind wir gefahren?« hörte ich über meine Schulter.

»Etwa eine Meile, Sir.«

»An diese Gegend erinnere ich mich nicht«, sagte er.

Ich antwortete nicht. Ich dachte an den ersten Menschen, der mir gegenüber von etwas wie Schicksal gesprochen hatte, an meinen Großvater. Seine Worte hatten nichts Gütiges gehabt, und ich hatte versucht, sie zu vergessen. Und während ich jetzt in dem schweren Wagen mit dem weißen Mann dahinfuhr, der mit dem, was er sein Schicksal nannte, so zufrieden war, überfiel mich etwas wie Angst. Mein Großvater hatte das Verrat genannt, aber ich begriff nicht recht, in welcher Weise. Plötzlich fühlte ich mich bei dem Gedanken, der weiße Mann könnte vielleicht dasselbe denken, schuldig. Was hatte er gedacht? Wußte er, daß Neger wie mein Großvater kurz vor der Gründung des College freigelassen worden waren?

Als wir an einem Seitenweg vorbeikamen, sah ich ein

Gespann Ochsen vor einem baufälligen Wagen; der zerlumpte Fuhrmann döste auf dem Bock im Schatten einer Baumgruppe.

»Haben Sie das gesehen, Sir?« fragte ich über meine Schulter hinweg.

»Was?«

»Das Ochsengespann.«

»Nein. Die Bäume verdecken es«, sagte er, sich umsehend. »Gutes Holz.«

»Soll ich umkehren?«

»Nein, so wichtig ist das nicht«, sagte er. »Fahren Sie weiter.«

Ich fuhr weiter, dachte an das hagere, verhungerte Gesicht des schlafenden Mannes. Er gehörte zu jenen Weißen, vor denen ich Angst hatte. Die braunen Felder dehnten sich bis an den Horizont. Ein Vogelschwarm schwebte herab, kreiste, flog wieder auf und davon, als wären die Vögel durch unsichtbare Fäden miteinander verbunden. Die Luft flimmerte über der Motorhaube. Die Reifen sangen über die Straße dahin. Endlich überwand ich meine Schüchternheit und fragte:

»Weshalb interessieren Sie sich so sehr für die Schule?«

»Ich glaube«, sagte er nachdenklich und die Stimme hebend, »weil ich schon als junger Mensch fühlte, daß Ihr Volk irgendwie mit meinem Schicksal verbunden ist. Verstehen Sie das?«

»Nicht ganz«, antwortete ich, beschämt, das zugeben zu müssen.

»Haben Sie Emerson gelesen?«

»Emerson?«

»Ralph Waldo Emerson.«

Ich war verwirrt, weil ich Emerson nicht kannte. »Noch nicht, so weit sind wir noch nicht.«

»Nein?« sagte er überrascht. »Aber das schadet nichts. Ich

stamme wie Emerson aus New England. Sie müssen ihn kennenlernen, denn er war für Ihr Volk sehr wichtig. Er griff in sein Schicksal ein. Ja, so ist es wohl. Ich hatte das Gefühl, daß Ihr Volk irgendwie mit meinem Schicksal verbunden war. Daß das, was Ihnen passierte, mit dem verbunden war, was vielleicht mir passierte ...«

Ich fuhr jetzt langsamer, versuchte zu verstehen. Im Rückspiegel sah ich, wie er die lange Asche seiner Zigarre betrachtete, die er vorsichtig in seinen schlanken, gepflegten Fingern hielt.

»Ja, Sie sind mein Schicksal, junger Mann. Nur Sie können mir sagen, wie es wirklich aussieht. Verstehen Sie?«

»Ich *glaube* ja, Sir.«

»Ich meine, daß das Ergebnis der Jahre, in denen ich der Schule meine Hilfe angedeihen ließ, von Ihnen abhängt. Sie war meine eigentliche Lebensarbeit, nicht meine Bank und auch nicht meine Forschungen, sondern mein unmittelbarer Versuch, das menschliche Leben zu organisieren.«

Ich sah, wie er sich vorbeugte und mit einer Intensität sprach, die er vorher nicht hatte. Es kostete mich Mühe, die Straße im Auge zu behalten und mich nicht nach ihm umzudrehen.

»Aber ich habe noch einen Grund, der wichtiger ist, ja, leidenschaftlicher und auch geheiligter als die anderen«, sagte er. Er schien mich nicht mehr zu sehen, sondern mit sich selbst zu sprechen. »Ja, geheiligter als alle anderen. Ein Mädchen, meine Tochter. Sie war schöner, reiner, vollkommener und zarter als der herrlichste Traum eines Dichters. Ich konnte es nie fassen, daß sie mein eigen Fleisch und Blut war. Ihre Schönheit war eine Quelle reinsten Lebenswassers, und wer sie sah, trank immer wieder aus dieser Quelle. Sie war etwas noch nie Dagewesenes, eine vollkommene Schöpfung, ein reines Kunstwerk. Eine zarte Blume, die in dem flüssigen Licht des Mondes blühte. Sie war nicht von dieser Welt, hatte etwas von einer biblischen Jungfrau, anmutig und königlich. Ich konnte nicht fassen, daß sie mein eigen war ...«

Plötzlich suchte er in seiner Rocktasche und warf mir etwas auf den Vordersitz.

»Hier, junger Mann. Daß Sie diese Schule besuchen dürfen, verdanken Sie zum großen Teil ihr.«

Ich betrachtete die farbige Miniatur in dem ziselierten Platinrahmen. Beinahe hätte ich sie fallen lassen. Eine junge Frau mit zartem, verträumtem Gesicht sah mich an. Sie war sehr schön, dachte ich gleich, so schön, daß ich nicht wußte, ob ich meinem Staunen vollen Ausdruck verleihen oder nur ein paar höfliche Worte sagen sollte. Und doch schien es mir, als kenne ich sie, als gliche sie einer, die ich in der Vergangenheit schon einmal gesehen hatte. Ich weiß heute, daß ihr fließendes Kleid aus feinem, weichem Stoff diesen Eindruck bei mir auslöste. Hätte sie eines jener sportlichen, breitschultrigen, stromlinigen, enganliegenden, der Witterung angepaßten Schneiderkostüme getragen, wie man sie in den Modemagazinen sieht, sie hätte genau so gewöhnlich und leblos ausgesehen wie ein maschinell hergestelltes Schmuckstück. Damals aber teilte ich seine Begeisterung.

»Sie war zu rein für das Leben«, sagte er traurig, »zu rein, zu gut und zu schön. Wir fuhren zusammen durch die Welt, wir beide allein, als sie plötzlich in Italien krank wurde. Ihre Krankheit beunruhigte mich weiter nicht, und wir setzten die Reise über die Alpen fort. Als wir dann München erreichten, hatten ihre Kräfte bereits sehr abgenommen, und auf einem Empfang in der Botschaft brach sie zusammen. Die besten Ärzte konnten sie nicht mehr retten. Es war eine einsame Rückfahrt, eine bittere Reise. Ich habe diesen Schlag nie verwunden, mir nie verzeihen können. Was ich nach ihrem Tod tat, geschah nur zu ihrem Gedächtnis.«

Er schwieg, schaute mit seinen blauen Augen in die Landschaft hinaus, die sich in der Sonne dehnte. Ich gab ihm die

Miniatur zurück und fragte mich, was ihn veranlaßt hatte, mir sein Herz zu öffnen. Ich hätte das nie getan. Es war gefährlich. Erstens war es gefährlich, derartige Gefühle zu haben, weil man damit alles aus der Hand gab, weil etwas oder jemand einem es wegnahm. Dann aber war es gefährlich, weil niemand einen verstand und man nur ausgelacht und für verrückt gehalten wurde.

»Sie sehen also, junger Mann, wie eng Sie mit meinem Leben verbunden sind, wenn Sie mich bisher auch nie gesehen haben. Sie sind mit einem großen Traum und einem herrlichen Denkmal verbunden. Wenn Sie ein großer Farmer, Direktor, Prediger, Arzt, Sänger, Ingenieur oder sonst etwas Tüchtiges werden – und wenn Sie auch nichts erreichen –, Sie sind mein Schicksal. Und Sie müssen mir das Ergebnis schriftlich oder mündlich mitteilen.«

Es war eine Erleichterung für mich, als ich im Spiegel sah, daß er lächelte. Meine Gefühle waren gemischt. Machte er sich lustig über mich? Sprach er zu mir wie jemand in einem Buch, nur um zu sehen, wie ich mich dazu stellte? Oder war es möglich – dieser Gedanke erschreckte mich fast –, daß dieser reiche Mann nicht ganz bei Verstand war? Wie konnte ich ihm *sein* Schicksal sagen? Er hob den Kopf, und unsere Augen begegneten sich einen Augenblick lang im Spiegel, dann blickte ich schnell wieder auf den weißglühenden Strich, der die Landstraße teilte.

Die Bäume rechts und links der Straße waren dick und hoch. Wir nahmen eine Kurve. Wachteln flogen auf und dann weiter über das Feld, braun, braun, fielen wieder ein, verschwanden.

»Wollen Sie mir versprechen, mir mein Schicksal mitzuteilen?« hörte ich.

»Sir?«

»Wollen Sie das tun?«

»Jetzt *sofort?«* fragte ich verlegen.

»Das überlasse ich Ihnen. Sofort, wenn Sie wollen.«

Ich schwieg. Seine Stimme klang ernst, fordernd. Mir fiel keine Antwort ein. Der Motor surrte. Ein Insekt zerknallte an der Windschutzscheibe, hinterließ einen gelben, schleimigen Fleck.

»Jetzt kann ich es noch nicht, Sir. Ich bin noch im ersten Studienjahr.«

»Aber wenn Sie es können, werden Sie es dann tun?«

»Ich werde es versuchen, Sir.«

»Gut.«

Als ich einen schnellen Blick in den Spiegel warf, sah ich, daß er wieder lächelte. Ich hätte ihn gern gefragt, ob sein Reichtum und Ruhm und seine Bemühungen um die Schule, die sie zu dem gemacht hatten, was sie heute war, nicht genügten. Aber ich hatte Angst.

»Was halten Sie von dem, was ich gesagt habe, junger Mann?« fragte er.

»Ich weiß es nicht, Sir. Ich meine nur, Sie hätten alles, was Sie sich wünschen. Wenn ich versage oder die Schule verlassen muß, dann ist das bestimmt nicht Ihre Schuld. Denn Sie haben aus der Schule gemacht, was sie heute ist.«

»Und das ist Ihrer Meinung nach genug?«

»Ja. Das hat uns der Direktor gesagt. Was Sie haben, verdanken Sie nur sich selbst, und wir müssen Ihnen nacheifern.«

»Das ist nicht alles, junger Mann. Ich bin reich und bekannt und überall sehr angesehen – das stimmt schon. Aber Ihr großer Gründer hat mehr als nur das. Er hatte Zehntausende von Menschen, die sich auf das, was er dachte und tat, verließen. Was er tat, tat er für Ihre ganze Rasse. In einer Weise besaß er die Macht eines Königs, in gewissem Sinne sogar die eines Gottes. Das ist meiner Meinung nach wichtiger als mein eigenes Werk, weil es vor allem auf Sie ankommt. *Sie* sind wichtig, denn wenn Sie versagen, habe *ich* versagt, weil nur ein Rädchen im Räderwerk schadhaft geworden ist. Früher war das nicht so schlimm, aber ich werde alt, und es ist sehr wichtig geworden …«

Aber Sie wissen ja nicht einmal, wie ich heiße, dachte ich und fragte mich, was das alles bedeuten sollte.

»Vermutlich verstehen Sie kaum, wie sehr mir das alles am Herzen liegt. Aber vergessen Sie während Ihrer weiteren Entwicklung nie, daß ich durch Sie mein Schicksal erfahren muß. Durch Sie und Ihre Kameraden werde ich, sagen wir, dreihundert Lehrer, vierhundert gut ausgebildete Ingenieure, achthundert geschickte Farmer und so weiter. So kann ich in lebendigen Persönlichkeiten beobachten, inwieweit mein Geld, meine Zeit und meine Hoffnungen fruchtbar angelegt wurden. Ich baue auch ein lebendiges Denkmal zur Erinnerung an meine Tochter. Verstehen Sie das? Ich sehe die Erträgnisse des Landes, dessen Unfruchtbarkeit Ihr Gründer in Fruchtbarkeit verwandelte.«

Seine Stimme verklang, und ich sah die Streifen fahlblauen Rauchs durch den Spiegel wehen und hörte, wie der Zigarettenanzünder hinten im Wagen wieder in den Kontakt gesteckt wurde.

»Ich glaube, ich verstehe Sie schon besser, Sir«, sagte ich.

»Das freut mich, mein Junge.«

»Soll ich in dieser Richtung weiterfahren?«

»Selbstverständlich«, sagte er und sah in die Landschaft hinaus. »Diese Gegend ist mir ganz unbekannt, sie ist Neuland für mich.«

Halb bewußt folgte ich dem weißen Strich und dachte an das, was er gesagt hatte. Als wir dann einen Hügel hinauffuhren, packte uns sengende Luft, und es war, als näherten wir uns einer Wüste. Ich konnte kaum noch atmen. Ich beugte mich vor und stellte den Ventilator an, der gleich lossurrte.

»Danke«, sagte er, als leichter Luftzug den Wagen füllte.

Wir fuhren an einer Gruppe von Hütten und Holzhäusern

vorbei, die von der Sonne gebleicht und vom Wetter arg mitgenommen waren. Von der Sonne verbogene Schindeln lagen auf dem Dach, wie naßgewordene Karten, die man zum Trocknen ausgebreitet hat. Die Häuser bestanden aus zwei viereckigen Räumen, die durch einen gemeinsamen Gang und ein Dach mit einer Veranda dazwischen verbunden waren. Während wir vorbeifuhren, konnten wir durch sie die Felder jenseits sehen. Auf seinen erregten Befehl hin hielt ich vor einem Haus, das etwas abseits von den anderen stand.

»Ist das ein *Block*haus?«

Es war eine alte Hütte. Die Spalten und Ritzen waren mit kreideweißem Lehm verschmiert, und auf dem Dach sah man hier und da die Flecken neuer Schindeln. Plötzlich bedauerte ich, diesen Weg gefahren zu sein. Ich wußte gleich, wo wir waren, als ich die Gruppe Kinder in steifen, neuen Overalls sah, die in der Nähe eines wackligen Zauns spielten.

»Ja, Sir, es ist ein Blockhaus«, sagte ich.

Es war die Hütte von Jim Trueblood, eines Pächters, der Schande über die schwarze Gemeinde gebracht hatte. Vor mehreren Monaten hatte er eine Art Empörung in der Schule hervorgerufen, und jetzt wurde sein Name kaum noch flüsternd erwähnt. Früher war er nur selten in die Nähe des Schulterrains gekommen, aber man hatte ihn als guten Arbeiter geschätzt, der für seine Familie sorgte und alte Geschichten humorvoll und mit einem Zauber erzählen konnte, der ihnen besonderes Leben verlieh. Er hatte einen guten Tenor, und wenn wichtige weiße Gäste die Schule besuchten, wurde er zusammen mit den Mitgliedern eines Sängerquartetts geholt, um die »primitiven Neger-Spirituals« zu singen, wenn wir uns am Sonntagabend in der Kapelle versammelten. Die rauhen Lieder, die sie sangen, machten uns ein wenig verlegen, aber da sie so großen Eindruck auf die Besucher machten, wagten wir nicht, über die harten, hohen, tierischen Klagelaute zu lachen, die Trueblood ausstieß, während er das Quartett leitete. Das alles war nun vorbei, und was bisher bei der Schulleitung durch Toleranz gemilderte Verachtung gewesen war, war nun durch Haß vermehrte Verachtung geworden. In jenen Tagen vor meiner Unsichtbarkeit wußte ich nicht, daß ihr Haß, genau wie der meine, mit Furcht geladen war. Wie sehr haßten wir damals die schwarz-gegürteten Menschen, die »Farmer«! Wir bemühten uns, sie zu fördern, und wie dieser Trueblood taten sie anscheinend alles, uns in den Dreck zu ziehen.

»Sie sieht sehr alt aus«, sagte Mr. Norton und blickte dabei über den kahlen, harten Hof, wo zwei Frauen in neuen, blauweiß gewürfelten Kattunkleidern in einem eisernen Kessel Wäsche wuschen. Der Kessel war von Ruß geschwärzt, und die kleinen Flammen, die an seinen Seiten leckten, waren hellrot und schwarz umrändert, als trauerten sie. Beide Frauen bewegten sich mit den müden, breiten Bewegungen ihrer fortgeschrittenen Schwangerschaft.

»Ja, sehr alt, Sir«, erwiderte ich. »Sie und die zwei anderen stammen noch aus der Zeit der Sklaverei.«

»Was Sie nicht sagen! Ich hätte nie geglaubt, daß sie so dauerhaft wären. Aus der Zeit der Sklaverei!«

»Ja, und die weiße Familie, der das Land gehörte, als es noch eine große Plantage war, lebt heute noch in der Stadt.«

»Ja«, sagte er. »Ich weiß, daß viele der alten Familien noch existieren. Auch Individuen. Die Menschenrasse lebt weiter, auch wenn sie degeneriert. Aber diese Hütten!« Er schien überrascht und verwirrt.

»Ob die zwei Frauen wohl etwas über Alter und Geschichte der Hütten wissen? Was die Ältere angeht, so wäre das schon möglich.«

»Ich bezweifle es, Sir. Sie – sie scheinen nicht gerade intelligent.«

»Intelligent?« sagte er und nahm die Zigarre aus dem Mund. »Sie meinen, daß sie nicht mit mir sprechen würden?« fragte er argwöhnisch.

»Ja, Sir, das meine ich.«

»Warum nicht?«

Ich wollte mich hierzu nicht weiter äußern. Ich schämte mich, aber er ahnte wohl, daß ich etwas wußte, und ließ mir keine Ruhe.

»Ich glaube nicht, daß die Frauen sich auf eine Unterhaltung mit uns einlassen.«

»Vielleicht sind sie bereit, wenn wir ihnen sagen, wir gehörten zur Schule. Sie können ihnen auch sagen, wer ich bin.«

»Ja«, erwiderte ich, »aber sie hassen alles, was mit der Schule zu tun hat. Sie lassen sich nie dort blicken ...«

»Was!«

»Nein, Sir.«

»Und die Kinder da drüben am Zaun?«

»Die auch nicht.«

»Weshalb nicht?«

»Das weiß ich nicht. Viele meiden die Schule. Ich glaube, sie sind zu unwissend und haben kein Interesse daran.«

»Aber das ist doch unglaublich.«

Die Kinder hatten ihr Spiel unterbrochen und blickten jetzt schweigend auf den Wagen, die Arme auf dem Rücken und die neuen, zu großen Overalls über den dicken Bauch gespannt, als wären auch sie schwanger.

»Und ihre Männer?«

Ich zögerte. Weshalb fand er das eigentlich so seltsam?

»*Er* haßt uns«, erwiderte ich.

»Er? Sind denn nicht beide Frauen verheiratet?«

Ich atmete tief. Ich hatte einen Fehler gemacht. »Nur die ältere«, sagte ich widerwillig.

»Was ist mit dem Mann der jüngeren los?«

»Sie hat keinen – das heißt ... Ich ...«

»Was soll das heißen, junger Mann? Kennen Sie diese Leute?«

»Kaum, Sir. Vor längerer Zeit wurde in der Schule allerlei über sie geredet.«

»Was wurde geredet?«

»Die junge Frau ist die Tochter der älteren ...«

»Und weiter ...«

»Man erzählt ... erzählt, die junge Frau habe keinen Mann.«

»Ich verstehe. Aber das ist doch weiter nicht seltsam. Ich kann ganz gut begreifen, daß ... Aber lassen wir das. Ist das alles?«

»Eigentlich ja. Aber ...«

»Was sonst noch?«

»Ihr Vater soll es gewesen sein.«

»Was!«

»Ja, das Kind soll von ihm sein.«

Ich hörte ihn tief atmen. Es klang, als strömte Luft aus einem Kinderballon. Sein Gesicht rötete sich. Ich war verwirrt, schämte mich wegen der zwei Frauen und fürchtete, zu viel gesagt und ihn vielleicht in seinen Gefühlen verletzt zu haben.

»Hat jemand von der Schule die Sache näher untersucht?« fragte er schließlich.

»Ja«, sagte ich.

»Mit welchem Ergebnis?«

»Soviel ich weiß, soll das, was man erzählt, wahr sein.«

»Aber wie erklärt der Mann eine solche ... Ungeheuerlichkeit?«

Er lehnte sich zurück; seine Hände umspannten seine Knie, die Knöchel waren weiß. Ich blickte auf den in der Hitze flimmernden Beton der Landstraße. Ich wünschte, wir wären wieder auf der andern Seite des weißen Strichs, auf dem Weg zu dem grünen Schulgelände.

»Der Mann hat also seine Frau und seine Tochter ...«

»Ja.«

»Und er ist der Vater *beider* Kinder?«

»Ja.«

»Nein, nein, nein.«

Er schien auf einmal große Schmerzen zu haben. Ich betrachtete ihn voller Angst. Was hatte sich ereignet? Was hatte ich gesagt?

»Nein, das nicht ... nein«, sagte er fast entsetzt.

Ich sah die Sonne auf dem neuen Overall glühen, als der Mann hinter der Hütte erschien. Seine braunen Schuhe waren neu, und er bewegte sich leicht über die heiße Erde. Er war klein und ging mit einer Sicherheit durch den Hof, die verriet, daß ihm alles hier bis ins kleinste vertraut war. Er kam näher und sagte etwas zu den Frauen, während er sich mit einem blauen baumwollenen Taschentuch Luft zufächelte. Aber die zwei Frauen sahen ihn nicht an, als sie ihm mürrisch antworteten.

»Ist das der Mann?« fragte Mr. Norton.

»Ich glaube, ja.«

»Steigen Sie aus«, rief er, »ich muß mit ihm sprechen.«

Ich war außerstande, mich zu bewegen. Ich empfand Überraschung und Furcht und Ärger über das, was er gleich zu Trueblood und den Frauen vielleicht sagte, über die Fragen, die er ihnen vielleicht stellte. Weshalb ließ er die Leute nicht in Ruhe?

»Beeilen Sie sich.«

Ich kletterte aus dem Wagen und öffnete die hintere Tür. Er stieg aus und eilte gleich über die Straße zum Hof, als gehorchte er einem Zwang, den ich nicht begriff. Dann sah ich, wie die zwei Frauen sich plötzlich umdrehten und wie von Sinnen hinter das Haus liefen. Ihre Bewegungen waren schwer und plattfüßig. Ich lief hinter ihm her, sah ihn stehenbleiben, als er den Mann und die Kinder erreichte. Sie wurden still, ihre Gesichter bewölkten sich, wurden ablehnend und ihre Augen leer und trügerisch. Sie verkrochen sich hinter ihren Augen, warteten, daß er spräche – während mir bewußt wurde, daß ich hinter den meinen zitterte. Jetzt sah ich, was ich vom Wagen aus nicht gesehen hatte: der Mann hatte eine Wunde auf der rechten Backe, als wäre er mit einem Hammer verletzt worden. Die Wunde war noch offen und feucht, und von Zeit zu Zeit verjagte er die Schnaken mit dem Taschentuch.

»Ich … ich«, stammelte Mr. Norton, »ich muß mit Ihnen sprechen.«

»So?« sagte Jim Trueblood ohne jede Überraschung und wartete.

»Ist es wahr … ich meine, haben Sie …«

»Was?« fragte Trueblood, während ich fortblickte.

»Sie leben noch«, platzte er los. »Aber ist es wahr …?«

»Was?« fragte der Farmer wieder und runzelte verwirrt die Stirn.

»Verzeihen Sie«, sagte ich, »aber ich glaube, der Mann versteht Sie nicht.«

Er nahm keine Notiz von mir, starrte Trueblood an, als läse er in seinem Gesicht etwas, das ich nicht sah.

»Das haben Sie getan und leben noch!« schrie er. Seine blauen Augen flammten in das schwarze Gesicht des anderen mit etwas, das Neid und Empörung zugleich war. Trueblood sah mich hilflos an. Ich sah weg. Ich begriff das alles ebensowenig wie er.

»Sie haben in das Chaos gesehen und sind nicht vernichtet worden!«

»Nein, Sir, mir geht's ganz gut.«

»So? Empfinden Sie denn keine innere Qual, haben Sie nicht das Bedürfnis, das Auge, das Sie ärgert, auszureißen?«

»*Was?*«

»Antworten Sie!«

»Mir geht's ganz gut, Sir«, sagte Trueblood mit leichtem Unbehagen. »Auch meinen Augen geht's gut. Und wenn mir der Bauch weh tut, trink ich einen Schluck Soda, und dann ist es gleich weg.«

»Nein, nein, nein! Wir wollen in den Schatten gehen«, fuhr er fort. Er blickte aufgeregt um sich und ging dann dahin, wo die Veranda einen Schattenstreifen warf. Wir folgten ihm. Der Farmer legte mir die Hand auf die Schulter, aber ich schüttelte sie ab, denn ich wußte, daß ich keinerlei Erklärung geben konnte. Auf der Veranda nahmen wir im Halbkreis auf Feldstühlen Platz; ich saß zwischen dem Pächter und dem Millionär. Der Boden um die Veranda war hart und weiß vom Waschwasser, das hier ausgegossen worden war.

»Und wie geht es Ihnen jetzt?« fragte Mr. Norton. »Vielleicht kann ich Ihnen helfen?«

»Uns geht's nicht schlecht, Sir. Früher, als noch niemand wußte, was uns hier passiert war, half mir kein Mensch. Aber heute sind viele neugierig und helfen mir. Sogar die großen Leute in der Schule auf dem Berg, aber das hatte einen Haken. Die wollten uns hier weghaben, wollten die Reise bezahlen und alles, und mir dazu noch hundert Dollar geben, daß ich mir was anderes kaufe. Aber uns gefällt es hier gut, und da habe ich nein gesagt. Und dann schickten sie einen Mann, einen dicken, großen Mann, und der sagte, wenn wir nicht bald verschwinden, wollten sie die Weißen auf mich hetzen. Das machte mich verrückt, und ich kriegte Angst. Die Leute da oben in der Schule halten es mit den Weißen und davor hatte ich Angst. Aber ich dachte daran, daß es jetzt ganz anders war wie damals, als ich zu ihnen ging, bei ihnen was zu lernen und wissen wollte, wie ich mit meinen Ernten fertig wurde. Das war damals, als ich noch selbst einen Hof hatte. Ich dachte, die würden mir wieder helfen, wegen der zwei Frauen, die um die gleiche Zeit ein Kind kriegen.

Aber mich packte die Wut, als ich merkte, daß sie uns los sein wollten, weil wir eine Schande sind. Eine ganz große Wut. Und da ging ich zu Mr. Buchanan, dem Boss, und dem erzählte ich es und der gab mir einen Brief an den Sheriff und er sagte, ich soll ihm den Brief bringen. Und ich tat das, genau, wie er mir gesagt hatte. Ich ging in das Gefängnis und gab Sheriff Barbour den Brief und der sagte mir, ihm zu erzählen, was passiert war, und das tat ich und dann holte er ein paar andere und ich mußte alles noch mal erzählen. Sie wollten immer wieder was über das Mädchen wissen und sie gaben mir was zu essen und zu trinken und auch ein bißchen Tabak. Wunderte mich, weil ich Angst hatte und ganz was anderes erwartete. Ich glaube, es gibt im ganzen Land keinen Farbigen, der den Weißen so viel Zeit nahm wie ich. Endlich sagten sie, ich soll mir keine Sorgen machen, sie wollten der Schule schon Bescheid sagen, daß ich dableiben kann, wo ich bin. Die dicken Neger ließen mich auch in Ruh. Das soll Ihnen nur mal zeigen, daß die Weißen auch mit dem dicksten Neger fertig werden. Die Weißen treten für mich ein. Und die Weißen kamen dann nach hier und besuchten uns und sprachen mit uns. Ein paar von ihnen waren große Weiße, von der großen Schule drüben im Staat. Fragten mich allerlei, was ich über die Dinge denke und über meine Familie und die Kinder und schrieben das alles in ein Buch. Aber das Beste, Sir, ich bekam mehr Arbeit als ich vorher gehabt hatte …«

Er sprach jetzt ganz ungezwungen, mit einer Art Befriedigung, ohne Zögern oder Scham. Der alte Mann hörte überrascht zu, während er eine nicht brennende Zigarre in den schlanken Fingern hielt.

»Alles ist jetzt sehr schön«, fuhr der Farmer fort. »Wenn ich daran denke, wie kalt es war und wie schlecht es uns ging, dann krieg ich das Zittern.«

Ich sah, wie er ein Stück Kautabak abbiß. Etwas klirrte gegen die Veranda und ich hob es auf, betrachtete es von Zeit zu Zeit. Es war ein harter, roter Apfel aus Blech.

»Ja, Sir, es war kalt und wir hatten nicht viel Feuer. Nur Holz, keine Kohle. Ich versuchte, Hilfe zu finden, aber keiner wollte uns helfen und Arbeit fand ich auch nicht. Es war so kalt, daß wir alle zusammenschlafen mußten, ich, die alte Frau und das Mädchen. So hat es angefangen, Sir.«

Er räusperte sich, seine Augen funkelten, und seine Stimme bekam etwas Beschwörendes, als hätte er die Geschichte viele, viele Male erzählt. Fliegen und feine weiße Schnaken umschwirrten seine Wunde.

»So war es«, sagte er. »Ich auf der einen Seite und die Frau auf der anderen und das Mädchen in der Mitte. Es war dunkel, ganz schwarz. Ganz schwarz wie ein Eimer mit Teer. Die Kinder schliefen zusammen in dem Bett in der Ecke. Ich war der Letzte, der zu Bett ging, denn ich dachte daran, wie ich am nächsten Tag was zu essen bekommen sollte und auch an das Mädchen und den jungen Burschen, der hinter ihr her war. Ich mochte ihn nicht und er kam mir immer wieder in den Sinn und ich nahm mir vor, ihn von dem Mädchen wegzujagen. Es war ganz dunkel, und ich hörte eins von den Kindern im Schlaf wimmern und die letzten Stückchen Holz im Ofen knistern, und der Geruch des fetten Fleisches schien kalt und still zu werden in der Luft genau wie Fleischfett, wenn es in einen kalten Siruptopf gegossen wird. Und ich dachte an das Mädchen und den Jungen und ich fühlte ihre Arme neben mir und hörte die Frau an der anderen Seite mit einer Art Stöhnen und Seufzen schnarchen. Ich machte mir Sorgen wegen meiner Familie, was wir essen sollten und so weiter und ich dachte an das Mädchen, als es noch so klein war wie die Kinder, die in der Ecke schliefen und daß es mich viel lieber mochte als die Frau. Da lagen wir zusammen in der Dunkelheit und atmeten. Ich konnte sie nur in meinem Geist sehen, denn ich kenne sie genau. In meinem Geist sah ich sie alle, eins nach dem anderen. Das Mädchen sieht genau aus wie die Frau, als die noch jung war und ich ihr zum erstenmal begegnete, aber doch besser. Sie wissen ja, daß unsere Rasse immer besser aussieht …

Ich hörte sie atmen und das machte mich langsam müde. Dann hörte ich das Mädchen sagen: »Papi«, sanft und leise in ihrem Schlaf, und ich sah nach ihr, ob sie noch wach war. Aber ich kann sie nur riechen und ihren Atem auf meiner Hand fühlen, als ich sie berühren will. Sie sagte das so leise, daß ich nicht sicher war, ob ich etwas gehört hatte, und so lag ich da und lauschte. Es war so, als wenn ich einen Ziegenmelker hörte, und ich dachte bei mir: Laß sie in Ruhe. Und dann hörte ich die Uhr oben in der Schule viermal schlagen, ganz einsam klang es.

Dann dachte ich zurück, als ich die Farm verließ und in Mobile lebte und an ein Mädchen, das ich damals hatte. Ich war damals jung – wie der junge Bursche hier. Wir wohnten in einem zweigeschossigen Haus am Fluß und nachts im Sommer legten wir uns auf das Bett und erzählten uns was, und wenn sie dann schlief, dann blieb ich noch wach und blickte nach den Lichtern auf dem Wasser und lauschte auf den Lärm der Schiffe, die vorbeifuhren. Auf den Schiffen waren meist Musikanten, und manchmal weckte ich sie, damit sie die Musik hörte, wenn sie den Fluß hinaufkamen. Ich lag dann ganz still und ruhig da, und ich hörte sie aus der Ferne, von ganz weit weg, kommen. Genau so, als wenn man Wachteln jagt, und es wird dunkel und man hört den Hahn leise pfeifen, und er versucht, den Schwarm zusammenzubringen, und langsam kommt er auf einen zu und pfeift ganz leise, denn er weiß, daß man irgendwo mit der Flinte versteckt ist. Aber er muß die anderen wieder zusammenbringen und deshalb kommt er näher. So ein Wachtelhahn ist wie ein guter Mensch, was er tun muß, das tut er auch.

Ja, so klangen die Schiffe. Kamen aus weiter Ferne. Das erste kam, wenn man gerade einschlief, und es klang so, als schlägt jemand langsam mit einer blanken Hacke nach einem. Man sieht die Spitze der Hacke auf sich zukommen, ganz langsam, und man kann ihr nicht aus dem Wege gehen. Und wenn sie dann zuschlagen will, dann ist es gar keine Hacke mehr, sondern irgendwo in der Ferne zerschlägt einer Flaschen aus buntem Glas. Aber dennoch kommt sie auf einen zu. Immer noch. Und dann auf einmal ist sie ganz nahe, als wäre man im Fenster des ersten Stocks und schaute runter auf einen Wagen mit Wassermelonen, und man sieht, wie eine der jungen saftigen Melonen platzt und ausgebreitet daliegt, kühl und süß, oben auf all den gestreiften, grünen, als wartete sie auf einen, und man sieht, wie rot und reif und saftig sie ist, und dazu die blanken, schwarzen Samenkörner, die sie hat und alles, und dann hört man die Schaufelräder platschen, als wollten sie niemand wecken, und wir, das Mädchen und ich, lagen da und meinten, wir sind reiche Leute, und die Jungens auf den Schiffen spielten so süß wie guter Pfirsichbranntwein. Und dann waren die Schiffe weg und auch die Lichter verschwanden vor dem Fenster und auch die Musik war weg. Genau so, als wenn man ein Mädchen in einem roten Kleid und mit einem großen Strohhut durch eine Gasse gehen sieht, mit Bäumen auf beiden Seiten, und sie ist dick und saftig, und sie schwingt den Hintern, weil sie weiß, daß man sie beobachtet, und man *weiß*, daß sie das weiß, und man steht nur da und guckt ihr nach, bis man nur noch die Spitze ihres roten Hutes sieht – und dann ist auch die weg und man weiß, daß sie hinter einem Hügel verschwunden ist. So ein Mädchen habe ich einmal gesehen. Was ich damals hörte, war nur noch das Mädchen aus Mobile – sie hieß Margaret – sie atmete neben mir und vielleicht sagte sie in diesem Augenblick ›schläfst du schon, Papi?‹ und ich knurrte nur: Uhhuh – weiter nichts. Ja, Gentlemen«, sagte Jim Trueblood, »ich denke gern an die Tage in Mobile.

Ja, genau so war es, als ich Matty Lou ›Papi‹ sagen hörte, und wie sie das sagte, wußte ich, daß sie von einem träumte, und ich wurde ganz aufgeregt und dachte, daß es sicher der junge Bursche ist. Ich lauschte eine Zeitlang auf ihr Murmeln, ob sie seinen Namen nennt, aber das tut sie nicht, und da fällt mir ein, wenn man die Hand eines Menschen, der im Schlaf spricht, in warmes Wasser steckt, dann sagt er alles. Aber das Wasser ist zu kalt, und ich hätte das auch nie getan. Aber jetzt merke ich, daß sie eine Frau ist, als ich fühle, wie sie sich umdreht und an mich schmiegt und mir den Arm um den Hals legt, da wo die Decke nicht hin reichte und mein Hals kalt war. Sie sagte etwas, das ich nicht verstand; wie eine Frau, die einen Mann reizen und ihm gefallen will, und da wußte ich, daß sie erwachsen ist, und ich dachte, wie oft es schon passiert war und ob es dieser verfluchte Kerl gewesen ist. Ich bewegte ihren Arm, und der war weich, aber das weckte sie nicht, da sagte ich ihren Namen, aber auch davon wurde sie nicht wach. Dann drehte ich ihr den Rücken zu und versuchte, von ihr wegzurücken, wenn auch nicht viel Platz da war, und ich fühlte noch, wie sie mich berührte, sich dichter an mich legte. Dann muß ich auf einmal geträumt haben. Und jetzt will ich von diesem Traum erzählen.«

Ich sah Mr. Norton an und stand auf, denn ich meinte, jetzt wäre eine günstige Gelegenheit, die Rückfahrt anzutreten. Aber er hörte Trueblood so gespannt zu, daß er mich nicht sah, und so setzte ich mich wieder und verfluchte im stillen den Farmer. Der Teufel sollte ihn und seinen Traum holen!

»Ganz genau erinnere ich mich nicht mehr, aber ich weiß noch, daß ich etwas fettes Fleisch suchte. Ich ging zu den Weißen unten in die Stadt, und die sagten mir, ich sollte zu

Mr. Broadnax gehen, der wird mir was geben. Er wohnt oben auf einem Berg, und ich kletterte den Berg hinauf, ihn zu besuchen. Es war der höchste Berg in der Welt. Und je mehr ich kletterte, desto mehr entfernt sich Mr. Broadnax' Haus. Aber schließlich erreichte ich es doch. Und ich bin so müde und so aufgeregt, den Mann zu sehen, daß ich durch die Vordertür gehe! Ich weiß, daß das falsch ist, aber ich kann es nicht ändern. Ich gehe rein und stehe in einem großen Raum mit brennenden Kerzen und blanken Möbeln und mit Bildern an den Wänden und mit weichen Teppichen auf dem Fußboden. Aber ich sehe keinen Menschen. Ich rufe seinen Namen, aber keiner kommt und keiner antwortet. Und da sehe ich eine Tür, und ich bin in einem großen, weißen Schlafzimmer, wie ich so eins mal gesehen habe, als ich noch ein kleiner Junge war und mit meiner Ma in das große Haus ging. Alles in dem Zimmer war weiß, und ich stehe da und ich weiß, daß ich hier nichts zu suchen habe. Es ist auch das Zimmer einer Frau. Ich versuchte, hier wieder rauszukommen, aber ich kann die Tür nicht finden; und überall um mich riecht es nach Frau, und der Duft wird immer stärker. Dann blicke ich in eine Ecke, und ich sehe eine von den großen Großvateruhren, und ich höre sie schlagen, und die Glastür öffnet sich, und raus kommt eine weiße Frau. Sie trägt ein Nachthemd aus weichem, seidigem Stoff und sonst nichts, und sie sieht mich an. Ich weiß nicht, was ich tun soll. Ich will weglaufen, aber die einzige Tür, die ich sehe, ist die in der Uhr, in der sie steht – und dann kann ich mich auch nicht bewegen, und die Uhr macht so viel Lärm. Sie läuft immer schneller. Ich versuche, was zu sagen, aber ich kann es nicht. Und dann fängt die Frau an zu schreien, und ich glaube, ich bin taub geworden, denn wenn ich auch ihren Mund sich bewegen sehe, höre ich doch nichts. Aber die Uhr höre ich immer noch, und ich versuche, ihr zu sagen, daß ich zu Mr. Broadnax will, aber sie *hört* mich nicht. Statt dessen kommt sie auf mich zu und packt meinen Hals und hält mich ganz fest, daß ich nicht in die Uhr komme. Ich weiß nicht mehr, was ich tun soll. Ich versuche, mit ihr zu sprechen und aus dem Zimmer herauszukommen. Aber sie hält mich fest, und ich habe Angst, sie anzufassen, weil sie weiß ist. Und dann wird meine Angst so groß, daß ich sie auf das Bett werfe und von ihr loskommen will. Und dann versinkt die Frau auf einmal, weil das Bett so weich war. Es sinkt immer tiefer, und ich glaube, es erstickt uns beide. Und dann fliegt auf einmal ein Schwarm kleiner, weißer Gänse aus dem Bett, wie man sie sehen soll, wenn man nach Geld gräbt. Du lieber Gott, kaum waren sie verschwunden, als ich hörte, wie eine Tür sich öffnete und Mr. Broadnax' Stimme sagte: Es sind ja nur Nigger, laß sie doch.«

Wie kann er nur so etwas einem Weißen erzählen, dachte ich, wo er doch weiß, daß man hinterher sagt, alle Neger handelten so? Ich starrte auf den Boden, einen roten Nebel aus Angst vor meinen Augen.

»Und ich kann nicht aufhören – obwohl ich fühle, daß etwas nicht stimmt. Dann war ich von der Frau frei, und ich lief nach der Uhr. Zuerst konnte ich die Tür nicht aufkriegen, sie hatte eine Art krausen Stoff an der Vorderseite wie Stahlspäne. Aber dann kriege ich sie doch auf, und ich gehe hinein, und in ihr ist es dunkel und heiß. Ich gehe durch einen dunklen Gang bis dahin, wo eine Maschine all den Lärm und die Hitze macht. Wie die Kraftstation oben in der Schule. Es ist so heiß, als brenne das ganze Haus, und ich fange an zu laufen und will raus. Und ich laufe und laufe und hätte schon lange müde sein müssen, aber während ich laufe, werde ich immer frischer, und ich laufe so schnell, daß es wie ein Fliegen ist, und ich fliege und segle und schwebe direkt über der Stadt. Aber ich bin immer noch in dem dunklen Gang. Dann sehe ich vor mir ein helles Licht wie ein Irrlicht auf einem Friedhof. Es wird immer heller, und ich weiß, daß ich es einholen muß. Und dann war ich auf einmal neben ihm, und es scheint mir in die Augen wie eine große elektrische Lampe und verbrannte mich überall. Aber es war kein richtiges Verbrennen, es war, als wenn ich in einem See ertrinke, dessen Wasser aber heiß war und unten kalte Strömungen hatte. Und dann habe ich alles plötzlich hinter mir, und ich bin erlöst und stehe wieder in dem kühlen Tageslicht.

Ich werde wach und will der Frau den verrückten Traum erzählen. Der Morgen kommt, und es ist fast schon hell. Und ich liege da und sehe in Matty Lou's Gesicht, und sie schlägt mich und kratzt und zittert und bebt und schreit, alles zu gleicher Zeit, als hätte sie einen Anfall. Ich kann mich vor Überraschung nicht rühren. Sie schreit: ›Papi, Papi‹ – genau so. Und ich denke gleich an die Frau. Die liegt neben uns und schnarcht, und ich kann mich nicht bewegen, denn ich meine, daß es eine Sünde ist, wenn ich mich bewege. Und ich denke auch, wenn ich mich nicht bewege, ist es keine Sünde, denn es geschah, als ich schlief – aber vielleicht glaubt man, man hat ein junges Mädchen und hinterher ist es eine alte Hure. Jedenfalls meine ich, daß die Frau was merkt, wenn ich mich nicht bewege. Und das will ich nicht. Das wäre *schlimmer* als Sünde. Ich flüstere Matty Lou was zu, und ich versuche, sie ruhig zu halten, und ich überlege, wie ich aus der Klemme herauskomme, ohne zu sündigen. Ich erstickte sie fast.

Aber wenn man erst mal so reingeraten ist, dann ist nicht mehr viel zu machen. Man weiß nicht aus noch ein. Da lag ich nun und will weg, mußte mich bewegen, *ohne* ein Glied zu rühren. Ich kam rein und wollte raus. Ich mußte mich bewegen, ohne mich zu bewegen. Ich habe hinterher viel darüber nachgedacht, und wenn ich mir alles genau überlege, dann ist es bei mir immer so gewesen. So war mein Leben. Mir fällt nur ein Weg ein, wie ich wieder rauskomme: mit einem Messer. Aber ich hatte kein Messer, und wer mal gesehen hat, wie im Herbst die Ferkel verschnitten werden, der weiß, daß dieser Preis zu hoch ist, einen von der Sünde abzuhalten. Alles spielte sich in mir ab, als ob da ein wilder Kampf im Gange ist. Aber gerade der Gedanke an die Klemme, in der ich bin, trifft mich wie ein Messerstich.

Als wenn das nicht genug gewesen war, kann Matty Lou es nicht mehr aushalten und fängt an, sich zu bewegen. Zuerst wollte sie mich wegstoßen, und ich halte sie fest, damit sie nicht sündigt. Dann rücke ich weg und flüstere ihr zu, sie soll ruhig sein, daß ihre Mama nicht wach wird, aber sie packt mich und hält mich fest. Sie wollte mich nicht gehen lassen, und, um die Wahrheit zu sagen, ich wollte es auch nicht. Ich glaube, ich fühlte – und das hat mir seitdem sehr leid getan – wie der Junge in Birmingham. Der hatte sich in seinem Haus eingeschlossen und schoß auf die Polizei, bis sie das Haus anzündeten und er verbrannte. Ich war verloren. Je mehr wir uns drehten und wanden, von einander loszukommen, desto mehr wollten wir bleiben. Und ich blieb, genau wie jener Kerl, ich mußte bis zum Ende durchhalten. Er ist vielleicht tot, aber ich glaube jetzt, daß er vor seinem Tod sehr zufrieden war. Ich *weiß,* daß es nichts gibt wie das, was ich durchgemacht habe, und ich kann nicht sagen, wie es war. Es ist, als wenn ein Trinker betrunken wird oder wenn eine fromme Frau so toll wird, daß sie aus ihren Kleidern springt oder wenn ein Spieler weiterspielt, wenn er verliert. Man kann einfach nicht anders, auch wenn man es will.«

»Mr. Norton, Sir«, sagte ich mit erstickter Stimme, »wir müssen zur Schule zurück. Sie haben doch allerlei Verabredungen …«

Er sah mich nicht einmal an. *»Bitte«,* sagte er und machte dabei eine ärgerliche Handbewegung.

Trueblood schien mir hinter seinen Augen zuzulächeln, als er erst den weißen Mann und dann mich ansah. Dann fuhr er fort:

»Ich konnte nicht einmal aufhören, als ich Kate schreien hörte. Es war ein Schrei, der das Blut in den Adern kalt machte. Als schrie eine Frau, die sieht, wie ein wildgewordenes Pferdegespann ihr kleines Kind überfährt und sich nicht rühren kann. Kates Haar steht hoch, als ob sie einen Geist gesehen hat, ihr Nachthemd steht offen und die Adern an ihrem Nacken wollen platzen. Und ihre Augen! Du lieber Gott, die Augen! Ich sehe sie von da aus an, wo ich mit Matty Lou auf der Matratze liege, und ich bin zu schwach, mich zu bewegen. Sie schreit und nimmt das erste beste Ding in die Hand und wirft damit. Manchmal trifft sie mich, manchmal aber auch nicht. Kleine Sachen und große Sachen. Etwas Kaltes und Stinkendes trifft mich, macht mich naß und knallt mir an den Kopf. Was anderes fliegt bum-bum-bum gegen die Wand – wie eine Kanonenkugel, und ich versuche, meinen Kopf zu bedecken. Kate spricht eine unbekannte Sprache, wie eine Wilde.

›Einen Augenblick, Kate. Hör auf!‹

Dann höre ich, wie sie einen Augenblick aufhört und durch den Gang läuft, und ich drehe mich um und da sehe ich, du lieber Gott, daß sie meine Schrotflinte mit dem Doppellauf geholt hat!

Und während ihr der Schaum vor dem Mund steht und sie den Hahn spannt, bekommt sie ihre richtige Sprache wieder.

›Steh auf! Steh auf!‹ sagt sie.

›HÖR MAL ZU, KATE‹, sagte ich.

›Der Teufel soll dich holen! Laß mein Kind in Ruh!‹

›Aber Frau, Kate, hör doch …‹

›Red nicht lange. WEG da!‹

›Halt das Ding runter, Kate.‹

›Nicht runter, sondern in die HÖH.‹

›Sie ist mit Schrot geladen, Frau, mit SCHROT.‹

›Ja, das weiß ich.‹

›Tu's runter!‹

›Ich jag deine Seele in die Hölle.‹
›Du triffst Matty Lou.‹
›Nicht Matty Lou – DICH.‹
›Sie streut, Kate. Matty Lou!‹
Dann dreht sie sich um und zielt auf mich.
›Ich hab dich gewarnt, Jim ...‹
›Kate, es war ein Traum. Hör doch mal ...‹
›Hören mußt du. RAUS DA!‹

Sie hebt die Flinte, und ich mache die Augen zu. Aber anstatt des Knalls und des Feuerblitzes, der mich trifft, höre ich Matty Lou mir ins Ohr schreien:

›Mama, oooh, MAMA!‹

Ich wälze mich fast rum, und Kate zögert. Sie betrachtet die Flinte und dann uns, und sie zittert einen Augenblick, als ob sie Fieber hat. Und dann läßt sie auf einmal die Flinte fallen, und schnell wie eine Katze dreht sie sich um und nimmt etwas vom Ofen. Es trifft mich, als bohrte mir jemand mit einem scharfen Spaten in die Seite. Ich krieg keine Luft mehr. Sie wirft und schreit, alles zu gleicher Zeit.

Und als ich aufblicke, Mensch, da hat sie ein Eisen in der Hand.

Ich schreie: ›Kein Blut, Kate. Vergieß kein Blut!‹

›Du gemeiner Hund‹, sagt sie, ›lieber Blut vergießen als so was.‹

›Nein, Kate. Die Dinge sind nicht so, wie sie aussehen. Keine Todsünde wegen einer Traumsünde.‹

›Halt's Maul, Nigger, du Schwein.‹

Ich sehe, daß es keinen Sinn hat, ihr vernünftig zuzureden. Und ich bin bereit, alles hinzunehmen, was sie mir gibt. Ich meine, ich kann nichts anderes tun, als meine Strafe hinnehmen. Und ich sage mir, wenn du leidest, ist es vielleicht das Beste. Vielleicht bist du es Kate schuldig, daß sie dich schlägt. Du bist nicht schuldig, aber sie meint, sie muß dich schlagen. Du willst aufstehen, aber du bist zu schwach, dich zu bewegen.

Und das war ich auch. Ich war wie festgefroren, wie ein Junge, der im Winter an einem Pumpenschwengel leckt. Ich war genau wie ein Häher, den die gelben Wespen gestochen haben, bis er gelähmt ist – aber in seinen Augen ist er noch lebendig, und er sieht, wie sie seinen Körper totstechen.

Ich hatte ein Gefühl, als ob ich in meinem Kopf ein Stück zurückgehe, hinter meine Augen, als ob ich bei Sturm hinter einem Windschutz stehe. Ich blicke hin und sehe Kate auf mich zukommen, und sie schleppt etwas hinter sich her. Ich versuche zu sehen, was es ist, weil ich neugierig darauf bin, und ich sehe, wie ihr Nachthemd am Ofen hängenbleibt und wie ihre Hand zum Vorschein kommt, die etwas hält. Und ich denke bei mir, es ist ein Stiel. Was will sie damit? Und dann sehe ich sie direkt über mir. Groß. Sie schwingt die Arme wie einer, der einen Zehnpfundhammer schwingt, und ich sehe, daß die Knöchel ihrer Hand zerschunden sind und bluten, und ich sehe, wie die Hand in das Hemd greift und wie das Hemd sich öffnet, daß ich ihre Schenkel sehen kann, und ich sehe, wie alt und grau die Kälte ihre Haut gemacht hat, und ich sehe, wie sie sich bückt und sich wieder aufrichtet, und ich höre sie knurren, und ich sehe sie schwingen, und ich rieche ihren Schweiß, und ich erkenne an dem Glanz des Holzes, mit was sie mir zuleibe will. Du lieber Gott, ja. Ich sehe, wie es diesmal an einer Bettdecke hängenbleibt und wie die Decke auf die Erde fällt. Und dann sehe ich, wie die Axt frei wird. Sie ist ganz blank, blank, denn vor ein paar Tagen habe ich sie noch scharf gemacht, und in meinem Innern, hinter dem Windschutz, sage ich:

›NEIN, KATE ... Lieber Gott, NEIN!‹«

Plötzlich war seine Stimme so schrill, daß ich überrascht aufblickte. Trueblood schien durch Mr. Norton hindurch zu sehen, seine Augen waren glasig. Die Kinder hörten schuldbewußt auf zu spielen und blickten zu ihrem Vater.

»Ich hätte gerade so gut mit einer Rangiermaschine sprechen können«, fuhr er fort. »Ich sehe sie runterkommen. Ich sehe das Licht auf ihr blinken, ich sehe Kates böses Gesicht, und ich mache die Schulter straff und den Nacken steif, und ich warte – zehn Millionen schwere Jahre, so lange glaube ich zu warten. Ich warte so lange, daß ich mich an all das Schlechte erinnere, das ich jemals getan habe. Ich warte lange, ich mache die Augen auf und wieder zu und dann wieder auf, und ich sehe sie runterkommen. Sie fällt schnell wie der Mist aus einem sechs Fuß großen Ochsen, und während ich warte, fühle ich, wie sich etwas in mir dreht und Wasser wird. Ich sehe sie, lieber Gott, ja! Ich sehe sie, und während ich sie sehe, drehe ich den Kopf weg. Konnte nicht anders; Kate hat ein gutes Ziel, abgesehen davon. Ich bewege mich. Ich wollte mich nicht bewegen und ich bewege mich. Auch Christus hätte sich bewegt. Ich habe ein Gefühl, als ob mir die ganze Seite des Gesichts abgeschlagen wird. Sie trifft mich wie heißes Blei, und das Blei ist so heiß, daß es mich nicht verbrennt, sondern betäubt. Ich liege auf dem Fußboden, aber in meinem Innern renne ich rum wie ein Hund, dem man das Rückgrat zerschlagen hat und dann wieder zurück in die Betäubung, mit eingezogenem Schwanz. Ich meine, daß ich keine Haut mehr im Gesicht habe, nur noch kahle Knochen. Aber was jetzt kommt, das verstehe ich nicht, mehr als Schmerz und Betäubung fühle ich Erleichterung. Und um mehr von dieser Erleichterung zu bekommen, scheine ich hinter dem Windschutz hervorzukommen und dahin zu laufen, wo Kate mit der Axt steht, und ich mache die Augen auf und warte. Und ich sehe, wie sie sie schwingt und auf mich runtersieht, und sehe sie in der Luft, und ich halte den Atem an, und dann plötzlich sehe ich, wie sie stillsteht, als hätte jemand durch das Dach gegriffen und sie fortgenommen. Und ich sehe, wie ihr Gesicht sich verzerrt, wie die Axt fällt, aber dieses Mal auf den Fußboden, und Kate spuckt aus, und ich mache die Augen wieder zu und warte. Ich höre sie stöhnen und sehe sie durch die Tür taumeln und durch die Veranda in den Hof fallen. Und dann höre ich sie spukken, als wollten alle Därme aus ihr raus. Dann sehe ich nach unten und sehe, daß Matty Lou ganz blutig ist. Es ist mein Blut, mein Gesicht blutet. Das macht mich lebendig. Ich stehe auf und torkele nach draußen zu Kate. Und ich finde sie unter dem Baumwollbaum, auf den Knien und sie stöhnt.

›Was habe ich getan, du lieber Gott, was habe ich getan!‹

Und sie redet dummes Zeug und fängt wieder an zu speien und als ich sie anfasse, wird es noch schlimmer. Ich stehe da, halte mein Gesicht und will das Blut stillen und frage mich immer wieder, was eigentlich passiert ist. Ich schaue in die Morgensonne, und ich meine, es muß donnern. Aber es ist schon hell, und die Sonne geht auf, und die Vögel singen, und ich habe mehr Angst, als wenn mich der Blitz getroffen hat. Ich rufe: ›Habe Erbarmen, Herr! Herr, habe Erbarmen!‹ Und dann warte ich. Und nichts anderes ist da als die klare, helle Morgensonne.

Es passiert nichts, aber ich weiß, daß Schlimmeres als alles andere, das ich jemals gehört habe, auf mich wartet. Ich hab eine halbe Stunde stocksteif dagestanden. Ich stand immer noch da, als Kate sich erhebt und in das Haus geht. Das Blut floß über meine Kleider, und die Fliegen waren hinter mir her, und ich ging ins Haus, das Blut zu stillen.

Als ich Matty Lou da liegen sah, glaubte ich, sie ist tot. Keine Farbe in ihrem Gesicht, und sie atmet kaum noch. Sie ist ganz grau im Gesicht. Ich versuche, ihr zu helfen, aber ich kann es nicht, und Kate will nicht mit mir sprechen und sieht mich auch nicht an. Und ich denke, daß sie vielleicht gleich wieder versucht, mich totzuschlagen, aber das tut sie nicht. Ich bin so benommen, daß ich die ganze Zeit dasitze, während sie die Kleinen fertigmacht und mit ihnen zu Will Nichols geht. Ich kann sehen, aber ich kann nichts tun.

Und ich sitze immer noch da, als sie mit ein paar Frauen

zurückkommt und nach Matty Lou sieht. Keiner will mit mir sprechen, aber alle sehen mich an wie eine neue Pflückmaschine. Ich fühle mich elend. Ich erzähle ihnen, daß alles im Traum geschah, aber sie verachten mich. Da verlasse ich das Haus. Ich gehe zu dem Prediger, aber auch der will mir nicht glauben. Er sagt, ich soll sein Haus verlassen, ich bin der böseste Mensch, den er je gesehen hat, und ich soll lieber meine Sünde beichten und meinen Frieden mit Gott machen. Ich gehe und versuche zu beten, aber ich kann es nicht. Ich denke und denke, bis ich meine, der Kopf platzt mir, ob ich schuldig oder unschuldig bin. Ich esse nichts und ich trinke nichts und ich kann nachts nicht schlafen. Schließlich eines Nachts, gegen Anfang des Tages, da blicke ich auf, und ich sehe die Sterne, und ich fange an zu singen. Ich will das eigentlich nicht, dachte auch gar nicht daran, aber ich fange doch an zu singen. Ich weiß nicht, was es ist, aber ich glaube, es war ein Kirchenlied. Ich weiß nur noch, daß ich schließlich ganz traurige Lieder sang. Ich habe in der Nacht Lieder gesungen, die ich noch nie gesungen hatte, und während ich die Lieder singe, wird mir klar, daß ich kein anderer als nur ich selbst bin und daß ich die Dinge laufen lassen muß, wie sie wollen. Und ich gehe wieder nach Hause zu Kate und zu Matty Lou.

Und als ich wieder hier bin, glaubt jeder, daß ich weggelaufen bin. Es sind viele Frauen bei Kate, und ich jage sie alle raus. Und die Kinder schicke ich auch aus dem Haus, daß sie draußen spielen, und dann schließ ich die Tür ab und erzähle Kate und Matty Lou von dem Traum und wie leid mir alles tut, aber was geschehen ist, ist geschehen.

›Warum gehst du nicht weg?‹ sind die ersten Worte, die Kate zu mir sagt. ›Hast du mir und dem Kind nicht genug getan?‹

›Ich kann nicht weglaufen‹, sage ich. ›Ich bin ein Mann, und ein Mann verläßt seine Familie nicht.‹

Und sie sagt: ›Nein, du bist kein Mann. Was du getan hast, das tut kein Mann.‹

›Ich bin doch ein Mann‹, sage ich.

›Aber wie nun weiter?‹ sagt Kate.

›Wieso weiter?‹ sage ich.

›Wenn das schwarze Balg geboren wird, und deine Sünde den Augen Gottes offenbar wird!‹ (Diese Worte hatte sie sicher von dem Prediger gelernt.)

›Geboren wird?‹ sage ich. ›*Wer* gebärt?‹

›Wir beide. Ich und Matty Lou. Wir beide bekommen ein Kind, du gemeiner Hund.‹

›Das hätte mich beinahe umgebracht. Jetzt verstehe ich, weshalb Matty Lou mich nicht mehr ansieht und mit keinem mehr sprechen will.‹

›Wenn du bleibst, dann hole ich Tante Cloe für uns beide‹, sagt Kate. Sie sagt: ›Ich will keine Sünde gebären, daß die Leute für den Rest meines Lebens mit dem Finger auf mich zeigen, und für Matty Lou will ich das auch nicht.‹

Tante Cloe ist eine Hebamme, und wenn ich bei der Nachricht auch sehr erschrocken bin, so will ich doch nicht, daß sie sich um meine Frauen kümmert. Das wäre eine Sünde auf die andere. Und deshalb sage ich nein zu Kate, und wenn Tante Cloe ins Haus kommt, will ich sie umbringen, wenn sie auch schon alt ist. Und das tue ich bestimmt. Damit war das erledigt. Und ich verlasse das Haus, und die beiden sollen sehen, wie sie fertig werden. Ich will wieder fort, aber vor so was kann man nicht weglaufen. Das bleibt bei einem, wohin man auch geht. Und außerdem weiß ich nicht, wohin ich gehen soll. Ich hatte keinen einzigen Cent.

Und dann kam all das andere. Die Nigger oben in der Schule kommen und wollen mich wegjagen, und das macht mich ganz verrückt. Und dann ging ich zu den Weißen, und die halfen mir. Und das verstehe ich nicht. Ich habe das Schlimmste getan, was ein Mann seiner Familie tun kann und anstatt mich aus dem Land zu jagen, helfen sie mir, wie noch keinem Farbigen, und wenn er auch noch so gut war. Nur meine Frau und meine Tochter wollen nicht mit mir sprechen – sonst aber ist es mir noch nie so gut gegangen. Und wenn Kate auch nicht mit mir sprechen will, so nahm sie doch die neuen Kleider, die ich aus der Stadt mitbrachte, und jetzt kriegt sie noch eine neue Brille, die sie schon so lange braucht. Aber eins begreife ich nicht: ich tue das Schlimmste, was ein Mann seiner Familie tun kann, und anstatt schlechter, geht für mich alles besser. Die Nigger oben in der Schule mögen mich nicht, aber die Weißen behandeln mich gut.«

Er war irgendein Farmer. Während ich zuhörte, wurde ich zwischen Demütigung und Verzauberung derart hin- und hergerissen, daß ich, um mein Gefühl der Scham loszuwerden, meine Aufmerksamkeit ganz auf sein gespanntes Gesicht konzentrierte. So brauchte ich Mr. Norton nicht anzusehen. Während seine Stimme jetzt verklang, starrte ich auf Mr. Nortons Füße. Draußen im Hof stimmte der heisere Alt der Frau einen Choral an. Kinderstimmen wurden in lustigem Geplapper hörbar. Ich saß vornübergebeugt da, roch den Duft trockenen Holzes, das in der heißen Sonne schmorte. Ich starrte auf die Schuhe vor mir. Es waren weiße Schuhe mit schwarzen Einsätzen. Es waren Maßschuhe und neben den billigen, braunen Schuhen des Farmers sahen sie wie feine, elegante Handschuhe aus. Schließlich räusperte sich jemand. Ich blickte auf und sah, daß Mr. Norton schweigend in Jim Truebloods Augen starrte. Ich erschrak. Sein Gesicht hatte alle Farbe verloren. Während seine hellen Augen in Truebloods schwarzes Gesicht brannten, wirkte er geisterhaft. Trueblood sah mich fragend an.

»Hören Sie mal die Kinder«, sagte er verlegen. »Sie spielen: London Bridge's Fallin'down.«

Etwas, das ich nicht begriff, ging hier vor. Jedenfalls mußte ich Mr. Norton von hier fortbringen.

»Sind Sie so weit, Mr. Norton?« fragte ich. Er sah mich mit Augen an, die nicht sahen. »Wieso?« fragte er.

»Ich glaube, es wird Zeit für die Nachmittagssitzung«, fuhr ich schnell fort.

Er sah mich mit leeren Augen an. Ich ging zu ihm. »Fühlen Sie sich nicht wohl, Sir?«

»Vielleicht kommt es von der Hitze«, sagte Trueblood. »Man muß hier geboren sein, um diese Hitze vertragen zu können.«

»Vielleicht ist es die Hitze«, sagte Mr. Norton. »Wir wollen weiter.«

Er erhob sich mühsam, starrte Trueblood immer noch an. Dann sah ich, wie er seine Brieftasche aus rotem Leder aus der Rocktasche zog. In der Brieftasche war auch die Miniatur mit dem Platinrahmen, aber dieses Mal betrachtete er sie nicht.

»Hier«, sagte er und nahm eine Banknote aus der Brieftasche. »Kaufen Sie den Kindern dafür ein paar Spielsachen.«

Trueblood öffnete den Mund, seine Augen wurden groß und feucht, während er die Banknote mit zitternden Fingern in Empfang nahm. Es war eine Hundertdollarnote.

»Ich bin so weit, junger Mann«, sagte Mr. Norton. Seine Stimme war ein Flüstern.

Ich ging vor ihm her zum Wagen und öffnete die Tür. Er taumelte leicht beim Einsteigen, und ich reichte ihm meinen Arm. Sein Gesicht war immer noch kreideweiß.

»Fahren Sie mich weg von hier«, sagte er plötzlich erregt. »Weg!«

»Ja, Sir.«

Während ich den Motor anließ, sah ich Jim Trueblood uns zuwinken. ›Du gemeiner Hund‹, sagte ich vor mich hin. ›Du Saukerl. Und hundert Dollar hast *du* auch noch bekommen.‹

Als ich den Wagen gewendet hatte und die Rückfahrt begann, stand er immer noch an derselben Stelle.

Plötzlich berührte Mr. Norton meine Schulter. »Ich muß etwas trinken, junger Mann. Einen kleinen Whiskey.«

»Ja, Sir. Fühlen Sie sich nicht wohl, Sir?«

»Ein bißchen schwach, aber ein Whiskey …«

Seine Stimme verklang. Etwas Kaltes ballte sich in meiner Brust zusammen. Wenn ihm was passierte, würde Dr. Bledsoe mich dafür verantwortlich machen. Ich gab Gas und überlegte, wo ich schnell etwas Whiskey für ihn fände. Nicht in der Stadt, das dauerte zu lange. In der Nähe war nur ein Wirtshaus – der Golden Day.

»In ein paar Minuten haben Sie, was Sie wünschen, Sir«, sagte ich.

»Ja, möglichst schnell«, entgegnete er.

3. KAPITEL

Ich sah sie, als wir uns der kurzen Strecke näherten, die zwischen dem Eisenbahngleis und dem Golden Day begann. Ich erkannte sie nicht gleich. In loser Gruppe schlenderten sie über die Straße, versperrten sie zwischen dem weißen Strich und dem zerfetzten Unkraut, das die von der Sonne glühenden Betonplatten einfaßte. Ich verfluchte sie im stillen. Sie versperrten den Weg, und Mr. Norton rang nach Atem. Vor dem glänzenden, gebogenen Kühler sahen sie aus wie eine Strafkolonne auf dem Weg zur Arbeit. Aber eine Strafkolonne geht in einer einzigen langen Reihe, und ich sah keine berittenen Wächter. Als ich näherkam, erkannte ich die losen grauen Hemden und Hosen, die die Verteranen trugen. Verdammt! Sie waren auf dem Weg zum Golden Day.

»Was zu trinken«, hörte ich hinter mir.

»Noch ein paar Minuten, Sir.«

An der Spitze sah ich den Mann, der meinte, er wäre Tambourmajor. Während er, sich in den Hüften wiegend, mit langen Schritten einherging, bewegte er einen Stock im Takt zur Musik und gab Befehle. Ich fuhr langsamer, als ich sah, daß er sich den Männern zuwandte. Er hielt jetzt den Stock in Brusthöhe und machte kleinere Schritte. Die anderen nahmen keine Notiz von ihm und gingen in einem Haufen, die einen sprachen miteinander, und die anderen sprachen und gestikulierten mit sich selbst.

Plötzlich sah der Tambourmajor den Wagen und drohte mir mit dem Stock. Ich hupte und sah, wie die Männer auf die Seite gingen, während ich langsam weiterfuhr. Er blieb mit gespreizten Beinen stehen, die Hände in die Hüften gestemmt, und da ich ihn nicht überfahren wollte, trat ich auf die Bremse.

Der Tambourmajor lief an den Männern vorbei auf den Wagen zu, und ich hörte, wie sein Stock die Motorhaube traf, als er auf mich zueilte.

»Was fällt Ihnen ein, Soldaten zu überfahren? Sagen Sie die Parole. Wer befehligt diese Gruppe? Ihr Fahrer spielt immer den Dicken. Die Parole.«

»Es ist General Pershings Wagen«, sagte ich, denn ich erinnerte mich, gehört zu haben, daß er auf den Namen seines Oberbefehlshabers im Krieg reagierte. Plötzlich änderte sich der wilde Blick seiner Augen. Er trat zurück und salutierte steif. Dann sah er argwöhnisch in den Wagen und bellte:

»Wo ist der General?«

»Hier«, antwortete ich, wandte mich um und sah, wie Mr. Norton sich mühsam und mit bleichem Gesicht erhob.

»Was ist los? Weshalb halten wir?«

»Der Sergeant hat uns angehalten, Sir.«

»Sergeant? Welcher Sergeant?« Er setzte sich aufrecht.

»Sind Sie der General?« sagte der Veteran salutierend. »Ich wußte nicht, daß Sie heute die Front inspizieren. Verzeihung, General.«

»Was? ...« fragte Mr. Norton.

»Der General hat es eilig«, sagte ich schnell.

»Natürlich«, sagte der Veteran. »Er hat allerlei zu besichtigen. Die Disziplin ist schlecht. Die Artillerie ist zusammengeschossen.« Dann rief er den Männern, die über die Straße kamen, zu: »Macht Platz für den General. General Pershing will vorbei. Platz für General Pershing.«

Er trat beiseite, und ich lenkte den Wagen über den Strich, um den Männern auszuweichen, und fuhr dann auf der falschen Seite weiter zum Golden Day.

»Wer war der Mann?« keuchte Mr. Norton vom Hintersitz.

»Ein ehemaliger Soldat. Ein Veteran. Sie alle sind Veteranen, und alle sind nicht ganz richtig im Kopf.«

»Wo ist denn der Wärter?«

»Ich sehe keinen. Sie sind harmlos.«

»Trotzdem sollte doch ein Wärter dabei sein.«

Ich mußte den Golden Day vor ihnen erreichen und ihn wieder verlassen haben, bevor sie dort ankamen. Heute war der Tag, an dem sie die Mädchen besuchten, und im Golden Day würde es ziemlich wild zugehen. Ich fragte mich, wo die anderen wären. Es mußten eigentlich an die fünfzig sein. Nun, ich würde in das Wirtshaus eilen, mir den Whiskey geben lassen und dann gleich weiterfahren. Was mochte Mr. Norton haben, weshalb war er über Trueblood *so* aufgeregt? Ich hatte mich geschämt, und mehr als einmal hätte ich am liebsten laut gelacht, aber ihn hatte das alles ganz krank gemacht. Vielleicht brauchte er einen Arzt. Aber er verlangte nicht nach einem Arzt. Dieser verfluchte Trueblood.

Ich laufe rein, hole ein Glas und dann gleich wieder raus, dachte ich. Dann würde er den Golden Day nicht zu sehen bekommen. Ich ging nur selten mit ein paar Kameraden in den Golden Day, wenn bekannt wurde, daß ein neuer Schub Mädchen aus New Orleans angekommen war. Die Schule hatte versucht, aus dem Golden Day ein anständiges Lokal zu machen, aber die Weißen der Gegend hatten irgendwie ihre Finger im Spiel, und so wurde nichts daraus. Der Schule blieb nichts anderes übrig, als jeden Studenten, der dort erwischt wurde, streng zu bestrafen.

Als ich aus dem Wagen stieg und in den Golden Day eilte, lag er da, als schliefe er. Ich wollte ihn um Geld bitten, beschloß dann aber, mein eigenes zu nehmen. An der Tür blieb ich stehen. Das Lokal war bereits voll besetzt von Veteranen in losen grauen Hemden und Hosen und Frauen mit kurzen, enganliegenden, steif gestärkten Kattunschürzen. Schaler Biergeruch schlug wie eine Keule durch das Stimmgewirr und das Plärren der Musikbox. Als ich das Lokal betrat, packte mich ein Mann mit stumpfem Gesicht am Arm und sah mir starr in die Augen.

»Um fünf Uhr dreißig«, sagte er und sah durch mich hindurch.

»Was?«

»Der große, allumfassende, absolute Waffenstillstand, das Ende der Welt«, sagte er.

Bevor ich noch etwas antworten konnte, lächelte mich eine kleine dicke Frau an und zog ihn fort.

»Du bist an der Reihe, Doktor«, sagte sie. »Warte damit, bis wir beide oben gewesen sind. Weshalb muß ich dich immer erst holen?«

»Nein, es stimmt«, sagte er. »Man hat mir heute morgen aus Paris telegraphiert.«

»Dann wollen wir uns lieber beeilen, Baby. Bis dahin muß ich noch allerlei Geld verdienen. Bis dahin kannst du es vielleicht aufhalten.«

Sie blinzelte mir zu, als sie ihn durch die Menge zu der Treppe zerrte. Ich bahnte mir mit den Ellbogen einen Weg zur Theke.

Viele der Männer waren Ärzte, Anwälte, Lehrer gewesen oder hatten in der Verwaltung gearbeitet. Andere waren Köche, einer Prediger, einer Politiker und einer Künstler. Ein besonders netter war Psychiater gewesen. Wenn ich die Männer sah, befiel mich ein Unbehagen. Vermutlich gehörten sie zu jenen Berufen, nach denen ich zu verschiedenen

Zeiten irgendwie strebte, und wenn sie mich auch nicht zu sehen schienen, so konnte ich mir doch nicht vorstellen, daß sie wirklich krank waren. Manchmal sah es so aus, als spielten sie ein großes und verwickeltes Spiel mit mir und den anderen Insassen der Schule, ein Spiel, dessen Zweck Lachen war und dessen Regeln und Feinheiten ich nie begriff.

Zwei Männer standen direkt vor mir, der eine sagte mit gespanntem Ernst » ... und Johnson traf Jeffries in einem Winkel von fünfundvierzig Grad vom unteren, linken Schneidezahn, verursachte dadurch eine augenblickliche, vollständige Blockierung des Sehhügels im Gehirn und brachte ihn wie die Kälteeinheit eines Kühlschranks zum Erstarren und zerschmetterte so sein autonomes Nervensystem und löste in der Gehirnmasse hyperspasmische muskuläre Zuckungen aus, denen zufolge er sich einfach auf das Steißbein setzte, was wieder eine starke, traumatische Reaktion im Schließmuskel und dessen Nerven auslöste, und dann, mein lieber Kollege, packte man ihn, bespritzte ihn mit ungelöschtem Kalk und fuhr ihn in einer Schubkarre weg. Jede andere Therapie war ausgeschlossen.«

»Verzeihung«, sagte ich und drängte mich vor.

Big Halley stand hinter der Theke, seine dunkle Haut schimmerte durch sein schweißnasses Hemd.

»Was willste, Junge?«

»Einen doppelten Whiskey, Halley. Gieß ihn in ein tiefes Gefäß, damit ich nichts verschütte. Er ist für einen draußen.«

Sein Mund schrie: »Nein«.

»Warum?« fragte ich, über die Wut in seinen vorstehenden Augen überrascht.

»Du bist doch noch auf der Schule?«

»Natürlich.«

»Diese Halunken wollen mir den Laden wieder mal zumachen, deshalb. Hier kannst du dich besaufen, bis du blau anläufst, aber für draußen kriegst du keinen Tropfen.«

»Es ist für einen Kranken draußen im Wagen.«

»Was für einen Wagen? Hast noch nie einen Wagen gehabt.«

»Der Wagen gehört einem Weißen, ich fahre ihn nur.«

»Bist du noch auf der Schule?«

»Ja, und er gehört auch *zur* Schule.«

»Wer ist krank?«

»Er.«

»Ist wohl zu fein, hier reinzukommen. Sag ihm, daß wir ihn genau so behandeln, wie jeden anderen auch.«

»Aber der Mann ist krank.«

»Laß ihn krepieren.«

»Er ist ein wichtiger Mann, Halley. Ein Treuhänder. Er ist reich und krank, und wenn ihm was passiert, bin ich der Verantwortliche und auf dem Weg nach Hause.«

»Kann's nicht ändern, Junge. Schaff ihn rein, und er kriegt so viel, daß er drin ersaufen kann. Er kann aus meiner Privatpulle trinken.«

Mit einem Messer aus Elfenbein schnitt er die weißen Köpfe von ein paar Gläsern mit Bier und stellte sie auf die Theke. Mir wurde immer unbehaglicher zumute. Mr. Norton würde bestimmt nicht in das Lokal kommen. Er war zu elend. Und dann wollte ich auch nicht, daß er die Kranken und die Mädchen zu Gesicht bekam. Während ich das Lokal wieder verließ, wurde es dort immer wilder. Der Supercargo, der Wärter in der weißen Uniform, der für gewöhnlich die Männer ruhig hielt, war nirgendwo zu sehen. Das gefiel mir nicht, denn wenn er oben war, kannten sie keinerlei Hemmungen. Ich kehrte zum Wagen zurück. Was sollte ich Mr. Norton sagen? Als ich die Wagentür öffnete, lag er ganz ruhig da.

»Mr. Norton, man will mir keinen Whiskey über die Straße geben.«

Er rührte sich nicht.

»Mr. Norton.«

Er lag da, als wäre er aus Kreide. Ich schüttelte ihn leicht. Ich fühlte Angst in mir. Er atmete kaum noch. Ich schüttelte ihn stärker. Sein Kopf wackelte grotesk hin und her. Seine bläulichen Lippen öffneten sich, zeigten eine Reihe langer, schmaler, erstaunlich tierhafter Zähne.

»SIR!«

Voller Angst eilte ich in den Golden Day zurück, brach durch den Lärm wie durch eine unsichtbare Mauer. »Halley, Hilfe, er stirbt.«

Ich versuchte, mir einen Weg zu bahnen, aber niemand schien mich gehört zu haben. Überall war ich von Menschen umgeben. Sie bildeten eine feste Masse.

»Halley!«

Zwei Kranke drehten sich um und sahen mir ins Gesicht. Ihre Augen waren dicht vor meiner Nase.

»Was will der Herr, Sylvester?« sagte der Große.

»Draußen liegt einer im Sterben«, sagte ich.

»Einer stirbt immer«, sagte der andere.

»Ja, und es ist herrlich, unter Gottes freiem Himmelszelt zu sterben.«

»Er muß etwas Whiskey haben.«

»Das ist was anderes«, sagte einer von ihnen, und sie drängten sich zur Theke. »Einen letzten guten Drink gegen die Todesangst. Platz bitte.«

»Junge, bist du schon wieder zurück?« fragte Halley.

»Gib mir etwas Whiskey, er liegt im Sterben.«

»Ich hab dir eben schon gesagt, du sollst ihn reinbringen. Laß ihn sterben, ich muß jedenfalls meine Rechnungen bezahlen.«

»Bitte, sonst stecken sie mich ins Gefängnis.«

»Das mußt du selber wissen, du bist ja auf der Schule«, sagte er.

»Bring den Herrn besser rein«, sagte der Mann mit Namen Sylvester. »Komm, wir helfen dir.«

Wir drängten uns durch die Menge. Sein Zustand hatte sich nicht geändert.

»Sieh, Sylvester, das ist Thomas Jefferson.«

»Das wollte ich gerade sagen. Schon lange hätte ich mich gern mal mit ihm unterhalten.«

Ich sah die beiden sprachlos an. Sie waren beide verrückt. Oder scherzten sie?

»Helfen Sie mir«, sagte ich.

»Gern.«

Ich schüttelte ihn. »Mr. Norton.«

»Wir müssen uns beeilen, wenn er an seinem Drink noch Freude haben soll«, sagte der eine nachdenklich.

Wir packten ihn. Er hing zwischen uns wie ein Sack mit alten Kleidern.

»Schnell!«

Während wir ihn zum Golden Day trugen, blieb plötzlich einer der Männer stehen, und Mr. Nortons Kopf hing nach unten, sein weißes Haar fegte durch den Staub.

»Meine Herren, dieser Mann ist mein Großvater.«

»Aber er ist *weiß*, sein Name ist Norton.«

»Ich kenne doch meinen Großvater. Es ist Thomas Jefferson, und ich bin sein Enkel – negerlicherseits«, sagte der große Mann.

»Ich glaube, du hast recht, Sylvester. Ganz bestimmt«, sagte er und starrte Mr. Norton an. »Sieh mal sein Gesicht. Genau wie deins – die gleiche Form. Bist du sicher, daß er dich nicht wie du bist auf die Erde spuckte?«

»Nein, nein, das war mein Vater«, erwiderte der Mann ernst.

Und er schimpfte auf seinen Vater, während wir uns auf die Tür zu bewegten. Dort wartete Halley. Irgendwie war es ihm gelungen, Ruhe in die Menge zu bringen, und in der Mitte des Raumes wurde Platz gemacht. Die Männer näherten sich, um Mr. Norton zu betrachten.

»Schnell einen Stuhl!«

»Ja, Mister Eddy muß sich setzen.«

»Das ist doch nicht Mister Eddy, Mensch, das ist John D. Rockefeller«, sagte jemand.

»Hier ist ein Stuhl für den Messias.«

»Zurücktreten!« befahl Halley. »Platz machen!«

Burnside, der Arzt gewesen war, trat vor und fühlte Mr. Norton den Puls.

»Kräftig, dieser Mann hat einen *kräftigen* Puls. Er klopft nicht, er *vibriert*. Das ist höchst ungewöhnlich. Höchst!«

Irgend jemand schob ihn beiseite. Halley kam mit einer Flasche und einem Glas. »Hier, einer muß ihm den Kopf nach hinten halten.«

Bevor ich etwas tun konnte, kam ein kleiner, pockennarbiger Mann und nahm Mr. Nortons Kopf in beide Hände, bog ihn nach hinten, faßte dann das Kinn mit der leichten Bewegung eines Barbiers, der das Rasiermesser ansetzt, und machte eine schnelle Bewegung.

»So!«

Mr. Nortons Kopf wackelte wie der Übungssack eines Boxers nach einem kräftigen Schlag. Fünf blaßrote Streifen blühten auf der weißen Backe, glühten wie Feuer unter durchsichtigem Stein. Ich traute meinen Augen nicht. Ich wollte fortlaufen. Eine Frau kicherte. Ich sah, wie mehrere Männer zur Tür eilten.

»Was fällt dir ein, verdammter Narr?«

»Hysterie«, sagte der pockennarbige Mann ganz ruhig.

»Scher dich zum Teufel. Holt den Wärter runter. Fix!«

»Ein leichter Fall von Hysterie«, sagte der Pockennarbige, während man ihn beiseite schob.

»Schnell was zu trinken, Halley.«

»Junge, du hast das Glas ja in der Hand. Diesen Brandy habe ich extra für mich verwahrt.«

Jemand flüsterte mir tonlos ins Ohr: »Habe ich dir nicht

gesagt, es passierte um 5 Uhr 30? Schon ist der Schöpfer da.« Es war der Mann mit dem stumpfen Gesicht.

Ich sah, wie Halley die Flasche schräg hielt und der ölige, gelbbraune Brandy in das Glas floß. Ich bog Mr. Nortons Kopf nach hinten, hielt ihm das Glas an die Lippen und goß. Ein feiner, brauner Streifen floß aus der Mundecke über sein feines Kinn. Plötzlich war es ganz still in dem Raum. Ich fühlte eine leichte Bewegung an meiner Hand, wie die der Brust eines Kindes, wenn es nach langem Geschrei nur noch wimmert. Die Lider mit den feinen Adern flackerten. Er hustete. Ich sah eine langsame Röte herankriechen, dann schnell wachsen und sich über den Hals und das Gesicht breiten.

»Halt's ihm unter die Nase, Junge, laß ihn dran riechen.«

Ich bewegte das Glas unter Mr. Nortons Nase hin und her. Er öffnete seine blaßblauen Augen. Sie schienen jetzt wäßrig in der Röte, die sein Gesicht überzog. Er versuchte, sich aufrecht zu setzen, seine rechte Hand flatterte an sein Kinn. Seine Augen weiteten sich, blickten schnell von einem Gesicht ins andere. Als sie mein Gesicht erreichten, kam Erkennen in ihre Feuchte.

»Sie waren ohnmächtig, Mr. Norton«, sagte ich.

»Wo bin ich, junger Mann?« fragte er müde.

»Im Golden Day.«

»Wo?«

»Im Golden Day. Es ist eine Art Vergnügungs- und Spiellokal«, erwiderte ich zögernd.

»Gib ihm noch ein Glas Brandy«, sagte Halley.

Ich füllte das Glas und reichte es ihm. Er roch daran, schloß wie verwirrt die Augen und trank. Seine Backen blähten sich wie kleine Blasebälge, er spülte sich den Mund.

»Danke«, sagte er jetzt etwas bestimmter. »Wie heißt das Lokal?«

»Der Golden Day«, antworteten mehrere Kranke zugleich.

Er blickte langsam um sich, zum Balkon mit dem verschnörkelten Holzgitter. Eine große Fahne hing schlaff davon herab. Er runzelte die Stirn. »Was war das Haus früher?« fragte er.

»Eine Kirche, dann eine Bank, dann ein Restaurant und ein Spielsalon, und nun haben *wir* es«, erklärte Halley. »Soviel ich weiß, ist es auch mal Gefängnis gewesen.«

»Wir dürfen einmal in der Woche hierher, um uns ein bißchen zu amüsieren«, sagte jemand.

»Ich konnte keinen Whiskey über die Straße bekommen, und deshalb mußte ich Sie herein bringen«, erklärte ich voller Angst.

Er blickte um sich. Ich folgte seinen Augen und sah mit Staunen den unterschiedlichen Ausdruck auf den Gesichtern der Kranken, während sie schweigend seinen Blick erwiderten. Manche waren feindlich, andere kriechend, wieder andere voll Entsetzen. Manche, die, wenn sie unter sich waren, voller Gewalttätigkeit waren, schienen jetzt so unterwürfig wie Kinder. Und wieder andere schienen seltsam belustigt.

»Sind sie alle krank?« fragte Mr. Norton.

»Ich führe das Lokal«, sagte Halley, »Aber die anderen ...«

»Wir sind krank und werden aus therapeutischen Gründen hierher geschickt«, sagte ein kleiner, dicker Mann mit sehr intelligentem Gesicht. »Aber«, lächelte er, »aber man schickt einen Wärter mit, eine Art Zensor, der darauf achten muß, daß die Therapie keinen Erfolg hat.«

»Du bist nicht bei Trost. Ich bin ein Dynamo. Ich will hier meine Batterien wieder auffüllen«, sagte einer der Veteranen.

»Ich bin Student der Geschichte«, unterbrach ihn ein anderer mit dramatischer Gebärde. »Die Welt dreht sich im Kreise wie das Rad eines Roulettes. Zuerst ist Schwarz, in der mittleren Epoche hat Weiß die Oberhand, aber bald wird Äthiopien seine edlen Schwingen ausbreiten. Und dann setzen Sie Ihr Geld auf Schwarz.« Seine Stimme schluchzte vor

Erregung. »Bis dahin hat die Sonne keine Wärme, und Eis ist im Herzen der Erde. In zwei Jahren bin ich alt genug, meiner Mulatten-Mutter, dieser halbweißen Hündin, ein Bad zu geben«, fügte er hinzu und rannte dabei in einem Ausbruch glasäugiger Wut hin und her.

Mr. Norton kniff die Augen zusammen und richtete sich auf.

»Ich bin Arzt, darf ich mal Ihren Puls fühlen«, sagte Burnside und griff nach Mr. Nortons Handgelenk.

»Kümmern Sie sich nicht um den. Der ist nie Arzt gewesen. Man hat ihn dabei erwischt, als er Blut in Geld verwandeln wollte.«

»Ja, das ist mir gelungen«, schrie der Mann. »Ich habe es entdeckt, und John D. Rockefeller hat mir die Formel gestohlen.«

»Sagten Sie Mr. Rockefeller?« fragte Mr. Norton. »Ich glaube, Sie irren sich.«

»WAS IST DENN DA UNTEN LOS?« schrie eine Stimme vom Balkon. Alle wandten sich um. Ich sah einen riesenhaften Schwarzen in weißen Shorts schwankend auf der Treppe stehen. Es war der Supercargo, der Wärter. Ich erkannte ihn kaum wieder ohne seine weiße, gestärkte Uniform. Meist ging er umher mit einer Zwangsjacke über dem Arm, und meist waren die Kranken in seiner Gegenwart ruhig und unterwürfig. Aber jetzt schienen sie ihn nicht zu erkennen und begannen zu fluchen.

»Wie willst du hier Ordnung halten, wenn du besoffen bist?« schrie Halley. »Charlene, Charlene!«

»Ja?« antwortete eine Frauenstimme mit erstaunlicher Tragweite müde aus einem Zimmer hinter dem Balkon.

»Hol den alten Holzkopf, den Freudentöter und Nußknacker in dein Zimmer und mach ihn nüchtern. Dann steck ihn in seinen weißen Anzug und schick ihn runter, daß er hier Ordnung schafft. Wir haben weiße Gäste.«

Eine Frau erschien auf dem Balkon und zog ein rosafarbenes Wollkleid über. »Hör mal zu, Halley«, sagte sie verschlafen, »ich bin eine Frau. Das Anziehen kannst du selbst besorgen. Ich ziehe nur einen Mann an und der ist in N'Orleans.«

»Quatsch nicht. Mach, daß der Kerl nüchtern wird.«

»Ich will hier Ordnung haben«, schrie der Supercargo, »und wenn Weiße im Lokal sind, will ich *doppelte* Ordnung.«

Plötzlich erscholl wütendes Brüllen von den Männern in der Nähe der Theke, und ich sah sie die Treppe hinaufstürmen.

»Packt ihn!«

»Dem werden wir schon Ordnung beibringen.«

»Platz da!«

Fünf Männer stürmten die Treppe hinauf. Ich sah, wie der Riese sich bückte, die Treppenpfosten mit beiden Händen packte und sich duckte. Sein Körper funkelte nackt in den weißen Shorts. Der kleine Mann, der Mr. Norton ins Gesicht geschlagen hatte, stand vorn, und während er die lange Treppe hinaufjagte, sah ich, wie der Wärter sich setzte, mit dem Fuß stieß und den kleinen Mann vor die Brust traf, als er die oberste Stufe erreichte. In hohem Bogen flog er auf die, die hinter ihm standen. Und schon hob der Supercargo das Bein wieder. Die Treppe war so schmal, daß nur einer über sie hinauf konnte. Genau so schnell wie sie heraufkamen, stieß der Riese sie hinunter. Er schwang sein Bein und stieß sie nach unten, wie ein anderer nach Fliegen schlägt. Ich beobachtete ihn und vergaß darüber Mr. Norton. Der Golden Day war in Aufruhr. Halbangezogene Frauen kamen aus den Zimmern jenseits des Balkons. Männer johlten und schrien wie bei einem Fußballspiel.

»ICH WILL ORDNUNG!« brüllte der Riese, während er einen Mann die Treppe hinunterstieß.

»SIE SCHMEISSEN MIT SCHNAPSFLASCHEN«, schrie eine Frau. »MIT VOLLEN SCHNAPSFLASCHEN.«

»Diese Ordnung mag er bestimmt nicht«, sagte jemand.

Ein Hagel aus Flaschen und Gläsern, aus denen Whiskey spritzte, splitterte gegen den Balkon. Plötzlich sah ich den Supercargo aufspringen und mit der Hand an die Stirn greifen. Sein Gesicht war von Whiskey gebadet. Au! schrie er. Au! Dann sah ich ihn schwanken, von den Fußgelenken aufwärts steif und starr. Einen Augenblick lang rührten sich die Männer auf der Treppe nicht, beobachteten ihn. Dann stürmten sie vorwärts.

Wild hielt sich der Supercargo am Geländer fest, als sie ihm die Beine wegzogen. Sie zerrten ihn die Treppe hinab. Sein Kopf schlug gegen die Stufen, und das klang wie Gewehrschüsse. Sie schleppten und zerrten ihn nach unten, wie die freiwillige Feuerwehr einen Schlauch zieht. Die Menge wogte nach vorn. Halley schrie dicht neben mir. Ich sah, wie der Mann in die Mitte des Raumes geschleppt wurde.

»Dem Halunken wollen wir mal zeigen, was Ordnung ist.«

»Ich bin fünfundvierzig Jahre alt, und der tut, als wäre er mein Vater.«

»Du trittst ja so gern«, sagte ein großer Mann und zielte mit dem Schuh auf den Kopf des Wärters. Das Fleisch über dem rechten Auge schwoll an, als würde es aufgeblasen.

Dann hörte ich Mr. Norton neben mir rufen: »Nein, nein, nicht, wenn er am Boden liegt.«

»Hört auf den Weißen«, sagte jemand.

»Er hält's mit den Weißen!«

Jetzt trampelten die Männer auf dem Supercargo herum, und ich war derart erregt, daß ich am liebsten mitgemacht hätte. Auch die Mädchen schrien. »Gib ihm Saures!« – »Nie hat der Kerl bezahlt.« – »Schlagt ihn tot.«

»Aber nicht hier, nicht in meinem Lokal.«

»Endlich kann man dem Kerl mal die Meinung sagen.«
»Endlich, verdammt.«
Irgendwie wurde ich von Mr. Norton abgedrängt und stand neben dem Mann, der Sylvester hieß.
»Paß gut auf, Junge«, sagte er. »Siehst du, wie seine Rippen bluten?«
Ich nickte.
»Paß genau auf.«
Wie gebannt sah ich auf die Stelle, dicht unter der untersten Rippe und über der Hüfte, während Sylvester sorgfältig mit der Schuhspitze zielte und dann zutrat, als hätte er einen Fußball vor sich. Der Supercargo stöhnte wie ein verletztes Pferd.
»Versuch's mal, Junge, ein angenehmes Gefühl. Man fühlt sich ordentlich wohl dabei«, sagte Sylvester. »Manchmal habe ich solche Angst vor ihm, daß ich meine, ich fühlte ihn in meinem Kopf. Da!« sagte er und versetzte dem Supercargo noch einen Tritt.
Während ich zusah, sprang ein anderer dem Supercargo mit beiden Füßen auf die Brust, und der verlor das Bewußtsein. Sie begossen ihn mit kaltem Bier, belebten ihn wieder, um ihn wieder bewußtlos zu treten. Bald war er in Bier und Blut getaucht.
»Der Schweinehund hat genug.«
»Schmeißt ihn raus!«
»Einen Augenblick. Wer hilft mir?«
Sie warfen ihn auf die Theke, legten ihn lang hin, die Arme auf der Brust gekreuzt, wie eine Leiche.
»Und nun wollen wir einen trinken.«
Nur langsam erschien Halley hinter der Theke, und die anderen fingen an zu schimpfen.
»Mal dalli, alter Dickwanst.«
»Mir einen Korn.«
»Beeil dich, Bangbüchs.«

»Mal Dampf dahinter.«

»Nur mit der Ruhe«, sagte Halley und goß ihnen die Drinks ein. »Immer rein mit dem Geld in die Schnauze.«

Während der Supercargo hilflos auf der Theke lag, wirbelten die Männer umher wie von Sinnen. Die Erregung schien auch die Harmlosen ganz aus dem Häuschen gebracht zu haben. Ein paar hielten feindselige Reden gegen das Hospital, den Staat und die ganze Welt. Der, der behauptete, er wäre Komponist, spielte das eine Stück, das er zu kennen schien, auf dem verstimmten Klavier, schlug mit den Fäusten und Ellbogen auf die Tasten und vermehrte die Wirkung durch seinen Baß, der wie das Stöhnen eines tödlich verwundeten Bären klang. Einer der Gebildetsten berührte meinen Arm. Er war früher Chemiker gewesen, und nie sah man ihn ohne seinen blanken Phi-Beta-Kappa-Schlüssel.

»Die Männer sind außer Rand und Band«, sagte er durch den Aufruhr hindurch. »Ich glaube, es ist das beste, Sie verschwinden.«

»Ich will's versuchen, sobald ich Mr. Norton erreichen kann.«

Mr. Norton stand nicht mehr da, wo ich ihn verlassen hatte. Ich drängte mich durch die lärmende Menge und rief seinen Namen. Endlich fand ich ihn unter der Treppe. Irgendwie war er von den erregten Männern hierhin geschoben worden und lag nun in einem Sessel wie eine alte Puppe. In dem trüben Licht waren seine Gesichtszüge scharf und weiß und seine geschlossenen Augen scharfe Linien in seinem scharfgeschnittenen Gesicht. Über das Gebrüll der Männer hinweg rief ich seinen Namen, aber ich bekam keine Antwort. Er war wieder bewußtlos. Ich schüttelte ihn, erst leicht, dann fester, aber seine runzligen Lider flackerten immer noch nicht. Dann stießen mich ein paar der aufgeregten Männer gegen ihn, und plötzlich leuchtete Weiß, zwei Zoll von meinen Augen entfernt. Es war nur sein Gesicht, aber namenloses Entsetzen schüttelte mich. Noch nie war ich einem weißen Menschen so nahe gewesen. Von Panik ergriffen, versuchte ich zu fliehen. Mit geschlossenen Augen schien er drohender als mit offenen. Er war wie ein formloser, weißer Tod, der plötzlich vor mir stand, ein Tod, der die ganze Zeit über dagewesen war und sich nun in dem Wahnsinn des Golden Day offenbarte.

»Laß das Schreien«, befahl eine Stimme, und ich fühlte, wie jemand mich fortriß. Es war der kleine, fette Mann.

Ich kniff den Mund zusammen, denn jetzt erst merkte ich, daß die schrillen Schreie aus meinem Mund kamen. Ich sah, wie das Gesicht des Mannes sich entspannte, während er mich verzerrt anlächelte.

»So ist es besser«, schrie er mir ins Ohr. »Er ist nur ein Mensch. Vergiß das nicht, er ist nur ein Mensch.«

Ich wollte ihm sagen, Mr. Norton wäre viel mehr als nur das, er wäre ein reicher Weißer, für den ich verantwortlich war; aber der Gedanke, daß ich für ihn verantwortlich war, war zu gewaltig, als daß ich ihn in Worte hätte fassen können.

»Wollen ihn auf den Balkon schaffen«, sagte der Mann und schob mich bis dicht vor Mr. Nortons Füße. Ich bewegte mich ganz mechanisch, faßte die dünnen Fußgelenke, während er den Weißen unter die Achseln faßte und unter der Treppe hervorzog. Nortons Kopf rollte auf seiner Brust hin und her, als wäre er betrunken oder tot.

Immer noch lächelnd ging der Veteran die Treppe hinauf, rückwärts, einen Schritt nach dem anderen. Ich fragte mich, ob er genau so betrunken wäre wie die anderen, als drei der Mädchen, die sich über das Geländer des Balkons beugten und dem Getobe zusahen, uns zu Hilfe kamen.

»Scheint das Zeug nicht zu vertragen«, schrie eine von ihnen.

»Ist ja geladen wie eine Strandhaubitze.«

»Was Halley verzapft, verträgt kein Weißer.«

»Nicht betrunken, krank«, sagte der kleine Dicke. »Such ein leeres Bett, auf dem er sich eine Zeitlang ausstrecken kann.«

»Sonst noch was?«

»Das genügt«, antwortete er.

Eines der Mädchen lief voran. »Meins ist gerade frei. Bringt ihn rauf«, rief sie.

Ein paar Minuten später lag Mr. Norton auf einem schmalen Bett. Er atmete schwach. Ich sah, wie der kleine Dicke sich sachkundig über ihn beugte und ihm den Puls fühlte.

»Sind Sie Arzt?« fragte das Mädchen.

»Augenblicklich bin ich Patient. Aber ich weiß ziemlich Bescheid.«

Wieder einer, dachte ich, und schob ihn schnell beiseite. »Er ist gleich wieder in Ordnung. Sobald er zu sich kommt, schaffe ich ihn nach draußen.«

»Sie brauchen keine Angst zu haben, junger Mann, ich bin nicht wie die anderen da unten«, sagte er. »Ich war wirklich einmal Arzt. Ich tue ihm nichts. Er hat irgendeinen Schock gehabt.«

Wir sahen, wie er sich wieder über Mr. Norton beugte, den Puls fühlte und das Augenlid hochschob.

»Ein kleiner Schock«, wiederholte er.

»Den kann man im Golden Day leicht bekommen«, sagte eines der Mädchen und glättete ihren Schurz über der beträchtlichen Rundung ihres Bauches.

Ein anderes der Mädchen strich Mr. Norton das weiße Haar aus der Stirn und glättete es, leer lächelnd.

»Nett ist er«, sagte sie, »wie ein kleines, weißes Baby.«

»Was für ein Baby?« fragte das kleine hagere Mädchen.

»Ein *nettes* Baby.«

»Du magst alle Weißen gern, Edna«, sagte die Hagere.

Edna schüttelte den Kopf und lächelte wie über sich

selbst. »Hast schon recht. Ich mag sie gern. Und wenn er auch alt ist, er kann jeden Abend seine Schuhe unter mein Bett stellen.«

»Blödsinn«, erwiderte sie, »so'n alter Kerl ging dabei drauf.«

»Keine Spur«, antwortete Edna. »Weißt du denn nicht, daß die alten reichen Weißen Affendrüsen und Bocksklöten haben? Diese alten Kerle kriegen nie genug. Die ganze Welt wollen sie haben.«

Der Arzt sah mich an und lächelte. »Sie lernen allerlei über Endokrinologie«, sagte er. »Ich habe mich geirrt, als ich sagte, er wäre nur ein Mensch. Er ist zu einer Hälfte entweder Ziegenbock oder Affe. Vielleicht aber auch beides zugleich.«

»Ja, das ist wahr«, sagte Edna. »Ich hatte mal einen in Chicago ...«

»Du bist doch nie in Chicago gewesen«, unterbrach die andere sie.

»Woher weißt du das? Vor zwei Jahren ... Quatsch, du hast ja keine Ahnung. Der Weiße hatte vielleicht ein paar Eselsklöten.«

Der Dicke erhob sich mit schnellem Grinsen. »Als Wissenschaftler und Arzt muß ich das bestreiten«, sagte er. »Bisher wurde eine solche Operation noch nicht gemacht.« Und dann veranlaßte er die Mädchen, das Zimmer zu verlassen.

»Wenn er wieder zu sich käme und diese Unterhaltung hörte«, sagte der Veteran, »wäre er gleich wieder weg. Außerdem könnte ihre wissenschaftliche Neugier sie dazu veranlassen, mal zu untersuchen, ob er wirklich eine Affendrüse hat. Und das wäre meiner Meinung nach etwas obszön.«

»Ich muß unbedingt mit ihm in die Schule zurück«, sagte ich.

»Ja, ich will Ihnen nach Kräften helfen. Versuchen Sie, etwas Eis aufzutreiben. Und machen Sie sich keine Sorge.«

Ich ging auf den Balkon und sah auf die Männer unten im

Lokal. Sie liefen immer noch durcheinander. Die Musikbox plärrte, das Klavier dröhnte, und am anderen Ende des Raumes lag, mit Bier begossen, der Supercargo wie ein erschöpftes Pferd auf der Theke.

Während ich nach unten ging, sah ich ein dickes Stück Eis in dem Rest eines stehengelassenen Drinks glitzern. Ich nahm seine Kälte in meine heiße Hand und eilte in das Zimmer zurück.

Der Veteran betrachtete Mr. Norton, der jetzt unregelmäßig atmete. »Das ist schnell gegangen«, sagte er und griff nach dem Eis. »Schnell mit der Eile der Angst«, fügte er hinzu, als spräche er zu sich. »Reichen Sie mir mal das saubere Handtuch; da drüben, neben der Waschschüssel.«

Ich reichte es ihm und sah dann, wie er es um das Eis wickelte und auf Mr. Nortons Gesicht legte.

»Geht's ihm besser?« fragte ich.

»Gleich, in ein paar Minuten. Was ist denn eigentlich passiert?«

»Ich habe ihn ausgefahren«, antwortete ich.

»Haben Sie einen Unfall oder sonst was gehabt?«

»Nein«, erwiderte ich. »Er sprach mit einem Bauern – und dann haute die Hitze ihn um ... Und dann gerieten wir unten ins Gedränge.«

»Wie alt ist er?«

»Das weiß ich nicht, aber er ist einer von den Treuhändern.«

»Zweifellos einer der einflußreichsten«, sagte er und betupfte die blauadrigen Augen. »Einer, der's ernst nimmt.«

»Was war das?« fragte ich.

»Nichts ... Er kommt wieder zu sich.«

Am liebsten wäre ich aus dem Zimmer gelaufen. Ich hatte Angst vor dem Ausdruck seiner Augen. Und doch wollte ich auch wieder bleiben. Meine Augen konnten nicht los von den flatternden Lidern. Der Kopf bewegte sich im fahlen

Licht der Glühbirne hin und her, als wollte er eine eindringliche Stimme nicht hören, die ich nicht vernahm. Dann öffneten sich die Lider, gaben zwei fahle Teiche aus blauer Leere preis, die schließlich kalte, harte Blicke wurden, die sich auf den Veteranen richteten, der ohne zu lächeln auf ihn herabschaute.

Menschen wie wir durften einen Mann wie Mr. Norton so nicht ansehen, und ich trat schnell einen Schritt vor.

»Er ist Arzt, Sir, ein richtiger Arzt«, sagte ich.

»Lassen Sie mich sprechen«, sagte der Veteran. »Holen Sie ein Glas Wasser.«

Ich zögerte. Er sah mich fest an. »Holen Sie das Wasser«, sagte er und wandte sich Mr. Norton zu, dem er half, sich aufzurichten.

Draußen bat ich Edna um ein Glas Wasser. Sie führte mich in eine kleine Küche und nahm das Wasser aus einem grünen, altmodischen Kühler.

»Ich habe einen guten Schnaps, Baby, wenn du ihm davon einen Schluck geben willst«, sagte sie.

»Das Wasser genügt«, erwiderte ich. Meine Hände zitterten derart, daß ich das Wasser verschüttete. Als ich das Zimmer wieder betrat, hatte Mr. Norton sich ohne Hilfe aufgesetzt und unterhielt sich mit dem Veteranen.

»Hier ist das Wasser«, sagte ich und reichte ihm das Glas.

Er nahm es. »Vielen Dank«, sagte er.

»Nicht zu viel«, warnte der Veteran.

»Ihre Diagnose stimmt genau mit der meines Spezialisten überein«, sagte Mr. Norton, »und ich habe manchen Arzt aufgesucht, bis einer feststellte, um was es sich bei mir handelt. Wie sind Sie darauf gekommen?«

»Ich war auch mal Spezialist«, antwortete der Veteran.

»Was? Nur ein paar Menschen im ganzen Land wissen ...«

»Dann ist einer von ihnen Insasse eines Hospitals für Halbirre«, sagte der Veteran. »Aber das ist weiter nicht geheimnisvoll. Ich verschwand eine Zeitlang – ging mit dem Sanitätscorps nach Frankreich, blieb nach dem Waffenstillstand dort, studierte und praktizierte.«

»Und wie lange waren Sie in Frankreich?« fragte Mr. Norton.

»Lange genug«, erwiderte er. »Lange genug, um allerlei zu vergessen, das ich nicht hätte vergessen dürfen.«

»Was? Was meinen Sie damit?«

Der Veteran lächelte und schüttelte den Kopf. »Allerlei, was das Leben angeht. Dinge, die die meisten Bauern und Arbeiter durch Erfahrung und selten durch bewußtes Nachdenken wissen ...«

»Verzeihung, Sir«, sagte ich zu Mr. Norton, »da es Ihnen besser geht, wäre es vielleicht angebracht, an die Heimfahrt zu denken.«

»Noch nicht«, antwortete Mr. Norton. Dann wandte er sich dem Arzt zu. »Sehr interessant. Und weiter?« Ein Wassertropfen, der in einer seiner Augenbrauen hing, glitzerte wie ein echter Diamant. Ich setzte mich auf einen Stuhl. Der Teufel sollte diesen Veteranen holen.

»Interessiert Sie das wirklich?« fragte der Veteran.

»Natürlich.«

»Dann wäre es vielleicht besser, der junge Mann ließe uns allein ...«

Als ich die Tür öffnete, wallte mir der Lärm von Streit und Zerstörung entgegen.

»Nein, bleiben Sie«, sagte der Dicke. »Hätte ich etwas von dem, was ich Ihnen erzählen will, gehört, als ich noch Student droben auf dem Hügel war, wäre ich vielleicht nicht der ›Fall‹, der ich augenblicklich bin.«

»Setzen Sie sich, junger Mann«, befahl Mr. Norton. »Sie haben also das College besucht?« fragte er den Veteranen.

Ich setzte mich wieder, dachte mit Sorge an Dr. Bledsoe, während der Dicke Mr. Norton von seinem Besuch des

College erzählte und wie er dann Arzt wurde und während des Weltkriegs nach Frankreich ging.

»Hatten Sie als Arzt Erfolg?« fragte Mr. Norton.

»Einigermaßen. Ich machte ein paar Hirnoperationen, die ein gewisses Aufsehen erregten.«

»Und weshalb kamen Sie dann wieder?«

»Heimweh«, antwortete der Veteran.

»Was, du lieber Gott, tun Sie denn hier, in diesem ...?« sagte Mr. Norton. »Bei Ihren Kenntnissen ...«

»Geschwüre«, entgegnete der Dicke.

»Wie peinlich. Und deshalb haben Sie Ihre Karriere aufgegeben?«

»Eigentlich nicht, aber ich wußte nun, daß meine Arbeit mir keine Ehre brachte«, sagte der Veteran.

»Das klingt bitter«, sagte Mr. Norton. In diesem Augenblick wurde die Tür aufgestoßen. Eine braunhäutige Frau mit rotem Haar sah ins Zimmer. »Wie geht's dem Weißen?« sagte sie und torkelte herein. »Er ist wieder bei Bewußtsein! Willst du was zu trinken?«

»Jetzt nicht, Hester«, sagte der Veteran. »Er ist noch ein bißchen schwach.«

»Das sieht man ihm an. Und deshalb muß er was trinken. Das gibt Eisen ins Blut.«

»Gleich, Hester.«

»Okay ... Aber weshalb machst du ein Gesicht wie bei einer Beerdigung? Weißt du denn nicht, daß du im Golden Day bist?« Sie torkelte auf mich zu, rülpste und drehte sich. »Schaut mal her. Der Junge sieht aus, als hätte er Todesangst. Seid doch nicht so dämlich! Macht euch doch Spaß! Ich gehe runter und bestelle bei Halley was zu trinken.« Sie streichelte Mr. Nortons Backe, als sie an ihm vorbeiging, und ich sah, wie ihm die Röte ins Gesicht schoß. »Sei doch mal lustig, Weißer.«

»Haha!« lachte der Veteran. »Sie werden rot, das ist ein

Zeichen dafür, daß es Ihnen besser geht. Nur keine Verlegenheit. Hester ist eine große Menschenfreundin, eine edle, geschickte Therapeutin und besitzt Heilkräfte. Ihre Katharsis ist großartig – haha!«

»Sie sehen wieder besser aus, Mr. Norton«, sagte ich, darauf bedacht, möglichst schnell von hier wegzukommen. Ich hörte die Worte des Veteranen wohl, wußte aber nicht, was sie bezweckten, und Mr. Norton fühlte sich offenbar genau so unbehaglich wie ich. Mir fiel vor allem auf, daß sich der Veteran dem Weißen gegenüber mit einer Freiheit benahm, die nur schlimm enden konnte. Ich hätte Mr. Norton gern gesagt, daß der Mann verrückt war, und doch erfüllte es mich mit tiefer Zufriedenheit, daß er so zu einem Weißen sprach. Mit dem Mädchen war es anders. Frauen sagen meist, was ein Mann nie sagen würde.

Ich schwitzte vor Aufregung, aber der Veteran redete weiter, ohne von meinen Worten Notiz zu nehmen.

»Ruhe, Ruhe«, sagte er und fixierte Mr. Norton. »Die Uhren sind alle zurückgestellt, und die Kräfte der Zerstörung kriechen am Boden. Sie könnten plötzlich erkennen, daß Sie das sind, was Sie sind, und dann wäre Ihr Leben keine faule Aktie wert. Sie würden ausgestrichen, perforiert, der bekannte Magnet, der lose Schrauben anzieht. Und was würden Sie dann tun? Bei diesen Männern kann man mit Geld nichts erreichen, und da der Supercargo nun da liegt wie ein gefällter Stier, haben sie für Werte keinerlei Gefühl mehr. Für manche sind Sie der große, weiße Vater, für andere ein Seelenmörder, für alle aber sind Sie Verwirrung, die sogar in den Golden Day einbrach.«

»Was reden Sie denn da?« sagte ich und dachte: *Mörder?* Er wurde noch erregter als die Männer unten. Ich wagte es nicht, Mr. Norton anzusehen, der protestierte.

Der Veteran runzelte die Stirn. »Zu dieser Frage kann ich nur Stellung nehmen, indem ich ihr aus dem Weg gehe. Ein unendlich dummer Vorschlag, und die Hände, die einst so liebevoll ein Skalpell meisterten, sollten am Abzug eines Revolvers liegen. Ich kam zurück, das Leben zu retten, und wurde abgewiesen«, sagte er. »Zehn maskierte Männer jagten mich um Mitternacht aus der Stadt, schlugen mich mit Peitschen, weil ich ein Menschenleben gerettet hatte. Und ich wurde zur tiefsten Erniedrigung gezwungen, weil ich geschickte Hände und den Glauben hatte, daß mein Wissen mir Ehre einbrächte – nicht Reichtum, nur Ehre – und anderen Menschen Gesundheit.«

Dann starrte er plötzlich mich an. »Haben Sie das verstanden?«

»Was?« fragte ich.

»Was Sie gehört haben.«

»Ich weiß es nicht.«

»Weshalb nicht?«

Ich sagte: »Wir müssen jetzt gehen.«

»Sehen Sie«, wandte er sich an Mr. Norton, »er hat Augen und Ohren und eine schöne, breite afrikanische Nase, aber die einfachen Tatsachen des Lebens begreift er nicht. *Begreifen.* Begreifen? Es ist viel schlimmer. Er registriert mit seinen Sinnen, aber im Kopf hat er Kurzschluß. Nichts hat Bedeutung. Er nimmt es in sich auf, aber er verdaut es nicht. Es ist schon – ach, wozu? Ja, ein wandelnder Zombi. Schon hat er gelernt, nicht nur seine Gefühle, sondern auch seine Menschlichkeit zu unterdrücken. Er ist unsichtbar, die wandelnde Personifizierung des Negativen, die höchste Vollendung Ihrer Träume, Sir. Der mechanische Mensch.«

Mr. Norton sah ihn verdutzt an.

»Sagen Sie doch mal«, sagte der Veteran plötzlich ganz ruhig, »weshalb haben Sie so großes Interesse an der Schule, Mr. Norton?«

»Aus der mir vom Schicksal bestimmten Rolle heraus«,

sagte Mr. Norton erregt. »Ich fühlte und fühle das auch heute noch, daß Ihr Volk irgendwie eng mit meinem Schicksal verbunden ist.«

»Was meinen Sie mit Schicksal?« fragte der Veteran.

»Den Erfolg meiner Arbeit natürlich.«

»Verstehe. Und würden Sie es erkennen, wenn Sie es sähen?«

»Selbstverständlich«, erwiderte Norton empört. »Ich habe es jedes Jahr, wenn ich das Schulgelände besuchte, wachsen sehen.«

»Schulgelände? Warum denn das?«

»Hier wird mein Schicksal entschieden.«

Der Veteran brach in lautes Lachen aus.

»Das Schulgelände, was für ein Schicksal!« Er stand auf und ging lachend im Zimmer auf und ab. Dann blieb er ebenso plötzlich wieder stehen.

»Sie werden es kaum wahrhaben wollen, aber es ist schon richtig, daß Sie mit dem jungen Mann in den Golden Day kamen«, sagte er.

»Nur, weil ich krank wurde – oder besser noch, weil er mich hierher brachte«, erwiderte Mr. Norton.

»Natürlich, aber auf jeden Fall kamen Sie und das ist richtig.«

»Was soll das alles heißen?« fragte Mr. Norton gereizt.

»Ein kleines Kind wird Sie führen«, sagte der Veteran mit einem Lächeln. »Aber im Ernst, weil Sie beide nicht begreifen, was los ist. Sie können die Wahrheit dessen, was Sie sehen, weder hören noch sehen oder riechen – und dabei wollen Sie Ihr Schicksal erkennen! Großartig! Und der Junge, dieser Automat, er wurde aus dem Schlamm der Gegend gemacht und sieht noch weniger als Sie. Sie Stümper, der eine sieht, der andere nicht. Für Sie ist er eine Marke auf der Leistungskarte Ihrer Vollendung, ein Ding und kein Mensch, ein Kind – oder noch weniger –, ein schwarzes, amorphes Etwas. Und trotz all Ihrer Macht sind Sie für ihn kein Mensch, sondern ein Gott, eine Gewalt ...«

Mr. Norton erhob sich plötzlich. »Wir wollen gehen, junger Mann«, sagte er ärgerlich.

»Nein, hören Sie zu. Er glaubt an Sie wie an den Schlag seines Herzens. Er glaubt an jene große, falsche Weisheit, wie sie Sklaven und Pragmatikern in gleicher Weise beigebracht wird, daß der Weiße recht hat. Ich kann Ihnen *sein* Schicksal verraten. Er wird Ihre Befehle ausführen, und deshalb ist seine Blindheit sein größtes Aktivum. Er ist Ihr Mann, Freund. Ihr Mann und Ihr Schicksal. Jetzt gehen Sie beide die Treppe hinunter in das Chaos und verschwinden Sie von hier. Ich mag Sie in Ihrer jämmerlichen Gesamtheit nicht mehr sehen. Verschwinden Sie, ehe ich Ihnen die Gunst erweise, Ihnen den Schädel einzuschlagen.«

Ich sah, wie er auf den großen, weißen Wasserkrug auf dem Waschtisch zuging, und trat zwischen ihn und Mr. Norton, den ich schnell zur Tür schob. Als ich mich umblickte, lehnte er an der Wand und gab einen Laut von sich, der ein Gemisch aus Lachen und Weinen war.

»Schnell, der Mann ist genau so verrückt wie die anderen«, sagte Mr. Norton.

»Ja, Sir«, sagte ich. Seine Stimme klang auf einmal anders.

Auf dem Balkon herrschte derselbe Lärm wie unten. Mit gefüllten Gläsern in der Hand torkelten die Mädchen und betrunkenen Veteranen durcheinander. Als wir an einer offenen Tür vorbeikamen, sah Edna uns und ergriff meinen Arm.

»Wohin wollt ihr?« fragte sie.

»Zur Schule«, antwortete ich und schüttelte sie ab.

»Kommt doch rauf, Baby«, sagte sie. Ich versuchte, an ihr vorbeizuschlüpfen. »Ich sage die Wahrheit«, sagte sie, »keine kann's so gut wie ich.«

»Okay, aber laß mich in Ruh«, bat ich sie. »Ich komme sonst in die größte Verlegenheit.«

Wir gingen die Treppe hinunter, in den Aufruhr hinein. Da begann sie zu schreien: »Dann sollt ihr wenigstens zahlen. Wenn er für mich zu gut ist, soll er wenigstens zahlen.«

Und ehe ich sie noch daran hindern konnte, versetzte sie Mr. Norton einen Stoß, so daß wir beide die Treppe hinunterflogen. Ich landete auf einem Mann, der mit der namenlosen Vertraulichkeit des Betrunkenen aufblickte und mich hart beiseite schob. Während ich tiefer in der Menge versank, sah ich Mr. Norton vorbeisausen. Irgendwo hörte ich das Mädchen schreien und Halley: »Los! Los!« rufen. Dann fühlte ich frische Luft und sah, daß ich in der Nähe der Tür war. Ich arbeitete mich weiter durch das Gewühl. Dann blieb ich einen Augenblick lang keuchend stehen, um mich gleich wieder in die Menge zu stürzen und Mr. Norton herauszuholen. Da hörte ich Halley rufen: »Platz machen!«, und ich sah, wie er Mr. Norton zur Tür geleitete.

»So!« sagte er. Er ließ den Weißen los und schüttelte seinen dicken Kopf.

»Vielen Dank, Halley ...« sagte ich. Weiter kam ich nicht. Ich sah, wie Mr. Norton mit bleichem Gesicht und zerknittertem weißem Anzug wieder zusammenbrach und im Fallen mit dem Kopf gegen die Tür schlug.

»He!«

Ich öffnete die Tür und hob ihn auf.

»Verdammt noch mal. Schon wieder weg!« sagte Halley. »Wie kannst du den Weißen nur nach hier bringen, Junge?«

»Ist er tot?«

»TOT!« sagte er und ging empört zurück. »Der *kann* nicht sterben.«

»Was soll ich tun, Halley?«

»Nicht hier, hier kann er nicht sterben«, sagte er und kniete nieder.

Mr. Norton blickte auf. »Niemand ist tot oder liegt im Sterben«, sagte er scharf. »Hände weg.«

Überrascht trat Halley beiseite. »Das freut mich. Es geht Ihnen also wieder besser? Ich dachte schon, diesmal hätte es Sie erwischt.«

»Um Gottes willen, seien Sie still«, platzte ich nervös los. »Sie sollten sich freuen, daß es ihm wieder gut geht.«

Mr. Norton war sichtbar ärgerlich. An seiner Stirn zeigte sich eine rote Stelle, und ich eilte ihm voran zum Wagen. Ohne meine Hilfe stieg er ein, und ich setzte mich gleich ans Steuer, roch den warmen Duft von Minze und Zigarrenrauch. Er schwieg, als ich davonfuhr.

4. KAPITEL

Meine Hände empfanden das Steuer als etwas Fremdes, als ich dem weißen Strich auf der Chaussee folgte. Hitzestrahlen der späten Nachmittagssonne erhoben sich von dem grauen Beton, schimmerten wie die müden Töne eines fernen Horns, das in stiller Mitternachtluft ertönt. Im Rückspiegel sah ich, daß Mr. Norton abwesend auf die leeren Felder starrte. Sein Mund war streng, seine weiße Stirn da bläulich, wo die Tür sie getroffen hatte. Und während ich ihn betrachtete, fühlte ich, wie sich die kalt in mir geballte Angst entfaltete. Was würde nun kommen? Was würde man in der Schule sagen? Im Geist stand Dr. Bledsoes Gesicht vor mir, wenn er Mr. Norton sah. Ich dachte auch an die Freude, die mancher zu Hause empfände, wenn ich weggejagt würde. Tatlocks grinsendes Gesicht tanzte mir durch den Sinn. Was würden die Weißen denken, die mich auf das College geschickt hatten? War Mr. Norton böse auf *mich?* Im Golden Day war er vor allem neugierig gewesen, bis der Veteran mit seinem verrückten Geschwätz angefangen hatte. Der verfluchte Trueblood. Er hatte an allem schuld. Hätten wir nicht so lange in der Sonne gesessen, dann hätte Mr. Norton keinen Whiskey gebraucht, und ich wäre auch nicht zum Golden Day gefahren. Und weshalb benahmen sich die Veteranen in dem Hause derartig einem Weißen gegenüber?

Mit einem Gefühl kalter Angst lenkte ich den Wagen zwischen den Torpfosten aus rotem Backstein hindurch. Jetzt schienen mich auch die Reihen der sauberen Schlafsäle zu bedrohen, und die weit sich dehnenden Rasenflächen sahen genau so feindselig aus wie die graue Chaussee mit dem weißen, sie teilenden Strich. Wie von selbst fuhr der Wagen langsamer, als wir an der Kapelle mit den niedrigen, geschwungenen Dachrinnen vorbeikamen. Die Sonne schien kühl durch die Baumallee, tupfte die gewundene Auffahrt. Studenten bummelten durch die Schatten über einen Hügel mit zartem Gras zu den backsteinroten Tennisplätzen. Weit jenseits hoben sich weißgekleidete Spieler scharf gegen das Rot der Plätze ab, die von Gras umgeben waren, ein schönes, in Sonne gebadetes Bild. Während der kurzen Fahrt hörte ich freudiges Rufen. Meine mißliche Lage traf mich wie ein Dolch. Ich hatte ein Gefühl, als verlöre ich die Gewalt über den Wagen, und plötzlich trat ich auf die Bremse. Ich entschuldigte mich und fuhr weiter. Hier, in diesem ruhigen Grün war die einzige Geborgenheit, die ich gekannt hatte, und die verlor ich nun. Während dieser kurzen Fahrt kam mir die Verbindung zwischen diesen Rasenplätzen und den Gebäuden und meinen Hoffnungen und Träumen zum Bewußtsein. Am liebsten hätte ich den Wagen angehalten und mit Mr. Norton gesprochen, hätte ihn um Verzeihung gebeten, daß er das alles sehen mußte. Hätte ihn angefleht und ihm Tränen gezeigt, Tränen, derer ich mich nicht schämte, Tränen eines Kindes vor seinen Eltern. Hätte gern alles ungeschehen gemacht, was wir gehört und gesehen hatten, hätte ihm versichert, daß ich nicht wäre wie die, die wir sahen, daß ich sie alle *haßte,* daß ich mit Herz und Seele an die Grundsätze des Gründers glaubte, von seiner Güte und Freundlichkeit überzeugt war, die ihn die Hand seines Wohlwollens ausstrecken ließen, uns armen, unwissenden Menschen aus dem Sumpf und der Dunkelheit zu helfen. Ich würde alles tun, was er befahl, und andere lehren, sich zu verhalten, wie er es wünschte, würde sie lehren, sparsame, anständige, aufrechte Bürger zu werden, die zum Wohlwollen aller beitrugen, würde nur den geraden und schmalen Weg gehen, den er und die Gründer uns vorgezeichnet hatten. Wenn er nur nicht böse auf mich wäre. Wenn er mir doch eine Chance gäbe.

Tränen füllten meine Augen, und die Wege und Gebäude verschwammen und erstarrten einen Augenblick lang im Nebel, glitzerten wie im Winter, wenn der Regen auf den Blättern und dem Rasen fror und das Schulgebäude in eine Welt aus Weiß verwandelte, das Bäume und Büsche mit Kristallfrüchten belud und beugte. Und dann verschwand alles in dem Zwinkern meiner Augen, und das Hier und Jetzt aus Hitze und Größe kehrte zurück. Wenn ich Mr. Norton nur verständlich machen könnte, was die Schule für mich bedeutete.

»Soll ich vor Ihrer Wohnung halten, Sir?« fragte ich, »oder bis zum Verwaltungsgebäude fahren? Vielleicht ist Dr. Bledsoe Ihretwegen in Sorge.«

»Zu meiner Wohnung, und dann bringen Sie Dr. Bledsoe zu mir«, antwortete er kurz.

»Ja, Sir.«

Im Spiegel sah ich, daß er mit einem zerknüllten Taschentuch vorsichtig seine Stirn betupfte. »Und dann schicken Sie mir auch den Schularzt«, sagte er.

Ich hielt vor einem kleinen Gebäude mit weißen Säulen wie die eines alten Herrenhauses auf einer Plantage, stieg aus und öffnete die Tür.

»Bitte ... Mr. Norton ... Verzeihen Sie ... ich ...«

Er sah mich streng an, seine Augen wurden klein, aber er sagte nichts.

»Ich wußte nicht ... verzeihen Sie ...«

»Schicken Sie Dr. Bledsoe zu mir«, sagte er. Dann drehte er sich um und ging über den Kiesweg zum Gebäude.

Ich stieg wieder in den Wagen und fuhr langsam zum Verwaltungsgebäude. Ein Mädchen winkte fröhlich, während ich vorbeifuhr. Sie hatte einen Strauß Veilchen in der Hand. Zwei schwarz gekleidete Lehrer unterhielten sich ernst neben einem verfallenen Brunnen.

Im Gebäude herrschte Stille. Während ich die Treppe hinaufging, dachte ich an Dr. Bledsoe, an sein breites, rundes Gesicht, das seine Form dem inneren Druck des Fetts zu verdanken schien wie ein Ballon die seine dem Druck der Luft. ›Gipskopf‹ nannten ihn manche meiner Kameraden. Aber das hatte ich nie getan. Er war von Anfang an freundlich zu mir gewesen, vielleicht wegen der Empfehlungsbriefe, die der Schulinspektor ihm geschrieben hatte. Aber mehr noch als das: er war mir Vorbild für alles, was ich zu werden hoffte: einflußreich bei reichen Leuten im ganzen Land; Besitzer nicht eines, sondern von *zwei* Cadillacs; Führer seines Volkes; Ratgeber in Angelegenheiten der Rasse, ein gutes Gehalt und eine liebe, gutaussehende, hellhäutige Frau. Und was noch mehr war, obwohl er schwarz und kahl und alles war, worüber sich Weiße lustig machten: er hatte es zu Macht und Ansehen gebracht, er, der Schwarze und Kraushaarige, hatte es zu mehr gebracht als die meisten Weißen des Südens. Man mochte über ihn lachen, aber ignorieren konnte man ihn nicht ...

»Er hat dich schon überall gesucht«, sagte das Mädchen am Schreibtisch.

Als ich sein Zimmer betrat, blickte er vom Telefon auf und sagte: »Macht nichts, er ist jetzt da.« Dann legte er auf. »Wo ist Mr. Norton?« fragte er aufgeregt. »Wie geht es ihm?«

»Ganz gut, Sir. Ich habe ihn in seine Wohnung gebracht und bin gekommen, um Sie zu ihm zu fahren. Er möchte Sie sprechen.«

»Ist etwas nicht in Ordnung?« fragte er, stand schnell auf und kam um den Tisch.

Ich zögerte.

»Nun?«

Das wilde Klopfen meines Herzens schien meine Augen zu trüben.

»Es ist alles wieder in Ordnung, Sir.«

»*Wieder?* Was soll das heißen?«

»Er hatte eine leichte Ohnmacht.«

»Du lieber Gott. Ich wußte doch, daß etwas nicht stimmt. Weshalb haben Sie sich nicht mit mir in Verbindung gesetzt?« Er griff nach seinem schwarzen Homburg und ging zur Tür. »Kommen Sie.«

Ich folgte ihm und versuchte, alles zu erklären. »Es geht ihm wieder gut. Wir waren zu weit von hier weg, als daß ich hätte telefonieren können ...«

»Weshalb sind Sie so weit gefahren?« sagte er und bewegte sich mit geschäftiger Energie.

»Ich habe ihn dahin gefahren, wohin er wollte, Sir.«

»Und wohin wollte er?«

»Zum Sklavenviertel«, erwiderte ich voller Angst.

»Das Viertel! Mensch, sind Sie nicht bei Sinnen? Ist Ihnen nichts Besseres eingefallen, als einen Treuhänder ausgerechnet dahin zu fahren?«

»Er wollte es, Sir.«

Wir befanden uns jetzt auf dem Weg, gingen durch die Frühlingsluft. Er blieb stehen und sah mich wütend an, als hätte ich ihm plötzlich gesagt, Schwarz wäre Weiß.

»Was geht uns an, was *er* will«, sagte er, stieg in den Wagen und setzte sich neben mich. »Haben Sie denn keinen Verstand? Wir bringen die Weißen dahin, wohin wir wollen, und zeigen ihnen, was wir bestimmen. Wissen Sie das denn nicht? Ich hätte Sie für klüger gehalten.«

Als wir Rabb Hall erreichten, hielt ich den Wagen an. Mir war ganz schwach vor Verwirrung.

»Steigen Sie aus«, sagte er, »kommen Sie mit.«

Im Gebäude erlebte ich einen neuen Schock. Als wir uns einem Spiegel näherten, blieb Dr. Bledsoe stehen und korrigierte wie ein Bildhauer sein wütendes Gesicht, machte aus ihm eine leere Maske, und nur das Funkeln seiner Augen verriet die Erregung, die ich eben in ihnen gesehen hatte. Er betrachtete sich einen Augenblick lang, dann gingen wir wortlos durch die stille Halle und die Treppe hinauf.

Eine Studentin saß an einem zierlichen Tisch, der mit Magazinen bedeckt war. Vor einem großen Fenster stand ein großes Aquarium mit bunten Steinen und der kleinen Nachbildung eines Feudal-Schlosses, umgeben von Goldfischen, die trotz des Flatterns ihrer spitzenartigen Flossen bewegungslos zu sein schienen, ein augenblickliches, bewegtes Stehenbleiben der Zeit.

»Ist Mr. Norton in seinem Zimmer?« fragte er das Mädchen.

»Ja, Dr. Bledsoe«, erwiderte sie. »Sie möchten gleich zu ihm kommen.«

Er blieb vor der Tür stehen, und ich hörte, wie er sich räusperte, dann klopfte er mit der Faust leicht an die Tür.

»Mr. Norton?« sagte er. Seine Lippen lächelten schon. Und auf die Antwort folgte ich ihm ins Zimmer.

Es war ein großes, helles Zimmer. Norton saß in einem großen Ohrensessel. Er hatte seine Jacke ausgezogen. Ein neuer Anzug lag auf der kühlen Bettspreite. Über dem großen Kamin schaute ein Ölbild des Gründers fern, gütig, traurig und in diesem bedeutungsvollen Augenblick tief enttäuscht auf mich herab. Dann schien sich über alles ein Schleier zu senken.

»Ich war Ihretwegen in großer Sorge«, sagte Dr. Bledsoe. »Wir haben Sie zu der Nachmittagssitzung erwartet ...«

Jetzt geht es los, dachte ich. Jetzt ...

Plötzlich machte er einen Schritt nach vorn.

»Mr. Norton, Ihr Kopf«, rief er. Eine seltsam großmütterliche Sorge klang in seiner Stimme. »Was ist passiert?«

»Nichts von Bedeutung.« Mr. Nortons Gesicht war unbewegt.

»Eine kleine Schramme.«

Dr. Bledsoe drehte sich um, sein Gesicht war wütende Bestürzung. »Holen Sie sofort den Arzt«, sagte er. »Weshalb haben Sie mir nicht gesagt, daß Mr. Norton verletzt ist.«

»Ist bereits geschehen«, sagte ich leise, während Dr. Bledsoe sich wieder umdrehte.

»Mr. Norton, *Mr. Norton«,* sagte er leise. »Ich bitte um Verzeihung. Ich dachte, ich hätte Sie einem vorsichtigen, vernünftigen jungen Mann anvertraut. Bisher haben wir noch nie einen Unfall gehabt. Noch nie, in den ganzen fünfundsiebzig Jahren nicht. Ich verspreche Ihnen, daß er einer strengen Bestrafung nicht entgeht.«

»Von einem Unfall ist nicht die Rede«, sagte Mr. Norton freundlich, »und den jungen Mann trifft keine Schuld. Schikken Sie ihn fort, wir brauchen ihn jetzt nicht mehr.«

Meine Augen füllten sich plötzlich mit Tränen. Tiefe Dankbarkeit wallte bei seinen Worten in mir auf.

»Seien Sie nicht so gütig«, sagte Dr. Bledsoe. »Wir dürfen diese Menschen nicht verzärteln. Wir dürfen sie nicht verwöhnen. Ein Unfall, der einem Gast des College zustößt, während er der Sorge eines Studenten anvertraut ist, geht zweifellos zu Lasten des Studenten. Das ist eine unserer strengsten Regeln.« Und dann zu mir: »Gehen Sie in Ihr Zimmer und bleiben sie dort, bis Sie gerufen werden.«

»Ich bin wirklich ganz schuldlos«, sagte ich, »wie Mr. Norton eben schon sagte.«

»Ich werde den Fall klären«, sagte Norton mit kleinem Lächeln. »Alles wird schon seine Aufklärung finden.«

»Vielen Dank, Sir«, antwortete ich, während Dr. Bledsoe mich immer noch wütend ansah.

»Seien Sie heute abend in der Kapelle«, sagte er. »Haben Sie verstanden?«

»Ja.«

Ich öffnete mit kalter Hand die Tür und stieß gegen das Mädchen, das an dem Tisch gesessen hatte, als wir das Haus betraten.

»Verzeihung«, sagte sie, »der alte Gipskopf scheint wieder mal nicht bei Laune zu sein.«

Ich antwortete nichts, während sie voller Erwartung neben mir herging. Eine rote Sonne warf ihr Licht auf das Schulgebäude.

»Willst du meinem Freund etwas von mir bestellen?« fragte sie.

»Wer ist es?« erwiderte ich, um meine Spannung und Angst zu verbergen.

»Jack Maston«, antwortete sie.

»Okay, er wohnt gleich neben mir.«

»Das ist großartig«, sagte sie mit breitem Lächeln.

»Der Dekan hat mir allerlei aufgegeben, und deshalb konnte ich Jack heute nachmittag nicht treffen. Bestell ihm nur, ich hätte gesagt, das Gras ist grün ...«

»Was?«

»Das Gras ist grün. Das ist unser Geheimwort. Er weiß dann gleich Bescheid.«

»Das Gras ist grün«, wiederholte ich.

»Richtig. Und vielen Dank«, sagte sie.

Ich verfluchte sie fast, als ich sie in das Gebäude zurückkehren sah und ihre Schuhe mit den flachen Absätzen den Kies des Weges zermahlen hörte. Sie spielte mit einem albernen Geheimwort, während sich mein Schicksal für den Rest meines Lebens entschied. Das Gras war grün, und sie würden sich treffen, und sie würde dann schwanger nach Hause geschickt werden, aber wenn auch, ihre Schande wäre nicht so groß wie meine ... Wenn ich nur wüßte, was die beiden über mich sprachen. Plötzlich kam mir ein Gedanke, und ich lief hinter ihr her, in das Gebäude und die Treppe hinauf.

Im Flur spielte feiner Staub, den ihre eilenden Füße aufgewirbelt hatten, in einem Sonnenstrahl. Aber sie war schon verschwunden. Ich wollte sie bitten, an der Tür zu lauschen und mir dann zu sagen, was sie gehört hatte. Wenn sie entdeckt wurde, hatte ich das auch noch auf dem Gewissen. Außerdem schämte ich mich, daß jemand von meiner mißlichen Lage erfuhr, die an sich doch so dumm und albern war. In der Ferne des langen, weiten Flurs hörte ich jemand singend die Treppe herunterhüpfen. Die süße hoffnungsvolle Stimme eines Mädchens. Ich machte kehrt und eilte in mein Zimmer.

Ich lag mit geschlossenen Augen auf meinem Bett und versuchte zu denken. Meine Spannung wollte sich nicht lösen. Dann hörte ich jemand durch den Flur kommen. Ich erstarrte. Holte man mich schon? In der Nähe wurde eine Tür geöffnet und dann wieder geschlossen, meine Spannung ließ nicht nach. Bei wem konnte ich Hilfe finden? Mir fiel niemand ein. Niemand, dem ich erklären konnte, was sich im Golden Day zugetragen hatte. Mein Inneres war in Aufruhr. Besonders verwirrend aber war Dr. Bledsoes Haltung Mr. Norton gegenüber. Ich wagte nicht zu wiederholen, was er gesagt hatte, weil ich fürchtete, ich könnte meine Chancen, auf der Schule zu bleiben, vermindern. Es konnte nicht wahr sein, ich hatte nicht richtig verstanden. Er *konnte* doch nicht gesagt haben, was er meiner Meinung nach gesagt hatte. Hatte ich nicht schon oft genug erlebt, wie er sich, den Hut in der Hand und sich demütig, respektvoll verbeugend, den Weißen näherte? Hatte er sich nicht geweigert, im Speisesaal mit den weißen Gästen der Schule zusammen zu essen, hatte er den Saal nicht erst dann betreten, als sie mit dem Essen fertig waren, hatte er sich nicht auch dann noch geweigert, Platz zu nehmen, war er nicht, mit dem Hut in der Hand, stehengeblieben, während er eifrig mit ihnen sprach, und sie mit einer demütigen Verbeugung verließ? Hatte er nicht? *Hatte* er nicht? Ich hatte ihn zu oft gesehen, wenn ich durch die Tür zwischen Speisesaal und Küche spähte. Und war ›Lebe in Demut‹ nicht sein Lieblingslied? Und hatte er uns nicht in der Kapelle an Sonntagabenden von der Empore aus immer wieder mit tausend unzweideutigen Worten gesagt, wir sollten zufrieden an dem uns zugewiesenen Platz leben? Das hatte er getan, und ich hatte ihm geglaubt. Ohne auch nur zu fragen, hatte ich seine Darstellung des Guten, das den erwartete, der auf dem von dem Gründer gezeigten Weg ging, geglaubt. Das war meine Lebensbejahung. Und man konnte mich doch nicht wegen etwas wegjagen, das ich nicht getan hatte. Das war doch unmöglich. Aber dieser Veteran! Er war derart verrückt, daß er Gesunde ansteckte. Er hatte versucht, die Welt auf den Kopf zu stellen. Der Teufel sollte ihn holen. Er hatte Mr. Norton wütend gemacht. Er hatte nicht das Recht, so mit einem Weißen zu sprechen, und ich sollte nun dafür büßen …

Jemand schüttelte mich, und ich fuhr zusammen. Meine Beine waren feucht und zitterten. Es war mein Zimmergenosse.

»Was ist denn los?« sagte er. »Wollen zum Essen gehen?«

Ich sah in das mir vertraute Gesicht; *er* wollte Farmer werden.

»Ich habe keinen Appetit«, sagte ich seufzend.

»Na gut«, sagte er, »mach, was du willst. Aber sage hinterher nicht, ich hätte dich nicht geweckt.«

»Nein«, erwiderte ich.

»Auf wen wartest du? Auf ein breitarschiges Mädchen mit runden Hüften?«

»Nein«, sagte ich wieder.

»Kümmer dich nicht um den Quatsch, Junge«, grinste er. »Das macht dich nur krank, und du verlierst dabei den Verstand. Solltest dir ein Mädchen nehmen und ihr mal zeigen, wie der Mond über dem grünen Rasen auf dem Grab des Gründers aufgeht ...«

»Scher dich zum Teufel«, schrie ich.

Lachend ging er fort, öffnete die Tür dem Lärm vieler Schritte, die durch den Flur kamen: Essenszeit. Der Lärm verklingender Stimmen. Etwas meines Lebens schien sich mit ihnen qualvoll in graue Ferne zurückzuziehen. Dann ein Klopfen an der Tür. Ich sprang auf. Mein Herz klopfte wild.

Ein kleiner Student, der die Mütze des Neuaufgenommenen trug, steckte den Kopf durch den Türspalt und schrie: »Sollst sofort in die Rabb Hall zu Dr. Bledsoe kommen.« Noch ehe ich eine Frage an ihn richten konnte, war er verschwunden. Seine Schritte lärmten durch den Flur. Er mußte vor dem letzten Glockenschlag im Speisesaal sein.

Vor Mr. Nortons Tür blieb ich stehen. Meine Hand hatte den Drücker ergriffen, und ich murmelte ein Gebet.

»Treten Sie ein, junger Mann«, sagte er auf mein Klopfen. Er trug einen frischen Leinenanzug, das Licht fiel auf sein weißes Haar wie auf Seide. Ein kleines Pflaster klebte an seiner Stirn. Er war allein.

»Verzeihung«, entschuldigte ich mich, »mir wurde bestellt, Dr. Bledsoe erwartete mich hier ...«

»Das stimmt«, sagte er, »aber Dr. Bledsoe mußte fort. Nach dem Gottesdienst finden Sie ihn in seinem Büro.«

»Vielen Dank, Mr. Norton«, sagte ich und wandte mich zum Gehen. Hinter mir räusperte er sich: »Junger Mann ...«

Voller Hoffnung wandte ich mich um. »Ich habe Mr. Bledsoe gesagt, daß Sie keinerlei Schuld trifft. Ich glaube, er hat das auch eingesehen.«

Ich war so erlöst, daß ich ihn nur ansehen konnte ... ein kleiner, seidenhaariger, weiß gekleideter Nikolaus, durch vernebelte Augen gesehen.

»Ich danke Ihnen aufrichtig«, brachte ich schließlich heraus.

Er betrachtete mich schweigend, mit leicht zusammengekniffenen Augen.

»Brauchen Sie mich heute abend noch, Sir?« fragte ich.

»Nein, ich brauche den Wagen nicht. Meine Geschäfte rufen mich früher, als ich glaubte, zurück. Ich fahre heute abend spät wieder ab.«

»Ich könnte Sie zum Bahnhof fahren«, sagte ich voller Hoffnung.

»Vielen Dank, aber das hat Dr. Bledsoe bereits arrangiert.«

»Ach«, sagte ich enttäuscht. Ich hatte gehofft, seine Achtung dadurch zurückzugewinnen, daß ich mich ihm für den Rest der Woche zur Verfügung stellte. Daraus wurde nun nichts.

»Ich wünsche Ihnen gute Reise«, sagte ich.

»Vielen Dank«, sagte er, plötzlich lächelnd.

»Und wenn Sie das nächste Mal wiederkommen, kann ich vielleicht einige der Fragen beantworten, die Sie mir heute nachmittag gestellt haben.«

»Fragen?« Seine Augen wurden wieder klein.

»Ja, Sir, über ... über Ihr Schicksal«, sagte ich.

»Ja, ja«, erwiderte er.

»Und dann will ich auch Emerson lesen ...«

»Sehr gut. Selbstvertrauen ist eine sehr wertvolle Tugend. Mit dem größten Interesse sehe ich dem Augenblick entgegen, in dem ich erfahre, was Sie zu meinem Schicksal beigetragen haben.« Er begleitete mich bis an die Tür. »Und vergessen Sie nicht, zu Dr. Bledsoe zu gehen.«

Ich war ein wenig beruhigt, wenn auch nicht vollständig. Die Begegnung mit Dr. Bledsoe stand mir noch bevor. Und dem Gottesdienst mußte ich auch beiwohnen.

5. KAPITEL

Als die Vesperglocke läutete, ging ich mit Gruppen anderer Studenten langsam durch das Schulgelände. Ihre Stimmen klangen weich in der milden Dämmerung. Ich erinnere mich der gelben Kugeln aus Milchglas, die spitzenartige Silhouetten auf den Kies warfen, und des Hin und Her der Blätter und Zweige über uns, während wir langsam durch die Dämmerung gingen, die so erregend nach Flieger, Geißblatt und Verbenen duftete und so voll war vom Grün des Frühlings. Und ich erinnere mich der plötzlichen Akkorde aus Gelächter, die fröhlich über das zarte Frühlingsgras sangen – froh wogend, fern –, wallend, flüssig, spontan, ein glockenhelles, weibliches Flöten, das dann unterdrückt wurde, als ersticke es schnell und unwiderruflich in der stillen Feierlichkeit der Abendluft, in die jetzt bebend die dumpfe Glocke der Kapelle klang. Bim – bam – bum! Über dem feierlichen Gehen um mich her der Lärm von Schritten, die die Veranden weit ausladender Gebäude verlassen und auf die Wege zugehen und dann weiter zu den asphaltierten Fahrwegen, die von weißgekalkten Steinen eingefaßt sind, jenen kryptischen Botschaften für Männer und Frauen, Knaben und Mädchen, die ruhig dahin gingen, wo die Besucher warteten, und dann wir, nicht in der Stimmung der Verehrung, sondern des Urteils. Und in der sickernden Dämmerung, unter dem tiefblauen Himmel, der belebt ist von kreisenden Turmseglern und flatternden Motten, in der Hierheit der Nacht, die noch nicht von ihm erhellt ist, richtet der Mond, der blutrot hinter der Kapelle zögert wie eine gestürzte Sonne, seinen Glanz weder auf die Hier-Dunkelheit zwitschernder Fledermäuse noch die Dort-Nacht von Heimchen und Spottdrosseln ausgießt, seine kurzen Strahlen dahin, wo wir uns versammeln. Und wir gehen weiter mit starren Bewegungen, die Glieder sind steif, und die Stimmen schweigen jetzt, als wären wir auch in der Dunkelheit sichtbar und der Mond das blutunterlaufene Auge eines Weißen.

Und ich gehe steifer noch als alle anderen, und mit mir geht das Gefühl, daß mich Verdammung erwartet; das Beben der Glocken wühlt in der Tiefe meiner Not. Und ich denke an die Kapelle mit den weitgeschwungenen Dachrinnen, lang und niedrig, als erhöhe sie sich blutig aus der Erde wie der aufgehende Mond; weinbewachsen und erdfarbig, als wäre sie eher von der Erde als von Menschen geschaffen. Und mein Geist sucht Erleichterung, fern des Frühlingsdunkels und des Duftes der Blumen, wendet sich ab von der Kreuzigung hin zur Geburt; von allem Frühlingsdunkel und dem Abend nach dem hohen, hellen, lichten Wintermond und dem Schnee, der auf Zwergtannen glitzert, wo anstatt der Glocken die Orgel und der Posaunenchor Weihnachtslieder in die Fernen tragen, in denen der Schnee wirbelt und aus der Nachtluft ein Meer aus Kristallwasser macht, das an dem schlummernden Land leckt, soweit der Ton reicht, endlose Meilen, und das neue Gesetz Gottes auch in den Golden Day, auch in das Haus des Wahnsinns trägt. Aber in der Hierheit der Dämmerung gehe ich durch die blumige Luft, unter dem aufgehenden Mond, den Glocken entgegen, die nach Verdammung klingen.

Ich gehe durch die Türen, hinein in weiches Licht, still, vorbei an den Reihen puritanischer, harter Folterbänke, finde die, für die ich bestimmt bin, und beuge meinen Körper ihrer Qual. Oben auf der Empore mit der Kanzel und dem Gitter aus blankem Messing sehe ich auf Bänken in pyramidenförmigem Aufbau die Köpfe des Studentenchors, stille, stumpfe Gesichter über schwarz-weißen Uniformen; und über ihnen, sich bis unter die Decke erhebend, die drohenden Orgelpfeifen, eine gotische Hierarchie aus mattem Gold.

Um mich her bewegen sich die Studenten mit Gesichtern, die zu feierlichen Masken gefroren sind, und dann ist mir, als hörte ich die Stimmen, die mechanisch zu den Liedern werden, die die Besucher liebten. (Liebten? Verlangten. Gesungen? Ein Ultimatum, das angenommen und Ritus wurde, ein Treuegelöbnis, rezitiert für den Frieden, den es bedeutete und deshalb vielleicht geliebt. Geliebt wie die Besiegten schließlich die Symbole ihrer Sieger lieben. Eine Geste der Hinnahme fester Bedingungen und widerwillig gebilligt.) Und wie ich hier steif dasitze, denke ich an die Abende, die ich in Ehrfurcht und Freude, in Freude aus Ehrfurcht vor der ausladenden Empore verbrachte, denke an die kurzen Predigten, die von der Kanzel dort gesprochen wurden, in glatten, deutlichen Worten, mit ruhiger Sicherheit und frei von jener wilden Erregung der rohen Prediger, die die meisten von uns aus unseren Heimatstädten kannten und deren wir uns so sehr schämten. Die logischen Appelle, die uns nun erreichten, waren wie der Hieb eines festen Plans und verlangten nichts als die Klarheit einfacher Satzperioden, die einlullende Bewegung vielsilbiger Worte, uns zu erregen und zu beruhigen. Und ich denke auch an die Gespräche der uns besuchenden Redner, die alle darauf bedacht waren, uns wissen zu lassen, wie glücklich wir wären, ein Teil des ›großen‹ und formellen Rituals zu sein. Welches Glück, zu dieser Familie zu gehören, die geschützt war gegen die, die in Unwissenheit und Dunkelheit verloren waren.

Hier auf dieser Bühne wurde der schwarze Ritus des Horatio Alger nach Gottes eigener Vorschrift vollzogen, mit Millionären, die gekommen waren, sich selbst darzustellen; nicht nur den Mythos ihrer Güte und ihres Reichtums und Erfolgs und ihrer Macht und ihres Wohlwollens und ihrer Autorität in Pappmasken darzustellen, sondern sich selbst, ihre Tugenden. Nicht das Brot und der Wein, sondern das Fleisch und das Blut, bebend und lebendig, auch dann noch bebend, wenn es erniedrigt, alt und verwittert war. (Und wer würde da nicht glauben? Wer konnte da noch zweifeln?)

Und ich denke auch daran, wie wir jenen anderen begegneten, denen, die mich in dieses Eden gebracht hatten, die wir kannten, obwohl wir sie nicht kannten, die unvertraut waren in ihrer Vertraulichkeit, die ihre Worte zu uns schleppten durch Blut und Gewalt, durch Lächerlichkeit und Herablassung, mit langsamem Lächeln, die ermahnten und drohten, mit unschuldigen Worten einschüchterten, während sie uns die Grenzen unseres Lebens beschrieben und die weite Kühnheit unseres Strebens, die torkelnde Torheit unserer Ungeduld, uns noch höher zu erheben; die, wenn sie sprachen, flüchtige Visionen in mir wachriefen von Blutschaum, der über ihr Kinn geiferte wie vertrauter Tabaksaft, und auf ihren Lippen die geronnene Milch aus den verdorrten Zitzen von einer Million schwarzer Brüste, eine verräterische und flüssige Kenntnis unseres Seins, eingesogen an unserer Quelle und nun wieder verdorben auf uns gespien. Das wäre unsere Welt, sagten sie, wenn sie sie uns beschrieben, dies unser Horizont und ihre Erde, ihre Jahreszeiten und ihr Klima, ihr Frühling und Sommer, ihr Herbst und ihre Ernte für ein paar weitere unbekannte Jahrtausend; und dies ihre Fluten und Stürme und sie selbst unser Donner und unser Blitz; und das müßten wir hinnehmen und lieben, auch dann hinnehmen, wenn wir es nicht liebten. Wir müßten hinnehmen – auch dann, wenn jene nicht da wären, und die Menschen, die die Eisenbahnen und die Schiffe und die steinernen Türme bauten, waren vor unseren Augen, im Fleisch, mit anderen Stimmen, unbeschwert von erkennbarer Gefahr, und ihre Freude an unseren Liedern schien aufrichtiger, ihre Sorge um unser Wohlergehen fast gütige und unpersönliche Gleichgültigkeit. Aber die Worte der anderen waren stärker als die Macht philantropischer Dollars, tiefer als die Schächte, die in die Erde getrieben wurden nach Öl und Gold, tiefere Ehrfurcht einflößend als die Wunder, die in wissenschaftlichen Laboratorien hergestellt wurden. Denn ihre unschuldigsten Worte waren Akte der Gewalt, gegen die wir in der Schule überempfindlich waren, wenn wir sie auch nicht erduldeten.

Und auch ich war auf jene Empore gestiegen und hatte geredet, ein Studentenführer, meine Stimme gegen die höchsten Balken gerichtet und die entferntesten Sparren, sie hinaufjagend bis unter den Dachfirst, von wo sie klirrend zurückprallten, wie Worte, die man in die Bäume einer Wildnis schreit oder in einen Brunnen mit schiefergrauem Wasser; mehr Klang als Sinn, ein Spiel mit der Resonanz von Gebäuden, ein Angriff auf die Tempel des Ohrs:

Ha! Für die grauhaarige Matrone in der letzten Reihe! Ha! Miss Susie, Miss Susie Gresham da hinten, die nach dem Mädchen schaut, das dem Jungen zulächelt, höre mir zu, dem stolpernden Bläser von Worten, der die Trompete und den Klang der Posaune nachahmt, thematische Variationen spielt, wie ein Bariton Horn. He! Alte Kennerin des Klangs einer Stimme, der Stimmen ohne Botschaft, der Winde, die keine Nachricht bringen, höre auf die Vokale und die knatternden Zahnlaute, auf die tiefen, harten Gutturale leerer Angst, sie klingen jetzt wie der Rhythmus eines Predigers, den ich vor langer Zeit in einer Baptistenkirche hörte, alles Imaginären entblößt: keine blutenden Sonnen, keine weinenden Monde, kein Wurm, der das geweihte Fleisch verweigert und am Ostermorgen in der Erde tanzt. Ha! Sie singt von Vollendung, ha! Sie dröhnt von Erfolg, stimmt an das Lied von der Hinnahme. Ha! Ein Strom von Wortlauten, gefüllt mit ertrunkenen Leidenschaften, dahinflutend, ha! mit Wracks unerfüllten Ehrgeizes und totgeborener Empörung, greift nach ihnen, ha! Stehen steif in Reih und Glied vor mir, die Hälse vorgestreckt mit lauschenden Ohren, ha! Spritzen bis an die Decke und erschüttern die dunkelgefleckten Sparren, den verdorrten Querbalken aus gequältem Holz, das weich geworden ist im Ofen von tausend Stimmen. Spielen, ha! wie auf einem Xylophon; Worte, die marschieren wie die Studentenkapelle durch das Schulterrain, auf und ab, triumphierende Töne ohne Triumph plärrend. Ha! Miss Susie! Der Klang von Worten, die keine Worte waren, falsche Töne, die Vollendung singen, die keine Vollendung ist, kommen auf den Schwingen meiner Stimme hin zu dir, der alten Matrone, die du den Klang der Stimme des Gründers kanntest und auch die Akzente und das Echo seines Versprechens. Dein alter, grauer Kopf erhob sich mit den jungen, die dich umgeben, deine Augen sind geschlossen, ekstatisch ist dein Gesicht, während ich die Wortlaute in meinen Atem werfe, in meine Lunge, meine Quelle, wie hellfarbige Bälle in den Strahl eines Springbrunnens – höre zu, alte Matrone, rechtfertige diesen Klang mit deinem lieben, alten Nicken der Zustimmung, deinem Lächeln mit geschlossenen Augen und deiner Verbeugung der Anerkennung, du, die sich nicht betören läßt durch den Inhalt der Worte, meiner Worte, der nadelfedrigen Flieger, die deine Lider streicheln, bis sie vor Ekstase flattern, wenn sie das Echo des Versprechens hören. Und nach dem Gesang und dem Auszug nimmst du meine Hand und singst mit bebender Stimme: »Junge, eines Tages wird der Gründer stolz auf dich sein.« Ha! Susie Gresham, Wächterin der geilen, jungen Weiber auf den puritanischen Bänken, die dein Jordanwasser nicht sehen konnten wegen des eigenen Dampfes. Du, Überbleibsel der Sklaverei, die die Schule liebte, aber nicht verstand, alt, Sklavin, Trägerin von etwas Warmem und Vitalem und Dauerndem, dessen wir uns auf dieser Insel der Scham nicht schämten – an dich, in der letzten Reihe, richtete ich meinen Strom aus Tönen, und an dich dachte ich voller Scheu und Bedauern, während ich auf den Beginn der Feier wartete.

Die Ehrengäste begaben sich schweigend auf die Empore, wurden von Dr. Bledsoe mit dem Dekorum eines würdevollen Oberkellners zu dem hohen, geschnitzten Gestühl geleitet. Wie manche der Gäste, trug auch er eine gestreifte Hose und einen Schwalbenschwanz mit schwarzbelegten Aufschlägen und dazu ein reiches Plastron. Das war bei solchen Gelegenheiten seine übliche Kleidung; aber trotz seiner Eleganz brachte er es fertig, sehr bescheiden und unauffällig zu erscheinen. Irgendwie beutelte sich seine Hose unvermeidlich an den Knien, und der Rock saß schlecht um die Schultern. Ich sah, wie er zuerst dem einen, dann dem anderen der Gäste zulächelte, von denen alle, bis auf einen, Weiße waren. Und als ich dann sah, wie er ihnen die Hand auf den Arm legte, leicht ihren Rücken berührte, einem großen Treuhänder mit eckigem Gesicht etwas zuflüsterte, der ihn dafür vertraulich am Arm faßte, überlief es mich kalt. Auch ich hatte heute einen Weißen berührt, und ich fühlte, daß das verhängnisvoll gewesen war, und dann wurde mir klar, daß er der einzige von uns war – ausgenommen vielleicht der Barbier oder eine der Pflegerinnen –, der einen Weißen ungestraft anfassen konnte. Und ich erinnerte mich auch, daß er jedesmal, wenn weiße Gäste auf die Empore kamen, seine Hand auf sie legte, als übe er einen gewaltigen Zauber aus. Ich sah seine Zähne blitzen, wenn er eine weiße Hand ergriff. Und als dann alle saßen, begab er sich auf seinen Platz am Ende der Stuhlreihe.

Mehrere Terrassen aus Studentengesichtern über ihnen, wartete der Organist, die funkelnden Augen auf die Tasten gerichtet. Jetzt wandte er den Kopf über die Schulter, und ich sah, daß Dr. Bledsoe, der seine Augen über die Anwesenden schweifen ließ, plötzlich nickte, ohne den Kopf zu wenden. Als hätte er mit einem unsichtbaren Taktstock das Zeichen gegeben. Der Organist drehte sich um und hob die Schultern. Eine Kaskade aus Tönen stürzte aus der hohen Orgel, legte sich dicht, zäh und langsam anschwellend über die Kapelle. Der Organist drehte und wand sich auf seiner Bank, und unter ihm sausten die Füße hin und her, als tanzten sie nach Rhythmen, die mit dem pomphaften Donner seiner Orgel in keinem Zusammenhang standen.

Und Dr. Bledsoe saß da mit einem seligen Lächeln innerer Sammlung. Aber seine Augen schossen schnell zuerst über die Reihen der Studenten, dann über den Teil, der für die Lehrer bestimmt war, und für alle enthielt sein schneller Blick eine Drohung. Denn er verlangte, daß jeder an diesen Versammlungen teilnahm. Hier wurde Politik in breitester Rhetorik verkündet. Ich fühlte seine Augen auf meinem Gesicht verweilen, als sie die Stelle streiften, wo ich saß. Ich sah zu den Gästen auf der Empore; sie saßen da mit jener aufmerksamen Entspannung, mit der sie immer unseren auf sie gerichteten Augen begegneten. Ich fragte mich, an wen von ihnen ich mich wenden könnte, daß er für mich bei Dr. Bledsoe ein gutes Wort einlegte, aber ich wußte in meinem Inneren, daß sich niemand unter ihnen befand.

Trotz der wichtigen Männer, die neben ihm saßen, und trotz seiner demütigen und bescheidenen Haltung, die ihn kleiner erscheinen ließ als die anderen (obwohl er körperlich größer war), hinterließ seine Anwesenheit bei uns einen viel tieferen Eindruck. Ich dachte daran, wie er in das College gekommen sein sollte: ein barfüßiger Junge, der in seinem Bildungsdrang mit seinem Bündel zerlumpter Kleider durch zwei Staaten gewandert war. Und wie er hier zuerst die Schweine mit Spülicht gefüttert und es bald zum besten Schweinefütterer in der Geschichte des College gebracht hatte und wie der Gründer so beeindruckt gewesen war, daß er ihn als Hilfe in sein Büro genommen hatte. Jeder von uns wußte, daß er nach Jahren schwerster Arbeit Leiter des College geworden war, und jeder von uns hatte wohl den Wunsch, er wäre zu der Schule gewandert oder hätte eine

Schubkarre geschoben oder eine andere Tat der Entschlossenheit oder des Opfers vollbracht, um so seinen Wissensdrang darzutun. Ich dachte an die Bewunderung und die Angst, die er jedem in der Schule einflößte. Die Bilder in der Negerpresse trugen die Überschrift ERZIEHER in Buchstaben, die wie Flintenschüsse knallten, und sein Gesicht sah einen mit größter Zuversicht an. Für uns war er mehr als nur der Leiter eines College. Er war ein Führer, ein ›Staatsmann‹, der unsere Probleme denen vorlegte, die über uns standen, bis hinein ins Weiße Haus. Und in vergangenen Tagen hatte er den Präsidenten selbst durch die Schule und ihre Anlagen geführt. Er war unser Führer und unser Zauberer, der dafür sorgte, daß die Zuwendungen hoch waren, der Stipendienfonds reichlich mit Geld versehen und ihm die Presse zugänglich war. Er war unser kohlenschwarzer Papi, vor dem wir alle Angst hatten.

Als die Orgelstimmen verklangen, sah ich ein schmächtiges braunes Mädchen sich geräuschlos mit der starren Beherrschung einer mondänen Tänzerin in einer der oberen Reihen des Chors erheben. Sie sang a cappella. Sie begann leise, als sänge sie für sich von geheimsten Erregungen, als wären ihre Töne nicht für die Versammelten bestimmt, die ihr fast gegen ihren Willen lauschten. Allmählich nahm die Stimme an Umfang zu, und manchmal war es, als würde sie eine körperlose Kraft, die in sie einzudringen, sie zu vergewaltigen versuchte; sie schüttelte sie, wiegte sie rhythmisch, als wäre sie eher der Quell ihres Wesens als das flüssige Gewebe ihrer eigenen Schöpfung geworden.

Ich sah, wie die Gäste auf der Empore sich umdrehten, um zu sehen, wie das schmächtige, braune Mädchen in dem weißen Chorkleid, das hoch oben vor den Orgelpfeifen stand, vor unsern Augen selbst eine Orgelpfeife verhaltener, beherrschter und sublimierter Angst wurde, ein schmales, offenes Gesicht, das die Musik wandelte. Ich verstand die

Worte nicht, wohl aber die sorgenvolle, vage und ätherische Stimmung des Gesanges. Er bebte vor Heimweh, Sehnsucht und Reue, und ich saß mit zugeschnürter Kehle da, während sie langsam versank. Kein Sich-Setzen, sondern ein beherrschtes Zusammenbrechen, als wöge, als trüge sie das brodelnde Wallen ihrer Schlußtöne auf dem zarten Rhythmus des Blutes ihres Herzens oder der mystischen Sammlung ihres Wesens, die durch die beherrschten Tränen ihrer großen, nach oben gerichteten Augen hindurch allein den Tönen galt.

Kein Applaus, nur Beifall durch tiefes Schweigen. Die weißen Gäste lächelten sich anerkennend an. Ich dachte an die furchtbare Möglichkeit, daß ich das alles verlassen müßte, daß ich von der Schule gejagt würde, stellte mir meine Rückkehr nach Hause und den Tadel meiner Eltern vor. In meiner Verzweiflung sah ich auf einmal alles, Bühne und Schauspieler, wie aus weiter Ferne, als schaute ich durch ein umgekehrt gehaltenes Fernrohr; kleine, puppengleiche Gestalten bewegten sich durch ein bedeutungsloses Ritual. Irgendwer da oben, über den abwechselnd moostrockenen und fettigen Köpfen der Studenten, die vor mir saßen, las etwas vor, das auf einem Lesepult lag, auf dem eine trübe Lampe brannte. Dann erhob sich ein anderer und betete. Jemand sprach. Und dann sangen alle um mich herum: *Führe mich, o Herr, führe mich zu einem Fels, der höher ist als ich.* Und als enthielte der Klang eine Kraft, die gebieterischer war als das Bild der Szene, dessen lebendiges Bindeglied er war, wurde ich in seine Unmittelbarkeit zurückgerissen.

Einer der Gäste hatte sich erhoben, um eine Rede zu halten, ein auffallend häßlicher Mensch: fett, mit einem Kugelkopf auf einem kurzen Hals und einer Nase, die für sein Gesicht viel zu breit war und auf der er eine Brille mit dunklen Gläsern trug. Er hatte neben Dr. Bledsoe gesessen, aber ich hatte mich derart mit dem Leiter beschäftigt, daß ich ihn bisher nicht gesehen hatte. Meine Blicke hatten den Weißen und Dr. Bledsoe gegolten. Und als er jetzt aufstand und sich zur Mitte der Empore begab, kam es mir vor, als hätte sich ein Teil von Dr. Bledsoe erhoben, der sich nun nach vorn bewegte, während der übrige Teil lächelnd auf dem Stuhl sitzenblieb.

Er stand vor uns, entspannt, sein weißer Kragen leuchtete wie ein Streifen zwischen seinem schwarzen Gesicht und seinem dunklen Anzug, trennte den Kopf von dem Körper; seine kurzen Arme kreuzten sich vor seinem Bauch wie die eines kleinen schwarzen Buddhas. Einen Augenblick lang stand er da, den dicken Kopf erhoben, als dächte er nach. Dann begann er zu sprechen. Seine Stimme war voll und bebend, als er sagte, welche Freude es für ihn bedeutete, die Schule nach so vielen Jahren wieder einmal besuchen zu dürfen. Er sei Prediger in einer Stadt des Nordens und hätte sie zum letztenmal in den letzten Tagen des Gründers gesehen, als Dr. Bledsoe noch ›zweiter Befehlshaber‹ war. »Es waren herrliche Tage«, dröhnte er. »Bedeutungsvolle Tage. Tage voll großer Vorbedeutung.«

Während er sprach, machte er aus seinen Händen einen Käfig, indem er die Fingerspitzen gegeneinander preßte, dann stellte er die kleinen Füße dicht nebeneinander und wiegte sich langsam, rhythmisch hin und her. Er erhob sich auf die Zehen, beugte sich vor, als wollte er vornüber fallen, dann wieder zurück auf die Fersen. Das Licht fiel in die dunklen Brillengläser, und bald sah es aus, als schwebte sein Kopf frei von seinem Körper, als wäre er nur noch durch das weiße Band seines Kragens mit ihm verbunden. Und während er so hin und her wiegte, sprach er, bis seine Worte einen gewissen Rhythmus gefunden hatten.

Dann erneuerte er den Traum in unsern Herzen:

»... dieses öde Land nach der Befreiung«, rief er, »dieses Land der Dunkelheit nach der Sorge, der Unwissenheit und

Erniedrigung, wo sich die Hand des Bruders gegen den Bruder erhob, der Vater gegen den Sohn und der Sohn gegen den Vater; wo der Herr sich gegen den Sklaven wandte und der Sklave gegen den Herrn, wo alles Kampf und Finsternis war, ein Land der Schmerzen. Und in dieses Land kam ein demütiger Prophet, bescheiden wie der Zimmermann aus Nazareth, Sklave und Sohn von Sklaven, der nur seine Mutter kannte. Als Sklave geboren und doch von Anfang an ausgezeichnet durch hohe Intelligenz und fürstliche Persönlichkeit; geboren in dem niedrigsten Teil dieses öden, von Kriegen schwer verwundeten Landes, und doch Licht in ihm verbreitend, wo er ging. Ich weiß, daß ihr alle von seiner schweren Kindheit gehört habt, von seinem schweren Leben, das von einem geisteskranken Vetter fast vernichtet wurde, der das kleine Kind mit Lauge übergoß und seinen Samen zerstörte, und wie er als kleines Kind neun Tage lang wie tot dalag und dann plötzlich, wie durch ein Wunder, gesundete. Man kann wohl sagen, daß er aus dem Tode zurückkehrte und wiedergeboren wurde.

Ach, meine jungen Freunde«, rief er strahlend, »meine jungen Freunde, es ist wirklich eine wunderbare Geschichte. Ich weiß, daß ihr sie schon oft gehört habt. Erinnert euch, wie er sich die Anfangsgründe seines Wissens aneignete, indem er kluge Fragen an seine kleinen Herren richtete, ohne daß die älteren Herren es wußten; wie er das Alphabet lernte, sich selbst das Lesen beibrachte und das Geheimnis der Worte löste und sich instinktiv an die Heilige Schrift hielt mit ihrer tiefen Weisheit und aus ihr seine ersten Erkenntnisse schöpfte. Und ihr wißt, wie er dann fortlief und durch Berge und Täler wanderte an jenen Ort des Lernens und wie er durchhielt und dauernd, mittags und abends und morgens arbeitete, um studieren, oder wie die alten Leute es ausdrückten, ›seinen Kopf an der Wand eines College reiben‹ zu können. Ihr alle kennt seine glänzende Laufbahn und daß er bald ein packender Redner wurde. Und daß er dann das Examen machte und kein Geld hatte und nach vielen Jahren in seine Heimat zurückkehrte.

Und dann begann sein großer Kampf. Stellt ihn euch vor, meine jungen Freunde: dunkle Wolken über dem ganzen Land, schwarze Menschen und weiße Menschen voller Angst und Haß, sie streben vorwärts, aber sie haben Angst voreinander. Ein ganzes Land ist in furchtbarer Spannung. Jeder steht vor der Frage: was muß geschehen, diese Angst und diesen Haß zu bannen, die über dem Land kauern, wie ein Dämon, der zuspringen will, und ihr wißt, daß er dann kam und ihnen den Weg zeigte. Ja, meine lieben Freunde, ich weiß, daß ihr das alles immer wieder gehört habt: von der Arbeit dieses göttlichen Menschen, von seiner Demut und dem, was er schaute und dessen Früchte ihr heute genießt, greifbare, lebendig gewordene Früchte; von seinem Traum, der in der Härte und Dunkelheit der Sklaverei empfangen wurde und seine Erfüllung fand in der Luft, die ihr jetzt atmet, in den süßen Harmonien eurer Stimmen, in dem Wissen, an dem ihr alle – Töchter und Enkelinnen, Söhne und Enkel von Sklaven – in hellen und gutausgestatteten Klassenzimmern teilnehmt. Ihr müßt diesen Sklaven, diesen schwarzen Aristoteles, sehen, der sich langsam, mit süßer Geduld bewegt, mit der Geduld nicht eines Menschen, sondern eines von Gott eingegebenen Glaubens – müßt sehen, wie er sich langsam bewegt und jeden Widerstand überwindet. Dem Kaiser gibt, was des Kaisers ist, ja, aber unaufhörlich für euch auf der Suche nach jenem hellen Horizont, den ihr jetzt genießt …«

»All das«, sagte er, die Finger der Hand nach unten spreizend, »ist im ganzen Land immer wieder erzählt worden und hat ein demütiges, aber schnell wachsendes Volk erfüllt. Auch das habt ihr gehört – diese wahre Geschichte reicher Verrichtungen, diese lebende Parabel erprobten Ruhms und bescheidenen Adels – und das hat euch, wie ich schon sagte – frei gemacht. Auch ihr, die ihr erst in diesem Semester hierher kamt, wißt es. Ihr habt seinen Namen von euren Eltern gehört, denn er führte sie auf den Pfad, leitete sie wie ein großer Kapitän; wie jener große Lotse längst vergangener Zeit, der sein Volk sicher und ohne Schaden über den Grund des blutroten Meeres führte. Und eure Eltern folgten diesem bedeutsamen Mann durch das schwarze Meer aus Vorurteilen, heraus aus dem Lande der Unwissenheit, durch die Stürme aus Angst und Wut und er rief: LASST MEIN VOLK ZIEHN, wenn es notwendig war, flüsterte er diese Worte, wenn Flüstern das Klügste war. Und er fand Gehör.«

Ich hörte wie betäubt zu, den Rücken gegen die harte Bank gedrückt, und meine Erregung webte sich in seine Worte wie auf einem Webstuhl.

»Und vergeßt auch nicht«, fuhr er fort, »daß, als er zur Zeit der Baumwollernte in einen gewissen Staat kam, seine Feinde sich verschworen hatten und ihm nach dem Leben trachteten. Und erinnert euch auch, wie er auf seiner Reise von einem seltsamen Mann angehalten wurde, dessen zernarbtes Gesicht nicht erkennen ließ, ob er weiß oder schwarz war … Die einen sagen, er sei ein Grieche gewesen, andere ein Mongole – wieder andere ein Mulatte und noch andere ein einfacher weißer Mann Gottes. Wer auch immer oder was auch immer – wir dürfen die Möglichkeit eines einst von Gott Gesandten nicht außer acht lassen – oh, ja – und erinnert euch, wie er plötzlich erschien, den Gründer und sein Pferd erschreckte, während er ein Warnzeichen gab – und dem Gründer sagte, er sollte Pferd und Wagen stehenlassen und sich sofort zu einer bestimmten Hütte begeben, und dann ging der Fremde schweigend davon, so still, meine jungen Freunde, daß der Gründer an seinem Dasein zweifelte. Und ihr wißt auch, wie der große Mann dann weiterzog durch das Dunkel, entschlossen, wenn auch verwirrt, als er sich der

Stadt näherte. Er war in Gedanken verloren, bis das erste Gewehr knallte, dann die fast verhängnisvolle Salve, die seinen Kopf traf – und ihn betäubt und scheinbar tot liegenließ.

Ich habe aus seinem eigenen Munde vernommen, wie ihm zdas Bewußtsein zurückkehrte, während sie sich noch über ihn beugten und sahen, was sie verbrochen hatten, und wie er dalag und den Schlag seines Herzens unterdrückte, damit sie ihn nicht hörten und ihr Werk nicht durch einen *coup de grâce* vollendeten, wie die Franzosen das nennen. Ha! und ich weiß, daß jeder von euch seine Flucht miterlebt hat«, sagte er, und ich hatte das Gefühl, als blickte er mir direkt in die tränenfeuchten Augen. »Ihr erwachtet, als er erwachte, ihr freutet euch, wie er sich freute, als sie fortzogen, ohne weiteres Unheil anzurichten. Ihr standet auf, als er aufstand, saht mit seinen Augen die Spuren ihrer Schritte und der Kugeln, die in den Staub eingeschlagen waren, wo er gelegen hatte. Ja, auch das kalte, vom Staub verkrustete, aber nicht ganz verhängnisvolle Blut. Und ihr eiltet mit ihm voller Zweifel zu der Hütte, die der Fremde ihm genannt hatte, wo er den anscheinend irren schwarzen Mann traf ... Ihr erinnert euch des Alten, über den die Kinder auf dem Marktplatz lachten, alt und mit einem komischen Gesicht, schlau, *woll*köpfig. Und doch war er es, der eure Wunden mit denen des Gründers verband. Er, der alte Sklave zeigte eine überraschende Kenntnis dieser Dinge – *Germologie* und *Scabologie* – ha! ha! nannte er es – und welch jugendliche Geschicklichkeit der Hände. Er rasierte unsern Kopf, säuberte unsere Wunde und verband sie sauber mit Binden, die aus dem Haus eines nichtsahnenden Führers des Mobs gestohlen waren. Und ihr wißt, wie ihr mit dem Gründer, dem Führer, tief eindranget in die schwarze Kunst der Flucht, geleitet, ja eingeweiht durch den anscheinend Irren, der seine List in der Sklaverei gelernt hatte. Ihr machtet euch mit dem Führer im Dunkel der Nacht auf den Weg, das weiß ich. Ihr eiltet schweigend mit ihm über den Grund des Flusses, von Moskitos zerstochen, von Eulen umschrien, von Fledermäusen umschwirrt, umzischt von Schlangen, die zwischen den Felsen klapperten, Schlamm und Fieber, Dunkelheit und Stöhnen. Ihr alle verstecktet euch am nächsten Tag in der Hütte, wo dreizehn Menschen in drei kleinen Zimmern schliefen, standet bis zum Einbruch der Dunkelheit in der Kaminfeuerstelle, in Ruß und Asche –, ha! ha! ha! – behütet von der alten Großmutter, die am Herd döste, der scheinbar ohne Feuer war. Ihr standet in der Dunkelheit, und als sie dann mit den Hunden kamen, glaubten sie, sie wäre nicht bei Sinnen. Aber sie wußte Bescheid, genau Bescheid. Sie kannte das Feuer! Sie kannte das Feuer, das brannte, ohne zu verbrennen. Lieber Gott, ja das tat sie.«

»Lieber Gott, ja«, antwortete eine Frauenstimme und trug dazu bei, die Vision, die ich in meinem Innern erblickte, noch deutlicher werden zu lassen.

»Und am Morgen machtet ihr euch mit ihm zusammen auf den Weg, verborgen in einer Wagenladung Baumwolle, tief drin in der Wolle, wo ihr die heiße Luft einatmetet durch den Lauf der Schrotflinten, die ihr für den Notfall mitgenommen hattet. Die Patronen, die Gott sei Dank nicht verwendet wurden, hieltet ihr wie einen Fächer in den gespreizten Fingern eurer Hand bereit. Und ihr kamt mit ihm in diese Stadt und wurdet von dem freundlichen Aristokraten eine Nacht lang verborgen und in der nächsten von dem weißen Schmied, der keinen Haß kannte – die überraschenden Widersprüche des Untergrundes. Entkamt, ja, mit Hilfe derer, die euch kannten und derer, die euch nicht kannten. Einigen genügte sein Anblick, andere halfen auch, ohne ihn gesehen zu haben, Schwarze und Weiße. Aber meist waren es unsere Leute, die ihm halfen, weil ihr zu ihnen gehörtet, und wir haben unseren Leuten immer geholfen. Und so, meine jungen Freunde, meine Schwestern und Brüder, gingt ihr mit ihm, von einer Hütte in die andere, nachts und frühmorgens, durch Sümpfe und Berge. Weiter, immer weiter, von einer schwarzen Hand in die andere und zuweilen auch in weiße Hände, und alle Hände formten die Freiheit des Gründers und unsere eigene Freiheit wie Stimmen, die ein inniges Lied formen. Und ihr alle wart mit ihm. Aber das alles wißt ihr, denn ihr entkamt in die Freiheit. Ja, ja, ihr kennt die Geschichte.«

Er machte eine Pause, strahlte hinaus in die Kapelle, wandte den mächtigen Kopf in alle Ecken wie ein Leuchtfeuer, und das Echo seiner Stimme tönte noch, während ich meiner Erregung Herr zu werden versuchte. Zum erstenmal machte mich die Heraufbeschwörung des Gründers traurig, und die Schule schien an mir vorbeizusausen, sich schnell zurückzuziehen, wie ein verblassender Traum, wenn der Schlaf weicht. Die Augen des Studenten neben mir verschwammen in verzerrendem Tränenstrom, sein Gesicht war starr, als führte er einen inneren Kampf. Der dicke Mann hatte die ganze Zuhörerschaft in seinen Bann gezogen. Er schien ganz ruhig, verborgen hinter den dunklen Gläsern seiner Brille, nur sein bewegliches Gesicht leitete sein Drama aus Tönen. Ich stieß den Studenten, der neben mir saß, an.

»Wer ist das?« flüsterte ich.

Er sah mich ärgerlich, fast empört, an. »Reverend Homer A. Barbee, Chicago«, sagte er.

Jetzt legte der Redner den Arm auf das Lesepult und wandte sich Dr. Bledsoe zu:

»Ihr habt den leuchtenden Anfang der wundervollen Geschichte gehört, meine Freunde. Aber nun kommt das traurige Ende, das vielleicht in mancher Hinsicht noch reicher ist. Der Untergang dieses glorreichen Sohnes des Morgens.

Es war ein schicksalsschwerer Tag, Dr. Bledsoe, wenn ich Sie daran erinnern darf, denn wir waren dabei. Ja, meine jungen Freunde«, sagte er und wandte uns wieder sein stolztrauriges Lächeln zu. »Ich kannte ihn gut, und ich liebte ihn, und ich war dabei.

Wir waren durch viele Staaten gewandert, denen er die Botschaft brachte. Die Menschen waren gekommen, den Propheten zu hören, die Menge hatte reagiert. Altmodische Menschen, Frauen in Schürzen und alte Mütter in Kattun, Männer in ihren Overalls und geflickten Alpakas, ein Meer aus erregten und verwirrten Gesichtern, die unter alten Strohhüten und Sonnenhauben hervorschauten. Sie waren mit Ochsen und Maultieren gekommen oder hatten den langen Weg zu Fuß gemacht. Es war September und ungewöhnlich kalt. Er hatte Frieden und Vertrauen in ihre erregten Seelen gesprochen und ihnen einen Stern gezeigt, und wir gingen weiter, an andere Orte, und überallhin brachten wir die Botschaft.

Ach, diese Tage unaufhörlichen Wanderns, diese jugendvollen Tage, diese Frühlingstage, fruchtbare, blühende, sonnenerfüllte Tage der Verheißung. Ach, diese unbeschreiblich leuchtenden Tage, an denen der Gründer den Traum aufbaute, nicht nur hier in diesem öden Tal, sondern überall im ganzen Land, seinen Traum in die Herzen der Menschen pflanzte. Er errichtete das Gerüst einer Nation. Verkündete seine Botschaft, die wie Samen auf braches Land fiel, opferte sich, kämpfte und vergab seinen Feinden beiderlei Gesichtsfarbe – ja, er hatte Feinde beiderlei Gesichtsfarbe. Aber er ging seinen Weg, voll der Wichtigkeit seiner Botschaft, voll der ihm anvertrauten Mission. Und in seinem Eifer, vielleicht in seinem menschlichen Stolz, ließ er den Rat seines Arztes außer acht. Vor meinem geistigen Auge steht wieder die verhängnisvolle Atmosphäre jener großen Zuhörerschaft: der Gründer hält sie in der weiten Hand seiner Beredsamkeit, wiegt sie, beruhigt sie, belehrt sie, und unten die verzückten Gesichter, gerötet vom Schein des dickbauchigen, rotglühenden Ofens, ja, die verzauberten Reihen tranken die gebieterische Wahrheit seiner Botschaft in sich hinein. Und wieder höre ich jetzt das große, summende Schweigen, als seine Stimme das Ende einer gewaltigen Satzperiode erreichte, und einer der Zuhörer, ein Mann mit schneeweißem Haar, springt auf und ruft: ›Sag uns, was wir tun sollen, sag es uns um Gottes willen – sag es uns um meines Sohnes willen, den man mir in der vergangenen Woche weggeholt hat.‹ Und in dem weiten Raum erheben sich die Stimmen und flehen: ›Sag es uns, sag es uns.‹ Und der Gründer kann vor Tränen nicht weitersprechen.«

Laut klang Barbees Stimme, während er plötzlich schwerfällige und irgendwie unbeholfene Bewegungen machte, die seine Worte unterstrichen. Ich beobachtete ihn mit erregter Spannung. Ich kannte die Geschichte, und es wehrte sich etwas in mir gegen ihren traurigen, unvermeidlichen Schluß.

»Und der Gründer machte eine Pause, dann kommt er nach vorn, und seine Augen verraten seine große Erregung. Mit erhobenem Arm beginnt er zu antworten, und dann wankt er. Dann wilde Erregung. Wir eilen nach vorn und führen ihn fort.

Erschrocken erheben sich die Zuhörer. Alles ist Entsetzen und Durcheinander, Stöhnen und Seufzen. Und dann, als wäre es ein Donnerschlag, höre ich Dr. Bledsoes Stimme, gebieterisch wie ein Peitschenschlag, ein Lied der Hoffnung anstimmen. Und während wir den Gründer auf eine Bank legen, damit er sich ausruht, höre ich Dr. Bledsoe mit mächtigen Schlägen auf der leeren Tribüne den Takt schlagen, Befehle erteilend, nicht mit Worten, sondern mit den tiefen Kehllauten seines herrlichen Basses – ach, er war ein herrlicher Sänger! Und ist es auch heute noch – und sie stehen da, beruhigen sich, und mit ihm singen sie gegen das Wanken ihres Riesen. Singen ihre langen, schwarzen Lieder aus Blut und Knochen:

»Wird HOFFNUNG!
Aus Qual und Schmerz:
Wird GLAUBE!
Aus Demut und Absurdität:
Wird DURCHHALTEN!
Aus unaufhörlichem Kampf in Dunkelheit wird:
TRIUMPH! …«

»Ha!« rief Barbee und klatschte in die Hände, »Ha!« Singen einen Vers nach dem anderen, bis der Führer wieder erwachte (klatscht in die Hände).

»Sprach zu ihnen:«
(Klatschen!) »Lieber Gott, lieber Gott!
Beruhigte sie,« (Klatschen)
»Daß …« (Klatschen)

»Er nur müde wäre von seinen unaufhörlichen Anstrengungen.« (Klatschen). »Ja, und er schickte sie fort, schickte jeden fort auf seinen Weg, voller Freude, gab jedem zum Abschied einen brüderlichen Händedruck …«

Ich beobachtete Barbee, der sich im Halbkreis bewegte. Er hatte die Lippen zusammengepreßt, sein Gesicht zuckte erregt, seine Hände begegneten sich, aber ich hörte kein Klatschen.

»Ach, jene Tage, als er seine gewaltigen Felder bestellte, jene Tage, als er die Ernten gedeihen und wachsen sah, jene jugendvollen, sommerlichen, sonnenhellen Tage …«

Barbees Stimme wurde heimwehschweres Seufzen. Und während er seufzte, atmete die Kapelle kaum. Dann sah ich, wie er ein schneeweißes Taschentuch hervorzog, die dunkle Brille abnahm und sich die Augen wischte. Und durch die immer größer werdende Ferne meines Alleinseins sah ich, wie die Männer auf den Ehrenplätzen langsam ihre verzauberten Köpfe schüttelten. Dann begann Barbees Stimme wieder, körperlos jetzt, und es war, als hätte er nie eine Pause gemacht, als setzten seine Worte, die in uns widerstrahlten, ihr rhythmisches Fließen fort, obwohl ihre Quelle für einen Augenblick versiegt war.

»Oh, ja, meine jungen Freunde, oh, ja«, fuhr er fort mit tiefer Traurigkeit. »Die Hoffnung des Menschen kann purpurne Bilder malen, kann einen hochfliegenden Geier in eine klagende Taube verwandeln. Oh, ja. Aber ich *wußte*«, rief er, daß ich zusammenzuckte, »trotz der *großen, angsterfüllten Hoffnung in mir, wußte ich, wußte,* daß der große Geist sich neigte, sich seinem einsamen Winter näherte, daß die große Sonne unterging. Denn manchmal ist dem Menschen dieses Wissen gegeben ... Und ich schwankte unter der furchtbaren Last dieses Wissens und verfluchte mich, weil ich sie trug. Aber die Begeisterung des Gründers war so – oh, ja – daß ich, während wir von einer Stadt in die andere durch den herrlichen Spätsommer eilten, bald vergaß. Und dann ... und dann ... und dann ...«

Ich lauschte seiner Stimme, die Flüstern wurde. Seine Hände waren ausgestreckt, als leiteten sie ein Orchester in ein tiefes und letztes Diminuendo. Dann erhob seine Stimme sich wieder, schrill, fast sachlich, beschleunigt:

»Ich erinnere mich der Abfahrt des Zuges, der zu stöhnen schien, während er den steilen Weg ins Gebirge hinauf zu fahren begann. Es war kalt. Frost bildete seine eisigen Muster an den Rändern der Fensterscheiben. Und das Pfeifen des Zuges war langgezogen und einsam, ein Seufzer, der aus der Tiefe des Gebirges klang.

Im ersten Wagen, im Pullman, den der Präsident der Gesellschaft für ihn bereitgestellt hatte, lag der Führer unruhig auf seinem Lager. Er war von einer plötzlichen und geheimnisvollen Krankheit befallen. Und ich wußte trotz der Angst in mir, daß die Sonne untergeht, denn der Himmel selbst gab dieses Wissen. Das Rattern des Zuges, das Klirren der Räder auf Stahl. Ich erinnere mich, daß ich durch die gefrorene Scheibe blickte und den großen Nordstern undeutlich sah und ihn dann ganz verlor, als hätte der Himmel sein Auge geschlossen. Der Zug kroch den Berg hinauf, die Maschine voran, wie ein großer, schwarzer Hund, parallel mit den letzten, sich auf die Seite legenden Wagen, stieß ihren fahlen weißen Dampf aus, während sie uns immer höher schleppte. Und bald wurde der Himmel schwarz, ohne Mond ...«

Während der ›Mooond‹ durch die Kapelle echote, zog er das Kinn gegen die Brust, bis der weiße Kragen verschwand und er nur noch eine Gestalt aus gleichmäßigem, ununterbrochenem Schwarz war. Ich hörte seinen rasselnden Atem.

»Als hätten selbst die Sterne die uns drohende Trauer geahnt«, rief er, den Kopf nach der Decke hebend, mit heiserer Stimme. »Denn gegen das große – weite – Schwarz hob sich ein einziger, juwelengleicher Stern ab, und ich sah ihn schimmern und zerbrechen und über die Wange des kohlschwarzen Himmels gleiten wie eine widerwillige und einsame Träne ...«

Er schüttelte in großer Erregung den Kopf, und seine Lippen streckten sich vor, während er stöhnte: »Mmmmmmm«. Dann wandte er sich Dr. Bledsoe zu, als ob er ihn nicht genau sähe. »In diesem schicksalsschweren Augenblick ... Mmmmmmm ... saß ich zusammen mit euerm großen Führer ... Mmmmmmm! Er war tief in Gedanken versunken, während wir auf das Urteil der Wissenschaftler warteten, und er sagte zu mir über den sterbenden Stern:

›Barbee, haben Sie das gesehen?‹

Und ich antwortete: ›Ja, Doktor, ich habe es gesehen.‹

Und an unseren Kehlen fühlten wir schon die kalten Hände der Sorge. Und ich sagte zu Dr. Bledsoe: ›Wir wollen beten.‹ Und während wir auf dem schwankenden Boden niederknieten, waren unsere Worte weniger Gebete als Laute stummen und furchtbaren Kummers. Und als wir uns dann, von der Bewegung des dahineilenden Zuges schwankend, wieder erhoben, sahen wir den Arzt auf uns zukommen.

Und wir blickten mit verhaltenem Atem in das ausdruckslose Gesicht des Mannes der Wissenschaft und fragten mit unserem ganzen Sein: Bringen Sie uns Hoffnung oder Kummer? Und dann sagte er uns, daß der Führer sich seiner Bestimmung näherte ...

Es war ausgesprochen, der grausame Schlag war gefallen, und wir waren wie betäubt. Aber der Gründer war in dem Augenblick noch bei uns und hatte noch den Oberbefehl. Und von all denen, die an der Reise teilnahmen, ließ er den zu sich kommen, der dort vor euch sitzt, und auch mich, der ich ein Mann Gottes bin. Aber ihn verlangte vor allem nach dem Freund seiner mitternächtlichen Gespräche, dem Kameraden so vieler Schlachten, der so viele schwere Jahre hindurch treu geblieben war in Sieg und Niederlage.

Noch heute sehe ich den dunklen Gang mit den trüben Lampen und Dr. Bledsoe, der schwankend vor mir hergeht. An der Tür standen der Träger und der Schaffner, ein Schwarzer und ein Weißer aus dem Süden, und beide weinten. Beide weinten. Und er blickte auf, als wir eintraten, seine großen Augen voller Ergebung, aber immer noch leuchtend von Adel und Mut auf der Weiße seines Kissens. Und er sah seinen Freund an und lächelte. Lächelte voller Wärme seinem alten Kampfgenossen, dem treuen Kämpfer, seinem Helfer zu, dem wunderbaren Sänger der alten Lieder, der seinen Geist aufgerichtet hatte in Zeiten der Not und Mutlosigkeit, der mit den Klängen der alten, vertrauten Melodien die Zweifel und die Ängste der Menge beruhigte. Er, der sich derer angenommen hatte, die noch unwissend waren und voller Angst und Argwohn, derer, die noch eingehüllt waren in die Fetzen der Sklaverei. Ihn dort, euren Führer, der die Kinder des Sturms beruhigte. Und als der Gründer seinen Gefährten sah, lächelte er. Und während er dem Freund und Gefährten die Hand entgegenstreckte, wie ich euch meine Hand jetzt entgegenstrecke, sagte er: ›Komm näher. Komm näher!‹ Und er kam näher, bis er neben dem Bett stand, und das Licht fiel schräg über seine Schulter, als er neben ihm kniete. Und die Hand streckte sich aus und berührte ihn leicht, und er sagte: ›Jetzt mußt du die Last übernehmen. Führe sie den Weg, der noch zurückgelegt werden muß.‹ Ach, das Rattern des Zuges und der Schmerz, der für Tränen zu groß war.

Als der Zug den Gipfel des Berges erreichte, war er nicht mehr bei uns. Und als der Zug den Hang hinunter fuhr, war er weit fort.

Es war ein wahrer Zug des Kummers geworden. Müden Geistes und mit schwerem Herzen saß Dr. Bledsoe da. Was sollte er tun? Der Führer war tot, und er stand nun plötzlich an der Spitze der Truppen, wie ein Reiter, der in den Sattel des Generals geschleudert wird, wenn dieser bei einem Angriff fällt – saß auf dem Rücken seines feurigen und halbgezähmten Renners. Ah! Und das große, schwarze, edle Tier, glasäugig vom Lärm der Schlacht und zuckend unter dem Gefühl, den Reiter verloren zu haben. Welchen Befehl sollte er geben? Sollte er mit seiner Last umkehren, nach Hause, wohin die heißen Drähte schon die Trauerkunde blitzten, sagten, ratterten? Sollte er umkehren und den gefallenen Soldaten hinuntertragen von dem kalten, fremden Berg in dieses Heimatstal? Zurückkehren mit den Augen, die nun trübe, der festen Hand, die jetzt still, der herrlichen Stimme, die verstummt war, mit dem kalten Führer? Heimkehren in das warme Tal, die grünen Gründe, die er mit seinen sterblichen Augen nicht mehr sehen konnte? Sollte er dem Führer folgen, wenn er auch fort war?

Ach, natürlich kennt ihr die Geschichte: Wie er den Toten in die fremde Stadt trug, und auch die Rede, die er hielt, als sein Führer aufgebahrt dalag, und daß, als die Kunde sich verbreitete, ein Trauertag für die ganze Stadt angeordnet wurde. Ach, und wie Reich und Arm, Schwarz und Weiß,

Schwache und Starke, Junge und Alte, wie alle kamen, ihm zu huldigen – und daß viele erst den Wert des Führers und ihren Verlust erkannten, als er tot war. Und daß Dr. Bledsoe nach Erfüllung seiner Mission zurückkehrte und traurige Totenwacht hielt bei seinem Freund in einem bescheidenen Gepäckwagen. Und wie die Leute bei jedem Halt kamen, dem Toten Ehre zu erweisen … Ein langsamer Zug, ein sorgenvoller Zug. Und während der ganzen Fahrt, durch Berg und Tal, wohin immer die Schienen ihren schicksalsschweren Lauf nahmen, waren die Menschen eins in der gemeinsamen Trauer und, wie die kalten Stahlschienen mit den Schwellen, fest in ihrer Trauer verbunden. Ach, welch traurige Abreise.

Und wieviel trauriger war noch die Ankunft! Seht und höret mit mir, meine jungen Freunde: Das Weinen und Jammern derer, die teilhatten an seiner Arbeit. Ihr lieber Führer kehrte zu ihnen zurück, steinkalt, in der eisernen Unbeweglichkeit des Todes. Er, der sie schnell verlassen hatte, in der Kraft seiner Mannheit, der Urheber ihres eigenen Feuers und ihrer Erleuchtung, kehrte zu ihnen zurück, kalt, schon eine Statue aus Bronze. Ach, meine jungen Freunde, welche *Verzweiflung!* Die schwarze Verzweiflung schwarzer Menschen! Ich sehe sie wieder: sie gehen über diesen Grund und Boden, wo jeder Backstein, jeder Vogel, jeder Grashalm an irgend etwas Wertvolles erinnerte; und jede Erinnerung war ein Hammerschlag, der die stumpfen Nägel ihres Kummers tiefer einschlug. Ja, manche von ihnen sitzen mit grauem Haar unter euch, aber immer noch sind sie dem ergeben, was er schaute, immer noch arbeiten sie im Weinberg. Aber als der schwarz drapierte Sarg, in dem er lag, unter ihnen stand und sie unentrinnbar erinnerte – fühlten sie, wie die dunkle Nacht der Sklaverei sich wieder auf sie herabsenkte. Sie rochen den alten, widerlichen Geruch der Dunkelheit, den Gestank der Sklaverei, der schlimmer ist als der stinkende

Atem weißhaarigen Todes. Ihr süßes Licht war eingeschlossen in einen schwarz drapierten Sarg, ihre majestätische Sonne hinter einer Wolke verschwunden.

Ach, und der traurige Klang weinender Hörner. Ich höre sie wieder. Sie stehen an den vier Ecken des Schulgeländes, klingende Signale für den gefallenen General. Sie verkünden immer wieder die traurige Kunde, erzählen einander immer wieder die traurige Offenbarung, durch die stille Dumpfheit der Luft, als könnten sie sie nicht glauben, als könnten sie sie weder begreifen noch sich mit ihr abfinden. Hörner, die weinen wie eine Familie zärtlicher Frauen, die einen Geliebten beweinen. Und die Menschen kamen und sangen die alten Lieder und verliehen ihrer unsagbaren Trauer Ausdruck. Schwarze, Schwarze, Schwarze. Schwarze Menschen in noch schwärzeren Trauerkleidern. Der Trauerflor hing auf ihren nackten Herzen, ohne Scham sangen sie die Trauerlieder ihres schwarzen Volkes, bewegten sich voller Schmerzen, überfluteten die sich windenden Wege, weinten und klagten unter den hängenden Bäumen, und ihre leise murmelnden Stimmen klangen wie das Stöhnen der Winde in einer Wildnis. Und dann versammelten sie sich auf dem Hang des Hügels, und so weit die tränenfeuchten Augen sehen konnten, standen sie mit gesenktem Kopf da und sangen.

Dann Stille. Das einsame Grab ist mit duftenden Blumen ausgelegt. Dutzend Hände in weißen Handschuhen warten gespannt an den seidenen Stricken. Dieses furchtbare Schweigen! Die Schlußworte sind gesprochen. Eine einsame, wilde Rose winkte Abschied, barst langsam, und ihre Blumenblätter fielen wie Schnee auf den langsam versinkenden Sarg. In die Erde, zurück in den alten Staub; zurück in den kalten, schwarzen Lehm … der Mutter von uns allen.«

Als Barbee schwieg, war die Stille so vollkommen, daß ich, wie einen schnellen Puls, die Kraftmaschinen, weit weg am anderen Ende des Gebäudes, durch die Nacht klopfen hörte. Irgendwo unter den Zuhörern begann die Stimme einer alten Frau jammernd zu klagen, die Geburt eines traurigen Liedes, eines Liedes, das totgeboren in einem Seufzer verklang.

Barbee stand mit zurückgeworfenem Kopf da, die Arme starr an den Seiten, die Fäuste geballt, als bemühte er sich verzweifelt, seiner selbst Herr zu werden. Dr. Bledsoe saß da, das Gesicht in seinen Händen verborgen. In meiner Nähe schneuzte sich jemand. Barbee machte einen torkelnden Schritt nach vorn.

»Ja, ja«, sagte er. »Ach, ja. Auch das gehört zu der glorreichen Geschichte. Aber sehet in ihr nicht Tod, sondern Geburt. Ein großer Samen war gepflanzt worden. Ein Samen, der, als die Zeit gekommen war, Frucht hervorbrachte, als wäre der große Schöpfer auferstanden. In einer Weise war er es, wenn nicht im Fleisch, so doch im Geist. Und in gewisser Hinsicht auch im Fleisch. Denn ist euer augenblicklicher Führer nicht sein lebendiger Vertreter geworden, seine physische Gegenwart? Schaut um euch, wenn ihr das bezweifelt. Meine jungen Freunde, meine lieben jungen Freunde. Wie kann ich euch sagen, welche Art Mensch der ist, der euch führt? Wie kann ich euch nahebringen, wie er sein dem Gründer gegebenes Wort gehalten, wie gewissenhaft er sein Amt verwaltet hat?

Ihr müßt euch die Schule vorstellen, wie sie zu Anfang war. Gewiß, schon eine große Anstalt; damals hatte sie acht Gebäude, heute zählt sie zwanzig. Damals bestand der Lehrkörper aus fünfzig, heute aus zweihundert Personen. Damals belief sich die Schülerzahl auf ein paar hundert, heute sollen es, wie ich höre, dreitausend sein. Und wo ihr heute Asphaltstraßen habt, über die Gummireifen fahren, bestanden die Straßen damals aus Schotter, über die Ochsen, Pferde und Maultiere die Wagen zogen. Ich kann euch nicht sagen, wie sehr sich mir das Herz schwellte, als ich nach so langer Zeit in dieses Institut zurückkehrte und mich in seinem reichen Grün, seinen fruchtbaren Äckern und den duftenden Anlagen bewegte. Ach, und die herrliche Kraftanlage, die einen Bezirk versorgt, der größer ist als manche Stadt – und das alles wird von *schwarzen Händen* in Gang gehalten. So, meine jungen Freunde, brennt immer noch das Licht des Gründers. Euer Führer hat sein Versprechen tausendfach gehalten. Er ist der Miterbauer eines großen und edlen Werks. Er ist der würdige Nachfolger seines großen Freundes, und es ist kein Zufall, daß seine große und kluge Führerschaft ihn zu unserm führenden Staatsmann gemacht hat. Seine Größe ist eurer Nachahmung wert. Ich sage euch, formt euch nach ihm. Strebt alle danach, eines Tages in seine Fußstapfen zu treten. Viel Großes muß noch getan werden. Denn wir sind ein junges, wenn auch schnell wachsendes Volk. Legenden müssen noch geschaffen werden. Habt keine Angst, die Last eures Führers zu übernehmen, und das Werk des Gründers wird sich ewig neu entfaltender Ruhm, die Geschichte der Rasse eine Sage wachsenden Triumphes sein.«

Barbee stand jetzt da mit ausgestreckten Händen, strahlte über der Zuhörerschaft, sein buddhagleicher Körper sah aus wie ein großer Block aus Onyx. Überall in der Kapelle Erregung. Bewundernde Stimmen flüsterten, und ich kam mir verlorener vor als je. Ein paar Minuten lang hatte Barbee mich die Vision sehen lassen, und ich wußte jetzt, daß ein Verlassen der Schule einer Loslösung vom Fleisch gleichkam. Ich sah, wie er jetzt die Arme senkte und zu seinem Stuhl zurückging. Er bewegte sich langsam mit erhobenem Kopf, als lauschte er ferner Musik. Ich hatte den Kopf gesenkt, mir die Tränen abzuwischen, als ich erschrecktes Atmen hörte.

Ich blickte auf und sah zwei der weißen Treuhänder schnell über die Empore gehen, wo Barbee über Dr. Bledsoes Beine stolperte. Der alte Mann fiel vornüber auf Hände und Knie, als die beiden Weißen seine Arme faßten. Und als er jetzt stand, sah ich, daß der eine von ihnen etwas vom Fußboden aufhob und es ihm reichte. Als er den Kopf hob, sah ich es. Einen schnellen Augenblick lang zwischen der Geste und dem undurchsichtigen Glitzern seiner Brillengläser, sah ich das Schimmern von Augen, die nicht mehr sehen konnten. Homer A. Barbee war blind.

Dr. Bledsoe entschuldigte sich und half ihm auf seinen Stuhl. Und als sich der alte Mann mit einem Lächeln zurücklehnte, trat Dr. Bledsoe an den Rand der Empore und hob beide Arme. Ich schloß die Augen, als ich das tiefe Stöhnen hörte, das aus seinem Munde klang, und das wachsende Crescendo, mit dem die Studenten einfielen. Dieses Mal war es tiefempfundene Musik, die nicht für die Gäste, sondern für sie selbst bestimmt war; ein Lied der Hoffnung und Begeisterung. Am liebsten hätte ich die Kapelle verlassen, aber ich wagte es nicht. Steif und aufrecht saß ich da, gestützt von der harten Bank, mich auf sie verlassend wie auf eine Form der Hoffnung.

Ich konnte Dr. Bledsoe jetzt nicht ansehen, weil Barbee mich meine Schuld hatte fühlen und sie hinnehmen lassen. Denn wenn ich sie auch nicht beabsichtigt hatte, so war doch jede Tat, die die Fortdauer des Traumes gefährdete, Verrat.

Dem nächsten Redner, einem großen, weißen Mann, der dauernd seine Augen mit einem Taschentuch betupfte und seine Sätze erregt und undeutlich wiederholte, hörte ich nicht mehr zu. Dann spielte das Orchester Teile aus Dvořáks Symphonie *Aus der neuen Welt,* und ich hörte immer wieder ›Swing low sweat Chariot‹ durch das Hauptthema klingen – das Lieblingslied meiner Mutter und meiner Großmutter. Es war mehr, als ich ertragen konnte, und ehe noch der nächste Redner begann, eilte ich an den mißbilligenden Augen von Lehrern und Matronen vorbei hinaus in die Nacht.

Eine Spottdrossel, die auf der Hand des vom Monde beleuchteten Gründers saß, flötete ein paar Töne, schwippte den mondirren Schwanz über dem Kopf des ewig knienden Sklaven. Ich ging über den dunklen Fahrweg, hörte sie hinter mir flöten. Die Straßenlampen leuchteten in den vom Mondlicht erhellten Traum des Schulgeländes, jedes Licht feierlich in seinem Käfig aus Dunkel.

Ich hätte ganz gut bis zum Schluß der Feier bleiben können, denn ich war noch nicht weit gegangen, als ich die hellen Klänge des Orchesters hörte, das einen Marsch spielte. Ihm folgten laute Stimmen, als die Studenten in die Nacht strömten. Mit einem Gefühl der Angst machte ich mich auf den Weg zum Verwaltungsgebäude, und als ich es erreichte, blieb ich in dem dunklen Eingang stehen. Mein Geist flatterte wie die Motten, die die Straßenlaterne verschleierten, die Schatten auf den Rasen unter mir warf. Gleich hatte ich meine Begegnung mit Dr. Bledsoe, und mit einem Gefühl von Groll dachte ich an Barbees Ansprache. Mit solchen Worten im Geist war Dr. Bledsoe bestimmt weniger geneigt, meiner Bitte zu willfahren. Ich stand in dem dunklen Tor, versuchte mir auszudenken, was ich tun würde, falls ich die Schule verlassen mußte. Wohin sollte ich mich wenden, was sollte ich tun? Konnte ich jemals nach Hause zurückkehren?

6. KAPITEL

Über den Rasenhang unter mir gingen die Studenten zu den Schlafsälen. Sie waren auf einmal fern, weit weg, und jede dunkle Gestalt schien mir überlegen, der ich mich aus irgendeiner Unachtsamkeit in eine Dunkelheit gestürzt hatte, die fern von alle dem war, was lebenswert erschien und begeisterte. Ich hörte sie ruhig miteinander sprechen, als sie vorbeigingen. Der Duft frischen Brotes wehte aus der Bäckerei zu mir herüber. Das gute, weiße Frühstücksbrot; die dick mit Butter bestrichenen Brötchen, die ich so oft in meiner Tasche hatte verschwinden lassen, um sie dann später auf meinem Zimmer mit der Brombeermarmelade von zu Hause zu bestreichen und zu verzehren.

Lichter begannen in den Schlafsälen der Mädchen aufzuflammen, wie das Platzen leuchtender Samen, die von einer unsichtbaren Hand verschwenderisch geworfen wurden. Mehrere Wagen fuhren vorbei. Ich sah eine Gruppe von alten Frauen, die in der Stadt wohnten, herankommen. Eine von ihnen trug einen Stock, mit dem sie dann und wann dröhnend auf den Boden stieß wie eine Blinde. Bruchstücke ihrer Unterhaltung flatterten zu mir, während sie begeistert über Barbees Rede sprachen, sich der Zeiten des Gründers erinnerten, dessen Geschichte sie mit zittrigen Stimmen webten und ausschmückten. Dann sah ich durch die Baumallee den mir vertrauten Cadillac näher kommen, und ich trat in das Gebäude, von plötzlicher Panik ergriffen. Ich war noch keine zwei Schritte gegangen, als ich kehrtmachte und wieder in die Nacht hinauseilte. Ich war einer Begegnung mit Dr. Bledsoe jetzt noch nicht gewachsen. Bebend folgte ich einer Gruppe von Studenten, die erregt über irgend etwas sprachen. Aber in meiner Aufregung hörte ich nicht, was sie sagten, und folgte einfach ihren Schatten, sah den stumpfen Glanz ihrer geputzten Schuhe im Licht der Straßenlampen. Ich versuchte immer wieder, das zu formulieren, was ich Dr. Bledsoe sagen würde, und die Jungen mußten ihre Schlafsäle längst erreicht haben, denn plötzlich befand ich mich außerhalb der Tore des Schulgeländes auf dem Wege nach der Chaussee. Ich kehrte um und eilte zum Gebäude zurück.

Als ich sein Zimmer betrat, wischte er sich den Hals mit einem blaugeränderten Taschentuch ab. Das Licht der Schirmlampe traf seine Brillengläser und ließ die Hälfte seines Gesichts im Dunkeln, während seine geballten Fäuste sich in das Licht vor ihm streckten. Zögernd blieb ich in der Tür stehen, bemerkte plötzlich die alten schweren Möbel, die Überbleibsel aus der Zeit des Gründers, die gerahmten Photographien und Plaketten von Präsidenten und Industriellen, Männern der Macht – die wie Trophäen oder heraldische Embleme an den Wänden hingen.

»Treten Sie ein«, sagte er aus dem Halbschatten. Dann sah ich ihn sich bewegen, sein Kopf kam näher, und seine Augen brannten.

Er begann ganz ruhig, als wollte er scherzen – und das brachte mich sofort aus dem Gleichgewicht.

»Sie haben also Mr. Norton nicht nur in die Quarters, sondern auch zu diesem Sündenpfuhl, dem gräßlichen Golden Day gefahren.«

Das war eine Feststellung, keine Frage. Ich erwiderte

nichts, und er sah mich immer noch mit demselben milden Blick an. Hatte Barbee Mr. Norton geholfen, Bledsoe zu besänftigen?

»Nein«, sagte er, »die Fahrt zu den Quarters genügte Ihnen nicht, Sie mußten ihm noch mehr bieten! So war es wohl?«

»Nein, Sir ... Er fühlte sich nicht wohl«, erwiderte ich, »er brauchte etwas Whiskey ...«

»Und ein anderer Ort fiel Ihnen leider nicht ein«, sagte er. »Sie fuhren also nur zum Golden Day, um ihm zu helfen ...«

»Ja, Sir.«

»Aber nicht nur das«, sagte er mit einer Stimme, die Spott und Staunen zugleich verriet. »Sie ließen ihn aussteigen und brachten ihn auf die Galerie, Veranda, Piazza ... oder wie man das heute nennt – und machten ihn dort bekannt.«

»Bekannt machen?« Ich runzelte die Stirn. »Nein, er wollte, daß ich hielt. Es blieb mir einfach nichts anderes übrig ...«

»Natürlich«, erwiderte er, »natürlich.«

»Die Hütten interessierten ihn. Er war erstaunt, daß es sie noch gab.«

»Und deshalb hielten Sie«, sagte er und senkte wieder den Kopf.

»Ja, Sir.«

»Ja, und sie öffnete sich, die Hütte, und erzählte ihm ihre ganze Geschichte und all das Gerede dazu.«

Ich wollte ihm alles erklären.

»Junger Mann«, platzte er los. »Haben Sie denn den Verstand verloren? Weshalb fuhren Sie dahin? Saßen Sie nicht am Steuer?«

»Ja, Sir ...«

»Haben wir nicht genug gedienert und gebuckelt, gebettelt und gelogen, um anständige Häuser und Wege zu schaffen, die Sie ihm zeigen konnten? Glauben Sie denn, ein Weißer käme tausend Meilen von New York und Boston und Philadelphia hierher, um sich von Ihnen einen Slum zeigen zu lassen? Stehen Sie nicht so da, reden Sie.«

»Aber ich habe ihn doch nur gefahren. Ich hielt dort, als er mir befahl ...«

»Befahl?« sagte er. »Er *befahl* Ihnen. Verdammt, die Weißen befehlen immer, das ist so ihre Gewohnheit. Weshalb erfanden Sie keine Ausrede? Konnten Sie nicht sagen, die Leute wären krank, hätten die Pocken – warum gerade die Hütte? Warum ausgerechnet die der Truebloods? Du lieber Gott, junger Mann. Sie sind schwarz und leben im Süden. Wissen Sie denn nicht, wie man lügt?«

»Lügen, Sir? Ihn belügen? Ich soll einen Treuhänder belügen?«

Er schüttelte fast gequält den Kopf.

»Und ich bildete mir ein, ich hätte ihm einen vernünftigen Jungen beigegeben«, sagte er. »Haben Sie denn gar nicht daran gedacht, daß Sie die Schule gefährden?«

»Aber ich wollte ihm doch nur einen Gefallen tun.«

»*Gefallen* tun? Und Sie sind hier Student! Der dümmste schwarze Junge auf den Baumwollplantagen weiß, daß man einem Weißen nur mit Lügen eine Freude bereitet. Welche Art Erziehung erhalten Sie denn hier? Wer hat Ihnen gesagt, ihn dorthin zu fahren?« sagte er.

»Er selbst, kein anderer.«

»Lügen Sie nicht.«

»Es ist die Wahrheit, Herr.«

»Ich warne Sie. Wer hat den Vorschlag gemacht?«

»Ich schwöre es Ihnen. Niemand.«

»Lassen Sie das Lügen, Nigger. Ich bin kein Weißer. Sagen Sie die Wahrheit.«

Ich hatte ein Gefühl, als hätte er mich geschlagen. Nachdenklich blickte ich über den Tisch. *So* nannte er mich ...

»Antworten Sie …«

So also, dachte ich und sah, wie eine Ader zwischen seinen Augen zu klopfen begann. *So also nannte er mich.*

»Ich lüge nicht, Sir«, sagte ich.

»Und wer war der Kranke, mit dem Sie sprachen?«

»Ich habe ihn nie vorher gesehen.«

»Was sagte er?«

»Das weiß ich nicht mehr genau«, murmelte ich. »Der Mann redete irr.«

»Was sagte er?«

»Er sagte, er wäre in Frankreich gewesen und ein berühmter Arzt …«

»Weiter …«

»Daß er glaubte, die Weißen hätten recht«, antwortete ich.

»Was?« Plötzlich zuckte sein Gesicht und zerriß wie die Oberfläche dunklen Wassers. »Und das tun Sie wohl auch?« Dr. Bledsoe unterdrückte ein böses Lachen und sagte dann: »Oder etwa nicht?«

Ich antwortete nicht, dachte nur: *Sie, Sie …*

»Wer war der Mann? Haben Sie ihn vorher gesehen?«

»Nein, nie.«

»War er aus dem Süden oder aus dem Norden?«

»Das weiß ich nicht.«

Er schlug auf den Tisch. »Neger-Schule! In einer halben Stunde machen Sie eine Institution kaputt, deren Aufbau länger als ein halbes Jahrhundert gedauert hat. *Sprach* er Nord- oder Süddialekt?«

»Er sprach wie ein Weißer«, antwortete ich, »seine Stimme aber klang wie die eines Mannes aus dem Süden, wie unsere …«

»Ich werde den Mann mal unter die Lupe nehmen«, sagte er. »Ein solcher Neger gehört hinter Schloß und Riegel.«

Irgendwo auf dem Schulgebäude schlug eine Uhr die Viertelstunde, und etwas in mir schien ihren Klang zu dämpfen. Ich wandte mich ihm verzweifelt zu. »Dr. Bledsoe, ich bedaure das alles sehr. Ich hatte nicht die Absicht, dorthin zu fahren, es kam alles ganz von selbst. Mr. Norton wird das bestätigen.«

»Hören Sie zu, junger Mann«, sagte er laut. »Norton ist ein Mann, und ich bin ein anderer; wenn er glaubt, er sei zufrieden, so weiß ich, daß er es nicht ist. Ihr Unverstand hat der Schule unendlichen Schaden zugefügt. Anstatt der Rasse in die Höhe zu helfen, haben Sie sie in die Tiefe gestoßen.«

Er sah mich an, als hätte ich das schlimmste Verbrechen begangen. »Wissen Sie denn nicht, daß wir so etwas nicht dulden können? Ich gab Ihnen Gelegenheit, einem unserer besten weißen Freunde einen Dienst zu erweisen, einem Mann, der Ihr Glück machen konnte. Und Sie ziehen die ganze Rasse in den Dreck.«

Plötzlich zog er etwas unter einem Haufen von Papieren hervor, eine alte Fußfessel aus der Zeit der Sklaverei, die er stolz ein ›Symbol unseres Fortschritts‹ nannte.

»Sie müssen bestraft werden, junger Mann«, sagte er, »daran ist nichts zu ändern.«

»Aber Sie gaben Mr. Norton doch Ihr Wort ...«

»Was ich weiß, brauchen Sie mir nicht noch besonders zu sagen. Ganz gleich was ich versprochen habe, ich kann als Leiter dieses Instituts so etwas unmöglich durchgehen lassen. Junger Mann, ich muß Sie entlassen.«

Es geschah wohl, als das Metall den Tisch traf, denn plötzlich lehnte ich mich vor und schrie empört:

»Ich werde ihm alles erzählen. Ich gehe zu Mr. Norton und berichte ihm genau. Sie haben uns beide belogen.«

»Was!« sagte er. »Sie wollen mir drohen! In meinem eigenen Büro?«

»Ich werde ihm alles erzählen«, schrie ich. »Jedem werde ich es erzählen. Ich nehme den Kampf gegen Sie auf. Das schwöre ich.«

»Da hört sich aber alles auf«, sagte er und lehnte sich zurück.

Einen Augenblick lang musterte er mich von oben bis unten, und ich sah, wie sein Kopf wieder im Schatten verschwand, hörte einen schrillen Schrei, der wie ein Wutschrei klang. Dann näherte sein Gesicht sich mir, und ich sah sein Lachen. Ich starrte ihn einen Augenblick lang an. Dann drehte ich mich um und lief zur Tür, hörte ihn hinter mir her rufen: »Warten Sie, warten Sie!«

Ich wandte mich um. Er keuchte, stützte den gewaltigen Kopf in die Hände, während ihm die Tränen über die Backen liefen.

»Kommen Sie näher«, sagte er. Er nahm die Brille ab und wischte sich die Augen. »Kommen Sie näher.« Seine Stimme hatte etwas Heiteres, Versöhnliches. Ich hatte ein Gefühl, als sollte ich in eine Brüderschaft aufgenommen werden, wogegen ich mich sträubte. Er sah mich an, lachte immer noch gequält. Meine Augen brannten.

»Junger Mann, Sie *sind* ein Narr«, sagte er. »Die Weißen haben Sie nichts gelehrt, und Ihr Mutterwitz hat Sie verlassen. Was ist nur mit euch jungen Negern los? Ich dachte, ihr hättet begriffen, was hier gespielt wird. Aber ihr kennt nicht einmal den Unterschied zwischen dem, wie die Dinge sind und wie sie sein sollen. Du lieber Gott«, keuchte er, »was soll aus der Rasse werden? Ja, junger Mann, Sie können jedem sagen, was Sie wollen … Setzen Sie sich … Setzen Sie sich, sage ich.«

Widerwillig setzte ich mich, zwischen Wut und Verzauberung schwankend. Ich haßte mich, weil ich ihm gehorchte.

»Erzählen Sie es jedem, wenn Sie wollen«, sagte er, »mich kümmert das nicht. Ich würde keinen Finger rühren, Sie daran zu hindern. Ich bin niemand etwas schuldig, mein Sohn. Wem? Negern? Neger kontrollieren weder diese Schule noch sonst was. Haben Sie auch das noch nicht gemerkt? Nein, sie kontrollieren diese Schule nicht, und das tun auch die Weißen nicht. Natürlich unterstützen sie sie, aber ich allein kontrolliere sie. Ich bin groß und schwarz und ich sage: Ja, Sir, genau so laut wie jeder andere Krauskopf, wenn es notwendig ist, aber deshalb bin ich hier doch der König. Mir ist es einerlei, wie sehr das in Erscheinung tritt. Macht braucht nicht zu prahlen. Macht ist Vertrauen, Selbstsicherheit, ist Vordrängen und Halten, ist Wärme und Rechtfertigung in sich selbst. Wer sie besitzt, der weiß das. Laß die Neger grinsen und die armen Weißen lachen. Das sind die Tatsachen. Nur ein paar Menschen will ich gefallen, *großen,* weißen Menschen, aber auch die kontrolliere ich mehr, als sie mich kontrollieren. Dies hier ist eine Kraftstation, Junge, und ich sitze an den Kontrollapparaten. Das überlegen Sie sich mal. Wenn Sie sich gegen mich auflehnen, lehnen Sie sich gegen die Macht auf, gegen die Macht reicher Weißer, die Macht der Nation – und die bedeutet Macht der Regierung.«

Er machte eine Pause, damit seine Worte in mir wirkten, und ich wartete in dumpfer, wilder Empörung.

»Und ich will Ihnen noch etwas sagen, was Ihre Lehrer in Soziologie Ihnen nicht zu sagen wagen«, sagte er. »Gäbe es keine Männer wie mich, die Schulen wie diese hier leiten, dann gäbe es auch keinen Süden. Aber auch keinen Norden. Nein – und auch kein Land – nicht so, wie es heute ist. Auch darüber denken Sie mal nach.« Er lachte. »Ihre Reden und Ihre Studien ließen mich etwas mehr Verstand vermuten. Aber ... tun Sie, was Sie wollen, gehen Sie zu Norton. Sie werden nur erfahren, daß auch *er* Ihre Bestrafung will. Vielleicht weiß er das noch nicht. Aber er will sie. Denn er weiß, daß ich weiß, was seinen Interessen am dienlichsten ist. Sie sind ein gebildeter schwarzer Narr. Die Weißen haben Zeitungen, Magazine, Radios, Redner, die ihre Ideen verbreiten. Wenn sie der Welt etwas vorlügen wollen, dann geschieht das so gründlich, daß aus Lüge Wahrheit wird; und wenn ich ihnen sage, daß Sie lügen, dann verbreiten sie das, auch wenn Sie beweisen, daß Sie die Wahrheit sagen. Denn solche Lügen wollen sie hören ...«

Wieder hörte ich das schrille Lachen. »Sie sind doch niemand, junger Mann. Sie existieren doch nicht, begreifen Sie das denn nicht? Die Weißen sagen jedem, was er denken muß – nur einem Menschen wie mir sagen sie das nicht. Ich sage es *ihnen.* Das ist mein Leben: den Weißen sagen, was sie über Dinge denken sollen, über die ich Bescheid weiß. Das erschüttert Sie? Aber es ist nun einmal so. Eine ekelhafte Arbeit, die mir nicht immer Freude macht. Aber hören Sie zu: ich habe sie nicht erfunden und kann auch nichts daran ändern. Aber ich stehe nun einmal mitten darin. Und ich lasse jeden Neger aufhängen, wenn ich dadurch meine Position behalten kann.«

Er sah mir jetzt in die Augen, seine Stimme klang hart und aufrichtig, als legte er ein Bekenntnis ab, als offenbarte er etwas Phantastisches, das ich weder glauben noch ablehnen konnte. Kalter Schweiß rann mir im Gletschertempo über das Rückgrat. »Es ist nun einmal so«, sagte er, »ich mußte hart und zielbewußt sein, um dahin zu gelangen, wo ich heute stehe. Ich mußte warten und planen und schmeicheln ... Ja, ich mußte den Nigger spielen«, sagte er und fügte dem ersten ein zweites nachdrückliches Ja hinzu. »Ich will nicht betonen, daß es der Mühe wert war, denn jetzt bin ich so weit, und wo ich bin, bleibe ich auch. Wer gewonnen hat, will auch den Preis, er behält ihn, schützt ihn. Anderes ist nicht möglich.« Er zuckte mit den Schultern. »Man wird alt, bis man seinen Platz fest in Händen hat. Und nun gehen Sie und erzählen Sie Ihre Geschichte. Stellen Sie Ihre Wahrheit gegen meine Wahrheit, denn was ich gesagt habe, ist Wahrheit, die größere Wahrheit. Versuchen Sie es nur ... Als ich anfing, war ich noch ein junger Bursche ...«

Aber ich hörte nicht mehr zu. Ich sah nur noch das Spiel des Lichts auf den metallischen Scheiben seiner Brille, die jetzt in dem ekelhaften Meer seiner Worte zu schwimmen schien. Wahrheit, Wahrheit, was war Wahrheit? Niemand, den ich kannte, auch meine Mutter nicht, würde mir glauben, wenn ich es ihnen zu erzählen versuchte. Und ich würde es morgen auch nicht mehr tun, dachte ich, ich auch nicht ... Hilflos betrachtete ich die Maserung des Tisches, blickte dann an seinem Kopf vorbei zu dem kleinen Schrank hinter seinem Sessel, der schöne Gläser enthielt. Über dem Schränkchen blickte ein Bild des Führers gleichgültig herab.

»Ha! ha!« lachte Bledsoe. »Ihre Arme sind zu kurz, um mit mir zu boxen. Und es ist schon Jahre her, daß ich einen jungen Neger in die Zange nahm. Nein«, sagte er und stand auf, »sie sind nicht mehr so forsch wie früher.«

Dieses Mal konnte ich mich kaum bewegen, der Magen krampfte sich mir zusammen, und die Nieren taten mir weh. Meine Beine waren wie Gummi. Drei Jahre lang hatte ich mich für einen Mann gehalten, und nun hatte er mich mit ein paar Worten hilflos gemacht wie ein kleines Kind. Ich erhob mich mühsam.

»Einen Augenblick noch«, sagte er und sah mich dabei verschmitzt an. »Ihr Geist gefällt mir. Sie sind ein Kämpfer und das mag ich gern. Es fehlt Ihnen nur an Urteil, und dieser Mangel kann Ihr Verderben werden. Und deshalb muß ich Sie bestrafen. Ich weiß genau, was Sie empfinden. Sie wollen nicht nach Hause. Das bedeutet Demütigung für Sie. Ich verstehe das, denn irgendwie haben Sie eine vage Vorstellung von Würde. Gegen meinen Willen sickern derartige Begriffe mit den wertlosen Lehrern und den im Norden herangezüchteten Idealisten bei uns ein. Ja, und Sie haben ein paar Weiße, die Ihnen gewogen sind, und Sie wollen denen nicht gegenübertreten, denn nichts ist für einen Schwarzen schlimmer, als von Weißen gedemütigt zu werden. Auch das weiß ich, Hohn und Verachtung. Ich *verkünde* das nicht in der Kapelle, aber ich *weiß* darüber Bescheid. Aber das werden Sie schon verwinden; es ist töricht und kostspielig und eine unnötige Belastung. Überlassen Sie Stolz und Würde den Weißen – Sie aber sollten sich klar darüber werden, wo Sie stehen, sollten nach Macht und Einfluß streben und Verbindung zu mächtigen und einflußreichen Menschen suchen – und dann im dunkeln bleiben und aus allem Nutzen ziehen.«

Wie lange werde ich hier noch stehen und ihn mich aushöhnen lassen, dachte ich, indem ich mich an dem Stuhl festhielt, wie lange noch?

»Sie sind ein tüchtiger, kleiner Kämpfer«, sagte er, »und die Rasse braucht gute, tüchtige Kämpfer ohne Illusionen. Deshalb reiche ich Ihnen eine Hand – vielleicht denken Sie, daß ich Ihnen die linke Hand gebe, nachdem ich Sie mit der rechten geschlagen habe. Ich gehöre nun mal nicht zu denen, die mit der Rechten führen. Aber das spielt auch keine Rolle. Nehmen Sie sie oder nicht. Gehen Sie für den Sommer nach New York und sparen Sie Ihren Stolz und Ihr Geld. Sie fahren dorthin und verdienen sich die Kosten für das nächste Studienjahr. Verstanden?«

Ich nickte, ich konnte nicht sprechen. Alles in mir war Aufruhr. Ich versuchte, mit ihm fertig zu werden, das, was er sagte, mit dem, was er gesagt hatte, in Einklang zu bringen.

»Ich gebe Ihnen Briefe an ein paar Freunde der Schule mit, in denen ich diese bitte, Ihnen Arbeit zu besorgen. Aber zeigen Sie dieses Mal, daß Sie Verstand haben, halten Sie die Augen offen, machen Sie sich mit allem vertraut. Und wenn Sie sich bewähren ... vielleicht – vielleicht – aber das liegt ganz bei Ihnen.«

Seine Stimme verstummte. Groß und schwarz und scheibenäugig, gewaltig stand er da.

»Das ist alles, junger Mann«, sagte er dann plötzlich. »Bis zur Abreise haben Sie noch zwei Tage Zeit.«

»Zwei Tage?«

»Zwei Tage«, sagte er.

Ich ging die Stufen hinunter und dann weiter über den Weg im Dunkeln, übergab mich außerhalb des Gebäudes, krümmte mich unter den Glyzinen, die in taugleichen Ranken von den Bäumen herabhingen. Die Entleerung war gründlich, und als ich aufblickte, sah ich durch die Bäume, die sich hoch und kühl über mir wölbten, einen wirbelnden, doppelten Mond. Meine Augen sahen nicht mehr gleichmäßig. Ich eilte zu meinem Zimmer, bedeckte ein Auge mit der Hand, um nicht gegen Bäume und Laternenpfähle zu rennen, die sich mir in den Weg stellten. Ich ging weiter, hatte einen bitteren Geschmack im Munde und war dankbar, daß es Nacht war und niemand mich in diesem Zustand sah. Mein Magen schmerzte. Irgendwoher aus der Stille des Schulgeländes klang die Melodie eines Blues, die auf einem verstimmten Klavier gespielt wurde, hin zu mir wie eine träge schimmernde Woge, wie das geechote Pfeifen eines einsamen Zuges, und schon beugte ich wieder den Kopf, dieses Mal gegen einen Baum, und hörte, wie ich die blühenden Glyzinen bespuckte.

Als ich mich wieder bewegen konnte, wirbelte mir der Kopf. Die Ereignisse des Tages rasten vorbei. Trueblood, Mr. Norton, Dr. Bledsoe und der Golden Day wirbelten in meinem Hirn in überwirklichem Tanz. Ich stand auf dem Weg, hielt mir das Auge zu und versuchte, den Tag zu vergessen, aber immer wieder stolperte ich über Dr. Bledsoes Beschluß. Er echote immer noch in meinem Geist, er war wirklich und endgültig. Was auch immer meine Verantwortung für das war, was sich ereignet hatte, ich wußte, daß ich dafür bezahlen mußte, wußte, daß ich von der Schule gejagt würde, und dieser Gedanke stieß wieder tief in mein Inneres.

Ich stand auf dem vom Mond beschienenen Weg, versuchte, mir die Folgen vorzustellen, dachte an die Freude derer, die mir meinen Erfolg neideten, an die Scham und die Enttäuschung meiner Eltern. Ich würde diese Schande nicht überleben. Meine weißen Freunde würden empört sein, und ich dachte wieder an die Angst, die über all denen hing, die nicht den Schutz mächtiger Weißer genossen.

Wie war alles eigentlich so weit gekommen? Ich war den mir vorgezeichneten Weg gegangen, hatte versucht, mich richtig zu verhalten und das zu tun, was man erwartete, aber anstatt den erhofften Lohn in Empfang zu nehmen, torkelte ich hier weiter, hielt mir verzweifelt ein Auge zu, um mir nicht den Schädel an einem mir vertrauten Gegenstand einzurennen, der sich mir infolge meiner verminderten Sehkraft in den Weg stellte. Und als sollte ich ganz den Verstand verlieren, fühlte ich plötzlich meinen Großvater um mich, der mich aus der Dunkelheit triumphierend angrinste. Ich konnte das nicht aushalten. Denn trotz meines Kummers und meiner Wut konnte ich mir keinen anderen Lebensweg, keine andere Form des Erfolgs für mich vorstellen. Ich war so sehr ein Teil dieses Lebens, daß ich schließlich klein beigeben mußte. Entweder das oder zugeben, daß mein Großvater keinen Unsinn geredet hatte. Und das war unmöglich, denn obwohl ich mich immer noch für unschuldig hielt, sah ich, daß die einzige Alternative, der Welt eines Trueblood und dem Golden Day die Stirn zu bieten, darin bestand, die Verantwortung für das Geschehene auf mich zu nehmen. Irgendwie versuchte ich, mich davon zu überzeugen, daß ich gegen das Gesetz verstoßen hatte und deshalb die Strafe hinnehmen mußte. Dr. Bledsoe hat recht, sagte ich mir, er hat recht. Die Schule und das, was sie vertrat, mußten geschützt werden. Einen anderen Weg gab es nicht, und, was mir dadurch an Leid auch beschert wurde, ich würde meine Schuld so schnell wie möglich bezahlen und dann zurückkehren, um am Aufbau meiner Laufbahn zu arbeiten ...

Als ich in meinem Zimmer war, zählte ich meine Ersparnisse, etwa fünfzig Dollar, und beschloß, möglichst schnell nach New York zu fahren. Wenn Dr. Bledsoe sein Versprechen, mir bei der Suche nach Arbeit zu helfen, hielt, genügten meine Ersparnisse, Zimmer und Unterhalt im Men's House zu bestreiten, über das ich von Kameraden gehört hatte, die dort während der Sommerferien wohnten. Ich wollte gleich morgen früh abfahren.

Während mein Zimmergenosse im Schlaf grinste und unverständliche Worte murmelte, packte ich meine Koffer.

Als am nächsten Morgen das Horn ertönte, war ich schon auf und saß bereits auf einer Bank in Dr. Bledsoes Vorzimmer, als dieser erschien.

Die Jacke seines blauen Sergeanzugs trug er offen, und ich sah eine schwere goldene Kette, die die rechte Westentasche mit der linken verband, als er mit lautlosen Schritten auf mich zukam. Er ging an mir vorbei, als sähe er mich nicht. Als er dann die Tür des Büros erreichte, sagte er: »Ich habe meinen Entschluß nicht geändert. Und habe auch nicht die Absicht, es zu tun.«

»Deswegen bin ich nicht gekommen«, sagte ich. Er drehte sich schnell um und sah mich mit höhnischen Augen an.

»Gut, daß Sie es so auffassen. Kommen Sie rein und sagen Sie, was Sie wollen. Ich habe viel zu tun.«

Ich blieb vor dem Schreibtisch stehen, beobachtete, wie er seinen Homburg auf den alten Messinghaken hängte. Dann saß er vor mir, machte einen Käfig aus seinen Fingern und nickte mir zu, anzufangen.

Meine Augen brannten, und meine Stimme klang unwirklich. »Ich möchte heute morgen schon fahren«, sagte ich.

Seine Augen zogen sich zurück. »Weshalb heute morgen?«

sagte er. »Ich habe Ihnen Zeit bis morgen gegeben. Weshalb diese Eile?«

»Es ist keine Eile. Da ich doch weg muß, weshalb noch bis morgen warten? Dadurch ändert sich doch nichts ...«

»Nein, das tut es nicht«, sagte er. »Das ist vernünftig. Ich bin einverstanden. Sonst noch was?«

»Ich möchte Ihnen nur noch sagen, daß ich bedaure, was ich getan habe und keinem etwas nachtrage. Was ich tat, geschah ohne jede Absicht, aber ich bin mit meiner Strafe einverstanden.«

Er stellte die Fingerspitzen gegeneinander. Die dicken Finger berührten sich kaum. Sein Gesicht war ausdruckslos.

»Das ist die richtige Haltung«, sagte er. »Mit anderen Worten: Sie wollen nicht bitter werden. Das meinen Sie doch?«

»Ja.«

»Ich sehe, daß Sie schon anfangen, zu lernen. Das ist gut. Zweierlei müssen unsere Leute sich zu eigen machen: die Verantwortung für das, was sie tun, und nicht verbittert werden.« Seine Stimme wurde feierlich, als hielte er eine seiner Reden in der Kapelle. »Wenn Sie nicht bitter werden, kann nichts Ihnen den Erfolg rauben. Vergessen Sie das nicht.«

»Ich werde es mir merken«, erwiderte ich.

Dann wurde mir die Kehle trocken, und ich hoffte, er würde von sich aus die Sprache auf meine zukünftige Arbeit bringen. Statt dessen sah er mich ungeduldig an und sagte: »Ich habe viel zu tun. Meine Erlaubnis haben Sie.«

»Ich möchte Sie noch um einen Gefallen bitten, Sir ...«

»Gefallen?« sagte er verschmitzt. »Das ist was anderes. Welchen Gefallen?«

»Viel ist es nicht. Sie deuteten an, Sie würden mich mit einigen der Treuhänder in Verbindung bringen, die mir bei der Suche nach Arbeit behilflich sein könnten. Ich bin bereit, jede Arbeit zu übernehmen.«

»Ja«, sagte er, »natürlich.«

Er schien einen Augenblick lang nachzudenken. Seine Augen betrachteten die Gegenstände auf seinem Schreibtisch. Dann berührte er leicht mit dem Zeigefinger die Fußfessel und sagte: »Wann wollen Sie fort?«

»Mit dem ersten Bus, wenn das möglich ist.«

»Haben Sie schon gepackt?«

»Ja, Sir.«

»Holen Sie Ihr Gepäck und seien Sie in einer halben Stunde wieder hier. Meine Sekretärin gibt Ihnen ein paar Briefe an Freunde der Schule. Einer von ihnen wird Ihnen sicher behilflich sein.«

»Vielen Dank«, sagte ich, als er aufstand.

»Dann wäre ja alles in Ordnung«, sagte er. »Die Schule hat natürlich ihre eigenen Interessen im Auge. Nur noch eins. Die Briefe werden versiegelt. Öffnen Sie sie nicht, wenn Sie mit irgendwelcher Hilfe rechnen. Die Weißen nehmen es in dieser Hinsicht sehr genau. Die Briefe empfehlen Sie und bitten die Empfänger, Ihnen Arbeit zu verschaffen. Ich tue für Sie, was ich kann, und Sie brauchen die Briefe nicht zu öffnen.«

»Der Gedanke wäre mir nie gekommen«, sagte ich.

»Wenn Sie gleich wiederkommen, hat die junge Dame die Briefe für Sie fertig. Haben Sie Ihre Eltern benachrichtigt?«

»Nein, die Enttäuschung wäre zu groß für sie, wenn ich ihnen schriebe, daß ich von der Schule gejagt wurde. Ich will ihnen erst schreiben, wenn ich in New York Arbeit gefunden habe ...«

»Ja, das ist vielleicht das beste.«

»Leben Sie wohl, Sir«, sagte ich und streckte ihm meine Hand hin.

»Auf Wiedersehn«, sagte er. Seine Hand war groß und seltsam schlaff.

Als ich mich zum Gehen wandte, drückte er auf eine

Klingel. Seine Sekretärin ging an mir vorbei, während ich durch die Tür trat.

Als ich wiederkam, warteten die Briefe auf mich. Sieben Briefe mit der Adresse von bedeutenden Männern. Ich suchte den an Mr. Norton, aber für ihn war kein Brief dabei. Sorgsam steckte ich die Briefe in die Innentasche meines Rocks, nahm dann mein Gepäck und eilte zur Bushaltestelle.

7. KAPITEL

Der Bahnhof war leer, aber das Fenster des Billettschalters war offen, und ein Mann in grauer Uniform hantierte mit einem Besen. Ich löste meine Fahrkarte und stieg in den Bus. Im hinteren Teil des Innern aus Rot und Nickel saßen nur zwei Passagiere, und ich glaubte plötzlich zu träumen. Es war der Veteran, der mich mit einem Lächeln des Erkennens begrüßte. Neben ihm saß ein Wärter.

»Willkommen, junger Mann«, rief er. »Stellen Sie sich vor, Crenshaw«, sagte er zu dem Wärter, »wir haben Reisegesellschaft.«

»Guten Morgen«, sagte ich widerstrebend. Ich sah mich nach einem Platz um, der dem ihren nicht zu nahe war; aber wenn der Bus auch fast leer war, so war für uns Schwarze doch nur der hintere Teil reserviert, und so blieb mir nichts anderes übrig, als mich zu ihnen zu setzen. Gern tat ich das nicht. Der Veteran bildete zu sehr einen Teil der Erfahrung, die ich aus meiner Erinnerung auslöschen wollte. Die Art und Weise, wie er mit Mr. Norton gesprochen hatte, hatte mich mein Unglück ahnen lassen. Nachdem ich meine Strafe hingenommen hatte, wollte ich alles vergessen, was an Trueblood und den Golden Day erinnerte.

Crenshaw, der viel kleiner war als der Supercargo, sagte nichts. Er sah anders aus als die, die sonst gefährliche

Kranke beaufsichtigen, und das freute mich, bis mir auf einmal einfiel, daß das Schlimmste an dem Veteranen seine Zunge war. Sein Mund hatte mich schon einmal in Schwierigkeiten gebracht, und hoffentlich ließ er jetzt den weißen Fahrer in Ruh – *das* könnte für uns leicht den Tod bedeuten.

Weshalb war er im Bus? Du lieber Gott, arbeitete Dr. Bledsoe so schnell? Ich starrte den Dicken an.

»Wie geht's Ihrem Freund Mr. Norton?« fragte er.

»Gut«, antwortete ich.

»Keine Ohnmachtsanfälle mehr?«

»Nein.«

»Hat er Sie das Geschehene entgelten lassen?«

»Nein.«

»Gut. Ich glaube, ich habe ihn mehr als alles andere im Golden Day zugesetzt. Hoffentlich hat's Ihnen nicht geschadet. Ist denn schon Semesterschluß?«

»Noch nicht«, erwiderte ich leichthin. »Ich bin früher abgefahren, weil ich mich nach Arbeit umsehen will.«

»Großartig. Zu Hause?«

»Nein. Ich dachte, daß ich in New York mehr Geld verdienen kann.«

»New York«, sagte er, »das ist keine Stadt, sondern ein Traum. Als ich so alt war wie Sie, war es Chicago. Heute laufen alle Schwarzen nach New York. Aus dem Feuer in den Schmelztiegel. Ich kann mir gut vorstellen, was aus Ihnen nach drei Monaten in Harlem geworden ist. Sie sprechen anders, reden viel über ›College‹ und besuchen die Vorträge im Men's House … vielleicht verkehren Sie sogar mit ein paar Weißen. Und«, fügte er fast flüsternd hinzu, »vielleicht tanzen Sie auch mit einem weißen Mädchen.«

»Ich will in New York arbeiten«, sagte ich, um mich blikkend. »Dazu werde ich keine Zeit haben.«

»Natürlich haben Sie das«, hänselte er mich. »Sie denken

an die Freiheit im Norden und wollen Sie auch kennenlernen, nur um festzustellen, ob das, was Sie darüber gehört haben, wahr ist.«

»Es gibt andere Freiheiten als Verkehr mit alten weißen Weibern«, sagte Crenshaw. »Vielleicht geht er mal ins Theater oder ißt in einem der großen Restaurants.«

Der Veteran grinste. »Natürlich, aber vergessen Sie nicht, Crenshaw, daß er nur ein paar Monate bleibt. Die meiste Zeit wird er arbeiten, und so bleibt ein großer Teil seiner Freiheit rein symbolisch. Und was ist für ihn und jeden anderen das am leichtesten erreichbare Symbol der Freiheit? Natürlich eine Frau. In zwanzig Minuten kann er dieses Symbol mit all der Freiheit füllen, die er vor lauter Arbeit sonst nicht genießen kann. Das wird er schon bald erfahren.«

Ich versuchte, das Gespräch auf etwas anderes zu lenken. »Wohin fahren Sie?« fragte ich.

»Nach Washington, D. C.«, antwortete er.

»Dann sind Sie wohl geheilt?«

»Geheilt? Es gibt keine Heilung ...«

»Er kommt nur in eine andere Anstalt«, sagte Crenshaw.

»Ja, ins Elisabeth-Hospital«, sagte der Veteran. »Die Wege der Behörden sind geheimnisvoll. Seit einem Jahr schon will ich in eine andere Anstalt – und heute morgen mußte ich ganz plötzlich meine Sachen packen. Ob unser kleines Gespräch mit Mr. Norton dabei eine Rolle gespielt hat?«

»Das ist kaum möglich«, sagte ich und dachte dabei an Dr. Bledsoes Drohung.

»Vielleicht sitzen auch Sie deswegen heute in diesem Bus?«

Er blinzelte mich an. Seine Augen funkelten. »Vergessen Sie, was ich gesagt habe. Aber lernen Sie um Gottes willen unter die Oberfläche zu sehen«, sagte er. »Kommen Sie heraus aus dem Nebel, junger Mann. Und vergessen Sie nicht, daß Sie kein ausgemachter Narr zu sein brauchen, um Erfolg zu haben. Spielen Sie das Spiel, aber glauben Sie nicht daran – das sind Sie sich schuldig. Auch wenn Sie dabei in einer Zwangsjacke oder Gummizelle landen. Spielen Sie das Spiel, aber spielen Sie es auf Ihre Weise – wenigstens zeitweise. Spielen Sie das Spiel, aber holen Sie den Einsatz wieder raus. Lernen Sie, wie es funktioniert – aber auch, wie *Sie* funktionieren. Ich wollte, ich hätte Zeit, Ihnen das, wenn auch nur teilweise, auseinanderzusetzen. Wir sind ein verdammt rückständiges Volk. Vielleicht gewinnen Sie das Spiel. Es ist eine verdammt schwierige Sache. Wirklich Prä-Renaissance – und das Spiel ist genau analysiert, in Büchern beschrieben. Aber hier kümmert sich kein Mensch um Bücher – und das ist Ihr Glück. Sie sind trotz aller Öffentlichkeit verborgen – das heißt, nur dann, wenn Sie es erkennen. Sie sehen Sie nicht, weil keiner damit rechnet, daß Sie was wissen. Weil sie glauben, daß sie dafür gesorgt haben ...«

»Wer sind denn diese ›sie‹, Mann, von denen Sie dauernd reden«, sagte Crenshaw.

Der Veteran machte ein ärgerliches Gesicht. »Sie?« sagte er. »Sie? Genau die *sie,* die wir immer meinen, die Weißen, die Behörden, die Götter, das Schicksal, die Umstände, die Mächte, die uns schikanieren, bis wir es leid werden. Der große Mann, der nie da ist, wo man ihn vermutet.«

Crenshaw grinste. »Sie reden zu viel, Mann«, sagte er. »Sie sprechen und sagen doch nichts.«

»Ich habe allerlei zu sagen, Crenshaw. Ich fasse das in Worte, was die meisten Menschen, wenn auch nur oberflächlich, fühlen. Ja, ich muß einfach sprechen, aber im Grunde bin ich eher Clown als Irrer. Aber Crenshaw«, sagte er und rollte die Zeitung, die auf seinen Knien lag, zu einem Stab zusammen, »Sie sehen ja nicht, was los ist. Unser junger Freund fährt zum erstenmal in den Norden. Das stimmt doch?«

»Ja, das stimmt«, erwiderte ich.

»Natürlich. Waren Sie schon mal im Norden Crenshaw?«

»Ich bin überall gewesen«, erwiderte Crenshaw. »Ich kenne mich überall aus. Und ich weiß auch, wie ich mich zu verhalten habe. Und außerdem kommen Sie nicht in den wirklichen Norden. Nach Washington. Und das ist nur eine andere Stadt des Südens.«

»Das weiß ich«, sagte der Veteran. »Aber bedenken Sie, was das für den jungen Mann bedeutet. Er ist frei, kann sich bewegen, wie und wo er will, er ist allein. Ich kann mich an die Zeit erinnern, da junge Leute erst ein Verbrechen begehen oder eines Verbrechens beschuldigt werden mußten, bevor sie das versuchten. Anstatt sich am hellichten Tag auf die Reise zu machen, taten sie es im Dunkel der Nacht. Und kein Bus war ihnen schnell genug – stimmt das nicht, Crenshaw?«

Crenshaw – der eine Zuckerstange aus dem Papier wikkelte, sah ihn mit kleinen Augen scharf an. »Woher soll ich das wissen?« sagte er.

»Verzeihung, Crenshaw«, sagte der Veteran. »Ich dachte, als Mann der Erfahrung ...«

»Solche Erfahrungen habe ich nicht. Ich war freiwillig im Norden.«

»Aber Sie haben doch sicher von solchen Fällen *gehört?«*

»Hören ist keine Erfahrung«, sagte Crenshaw.

»Gewiß nicht. Aber da Freiheit immer etwas Verbrecherisches hat ...«

»Ich habe kein Verbrechen begangen.«

»Das habe ich auch nicht behauptet«, erwiderte der Veteran. »Verzeihung.«

Crenshaw biß wütend ein Stück von der Zuckerstange und murmelte: »Mir wär's schon recht, wenn Sie Ihre depressive Tour kriegten, dann würden Sie weniger schwatzen.«

»Gewiß, Doktor«, höhnte der Veteran. »Die Tour kommt schon früh genug, aber solange Sie an Ihrem Zucker lutschen, darf ich ja wohl weitersprechen. Irgend etwas Wahres ist schon dran.«

»Hören Sie doch endlich mal auf, mit Ihrer Bildung zu protzen«, sagte Crenshaw. »Sie sitzen hier genau wie ich im Negerabteil. Und außerdem haben Sie sie nicht alle beisammen.«

Der Veteran blinzelte mir zu. Er sprach weiter, während der Autobus sich zur Ausfahrt rüstete. Endlich war es soweit. Ich warf einen letzten sehnsüchtigen Blick nach draußen, als der Bus über die Chaussee fuhr, die um die Schule herumführte. Durch das Hinterfenster sah ich sie in der Ferne verschwinden. Die Sonne spielte in den Baumwipfeln, badete die niedrigen Gebäude, die sauberen Rasen und Felder. Dann war alles versunken. In weniger als fünf Minuten war der Fleck der Erde, der für mich die beste aller möglichen Welten darstellte, vorbei, verloren in der wilden, unbekannten Landschaft. Eine blitzschnelle Bewegung ließ mich zum Rand der Chaussee sehen, wo eine Schlange sich schnell über den grauen Beton wand und in einem eisernen Rohr verschwand, das am Straßenrand lag. Ich beobachtete das Vorbeisausen von Baumwollfeldern und Hütten und fühlte, daß ich mich in das Unbekannte bewegte.

Der Veteran und Crenshaw, die an der nächsten Haltestelle umsteigen mußten, packten ihre Sachen zusammen. Als sie ausstiegen, legte mir der Veteran die Hand auf die Schulter, sah mich freundlich an und lächelte wie immer.

»Jetzt ist der Augenblick für einen väterlichen Rat gekommen«, sagte er. »Aber den will ich Ihnen ersparen, denn ich glaube, daß ich niemandes als meiner selbst Vater bin. Aber vielleicht kann ich Ihnen doch etwas raten: seien Sie Ihr eigener Vater, junger Mann. Und vergessen Sie nicht: die Welt ist nur dann eine Möglichkeit, wenn Sie sie entdecken wollen. Vor allem: lassen sie alle Nortons laufen, und wenn

Sie das jetzt nicht begreifen, dann denken Sie darüber nach. Leben Sie wohl.«

Ich sah, wie er Crenshaw durch die Gruppe von Fahrgästen folgte, die einsteigen wollten, eine kleine, komische Gestalt, die sich umdrehte und winkte und dann durch die Tür des Stationsgebäudes aus rotem Backstein verschwand. Wie erlöst setzte ich mich wieder. Als dann die Fahrgäste eingestiegen waren und der Bus seine Fahrt fortsetzte, überkamen mich Traurigkeit und ein Gefühl unsagbarer Einsamkeit.

Erst als wir durch Jersey fuhren, wurde mir leichter ums Herz. Mein altes Vertrauen und mein Optimismus wurden wieder lebendig, und ich versuchte, daran zu denken, wie ich meine Zeit im Norden verbringen würde. Ich wollte tüchtig arbeiten und meinem Arbeitgeber so gut dienen, daß er Dr. Bledsoe mit guten Zeugnissen geradezu überschüttete. Und ich wollte sparen und im Herbst, voll der Kultur New Yorks, zurückkehren. Ich würde dann zweifellos die Hauptfigur in der Schule werden. Vielleicht würde ich auch das Town Meeting besuchen, das ich vorher im Radio gehört hatte. Ich würde den großen Rednern ihre Tricks abgucken, meine Verbindungen ausnützen. Und wenn ich die großen Leute besuchte, an die die Briefe gerichtet waren, wollte ich mich besonders fein benehmen. Ich würde leise und besonders höflich sprechen, angenehm lächeln und sehr zuvorkommend sein. Und falls er (›er‹ war einer der großen Männer) ein Thema anschnitt (von mir aus würde ich nie ein Thema anschneiden), das mir nicht vertraut war, würde ich lächeln und allem zustimmen. Meine Schuhe würden immer blank, mein Anzug stets aufgebügelt, mein Haar gepflegt (nicht zu viel Fett) und rechts gescheitelt sein. Meine Nägel würden sauber sein und meine Achseln nicht riechen – auf letzteres war besonders zu achten. Sie sollten unter keinen

Umständen glauben, daß wir *alle* übel röchen. Schon der Gedanke an meine Beziehungen gab mir ein Gefühl der Sophisterei, der Weltlichkeit, das mich, als ich die wichtigen Briefe in der Tasche berührte, leicht und fröhlich machte.

So träumte ich, während meine Augen leer in die Landschaft blickten. Ich sah erst auf, als sich der Mann mit der roten Mütze über mich beugte. »Wenn Sie hier aussteigen wollen, müssen Sie sich fertigmachen.«

»Gewiß«, sagte ich und wurde lebendig. »Wie komme ich nach Harlem?«

»Ganz einfach«, antwortete er. »Immer geradeaus in nördlicher Richtung.«

Und während ich mein Gepäck und die Aktenmappe, die noch genau so neu war wie an dem Abend der Balgerei, aus dem Netz nahm, fragte ich ihn, wo ich in die Untergrundbahn einsteigen müßte, und dann drängte ich mich durch die Menge.

Auf dem Weg in die U-Bahn wurde ich von der Pfeffer- und Salz-Menge weitergeschoben. Ein dicker, blauuniformierter Schaffner, der etwa so groß war wie der Supercargo, schob mich von hinten zusammen mit meinem Gepäck in einen Zug, der derart besetzt war, daß alle Fahrgäste mit zurückgeworfenem Kopf dastanden. Die Augen schienen ihnen aus dem Kopf zu quellen, wie Kücken bei drohender Gefahr. Dann knallte er die Tür hinter mir zu, und ich wurde gegen eine dicke Frau in Schwarz gedrückt, die den Kopf schüttelte und lächelte, während ich entsetzt auf ein großes Muttermal starrte, das sich aus dem öligen Weiß ihres Gesichts wie ein schwarzer Berg aus einer regennassen Ebene erhob. Und dauernd fühlte ich die gummiartige Weiche ihres Fleisches gegen meinen Körper. Ich konnte mich weder seitwärts noch rückwärts bewegen, konnte mein Gepäck auch nicht auf den Boden stellen. Ich war wie in einer Falle so von allen Seiten eingeschlossen, daß ich bei der geringsten

Bewegung meines Kopfes ihre Lippen mit den meinen berührt hätte. Wenn ich doch nur meine Hände frei gehabt hätte, ihr zu zeigen, daß es gegen meinen Willen war. Ich rechnete jeden Augenblick damit, daß sie anfing zu schreien, bis schließlich der Wagen in eine Kurve schwenkte und ich meinen linken Arm frei machen konnte. Ich schloß die Augen und hielt mich verzweifelt an dem Aufschlag meines Rockes fest. Der Wagen dröhnte und schwankte, drückte mich fest gegen sie, aber als ich flüchtig um mich blickte, sah ich, daß kein Mensch auch nur die geringste Notiz von mir nahm. Auch die Frau schien ganz mit ihren Gedanken beschäftigt zu sein. Jetzt hatte ich das Gefühl, der Zug führe einen Berg hinunter. Er hielt mit einem Ruck, und ich flog auf einen Bahnsteig, als hätte ein Walfisch mich ausgespien. Mit dem Gepäck in den Händen strömte ich mit der Menge über eine Treppe in eine heiße Straße. Wo ich war, das kümmerte mich nicht weiter. Den Rest des Weges wollte ich zu Fuß gehen.

Einen Augenblick lang stand ich vor einem Schaufenster und betrachtete mein Spiegelbild, versuchte, mich von der Fahrt mit der Frau zu erholen. Ich war ganz erschöpft, meine Kleider waren feucht von Schweiß. »Nun bist du endlich im Norden«, sagte ich mir, »im Norden.« Ja, aber wenn sie geschrien hätte … Wenn ich wieder mit der U-Bahn fuhr, wollte ich nicht vergessen, gleich nach meinen Rockaufschlägen zu greifen und sie erst beim Aussteigen wieder loszulassen. Du lieber Gott, das mußte doch immer wieder Krach geben. Daß ich darüber nie etwas gelesen hatte!

Noch nie hatte ich so viele Schwarze gegen einen Hintergrund aus Backsteinhäusern, Neonschildern, Spiegelscheiben und tosendem Verkehr gesehen – auch nicht auf den Fahrten mit unserem Debattier-Klub nach New Orleans, Dallas oder Birmingham. Sie waren überall. So viele und sich mit solcher Spannung so lärmend bewegend, daß ich nicht wußte, ob sie ein Fest feierten oder an einer Straßenschlacht teilnehmen wollten. In den Einheitspreisgeschäften, an denen ich vorbeikam, sah ich sogar schwarze Mädchen hinter den Ladentischen. Und an einer Straßenkreuzung sah ich mit Staunen und Entsetzen zugleich einen schwarzen Verkehrspolizisten – und die weißen Fahrer gehorchten seinen Signalen, als wäre das das Natürlichste der Welt. Gehört hatte ich schon davon – aber das hier war *echt.* Ich faßte wieder Mut. Das war Harlem, und nun wurden auf einmal alle Geschichten, die ich über ›die Stadt in der Stadt‹ gehört hatte, in meinem Geist lebendig. Der Veteran hatte recht gehabt: für mich war es keine Stadt der Wirklichkeiten, sondern der Träume. Vielleicht kam das daher, weil ich mein Leben immer nur in Verbindung mit dem Süden gesehen hatte. Und während ich mich durch die Menschenmassen drängte, ahnte ich eine neue Welt der Möglichkeiten: Ich hörte gleichsam eine leise Stimme, die in dem Lärm der Stadt kaum vernehmbar war. Mit weitgeöffneten Augen ging ich weiter, versuchte, dem Bombardement von Eindrücken standzuhalten. Und dann blieb ich stehen.

Es war vor mir, böse und kreischend, und als ich es hörte, bekam ich Angst, wie damals als Kind, wenn die Stimme meines Vaters mich überraschte. Eine Leere öffnete sich in meinem Magen. Vor mir versperrte eine Menschenansammlung fast die Straße, während über ihr ein kleiner vierschrötiger Mann wütend von einer Leiter herunterschrie, an der viele amerikanische Fahnen befestigt waren.

»Wir schmeißen sie raus«, schrie der Mann.

»Sag denen mal Bescheid, Ras«, schrie eine andere Stimme.

Und ich sah, wie der vierschrötige Mann wütend die Faust über den erhobenen Gesichtern schüttelte, und hörte, daß er etwas in einem harten westindischen Dialekt sagte, dem die Menge drohend zustimmte. Es sah aus, als würde es jede

Minute zu einem Aufstand kommen, gegen wen, das konnte ich nicht sagen. Ich war verwirrt, sowohl durch die Wirkung seiner Stimme auf mich als auch durch die offensichtliche Wut der Menge. Noch nie hatte ich so viele Schwarze öffentlich derart in Wut gesehen, und doch gingen andere an der Menge vorbei, ohne sie auch nur eines Blickes zu würdigen. Und als ich weiterging, sah ich zwei weiße Polizisten, die ganz ruhig miteinander sprachen. Sie wandten der Menge den Rücken zu, als sie über einen Witz lachten. Auch als die hemdsärmelige Menge in wütender Zustimmung zu einer Bemerkung des Redners schrie, nahmen sie keinerlei Notiz davon. Ich war wie vor den Kopf geschlagen. Ich starrte die Polizisten an, stellte einen Koffer mitten auf dem Bürgersteig, als einer der beiden mich zufällig sah und den anderen anstieß, der träge sein Gummi kaute.

»Suchen Sie was, junger Mann?« sagte er.

»Ich wollte nur …« begann ich, bis ich wieder Herr meiner selbst war.

»Was?«

»Wie komme ich zum Men's House?« sagte ich dann.

»Weiter nichts?«

»Nein«, stammelte ich.

»Bestimmt nicht?«

»Bestimmt.«

»Er ist hier fremd«, sagte der andere.

»Wohl eben hierher gekommen?«

»Ja«, erwiderte ich, »komme gerade aus der U-Bahn.«

»So? Seien Sie vorsichtig.«

»Das werde ich.«

»Das ist die Hauptsache. Vergessen Sie das nicht«, sagte er und zeigte mir dann den Weg zum Men's House.

Ich bedankte mich und eilte weiter. Der Redner war noch wilder geworden als bisher, und seine Worte galten jetzt der Regierung. Der Gegensatz zwischen der Ruhe der anderen auf der Straße und der leidenschaftlichen Stimme gab der Szene etwas Gespenstisches, und ich achtete darauf, mich nicht umzublicken, denn ich wollte den Aufruhr nicht erleben.

In Schweiß gebadet erreichte ich das Men's House, schrieb mich ein und ging sofort in mein Zimmer. Ich wollte Harlem allmählich kennenlernen.

8. KAPITEL

Es war ein sauberes, kleines Zimmer mit einer dunkelorangefarbenen Bettdecke. Stuhl und Kommode waren aus Ahorn, und auf einem kleinen Tisch lag eine Bibel. Ich stellte meine Koffer ab und setzte mich auf das Bett. Unten von der Straße drang der Verkehrslärm herauf, der lautere von der U-Bahn, der leisere, verschiedenartige von Stimmen. Als ich so allein in dem Zimmer saß, konnte ich kaum glauben, daß ich so weit fort von zu Hause war, und doch hatte meine Umgebung außer der Bibel nichts Vertrautes. Ich nahm sie in die Hand und setzte mich wieder auf das Bett, ließ die Seiten mit dem blutroten Schnitt unter meinem Daumen vorbeirauschen. Ich dachte an Dr. Bledsoe, der Sonntag abends bei seinen Ansprachen aus der Bibel zitierte. Ich schlug die Genesis auf, aber ich konnte nicht lesen. Ich dachte an zu Hause und an die Versuche meines Vaters, die Familie zum gemeinsamen Gebet zu versammeln. Wenn Essenszeit war, mußten wir in der Nähe des Ofens knien und den Kopf über den Sitz unseres Stuhls beugen, während seine Stimme demütig bebte wie die eines Predigers. Aber diese Erinnerung erweckte nur Heimweh in mir, und ich legte die Bibel wieder fort. Ich war in New York. Ich mußte Arbeit suchen und Geld verdienen.

Ich zog die Jacke aus, nahm den Hut ab, holte die Briefe

hervor und legte mich wieder auf das Bett. Ich las die Adressen, und das gab mir ein Gefühl von Wichtigkeit. Was enthielten sie und wie konnte ich sie öffnen, ohne daß man etwas merkte? Sie waren versiegelt. Ich hatte gelesen, daß man Briefe mit Dampf öffnen kann, aber ich hatte keinen Dampf. Ich gab es auf, ich brauchte ihren Inhalt nicht zu kennen, und es war sicher weder anständig noch klug, gegen Dr. Bledsoe zu handeln. Ich wußte, daß die Briefe mich betrafen und an ein paar der wichtigsten Männer im ganzen Land gerichtet waren. Das genügte. Ich überraschte mich bei dem Wunsch, jemandem diese Briefe zu zeigen, damit sein Staunen mich meine eigene Wichtigkeit fühlen ließ. Schließlich stellte ich mich vor den Spiegel, lächelte mir bewundernd zu und legte die Briefe wie ein Spiel mit hohen Trümpfen auf die Kommode.

Und dann begann ich meinen Feldzugsplan für den nächsten Tag zu entwerfen. Zuerst wollte ich baden, dann frühstücken. In aller Frühe. Ich mußte mich beeilen. Bei so wichtigen Männern mußte man pünktlich sei. Wenn man mit ihnen eine Verabredung traf, mußte man sie auf die Minute einhalten. Durfte nicht trödeln, wie Farbige es so gern tun. Und dann mußte ich eine Uhr haben. Ich würde alles nach Plan erledigen. Ich dachte an die schwere goldene Kette, die sich zwischen Dr. Bledsoes Westentaschen spannte, und an sein Gesicht, wenn er die Uhr aus der Tasche zog. Wie er dabei die Lippen vorstreckte und das Kinn einzog, so daß es sich vervielfältigte, und die Stirn krauste. Dann räusperte er sich und gab mit tiefer Stimme seine Befehle, die klangen, als wäre jedes Wort, das er sagte, voll einer besonders tiefen Bedeutung. Ich dachte daran, daß er mich von der Schule gejagt hatte; das ließ meine Wut aufflammen, aber ich versuchte sofort, sie zu unterdrücken. Das wollte mir nicht ganz gelingen, immer wieder züngelte sie empor, und ich hatte ein Gefühl des Unbehagens. Vielleicht war es richtig, dachte ich schnell. Wäre es anders gekommen, hätte ich vielleicht nie Gelegenheit gehabt, so wichtige Männer persönlich kennenzulernen. Vor meinem geistigen Auge sah ich ihn auf die Uhr blicken, aber jetzt stand ein anderer neben ihm; er war jünger als er – ich selbst; verschlagen und verbindlich und nicht im dunklen Anzug (wie der altmodische, den er trug), sondern im modischen Anzug mit bestem Schnitt, wie man sie in den Annoncen der Magazine sieht, wie die Geschäftsführer im *Esquire* sie tragen. Ich stellte mir vor, wie ich eine Rede hielt, wie besonders gelungene Posen von der Blitzlichtkamera festgehalten wurden, und Zeugnis von meiner blendenden Beredsamkeit ablegten. Eine jüngere Ausgabe des Doktors, aber weniger rauh, eleganter. Nie würde meine Stimme laut werden, und immer würde ich – ja, ein besseres Wort gab es dafür nicht – immer würde ich *reizend* sein. Wie Ronald Colman. Was für eine Stimme! Natürlich konnte man so nicht im Süden sprechen, die Weißen würden das nicht mögen, und die Neger würden sagen, man ›gäbe an‹. Aber hier im Norden würde ich meine südliche Sprechweise ablegen. Ja, ich würde im Norden so und im Süden so sprechen. Im Süden den Leuten das geben, was sie wollten, das war der richtige Weg. Wenn Dr. Bledsoe das konnte, dann konnte ich es auch. Bevor ich an diesem Abend zu Bett ging, putzte ich die Aktenmappe mit einem sauberen Handtuch ab und legte die Briefe sorgfältig hinein.

Am nächsten Morgen fuhr ich früh mit der U-Bahn in den Wall-Street-Bezirk, wählte eine Adresse, die mich fast bis ans Ende der Insel brachte. Die hohen Häuser und die engen Straßen machten den Bezirk dunkel. Gepanzerte Wagen mit Wachmannschaften fuhren vorbei, während ich die Hausnummer suchte. Die Straßen waren voll eiliger Menschen, die gingen, als wären sie aufgezogen, als würden sie von irgendwem geleitet. Viele der Männer trugen Depeschentaschen oder Aktentaschen, und ich faßte meine Aktenmappe mit wichtiger Miene fester. Und dann sah ich hie und da Neger; sie eilten durch die Straßen und trugen Ledertaschen, die ihnen an das Handgelenk gekettet waren. Sie erinnerten mich einen Augenblick an Gefangene, die ihre Fußfesseln tragen, nachdem sie aus einer Strafkolonne geflohen sind. Aber sie schienen sich irgendwie wichtig vorzukommen, und am liebsten hätte ich einen von ihnen angehalten und gefragt, weshalb er an eine Tasche gefesselt wäre. Vielleicht wurden sie gut dafür bezahlt. Vielleicht waren sie an Geld gefesselt. Vielleicht war der Mann mit den schiefen Absätzen vor mir an eine Million Dollar gefesselt.

Ich sah um mich, ob ihm Polizisten oder Detektive mit gezogenem Revolver folgten. Aber ich konnte keine entdekken. Vielleicht aber waren sie in der vorbeihastenden Menge verborgen. Gern wäre ich einem der Männer gefolgt, um zu sehen, wohin er ging. Weshalb vertraute man ihm so viel Geld an? Und was geschah, wenn er mit dem Geld verschwand? Aber so verrückt war natürlich keiner. Hier war die Wall Street. Vielleicht wurden sie bewacht, wie auch Postämter bewacht wurden, von Männern, die einen durch Löcher in den Decken und Wänden dauernd beobachteten und in aller Ruhe warteten, bis sich jemand durch eine Bewegung verdächtig machte. Vielleicht hatte mich jetzt ein Auge erhascht und beobachtete jede meiner Bewegungen. Vielleicht verbarg das Zifferblatt der Uhr in der Wand des grauen Gebäudes auf der anderen Seite der Straße ein Paar forschende Augen. Ich eilte weiter zu der Adresse und staunte über die Höhe des weißen Hauses mit den Bronzefiguren an der Fassade. Männer und Frauen eilten in das Haus, und nachdem ich einen Augenblick hinter ihnen hergesehen hatte, folgte ich ihnen. Ich stieg in den Aufzug, an dessen Hinterwand ich einen Platz fand. Der Aufzug schoß in die Höhe wie eine Rakete, und ich hatte ein seltsames Gefühl zwischen den Beinen, als wäre ein wichtiger Teil von mir unten in der Halle zurückgeblieben.

Beim letzten Halt verließ ich die Kabine und ging durch einen mit Marmor gepflasterten Flur, bis ich die Tür fand, die den Namen des Treuhänders trug. Als ich eintreten wollte, bekam ich Angst und ging den Weg wieder zurück. Ich sah durch den Flur. Er war leer. Weiße waren immer so seltsam. Vielleicht legte Mr. Bates keinen Wert darauf, gleich am frühen Morgen einem Neger zu begegnen. Ich machte kehrt, ging den Flur hinunter und sah aus dem Fenster. Ich wollte lieber noch etwas warten.

Unter mir lag South Ferry; ein Schiff und zwei Barken fuhren hinaus in den Fluß, und weit draußen, rechts, sah ich die Freiheitsstatue, deren Fackel fast im Nebel verschwand. Am Ufer schwebten Möwen durch den Nebel über den Docks, und in der Tiefe, so tief, daß mir schwindlig wurde, bewegten sich Menschenmengen. Ich schaute wieder zu einer Fähre, die jetzt an der Freiheitsstatue vorbeifuhr; ihr Heckwasser bildete eine geschwungene Linie auf der Bucht, und hinter ihr schossen drei Möwen herab.

Hinter mir spie der Aufzug wieder Menschen aus, und ich hörte die frohen Stimmen von Frauen, die schwatzend durch den Flur gingen. Ich mußte nun bald das Zimmer betreten. Meine Unsicherheit nahm zu. Mein Äußeres machte mir Sorge. Vielleicht gefiel mein Anzug oder mein Haarschnitt Mr. Bates nicht, dann war es mit der Anstellung vorbei. Ich betrachtete seinen Namen, der in sauberer Maschinenschrift auf dem Umschlag stand, und fragte mich, wie Bates wohl sein Geld verdiente. Er war Millionär, das wußte ich. Vielleicht war er das immer gewesen. War als Millionär auf die Welt gekommen. Noch nie hatte mich Geld so sehr interessiert wie jetzt, als ich glaubte, ich wäre von ihm umgeben. Vielleicht fand ich hier Arbeit, und nach ein paar Jahren würde ich vielleicht mit Millionen, die man mir an den Arm schnallte, als zuverlässiger Bote durch die Straßen geschickt. Und dann würde ich in den Süden geschickt, um das College zu leiten – genau wie die Köchin des Bürgermeisters Schulleiterin wurde, als sie wegen ihrer Beine nicht mehr am Herd stehen konnte …

Ich betrat das Büro und fand mich einer jungen Frau gegenüber, die von ihrem Tisch aufblickte, während ich einen schnellen Blick durch das große, helle Zimmer, auf die bequemen Sessel, die bis unter die Decke reichenden Regale mit in Leder gebundenen Büchern, auf die Bilder warf, um dann ihren fragenden Augen zu begegnen. Sie war allein, und ich dachte: Jedenfalls bin ich nicht zu früh …

»Guten Morgen«, sagte sie und verriet nichts von der Feindseligkeit, mit der ich gerechnet hatte.

»Guten Morgen«, erwiderte ich und ging auf sie zu. Wie sollte ich anfangen?

»Ja?«

»Bin ich in Mr. Bates' Büro?«

»Ja. Sind Sie bestellt?«

»Nein, Ma'am«, erwiderte ich. Ich ärgerte mich gleich, daß ich eine so junge weiße Frau und noch dazu hier im Norden mit ›Ma'am‹ angeredet hatte. Ich nahm den Brief aus der Tasche. Aber bevor ich noch eine Erklärung geben konnte, fragte sie:

»Darf ich mal sehen?«

Ich zögerte. Ich wollte den Brief nur Mr. Bates übergeben, aber ihre ausgestreckte Hand war wie ein Befehl, und ich gehorchte. Ich gab ihr den Brief, rechnete damit, daß sie ihn öffnete. Aber das tat sie nicht. Sie betrachtete den Umschlag, stand auf und verschwand, ohne ein Wort zu sagen, hinter einer Tür in der getäfelten Wand.

Jenseits des großen Teppichs, der bis an die Tür reichte, durch die ich gekommen war, standen mehrere Stühle, aber ich konnte mich nicht entschließen, dorthin zu gehen. Mit dem Hut in der Hand blieb ich stehen und sah mich um. Eine Wand fesselte meine Aufmerksamkeit. An ihr hingen die Porträts von drei würdigen alten Herren in Vatermördern, die mit einer Sicherheit und Anmaßung aus ihrem Rahmen schauten, wie ich sie bisher nur bei Weißen und ein paar alten Negern mit Rasiernarben gesehen hatte. Nicht einmal Dr. Bledsoe, der nur um sich zu blicken brauchte, um die Lehrer in Angst zu versetzen, besaß diese Sicherheit. So sahen also die Männer aus, die hinter ihm standen. Wie paßten sie zu den Weißen im Süden, zu den Männern, die mir das Stipendium gegeben hatten? Ich starrte die Bilder immer noch an, immer noch in dem Zauber aus Macht und Geheimnis gefangen, als die Sekretärin zurückkam.

Sie sah mich seltsam an und lächelte. »Ich bedaure sehr«, sagte sie, »aber Mr. Bates ist so beschäftigt, daß er Sie heute morgen nicht empfangen kann. Er bittet Sie, Namen und Adresse hier zu lassen. Er wird Ihnen schriftlich antworten ...«

Enttäuscht und schweigend stand ich da.

»Schreiben Sie Ihre Adresse hier auf«, sagte sie und gab mir eine Karte.

»Tut mir sehr leid«, sagte sie wieder, während ich meine Adresse schrieb und mich dann zum Gehen anschickte.

»Ich bin jederzeit zu erreichen«, sagte ich.

»Gut«, sagte sie. »Sie werden bald von Mr. Bates hören.«

Sie schien sehr freundlich und interessiert, und gut gelaunt verließ ich das Büro. Meine Befürchtungen waren grundlos. So war New York.

Während der folgenden Tage lernte ich die Sekretärinnen mehrerer Treuhänder kennen, und alle waren freundlich und machten mir Mut. Manche sahen mich wohl seltsam an, aber deswegen machte ich mir weiter keine Sorgen, denn ich konnte darin keinerlei Feindseligkeit erkennen. Vielleicht sind sie überrascht, daß ein Mensch wie ich Empfehlungen an so wichtige Persönlichkeiten hat, dachte ich. Ja, unsichtbare Fäden verbanden den Süden mit dem Norden, und Mr. Norton hatte mich sein Schicksal genannt. Voller Vertrauen schwenkte ich meine Aktentasche.

Morgens verteilte ich meine Briefe und nachmittags besichtigte ich die Stadt. Ich ging durch die Straßen, saß in der U-Bahn neben Weißen, aß mit ihnen in denselben Cafeterias (wenn ich mich mit ihnen auch nicht an den gleichen Tisch setzte) ... und das alles gab mir das unheimliche Gefühl eines nicht zu deutenden Traums. Mein Anzug saß auf einmal nicht mehr, und trotz meiner Briefe an die wichtigen Männer wußte ich nicht, wie ich handeln sollte. Während ich durch die Straßen bummelte, dachte ich eigentlich zum erstenmal bewußt daran, wie mein Leben zu Hause gewesen war. Um die Weißen hatte ich mich kaum gekümmert. Die einen waren freundlich und die anderen nicht, und man versuchte, bei beiden keinen Anstoß zu erregen. Aber hier kamen sie mir alle so unpersönlich vor. Aber trotz dieser Unpersönlichkeit wunderte ich mich über ihre Höflichkeit ... Sie entschuldigten sich, wenn sie im Gedränge gegen mich stießen. Aber ich hatte immer wieder das Gefühl, daß sie mich trotz ihrer Höflichkeit kaum sahen, daß sie sich jedem anderen gegenüber genau so entschuldigt hätten, ohne den Betreffenden auch nur eines Blickes zu würdigen. Es war verwirrend. Ich wußte nicht, ob das überhaupt wünschenswert war.

Für mich kam es vor allem darauf an, die Treuhänder kennenzulernen, und als ich etwa eine Woche lang die Stadt besichtigt hatte und von den Sekretärinnen irgendwie beruhigt worden war, wurde ich ungeduldig. Ich hatte inzwischen alle Briefe bis auf den an einen Mr. Emerson abgegeben. Aber ich hatte in den Zeitungen gelesen, daß Mr. Emerson zur Zeit die Stadt verlassen hatte. Mehrere Male wollte ich mich erkundigen, ob sich inzwischen etwas ereignet hätte, aber diesen Plan gab ich auf. Ich wollte nicht zu ungeduldig erscheinen. Aber die Zeit drängte. Wenn ich nicht bald Arbeit fand, würde ich nie so viel Geld verdienen, daß ich im Herbst wieder die Schule besuchen konnte. Ich hatte nach Hause geschrieben, daß ich für ein Mitglied des Aufsichtsrats der Schule arbeitete, und der einzige Brief, den ich bisher von zu Hause erhalten hatte, gab der Freude meiner Eltern über mein Tun Ausdruck und warnte mich vor der *bösen* Stadt. Jetzt konnte ich sie nicht um Geld bitten, ohne ihnen zu gestehen, daß ich sie, was meine Arbeit anging, belogen hatte.

Schließlich versuchte ich, die wichtigen Männer telefonisch zu erreichen, aber ich erhielt von den Sekretärinnen jedesmal nur eine höfliche Absage. Zum Glück hatte ich noch den Brief an Mr. Emerson. Ich beschloß, mich seiner zu bedienen. Aber anstatt ihn einer Sekretärin auszuhändigen, schrieb ich einen Brief, in dem ich darlegte, ich hätte eine Nachricht von Dr. Bledsoe zu überbringen, und um eine Unterredung bat. Vielleicht habe ich mich bezüglich der Sekretärinnen geirrt, dachte ich. Vielleicht haben sie die Briefe vernichtet. Ich hätte vorsichtiger sein müssen.

Ich dachte an Mr. Norton. Wenn doch der letzte Brief seine Adresse getragen hätte! Wenn er nur in New York gewohnt hätte, so daß ich mich an ihn persönlich hätte wenden können! Irgendwie fühlte ich mich Mr. Norton näher. Wenn er mich sähe, würde er sich bestimmt erinnern, daß ich so eng mit seinem Schicksal verbunden war. Aber das schien in ferner Vergangenheit zu liegen, in einer anderen Zeit, in einem anderen Land. Und doch war seitdem noch kein Monat vergangen. Ich schritt zur Tat und schrieb ihm einen Brief, in dem ich zum Ausdruck brachte, wie anders sich meine Zukunft gestalten würde, wenn ich für ihn arbeiten könnte. Daß er und ich in gleicher Weise Nutzen davon haben würden. Ich vermied es peinlich, irgendwie auf meine Fähigkeiten hinzuweisen. Es dauerte mehrere Stunden, bis der Brief fertig war. Immer wieder zerriß ich ihn, bis er endlich meinen Ansprüchen genügte: tadellos, stilistisch einwandfrei und voller Respekt. Ich eilte nach unten und steckte ihn vor der letzten Leerung in den Kasten. Ich hatte auf einmal die verrückte Überzeugung, daß er Ergebnisse zeitigte. Ich hielt mich drei Tage lang in der Nähe meiner Unterkunft auf und wartete auf Antwort. Aber die Antwort kam nicht. Der Brief kam ebensowenig zurück wie ein Gebet, das Gott unerhört läßt.

Meine Zweifel wurden größer. Vielleicht stimmte etwas nicht. Den ganzen nächsten Tag blieb ich in meinem Zimmer. Langsam wurde mir klar, daß ich Angst hatte; hier in meinem Zimmer mehr Angst hatte als jemals im Süden. Vor allem deshalb, weil ich mir diese Angst nicht erklären konnte. Alle Sekretärinnen hatten mir Mut gemacht. Abends ging ich in ein Kino. Es war ein Film vom Leben an der Grenze, mit heldenhaften Indianerkämpfen und Kämpfen gegen Überschwemmungen, Sturm und Waldbrände, und die an Zahl überlegenen Siedler waren jedesmal die Sieger. Ein Epos der Wagenkolonnen, die nach Westen rollten. Ich vergaß meine Angst und verließ den dunklen Raum in besserer Stimmung. Aber in dieser Nacht träumte ich von meinem Großvater, und ich war am nächsten Morgen sehr niedergeschlagen. Ich verließ das Haus mit dem seltsamen Gefühl, daß ich in irgendeinem Plan, den ich nicht verstand, eine Rolle spielte. Irgendwie fühlte ich, daß Bledsoe und Norton die Finger im Spiel hatten, und den ganzen Tag über war ich in Worten und Verhalten behindert, fürchtete, ich könnte irgend etwas sagen oder tun, das ein Skandal würde. Das ist ja Unsinn, sagte ich mir. Ich wäre zu ungeduldig. Ich sollte doch warten, bis die Treuhänder etwas von sich hören ließen. Vielleicht handelte es sich um irgendeine Prüfung. Ich kannte die Regeln nicht, aber das Gefühl ließ mich trotzdem nicht los. Vielleicht endete meine Verbannung ganz plötzlich. Vielleicht bekam ich ein Stipendium und konnte schon bald in die Schule zurückkehren. Aber wann? Wie lange dauerte es noch?

Es mußte sich bald etwas ereignen. Ich mußte Arbeit finden, um mich über Wasser zu halten. Mein Geld war fast zu Ende, und es mußte etwas geschehen. Ich war derart zuversichtlich gewesen, daß ich nicht einmal an das Geld für die Bahnfahrt nach Hause gedacht hatte. Ich war sehr niedergeschlagen und wagte nicht, jemand meine Sorgen anzuvertrauen. Auch nicht den Leitern des Men's House; denn seit sie erfahren hatten, daß ich für eine wichtige Arbeit bestimmt war, behandelten sie mich mit einer gewissen Ehrerbietung. Deshalb hütete ich mich, sie meine wachsenden Zweifel merken zu lassen. Schließlich müßte ich sie vielleicht um Kredit bitten, und ich durfte ihren Glauben an mich nicht erschüttern. Nein, ich durfte den Glauben nicht verlieren. Morgen wollte ich mich wieder auf den Weg machen. Morgen würde sich etwas ereignen. Und das tat es. Ich erhielt einen Brief von Mr. Emerson.

9. KAPITEL

Es war ein klarer, heller Tag, als ich nach draußen kam, und die Sonne schien mir warm in die Augen. Nur ein paar kleine, schneeweiße Wolken hingen am morgenblauen Himmel, und eine Frau hängte schon ihre Wäsche auf einem Dach auf. Ein Gefühl des Vertrauens wuchs in mir. Weit unten auf der Insel ragten die Wolkenkratzer groß und geheimnisvoll in den dünnen, pastellfarbenen Nebel. Ein Milchwagen kam vorbei. Ich dachte an die Schule. Was tat man da wohl jetzt? War der Mond untergegangen und kletterte die Sonne hoch? Hatte das Horn schon zum Frühstück gerufen? Hatte das Brüllen der Zuchtbullen die Mädchen in ihren Schlafsälen heute morgen geweckt, wie es das an den meisten Frühlingstagen tat, als ich noch dort war? Laut und voll übertönte es die Glocken und die Hörner und alle morgendlichen Geräusche. Ich eilte weiter, durch die Erinnerungen ermutigt, und plötzlich hatte ich die Gewißheit, daß heute ein wichtiger Tag war. Irgend etwas mußte sich ereignen. Ich tätschelte meine Aktenmappe und dachte dabei an den Brief, den sie enthielt. Der letzte war der erste geworden – ein gutes Zeichen.

Dicht am Bordstein vor mir sah ich einen Mann, der einen Karren schob. Der Karren war mit Rollen aus blauem Papier hoch beladen, und der Mann sang mit hellklingender Stimme. Es war ein Blues, und ich ging hinter ihm her und dachte an die Zeit, als ich zu Hause solche Lieder gehört hatte. Es sah so aus, als glitten meine Erinnerungen um das Leben in der Schule, um sich auf einmal Dingen zuzuwenden, die ich schon lange aus meinem Geist verbannt hatte. Und diesen Erinnerungen konnte ich nicht entgehen.

Füße hat sie wie ein Affe,
Beine wie ein Frosch –
Du lieber Gott, du lieber Gott!
Doch wenn sie mit der Lieb anfängt,
Wer schreit denn da um Hilfe!
Weil ich die Kleine gerne hab,
Viel lieber als mich selbst.

Und als ich jetzt an ihm vorbeigehen wollte, erschrak ich fast, als er zu mir sagte:

»Herrliches Wetter, junger Mann ...«

»Ja«, erwiderte ich und sah ihm in die geröteten Augen.

»Ich möchte dich an diesem herrlichen Morgen mal was fragen ... Einen Augenblick. Ich begleite dich. Wir haben denselben Weg.«

»Und was?« fragte ich.

»Ich wüßte gern«, antwortete er, »wer um *Hilfe* schreit.«

»Hilfe? Was für Hilfe?«

»Ja«, sagte er. Er hielt den Wagen an und ließ die Stütze runter. »Ja ... *Wer ...«* Er stellte den einen Fuß auf den Bordstein, wie ein Dorfprediger, der im Begriff ist, loszulegen, *»schreit um Hilfe.«* Dabei bewegte er bei jedem Wort den Kopf wie ein wütender Hahn.

Ich lachte nervös und trat einen Schritt zurück. Er sah mich aus verschlagenen Augen an. »Wer schreit da um Hilfe?« sagte er laut lachend. »Ich weiß, daß du frisch aus der Heimat kommst und nun tust du so, als hättest du das noch nie gehört. Heute morgen sind nur wir Farbigen draußen. Weshalb tust du so, als sähest du mich nicht?«

Plötzlich wurde ich verlegen und wütend zugleich. »Dich nicht sehen, was soll das heißen?«

»Beantworte erst mal die Frage. Schreist du um Hilfe?«

»Hilfe?«

»Ja, *Hilfe.«*

Der Mann ging mir auf die Nerven. »Nein, heute morgen nicht«, sagte ich und sah, wie sich ein Grinsen über sein Gesicht breitete. »Einen Augenblick, Junge. Nur nicht böse werden. Ich dachte, *du* hättest geschrien«, sagte er mit einem Gesicht, als glaubte er mir nicht. Ich ging weiter, und er setzte den Karren wieder in Bewegung. Plötzlich fühlte ich mich unbehaglich. Irgendwie hatte der Mann Ähnlichkeit mit dem Veteranen aus dem Golden Day …

»Vielleicht ist es auch andersrum«, sagte er. »Vielleicht hat sie nach dir geschrien.«

»Vielleicht«, sagte ich.

»Wenn's so ist, kannst du dich freuen. Die tut dir nichts. Im Gegenteil. Mich aber hat's erwischt.«

»Wieso?«

»Besieh dir mal meinen Hosenboden. Lauter Flicken.«

Er zog das Hinterteil seiner Charlie-Chaplin-Hose zur Seite und brach in lautes Lachen aus.

»Dieses Harlem ist die reinste *Räuberhöhle.* Aber eins will ich dir sagen«, sagte er mit plötzlich ernstem Gesicht, »es ist für dich und mich der beste Platz auf der Welt, und wenn die Zeiten nicht bald besser werden, dann gibt's Krach.«

»Paß auf, daß du dabei nicht reinfällst«, sagte ich.

»Kommt nicht in Frage. Ich bin schon da, wo's was zu erben gibt.«

Ich überlegte, ob ich ihm nicht in gleicher Münze antworten könnte, aber mir fiel kein Lied ein … Ich hatte sie längst vergessen. Heimweh packte mich. Ich wollte den Mann loswerden, und doch fand ich etwas wie Trost darin, neben ihm herzugehen, als wären wir schon an anderen Morgen und an anderen Plätzen nebeneinander hergegangen.

»Was hast du denn auf deiner Karre?« sagte ich und zeigte auf die Papierrollen.

»Blaupausen. Ungefähr hundert Pfund Blaupausen, und bauen kann ich doch nichts.«

»Was für Blaupausen?«

»Ja, wenn ich das wüßte ... Städte, Klubhäuser, richtige Gebäude und Häuser. Ich hätte genug, mir ein Haus zu bauen, wenn ich in einem Papierhaus wohnen könnte wie in Japan. Ich glaube, manche ändern ihre Pläne immer wieder«, fügte er lachend hinzu. »Ich habe den Mann gefragt, weshalb sie all das Zeug los sein wollten, und er sagte, es läge ihnen nur im Weg, und deshalb müßten sie es dann und wann wegwerfen, um für neue Pläne Platz zu machen. Viele davon sind nie ausgeführt worden.«

»Du hast ja allerhand.«

»Aber das sind nicht alle. Ich habe ein paar Ladungen. Steckt allerlei Arbeit drin. Die Menschen machen immer Pläne und ändern sie dann.«

»Ja, das stimmt«, sagte ich und dachte an meine Briefe, »aber das ist falsch. Man soll bei dem einmal gefaßten Plan bleiben.«

Er sah mich plötzlich ernst an. »Du bist noch ziemlich jung«, sagte er.

Ich antwortete nicht. Wir erreichten eine Ecke oben auf dem Hügel.

»So. Es war nett, wieder mal mit einem jungen Mann aus der Heimat zu sprechen. Aber ich muß dich jetzt verlassen. Das hier ist eine der schönen, abschüssigen Straßen. Jetzt läuft die Karre von selbst, und ich bin heute abend nicht so müde. Aber *mich* kriegen sie so leicht nicht klein. Wir sehen uns schon mal wieder ... Und weißt du was?«

»Was?«

»Ich dachte zuerst, du wolltest mit mir nichts zu tun haben, aber jetzt bin ich doch froh, daß ich dich kennengelernt habe ...«

»Freut mich«, sagte ich. »Und streng dich nicht zu sehr an.«

»Das tu ich sowieso nicht. Wer's hier zu was bringen will, braucht nur ein bißchen Grütze und Mutterwitz. Und damit bin ich auf die Welt gekommen. Ja, ichbindersiebtesohneinessiebtensohnesundwurdemiteinerhautüberbeidenaugengeborenundmitschwarzenkatzenknochenundfettemgemüsegroßgezogen«, sagte er mit lachenden Augen und schnell sich bewegenden Lippen. »Haste das kapiert?«

»Es ging ein bißchen zu schnell«, sagte ich und begann zu lachen.

»Okay, dann langsamer. Ich will dich suchen, aber nicht verfluchen. Ich heiße Peter Wheatstraw und bin der einzige Schwiegersohn des Teufels. Du bist aus dem Süden?« fragte er und legte dabei den Kopf auf die Seite.

»Ja«, sagte ich.

»Gut und das vergiß nie! Hör mal zu: Kain stach Abel mit der Mistgabel ganz miserabel in den Bauchnabel.«

Ich mußte lachen. Ich mochte seine Verse gern, wenn ich auch keine passende Antwort auf sie wußte. Ich kannte sie seit meiner Jugend, aber ich hatte sie vergessen. Hatte sie in der Schule vergessen.

»Hast du das kapiert?« lachte er. »Aber besuch mich mal, ich bin Klavierspieler und Schlagballspieler, Whiskeysäufer und Pflastermann. Von mir kannst du allerlei schlechte Angewohnheiten lernen. Die brauchst du. Laß dir's gut gehen«, sagte er.

»Bis später mal«, sagte ich und schaute hinter ihm her. Ich sah ihn um die Ecke zu dem Gipfel des Hügels verschwinden, sah, wie er sich auf die Deichsel der Karre stützte, und hörte ihn singen, während er den Hügel hinunterfuhr.

Sie hatte Füße wie ein Affe,
Beine,
Beine wie'n toller
Hund …

Was bedeutet das? dachte ich. Ich hatte es von Kindesbeinen an gehört, aber plötzlich erkannte ich die Seltsamkeit der Worte. Handelte es sich um eine Frau oder um ein seltsames, sphinxgleiches Tier? Sicher auf seine Frau, auf *keine* Frau paßte diese Beschreibung. Und weshalb jemand in sich so widersprechenden Worten beschreiben? War es eine Sphinx? Haßte die alte Chaplin-Hose, der Schmierhintern, sie oder liebte er sie? Oder sang er nur? Wie konnte eine Frau einen so schmierigen Kerl überhaupt lieben? Und wie konnte ein Mann wie er sie lieben, wenn sie so ekelhaft war, wie das Lied sie darstellte? Ich ging weiter. Vielleicht liebte jeder Jemand eine Jemandin. Ich wußte es nicht. Ich konnte der Liebe keinen Gedanken widmen. Wer es zu was bringen wollte, mußte losgelöst sein, und ich hatte den langen Weg in die Schule zurück vor mir. Ich ging weiter, hörte das Lied des Karrenschiebers einsames, breittoniges Pfeifen werden, das am Schluß jedes Satzes bebender, trauriger Ton wurde. Und in sein Beben und Schweben stieß der Lärm eines Zuges, der einsam durch die einsame Nacht raste. Er war der Schwiegersohn des Teufels, gut, und er war ein Mann, der dreistimmig pfeifen konnte … Verdammt, dachte ich, ein ganz verteufeltes Volk! Und ich wußte nicht, ob es Stolz oder Ekel war, was plötzlich in mir lebendig wurde.

An der Ecke betrat ich einen Drugstore und setzte mich an die Theke. Mehrere Gäste beugten sich über volle Teller. In Glasbehältern brodelte Kaffee über blauen Flammen. Ich fühlte, wie der Duft gebratenen Specks mir tief in den Magen drang, während ich den Mann an der Theke beobachtete, der die Türen des Grills öffnete, die schmalen Speckstreifen umdrehte und dann die Türen wieder zuschlug. Über der Theke lächelte ein sonnverbranntes Mädchen herab und lud alle ein, ein Glas Coca-Cola zu trinken. Der Mann vor der Theke beugte sich zu mir.

»Ich habe was Gutes für Sie«, sagte er und stellte ein Glas Wasser vor mich hin. »Wie wär's mit dem Tagesgericht?«

»Was ist es?«

»Schweinskotelett, Grütze, ein Ei, heiße Biskuits und Kaffee!« Er beugte sich über die Theke mit einem Blick, der zu sagen schien: Das müßte dich doch reizen. Sah denn jeder, daß ich aus dem Süden kam?

»Geben Sie mir Orangensaft, Toast und Kaffee«, sagte ich kühl.

Er schüttelte den Kopf. »Reingefallen«, sagte er und legte zwei Scheiben Brot in den Toaster. »Ich dachte bestimmt, Sie hätten Schweinskotelett genommen. Ein großes oder kleines Glas Saft?«

»Ein großes«, sagte ich.

Ich sah ihm auf den Hinterkopf, während er die Orange zerschnitt. Dabei dachte ich: ich sollte das Tagesgericht bestellen und dann das Lokal verlassen. Für wen hält der sich eigentlich?

Ein Kern schwamm in der dicken Lage aus Fruchtfleisch, die sich oben im Glas gebildet hatte. Ich fischte ihn mit dem Löffel heraus und stürzte dann das saure Getränk hinunter. Ich war ganz stolz darauf, dem Schweinskotelett und der Grütze widerstanden zu haben. Es war ein Akt der Disziplin, ein Zeichen der Wandlung, die sich in mir vollzog und dazu beitragen würde, daß ich mit größerer Erfahrung ins College zurückkehrte. Während ich in dem Kaffee rührte, dachte ich, daß ich im Grunde natürlich der gleiche blieb, aber doch eine so subtile Wandlung aufwies, daß die, die nie im Norden gewesen waren, sich darüber ärgerten. Im College war ein bißchen Anderssein immer von Vorteil, besonders wenn man eine führende Rolle spielen wollte. Man sprach über einen und versuchte, einem hinter die Schliche zu kommen. Aber Vorsicht war geboten, ich durfte nicht so sprechen wie ein Neger aus dem Norden. Das mochte man nicht. Lächelnd dachte ich: man müßte sie fühlen lassen, daß alles, was man sagte oder tat, voll geheimnisvoller Bedeutung war, die dicht unter der Oberfläche lag. Das hatte man gern. Und je vager man in seinen Worten war, desto besser. Man müßte ihnen Raum für Vermutungen lassen – wie das auch bezüglich Dr. Bledsoes der Fall war: Hat Bledsoe in einem teuren Hotel gewohnt, als er in New York war? Besuchte er zusammen mit den Treuhändern Gesellschaften? Und wie benahm er sich?

»Der hat sich bestimmt Spaß gemacht. Wenn der Doktor nach New York fährt, dann gibt es für ihn kein Halten. Soviel ich gehört habe, trinkt er guten Whiskey und raucht dicke, schwarze Zigarren und verschwendet keinen Gedanken an uns arme dumme Neger hier in der Schule. Und wenn er im Norden ist, läßt er sich nur mit Dr. Bledsoe anreden.«

Ich lächelte, als ich an dieses Gespräch dachte. Ich war in bester Stimmung. Vielleicht war es gut, daß ich von der Schule gejagt worden war. Ich hatte mehr gelernt. Bisher war mir das Geschwätz in der Schule immer nur bösartig und respektlos vorgekommen. Jetzt aber erkannte ich, welche Vorteile es für Dr. Bledsoe bedeutete. Ob wir ihn liebten oder nicht, jedenfalls beschäftigten sich unsere Gedanken dauernd mit ihm. Das war das Geheimnis der Führerschaft. Seltsam, daß ich gerade jetzt daran dachte, denn wenn mich das bisher auch nicht beschäftigt hatte, sah es doch so aus, als hätte ich es schon gewußt. Nur die Entfernung zwischen mir und der Schule machte für mich alles klarer, und ich konnte ohne Furcht daran denken. Hier kam es sozusagen ganz von selbst wie das Geldstück, das ich für das Frühstück auf die

Theke legte. Es waren fünfzehn Cents, und als ich nach einem Nickelstück suchte, geriet mir ein Zehner in die Finger und ich dachte: Ist es eine Beleidigung, wenn einer von uns einem von ihnen ein Trinkgeld gibt?

Ich blickte mich nach dem Mann an der Theke um und sah, daß er einem Gast mit blondem Schnurrbart Kotelett mit Grütze servierte. Ich wartete einen Augenblick. Dann warf ich den Zehner auf die Theke und verließ das Lokal. Ich ärgerte mich, daß der Zehner nicht klang wie ein Fünfzig-Cent-Stück.

Als ich die Tür von Mr. Emersons Büro erreichte, kam mir der Gedanke, daß es vielleicht richtiger wäre zu warten, bis die Arbeit im Büro etwas mehr im Gange war, aber dann verwarf ich diesen Gedanken und ging weiter. Hoffentlich verriet mein frühes Kommen, wie erpicht ich auf Arbeit war und daß ich jede Verabredung auf die Minute einhielt. Und gab es nicht ein altes Sprichwort, nach dem der, der zuerst kommt, zuerst mahlt? Oder galt das nur bei Juden? Ich nahm den Brief aus der Aktentasche. War Mr. Emerson ein christlicher oder jüdischer Name?

Was ich von der Tür aus sah, erinnerte an ein Museum. Ich befand mich in einem großen Empfangszimmer, das in kühlen tropischen Farben gestrichen war. Eine Wand war fast ganz von einer großen, farbigen Karte bedeckt, von der aus sich schmale, rote Seidenbänder straff nach einer Reihe von schwarzen Sockeln erstreckten, auf denen Glasbehälter mit Proben der Produkte der verschiedenen Länder standen. Es war eine Importfirma. Verwundert blickte ich um mich. Ich sah Bronzen und Gemälde, Wandbehänge, geschmackvoll im Raum verteilt. Ich war so verwirrt und gefesselt, daß ich fast meine Aktenmappe fallen ließ, als ich eine Stimme sagen hörte: »Was wünschen Sie?«

Ich sah eine Gestalt aus einer Reklame für Kragen: rötliches Gesicht, tadellos gekämmtes blondes Haar, ein heller Tropenanzug, der gut um die breiten Schultern saß, graue, nervöse Augen hinter einer Brille mit heller Fassung.

Ich sagte ihm, daß ich bestellt wäre. »Richtig«, sagte er, »darf ich den Brief einmal sehen?«

Ich reichte ihm den Brief, bemerkte die goldenen Knöpfe in den weichen, weißen Manschetten, als er die Hand ausstreckte. Er warf einen Blick auf den Briefumschlag, sah mich dann wieder seltsam interessiert an und sagte: »Nehmen Sie bitte Platz. Ich bin gleich wieder da.«

Geräuschlos verließ er das Zimmer. Er wiegte sich beim Gehen in den Hüften. Als ich das sah, runzelte ich leicht die Stirn. Ich setzte mich auf einen Stuhl aus Teakholz, auf dem ein Kissen aus grüner Seide lag. Steif saß ich da, hielt meine Aktenmappe auf den Knien. Er schien hier gesessen zu haben, als ich das Zimmer betrat, denn auf dem Tisch mit einem schönen Zwergbaum sah ich in einem Aschenbecher aus Jade den Rauch einer Zigarette aufsteigen. Ein Buch mit dem Titel *Totem und Tabu* lag aufgeschlagen daneben. Ich sah einen chinesischen Schrank, der allerlei Figuren, Pferde und Vögel, Vasen und Gefäße enthielt, die auf kleinen geschnitzten Holzsockeln standen. Der Raum war still wie ein Grab – bis ich auf einmal ein wildes Flügelschlagen hörte. Ich blickte zum Fenster und sah einen wahren Farbenrausch, als hätte ein Sturm ein Bündel hellfarbiger Lappen aufgewirbelt. Es war ein Vogelhaus mit tropischen Vögeln, das in der Nähe eines der breiten Fenster stand, durch das ich, als das Flügelschlagen aufhörte, zwei Schiffe sah, die durch die grünliche Bucht in der Ferne dahinfuhren. Ein großer Vogel begann ein Lied und lenkte meine Blicke auf die hellblaue, rot und gelb klopfende Kehle. Es war verblüffend, und ich beobachtete das Auf und Ab der Vögel, während ihre Farben einen Augenblick wie ein entfalteter orientalischer Fächer flammten. Am liebsten wäre ich aufgestanden, hätte mich dem

Käfig genähert, um alles besser sehen zu können, aber das tat ich nicht. Es hätte vielleicht einen unziemlichen Eindruck gemacht. Von meinem Stuhl aus betrachtete ich das Zimmer.

Diese Leute sind die Könige der Erde! dachte ich, während der Vogel einen häßlichen Schrei ausstieß. So etwas gab es im Schulmuseum nicht. So etwas hatte ich noch nie gesehen. Ich dachte an die paar Reliquien aus der Sklavenzeit: ein eiserner Topf, eine alte Glocke, ein paar Fußeisen und Kettenglieder, ein primitiver Webstuhl, ein Spinnrad, eine Kürbisflasche, ein häßlicher afrikanischer Gott aus Ebenholz, der höhnisch zu grinsen schien (irgendein Millionär hatte ihn der Schule geschenkt), eine Lederpeitsche mit Kupferstiften, ein Brandeisen mit dem doppelten M ... Wenn ich das alles auch nur selten gesehen hatte, war es doch in meinem Geist lebendig. Erfreulich waren die Dinge nicht, und wenn ich das Schulmuseum betrat, ging ich an dem Kasten, in dem sie lagen, vorbei und betrachtete lieber die Photographien aus der ersten Zeit nach dem Bürgerkrieg, die jenen glichen, die der blinde Barbee geschildert hatte. Aber auch die hatte ich nicht oft betrachtet.

Ich versuchte, es mir bequem zu machen. Der Stuhl war schön, aber hart. Wohin war der Mann gegangen? Waren seine Blicke feindselig gewesen? Ich ärgerte mich, daß ich ihn nicht zuerst gesehen hatte. Solche Einzelheiten waren wichtig. Plötzlich ertönte ein schriller Schrei aus dem Käfig, und wieder sah ich irres Blitzen, als wären die Vögel Feuer geworden. Sie schlugen und flatterten mit den Flügeln gegen die Bambusstäbe, um sich dann plötzlich wieder zu beruhigen, als die Tür sich öffnete und der blonde Mann, die Hand am Türgriff, winkend stehenblieb. Ich erhob mich, ging voll innerer Spannung auf ihn zu. War ich angenommen oder abgelehnt worden?

Etwas wie eine Frage war in seinen Augen.

»Treten Sie bitte ein«, sagte er.

»Vielen Dank«, sagte ich. Ich blieb stehen, um ihn vorgehen zu lassen.

»Bitte sehr«, sagte er mit leichtem Lächeln.

Ich ging ihm voran, versuchte, aus dem Klang seiner Worte Schlüsse zu ziehen.

»Ich möchte ein paar Fragen an Sie richten«, sagte er und zeigte dabei mit dem Brief auf zwei Stühle.

»Bitte«, sagte ich.

»Was haben Sie vor?« sagte er.

»Ich suche eine Arbeit, durch die ich so viel verdiene, daß ich im Herbst das College wieder besuchen kann.«

»Ihre alte Schule?«

»Ja.«

Einen Augenblick lang betrachtete er mich schweigend. »Wann wollen Sie das Schlußexamen machen?«

»Nächstes Jahr. Ich habe schon drei Jahre hinter mir ...«

»So? Sehr gut. Und wie alt sind Sie?«

»Nicht ganz zwanzig.«

»Mit neunzehn Jahren schon drei Jahre studiert? Das ist allerlei.«

»Vielen Dank«, erwiderte ich. Das Gespräch fing an, mir Freude zu machen.

»Waren Sie Sportler?« fragte er.

»Nein ...«

»Sie haben sicher das Zeug dazu«, sagte er und musterte mich von oben bis unten. »Sie wären sicher ein vorzüglicher Läufer, ein Sprinter.«

»Ich habe es nie versucht.«

»Und darf ich – so albern das vielleicht auch klingt – fragen, was Sie von Ihrer Alma Mater halten?« sagte er.

»Ich halte sie für eine der besten Schulen auf der ganzen Welt«, sagte ich. Ich hörte, daß meine Stimme sehr gefühlvoll klang.

»Natürlich, selbstverständlich«, sagte er mit schnellem Mißfallen, das mich überraschte.

Ich wurde erst wieder unruhig, als er etwas Unverständliches murmelte, von dem ich die Worte: »Heimweh nach Harvard« verstand.

»Und wenn Sie Gelegenheit hätten, Ihre Studien auf einem anderen College zu beenden?« sagte er. Seine Augen hinter der Brille wurden groß. Sein Lächeln war zurückgekehrt.

»Ein *anderes* College?« fragte ich. Mein Geist begann zu wirbeln.

»Ja, irgendeine Schule in New England ...«

Ich sah ihn sprachlos an. Meinte er Harvard? War das gut oder schlecht? Worauf wollte er hinaus? »Ich weiß es nicht«, sagte ich vorsichtig. »Ich habe noch nie daran gedacht. Ich habe nur noch ein Jahr, und dann kenne ich auch jeden in der alten Schule, und alle kennen mich ...«

Verwirrt hörte ich auf zu sprechen, als ich merkte, daß er mich resigniert ansah. Was hatte er vor? Vielleicht hatte ich zu offen über meine Rückkehr in die Schule gesprochen, vielleicht war er dagegen, daß wir eine höhere Bildung erhielten ... Aber, er ist doch nur Sekretär ... Oder *ist* er vielleicht?

»Das kann ich verstehen«, sagte er ruhig. »Es war anmaßend von mir, eine andere Schule vorzuschlagen. Ja, das College ist so etwas wie Vater und Mutter ... etwas Heiliges.«

»Ja, das ist es«, antwortete ich in schneller Zustimmung.

Seine Augen wurden klein. »Und nun noch eine peinliche Frage. Darf ich?«

»Selbstverständlich.«

»Ich stelle diese Frage nur ungern, aber es muß sein ...« Er beugte sich vor, die Stirn qualvoll gekraust. »Haben Sie den Brief, den Sie Mr. Emerson brachten, *gelesen?* Diesen Brief«, fügte er hinzu, indem er den Brief vom Tisch nahm.

»Nein. Der Brief ist nicht für mich bestimmt. Ich habe nie daran gedacht, ihn zu öffnen.«

»Natürlich nicht. Das wußte ich von vornherein«, sagte er. Er bewegte die Hand und setzte sich aufrecht. »Verzeihen Sie, vergessen Sie die Frage, wie eine jener ärgerlichen persönlichen Fragen, die man heute in sogenannten unpersönlichen Fragebogen findet.«

Ich glaubte ihm nicht. »War der Brief geöffnet? Vielleicht hat jemand in meinen Sachen …«

»Nein. Nichts dergleichen. Vergessen Sie bitte die Frage … Was haben Sie nach Ihrem Examen vor?«

»Das weiß ich noch nicht. Am liebsten bliebe ich als Lehrer oder Mitglied der Verwaltung im College. Und … ja …«

»Und weiter …?«

»Am liebsten würde ich Dr. Bledsoes Assistent …«

»Sieh mal einer an«, sagte er. Er lehnte sich zurück und machte aus seinem Mund einen schmallippigen Kreis. »Sie sind sehr ehrgeizig.«

»Ich glaube auch. Aber ich scheue mich vor keiner Arbeit.«

»Ehrgeiz ist eine herrliche Kraft«, sagte er, »manchmal aber kann er einen auch blind machen. Andererseits aber auch zu Erfolgen führen, wie zum Beispiel meinen Vater …«

Eine neue Schärfe klang aus seiner Stimme; er krauste die Stirn und betrachtete seine Hände, die zitterten.

»Leider bringt Ehrgeiz es oft mit sich, daß man die Wirklichkeit nicht mehr genau erkennt … Wie viele solcher Briefe haben Sie eigentlich gehabt?«

»Sieben«, erwiderte ich, über die neue Wendung erstaunt. »Sie sind …«

»Sieben!« Er wurde auf einmal ärgerlich.

»Ja, sieben hat er mir gegeben.«

»Und wie viele der Herren haben Sie gesprochen, wenn ich fragen darf?«

Etwas wie Mutlosigkeit überkam mich. »Keinen einzigen konnte ich persönlich sprechen.«

»Und das ist nun Ihr letzter Brief?«

»Ja, aber ich rechne noch mit einer Antwort auf die andern. Man sagte mir ...«

»Natürlich, alle sieben werden antworten. Sie sind ja alle anständige Amerikaner.«

Seine Stimme klang ironisch, und ich wußte nicht, was ich sagen sollte.

»Sieben«, wiederholte er geheimnisvoll. »Aber ich will Sie nicht aufregen«, sagte er mit einer eleganten Bewegung der Selbstverachtung. »Ich hatte gestern abend eine anstrengende Sitzung bei meinem Analytiker, und die geringste Kleinigkeit bringt mich aus dem Häuschen. Wie eine Alarmglocke ohne Kontrolle ... Aber sagen Sie mal ...« – er schlug sich auf die Schenkel ... »Was soll das alles heißen?« Plötzlich wurde er sehr erregt. Die eine Gesichtshälfte begann zu zucken und anzuschwellen.

Ich sah, daß er sich eine Zigarette anzündete, und dachte: Was soll das alles bedeuten?

»Manche Dinge lassen sich einfach nicht in Worte fassen«, sagte er, den Rauch der Zigarette von sich blasend, »sind zu verschwommen für Worte oder Gedanken. Waren Sie schon mal im Calamus Club?«

»Ich habe noch nie von diesem Club gehört«, antwortete ich.

»So? Er ist sehr bekannt. Viele meiner Harlemer Freunde verkehren dort. Dort treffen sich Schriftsteller, Künstler und allerlei Berühmtheiten. So was gibt's in der ganzen Stadt nicht. Er hat eine europäische Atmosphäre.«

»Ich bin noch nie in einem Nachtklub gewesen. Aber ich werde mal hingehen, sobald ich wieder etwas Geld in der Hand habe«, sagte ich, in der Hoffnung, die Sprache wieder auf mein Arbeitsproblem zu bringen.

Er sah mich kopfschüttelnd an. Sein Gesicht zuckte wieder.

»Wieder einmal bin ich abgeschweift – wie immer. Sagen Sie mal«, brach er leidenschaftlich los, »glauben Sie, daß zwei Menschen, die einander ganz fremd, sich vorher niemals begegnet sind, offen und frei miteinander sprechen können?«

»Sir?«

»Ich meine: glauben Sie, daß wir zwei die Maske der Gewohnheit und des Verhaltens, die die Menschen nicht nahe kommen läßt, ablegen und offen und ehrlich miteinander sprechen können?«

»Ich verstehe Sie nicht ganz, Sir.«

»Glauben Sie das?«

»Ich ...«

»Natürlich. Wenn ich mich nur klar ausdrücken könnte! Ich verwirre Sie. Eine derartige Offenheit ist unmöglich, weil unsere Motive unsauber sind. Vergessen Sie, was ich eben sagte. Ich will mich anders ausdrücken ...«

Mir wirbelte der Kopf. Er sprach weiter, beugte sich vertraulich vor, als würde er mich seit Jahren kennen, und ich mußte an etwas denken, was mein Großvater vor vielen Jahren gesagt hatte: *Hüte dich vor dem Weißen, der dir seine Angelegenheiten erzählt, denn kaum hat er das getan, schämt er sich und haßt dich. Dabei aber hat er dich schon immer gehaßt.*

»... Ich möchte Ihnen einen Teil der Wirklichkeit, der für Sie von Bedeutung ist, offenbaren. Aber ich warne Sie ... es tut weh ... Nein, lassen Sie mich zu Ende sprechen«, sagte er. Er berührte leicht mein Knie und zog dann die Hand schnell zurück, als ich eine Bewegung machte. »Was ich vorhabe, geschieht nur sehr selten, und, um ganz ehrlich zu sein, es würde auch jetzt nicht geschehen, wenn ich nicht selbst so oft betrogen worden wäre. Ja ... betrogen ... Ja, nun geht's schon wieder los, wieder denke ich an mich ... Wir sind beide betrogen, verstehen Sie? Beide, und ich will Ihnen helfen ...«

»Sie wollen mir eine Unterredung mit Mr. Emerson ermöglichen?«

Er runzelte die Stirn. »Bitte keine voreilige Freude und keine voreiligen Schlüsse. Ich will helfen, aber etwas Gewalttätiges ist damit verbunden ...«

»Gewalttätiges?« Mir stockte der Atem.

»Ja. Ich möchte es so nennen. Denn um Ihnen zu helfen, muß ich Sie enttäuschen ...«

»Das wäre nicht so schlimm. Sobald ich Mr. Emerson gesehen habe, kommt alles in Ordnung. Ich möchte vor allem mit ihm sprechen.«

»Mit ihm *sprechen«,* sagte er. Er stand schnell auf, zerdrückte die Zigarette mit bebenden Fingern im Aschenbecher. »Mit dem spricht keiner. Das Sprechen besorgt allein *er ...«* Plötzlich schwieg er. »Aber ... vielleicht ist es doch besser, Sie geben mir Ihre Adresse, und ich schicke Ihnen dann Mr. Emersons Antwort per Post. Er ist wirklich sehr beschäftigt.«

Er war auf einmal ganz anders geworden.

»Aber Sie sagten doch ...« Verwirrt stand ich auf. Trieb er seinen Spott mit mir? »Könnte ich nicht doch nur fünf Minuten mit ihm sprechen?« bat ich. »Ich glaube, ihn von meinem Wert als Arbeitskraft überzeugen zu können. Und wenn man etwas mit meinem Brief unternommen hat ... Ich werde ihm schon beweisen, wer ich bin ... Dr. Bledsoe würde ...«

»Wer Sie sind! Du lieber Gott! Wer ist denn heute noch etwas, wer hat denn noch eine Identität? So einfach ist das nicht. Hören Sie mal zu«, sagte er mit erregter Geste. »Können Sie Vertrauen zu mir haben?«

»Natürlich. Ich habe Vertrauen zu Ihnen.«

Er beugte sich wieder vor. Sein Gesicht zuckte. »Ich habe versucht, Ihnen klarzumachen, daß ich allerlei über Sie weiß, nicht über Sie persönlich, sondern über junge Leute wie Sie.

Nicht viel, aber immerhin mehr als der Durchschnitt. Für uns ist es immer Jim und Huck Finn. Eine ganze Reihe meiner Freunde sind Jazzmusiker. Ich bin weit herumgekommen und weiß, unter welchen Bedingungen Sie leben ... weshalb wollen Sie denn zurück? Sie könnten doch hier, wo es noch Freiheit gibt, allerlei unternehmen. Wenn Sie zurückgehen, finden Sie doch nicht, was Sie suchen. Denn so manches, das Sie nicht wissen können, spielt eine Rolle. Bitte, verstehen Sie mich richtig. Ich sage das nicht, um Eindruck auf Sie zu machen oder mich sadistisch innerlich zu reinigen. Nein, das will ich nicht. Aber ich kenne diese Welt, zu der Sie Verbindung suchen – alle ihre Tugenden, aber auch alle Entsetzlichkeiten. Ja, Entsetzlichkeiten. Ich glaube, mein Vater hält *mich* für eine dieser Entsetzlichkeiten ... Ich bin Huckleberry ...«

Er lachte hart, während ich versuchte, Sinn in seine Worte zu bringen. *Huckleberry*? Weshalb sprach er dauernd von dieser Kindergeschichte? Ich war verwirrt und ärgerte mich, daß er so zu mir sprach, daß er sich zwischen mich und eine Arbeit, die Schule, stellte ...

»Aber ich will doch nur Arbeit«, sagte ich. »Nur soviel Geld verdienen, daß ich mein Studium fortsetzen kann.«

»Natürlich. Aber Sie wissen doch sicher, daß noch etwas anderes dabei im Spiel ist. Drängt es Sie denn nicht, hinter die Dinge zu schauen?«

»Ja, aber vor allem möchte ich Arbeit haben.«

»Natürlich«, erwiderte er, »aber das Leben ist nicht so einfach.«

»Alles andere kümmert mich nicht. Ich bin zufrieden, wenn ich wieder in die Schule zurückkehren und dort arbeiten kann.«

»Aber ich will Ihnen helfen, das Richtige zu tun. Das *Richtige*, vergessen Sie das nicht. Wollen Sie das nicht auch?«

»Ja. Aber ...«

»Dann schlagen Sie sich eine Rückkehr in das College aus dem Kopf. Gehen Sie anderswo hin ...«

»Ich soll also ...?«

»Ja, alles vergessen.«

»Aber Sie sagten doch, Sie wollten mir helfen.«

»Und das will ich auch jetzt noch.«

»Und mein Besuch bei Mr. Emerson?«

»Du lieber Gott, haben Sie denn noch nicht gemerkt, daß es besser ist, Sie sprechen *nicht* mit ihm?«

Plötzlich konnte ich nicht mehr atmen. Dann stand ich auf und griff nach meiner Aktenmappe. »Was haben Sie gegen mich?« schrie ich. »Was habe ich Ihnen getan? Von vornherein wollten Sie meinen Besuch bei Mr. Emerson unterbinden. Trotz meines Empfehlungsbriefes. Weshalb? Ich will doch nicht *Ihren* Posten haben ...«

»Nein, gewiß nicht«, rief er und stand auf. »Sie haben mich mißverstanden. Und das sollen Sie nicht. Glauben Sie nicht, daß ich aus Vorurteilen heraus Ihren Besuch bei Mr. Emerson verhindern will ...«

»Aber das tue ich«, sagte ich wütend. »Sein Freund schickt mich hierher. Sie haben den Brief gelesen und wollen mich dennoch nicht zu ihm lassen. Und auf das College soll ich auch verzichten. Wer sind Sie eigentlich? Was haben Sie gegen mich? Sie, der Weiße aus dem Norden.«

Er sah mich gequält an. »Ich habe es falsch angefangen«, sagte er, »aber glauben Sie mir, daß ich Ihnen zu Ihrem Besten rate.« Er nahm die Brille ab.

»*Ich* weiß schon, was für mich das Beste ist«, sagte ich, »oder Dr. Bledsoe weiß es. Wenn ich Mr. Emerson heute nicht sprechen kann, sagen Sie mir, wann ich wiederkommen darf ...«

Er biß sich auf die Lippen und schloß die Augen, schüttelte den Kopf, als wollte er einen Schrei unterdrücken. »Es tut mir sehr leid, daß unser Gespräch diese Wendung genommen hat«, sagte er plötzlich ganz ruhig. »Es war töricht von mir, Sie beraten zu wollen, aber glauben Sie bitte nicht, daß ich etwas gegen Sie ... oder Ihre Rasse habe. Ich bin Ihr Freund. Einige meiner besten Freunde sind Neg... Ja. Mr. Emerson ist mein Vater.«

»Ihr Vater!«

»Ja, mein Vater, wenn ich auch lieber einen anderen Vater hätte. Aber er ist es, und ich könnte eine Begegnung zwischen ihm und Ihnen leicht zustande bringen. Aber um ganz offen zu sein, eines derartigen Zynismus bin ich nicht fähig. Sie hätten nur Kummer davon.«

»Aber ich muß meine Chance doch wahrnehmen, Mr. Emerson ... Das ist doch ungeheuer wichtig für mich. Meine ganze Laufbahn hängt davon ab.«

»Sie *haben* keine Chance«, sagte er.

»Dr. Bledsoe hat mich hierher geschickt«, sagte ich. Ich wurde immer erregter. »Ich *muß* eine Chance haben ...«

»Dr. Bledsoe«, sagte er voller Ekel. »Der ist genau so wie mein ... Mit der Reitpeitsche sollte man dem welche überziehen. Hier«, sagte er und nahm den Brief, den er mir knisternd zuwarf. Ich nahm den Brief und sah ihm in die brennenden Augen.

»Lesen Sie den Brief«, schrie er aufgeregt. »Lesen Sie ihn.«

»Aber das wollte ich nicht.«

»Lesen Sie ihn.«

Mein lieber Mr. Emerson,
der Überbringer dieses Briefes war früher bei uns Student (ich sage früher, denn nie wieder, unter keinen Umständen, wird er wieder als Student bei uns eingeschrieben), der wegen eines sehr schweren Verstoßes gegen unsere Regeln vom College verwiesen wurde.

Die Umstände, über die ich Ihnen gelegentlich in der nächsten Aufsichtsratssitzung genauere Auskunft geben werde, verlangen im Interesse der Schule, daß der junge Mann über die Endgültigkeit seiner Entlassung nichts erfährt. Denn er rechnet damit, im Herbst in die Schule zurückkehren zu können. Es liegt im Interesse des großen Werks, das wir schaffen wollen, daß er sich weiter ungestört dieser Hoffnung hingibt, dabei aber möglichst von uns ferngehalten wird.

Der Fall, mein lieber Mr. Emerson, ist eines jener seltenen delikaten Beispiele, in denen jemand, auf den wir die größten Hoffnungen setzten, sich nicht nur schwer vergangen hat, sondern auch damit droht, gewisse delikate Beziehungen zwischen gewissen Personen und der Schule zu stören. Da der Überbringer nicht länger Mitglied unserer Schulgemeinde ist, ist es von größter Bedeutung, daß seine Lösung von der Schule so schmerzlos wie möglich vollzogen wird. Ich bitte Sie daher, sich ihm gegenüber bezüglich des ihm gegebenen Versprechens so zu verhalten wie der Horizont, der vor dem hoffnungsvollen Reisenden in immer weitere Ferne rückt.

Ihr ergebener Diener
A. Hebert Bledsoe

Ich blickte auf. Fünfundzwanzig Jahre schienen zwischen dem Augenblick, in dem er mir den Brief gab und dem, als ich seinen Inhalt begriff, zu liegen. Ich konnte es nicht glauben, und doch hatte ich ein Gefühl, als hätte sich das schon längst ereignet. Ich rieb mir die Augen, als hätte ich Sand in ihnen, als wäre alle Flüssigkeit in ihnen vertrocknet.

»Es tut mir leid, sehr leid«, sagte er.

»Was habe ich denn getan? Ich habe immer versucht, das Richtige zu tun …«

»*Das* müssen Sie mir erzählen«, sagte er. »Auf was spielt er an?«

»Ich weiß es nicht, ich weiß es nicht …«

»Aber Sie müssen doch *was* getan haben …«

»Ich habe einen Herrn spazieren gefahren und ihn dann in den Golden Day gebracht, um ihm zu helfen. Er fühlte sich plötzlich nicht wohl ... Ich weiß nicht ...«

Aufgeregt erzählte ich ihm von dem Besuch bei Trueblood und dem Aufenthalt im Golden Day und meiner Verweisung. Ich beobachtete dabei sein Gesicht, um zu erkennen, wie er auf jede Einzelheit reagierte.

»Viel ist es nicht«, sagte er, als ich zu Ende berichtet hatte. »Ich verstehe den Mann nicht. Er ist sehr kompliziert.«

»Ich wollte nur zurück und helfen«, sagte ich.

»Sie werden niemals zurückkehren. Sie können jetzt nicht mehr zurück«, sagte er. »Sehen Sie das denn nicht ein? Es tut mir sehr leid, aber andererseits bin ich auch froh, daß ich dem Impuls, mit Ihnen zu sprechen, nachgegeben habe. Vergessen Sie es. Trotzdem ist der Rat, den ich selbst nicht habe annehmen können, ein guter Rat. Es hat keinen Sinn, sich der Wahrheit zu verschließen. Tun Sie das nicht ...«

Ich stand verwirrt auf und ging auf die Tür zu. Er folgte mir in das Empfangszimmer, wo die Vögel in ihrem Käfig flammten und ihr Gekreische wie wilde Schreie in einem Alptraum klang.

Er stammelte schuldbewußt: »Sagen Sie bitte zu niemand etwas über unsere Unterredung.«

»Das verspreche ich.«

»Mir persönlich wäre es einerlei, aber mein Vater hielte diese Enthüllung für schlimmsten Verrat ... Sie sind nun von ihm frei. Ich aber bin noch sein Gefangener. Sie sind frei. Begreifen Sie das denn nicht? Ich aber muß weiterkämpfen.« Er schien dem Weinen nahe.

»Ich sage kein Wort«, fuhr ich fort. »Man würde mir doch nicht glauben. Ich selbst kann es nicht glauben. Es muß ein Irrtum vorliegen. Etwas muß doch ...« Ich öffnete die Tür.

»Heute abend gehe ich in den Calamus-Club. Wollen Sie nicht mein Gast sein? Vielleicht würde Sie das ...«

»Vielen Dank, ich werde schon damit fertig.«

»Vielleicht könnten Sie mein Diener werden?«

Ich sah ihn an. »Nein, auch dafür vielen Dank«, sagte ich.

»Ich möchte Ihnen wirklich gern helfen. Da fällt mir ein, daß die Liberty Paints Leute suchen. Mein Vater hat schon mehrere hingeschickt. Vielleicht versuchen Sie es mal …«

Ich schloß die Tür.

Der Aufzug brachte mich nach unten. Mir war, als stürzte ich in die Tiefe. Ich verließ das Gebäude und ging durch die Straße. Die Sonne schien jetzt hell, und die Menschen auf der Straße kamen mir vor wie in weiter Ferne. Ich blieb vor einer grauen Mauer stehen, wo sich hoch über mir die Grabsteine eines Friedhofs wie die Giebel von Häusern erhoben. Auf der anderen Seite der Straße, im Schatten eines Sonnensegels, tanzte ein Schuhputzer für armselige Pennies. Ich ging bis an die Ecke, bestieg einen Bus und begab mich ganz mechanisch in den hinteren Teil des Wagens. Auf dem Platz vor mir saß ein dunkler Mann mit Panamahut und pfiff eine Melodie zwischen den Zähnen. Mein Geist drehte sich im Kreise, zu Bledsoe, zu Emerson und wieder zurück. Ich konnte das alles nicht zusammenreimen. Es war sicher ein Scherz. Zum Teufel, solche Scherze macht man nicht! Plötzlich hielt der Bus, und ich hörte immer noch die Melodie, die der Mann vor mir pfiff, und die dazu gehörigen Worte fielen mir ein:

Den armen Robin rupften sie ganz gründlich.
Ganz gründlich rupften sie den armen Kerl.
Und dann sie banden ihn an einen Stumpf,
Du lieber Gott, und alle Federn sie ihm rupften
Aus seinem Rumpf.
Ja, sie rupften ihn sehr gründlich.

Und dann stand ich auf und eilte zur Tür und immer noch hörte ich das summende Pfeifen, das mir nach draußen bis zur Haltestelle folgte. Zitternd blieb ich am Bordstein stehen, wartete fast darauf, daß der Mann den Wagen verließ und mir folgte und das alte vergessene Lied von dem kahl gerupften Robin pfiff. Mein Geist wurde die Melodie nicht wieder los. Ich stieg in die U-Bahn, und immer summte sie mir im Kopf, auch dann noch, als ich mein Zimmer im Men's House erreicht hatte und mich auf das Bett warf. Was war das Wer-Was-Wann-Warum-Wo des armen Robin? Was hatte er getan, und wer hatte ihn angebunden und weshalb hatten sie ihn gerupft und weshalb hatten wir das Lied von seinem Schicksal gesungen? Aus Spaß, aus Spaß, alle Kinder hatten gelacht und gelacht, und der drollige Trompetenbläser in Elks Kapelle hatte die Melodie als Solo auf seinem Horn geblasen. Mit komischen Schnörkeln und traurigen Phrasierungen. ›*Bo, Buu, Buuu.* Der arme Robin ganz gründlich‹ – ein spöttisches Grablied. Aber wer war dieser Robin, und weshalb hatte man ihm so mitgespielt und ihn so gedemütigt?

Plötzlich bebte ich vor Wut. Es hatte alles keinen Sinn. Ich dachte an den jungen Emerson. Wenn er aus egoistischen Gründen gelogen hatte? Jeder schien einen Plan für mich zu haben und darunter noch einen anderen, geheimeren Plan. Welches war der Plan des jungen Emerson? Und weshalb wurde ich in diesen Plan einbezogen? Wer war ich überhaupt? Ich wälzte mich auf dem Bett hin und her. Vielleicht wollte man meinen guten Willen und meinen Glauben auf die Probe stellen. Aber das ist doch eine Lüge, dachte ich. Es ist eine Lüge, und du weißt das auch. Ich hatte den Brief gesehen, und er war praktisch mein Todesurteil. Langsamer Tod ... »Mein lieber Mr. Emerson«, sagte ich laut. »Robin, der diesen Brief überbringt, war bei uns Student. Lassen Sie ihn bitte bis ans Ende seiner Tage hoffen und halten Sie ihn auf Trab. Ihr sehr ergebener und gehorsamer Diener A. H. Bledsoe ...«

Ja, so war es, nicht anders, dachte ich, ein *coup de grâce* durch

Worte, haarscharf ins Genick. Ob Emerson wohl antwortete? Natürlich: Lieber Bledsoe, habe Robin getroffen und fertiggemacht. Unterzeichnet: Emerson.

Ich saß auf dem Bett und lachte. Man hatte mich rausgeschmissen. Gut. Ich lachte. Ich war wie betäubt und schwach und wußte, daß alle Qual bald wiederkam und daß das, was sich auch ereignete, nie wieder dasselbe sein würde. Ich war wie betäubt und lachte. Als ich nach Atem ringend aufhörte, war ich entschlossen, in das College zurückzukehren und Bledsoe umzubringen. Ja, dachte ich, das bin ich der Rasse und mir selbst schuldig. Ich bringe ihn um.

Und die Kühnheit dieses Gedankens und die hinter ihm stehende Wut gaben mir Entschlossenheit. Ich mußte Arbeit finden, und ich tat, was mich vielleicht am schnellsten zum Ziel führte. Ich rief bei der Firma an, die der junge Emerson erwähnt hatte. Und es klappte. Man sagte mir, ich sollte mich am nächsten Morgen melden. Das alles ging so schnell und war so einfach, daß mir einen Augenblick lang Bedenken kamen. Hatte man das so geplant? Nein, die sollten mich nicht noch einmal reinlegen. Dieses Mal handelte ich selbst.

Meine Rachegedanken ließen mich kaum einschlafen.

10. KAPITEL

Die Fabrik lag in Long Island, und um sie zu erreichen, überquerte ich eine Brücke, die im Nebel lag, und geriet dann in einen Strom von Arbeitern. Vor mir schrie eine große Leuchtreklame ihre Botschaft durch die treibenden Nebelschwaden:

HALTET AMERIKA SAUBER
MIT
LIBERTY-FARBEN

Fahnen flatterten von dem Gewirr aus Gebäuden unter der Reklame, und einen Augenblick lang glaubte ich, einer patriotischen Feier aus der Ferne beizuwohnen. Aber Schüsse und Hörnerklang hörte ich nicht. Ich eilte mit den anderen durch den Nebel.

Ich war etwas in Sorge, denn ich hatte mich ohne seine Erlaubnis auf Emerson berufen, aber als ich das Personalbüro erreichte, wirkte der Name geradezu wie ein Zauber. Ich wurde von einem kleinen Mann mit müden Augen, der MacDuffy hieß, ausgefragt und dann einem Mr. Kimbro als Arbeiter zugeteilt. Ein Lehrling sollte mich zu ihm bringen.

»Wenn Kimbro ihn brauchen kann«, sagte MacDuffy zu dem Jungen, »komm gleich zurück und laß ihn in die Arbeiterliste der Versandabteilung eintragen.«

»Das hier ist ja ungeheuer«, sagte ich, als wir das Gebäude verließen. »Wie eine kleine Stadt.«

»Ja«, sagte er, »ein großer Betrieb. Wir sind eine der größten Firmen in der Branche. Liefern viel Farbe an die Regierung.«

Wir betraten jetzt ein anderes Gebäude und gingen durch einen weißen Flur.

»Am besten lassen Sie Ihre Sachen gleich hier in dem Kleiderraum«, sagte er und öffnete eine Tür, durch die ich einen Raum mit niedrigen Holzbänken und Reihen grüngestrichener Spinde sah. In mehreren Schlössern steckten Schlüssel, und er wählte einen der Spinde für mich aus. »Hängen Sie Ihre Sachen da auf und behalten Sie den Schlüssel«, sagte er. Während ich mich umzog, befiel mich Unruhe. Er stellte einen Fuß ungeniert auf eine Bank und betrachtete mich, während er an einem Streichholz kaute. Vermutete er, daß Emerson mich nicht hierher geschickt hatte?

»Hier ist mal wieder Krach«, sagte er und drehte das Streichholz zwischen Finger und Daumen. Seine Stimme hatte etwas Einschmeichelndes. Ich blickte von dem Schuh auf, den ich gerade zuschnürte, und bemühte mich, gleichmäßig zu atmen.

»Wieso Krach?« fragte ich.

»Können Sie sich doch denken«, antwortete er. »Die schlauen Brüder schmeißen die alten Arbeiter raus und stellen farbige Studenten wie Sie ein. Großartig. Auf diese Weise brauchen sie keine Tariflöhne zu zahlen.«

»Woher wissen Sie, daß ich Student bin?«

»Sechs von Ihrer Sorte arbeiten schon hier. Ein paar im Labor. Daß weiß doch jeder.«

»Daß ich deswegen eingestellt wurde, wußte ich nicht.«

»Macht nichts«, sagte er. »Es ist nicht Ihre Schuld. So junge Leute haben ja keine Ahnung. Was die Gewerkschaft sagt, stimmt schon. Schuld haben die Brüder in den Büros. Die machen Streikbrecher aus euch ... Aber wir müssen uns beeilen.«

Wir betraten einen langen, schuppenähnlichen Raum, auf dessen einer Seite ich eine Reihe von halbhohen Türen und auf der anderen viele kleine Büros sah. Ich folgte dem Jungen durch einen Gang mit unendlich vielen Kannen, Eimern und Fässern, die alle die Handelsmarke der Gesellschaft – einen schreienden Adler – trugen. Die Farbe war in sauberen Pyramiden auf dem Betonboden aufgestellt. Als wir uns in eines der Büros begaben, blieb der Junge plötzlich stehen und grinste.

»Hören Sie mal!«

Im Büro schimpfte jemand in das Telefon.

»Wer ist das?« fragte ich.

Er grinste wieder. »Ihr Chef, der furchtbare Kimbro. Wir nennen ihn ›Oberst‹. Aber daß er das nur nicht hört.«

Das gefiel mir nicht. Die Stimme schimpfte über einen Fehler, den das Labor gemacht hatte, und schnell befiel mich ein Gefühl des Unbehagens. Der Gedanke, meine Arbeit bei einem Mann zu beginnen, der in so gräßlicher Laune war, war mir unangenehm. Vielleicht galt seine Wut einem der Studenten, und das würde bei ihm bestimmt keine Freundlichkeit mir gegenüber auslösen.

»Wollen reingehen«, sagte der Junge. »Ich hab nicht viel Zeit.«

Als wir eintraten, knallte der Mann den Hörer gerade auf die Gabel und griff nach irgendwelchen Akten.

»Mr. MacDuffy läßt fragen, ob Sie diesen Mann brauchen können«, sagte der Junge.

»Natürlich kann ich das, und ...«

Seine Stimme verklang, und die Augen über dem militärischen Schnurrbart wurden hart.

»Sie können ihn also gebrauchen«, sagte der Junge. »Ich muß dann gleich seine Karte ausfüllen.«

»Okay«, sagte der Mann schließlich. »Ich kann ihn gebrauchen. Wie heißt er?«

Der Junge las meinen Namen auf der Karte.

»Gut«, sagte er. »Sie können gleich anfangen. Und Sie«, sagte er zu dem Jungen, »verschwinden schleunigst, sonst zeige ich Ihnen mal, was richtige Arbeit ist.«

»Fressen Sie mich nicht gleich auf, Sie Sklaventreiber«, erwiderte der Junge und verschwand eiligst durch die Tür.

Kimbro, der rot geworden war, wandte sich mir zu. »Kommen Sie mit.«

Ich folgte ihm in den langen Raum, in dem die Farben unter bezifferten Schildern, die von der Decke herabhingen, auf dem Fußboden standen. Im Hintergrund sah ich zwei Männer schwere Eimer von einem Lastwagen laden und sie in Reih und Glied auf eine niedrige Laderampe stellen.

»Passen Sie gut auf«, sagte Kimbro verdrießlich. »In dieser Abteilung gibt's viel zu tun, und ich habe keine Zeit, alles zweimal zu sagen. Sie arbeiten genau nach Vorschrift und haben hier allerlei zu tun, von dem Sie nichts verstehen. Deshalb hören Sie von vornherein genau zu. Ich kann nicht alles immer wieder erklären. Sie tun einfach genau, was ich sage. Verstanden?«

Ich nickte. Ich bemerkte, daß seine Stimme lauter wurde, sobald die Männer im Hintergrund mit ihrer Arbeit aufhörten und lauschten.

»Gut«, sagte er und ergriff ein paar Werkzeuge. »Kommen Sie mit.«

»Das ist Kimbro«, sagte einer der Männer.

Ich sah, wie er sich niederkniete, einen der Eimer öffnete und in einer milchigen Masse herumrührte. Ein ekliger Gestank war die Folge. Ich wäre am liebsten beiseite getreten. Aber er rührte weiter, bis die Masse glänzend weiß wurde, hielt den Spachtel wie ein kostbares Instrument und betrachtete die Farbe, wie sie von der Klinge in den Eimer tropfte. Kimbro krauste die Stirn.

»Die verfluchten Esel im Labor! In jeden Eimer muß Lack rein. Das besorgen Sie. *Und* um 11.30 muß die Arbeit fertig sein, dann werden die Eimer verladen.«

Er gab mir ein Emailgefäß mit einer Gradskala und dann noch etwas, das wie ein Hydrometer aussah.

»Sie öffnen jeden Eimer und gießen zehn Tropfen von diesem Zeug rein«, sagte er. »Und dann rühren Sie, bis es verschwunden ist. Ist das geschehen, nehmen Sie diesen Pinsel und machen hierauf einen Probestrich.« Er nahm eine Anzahl rechteckiger, kleiner Schildchen und einen kleinen Pinsel aus der Tasche. »Verstanden?«

»Ja.« Aber als ich dann in das weiße Gefäß blickte, zögerte ich. Die Flüssigkeit, die es enthielt, war pechschwarz. Wollte der Mann mich anschmieren?

»Stimmt was nicht?«

»Ich weiß nicht … Ich meine … Ich will nicht gleich mit dummen Fragen anfangen, aber wissen Sie, was das Gefäß enthält?«

Seine Augen schossen Blitze. »Natürlich weiß ich das. Tun Sie, was ich Ihnen gesagt habe.«

»Ich wollte mich nur vergewissern.«

»Passen Sie auf«, sagte er und atmete betont langsam, als wollte er mir zeigen, wie geduldig er war. »Nehmen Sie den Tropfenzähler und füllen Sie ihn. Los!«

Ich füllte den Tropfenzähler.

»Und nun geben Sie zehn Tropfen in die Farbe. So. Aber nicht zu schnell. Genau zehn, nicht mehr und nicht weniger.«

Langsam zählte ich die zehn blanken Tropfen, sah sie auf der Oberfläche liegen, noch schwärzer werden und dann auf einmal zerfließen.

»So ist's richtig. Weiter brauchen Sie nichts zu tun. Wie das aussieht, das geht Sie nichts an. Das lassen Sie meine Sorge sein. Tun Sie, was Ihnen gesagt wird; darüber nachzudenken, brauchen Sie nicht. Wenn Sie fünf bis sechs Eimer fertig haben, sehen Sie nach, ob die Proben trocken sind. Und nun mal dalli! Das Zeug muß mit dem Zug um 11.30 nach Washington ...«

Ich arbeitete schnell, aber sorgfältig. Ein Mann wie Kimbro verlangte genaueste Arbeit, sonst gab's Krach. Also nachdenken durfte ich nicht! Der Teufel sollte den Kerl holen! Diesen rothalsigen, aufgeblasenen Kerl aus dem Norden, diesen blöden Yankee. Ich rührte die Farben gründlich, machte den Probestrich auf die Schildchen und bemühte mich, daß einer wurde wie der andere.

Während ich einen verklemmten Deckel zu öffnen versuchte, dachte ich, ob man diese Liberty-Farbe auch in der Schule verwendete oder ob dieses »Optische Weiß« nur für die Regierung hergestellt wurde. Vielleicht war es bessere Qualität, eine Spezialmischung. Und in meinem Geist sah ich die sauberen, frischgestrichenen Häuser der Schule, wie sie an einem Frühlingsmorgen aussahen – nach dem Herbstanstrich und dem leichten Winterschnee und darüber wandernde Wolken und am Himmel einen Vogel –, eingerahmt von Bäumen und kletterndem wildem Wein. Die Gebäude waren immer besonders eindrucksvoll gewesen, weil sie regelmäßig gestrichen wurden. Die Häuser und Hütten in der Nähe wurden nicht gestrichen und zeigten bald das stumpfe gemaserte Grau verwitternden Holzes. Und ich erinnerte mich, daß manche Bretter stellenweise von Wind, Sonne und Regen aus der allgemeinen Maserung gelöst wurden und die Schindeln glatt waren und glänzten wie Silberfische. Wie Truebloods Hütte oder der Golden Day ... Der Golden Day war auch einmal weiß gestrichen gewesen; jetzt aber, nach so vielen Jahren, blätterte die Farbe ab, und man brauchte sie nur mit dem Finger zu berühren und sie regnete sozusagen von den Wänden herab. Der verfluchte Golden Day! Seltsam, welche Zusammenhänge das Leben schuf. Weil ich Mr. Norton in die alte Bude mit der abblätternden Farbe gebracht hatte, war ich nun hier. Wenn man, dachte ich, den Schlag des Herzens und die Erinnerung auf das Tempo der schwarzen Tropfen einstellen könnte, die so langsam in den Eimer fielen und doch so schnell reagierten, dann wäre das wie eine Sequenz in einem wilden Traum. Ich war derart mit meinen Gedanken beschäftigt, daß ich Kimbros Kommen überhörte.

»Geht's voran?« sagte er und stemmte die Hände in die Hüften.

»Ganz gut.«

»Zeigen Sie mal«, sagte er. Er nahm eines der Schildchen und strich mit dem Daumen darüber. »Richtig, so weiß wie George Washingtons Sonntagsperücke und so kräftig wie der allmächtige Dollar. Das ist Farbe!« sagte er stolz. »Das ist Farbe, die alles deckt.«

Er sah mich an, als hätte ich einen Zweifel geäußert, und schnell sagte ich: »Sie ist wirklich weiß.«

»Weiß! Das reinste Weiß, das es gibt. Kein Mensch kann weißeres Weiß herstellen. Diese Partie ist für ein nationales Denkmal bestimmt.«

»So«, sagte ich beeindruckt.

Er sah auf die Uhr. »Feste weiter«, sagte er. »Ich muß mich beeilen, muß noch in die Konferenz der Herstellungsabteilung. Sie haben ja kaum noch Lack. Gehen Sie gleich ins Lager und füllen Sie nach. Aber vertrödeln Sie keine Zeit. Ich muß jetzt gehen.«

Er ging, ohne mir zu sagen, wo das Lager war. Es war schnell gefunden, aber mit so vielen Tanks hatte ich nicht gerechnet. Sieben Tanks, und jeder war mit einem anderen geheimnisvollen Zeichen versehen. Das sieht Kimbro ähnlich, läuft weg, ohne mir was zu sagen, dachte ich. Sie sind sich alle gleich. Aber schadet nichts. Nach dem Inhalt der Tropfkanne am Hahn weiß ich, was im Tank ist.

Während die ersten fünf Tanks helle Flüssigkeiten enthielten, die wie Terpentin rochen, enthielten die beiden letzten etwas Schwarzes, das wie der Lack aussah, aber die Aufschriften waren verschieden. Ich mußte also meine Wahl treffen. Ich wählte den Tank, dessen Tropfkanne am meisten wie der Lack roch, füllte das Gefäß mit der Skala und freute mich, daß ich nicht zu warten brauchte, bis Kimbro zurückkehrte.

Die Arbeit ging mir jetzt schneller von der Hand, das Mischen war leichter. Schneller kamen die Farbstoffe und die schweren Öle vom Boden, und als Kimbro zurückkam, arbeitete ich mit Volldampf. »Wieviel haben Sie fertig?« fragte er.

»Ungefähr fünfundsiebzig, ich habe nicht genau gezählt.«

»Allerhand, aber noch nicht schnell genug. Man drängt schon, daß das Zeug hier rauskommt. Ich helfe Ihnen.«

Man hat ihm die Hölle heiß gemacht, dachte ich, während er niederkniete und die Deckel von den Eimern entfernte. Aber er hatte kaum angefangen, als er schon wieder abgerufen wurde.

Als er fort war, warf ich einen Blick auf die Probestriche, und ich dachte, mich rührte der Schlag: anstatt der glatten, harten Fläche der ersten zeigten sie eine klebrige Schicht, durch die ich die Maserung des Holzes sehen konnte. Du lieber Gott, was war passiert? Die Farbe war nicht so weiß und glänzend wie bisher; sie hatte einen Stich ins Graue. Ich rührte sie kräftig um, nahm dann einen Lappen, säuberte die Schildchen und versah sie aus jedem Eimer mit einem neuen Strich. Hoffentlich war ich damit fertig, bevor Kimbro zurückkam. Ich arbeitete fieberhaft und schaffte es auch, da es aber ein paar Minuten dauerte, bis die Farbe trocken war, nahm ich zwei fertige Eimer und trug sie auf die Laderampe.

Ich stellte sie gerade dröhnend nieder, als ich hinter mir eine Stimme hörte. Es war Kimbro.

»Verdammte Schweinerei!« schrie er und strich mit dem Finger über eins der Schildchen mit dem Probestrich. »Das Zeug ist ja noch feucht.«

Ich wußte nicht, was ich antworten sollte. Er versuchte es bei mehreren der letzten Proben. Sie schmierten alle noch. Er stöhnte. »Nun auch das noch! Erst nimmt man mir meine guten Leute weg, und dann schickt man mir so einen wie Sie. Was haben Sie gemacht?«

»Was Sie mir gesagt haben«, verteidigte ich mich.

Ich sah, daß er in das Gefäß mit der Skala blickte, den Tropfenzähler hochhob und an ihm roch. Sein Gesicht glühte vor Wut.

»Wer hat Ihnen das gegeben?«

»Niemand ...«

»Woher haben Sie das?«

»Aus dem Lager.«

Plötzlich sauste er los zum Lager, verschüttete im Laufen die Flüssigkeit. Ich dachte nur, du lieber Gott, und bevor ich ihm folgen konnte, kam er schon wütend zurück.

»Der falsche Tank«, schrie er. »Wollen Sie etwa die Firma ruinieren? Es ist Entfärber. *Konzentrierter* Entfärber. Kennen Sie denn den Unterschied nicht?«

»Nein. Es sah genau so aus wie das andere. Ich hatte keine Ahnung, und Sie haben mir auch nichts gesagt. Ich wollte Zeit sparen und nahm, was ich für das Richtige hielt.«

»Aber weshalb ausgerechnet das?«

»Weil es genau so roch ...«, begann ich.

»Roch!« brüllte er. »Wissen Sie denn nicht, daß man bei dem Gestank hier nicht ordentlich riechen kann? Kommen Sie mit in mein Büro.«

Ich wußte nicht, ob ich protestieren oder ihn um gerechte

Behandlung bitten sollte. Es war nicht meine Schuld, und ich wollte den Tadel nicht auf mir sitzen lassen, vor allem aber wollte ich den Tag durchhalten. Wütend folgte ich ihm und hörte, wie er die Personalabteilung anrief.

»Hallo! Mac? Hier Kimbro. Es handelt sich um den Kerl, den Sie mir heute morgen geschickt haben. Soll sich bei Ihnen seinen Lohn holen ... Was er gemacht hat? Er kann nichts, und das genügt. Seine Arbeit gefällt mir nicht. Der Alte will einen Bericht? Dann machen Sie den. Sagen Sie ihm, der Kerl hätte eine ganze Lieferung für die Regierung versaut. Nein, sagen Sie das lieber nicht ... Hören Sie mal, Mac, haben Sie nicht einen andern ... Okay, schon gut.«

Er knallte den Hörer auf und drehte sich mir zu. »Möchte nur wissen, weshalb die immer solche Esel einstellen. Sie gehören nicht in die Farbenfabrik. Kommen Sie mit.«

Verwirrt folgte ich ihm ins Lager. Am liebsten hätte ich ihn stehenlassen und ihm gesagt, er könne sich zum Teufel scheren. Aber ich brauchte das Geld, und dann war ich hier im Norden und wollte jedem unnötigen Krach aus dem Weg gehen. Hier war ich doch nur einer gegen wie viele?

Ich sah, wie er das Gefäß in einen Tank leerte, und paßte genau auf, als er es aus einem anderen Tank mit dem Zeichen SKA-3-69-T-Y wieder füllte. Das nächste Mal wußte ich Bescheid.

Er reichte mir das Gefäß. »Und nun seien Sie vorsichtig und passen Sie auf. Und wenn Sie was nicht wissen, dann fragen Sie. Ich bin in meinem Büro.«

Ich kehrte zu den Eimern zurück, voll widerstreitender Gefühle. Kimbro hatte nicht gesagt, was mit den verdorbenen Farben geschehen sollte. Als ich die Farbe da stehen sah, kam die Wut über mich, ich füllte den Tropfenzähler mit dem frischen Lack, rührte zehn Tropfen in jeden Eimer und machte den Deckel zu. Soll sich die Regierung damit rumschlagen, dachte ich, und machte die letzten Eimer fertig. Ich rührte, bis mir der Arm weh tat, und machte mit immer größerem Geschick die Probestriche auf die Schildchen.

Als Kimbro kam, sah ich, ohne ein Wort zu sagen, auf und rührte weiter.

»Klappt's jetzt?« sagte er mit gerunzelter Stirn.

»Weiß ich nicht«, sagte ich, und nahm zögernd eins der Probeschildchen.

»Nun?«

»Nichts ... Ein Schmutzfleck«, sagte ich. Mit dem Schildchen in der Hand stand ich da und fühlte, wie meine Spannung wuchs.

Er betrachtete die Proben genau, glitt mit dem Finger über die Oberfläche und prüfte das Gefüge. »So ist's richtig«, sagte er. »So muß sie sein.«

Mit einem Gefühl des Unglaubens sah ich zu, wie er mit dem Daumen über die Proben rieb, sie mir zurückgab und dann ohne ein Wort verschwand.

Ich betrachtete den Farbstrich. Er sah genau aus wie die anderen: durch die Weiße glühte ein grauer Schimmer, und den hatte Kimbro nicht entdeckt. Etwa eine Minute lang starrte ich auf das Schildchen, dachte, ich könnte nicht mehr richtig sehen, prüfte ein Schildchen nach dem anderen. Eins wie das andere. Glänzend weiß mit einem Stich ins Graue. Ich machte einen Augenblick lang die Augen zu und sah dann wieder hin. Dasselbe. Nun, dachte ich, wenn er zufrieden ist ...

Aber ich hatte doch das Gefühl, daß etwas nicht stimmte. Etwas, das viel wichtiger war als die Farbe. Entweder hatte ich Kimbro einen Streich gespielt oder er mir, wie die Treuhänder und Bledsoe ...

Als der Lastwagen an der Rampe hielt, drückte ich den Deckel auf den letzten Eimer – und über mir stand Kimbro.

»Zeigen Sie mal die Proben«, sagte er.

Ich reichte sie ihm, versuchte, die weißesten auszuwählen, als die blauhemdigen Lademänner vom Wagen kletterten.

»Können wir anfangen, Kimbro?« fragte einer von ihnen.

»Einen Augenblick«, sagte er und prüfte eine andere Probe, »einen Augenblick ...«

Nervös betrachtete ich ihn, wartete darauf, daß er wegen der grauen Tönung in Wut geriet, und haßte mich wegen meiner Angst und Nervosität. Was würde er sagen? Aber jetzt wandte er sich den Arbeitern zu.

»Los, Jungens, macht, daß ihr weiterkommt.«

»Und Sie«, sagte er zu mir, »gehen zu MacDuffy. Hier sind Sie fertig.«

Ich stand da, starrte ihm auf den Rücken, auf den roten Hals unter der Tuchmütze und das eisengraue Haar. Er hatte mich also nur behalten, damit ich das Mischen zu Ende führte. Mir blieb nichts anderes übrig, als zu gehen. Ich beschimpfte ihn, während ich in das Personalbüro ging. Sollte ich den Besitzern schreiben, was sich ereignet hatte? Vielleicht wußten sie nicht, daß Kimbro so viel mit der Qualität der Farbe zu tun hatte. Aber als ich das Büro erreichte, hatte ich mich schon anders besonnen. Bei dem Betrieb hier wurde vielleicht die Qualität der Farbe immer von dem bestimmt, der sie verfrachtete, und nicht von denen, die sie mischten... Was ging der Kram mich an... Ich muß mir eben andere Arbeit suchen.

Aber ich wurde nicht rausgeschmissen. MacDuffy schickte mich zu anderer Arbeit in das Kellergeschoß des Gebäudes Nr. 2.

»Sagen Sie Brockway, Sparland schickte ihm einen Assistenten. Tun Sie, was er Ihnen sagt.«

»Wie war der Name bitte?« sagte ich.

»Lucius *Brockway«,* sagte er. »Er ist der Chef.«

Es war ein tiefes Kellergeschoß. Ich ging drei Treppen hinunter, öffnete eine schwere Metalltür mit der Aufschrift: »Achtung! Lebensgefahr!« und kam in einen lauten, schwachbeleuchteten Raum. Die Dämpfe, die den Raum füllten, hatten etwas Vertrautes, und ich dachte gerade »Tannen«, als eine schrille Negerstimme den Lärm der Maschinen übertönte.

»Was suchen Sie hier?«

»Den Chef«, antwortete ich und versuchte, festzustellen, woher die Stimme kam.

»Mit dem sprechen Sie. Was wollen Sie?«

Der Mann, der aus dem Dunkel erschien und mich mürrisch betrachtete, war klein, zäh und sauber trotz seines schmutzigen Overalls. Und als ich mich ihm näherte, sah ich sein zerfurchtes Gesicht und unter der gestreiften Ingenieursmütze das wollige, weiße Haar. Seine Haltung verwirrte mich. Ich konnte nicht sagen, ob er mir wegen irgend etwas Vorwürfe machte oder mich für einen Verbrecher hielt. Ich ging näher, starrte ihn an. Er war kaum ein Meter fünfzig groß. Sein Overall sah aus, als wäre er in Pech getaucht.

»Ich habe zu tun. Was wollen Sie?« sagte er.

»Ich suche Lucius«, sagte ich.

Er runzelte die Stirn. »Der bin ich. Aber was fällt Ihnen ein, mich beim Vornamen zu nennen? Für Sie und alle anderen wie Sie bin ich Mister Brockway ...«

»Sie ...« begann ich.

»Ja, ich. Wer hat Sie hierher geschickt?«

»Die Personalabteilung«, antwortete ich. »Ich soll Ihnen bestellen, Mr. Sparland schickt Ihnen einen Assistenten.«

»Assistenten!« wiederholte er. »Ich brauche keinen Assistenten. Sparland glaubt wohl, ich sei so klapprig wie er. Die ganzen Jahre hindurch habe ich hier alles allein gemacht, und jetzt will man mir auf einmal einen Assistenten schicken. Scheren Sie sich raus und sagen Sie denen da oben, wenn ich einen Assistenten brauche, melde ich mich schon.«

Ein solcher »Chef« widerte mich derart an, daß ich kurzerhand kehrtmachte und die Treppe wieder hinaufging. Zuerst Kimbro und jetzt dieser alte …

»Einen Augenblick …«

Ich drehte mich um und sah, daß er mir winkte.

»Einen Augenblick«, rief er. Scharf klang seine Stimme, durchschnitt das Brüllen der Öfen. Ich ging zurück, sah, wie er ein weißes Tuch aus der Hüfttasche zog und die Glasscheibe des Druckmessers abwischte und dann den Stand der Nadel kontrollierte.

»Hier«, sagte er, das Tuch glättend und mir reichend, »Sie können bleiben, bis ich mit dem Alten gesprochen habe. Das Glas muß blitzsauber sein, damit ich sehen kann, wie hoch der Druck ist.«

Ohne ein Wort zu sagen, nahm ich das Tuch und begann, die Scheiben zu putzen. Er betrachtete mich kritisch.

»Wie heißen Sie?« fragte er.

Ich sagte es ihm, schrie es in das Brüllen der Öfen.

»Einen Augenblick«, rief er und ging an ein Ventil in dem verwickelten Rohrnetz. Der Lärm wurde schriller, ein fast hysterischer Schrei, und irgendwie konnte man auf einmal hören, ohne schreien zu müssen.

Er kam zurück und sah mich scharf an, sein welkes Gesicht war nußbraun und die verschmitzten Augen waren rötlich.

»So einen hat man mir bisher noch nie geschickt«, sagte er fast verwirrt. »Deshalb habe ich Sie zurückgerufen. Meist schickt man mir so'n jungen weißen Kerl, der meint, er brauche nur ein paar Tage lang aufzupassen, zu fragen und könnte dann den Kram hier schmeißen. Manche sind so dumm, daß jedes Wort über sie überflüssig ist«, sagte er grinsend und machte eine verächtliche Geste. »Sind Sie Ingenieur?« fragte er dann, mich scharf ansehend.

»Ingenieur?«

»Ja, das habe ich gefragt«, sagte er herausfordernd.

»Nein, ich bin kein Ingenieur.«

»So?«

»Bestimmt nicht. Weshalb sollte ich Ingenieur sein?«

Er schien sich zu beruhigen. »Dann ist alles in Ordnung. Den Brüdern aus der Personalabteilung muß man auf die Finger sehen. Einer glaubt immer, er könnte mich hier rausdrücken, und dabei sollte er doch inzwischen gelernt haben, daß das die reinste Zeitverschwendung ist. Lucius Brockway schützt sich nicht nur, er weiß auch, wie man das macht. Jeder weiß, daß ich hier schon so lange bin, wie es ein hier gibt – habe beim Bau selbst mitgearbeitet. Der Alte engagierte mich, kein anderer und, bei Gott, nur der Alte kann mich hier rausschmeißen.«

Ich putzte die Meßapparate und fragte mich, was diese Antwort eigentlich veranlaßt hätte, war aber einigermaßen beruhigt, als ich merkte, daß er gegen mich persönlich nichts zu haben schien.

»Welche Schule besuchen Sie?«

Ich sagte es ihm.

»So? Was lernen Sie da?«

»Allerlei, was man so im College lernt.«

»Mechanik?«

»Nein, so was nicht, eigentlich nur Geisteswissenschaften. Auch kein Handwerk.«

»So?« fragte er zweifelnd. Dann plötzlich: »Wie hoch ist der Druck auf dem Apparat rechts?«

»Welcher?«

»Das sehen Sie doch. Der rechts.«

Ich sah hin und rief: »Dreiundvierzig zwo Zehntel.«

»Richtig.« Er sah auf den Druckmesser und dann auf mich. »Wo haben Sie das gelernt?«

»In der Physikstunde in der High-School. Es ist genau so, als wenn man auf die Uhr sieht.«

»So was lernt man in der *High*-School?«

»Ja.«

»Das wird ein Teil Ihrer Arbeit sein. Die Meßgeräte müssen alle Viertelstunde kontrolliert werden. Das werden Sie ja wohl können.«

»Ich glaube, ja.«

»Der eine kann's, der andere nicht. Wer hat Sie übrigens engagiert?«

»Mr. MacDuffy«, erwiderte ich. Weshalb all diese Fragen?

»Wo waren Sie denn den ganzen Morgen?«

»Habe im Gebäude Nr. 1 gearbeitet.«

»Hier gibt's viele Gebäude. Wo ist das?«

»Für Mr. Kimbro.«

»So, so. Ich wußte doch, daß man so spät am Tag niemanden mehr einstellt. Was haben Sie bei Kimbro gemacht?«

»Lack in eine Farbe gegossen, die nicht geraten war«, antwortete ich müde und ärgerlich über sein Gefrage.

Angriffslustig schossen seine Lippen vor. »Was für Farbe war nicht geraten?«

»Ich glaube, sie war für die Regierung bestimmt.«

Er streckte den Kopf vor. »Wundert mich, daß niemand mir das gesagt hat«, meinte er nachdenklich. »War die Farbe in Eimern oder kleinen Dosen?«

»In Eimern.«

»Das ist weiter nicht schlimm. Die kleinen Dosen machen viel Arbeit.« Er lachte schrill und hart. »Wie haben Sie von der Arbeit hier erfahren?« fragte er unvermittelt, als wollte er mich reinlegen.

»Ein Bekannter erzählte mir von der Arbeit, und MacDuffy stellte mich ein. Heute morgen habe ich für Mr. Kimbro gearbeitet, und dann schickte mich Mr. MacDuffy zu Ihnen.«

Sein Gesicht wurde hart. »Sind Sie mit den Farbigen befreundet?«

»Mit welchen?«

»Im Labor.«

»Nein«, sagte ich. »Wollen Sie sonst noch was wissen?«

Er sah mich lange und argwöhnisch an. Dann spuckte er auf ein heißes Rohr. Dampf zischte. Ich sah, wie er eine dicke Ingenieursuhr aus der Brusttasche zog, mit gewichtiger Miene auf das Zifferblatt blickte und sie dann mit der elektrischen Uhr verglich, die an der Wand glühte. »Sie putzen also die Apparate«, sagte er. »Ich sehe mal eben nach meiner Suppe. Und noch eins.« Er zeigte auf eins der Meßgeräte. »Das hier muß besonders sorgfältig beobachtet werden. Seit ein paar Tagen geht das Aas zu schnell in die Höhe. Macht mir viel Sorge. Wenn's über fünfundsiebzig steht, dann rufen Sie, aber laut.«

Er verschwand im Dunkel, und dann sah ich einen Lichtstreifen. Er hatte eine Tür geöffnet. Während ich ein Meßgerät putzte, fragte ich mich, wie ein anscheinend so ungebildeter Mensch eine so verantwortungsvolle Stelle bekleiden konnte. Er sah bestimmt nicht aus wie ein Ingenieur. Und doch hatte er hier allein die ganze Verantwortung. Aber man konnte da nicht sicher sein. Zu Hause kannte ich einen alten Mann, der Pförtner bei den Wasserwerken war und als einziger die Lage aller Leitungsrohre kannte. Er war von Anfang an dabeigewesen, als man noch keinerlei Aufzeichnungen machte, und spielte augenblicklich den Ingenieur, wurde dabei aber nur als Pförtner entlohnt. Vielleicht schützte sich der alte Brockway gegen etwas. Jedenfalls war er gegen unsere Einstellung. Vielleicht heuchelte er auch nur, wie manche Lehrer am College, die, um allen Scherereien aus dem Wege zu gehen, wenn sie durch die kleinen Städte in der Nähe fuhren, Chauffeur-Mützen trugen und behaupteten, ihr Wagen gehörte einem Weißen. Aber weshalb sollte er mir was vormachen? Und worin bestand seine Arbeit?

Ich blickte um mich. Es war eigentlich kein Maschinenraum. Das wußte ich. Ich hatte solche Räume besucht, zuletzt im College. Es war etwas mehr. Vor allem sahen die Öfen anders aus, und die Flammen, die durch die Risse in den Feuerkammern leuchteten, waren viel intensiver und blauer. Und dann der Gestank. Nein, er *tat* hier etwas, was mit Farbe in Verbindung stand, vielleicht etwas sehr Gefährliches, zu dem sich kein Weißer, auch nicht für Geld, hergab. Farbe war es nicht, denn ich wußte, daß die Farbe in den Gebäuden über der Erde hergestellt wurde. Hier hatte ich Männer mit bespritzten Schürzen gesehen, die an großen Fässern mit wirbelndem Farbstoff arbeiteten. Eins war sicher: ich mußte dem alten Brockway gegenüber vorsichtig sein. Er war mit meiner Anwesenheit nicht einverstanden. Und da kam er und betrat den Raum, dieses Mal von der Treppe her.

»Alles in Ordnung?« fragte er.

»Alles in Ordnung«, entgegnete ich. »Aber ich glaube, es ist hier lauter geworden.«

»Ja, hier unten ist es ziemlich laut. Das ist hier die Radauabteilung, und die untersteht mir ... Ist er über den Strich gegangen?«

»Nein, hat sich nicht gerührt.«

»Gut. Habe seit einiger Zeit deswegen große Sorge. Ich will ihn mal rausnehmen und nachsehen, sobald der Tank leer ist.«

Vielleicht *ist* er doch Ingenieur, dachte ich, während ich ihn an die Meßinstrumente und dann in einen anderen Teil des Raumes gehen sah, wo er an einer Reihe von Ventilen drehte. Dann ging er an ein Telefon, sagte ein paar Worte, rief mich und zeigte dabei auf ein Ventil.

»Ich will denen da oben mal einen Schuß raufjagen«, sagte er ernst. »Wenn ich Ihnen das Signal gebe, dann drehen Sie sie weit auf. Und wenn ich dann wieder ein Signal gebe,dann drehen Sie sie wieder zu. Fangen Sie bei dem roten an und dann die anderen.«

Ich wartete, während er sich neben dem Meßapparat aufstellte. »Los«, rief er. Ich öffnete die Ventile und hörte, wie Flüssigkeit durch die dicken Rohre schoß. Eine Klingel ertönte, und ich blickte auf.

»Zudrehen«, schrie er. »Was glotzen Sie mich an! Die Ventile zumachen.«

»Was hatten Sie denn?« fragte er, als das letzte Ventil geschlossen war.

»Sie wollten doch rufen.«

»Ich sagte, ich wollte Ihnen ein *Signal* geben. Kennen Sie denn nicht den Unterschied zwischen einem Signal und einem Ruf? Ich habe doch auf die Klingel gedrückt. Das darf nicht wieder vorkommen. Wenn ich klingle, dann sollten Sie was tun, und zwar schnell.«

»Sie sind hier der Chef«, sagte ich sarkastisch.

»Sehr richtig. Der Chef. Vergessen Sie das nicht. Und jetzt kommen Sie mit, es ist noch allerlei zu tun.«

Wir standen vor einer seltsam aussehenden Maschine mit vielen Getrieben, die eine Reihe von trommelähnlichen Walzen miteinander verbanden. Brockway nahm eine Schaufel, füllte sie mit einer Ladung brauner Kristalle von einem Haufen, der am Boden lag, und warf sie geschickt in einen Behälter oben an der Maschine.

»Nehmen Sie eine Schaufel und helfen Sie«, befahl er. »Haben Sie schon mal eine Schaufel in der Hand gehabt?« fragte er, während ich in den Haufen stach.

»Das ist schon lange her«, antwortete ich. »Was ist das für Zeug?«

Er hörte auf zu schaufeln und sah mich lange an, dann schaufelte er klirrend weiter. Der blöde Kerl hat nicht gern, daß man ihn fragt, dachte ich und stach in den braunen Haufen.

Bald war ich in Schweiß gebadet. Die Hände taten mir weh, und ich begann müde zu werden. Brockway beobachtete mich von der Seite, kicherte geräuschlos. »Brauchen sich nicht zu überarbeiten, junger Mann«, sagte er fast gütig.

»Ich werde mich schon daran gewöhnen«, sagte ich und nahm eine tüchtige Ladung auf die Schaufel.

»Nur langsam«, sagte er. »Ruhen Sie sich lieber mal aus, wenn Sie müde sind.«

Ich schaufelte weiter, bis er sagte: »So einen habe ich schon lange gesucht. So was brauchen wir. Gehen Sie ein wenig beiseite, ich lasse sie gleich laufen.«

Ich trat beiseite und sah, wie er einen Hebel herumwarf. Sich in Bewegung setzend, kreischte die Maschine plötzlich wie eine Kreissäge und warf mir einen Schauer scharfer Kristalle ins Gesicht. Ungeschickt ging ich ihnen aus dem Weg, und Brockways grinsendes Gesicht kam mir vor wie eine vertrocknete Pflaume. Und als dann das Brausen der wild sich drehenden Trommeln verstummte, hörte ich die Körner müde in der plötzlichen Stille versinken und wie Sand über die Rutsche in den Kessel unter der Maschine fallen.

Er öffnete dann ein Ventil. Auf einmal scharfer Ölgeruch.

»Das wäre soweit fertig. Jetzt muß nur noch das Feuer angelegt werden«, sagte er und drückte auf einen Knopf in der Nähe von etwas, das wie der Brenner einer Ölfeuerung aussah. Wieder böses Summen, dem eine kleine Explosion folgte, die ein Rattern auslöste, und dann hörte ich dumpfes Brausen.

»Wissen Sie, was das wird, wenn's gekocht ist?« fragte er.

»Nein.«

»Die Hauptsache. Der sogenannte Grundstoff. Und wenn's soweit ist, kommt der Zusatz rein.«

»Ich dachte, die Farbe würde oben hergestellt.«

»Nein, oben wird nur die letzte Tönung beigemischt, damit sie nach was aussieht. Hier wird die eigentliche Farbe hergestellt. Ohne mich können die anderen nichts machen.

Ich mache nicht nur den Grundstoff, sondern auch den Lack und allerlei Öle.«

»Das also machen Sie hier«, sagte ich, »nun weiß ich es endlich.«

»Viele andere möchten das auch wissen, aber sie erfahren es nicht. Aber wie ich schon sagte, kein Tropfen Farbe verläßt die Fabrik, ohne durch Lucius Brockways Hände gegangen zu sein.«

»Wie lange arbeiten Sie schon hier?«

»Lange genug, um zu wissen, was ich tue«, antwortete er. »Und ich habe das alles ohne die Bildung gelernt, die die für notwendig halten, die man hierher schickt. Einfach durch die Praxis gelernt. Aber das wollen die Brüder in der Personalabteilung nicht einsehen. Die Liberty-Farbe wäre keinen Pfifferling wert, wenn ich nicht für einen ordentlichen Grundstoff sorgte. Sparland weiß das ganz genau. Ich muß heute noch lachen, wenn ich an die Zeit denke, als ich Lungenentzündung hatte und sie einen sogenannten Ingenieur runterschickten. Sie hatten auf einmal so miserable Farbe, daß sie nicht aus noch ein wußten. Die Farbe wurde krümelig, deckte nicht und floß auseinander. Wer rausfände, weshalb die Farbe auseinanderfließt, könnte ein schönes Stück Geld verdienen. Kurzum, nichts klappte. Und dann sagten sie mir, daß der Kerl mich verträte, und als ich dann wieder gesund war, wollte ich nicht wieder in die Fabrik. So lange und so treu habe ich ihnen gedient. Ich habe ihnen dann einfach mitgeteilt, daß Lucius Brockway in den Ruhestand tritt.

Und dann kam auf einmal der Alte angerannt. Der Alte ist schon so alt, daß sein Chauffeur ihm die Treppe runterhelfen muß. Pustend und keuchend kam er an. ›Lucius, was höre ich da von Ruhestand?‹

›Ja, Mr. Sparland‹, sagte ich, ›ich bin sehr krank gewesen, wie Sie wohl wissen, und wenn man erst mal so alt ist wie ich, will man's gemütlicher haben, wie Sie ja auch wohl wissen.

Und wie ich höre, sind Sie mit dem Italiener, der jetzt meinen Posten hat, sehr zufrieden. Und da dachte ich, daß ich hier überflüssig bin.‹

»Sie denken vielleicht, ich hätte geschrien und getobt. ›Was reden Sie da für dummes Zeug, Lucius Brockway. Weglaufen, wo wir Sie in der Fabrik so nötig haben? Wissen Sie denn nicht, daß Ruhestand Sterben bedeutet? Und der junge Mann wird mit den Öfen einfach nicht fertig. Ich bin in großer Sorge. Immer wieder sehe ich den ganzen Kram in die Luft fliegen, und ich habe schon eine Extraversicherung abgeschlossen. Der wird mit Ihrer Arbeit einfach nicht fertig‹, sagte er. ›Er kennt sich nicht aus. Seit Sie weg sind, haben wir keine ordentliche Farbe mehr hergestellt.‹ Ja, so war der Alte«, sagte Lucius Brockway.

»Und weiter?« fragte ich.

»Weiter?« Er sah mich an, als hätte ich eine ganz besonders dumme Frage gestellt. »Ein paar Tage später war ich wieder hier unten. Und als der Ingenieur merkte, daß er meinen Befehlen gehorchen mußte, verschwand er gleich.«

Er spuckte aus und lachte. »Ein Narr war der Kerl. Ein Narr! Der wollte mich kommandieren, und dabei weiß keiner über das hier, die Boiler und so weiter, so Bescheid wie ich. Ich habe damals geholfen, als die Rohre gelegt wurden. Ich weiß genau, wo die Rohre liegen, kenne jeden Hebel und jeden Draht, in den Fußböden und den Wänden und auch draußen im Hof. Und, was noch wichtiger ist, ich habe das alles ganz genau im Kopf und kann es bis auf den letzten Bolzen und die letzte Kleinigkeit aufzeichnen. Und dabei bin ich nie auf einer Ingenieurschule gewesen, und, soviel ich weiß, auch nie an einer vorbeigekommen. Was sagen Sie dazu?«

»Großartig«, sagte ich und dachte dabei: ich mag diesen alten Mann nicht.

»Das ist vielleicht ein bißchen zuviel«, sagte er. »Ich wollte nur sagen, daß ich schon so lange hier bin. Ich kenne die

Maschinen schon länger als fünfundzwanzig Jahre. Und dabei glaubt der Kerl, weil er auf einer Schule gewesen ist und Blaupausen lesen kann und weiß, wie man einen Boiler ansteckt, er wüßte hier besser Bescheid als Lucius Brockway. Der Narr ist kein Ingenieur, er sieht nicht einmal, was er vor Augen hat ... Vergessen Sie nicht, nach den Apparaten zu sehen.«

Ich eilte an die Instrumente. Die Nadeln hatten sich nicht gerührt. »Alles in Ordnung«, sagte ich.

»Gut. Passen Sie gut auf, das sage ich Ihnen. Hier unten darf man nichts vergessen, sonst kracht es irgendwo. Natürlich haben sie die Maschinen, aber das will nichts sagen: *wir sind die Maschinen in der Maschine.* Kennen Sie die Farbe, mit der hier das große Geschäft gemacht wird?« fragte er, während ich ihm beim Einfüllen einer stinkenden Substanz in ein Faß half.

»Nein.«

»Unser Weiß, das Optische Weiß.«

»Weshalb denn gerade Weiß?«

»Weil das von Anfang an unser Hauptartikel war. Wir machen die beste weiße Farbe der Welt. Was die Leute auch reden, ist mir ganz einerlei. Unser Weiß ist so weiß, daß man ein Stück Kohle damit anstreichen kann, und man muß es mit dem Hammer zerschlagen, um zu beweisen, daß es nicht durch und durch weiß ist.«

Seine Augen funkelten in humorloser Überzeugung, und ich mußte den Kopf senken, um mein Lachen zu verbergen.

»Haben Sie die Reklame oben auf dem Gebäude gesehen?«

»Das sieht doch jeder.«

»Haben Sie auch gesehen, was drauf steht?«

»Ich erinnere mich nicht genau, ich hatte es sehr eilig.«

»Ob Sie's glauben oder nicht, aber ich habe dem Alten dabei geholfen. ›Nur Optisches Weiß ist richtiges Weiß‹«, zitierte er mit erhobenem Finger, wie ein Prediger, der einen Bibelspruch zitiert. »Damit habe ich dreihundert Dollar extra verdient. Die Werbeleute heute wollten was Ähnliches für die anderen Farben finden, redeten von Regenbogen und so weiter, aber es war alles Quatsch.«

»Nur Optisches Weiß ist richtiges Weiß«, wiederholte ich, und plötzlich mußte ich ein Lachen unterdrücken, als mir ein Kindervers in den Sinn kam:

»Bist du weiß, dann ist das richtig«, sagte ich.

»Ja, das stimmt«, sagte er. »Und das ist ein weiterer Grund, weshalb der Alte keinen anderen nach unten läßt. *Er* weiß, was diese neuen Burschen nicht wissen; *er* weiß, daß unsere Farbe nur deshalb so gut ist, weil Lucius Brockway das Öl und die Harze unter Druck setzt, bevor sie die Tanks verlassen.« Er lachte böse. »Die glauben, daß hier unten alles von den Maschinen gemacht wird. Die Hammel! In allem, was hier unten geschieht, habe ich meine schwarzen Finger drin. Die Maschinen besorgen nur das Kochen, alles andere aber besorgen die Hände. Ja, Lucius Brockway trifft den Nagel auf den Kopf. Ich tauche den Finger rein und probiere. Los, wollen mal was essen ...«

»Und die Instrumente?« sagte ich, während er von einem Regal in der Nähe der Öfen eine Thermosflasche nahm.

»Wir bleiben in der Nähe und behalten sie im Auge. Deswegen brauchen Sie sich keine Sorge zu machen.«

»Aber mein Lunch ist in dem Spindraum im Gebäude Nr. 1.«

»Dann holen Sie sich's, aber kommen Sie gleich wieder. Essen können Sie es hier. Hier unten ist immer Arbeit. Mehr als eine Viertelstunde braucht man nicht zum Essen. Dann geht's gleich wieder an die Arbeit.«

Als ich die Tür öffnete, dachte ich, ich hätte mich verlaufen. Männer in bespritzten Schürzen und Overalls saßen auf den

Bänken, hörten einem hageren, tuberkulös aussehenden Mann zu, der mit nasaler Stimme zu ihnen sprach. Alle sahen mich an, und als ich den Raum wieder verlassen wollte, rief der hagere Mann: »Hier ist noch viel Platz. Komm rein, Bruder …«

Bruder? Wenn ich nun auch schon wochenlang im Norden war, das überraschte mich. »Ich suche den Spindraum«, platzte ich heraus.

»In dem sind Sie, Bruder. Wußten Sie über die Versammlung nicht Bescheid?«

»Versammlung? Nein.«

Der Leiter der Versammlung krauste die Stirn. »Da haben wir's wieder. Die Chefs machen einfach nicht mit«, sagte er zu den andern. »Wer ist Ihr Werkmeister, Bruder?«

»Mr. Brockway«, antwortete ich.

Plötzlich begannen die Leute mit den Füßen zu scharren und zu fluchen. Ich blickte um mich. Was war los? Paßte es den Leuten nicht, daß ich von Brockway als *Mr.* Brockway sprach?

»Ruhe, Brüder«, sagte der Leiter, beugte sich über den Tisch und legte die Hand ans Ohr. »Noch mal, Bruder, wer ist Ihr Werkmeister?«

»Lucius Brockway«, sagte ich, und ließ dieses Mal das *Mister* weg.

Aber das schien sie nur noch feindseliger zu machen. »Schmeißt den Kerl raus«, schrien sie. Ich drehte mich um. An der hinteren Seite des Raumes sprangen ein paar über eine Bank und schrien: »Raus, raus mit dem Kerl.«

Ich wich langsam zurück. Der kleine Mann schlug auf den Tisch, wollte die Ordnung wiederherstellen. »Leute, Brüder, gebt dem Bruder Gelegenheit …«

»Ein Streikbrecher ist er! Ein ausgemachter Streikbrecher!«

Das heiser gesprochene Wort traf meine Ohren, wie das ›Nigger‹ aus dem wütenden Mund eines Südstaatlers.

»Brüder, *bitte.*« Der Leiter hob die Hände, während ich nach der Tür hinter mir griff und dabei einen Arm berührte. Der Arm zog sich schnell zurück. Ich ließ meine Hand sinken.

»Wer hat den Halunken in die Versammlung geschickt? Das frag ihn mal.«

»Einen Augenblick«, sagte der Versammlungsleiter. »Seid etwas vorsichtiger mit dem Wort ...«

»Frag ihn«, schrie ein anderer.

»Gut, aber nennt einen Mann erst dann Streikbrecher, wenn er wirklich einer ist.« Der Leiter wandte sich mir zu. »Wie kommen Sie hierher, Bruder?«

Die Leute beruhigten sich und hörten zu.

»Ich habe mein Lunch im Spind gelassen«, sagte ich mit trockenem Mund.

»Wurden Sie nicht zu der Versammlung geschickt?«

»Nein, ich hatte von der Versammlung keine Ahnung.«

»Quatsch. Das haben diese Schweine nie.«

»Schmeißt den Hund raus!«

»Einen Augenblick«, sagte ich.

Sie wurden immer lauter und drohender.

»Ruhe!« schrie der Versammlungsleiter. »Wir sind eine demokratische Gewerkschaft und handeln ...«

»Quatsch ... Schmeiß den Kerl raus.«

»... nach demokratischen Grundsätzen. Wir müssen alle Arbeiter für uns gewinnen. Alle! Nur so wird die Gewerkschaft stark. Und nun wollen wir mal hören, was der Bruder zu sagen hat. Geschrei und Zwischenrufe sind zu unterlassen.«

Mir brach der kalte Schweiß aus. Meine Augen schienen besonders scharf geworden zu sein, jedes Gesicht stand in seiner Feindseligkeit ganz deutlich vor mir.

Ich hörte: »Wann wurden Sie hier eingestellt, Bruder?«

»Heute morgen«, erwiderte ich.

»Er ist hier also ganz neu. Wir dürfen den Arbeiter nicht nach seinem Werkmeister beurteilen. Vergeßt nicht, daß auch manche von euch unter Schweinehunden arbeiten.«

Plötzlich fingen die Leute an zu lachen und zu fluchen.

»Ich zum Beispiel«, schrie einer. »Meiner will die Tochter des Boss heiraten ... zum Totlachen ...«

Diese plötzliche Wandlung verwirrte und ärgerte mich, als machten sie mich zur Zielscheibe ihres Spottes.

»Ruhe, Brüder. Vielleicht will der Bruder der Gewerkschaft beitreten. Wie steht's damit, Bruder?«

»Aber ...« Ich wußte nicht, was ich antworten sollte. Ich wußte über Gewerkschaften nur wenig Bescheid – die meisten dieser Männer schienen mir feindlich. Und ehe ich noch antworten konnte, sprang ein Mann mit scheckigem Haar auf und schrie wütend: »Ich bin dagegen, Brüder. Der Mann kann ein Streikbrecher sein, auch wenn er erst in dieser Minute eingestellt wurde. Ich will niemandem unrecht tun. Vielleicht ist er auch kein Streikbrecher«, schrie er leidenschaftlich, »aber ich will doch daran erinnern, daß niemand das genau weiß. Und ich meine, wer unter dem Schweinehund Brockway auch nur eine Viertelstunde arbeitet, ist in seinem Innern gerade so gut ein Streikbrecher wie nicht. Einen Augenblick, Brüder«, schrie er und schwenkte die Arme, um die Ruhe herzustellen. »Wie manche von euch, zum Schaden eurer Frauen und Kinder, erfahren haben, braucht ein Streikbrecher über Gewerkschaften nichts zu wissen und kann doch Streikbrecher sein. Ich habe mich genau damit beschäftigt. Das ist manchem einfach *angeboren.* Einfach angeboren, wie einem anderen ein gutes Auge für Farben. Das ist wahr, ist die reinste, wissenschaftliche Wahrheit. Ein Streikbrecher braucht von Gewerkschaften nie etwas gehört zu haben«, schrie er, sich überstürzend. »Man braucht so einen nur in die Nähe einer Gewerkschaft zu bringen, und dann ist er einfach gleich Streikbrecher.«

Zustimmendes Geschrei übertönte ihn. Die Leute drehten sich zu mir um. Ich meinte, ich müßte ersticken. Am liebsten hätte ich den Kopf gesenkt, aber ich sah sie starr an, als wäre das allein Verneinung dessen, was er sagte. Eine andere Stimme löste sich aus dem Beifallsgeschrei, sprudelte von den Lippen eines kleinen Burschen, der beim Sprechen den Zeigefinger der einen Hand hob und den Daumen der anderen in den Träger seines Overall hängte.

»Ich möchte die Worte des Bruders zu einem Antrag formulieren: ich stelle den Antrag, gründlich zu untersuchen, ob der neue Arbeiter Streikbrecher ist oder nicht. Und ist er einer, soll festgestellt werden, auf wessen Veranlassung. Auf diese Weise hat der Arbeiter, falls er kein Streikbrecher ist, Zeit, sich mit der Arbeit und den Zielen der Gewerkschaft vertraut zu machen. Denn wir dürfen nicht vergessen, daß Arbeiter wie er nicht so hoch entwickelt sind wie manche von uns, die schon lange in der Arbeiterbewegung stehen. Ich sage also: lassen wir ihm Zeit, damit er sieht, was wir für die Verbesserung der Lage der Arbeiter getan haben, und ist er kein Streikbrecher, können wir auf demokratische Weise beschließen, ob er in die Gewerkschaft aufgenommen wird oder nicht. Genossen, ich danke euch.« Krachend setzte er sich.

Tosender Lärm füllte den Raum. Grimme Wut erwachte in mir. Ich war also nicht so entwickelt wie sie! Was wollte er damit sagen? Waren sie alle etwa Doktoren der Philosophie? Ich konnte mich nicht rühren. Zu viel stürmte auf mich ein. Es sah aus, als wäre mein Betreten des Raumes gleichbedeutend mit einem Antrag auf Mitgliedschaft – und dabei hatte ich von der Existenz der Gewerkschaft keine Ahnung und wollte mir nur mein Butterbrot mit Schweinefleisch holen. Zitternd stand ich da, fürchtete, man würde mich zum Beitritt auffordern, und war wütend, daß so viele mich von vornherein ablehnten. Und das Schlimmste: ich wußte, daß ich mich ihnen fügen mußte und den Raum nicht verlassen konnte.

»Gut, Brüder, wir wollen abstimmen«, schrie der Versammlungsleiter. »Wir wollen abstimmen. Wer für den Antrag ist, stimmt mit ›ja‹.«

Die Ja hatten die Mehrheit.

»Der Antrag ist angenommen«, verkündete der Versammlungsleiter, während mehrere der Männer sich zu mir umdrehten. Endlich konnte ich mich wieder bewegen. Ich verließ den Raum und vergaß dabei ganz, weshalb ich gekommen war.

»Kommen Sie zurück, Bruder«, rief der Versammlungsleiter. »Holen Sie sich jetzt Ihr Lunch. Ihr da an der Tür, laßt ihn durch.«

Mein Gesicht brannte, als wäre es geschlagen worden. Sie hatten ihren Beschluß gefaßt, ohne mir auch nur die Gelegenheit, ein Wort zu sagen, gegeben zu haben. Ich fühlte, daß alle Anwesenden mich feindselig betrachteten, und wenn ich auch mein ganzes Leben lang von Feindseligkeit umgeben war, so schien es mir doch, als erreichte sie mich jetzt zum ersten Mal, als hätte ich von diesen Männern mehr als von anderen erwartet, wenn mir ihre Existenz bisher auch ganz fremd gewesen war. Hier, in diesem Raum, wurde meine Verteidigung unwirksam gemacht, weggewischt, an der Tür kontrolliert, wie die Waffen, Messer, Rasiermesser und Revolver der Landburschen am Samstagabend im Golden Day kontrolliert wurden. Ich blickte nicht auf, murmelte nur: »Verzeihung, Verzeihung«, ging wieder bis zum grünen Spind, aus dem ich das Butterbrot nahm, auf das ich keinen Appetit mehr hatte, und stand nun, mit der Tüte in der Hand, da, fürchtete mich davor, auf dem Weg nach draußen die Männer anzusehen. Ich haßte mich, weil ich mich auf dem Weg zum Spind immer wieder entschuldigt hatte. Auf dem Rückweg aber sagte ich kein Wort.

Als ich die Tür erreichte, rief der Versammlungsleiter: »Noch einen Augenblick, Bruder. Das alles richtet sich nicht gegen Sie persönlich. Was Sie hier sehen, ist das Ergebnis gewisser Zustände in der Fabrik. Wir versuchen nur, uns selbst zu schützen. Hoffentlich schließen Sie sich uns bald an und werden ein angesehenes Mitglied.« Von hier und da halb-herzlicher Beifall, der schnell erstarb. Ich schluckte und starrte sie an, ohne sie zu sehen. Die Worte drangen zu mir aus roter, nebliger Ferne.

»Okay, Brüder«, sagte die Stimme. »Laßt ihn vorbei.«

Ich taumelte durch die helle Sonne im Hof, vorbei an den Büroangestellten, die auf dem Rasen hinter dem Gebäude Nr. 2 lagen und plauderten, zum Kellergeschoß. Als ich oben auf der Treppe stand, hatte ich ein Gefühl, als flösse mir Säure durch die Eingeweide. Weshalb war ich eigentlich geblieben, dachte ich wütend. Und da ich geblieben war, weshalb hatte ich den Mund nicht aufgemacht und mich verteidigt? Plötzlich riß ich das Papier von meinem Butterbrot und biß wütend hinein, schmeckte kaum die trockenen Brocken, die mir beim Schlucken schmerzend durch die enge Kehle rutschten. Dann steckte ich den Rest des Brotes wieder in die Tüte. Ich hielt mich am Geländer fest. Mir zitterten die Knie, als wäre ich gerade einer großen Gefahr entronnen. Schließlich ging ich die Treppe hinunter, erreichte die eiserne Tür und öffnete sie.

»Wo sind Sie so lange geblieben?« schrie mich Brockway an, der auf einer Schubkarre saß. Er hatte aus einem weißen Krug getrunken, den er jetzt in seinen schmutzigen Händen hielt.

Ich sah ihn geistesabwesend an, sah den Lichtschein auf seiner krausen Stirn und seinem schneeigen Haar.

»Ich habe gefragt, wo Sie so lange geblieben sind.«

Was geht dich das an, dachte ich. Ich sah ihn wie durch

einen Nebel, wußte, daß ich ihn nicht leiden mochte und sehr müde war.

»Ich sagte ...« begann er, und ich hörte meine Stimme ganz ruhig aus meiner wie zugeschnürten Kehle kommen, während ich auf der Uhr feststellte, daß ich nur zwanzig Minuten fortgewesen war.

»Ich geriet in eine Gewerkschaftsversammlung ...«

»Gewerkschaft!« Ich hörte seinen weißen Krug auf dem Fußboden zerklirren, während er die Beine spreizte und aufstand. »Habe ich mir doch gedacht, daß Sie zu diesen Radaubrüdern gehören. Das wußte ich gleich. Raus mit Ihnen!« schrie er. »Raus aus meinem Kellergeschoß.«

Wie im Traum kam er auf mich zu, bebte wie die Nadel eines der Instrumente, während er auf die Treppe zeigte. Seine Stimme kreischte. Ich starrte ihn an. Etwas schien nicht mehr in Ordnung zu sein. Meine Reflexe reagierten nicht mehr.

»Was ist denn los?« stammelte ich. Meine Stimme klang leise, mein Geist begriff, aber nicht bis in alle Einzelheiten. »Was ist denn los?«

»Haben Sie nicht gehört? Raus!«

»Aber ich verstehe nicht ...«

»Halten Sie das Maul. Raus!«

»Aber Mr. Brockway«, rief ich und versuchte, etwas zu halten, was mir entwischen wollte.

»Sie gemeiner Gewerkschaftshund.«

»Aber hören Sie mich doch an«, schrie ich jetzt. »Ich gehöre zu keiner Gewerkschaft.«

»Wenn Sie nicht sofort verschwinden, Sie Stinktier«, sagte er und sah dabei wild um sich, »dann schlage ich Sie tot. Gott ist mein Zeuge: DANN SCHLAGE ICH SIE TOT.«

Unglaublich, wie die Dinge sich überstürzten. »Was wollen Sie?« stammelte ich.

»ICH SCHLAGE SIE TOT!«

Er hatte es wieder gesagt, und da fiel etwas von mir ab, und es kam mir vor, als sagte ich schnell zu mir:

Du hast gelernt, die Torheit so alter Männer hinzunehmen, auch wenn du sie für Clowns und Narren hieltest. Du hast gelernt, so zu tun, als achtetest du sie, als bedeuteten sie für dich die gleiche Autorität und Macht in deiner Welt wie die Weißen, vor denen sie katzbuckelten, die sie fürchteten und liebten und nachahmten, und du hast sogar gelernt, es hinzunehmen, wenn sie voller Wut und Verachtung oder machttrunken mit einem Stock oder Riemen zu dir kamen, und du machtest keine Bewegung, zurückzuschlagen, sondern wolltest ihnen nur ungetroffen entrinnen.

Aber das war zuviel ... er war weder Großvater noch Onkel oder Vater, weder Prediger noch Lehrer. Etwas wurde in mir wach, und ich ging auf ihn zu und schrie ihm, der für mich eher ein schwarzer Fleck als ein deutlich erkennbares menschliches Gesicht war, zu: »WEN WOLLEN SIE TOTSCHLAGEN?«

»SIE.«

»Hören Sie mal, Sie alter Narr. Seien Sie mal still von Totschlagen. Lassen Sie mich Ihnen alles erklären. Ich gehöre zu nichts ... Los, heben Sie das Ding doch auf«, schrie ich, als ich sah, daß seine Blicke auf eine krumme Eisenstange gerichtet waren. »Sie könnten mein Großvater sein, aber wenn Sie die Stange anrühren, dann stehen Sie bald im Hemd da.«

»RAUS AUS MEINEM KELLERGESCHOSS, *Sie gemeiner Hund!«* schrie er.

Ich ging auf ihn zu, sah, wie er sich bückte und nach der Stange griff. Ich stürzte mich auf ihn, fühlte, wie er unter der Wucht meines Angriffs grunzend auf den Boden aufschlug. Als hätte ich eine zähe Ratte unter mir. Er wehrte sich, stieß böse Laute aus und traf mein Gesicht, als er versuchte, mit der Stange zuzuschlagen. Ich entriß sie seinem Griff und fühlte auf einmal einen scharfen Stich in der Schulter. Er hat ein Messer, schoß es mir durch den Kopf, und ich stieß mit dem Ellbogen um mich, traf sein Gesicht, sah, wie sein Kopf nach hinten flog. Immer wieder stieß ich zu und hörte etwas auf den Boden klirren und dachte: Das Messer ... und wieder stieß ich zu, während er mich zu erwürgen versuchte, immer wieder gegen den wackelnden Kopf, und dann hatte ich die Stange in der Hand und schlug nach seinem Kopf, traf ihn nicht, klirrend landete der Schlag auf dem Boden. Und dann hob ich die Stange wieder, versuchte es noch einmal, und er schrie: »Nein, nein. Es ist ja schon alles gut.«

»Ich schlag dir das Hirn aus dem Schädel«, sagte ich. Meine Kehle war trocken. »Wolltest mir mit dem Messer zu Leibe ...«

»Nein«, keuchte er. »Ich hab genug. Haben Sie nicht gehört, daß ich genug habe?«

»Wenn du nicht gewinnen kannst, hast du auf einmal genug. Wenn du mich schlimm verletzt hast, schlage ich dir den Schädel ein.«

Ihn keinen Augenblick aus den Augen lassend, erhob ich mich. Ich ließ die Stange fallen, während es mir heiß über den Körper lief: sein Gesicht war auf einmal eingefallen.

»Was ist los, Alter? Haben Sie nichts Besseres zu tun als einen anzufallen, der dreimal jünger ist als Sie?«

Als er hörte, daß ich ihn alt nannte, wurde er noch bleicher. Und ich wiederholte es, fügte Schimpfworte hinzu, die ich von meinem Großvater gelernt hatte. »Sie alter quabbliger Hund aus der Sklavenzeit hätten das wissen müssen. Wie kommen Sie auf den Gedanken, *mich* zu bedrohen? Ich wollte nichts von Ihnen. Ich bin hierher gekommen, weil man mich geschickt hat. Ich wußte über Sie ebensowenig wie über die Gewerkschaft. Weshalb schnauzen Sie mich gleich an? Sind die Leute hier alle verrückt? Steigt ihnen die Farbe zu Kopf? Saufen sie sie vielleicht?«

Er sah mich müde keuchend an. Große helle Stellen zeigten sich in seinem Overall, wo die Falten von der Schmiere verklebt waren, die ihn von oben bis unten bedeckte, und ich dachte: Teer-Baby und hätte ihn am liebsten nicht mehr gesehen. Aber meine Wut drängte mich aus Tätlichkeit in Worte.

»Ich will mir mein Lunch holen, und sie fragen mich, bei wem ich arbeite, und als ich ihnen das sage, schimpfen sie mich Streikbrecher. *Streikbrecher.* Scheinen hier alle verrückt zu sein. Und kaum bin ich wieder hier, da fangen *Sie* an und wollen mich totschlagen. Was ist los? Was haben Sie gegen mich? Was habe ich Ihnen getan?«

Er stierte mich schweigend an und zeigte dann auf den Fußboden.

»Lassen Sie ja die Finger davon.«

»Ich will nur meine Zähne aufheben«, murmelte er mit seltsamer Stimme.

»ZÄHNE?«

Mit schamvollem Stirnrunzeln öffnete er den Mund. Ich sah den blauen Blitz aus eingefallenem Zahnfleisch. Was vorhin über den Boden geklirrt war, war kein Messer, sondern sein Gebiß. Den Bruchteil einer Sekunde lang war ich verzweifelt, fühlte, daß mir ein Teil meiner Rechtfertigung, ihn totschlagen zu wollen, entglitt. Meine Finger sprangen nach meiner Schulter, fühlten feuchtes Tuch, aber kein Blut. Der alte Narr hatte mich gebissen. Wildes Lachen wollte meine Wut durchstoßen. Er hatte mich *gebissen.* Ich sah auf den Fußboden, sah den zerbrochenen Krug und das stumpf glitzernde Gebiß.

»Nehmen Sie sie«, sagte ich beschämt. Mit seinen Zähnen schien ein Teil seines Hasses ihn verlassen zu haben. Aber ich paßte gut auf, während er die Zähne aufhob, zum Hahn ging und sie unter das strömende Wasser hielt. Unter dem Druck seines Daumens brach ein Zahn ab, und ich hörte ihn knurren, während er den Gaumen in den Mund schob. Dann rieb er sich das Kinn und war wieder der alte.

»Sie wollten mich also umbringen«, sagte er. Er schien das nicht glauben zu können.

»Sie haben damit angefangen. Ich bin kein Freund von Schlägereien«, sagte ich. »Weshalb ließen Sie mich nicht zu Wort kommen? Ist es verboten, einer Gewerkschaft anzugehören?«

»Diese verfluchte Gewerkschaft«, rief er fast weinend. »Diese verfluchte Gewerkschaft! Die sind nur hinter meinem Posten her! Das weiß ich ganz genau. Wenn einer von uns in eine der verdammten Gewerkschaften eintritt, dann ist das genau so, als bisse man den in die Hand, der uns lehrte, in einer Badewanne zu baden. Ich mag das nicht und tue alles, daß sie hier in der Fabrik nicht zustande kommt. Diese verfluchten Schweine wollen nur meinen Posten.«

Speichel sammelte sich in seinen Mundwinkeln. Er schien vor Haß zu kochen.

»Aber was habe ich damit zu tun?« sagte ich und kam mir plötzlich älter vor als er.

»Die farbigen Burschen im Labor wollen ihr beitreten. Und dabei gibt der Weiße ihnen Arbeit«, knurrte er. »Und *gute* Arbeit hat er ihnen gegeben, und sie sind so undankbar, daß sie dieser Scheißgewerkschaft beitreten. So ein undankbares Pack habe ich noch nie gesehen. Was die tun, ist nur zum Schaden der anderen.«

»Davon hatte ich keine Ahnung«, sagte ich. »Ich wollte hier nur eine Zeitlang arbeiten und hatte bestimmt nicht die Absicht, mich in Streitereien einzumischen. Was uns beide angeht, bin ich gern bereit, alles zu vergessen, wenn Sie …« Als ich die Hand ausstreckte, fühlte ich Schmerz in der Schulter.

Er sah mich grimmig an. »Sie hätten schon Ihretwegen einen alten Mann nicht angreifen sollen«, sagte er. »Ich habe erwachsene Söhne, die älter sind als Sie.«

»Ich dachte, Sie wollten mich umbringen«, antwortete ich.

Ich hielt ihm noch immer die Hand hin. »Ich dachte, Sie hätten mich mit einem Messer gestochen.«

»Ich mag keinen Zank und Streit«, sagte er und ging meinem Blick aus dem Weg. Und als wäre seine feuchte Hand, die ich in die meine schloß, ein Signal gewesen, hörte ich ein schrilles Zischen aus dem Boiler hinter mir. Ich drehte mich um und hörte Brockway schreien: »Ich habe Ihnen doch gesagt, die Apparate zu beobachten. Schnell an die großen Ventile.«

Ich eilte dahin, wo eine Reihe Ventilräder in der Nähe des Zerstampfers aus der Wand ragten, während Brockway in der anderen Richtung davonlief. Ich dachte, wohin will er, als ich die Ventile erreichte und ihn rufen hörte: »Zudrehen! Zudrehen!«

»Welches?« rief ich.

»Das weiße, Sie Esel, das weiße!«

Ich eilte darauf zu, packte es und riß mit aller Gewalt an ihm. Es gab nach. Aber nun wurde der Lärm noch größer, und ich glaubte, Brockway lachen zu hören, als ich mich umdrehte und ihn zur Treppe laufen sah. Die Hände hielt er auf dem Hinterkopf und den Hals hatte er eingezogen, wie ein kleiner Junge, der einen Stein in die Luft geworfen hat.

»He! He! Sie!« rief ich. »He!« Aber es war zu spät. Alle meine Bewegungen schienen zu langsam, vereinigten sich zu einer einzigen. Ich fühlte, wie das Rad Widerstand leistete, und versuchte vergeblich, es zur anderen Seite zu drehen und loszulassen. Aber es klebte an meinen Händen, und meine Finger waren steif und starr, und ich drehte mich um und lief weg, sah, wie sich die Nadel eines der Apparate wie irrsinnig bewegte, wie ein Leuchtfeuer, über das man die Gewalt verloren hat, und ich versuchte, klar zu denken. Meine Augen schossen hierhin und dorthin durch den Raum mit den Maschinen und den Tanks und zur Treppe, die so weit entfernt war, und ich hörte den hellen, neuen Ton anschwellen, glaubte über eine schiefe Ebene zu laufen und dann mit plötzlicher Beschleunigung in einen nassen Sturm aus schwarzer Leere zu schießen, die inzwischen ein Bad aus Weiße war.

Es war ein Sturz in den Raum, der kein Sturz, sondern ein Schweben zu sein schien. Dann landete etwas Schweres auf mir, und in einem lichten Augenblick glaubte ich unter einem Haufen zerbrochener Maschinenteile zu liegen. Mein Kopf wurde gegen ein großes Rad gedrückt, und mein Körper war mit stinkender Schmiere bedeckt. Irgendwie raste eine Maschine in irrer Nutzlosigkeit, knarrte laut, bis mir ein Schmerz durch den Kopf stach und mich für eine Zeit in Finsternis schleuderte, nur um mir dann einen neuen Schlag zu versetzen, der mich wieder ins Bewußtsein riß. Und in diesem Augenblick hellen Bewußtseins öffnete ich einem blendenden Blitz meine Augen.

Irgendwo hielt ich mich fest und hörte in meiner Nähe schlurrende Schritte und die Stimme eines geschwätzigen alten Mannes: »Ich hab's ja immer gesagt, daß diese Jungen von heute für die Arbeit nicht taugen. Sie haben nicht die Nerven dazu. Nein, einfach nicht die Nerven.«

Ich versuchte zu sprechen, zu antworten, aber wieder bewegte sich etwas Schweres, und ich verstand wieder etwas ganz klar und versuchte wieder zu antworten, aber dann hatte ich ein Gefühl, als versänke ich mitten in einem See aus schwerem Wasser. Und da lag ich nun, durchbohrt und betäubt und hatte das Gefühl, unwiederbringlich eine wichtige Schlacht verloren zu haben.

11. KAPITEL

Ich saß auf einem kalten, weißen, steifen Stuhl, und ein Mann betrachtete mich durch ein helles drittes Auge, das in der Mitte seiner Stirn funkelte. Er streckte die Hand aus, betastete meinen Schädel und sagte etwas Ermutigendes, als wäre ich ein Kind. Dann verschwanden seine Finger wieder.

»Nehmen Sie das«, sagte er, »das tut Ihnen gut.« Ich schluckte es hinunter. Plötzlich juckte es mich am ganzen Körper. Ich trug einen neuen, seltsamen, weißen Overall. Ich hatte einen bitteren Geschmack im Mund. Meine Finger zitterten. Eine dünne Stimme mit einem Spiegel an dem einen Ende sagte: »Wie geht es ihm?«

»Meiner Meinung nach nichts Ernstes. Nur Betäubung.«

»Soll er schon entlassen werden?«

»Nein, wollen ihn lieber noch ein paar Tage hierbehalten. Zur Beobachtung. Dann kann er gehen.«

Jetzt lag ich auf einem Bett, das helle Auge brannte immer noch in den meinen, obwohl der Mann längst fort war. Ich rührte mich nicht, war wie betäubt. Ich schloß die Augen, wurde aber gleich wieder geweckt.

»Wie heißen Sie?« fragte eine Stimme.

»Mein Kopf...«, sagte ich.

»Ja, aber Ihr Name. Ihre Adresse?«

»Mein Kopf... das brennende Auge...«, sagte ich.

»Auge?«

»Im Innern«, sagte ich.

»Lassen Sie ihn röntgen«, sagte eine andere Stimme.

»Mein Kopf ...«

»Vorsichtig!«

Irgendwo begann eine Maschine zu surren, und ich mißtraute dem Mann und der Frau, die sich über mich beugten.

Sie hielten mich fest, und es war heiß, und vor allem hörte ich immer wieder das Eröffnungsmotiv von Beethovens *Fünfter* ... drei kurze und ein langes Summen, das sich immer wieder in verschiedener Stärke wiederholte, und ich wehrte mich, wollte los, erhob mich und lag dann doch auf dem Rücken und sah über mir zwei rote Gesichter, die auf mich herablächelten.

»Verhalten Sie sich jetzt ganz ruhig«, sagte das eine von ihnen bestimmt. »Es kommt schon alles wieder in Ordnung.« Ich hob die Augen und sah verschwommen zwei weißgekleidete junge Frauen, die auf mich herabblickten. Eine dritte, die eine Wüste aus Hitzewellen von uns trennte, saß an einer Apparatur mit vielen Drähten und Zifferblättern. Wo war ich? Tief unter mir begann das Pochen eines Friseurstuhls, und ich fühlte, wie mich dieser Ton vom Fußboden in die Höhe hob. Ein Gesicht war jetzt mit dem meinen in gleicher Höhe, sah mich an und sagte etwas, das ich nicht begriff. Dann wieder knarrendes Surren, und plötzlich glaubte ich zwischen Fußboden und Decke zerquetscht zu werden. Zwei Kräfte rissen mir wie irr an Magen und Rükken. Ein Blitz kaltrandiger Hitze umschloß mich. Ich lag zwischen zermalmendem elektrischen Druck, zwischen lebendigen Elektroden, wie ein Akkordeon zwischen den Händen des Spielers. Meine Lunge wurde zusammengepreßt wie ein Blasebalg, und jedesmal, wenn ich wieder einatmen konnte, schrie ich im Rhythmus der Wirkung der elektrischen Stöße.

»Ruhig«, befahl eins der Gesichter. »Wir wollen Sie doch wieder auf die Beine bringen. Also ruhig!«

Die Stimme bebte mit eiskalter Autorität, und ich verhielt mich ruhig, versuchte, den Schmerz zu ertragen. Ich entdeckte jetzt, daß mein Kopf von kaltem Metall umgeben war, wie von einer Kappe, die man dem aufsetzt, der den elektrischen Stuhl besteigt. Umsonst versuchte ich, mich nicht zu wehren, nicht zu schreien. Aber die Menschen waren so fern und der Schmerz so unmittelbar. Ein Gesicht erschien in dem Lichtkreis und verließ ihn wieder, sah einen Augenblick nach mir und war wieder fort. Dann kam eine sommersprossige, rothaarige Frau mit goldenem Kneifer. Dann ein Mann mit einem runden Spiegel an der Stirn ... ein Arzt. Ja, er war Arzt, und die Frauen waren Krankenschwestern. Das erkannte ich nun. Ich war also in einem Krankenhaus. Man würde für mich sorgen. Alles geschah nur, um die Schmerzen zu lindern. Ich war voll Dankbarkeit.

Ich versuchte, mich zu erinnern, wie ich hierher gekommen war. Umsonst. Mein Geist war leer, als wäre ich eben erst auf die Welt gekommen. Als das nächste Gesicht erschien, sah ich die Augen hinter den dicken Gläsern blinzeln, als sähen sie mich zum erstenmal.

»Alles in Ordnung. Alles tadellos. Nur etwas Geduld«, sagte eine Stimme, dumpf und uninteressiert.

Ich hatte ein Gefühl, als versänke ich. Die Lichter wichen zurück wie das Schlußlicht eines Wagens, der durch eine dunkle Landschaft saust. Ich konnte nicht folgen. Ich hatte wilde Schmerzen in der Schulter. Auf dem Rücken liegend, bewegte ich mich hin und her, wehrte mich gegen etwas, das ich nicht sehen konnte. Dann wurden meine Augen wieder klarer.

Neben meinem Lager saß ein Mann. Er kehrte mir den Rücken zu und hantierte an Apparaten auf einem Schaltbrett. Ich wollte ihn rufen, aber der Rhythmus der *Fünften*

Sinfonie quälte mich, und dann schien der Mann mir auch zu heiter und zu entfernt. Blanke Metallstäbe waren zwischen uns, und als ich den Kopf bewegte, entdeckte ich, daß ich nicht *auf* einem Operationstisch, sondern *in* einer Art Kasten aus Glas und Nickel lag, dessen Deckel offen stand. Weshalb war ich hier?

»Herr Doktor! Herr Doktor!« rief ich.

Keine Antwort. Vielleicht hatte er es nicht gehört, dachte ich. Ich rief noch einmal und fühlte wieder das stechende Pulsieren der Maschine, fühlte, wie das Bewußtsein mich verlassen wollte, wie ich dagegen ankämpfte, und ich hörte hinter meinem Kopf Stimmen, die sich unterhielten. Die starren Laute wurden ruhiges Dröhnen. Musikfetzen, ein Sonntagslied, wehten aus der Ferne heran. Mit geschlossenen Augen, kaum atmend, stemmte ich mich gegen den Schmerz. Die Stimmen dröhnten harmonisch. Hörte ich ein Radio – einen Phonographen? Die *Vox humana* einer verborgenen Orgel? Wenn, was für eine Orgel und wo? Mir war heiß. Grüne Hecken, mit vielen roten Rosen, erstreckten sich in weichem Bogen in eine Unendlichkeit, die leer von Gegenständen war, einen hellen, blauen Raum. Bilder sonnenschattigen Rasens wogten vorbei. Ich sah eine uniformierte Militärkapelle pomphaft zum Konzert in Reih und Glied aufgestellt. Jeder Musiker, mit fein geöltem Haar, hörte eine süßstimmige Trompete ›Die Heilige Stadt‹ wie in echoender Ferne spielen, getragen von einem Chor stummer Hörner; und darüber das höhnende Obligato einer Spottdrossel. Mir schwindelte. Die Luft schien sich mit feinen, weißen Schnaken zu füllen, die mir in die Augen flogen; ihr Schwarm war so dicht, daß der dunkle Trompeter sie einatmete und durch den Trichter seines goldenen Horns wieder ausblies, eine lebendige, weiße Wolke, die sich mit den Tönen in der trägen Luft vermischte.

Ich kam wieder zu mir. Die Stimmen dröhnten immer

noch über mir, und ich mochte sie nicht. Weshalb entfernten sie sich nicht? Selbstgefällige Stimmen. Ach, Doktor, dachte ich, halb betäubt, sind Sie schon mal vor dem Frühstück durch einen Bach gewatet? Haben Sie schon mal an einem Zuckerrohr gekaut? Wissen Sie, Herr Doktor, an dem gleichen Herbsttag, an dem ich zum erstenmal die Bluthunde einen Mann in Sträflingsanzug und Ketten hetzen sah, saß meine Großmutter mit blinzelnden Augen neben mir und sang:

Gott, der Allmächtige, schuf einen Affen,
Gott, der Allmächtige, schuf einen Wal,
Und er schuf auch den Alligator
Mit den vielen kleinen Höckern am Schwanz.

Und wußten Sie, Schwester, wenn Sie in rosafarbenem Organdykleid und Sommerhut zwischen den Jasminhecken hergingen und Ihrem Geliebten mit einer Stimme, die so zähflüssig war wie Mohrenhirse, etwas zugirrten, daß wir kleinen Negerjungen uns in dem Busch versteckten und so laut sangen, daß Sie es nicht zu hören wagten:

Hast du mal gesehen, wie Margarete Wasser kocht?
Junge, dann zischt der Dampf,
Siebzehn Meilen und eine viertel dazu,
Und vor lauter Dampf sieht man den Kessel nicht mehr.

Aber jetzt wurde die Musik die deutliche Klage weiblichen Schmerzes. Ich öffnete die Augen. Glas und Metall fluteten über mir.

»Wie fühlen Sie sich, Junge?« fragte eine Stimme.

Ein Paar Augen blickten durch Gläser, die so dick waren wie der Boden einer Coca-Cola-Flasche, vorstehende, leuchtende, geäderte Augen, wie die eines Präparates, das in Spiritus aufbewahrt wird.

»Ich kann mich hier nicht rühren«, sagte ich ärgerlich.

»Das gehört zur Behandlung.«

»Aber ich muß mehr Platz haben, ich kann mich ja nicht rühren.«

»Schadet nichts. Daran gewöhnen Sie sich schnell. Wie fühlen Sie sich im Magen und Kopf?«

»Magen?«

»Ja, und Kopf?«

»Das weiß ich nicht«, sagte ich. Ich fühlte nur den Druck in meinem Kopf und auf der glatten Oberfläche meines Körpers. Aber meine Sinne waren hellwach.

»Den fühle ich nicht«, rief ich aufgeregt.

»Mein kleiner Apparat bringt das alles in Ordnung«, brach er los.

»Ich weiß nicht«, sagte eine andere Stimme. »Ich bin immer noch für einen chirurgischen Eingriff. Und besonders in diesem Fall, bei dieser … Herkunft. An die Wirksamkeit eines einfachen Gebets glaube ich vielleicht mehr.«

»Unsinn, richten Sie von heute ab Ihr Gebet an meine kleine Maschine. Ich versuch's mal.«

»Ich weiß nicht. Ich bezweifle, daß Lösungen – das heißt Heilungen –, die … an primitiven Objekten vorgenommen werden … sich als ebenso wirksam erweisen, wie bei fortgeschrittenem Material. Zum Beispiel einem Neu-Engländer mit Harvard-Hintergrund.«

»Jetzt wird's politisch«, sagte die erste Stimme herausfordernd.

»Nein, aber es *ist* ein Problem.«

Mit wachsendem Unbehagen lauschte ich der Unterhaltung, die in Flüstern verklang. Ihre einfachsten Worte schienen sich auf etwas anderes zu beziehen, genau wie viele der Gedanken, die mir durch den Kopf wirbelten. Ich wußte nicht mit Bestimmtheit, ob sie über mich oder jemand anders sprachen. Manches klang wie eine Diskussion über Geschichte.

»Die Maschine zeitigt die Ergebnisse einer präfrontalen Lobotomie ohne die negativen Wirkungen des Messers«, sagte die Stimme. »Anstatt die präfrontalen Lappen, d. h. einen einzigen Lappen, loszulösen, setzen wir die größeren Zentren der Nervenkontrolle unter angemessenen Druck – unsere Konzeption ist *Gestalt* – und das Resultat ist eine ebenso vollständige Wandlung der Persönlichkeit wie man sie in den berühmten märchenhaften Fällen von Verbrechern findet, die nach der blutigen Hirnoperation ganz nette und liebe Menschen werden. Und dazu kommt dann noch«, fuhr die Stimme triumphierend fort, »daß der Patient physisch und nervlich durchaus in Ordnung ist.«

»Und seelisch?«

»Das spielt doch keine Rolle!« sagte die Stimme. »Der Patient lebt, wie er leben soll, in vollkommener Integrität. Mehr kann man nicht verlangen. Er kennt keinen Konflikt der Motive mehr, und was noch mehr bedeutet, die Gesellschaft hat von seiner Seite nichts mehr zu befürchten.«

Sie schwiegen. Eine Feder kratzte über Papier. Dann: »Warum nicht Kastration?« fragte eine leicht boshafte Stimme. Ich wurde unruhig, und Schmerz riß an meinem Körper.

»Wieder mal Ihr Blutdurst«, lachte die erste Stimme. »Sie wissen doch, was ein Chirurg ist: ein Metzger mit schlechtem Gewissen.«

Sie lachten.

»So spaßig ist das nun wieder nicht. Es wäre schon wissenschaftlicher, man versuchte eine genaue Definition des Falles. Die Entwicklung hat etwa dreihundert Jahre gedauert ...«

»Definition? Das ist doch alles längst bekannt.«

»Weshalb verwenden Sie denn nicht stärkeren Strom?«

»Meinen Sie?«

»Weshalb nicht?«

»Ist das nicht gefährlich ...?« Die Stimme verklang.

Ich hörte sie fortgehen. Ein Stuhl wurde verrückt. Die Maschine surrte, und ich wußte nun, daß sie über mich sprachen. Ich stählte mich für das, was mich weiterhin erwartete, aber viel half das nicht. Der Puls ging schnell und stoßweise, wurde schneller, bis ich sozusagen zwischen den beiden Polen tanzte. Die Zähne schlugen gegeneinander. Ich schloß die Augen, biß mir auf die Lippen, um meine Schreie zu ersticken. Warmes Blut füllte meinen Mund. Zwischen meinen Lidern sah ich einen Kreis aus Händen und Gesichtern in blendendem Licht. Manche machten auf Krankenblättern Notizen.

»Der tanzt ja«, sagte jemand.

»Wirklich?«

Ein öliges Gesicht betrachtete mich. »Wie nach einem bestimmten Rhythmus. Feste, Junge, los!« sagte die Stimme lachend.

Und auf einmal schwand meine Verwirrung, und ich wollte wütend, mörderisch wütend werden. Aber irgendwie verhinderte das der Strom, der mir durch den Körper raste. Etwas hatte sich gelöst, war aus den Fugen gegangen. Denn wenn ich meine Fähigkeiten zu Wut und Empörung auch nur selten gebraucht hatte, so besaß ich sie doch zweifellos. Und wie jemand – ob wütend oder nicht –, der weiß, daß er kämpfen muß, wenn man ihn Hundesohn schimpft, versuchte ich mir *vorzustellen,* ich wäre wütend – und der Erfolg: nur ein tieferes Gefühl der Ferne. Ich war jenseits aller Wut. Ich war nur verwirrt. Und die über mir schienen das zu fühlen. Ich konnte dem neuen Schock nicht aus dem Wege gehen, und so ließ ich mich von der wilden Flut in die Dunkelheit tragen.

Als ich wieder auftauchte, brannten die Lichter immer noch. Ich lag unter der Glasplatte, hatte ein Gefühl vollkommener Leere. Meine Glieder schienen mir vom Leibe getrennt. Es war sehr warm. Eine trübweiße Decke erstreckte sich über mir. Meine Augen schwammen in Tränen. Weshalb, wußte ich nicht. Das machte mir große Sorgen. Ich wollte an das Glas klopfen, um mich bemerkbar zu machen, aber ich konnte mich nicht bewegen. Die geringste Anstrengung, die kaum mehr war als ein Wunsch, machte mich müde. Ich lag da und mußte alles über mich ergehen lassen. Ich schien jedes Gefühl für Proportionen verloren zu haben. Wo endete mein Körper, und wo begann der Kristall und die weiße Welt? Gedanken entschlüpften mir, verbargen sich in der weiten Ausdehnung der klinischen Weiße, mit der ich nur durch eine Skala zurückweichenden Graus verbunden zu sein schien. Kein Geräusch außer dem trägen Fließen des Blutes. Ich konnte die Augen nicht öffnen. Ich schien vollkommen allein in einer anderen Dimension zu leben, bis sich nach kurzer Zeit eine Schwester über mich beugte und mir eine warme Flüssigkeit zwischen die Lippen tropfte. Ich wehrte mich, schluckte und fühlte, wie die Flüssigkeit langsam in meine vage Mitte floß. Weites, schillerndes Wallen schien mich zu umfassen. Weiche Hände bewegten sich über mich, brachten verschwommene Erinnerungen zurück. Ich wurde mit warmen Flüssigkeiten gewaschen, fühlte zärtliche Hände sich durch die unbestimmten Grenzen meines Fleisches bewegen. Das sterile und gewichtslose Gewebe eines Lakens hüllte mich ein. Ich fühlte mich aufspringen, davonfliegen wie ein Ball, der über das Dach in den Nebel geworfen wird und dann gegen eine verborgene Mauer jenseits eines Haufens zerbrochener Maschinen prallt und wieder zurückfliegt. Wie lange das dauerte, wußte ich nicht. Aber jetzt hörte ich über den Bewegungen der Hände eine freundliche Stimme, die vertraute Worte äußerte, deren Bedeutung ich aber nicht begriff. Ich hörte gespannt zu, erkannte Form und Bewegung der Sätze und erfaßte auch die feinen, rhythmischen Unterschiede zwischen den Lauten, die fragten, und denen, die eine Feststellung trafen. Aber ihre Bedeutung war immer noch in der weiten Weiße verloren, in der auch ich verloren war.

Andere Stimmen wurden laut. Gesichter schwebten über mir wie rätselhafte Fische, die kurzsichtig durch die gläserne Wand eines Aquariums stieren. Ich sah sie regungslos über mir schweben, dann schwammen zwei davon, zuerst ihre Köpfe, dann die Spitzen ihrer flossengleichen Finger, bewegten sich traumhaft vor dem Kasten. Geheimnisvolles Kommen und Gehen, wie das Wallen träger Fluten. Ich sah die beiden wütend den Mund bewegen. Ich verstand sie nicht. Sie versuchten es wieder, aber die Bedeutung ihrer Worte faßte ich nicht. Ich fühlte mich unbehaglich. Ich sah, wie eine beschriebene Karte über mich gehalten wurde. Wirrer Buchstabentanz.

Sie sprachen erregt miteinander. Irgendwie fühlte ich mich verantwortlich. Ein furchtbares Gefühl der Einsamkeit überkam mich. Sie schienen eine geheimnisvolle Pantomime aufzuführen. Und sie von diesem Gesichtspunkt aus zu sehen, war verwirrend. Sie wirkten unendlich dumm, und es gefiel mir nicht. Da war etwas nicht richtig. In der Nase eines Arztes sah ich etwas Schwarzes. Eine Schwester hatte ein Doppelkinn. Andere Gesichter erschienen, ihre Münder bewegten sich in tonloser Wut. Aber wir alle sind Menschen, dachte ich und fragte mich, was ich damit sagen wollte.

Ein schwarzgekleideter Mann erschien. Er hatte langes Haar, und seine durchdringenden Augen sahen aus einem gespannten und freundlichen Gesicht auf mich herab. Die anderen umstanden ihn mit ängstlichen Augen, während er mich ansah und dann auf das Krankenblatt blickte. Dann schrieb er etwas auf eine große Karte und hielt sie vor mich.

WIE HEISSEN SIE?

Ich begann zu zittern: als hätte er plötzlich der Verschwommenheit, die durch meinen Kopf wogte, einen Namen gegeben, sie organisiert. Ich schämte mich auf einmal. Ich stellte fest, daß ich meinen eigenen Namen nicht mehr wußte. Ich schloß die Augen und schüttelte bedrückt den Kopf. Es war der erste wirkliche Versuch, sich mit mir in Verbindung zu setzen, und ich versagte. Ich versuchte es noch einmal, tauchte hinab in die Finsternis meines Geistes. Umsonst. Ich fand nur Schmerzen. Ich sah die Karte wieder und langsam zeigte er auf jedes Wort:

WIE ... HEISSEN ... SIE?

Ich bemühte mich verzweifelt, tauchte wieder hinab in die Finsternis, bis ich mich vor Erschöpfung nicht mehr rühren konnte. Als wäre eine Ader in mir geöffnet worden und als verströmte alle meine Energie. Nur stumm konnte ich seinen Blick erwidern. Mit geradezu wilder Erregung nahm er eine andere Karte und schrieb darauf:

WER ... SIND ... SIE?

Etwas in mir drehte sich mit träger Erregung. Diese Fassung der Frage schien eine Reihe schwacher und ferner Lichter zu entzünden, während die andere nur ein Funke gewesen war, der versagt hatte. Wer bin ich? fragte ich mich. Als versuchte ich, eine besondere Zelle zu identifizieren, die durch die trägen Adern meines Körpers raste. Vielleicht war ich selbst diese Finsternis, diese Verwirrung und dieser Schmerz, aber das schien weniger eine passende Antwort als alles, was ich irgendwo gelesen hatte. Die Karte verschwand wieder.

WIE HEISST IHRE MUTTER?

Mutter, wer *war* meine Mutter? Mutter, die in Aufregung gerät, wenn einem was weh tut – aber wer? Zu blöde, den Namen seiner Mutter wußte man doch. Wer schrie? Mutter? Aber der Schrei kam von der Maschine. Meine Mutter eine Maschine? ... Ich hatte bestimmt den Verstand verloren.

Er stellte andere Fragen: *Wo sind Sie geboren? Versuchen Sie, sich an Ihren Namen zu erinnern.*

Ich versuchte es, dachte vergeblich an viele Namen, aber keiner schien der richtige zu sein, und doch war es, als wäre ich irgendwie ein Teil von ihnen allen, als wäre ich in ihnen untergetaucht und damit verloren.

Sie müssen sich erinnern, stand jetzt auf der Karte. Aber es war umsonst. Immer wieder hielt mich der klebende, weiße Nebel fest, und immer wieder war mein Name etwas weiter entfernt als meine Finger reichten. Ich schüttelte den Kopf, sah ihn einen Augenblick lang verschwinden und dann mit einem anderen zurückkommen, einem kleinen, gelehrt aussehenden Mann, der mich mit leerem Gesicht betrachtete. Ich sah, wie er eine Schiefertafel und ein Stück Kreide hervorzog, mit dem er auf die Tafel schrieb:

WER WAR IHRE MUTTER?

Ich sah ihn an, fühlte ein schnelles Unbehagen und dachte halb belustigt, ich laß mich nicht für dumm verschleißen. Und wie geht's *Ihrer* Mutter heute?

ÜBERLEGEN SIE!

Ich starrte ihn an, sah ihn die Stirn runzeln und dann lange schreiben. Die Tafel war mit bedeutungslosen Namen bedeckt.

Ich lächelte, als ich sah, daß seine Augen ärgerlich funkelten. Der Alte mit dem freundlichen Gesicht sagte etwas. Der neue Mann schrieb eine Frage, auf die ich vor Staunen weite Augen richtete.

WER WAR BUCKEYE DAS KANINCHEN?

Ich war voller Unruhe. Weshalb dachte er an *das?* Er zeigte auf die Frage, Wort für Wort. Ich lachte, tief in mir, konnte mich kaum halten vor Freude über meine Entdeckung und dem Verlangen, sie zu verbergen. Irgendwie war ich selbst Buckeye das Kaninchen … oder war es gewesen, als wir als Kinder barfuß im Staub der Straßen tanzten und sangen:

Nimm Buckeye das Kaninchen
Am Genick,
Schüttle es und rüttle es,
bis es zerbricht, zerbricht …

Und doch wollte ich das nicht zugeben, es war zu lächerlich – und irgendwie auch zu gefährlich. Zu ärgerlich, daß er einer alten Identität auf die Spur gekommen war, und ich schüttelte den Kopf, sah, wie er die Lippen verstülpte und mich scharf anblickte.

WER WAR BRER DAS KANINCHEN?

Frag doch nicht so dämlich, dachte ich. Jeder wußte doch, daß beide ein und dasselbe waren. »Buckeye«, wenn man noch jung war und sich hinter großen, unschuldigen Augen versteckte, und »Brer«, wenn man älter wurde. Was bezweckte er mit diesen kindischen Namen? Hielt man mich für ein Kind? Weshalb ließ man mich nicht in Ruhe? Alles würde mir schon wieder einfallen, wenn ich erst mal aus der Maschine raus war … Eine Hand schlug hart auf das Glas, aber ich war sie alle gründlich satt. Als ich dann meine Augen auf den Alten mit dem freundlichen Gesicht richtete, schien er zufrieden. Das begriff ich nicht, aber es war so. Er lächelte und ging dann mit dem neuen Assistenten fort.

Als ich allein war, grübelte ich über meine Identität nach. Wahrscheinlich spielte ich ein Spiel mit mir, an dem sie alle teilnahmen. Eine Art Kampf. Das wußten sie natürlich genau so gut wie ich, und aus irgendeinem Grund zog ich vor, mich weiter nicht darum zu kümmern. Es war aufreizend, und ich mußte gerissen und auf der Hut sein. Ich würde das Geheimnis gleich lösen. Ich stellte mir vor, daß ich in meinem Geist herumtastete wie ein alter Mann, der einen kleinen Jungen wegen irgendeines Unsinns erwischen will, und dachte: Wer bin ich? Vergeblich. Wie ein Clown kam ich mir vor. Ich konnte nicht beides zugleich sein – Verbrecher und Detektiv. Weshalb Verbrecher, das wußte ich nicht.

Ich überlegte, wie ich Kurzschluß in der Maschine erzeugen könnte. Vielleicht, wenn ich mich so legte, daß die beiden Pole sich berührten. Nein, dazu war erstens kein Platz und zweitens riskierte ich den Tod durch den Stromschlag. Mir schauderte. Wer ich auch war, Samson war ich nicht. Ich hatte keine Lust, mich zu vernichten, wenn dabei die Maschine auch draufging. Ich wollte Freiheit, aber keine Vernichtung. Es war sehr anstrengend, denn welchen Plan ich mir auch ausdachte, irgendwo stimmte es nicht – und das war ich selbst. Damit wurde ich nicht fertig. Ich konnte ebensowenig entwischen, wie an meine Identität denken. Vielleicht, so dachte ich, ist beides eng miteinander verbunden. Sobald ich weiß, wer ich bin, bin ich frei.

Es war, als hätten meine Fluchtgedanken sie in Aufregung versetzt. Ich sah zwei erregte Ärzte und eine Schwester und dachte, nun ist es zu spät. In einen Schleier aus Schweiß gehüllt lag ich da und sah sie an den Apparaten hantieren. Ich wartete auf den Schock, aber nichts ereignete sich. Statt dessen sah ich ihre Hände die Bolzen an dem Deckel lösen, und ehe ich noch reagieren konnte, hatten sie ihn geöffnet und setzten mich aufrecht.

»Was ist los?« begann ich, als ich dem Blick der Schwester begegnete.

»Was?« sagte sie.

Mein Mund bewegte sich tonlos.

»Was meinen Sie?« fragte sie.

»Welches Krankenhaus ist das hier?«

»Das Fabrikkrankenhaus«, sagte sie. »Aber nun seien Sie ruhig.«

Sie standen jetzt um mich herum, untersuchten meinen Körper, und ich beobachtete sie mit zunehmender Verwirrung und dachte, was ist ein *Fabrik*krankenhaus?

Ich fühlte ein Zerren in meinem Bauch und sah einen der Ärzte an der Schnur ziehen, die an dem Pol am Magen befestigt war.

»Was ist das?« fragte ich.

»Geben Sie mal die Schere.«

»Schnell«, erwiderte der andere. »Wir dürfen keine Zeit verlieren.«

Ich wand mich innerlich, als wäre die Schnur ein Teil von mir. Dann war es endlich soweit, und die Schwester schnitt das Gurtband durch und entfernte die schwere Anode. Ich öffnete den Mund, um etwas zu sagen, aber einer der Ärzte schüttelte den Kopf. Sie arbeiteten schnell. Als Anode und Kathode entfernt waren, rieb mich die Schwester mit Alkohol ab. Dann mußte ich aus dem Kasten klettern. Unentschlossen sah ich von einem zum anderen. Jetzt, da es endlich so aussah, als wäre ich frei, wagte ich nicht, es zu glauben. Vielleicht brachte man mich unter eine noch schmerzhaftere Maschine. Ich saß da und wollte mich nicht bewegen. Sollte ich mich gegen sie wehren?

»Nehmen Sie seinen Arm«, sagte einer von ihnen.

»Kann ich allein«, sagte ich und kletterte mit ängstlicher Vorsicht aus dem Kasten.

Dann untersuchten sie mich mit dem Stethoskop.

»Wie ist das Gelenk?« fragte der mit dem Krankenblatt, während der andere meine Schulter untersuchte.

»In Ordnung«, sagte er.

Ich fühlte in der Schulter eine Spannung, aber keine Schmerzen.

»Scheint's gut überstanden zu haben«, sagte der andere.

»Sollen wir Drexel rufen? Es ist doch ungewöhnlich, daß er so stark ist.«

»Nein, vermerken Sie es nur auf dem Krankenblatt.«

»Geben Sie ihm seine Kleider, Schwester.«

»Was geschieht weiter mit mir?« fragte ich. Sie gab mir frisches Unterzeug und einen weißen Overall.

»Nicht fragen«, sagte sie. »Ziehen Sie sich schnell an.«

Die Luft außerhalb des Kastens kam mir sehr dünn vor. Als ich mich bückte, um die Schuhe zuzuschnüren, meinte ich, ohnmächtig zu werden. Aber ich kämpfte dagegen an.

Schwankend stand ich da, während sie mich von oben bis unten betrachteten.

»Es sieht so aus, als wären Sie wieder in Ordnung«, sagte der eine von ihnen. »Sie sind nun ein ganz neuer Mensch. Haben alles gut überstanden. Kommen Sie mit.«

Langsam verließen wir den Raum und gingen durch einen langen weißen Korridor zum Aufzug. Dann sausten wir drei Stockwerke hinab und waren bald in einem Empfangsraum mit mehreren Stuhlreihen. An der Vorderseite waren mehrere Privatbüros mit Türen und Wänden aus Milchglas.

»Warten Sie hier«, sagte man mir. »Der Direktor kommt gleich.«

Ich setzte mich. Sie verschwanden für kurze Zeit in einem der Büros, kamen zurück und gingen stumm an mir vorbei. Ich zitterte wie Espenlaub. Wollte man mich wirklich entlassen? Mir wirbelte der Kopf. Ich betrachtete meinen weißen Overall. Die Schwester hatte gesagt, es wäre das Fabrikkrankenhaus. Weshalb konnte ich mich nicht erinnern, um welche Art Fabrik es sich handelte? Und weshalb ein *Fabrik*krankenhaus? Ja … Ich erinnerte mich vage an eine Fabrik. Vielleicht wurde ich dorthin zurückgeschickt. Und dann hatte er eben von einem Direktor und nicht von einem Chefarzt gesprochen. Waren beide ein und dasselbe? Vielleicht war ich schon in der Fabrik. Ich lauschte, aber ich hörte keinen Maschinenlärm.

Auf der anderen Seite des Zimmers lag eine Zeitung auf einem Stuhl, aber ich war zu sehr mit mir selbst beschäftigt, als daß ich sie mir geholt hätte. Irgendwo summte ein Ventilator. Dann wurde eine der Milchglastüren geöffnet, und ich sah einen großen, streng aussehenden Herrn in weißem Kittel, der mir mit einem Krankenblatt zuwinkte.

»Kommen Sie«, sagte er.

Ich stand auf und ging an ihm vorbei in ein großes, einfach ausgestattetes Büro und dachte: *Jetzt werde ich alles erfahren. Jetzt.*

»Setzen Sie sich«, sagte er.

Ich machte es mir auf einem Stuhl, der neben einem Tisch stand, bequem. Er beobachtete mich mit ruhigen, forschenden Blicken.

»Wie heißen Sie? Aber hier steht ja Ihr Name«, sagte er und las die Karte. Und es war so, als versuchte jemand in mir ihm zu sagen, er sollte schweigen, aber schon hatte er meinen Namen genannt, und ich hörte mich sagen: »Ach!«, als ein Schmerz meinen Kopf durchbohrte. Ich sprang auf, sah wild um mich, setzte mich wieder, sprang wieder auf, setzte mich wieder, in schneller Folge und erinnerte mich. Weshalb, weiß ich nicht, aber plötzlich sah er mich gespannt an, und dieses Mal blieb ich sitzen.

Er stellte allerlei Fragen, und ich hörte mich ohne Zögern antworten, obwohl in mir immer wieder andere, kreischende und schwatzende Bilder wirbelten, wie ein Tonband, das mit hoher Geschwindigkeit rückwärts läuft.

»Ja«, sagte er, »Sie sind wieder in Ordnung. Wir können Sie entlassen. Freut Sie das nicht?«

Plötzlich wußte ich das nicht. Neben einem Stethoskop sah ich einen Firmenkalender und einen kleinen silbernen Pinsel. Meinte er Entlassung aus dem Krankenhaus oder aus der Fabrik?

»Sir?« fragte ich.

»Ich fragte, ob Sie das nicht freut.«

»Natürlich«, erwiderte ich mit unwirklicher Stimme. »Ich freue mich auf die Arbeit.«

Er sah mit gerunzelter Stirn auf das Krankenblatt. »Sie werden entlassen, aber was Arbeit angeht, so muß ich Sie leider enttäuschen«, sagte er.

»Wieso?«

»Sie haben allerlei durchgemacht«, sagte er, »und sind den Anforderungen der Industrie nicht gewachsen. Sie brauchen jetzt vor allem Ruhe und Erholung. Sie müssen erst wieder ganz bei Kräften sein.«

»Aber ...«

»Nur nichts überstürzen. Freuen Sie sich nicht über Ihre Entlassung?«

»Ja, aber wovon soll ich leben?«

»Leben?« Er zog die Augenbrauen hoch und senkte sie wieder. »Suchen Sie sich leichtere Arbeit«, sagte er. »Eine Arbeit, für die Sie besser vorbereitet sind.«

»Vorbereitet?« Ich sah ihn an und dachte, hat auch er die Finger im Spiel? »Ich nehme jede Arbeit, Sir«, sagte ich.

»Darum geht es nicht. Eine Arbeit, wie die Industrie sie verlangt, ist augenblicklich nichts für Sie. Vielleicht später, aber augenblicklich noch nicht. Und vergessen Sie auch nicht, daß Sie für Ihren Unfall ausreichend entschädigt werden.«

»Entschädigt?«

»Natürlich«, antwortete er. »Unser Verhalten in solchen Fällen wird von einer aufgeklärten Menschlichkeit bestimmt. Alle unsere Angestellten sind automatisch versichert. Sie brauchen nur ein paar Formulare zu unterschreiben.«

»Was für Formulare?«

»Wir verlangen nur eine Bescheinigung, daß Sie keinerlei weitere Ansprüche an die Gesellschaft stellen. Ihr Fall war besonders schwer, und eine ganze Anzahl von Spezialisten mußte hinzugezogen werden. Aber schließlich ist jede Arbeit mit Gefahren verbunden. Das gehört sozusagen dazu, und man muß sich erst an sie gewöhnen. Ein Risiko ist immer vorhanden, und während der eine darauf vorbereitet ist, ist der andere es nicht.«

Ich sah in sein zerfurchtes Gesicht. War er Arzt oder Fabrikdirektor oder beides zugleich? Ich konnte das nicht ergründen. Und jetzt schien er sich plötzlich durch mein Gesichtsfeld hin und her zu bewegen, obwohl er ganz ruhig auf seinem Stuhl saß.

Es kam ganz von selbst: »Kennen Sie Mr. Norton, Sir?«

»Norton?« Er zog die Brauen zusammen. »Welchen Norton meinen Sie?«

Und dann war es plötzlich so, als hätte ich ihn nicht gefragt. Der Name kam mir auf einmal so fremd vor. Ich strich mir mit der Hand über die Augen.

»Verzeihung«, sagte ich. »Ich dachte, Sie würden ihn vielleicht kennen. Ich habe ihn früher mal gekannt.«

»Ja … So also …« er nahm einige Formulare vom Tisch … »sieht die Sache aus. Vielleicht können wir später etwas für Sie tun. Nehmen Sie die Formulare mit, wenn Sie wollen. Sie können sie uns dann zuschicken. Nach Empfang bekommen Sie gleich den Scheck. Gönnen Sie sich Ruhe. Sie werden sehen, daß wir durchaus fair handeln.«

Ich nahm die zusammengefalteten Papiere und sah ihn – wie mir schien – sehr lange an. Er schien zu schwanken. Dann hörte ich mich lauter fragen: »Kennen Sie ihn?«

»Wen?«

»Mr. Norton«, antwortete ich. »Mr. Norton.«

»Nein.«

»Nein«, sagte ich. »Kein Mensch kennt den anderen. Aber das ist ja auch schon so lange her.«

Er runzelte die Stirn, und ich lachte. »Den armen Robin hat man gründlich gerupft«, sagte ich. »Kennen Sie zufällig Bled?«

Er legte den Kopf auf die Seite und sah mich an. »Sind das Freunde von Ihnen?«

»Freunde? Natürlich«, sagte ich. »Wir sind alle gute Freunde. Freunde seit Urzeiten. Aber ich glaube, wir bewegen uns in verschiedenen Kreisen.«

Seine Augen wurden größer. »Nein«, sagte er, »das glaube ich nicht. Gute Freunde sind immer wertvoll.«

Mir wurde schwindlig, und ich fing an zu lachen, und er schien wieder zu schwanken, und ich dachte daran, ihn nach Emerson zu fragen, aber er räusperte sich und gab mir damit zu verstehen, daß unser Gespräch beendet war.

Ich steckte die zusammengefalteten Formulare in meinen Overall und wollte das Zimmer verlassen. Die Tür jenseits der Stuhlreihen schien in weiter Ferne.

»Lassen Sie es sich gut gehen«, sagte er.

»Sie auch«, erwiderte ich und dachte, es ist Zeit, höchste Zeit.

Ich drehte mich um und ging auf schwachen Beinen zum Tisch, und wieder sah er mich mit seinen stetigen, forschenden Augen an. Ich war voll feierlicher Gefühle, konnte mich aber ihrer Entscheidung nicht erinnern. Während ich die Hand ausstreckte, hustete ich, um so ein Lachen zu unterdrücken.

»Unser kleines Gespräch war ganz nett«, sagte ich. Ich hörte meine Worte und dann seine Antwort.

»Ja, das war es«, sagte er.

Er schüttelte mir die Hand, ohne Überraschung oder Zurückhaltung. Ich blickte nieder. Irgendwo stand er hinter dem zerfurchten Gesicht und der ausgestreckten Hand.

»Und damit ist unser Gespräch zu Ende«, sagte ich. »Leben Sie wohl.«

Er hob die Hand. »Leben Sie wohl«, sagte er mit gleichgültiger Stimme.

Als ich ihn verließ und in die nach Farbe riechende Luft

kam, hatte ich das Gefühl, über mich hinaus gesprochen zu haben. Ich hatte Worte gebraucht und ein Verhalten gezeigt, die mir sonst nicht eigen waren. Als wäre ich in der Gewalt einer fremden Persönlichkeit, die tief in mir lebte. Wie die Dienerin, über die ich in dem Psychologiebuch gelesen hatte, die in Trance ganze Seiten griechischer Philosophie hersagte, die sie zufällig während der Arbeit gehört hatte. Als spielte ich eine Szene aus einem verrückten Film. Vielleicht aber auch balgte ich mich mit mir selbst herum und faßte dabei Gefühle in Worte, die ich bisher unterdrückt hatte. Oder, so dachte ich, war ich auf dem Weg, keine Angst mehr zu haben? Ich blieb stehen, sah an den Häusern entlang durch die Straßen mit Sonne und Schatten. Ich *hatte* keine Angst mehr. Weder vor bekannten Männern noch vor Treuhändern und dergleichen. Ich wußte jetzt, daß ich von ihnen nichts zu erwarten hatte, und damit fehlte jeder Grund, sie zu fürchten. War das so? Mir schwindelte, und meine Ohren sausten. Ich ging weiter.

Rechts und links von der Straße erhoben sich gleichmäßig und dicht nebeneinander die Häuser. Der Tag neigte sich seinem Ende zu, und flatternd und in sich zusammenfallend wurden die Fahnen von den Dächern eingeholt. Und mit einem Gefühl, als würde ich fallen, als wäre ich bereits gefallen, bewegte ich mich jetzt gegen einen Strom, der schnell auf mich zuschoß. Als ich das Gelände verließ und eine Straße hinaufging, sah ich die Brücke, über die ich gekommen war. Aber das Trittbrett des Taxis kam mir zu schwindelerregend hoch vor, als daß ich hätte aufspringen können. Ich stieg in eine U-Bahn.

Alles an mir befand sich in wildem Wirbel. In langsam dahinrollenden Wogen war mein Geist jetzt hell, dann wieder leer. Wir, er – mein Geist und ich –, bewegten uns nicht mehr in den gleichen Kreisen. Mein Körper auch nicht. Jenseits des Ganges knabberte ein junges, hellblondes Mädchen an einem roten köstlichen Apfel, während die Bahnhofslichter hinter ihr verrieselten. Der Zug versank. Und ich stürzte durch das Getöse, schwindlig und leeren Geistes, wurde eingesogen und wieder ausgespien in das nachmittägige Harlem.

12. KAPITEL

Als ich die U-Bahn verließ, meinte ich, die Lenox Avenue wankte betrunken hin und her. Mit erschrockenen Kinderaugen betrachtete ich das wirre Schauspiel. Mein Kopf klopfte. Zwei dicke Frauen mit dunkelgelben Gesichtern wälzten mühsam ihre massigen Körper mit den geblümten Hüften, die wie drohende Flammen bebten, vorwärts. Sie gingen vor mir her über den Bürgersteig, und helles orangefarbenes Sonnenlicht schien schräg in die Straße zu zucken, und ich sah mich fallen; meine Beine wurden unter mir weich, aber mein Kopf war ganz klar, zu klar, nahm haarscharf die sich um mich bewegende Menge auf: Beine, Füße, Augen, Hände, gebeugte Knie, abgetragene Schuhe, zahnäugige Erregung; und andere, die unaufhaltsam weitereilten.

Und die dicke, dunkle Frau sagte mit heiserem Alt: *Geht's nicht gut? Wo stimmt's nicht?* Und ich antwortete: *Mir geht's ganz gut, nur ein bißchen schwach,* und versuchte, aufzustehen, und sie sagte wieder: *Macht doch Platz, damit der Mann zu Atem kommt. Bleibt doch mal stehen!* Und das Echo war die Stimme eines Polizisten. *Weiter gehen! Nicht stehenbleiben!* Und sie auf der einen und ein Mann auf der andern Seite halfen mir, und der Polizist sagte: *Geht's nicht gut?* Und ich antwortete: *Doch, nur ein kleiner Schwächeanfall, wäre eben fast ohnmächtig geworden.*

Und er befiehlt der Menge weiterzugehen, nur der Mann und die Frau durften stehenbleiben, und er sagte: *Geht's jetzt wieder?* Und ich nickte ja, und sie sagte: *Wohnen Sie hier in der Nähe?* Und ich sagte ihr im Men's House, und sie sieht mich kopfschüttelnd an und sagt: *Men's House! Das Men's House scheint mir für jemand in Ihrem Zustand nicht das Richtige zu sein, Sie brauchen eine Frau, die für Sie sorgt.* Und ich sagte: *Mir geht's wieder besser,* und sie: *Vielleicht, vielleicht aber auch nicht. Ich wohne hier ganz in der Nähe, gleich um die Ecke. Kommen Sie mit und ruhen Sie sich aus, bis Sie sich etwas kräftiger fühlen. Ich telefoniere mit dem Men's House und sage, wo Sie sind.* Und ich bin zu müde, mich zu wehren, und schon hat sie mich beim Arm gefaßt und befiehlt dem Mann, mich am anderen zu halten, und so gingen wir weiter, ich zwischen ihnen, und innerlich sträubte ich mich gegen ihre Bevormundung und nahm sie doch an und hörte: *Machen Sie sich keine Gedanken. Ich sorge für Sie, hab das schon für manchen getan, ich heiße Mary Rambo, jeder kennt mich in diesem Teil von Harlem, haben Sie noch nie von mir gehört?* Und der junge Mann antwortete: *Natürlich. Ich bin Jenny Jacksons Sohn, natürlich kenne ich Sie, Miss Mary.* Und sie sagt: *Jenny Jackson, ja, selbstverständlich kennen Sie mich und ich Sie auch, Sie heißen Ralston, und Ihre Mutter hat noch zwei Kinder, der Junge heißt Flint und das Mädchen Laurajean – natürlich kenne ich Sie, auch Ihren Papa und Ihre Mama ...* Und ich sagte: *Jetzt geht's mir wieder gut, wirklich ganz gut.* Und sie sagte: *Und sehen so dabei aus. Es geht Ihnen schlechter, als Sie aussehen.* Sie zieht mich weiter und sagt: *Hier wohne ich. Helfen Sie ihm die Treppe rauf und ins Haus. Brauchen keine Angst zu haben, ich habe Sie bisher noch nie gesehen, geht mich auch nichts an, und was Sie über mich denken, ist mir einerlei, aber Sie sind schwach und können kaum gehen, und Sie sehen aus, als wenn Sie hungrig wären. Kommen Sie ruhig mit rein und lassen Sie mich etwas für Sie tun, und ich hoffe, Sie helfen der alten Mary auch mal, wenn sie's nötig hat; kostet Sie nichts, und ich mische mich auch nicht in Ihre Angelegenheiten, Sie sollen sich nur ein bißchen hinlegen und ausruhen, und dann können Sie wieder gehen.* Und der Mann mischt sich ein und sagt: *Sie sind in guten Händen. Miss Mary hilft immer, und Sie brauchen Hilfe. Wenn Sie auch genau so schwarz sind wie ich, sind Sie doch blaß wie eine Leiche – passen Sie auf die Stufen auf.* Wir gingen ein paar Stufen hinauf und dann noch ein paar, und ich wurde immer schwächer, und die beiden halfen mir, er auf der einen, sie auf der anderen Seite. Und dann sind wir in einem kühlen, dunklen Zimmer, und ich höre: *Hier ist das Bett, legen Sie ihn drauf, Ralston, und nun noch die Beine – schadet der Decke nichts – so – und nun gehen Sie in die Küche und holen Sie ein Glas Wasser. Die Flasche steht im Eisschrank.* Und er geht, und sie legt mir noch ein Kissen unter den Kopf und sagt: *Nun geht's bald wieder besser, und wenn's soweit ist, wissen Sie erst, wie elend Sie waren – so, trinken Sie mal einen kleinen Schluck Wasser.* Und ich trinke und sehe ihre abgearbeiteten, braunen Finger, die das blanke Glas halten, und da kommt ein Gefühl alter, fast vergessener Erleichterung über mich, und als Echo ihrer Worte denke ich: *Wenn ich nicht denke, versinke ich, sehen Sie nur, wie tief das Loch ist,* und dann wogte kühler Schlaf über mich hinweg.

Als ich wach wurde, sah ich sie am andern Ende des Zimmers. Sie las eine Zeitung. Die Brille saß ihr fast auf der Nasenspitze, während sie aufmerksam in die Zeitung sah. Dann erkannte ich, daß ihre Augen, obwohl die Brille noch die gleiche Stellung hatte, nicht mehr in die Zeitung, sondern in mein Gesicht sahen, und daß sie leicht lächelte.

»Wie geht's?« fragte sie.

»Viel besser.«

»Das wußte ich doch. Und noch besser geht's, wenn Sie erst mal eine Tasse Suppe getrunken haben. Ich hab sie schon fertig in der Küche. Sie haben ziemlich lange geschlafen.«

»So? Wieviel Uhr ist es?«

»Gegen zehn. Und daß Sie so schliefen, zeigt, daß Sie Schlaf nötig hatten ... Nein, bleiben Sie liegen. Erst müssen Sie die Suppe trinken, dann können Sie gehen«, sagte sie und verließ das Zimmer.

Sie kam mit einer Tasse, die auf einem Teller stand, zurück. »Das hilft Ihnen wieder auf die Beine«, sagte sie. »So was kriegen Sie im Men's House nicht. So, nun setzen Sie sich mal aufrecht und lassen Sie sich Zeit. Ich habe nichts zu tun. Ich lese die Zeitung. Und ich hab gern Gesellschaft. Haben Sie Arbeit?«

»Nein. Ich war krank. Ich muß mir neue Arbeit suchen.«

»Ich wußte doch, daß Sie nicht gesund sind. Weshalb wollen Sie das verbergen?«

»Ich falle nicht gern anderen zur Last.«

»Jeder fällt einem anderen zur Last. Und aus dem Krankenhaus kommen Sie auch.«

Ich blickte auf. Vorgebeugt saß sie in dem Schaukelstuhl, die Arme über dem Schoß mit der Schürze verschränkt. Hatte sie meine Taschen durchsucht?

»Woher wissen Sie das?«

»Brauchen nichts Böses zu denken«, sagte sie streng. »Das ist das Schlimme heute in der Welt, keiner traut mehr dem anderen. Ich rieche, daß Sie aus dem Krankenhaus kommen. Sie haben so viel Äther in Ihren Kleidern hängen, daß man damit einen Hund betäuben kann.«

»Ich habe Ihnen doch kein Wort davon gesagt, daß ich im Krankenhaus war.«

»Nein, und das war auch nicht nötig. Ich hab's gerochen. Haben Sie Verwandte hier in der Stadt?«

»Nein, die wohnen alle im Süden. Ich wollte hier arbeiten, um dann wieder die Schule zu besuchen – und wurde krank.«

»So ein Pech! Aber es wird schon werden. Was haben Sie vor?«

»Das weiß ich noch nicht. Ich wollte eigentlich Lehrer werden, deshalb kam ich hierher. Was nun werden soll, weiß ich nicht.«

»Weshalb wird das mit dem Lehrer nichts?«

Ich überlegte einen Augenblick, während ich die gute, heiße Suppe schlürfte. »Weiß ich auch nicht. Ich werde nun wohl was anderes werden.«

»Hoffentlich etwas, was unserer Rasse hilft.«

»Ja, hoffentlich.«

»Nicht hoffen, sondern handeln.«

Ich sah sie an, dachte an alles, was ich versucht hatte und wohin es mich gebracht hatte, sah ihr schweres, gelassenes Gesicht vor mir.

»Die Jungen müssen den Wandel schaffen«, sagte sie. »Die allein. Ihr müßt führen und kämpfen, damit wir emporsteigen. Und noch etwas will ich Ihnen sagen: die aus dem Süden müssen es tun, denn die kennen das Feuer und haben nicht vergessen, wie es brennt. Hier leben so viele, die das längst vergessen haben. Sie haben ihre Stellung gefunden und vergessen die anderen, die noch unten stehen. Viele reden davon, was sie alles tun wollen, aber in Wirklichkeit tun sie nichts anderes als vergessen. Nein, ihr Jungen müßt euch erinnern und die Führung übernehmen.«

»Ja«, sagte ich.

»Und achten Sie auf sich, junger Mann. Lassen Sie sich von diesem Harlem nicht unterkriegen. Ich bin in New York, aber New York ist nicht in mir. Sie verstehen schon, was ich meine. Geraten Sie nicht auf Abwege!«

»Nein, dazu habe ich keine Zeit.«

»Sie sehen so aus, als könnte mal was aus Ihnen werden. Hüten Sie sich also.«

Ich stand auf und wollte gehen. Sie erhob sich aus dem Schaukelstuhl und begleitete mich zur Tür.

»Wenn Sie das Men's House mal verlassen und eine andere

Wohnung suchen, probieren Sie es bei mir«, sagte sie. »Die Miete ist nicht hoch.«

»Ich werd's nicht vergessen«, erwiderte ich.

Und ich sollte eher daran denken, als ich geglaubt hatte. Als ich die helle, lärmende Halle des Men's House betrat, kam mir auf einmal alles fremd und feindselig vor. Mein Overall zog die Blicke auf sich, und ich wußte, daß ich hier nicht länger wohnen konnte, daß diese Phase meines Lebens zu Ende war. Die Halle war der Treffpunkt für verschiedene Gruppen, die noch in den Illusionen lebten, die man mir aus dem Kopf geschlagen hatte: Studenten, die hier arbeiteten, um im Süden ihr Studium fortsetzen zu können; ältere Fürsprecher des rassischen Fortschritts mit utopischen Plänen für den Aufbau schwarzer Konzerne. Prediger, die von keiner Autorität ordiniert waren, sich selbst ordiniert hatten, ohne Kirche oder Gemeinde, ohne Brot oder Wein, Leib oder Blut; Führer ohne Anhänger; alte Männer von sechzig Jahren oder älter, die noch in den Nach-Bürgerkriegsträumen von Freiheit in Absonderung befangen waren; die Pathetischen, die nur davon träumten, Gentlemen zu sein, kleine Arbeiten verrichteten oder kleine Pensionen bezogen und so taten, als wären sie in einem großen, wenn auch dunklen Unternehmen tätig, die pseudo-feine Manieren gewisser Kongreßmänner des Südens zur Schau trugen, sich verbeugten und nickten wie senile Hähne in einem Hühnerhof. Und dann die vielen Jüngeren, für die ich jetzt jene Verachtung empfand, die ein enttäuschter Träumer für die hegt, die noch nicht gemerkt haben, daß sie träumen – die Studenten aus dem Süden, für die Geschäft ein vages, abstraktes Spiel war, das sich nach Regeln vollzog, die so alt wie Noahs Arche waren, und immer nur an Geld dachten. Ja, und jene ältere Gruppe mit ähnlichen Aspirationen, die ›Fundamentalisten‹, die ›Akteure‹, die allein in ihrer Phantasie

Makler waren, eine Gruppe aus Pförtnern und Boten, die den größten Teil ihres Verdienstes für Kleidung ausgaben, wie die Makler der Wall Street sie trugen: Brooks Brothers Anzug und Melone, englischer Regenschirm, schwarze Kalblederschuhe und gelbe Handschuhe; die mit orthodoxer Leidenschaft darüber diskutierten, welchen Schlips man zu diesem oder jenem Hemd trug, welches Grau für Gamaschen korrekt war und was der Prinz of Wales bei diesem oder jenem gesellschaftlichen Ereignis tragen würde. Ob der Feldstecher über der rechten oder der linken Schulter getragen würde. Die nie den Wirtschaftsteil des *Wall Street Journal* lasen, es aber gewissenhaft jeden Tag kauften, es unter den linken Ellbogen klemmten, den sie gegen den Körper preßten, oder es geziert in der linken Hand hielten, die stets manikürt und bei jedem Wetter behandschuht war (ja, sie hatten Stil!), während die andere einen eng aufgerollten Regenschirm in genau berechnetem Winkel hob und senkte; ihre Homburgs und Chesterfields, Poloröcke und Tiroler Hüte, ganz wie die Mode es vorschrieb.

Ich fühlte ihre Augen, sah sie alle und sah auch den Augenblick, in dem sie erfuhren, daß meine Aussichten zunichte waren, sah schon die Verachtung, die sie für mich empfinden würden, für den Studenten, der seine Chancen und seinen Stolz verloren hatte. Das alles sah ich, und ich wußte, daß auch die älteren mich verachten würden, als hätte ich sie irgendwie durch den Verlust meiner Stellung in Bledsoes Welt betrogen … das alles sah ich, während sie meinen Overall anstarrten.

Ich war auf dem Weg zum Aufzug, als ich die Stimme und das Lachen hörte, und als ich mich umwandte, sah ich ihn zu einer Gruppe sprechen, die in den Sesseln der Halle saß. Ich sah die Fettpolster im Nacken hinter dem hochdachigen Schädel mit dem krausen, kurzen Haar und war davon überzeugt, daß er es war – und ohne weiter nachzudenken, bückte ich mich, ergriff das volle, eklige Gefäß, ging zwei Schritte vor und goß ihm den braunen, durchsichtigen Inhalt über den Kopf, der von jemand am andern Ende des Raumes zu spät gewarnt wurde. Und auch für mich kam die Warnung zu spät. Zu spät erkannte ich, daß der Begossene nicht Bledsoe, sondern ein Prediger war, ein bekannter Baptist, der entsetzt, empört, mit weitgeöffneten Augen, aufsprang, während ich die Halle verließ, bevor noch jemand auf den Gedanken kam, mich festzuhalten.

Niemand folgte mir, und ich ging durch die Straßen, verblüfft über das, was ich getan hatte. Später begann es zu regnen, und ich schlich zurück zum Men's House und überredete einen Portier, mir meine Sachen nach draußen zu bringen. Ich erfuhr, daß ich »für neunundneunzig Jahre und einen Tag« aus dem Haus verbannt war.

»Hier können Sie sich nie wieder sehen lassen«, sagte der Portier. »Aber über das, was Sie getan haben, wird man noch lange reden. Sie haben den Reverend richtig getauft.«

So kehrte ich am selben Abend noch zu Mary zurück, wo ich, bis der Frost kam, in einem kleinen, behaglichen Zimmer wohnte.

Es war eine Zeit der Ruhe. Ich lebte von der Entschädigung, und das Leben mit Mary wäre sehr angenehm gewesen, hätte sie nicht dauernd von Führerschaft und Verantwortung geredet. Aber auch das war erträglich, solange ich Geld hatte. Aber die Entschädigung war nicht groß, und als nach mehreren Monaten mein Geld zu Ende war und ich wieder auf Arbeitssuche ging, fiel es mir sehr schwer, ihr zuzuhören. Und doch mahnte sie mich nie und gab mir genau so viel zu essen wie vorher. »Sie machen eben eine schwere Zeit durch«, sagte sie. »Jeder Wertvolle lernt schwere Zeiten kennen, und wenn Sie es erst mal zu was gebracht haben, werden Sie erkennen, daß diese schweren Zeiten ihr gut Teil dazu beigetragen haben.«

So sah ich die Dinge nicht. Ich hatte irgendwie mein Ziel verloren. Wenn ich nicht auf Arbeitssuche war, verbrachte ich die Zeit in meinem Zimmer und las ein Buch nach dem anderen aus der Bibliothek. Manchmal, als ich noch Geld besessen oder mir ein paar Dollar als Hilfskellner verdient hatte, aß ich draußen und wanderte bis spät nachts durch die Straßen. Im Gegensatz zu Mary hatte ich keine Freunde und wollte auch keine haben. Ich betrachtete Mary auch nicht als Freundin; sie war etwas mehr – eine Kraft, eine stetige, vertraute Kraft, wie etwas aus meiner Vergangenheit, die mich davor bewahrte, in den Wirbel von etwas Unbekanntem zu geraten, vor dem ich Angst hatte. Es war eine sehr peinliche Lage, denn Mary erinnerte mich immer wieder daran, daß etwas von mir erwartet wurde, ein Akt der Führerschaft oder sonst etwas Aufsehenerregendes. Wenn ich ihr das auch einerseits verargte, so war ich ihr andererseits doch dankbar für die nebelhafte Hoffnung, die sie in mir lebendig hielt.

Ich zweifelte nicht daran, daß ich etwas vollbringen konnte. Aber was und wie? Ich hatte keine Verbindungen, ich glaubte an nichts. Und die Gedanken bezüglich meiner Identität, die mich seit meinem Aufenthalt im Krankenhaus quälten, überfielen mich immer wieder mit aller Macht. Wer war ich, und was war ich? Daß ich seit dem Verlassen der Schule ein anderer geworden war, stand für mich fest; aber jetzt war eine neue, quälende, widersprechende Stimme in mir wach geworden, und zwischen ihren Forderungen nach rächender Tat und Marys stillem Druck schwankte ich schuldig und verwirrt hin und her. Ich wollte Ruhe und Frieden, war aber innerlich zu erregt. Irgendwo unter der Last des alle Gefühle tötenden Eises, das mein Hirn als Folge meines Lebens hervorgebracht hatte, glühte ein Flecken dunkler Wut und strahlte rotes, heißes, derart intensives Licht aus, daß Lord Kevin, hätte er von jener Existenz gewußt, seine Messungen bestimmt revidiert hätte. Irgendwo in der Ferne war es zu einer Explosion gekommen, vielleicht bei Emerson oder an jenem Abend in Bledsoes Büro, und die Eisdecke war geschmolzen und ein bißchen verrutscht. Aber dieses bißchen, dieser Bruchteil war unwiderruflich. Meine Reise nach New York war vielleicht der unbewußte Versuch gewesen, die kalte Einheit zu bewahren, aber es war dann doch anders gekommen. Heißes Wasser war in die Rohre geflossen. Vielleicht nur ein Tropfen, nur ein Tropfen, aber dieser Tropfen war der Anfang der Sintflut. Einen Augenblick lang glaubte ich, ich wäre dazu bestimmt, wollte auf den glühenden Kohlen liegen, alles tun, um eine Stellung in der Schule zu erreichen – dann auf einmal Schluß. Es war vorbei, zu Ende, endgültig. Jetzt handelte es sich nur noch darum, alles zu vergessen. Wenn doch nur die sich widersprechenden Stimmen endlich schwiegen, ein gemeinsames Lied sängen, einerlei welches, wenn nur endlich die Dissonanzen aufhörten. Ja, und auch das himmelhoch Jauchzen und zu Tode betrübt. Aber es gab keine Erlösung. Ich konnte mich vor Wut nicht halten, aber ich stand zu sehr unter »Selbstbeherrschung«, dieser kalten Tugend, diesem Laster, das alles erstarren läßt. Und mit meiner Wut wuchs das alte Bedürfnis, Reden zu halten. Während ich durch die Straßen ging, strömten mir gemurmelte Worte über die Lippen, über die ich nicht Herr werden konnte. Ich hatte Angst vor dem, was ich vielleicht eines Tages tat. Alles in meinem Geist war verschwommen. Ich hatte Sehnsucht nach zu Hause.

Und während das Eis schmolz und zur Flut wurde, in der ich zu ertrinken drohte, wurde ich eines Nachmittags wach und sah, daß mein erster Winter im Norden begonnen hatte.

13. KAPITEL

Zuerst hatte ich mich vom Fenster abgewandt und zu lesen versucht, aber mein Geist kehrte immer wieder zu seinen alten Problemen zurück, bis ich es nicht mehr ertragen konnte. Aufgeregt verließ ich das Haus, entschlossen, vor meinen heißen Gedanken in die Kälte zu entfliehen.

Im Hausflur stieß ich gegen eine Frau, die mich mit einem Schimpfwort bedachte, was meine Eile aber nur vergrößerte. Einige Minuten später war ich schon an ein paar Blocks vorbei, hatte die nächste Avenue erreicht und war auf dem Weg downtown. Die Straßen waren mit Eis und rußgeflecktem Schnee bedeckt, von oben sickerte schwache Sonne durch den Nebel. Ich ging mit gesenktem Kopf, fühlte die schneidende Luft. Und doch war mir heiß, als brenne Fieber in mir. Ich blickte erst auf, als sich ein Wagen mit rasselnden Schneeketten auf dem Eis querstellte, dann vorsichtig beidrehte und weiterratterte.

Ich ging langsam weiter, kniff die Augen halb zu in der kalten Luft, und mein Geist, der sich immer noch mit dem heißen Problem herumschlug, konnte zu keiner Klarheit kommen. Ganz Harlem schien in dem Schneetreiben auseinanderzufallen. Ich stellte mir vor, ich hätte mich verirrt, und einen Augenblick lang umgab mich unheimliche Stille. Ich glaubte, die Schneeflocken aufeinanderfallen zu hören. Was bedeutete das? Ich ging weiter, die Blicke auf die endlose Reihe von Friseurläden, Schönheitssalons, Konditoreien, Imbißstuben, Fischläden und Eßlokalen gerichtet, ging dicht an den Schaufenstern vorbei, während die Schneeflocken wirbelten, einen Vorhang, einen Schleier bildeten, der schnell wieder beiseite geschoben wurde. Ein Blitzen aus Rot und Gold in einem Schaufenster mit Devotionalien traf mein Auge. Und hinter der Eisschicht, die das Glas ätzte, sah ich zwei grell bemalte Jesus- und Marienbilder aus Gips, die von Traumbüchern, Liebespulvern, Gott-ist-die-Liebe-Bildchen, Zauberöl und Glückswürfeln umgeben waren. Das schwarze Gesicht eines nubischen Sklaven grinste mich unter einem goldenen Turban her an. Ich ging weiter zu einem Schaufenster, das mit falschen Zöpfen aus drahtigem Haar und Salben dekoriert war, die das Wunder versprachen, schwarze Haut in weiße zu verwandeln. Auch Sie können wahrhaft schön werden, lautete der Text. Hellere Haut gibt größeres Glück. Man muß in seiner Umgebung nur auffallen.

Ich eilte weiter, unterdrückte das wilde Verlangen, die Scheibe mit der Faust einzuschlagen. Wind kam auf, und der Schnee fiel jetzt spärlicher. Wohin sollte ich gehen? Ins Kino? Konnte ich dort schlafen? Ich kümmerte mich nun nicht mehr um die Schaufenster und ging weiter. Dann merkte ich, daß ich wieder Selbstgespräche führte. Und dann sah ich unten an der Straßenecke einen alten Mann, der sich die Hände an den Seiten eines seltsam aussehenden Wagens wärmte, aus dem durch eine Ofenröhre eine dünne Rauchspirale aufstieg und den Duft gebackener süßer Kartoffeln zu mir trug und mich mit schnellem Heimweh erfüllte. Ich blieb wie von einer Kugel getroffen stehen, atmete den Duft tief ein, und mein Geist flutete, sich erinnernd, in die Vergangenheit zurück. Zu Hause brieten wir sie in den heißen Kohlen des Herdes, nahmen sie kalt als Frühstück mit in die Schule; kauten sie heimlich, lutschten das süße Fleisch aus der Schale, während wir uns vor den Blicken des Lehrers hinter dem großen, aufgeschlagenen Atlas versteckten. Ja, und gezuckert, in Teig gebacken, oder mit Schweinefleisch geröstet und mit brauner Sauce begossen, schmeckten sie uns besonders gut. Wir hatten sie auch roh gegessen, aber das war schon lange her. Mehr Yamswurzeln als Jahre vergangen waren, obwohl die Zeit unendlich lang schien, hauchdünn ausgezogen wie der sich windende Rauch – und niemals kehrte sie wieder.

Ich ging weiter. »Gebackene Car'lina Yams«, rief er. An der Ecke hantierte der alte Mann, in einen alten Militärmantel gehüllt, die Füße mit Sackleinwand umwickelt und eine gestrickte Mütze auf dem Kopf, in einem Haufen Papiertüten herum. Auf der Seitenwand des Wagens sah ich in roten Buchstaben das Wort YAMS, als ich durch die Wärme ging, die die Kohlen auf dem eisernen Rost ausstrahlten.

»Was kosten die Yams?« fragte ich plötzlich hungrig.

»Zehn Cents, sind ganz besonders süß«, sagte er mit seiner alten, zitternden Stimme. »Allerbeste Ware. Süße, gelbe Yamswurzeln. Wieviel wollen Sie?«

»Eine«, antwortete ich. »Wenn sie wirklich so gut sind, genügt eine.«

Er sah mich forschend an. Im Augenwinkel schimmerte eine Träne. Er kicherte und öffnete die Tür seines improvisierten Ofens, in den er vorsichtig mit der behandschuhten Hand griff. Die Yams – von einigen tropfte schon der Saft – lagen auf einem Rost über den glühenden Kohlen, die mit blauen Flammen züngelten, als der Luftzug sie traf. Die aus dem Ofen strömende Hitze ließ mein Gesicht glühen, als er eine Yam herausnahm und dann die Tür wieder schloß. »So«, sagte er und wollte die süße Kartoffel in eine Tüte tun.

»Die können Sie sparen«, sagte ich. »Ich esse sie gleich. Hier ...«

»Danke«. Er nahm das Geldstück. »Wenn sie nicht süß ist, kriegen Sie eine andere umsonst.«

Noch bevor ich die Kartoffel aufbrach, wußte ich, daß sie süß war. Braunblasiger Saft hatte die Schale gesprengt.

»Brechen Sie sie mal auf«, sagte der Alte. »Ich gebe Ihnen dann etwas Butter, da Sie sie ja sofort essen wollen. Viele nehmen sie mit nach Hause. Sie haben ihre eigene Butter zu Hause.«

Ich brach die Kartoffel auf und sah das zuckerige Fleisch in der Kälte dampfen.

»Halten Sie sie hier drüber«, sagte er. Er nahm einen alten Topf von dem Regal an der Seitenwand des Wagens. »Hier«. Ich hielt die Kartoffel, wie er es gesagt hatte, und beobachtete ihn, wie er einen Löffel geschmolzener Butter über sie goß und wie die Butter versickerte.

»Danke«.

»Keine Ursache. Und ich will Ihnen mal was sagen.«

»Was?«

»Wenn Sie in letzter Zeit was Besseres gegessen haben, gebe ich Ihnen Ihr Geld wieder.«

»Deswegen können Sie ganz beruhigt sein. Ich sehe der Kartoffel an, ob sie gut ist oder nicht.«

»Gewiß, aber alles, was gut aussieht, ist deshalb doch nicht immer gut«, sagte er. »Aber meine Kartoffeln sind gut.«

Ich biß hinein, und die Kartoffel war süß und heiß, wie ich noch keine gegessen hatte. Heimweh überkam mich, und ich wandte mich ab, um meine Erregung nicht zu verraten. Dann ging ich weiter, kaute die Kartoffel – und ich fühlte mich plötzlich so frei – nur weil ich essend durch die Straße ging. Es war so lustig. Ich brauchte mich nicht mehr darum zu kümmern, ob jemand mich sah, ob das, was ich tat, schicklich war. Der Teufel sollte das alles holen. Und wenn die Yam auch noch so süß war, bei diesem Gedanken wurde sie der reinste Nektar. Wenn nur jemand, der mich von der Schule oder von zu Hause her kannte, vorbeikäme und mich sähe! Wie schockiert würden sie sein! Ich würde sie in eine Seitenstraße drängen und ihnen die Schale durchs Gesicht schmieren. Was für Menschen sind wir doch, dachte ich. Man konnte uns besonders tief demütigen, wenn man uns dem gegenüberstellte, was wir gern mochten. Nicht *alle,* aber doch viele. Man brauchte ihnen nur am hellichten Tage eine Schüssel mit Gekröse oder gut gekochtem Schweinsmagen vorzusetzen. Welche Bestürzung würde das auslösen! Und ich sah mich auf Bledsoe zugehen, wie er ohne seine falsche Demut in der dicht besetzten Halle des Men's House stand. Und ich sehe ihn, und er sieht mich, und er nimmt keine Notiz von mir, und mich packt plötzlich die Wut, und plötzlich ziehe ich ein paar Meter Eingeweide hervor, roh, ungesäubert und triefend, eklige Kreise auf dem Fußboden bildend, und ich schlage sie ihm ins Gesicht und schreie:

»Bledsoe, du schamloser Eingeweidefresser. Ich beschuldige dich, daß du gern Schweine-Innereien frißt! Ha! Und du frißt sie nicht nur, du verschaffst sie dir *heimlich* und frißt sie, wenn du dich unbeobachtet glaubst. Du bist ein heimlicher Eingeweidefresser. Ich beschuldige dich einer gemeinen Gewohnheit zu frönen. Zieh sie raus, Bledsoe! Zieh sie raus, daß man sie sieht! Ich beschuldige dich vor den Augen der Welt.« Er zieht sie raus, meterlang mit Senfgrün und dem Gestank von Schweinsohren und von Schweinskoteletts und schwarzäugigen Erbsen mit stumpf anklagenden Augen.

Ich lachte laut auf, erstickte fast an der Yamswurzel, während ich mir das alles ausmalte. In Anwesenheit anderer wäre das schlimmer gewesen, als hätte ich ihn beschuldigt, eine neunundneunzigjährige Frau, die nur neunzig Pfund wog und … auf dem einen Auge blind und auf einer Hüfte lahm war, vergewaltigt zu haben. Bledsoe würde seine Aufgeblasenheit vergehen! Mit einem tiefen Seufzer würde er den Kopf hängen lassen. Mit seiner gesellschaftlichen Stellung war es aus. Die Zeitungen würden über ihn herfallen. Und über seinem Bild würde die Schlagzeile stehen: *Prominenter Lehrer kehrt in tiefstes Negertum zurück.* Seine Nebenbuhler würden ihn als schlechtes Beispiel für die Jugend bezeichnen. In Leitartikeln würde man seine Absetzung oder seinen Rücktritt aus dem öffentlichen Leben verlangen. Seine weißen Freunde im Süden würden ihn fallen lassen; überall würde man über ihn sprechen, und alles Geld der Treuhänder würde seinem zusammenbrechenden Prestige nicht wieder auf die Beine helfen. Als Ausgestoßener würde er in einem Automaten das Geschirr waschen. Im Süden würde er nie und nimmer Arbeit finden.

Wilde, kindische Gedanken, dachte ich, und der Teufel hole die Scham über das, was man gern mag. Für mich kommt das nicht mehr in Frage. Ich bin, was ich bin! Ich aß gierig die süße Kartoffel auf und lief dann wieder zu dem Alten und gab ihm zwanzig Cents. »Geben Sie mir noch zwei«, sagte ich.

»Soviel Sie wollen, und solange ich welche habe. Sie sind ein wahrer Freund von Yams. Wollen Sie sie gleich essen?«

»Sobald Sie sie mir geben.«

»Mit Butter?«

»Bitte.«

»Ja, so schmecken sie am besten. Du lieber Gott«, sagte er und reichte mir die Kartoffeln. »Sie sind wirklich ein echter Yamsesser.«

»Sie sind mein Geburtsmal«.

»Dann stammen Sie aus South Car'lina«, erwiderte er grinsend.

»Ach, South Carolina! Nur in meiner Heimat weiß man die Yams zu schätzen.«

»Kommen Sie heute abend oder morgen wieder, wenn Sie noch welche haben wollen«, rief er hinter mir her. »Meine Frau ist dann auch mit heißer, süßer Kartoffelpastete hier.«

Heiße Kartoffelpastete, dachte ich traurig, während ich weiterging. Wenn ich die aß, bekam ich sicher Magenbeschwerden – jetzt, da ich mich der Dinge nicht mehr schämte, die ich immer gern gemocht hatte, konnte ich sicher viele von ihnen nicht mehr vertragen. Was und wieviel hatte ich verloren, daß ich das zu tun versuchte, was man von mir erwartete, und nicht das, was ich selbst gern getan hätte. Was für eine Vergeudung, welch sinnlose Verschwendung! Aber wie war es mit dem, das man in Wirklichkeit nicht gern mochte, nicht, weil erwartet wurde, man lehnte es ab, nicht, weil diese Ablehnung für ein Zeichen der Verfeinerung und Bildung gehalten wurde – sondern weil man sie wirklich widerlich fand? Schon allein dieser Gedanke ärgerte mich. Wie sollte man das wissen? Es war ein Problem der Entscheidung. Ich mußte viele Dinge sorgfältig gegeneinander abwägen, bevor ich eine Entscheidung traf, und viele würden allerlei Schwierigkeiten bereiten, weil ich so manchem gegenüber noch nie eine persönliche Stellung eingenommen hatte. Ich hatte die anerkannten Haltungen hingenommen, und das hatte das Leben anscheinend so einfach gestaltet ... Aber was die Yams anging, so kannte ich ihnen gegenüber kein Problem, und ich würde sie essen, wann und wo es mir paßte. Auf dieser Yams-Ebene wollte ich weiterleben, und dann würde das Leben sicher angenehm – wenn auch vielleicht etwas gelblich werden. Aber die Freiheit, auf offener Straße Yams zu essen, war viel weniger als ich bei meiner Ankunft in der Stadt erwartet hatte. Ich hatte einen unangenehmen Geschmack im Mund, als ich jetzt die Spitze der Kartoffel abbiß und sie dann auf die Straße warf. Sie war erfroren.

Der Wind trieb mich in eine Seitenstraße, wo eine Schar Jungen eine Packkiste angezündet hatten. Der graue Rauch hing niedrig und schien dichter zu werden, während ich des Rauches wegen mit gesenktem Kopf und geschlossenen

Augen weiterging. Die Lunge begann mir weh zu tun. Als ich aus dem Rauch auftauchte, wischte ich mir die Augen und fing an zu husten. Ich wäre beinahe darüber gestolpert: ein wirrer Haufen auf dem Bürgersteig und über den Bordstein hinaus bis auf die Straße, wie alter Trödel, der darauf wartet, abgeholt zu werden. Dann sah ich eine stumpfgesichtige Menge, die auf ein Haus starrte, aus dem zwei Weiße einen Sessel trugen, in dem eine alte Frau saß, die, wie ich bemerkte, mit den Fäusten schwach auf die Männer einschlug. Eine mütterlich aussehende alte Frau, mit einem Tuch um den Kopf, mit Männerschuhen an den Füßen und in einem blauen, dicken Männersweater. Es war erregend: die Menge sah still zu, die zwei weißen Männer trugen den Sessel und versuchten, den Schlägen auszuweichen, und über das Gesicht der alten Frau strömten böse Tränen, während sie mit den Fäusten auf die Männer einschlug. Ich konnte es nicht glauben. Etwas wie eine böse Ahnung überkam mich, ein schnelles Gefühl von etwas Unsauberem.

»Laßt uns in Ruh«, schrie sie, »laßt uns in Ruh!«, während die Männer versuchten, den Kopf aus dem Bereich ihrer Fäuste zu bringen, sie dann plötzlich am Bordstein niedersetzten und wieder in das Haus eilten. Was ist hier los, dachte ich und schaute mich um. Was ist hier los? Die alte Frau schluchzte, zeigte auf den Kram, der am Bordstein aufgehäuft stand. »Sehen Sie nur, wie man uns behandelt, sehen Sie nur mal«, sagte sie, mich anblickend.

Und jetzt erkannte ich, daß das, was ich für Trödel gehalten hatte, abgenützter Hausrat war.

»Sehen Sie nur, wie man uns behandelt«, sagte sie wieder und sah mich mit tränenfeuchten Augen an.

Verlegen blickte ich fort, sah in die schnell anwachsende Menge. Stumpfe Gesichter schauten aus den oberen Fenstern. Und als jetzt die zwei Männer wieder oben auf der Treppe mit einer alten Kommode erschienen, sah ich einen dritten Mann, der hinter ihnen das Haus verließ. Er kratzte sich hinter dem Ohr, als er vor sich die Menge sah.

»Beeilt euch, Jungens, beeilt euch, wir haben keine Zeit.«

Die beiden Männer kamen mit der Kommode die Treppe herunter, und ich sah, daß die Menge gleichgültig Platz machte. Knurrend gingen die Männer weiter und stellten die Kommode an den Bordstein. Dann kehrten sie in das Haus zurück, ohne nach rechts und links zu blicken.

»Besehn Sie sich das mal«, sagte ein schlanker Mann in meiner Nähe, »man sollte die Polypen kurz und klein schlagen.«

Ich sah ihn ruhig an. Sein straffes Gesicht war in der Kälte aschgrau. Seine Augen folgten den Männern, die die Treppe hinaufgingen.

»Ja, sollten denen das Handwerk legen«, sagte ein anderer, »aber der ganze Haufen hat ja keine Courage.«

»Sagen Sie das nicht«, meinte der Schlanke. »Sie brauchen nur einen, der sie daran erinnert. Einen Führer müssen sie haben. *Sie* selbst haben wohl keine Courage?«

»Ich?«

»Ja, Sie.«

»Sehen Sie doch nur«, sagte die alte Frau wieder, »sehen Sie doch nur«, und wandte mir wieder das Gesicht zu. Ich drehte mich um und näherte mich den beiden Männern.

»Was sind das für Leute?« fragte ich.

»Gerichtsbeamte oder sonstwas. Ist ja ganz einerlei, wer sie sind.«

»Nette Gerichtsbeamte, verdammt noch mal«, sagte wieder ein anderer. »Keine Spur. Gefangene sind's, und sobald sie hier fertig sind, werden sie wieder eingesperrt.«

»Ist ja auch egal. Jedenfalls gehört es sich nicht, so alte Leute einfach auf die Straße zu setzen.«

»Soll das heißen, daß man die Leute aus ihrer Wohnung vertreibt?« fragte ich. »So was gibt's *hier* noch?«

»Wo kommen *Sie* denn her?« sagte er, sich nach mir umwendend. »Aus einem Pullman-Wagen schmeißt man sie nicht raus. Zwangsräumung.«

Ich war verlegen. Andere drehten sich um und sahen mich an. Eine Zwangsräumung hatte ich noch nie erlebt. Jemand kicherte.

»Wo kommt *der* her?«

Mir lief es heiß über den Rücken. Ich drehte mich um. »Hören Sie mal«, sagte ich und merkte, daß meine Stimme etwas scharf klang. »Ich habe höflich gefragt. Wenn Sie nicht antworten wollen, dann lassen Sie es bleiben, aber versuchen Sie nur nicht, mich hier lächerlich zu machen.«

»Lächerlich? Der ganze Kram hier ist doch lächerlich. Wer sind Sie denn?«

»Das geht Sie einen Dreck an. Ich bin, wer ich bin. Kühlen Sie nur nicht Ihr Mütchen an mir«, sagte ich, eine Redensart gebrauchend, die ich hier gelernt hatte.

In diesem Augenblick kam einer der Männer mit einem Armvoll Sachen die Treppe herunter, und ich sah, wie die alte Frau die Hände ausstreckte, und hörte sie schreien: »Rühren Sie meine Bibel nicht an!« Die Menge drängte nach vorn.

Die heißen Augen des Weißen glitten über die Menge. »Wo? Ich sehe keine Bibel«, sagte er. Ich sah, wie sie ihm die Bibel aus den Armen riß und sie an sich preßte. Dabei schrie sie: »Die kommen einem einfach in die Wohnung und tun, was sie wollen. Kommen reingestampft und reißen einem das Leben mit der Wurzel aus. Aber das geht zu weit. Meine Bibel geht keinen was an.«

Der Weiße betrachtete die Menge. »Hören Sie mal zu, Frau«, sagte er, eher zu uns als zu ihr. »Von mir aus tue ich das hier nicht. Aber ich muß es tun. Deswegen hat man mich hierher geschickt. Wenn's nach mir ginge, könnten Sie hier bleiben bis die Hölle zufriert.«

»Diese Weißen, du lieber Gott, diese Weißen«, stöhnte sie und blickte zum Himmel auf. In diesem Augenblick schob mich ein alter Mann beiseite und ging zu ihr.

»Liebling«, sagte er und legte ihr die Hand auf die Schulter. »Das tut der Beamte, nicht diese Leute. Der allein. Er sagt, es wäre die Bank, aber du weißt doch, daß er es ist. Seit mehr als zwanzig Jahren haben wir schon mit ihm zu tun.«

»Red doch nicht«, erwiderte sie. »Alle Weißen und nicht nur einer. Sie sind alle gegen uns. Jeder Stinkkerl von ihnen ist gegen uns.«

»Sie hat recht«, sagte eine heisere Stimme. »Sie hat recht. *Alle* sind gegen uns.«

Etwas war auf einmal in mir lebendig geworden, und einen Augenblick lang vergaß ich die Menge. Jetzt erkannte ich etwas wie Verlegenheit um sie, als schämten sie sich, wir uns, Zeugen dieser Zwangsräumung zu sein; als wären wir, ohne es zu wollen, Zeugen eines so schändlichen Ereignisses; als bemühten wir uns, die Gegenstände am Bordstein nicht zu berühren oder zu betrachten. Denn wir waren Zeugen von etwas, das wir trotz unserer Neugier nicht sehen wollten – und durch alles hindurch gellte das ergreifende Schreien der alten Frau.

Ich betrachtete die alten Leute, fühlte meine Augen brennen, meine Kehle sich zusammenschnüren. Das Schluchzen der alten Frau hatte eine ganz seltsame Wirkung auf mich – als wenn ein Kind, das die Tränen der Eltern sieht, aus Angst und Mitleid auch anfängt zu weinen. Ich wandte mich ab. Ich fühlte mich zu dem alten Paar durch einen warmen dunklen Wirbel der Gefühle hingezogen, vor dem ich Angst hatte. Ich war auf der Hut vor dem, was der Anblick der zwei weinenden Menschen dort auf dem Bürgersteig mich empfinden ließ. Ich wollte weiter, schämte mich aber, jetzt zu gehen, wurde zu schnell ein Teil dieses Geschehens, als daß ich hätte fortgehen können.

Ich wandte mich zur Seite und betrachtete den Krempel, den die beiden Männer immer noch auf dem Bürgersteig anhäuften. Und während die Menge mich stieß und drängte, blickte ich auf den Haufen und sah aus einem ovalen Rahmen das Bild des alten Paares herausschauen, als es noch jung war, sah die traurige, steife Würde ihrer Gesichter. Seltsame Erinnerungen wurden in mir wach, echoten in meinem Geist wie eine hysterische Stimme in einer dunklen Straße. Sie sahen mich an, als hätten sie damals schon, an jenem Tag des neunzehnten Jahrhunderts, wenig erwartet, sahen mich an mit grimmigem Stolz, der keine Illusionen kannte und mir sowohl Vorwurf als auch Warnung zu sein schien. Meine Blicke fielen auf ein paar roh geschnitzte, blanke Knochen, sogenannte ›Klopfknochen‹, wie sie als Begleitung der Musik bei ländlichen Festen von schwarzgesichtigen Spielleuten verwendet wurden. Die flachen Rippen einer Kuh, eines Stiers oder Schafes, flache Knochen, die einen Ton von sich gaben, wenn sie gegeneinandergeschlagen wurden, wie schwere Kastagnetten (war er Spielmann gewesen?) oder der hölzerne Klotz einer Reihe von Trommeln. Zahllose Blumentöpfe wurden in den schmutzigen Schnee gestellt, wo die Pflanzen bestimmt vor Kälte starben. Efeu, Canna, eine Tomatenpflanze. Und in einem Korb sah ich einen Kamm, falsche Zöpfe, eine Brennschere, ein Pappschild, auf dem in silbernen Buchstaben auf dunkelrotem Grund stand: Gott segne unser Heim. Und oben auf einem Kasten glückbringende Steine. Und während ich das alles betrachtete, stellten die weißen Männer einen Korb auf den Bürgersteig, in dem ich eine Whiskeyflasche sah, die mit Zucker und Kampfer gefüllt war, eine kleine äthiopische Fahne, einen verblaßten Druck von Abraham Lincoln und das lächelnde Bild eines Hollywood-Stars, das aus einem Magazin gerissen war. Und auf einem Kissen ein paar rissige Stücke feinen Porzellans, einen Gedenkteller an die Weltausstellung in St. Louis ... Wie betäubt stand ich da, betrachtete einen alten, zusammengefalteten Spitzenfächer, der mit Jet und Perlmutt besetzt war.

Die Menge drängte weiter nach vorn, als die weißen Männer zurückkamen, warf dabei eine Kommode um, deren Inhalt sich in den Schnee zu meinen Füßen ergoß. Ich bückte mich und begann die Sachen aufzuheben: ein verbogenes Freimaurerabzeichen, ein Paar glanzlose Manschettenknöpfe, drei Messingringe, ein durchlochter Zehner, der als Talisman mit einer Schnur am Fußgelenk getragen wurde, eine Schmuckkarte mit der kindlichen Aufschrift: ›Oma, ich liebe dich‹; eine andere Karte mit einem Bild, das einen traurigen Weißen darstellte, der in der Tür einer Hütte saß und auf einem Banjo klimperte, und darüber ein paar Noten und der Text: ›Ich kehre zurück in mein Vaterhaus‹; ein unbrauchbarer Inhalationsapparat, eine Kette aus hellen Glasperlen mit glanzlosem Schloß, eine Kaninchenpfote, eine Baseball-Anschreibekarte in der Form eines Fausthandschuhs, auf der ein Spiel verzeichnet war, das vor vielen Jahren gewonnen oder verloren wurde, eine alte Brustpumpe mit vergilbtem Gummiball, ein abgetragener Kinderschuh, eine verstaubte Kinderlocke, die von einem verblaßten, zerknüllten blauen Band zusammengehalten wurde. Mir stieg der Ekel hoch. In der Hand hielt ich drei verfallene Lebensversicherungspolicen mit dem gelochten Aufdruck: ›Ungültig‹; eine vergilbte Zeitung mit dem Bild eines großen, schwarzen Mannes, das die Unterschrift, ›MARCUS GAVEY WIRD DEPORTIERT‹ trug.

Ich wandte mich ab, bückte mich und durchsuchte den schmutzigen Schnee nach etwas, das meinen Augen vielleicht entgangen war, und meine Finger schlossen sich um etwas, das in einer gefrorenen Fußspur lag: ein altes Schriftstück, das vor Alter fast auseinanderfiel, mit schwarzer Tinte geschrieben, die gelb geworden war. Es lautete: FREILASSUNGSURKUNDE. HIERDURCH GEBE ICH BEKANNT, DASS MEIN

Neger Primus Provo von mir am heutigen Tage, dem 6. August 1859, freigelassen wurde. Unterzeichnet: John Samuels, Macon ... Ich faltete es schnell wieder zusammen, wischte den Tropfen aus geschmolzenem Schnee ab, der auf dem vergilbten Papier funkelte, und legte es wieder in die Schublade. Meine Hände zitterten, mein Atem rasselte, als wäre ich eine lange Strecke gelaufen oder einer zusammengerollten Schlange in einer verkehrsreichen Straße begegnet. *Das ist schon lange her, geschah in ferner Vergangenheit,* sagte ich mir, und doch wußte ich, daß das nicht der Fall war. Ich schob die Lade wieder in die Kommode und ging wie betrunken an den Bordstein.

Aber es wollte nicht kommen. Nur bittere Galle füllte meinen Mund und bespritzte die Habe der alten Leute. Ich drehte mich um und betrachtete wieder den Plunder, sah nicht mehr, was vor meinen Augen lag, sondern blickte innerlich – äußerlich um eine Ecke in die ferne und alte Dunkelheit, nicht so sehr meiner eigenen Erinnerung als erinnerter Worte, Echos, Bilder, die ich zu Hause, ohne zuzuhören, gehört hatte. Und es war, als würde mir etwas Schmerzliches, aber doch Wertvolles genommen, dessen Verlust ich nicht ertragen konnte; etwas Verwirrendes, wie ein fauler Zahn, dessen Schmerzen man lieber erträgt als den kurzen, heftigen, schmerzenden Ruck, durch den er entfernt wird. Und zu diesem Gefühl des Verlustes gesellte sich die Angst vagen Erkennens: dieser Trödel, diese schäbigen Stühle, diese schweren, altmodischen Bügeleisen, die Waschbütten aus Zink mit den verbeulten Böden – das alles pochte in mir mit mehr Bedeutung, als es im Grunde enthielt. *Und weshalb sah ich in der Menge stehend, wie in einer Vision, meine Mutter an einem kalten, windigen Tag Wäsche aufhängen, an einem Tag, der so kalt war, daß die warmen Laken froren, bevor noch der Dampf verweht war, und steif auf der Leine hingen? Und ihre Hände waren weiß und rauh in dem rockwirbelnden Wind, und ihr grauer*

Kopf trug kein Tuch gegen den dunklen Himmel – weshalb wurden für mich diese Dinge ein Unbehagen, das so weit über die ihnen innewohnende Bedeutung hinausging? Und weshalb sah ich sie jetzt wie hinter einem Schleier, der in dem kalten Wind in der engen Straße hochzuflattern drohte?

Der Ruf: »Ich gehe rein!« veranlaßte mich, mich umzusehen. Die alten Leute standen jetzt auf der Treppe, der alte Mann hielt ihren Arm, die weißen Männer oben beugten sich vor, und die Menge drängte näher an die Treppe.

»Sie können nicht ins Haus, Frau«, sagte der Mann.

»Ich will beten«, sagte sie.

»Bedaure sehr. Sie müssen hier draußen beten.«

»Ich will aber ins Haus.«

»Ausgeschlossen.«

»Wir wollen nur beten«, sagte sie und drückte ihre Bibel an sich. »Auf der Straße kann man nicht beten.«

»Tut mir leid«, sagte er.

»Lassen Sie die Frau ins Haus, wenn sie beten will«, rief eine Stimme aus der Menge. »Alle ihre Sachen haben Sie auf die Straße geschafft. Was wollen Sie noch mehr? Blut?«

»Lassen Sie die alten Leute beten.«

»Wozu die blöde Beterei? Was dabei herauskommt, sehen wir ja«, rief eine andere Stimme.

»Sie können nicht zurück in das Haus«, sagte der weiße Mann. »Die Wohnung wurde von Amts wegen geräumt.«

»Wir wollen doch nur auf dem Fußboden niederknien«, sagte der alte Mann. »Über zwanzig Jahre haben wir hier gewohnt. Weshalb dürfen wir jetzt nicht für ein paar Minuten …«

»Das habe ich Ihnen bereits erklärt«, sagte der Mann. »Ich habe meine Befehle. Halten Sie mich nicht auf, ich habe keine Zeit.«

»Wir gehen doch rein«, sagte die Frau. Alles ereignete sich so schnell, daß ich kaum folgen konnte: ich sah die alte Frau mit der Bibel unter dem Arm die Treppe hinaufgehen. Ihr Mann folgte ihr, und der Weiße stellte sich vor sie und breitete die Arme aus.

»Ich sperre Sie ein«, schrie er. »Ich sperre Sie ein«.

»Rühren Sie die Frau nicht an«, schrie jemand aus der Menge.

Oben auf der Treppe drängten sie gegen den Mann, und ich sah, wie die alte Frau zu Fall kam. Und dann brach die Menge los.

»Haut den Hund zu Brei.«

»Er hat sie geschlagen«, schrie mir eine westindische Frau ins Ohr. »Der Halunke hat sie geschlagen.«

»Zurücktreten oder ich schieße«, schrie der Mann. Seine Augen funkelten wild, als er die Pistole zog und in den Hausflur trat, wo die beiden Helfer, die Arme voller Sachen, unschlüssig standen. »Ich schieße! Sie wissen nicht, was Sie tun. Ich schieße.« Sie zögerten.

»Sind nur sechs Kugeln in dem Ding«, rief ein kleiner Kerl. »Und was tun Sie dann?«

»Ja, entwischen können Sie uns dann nicht.«

»Ich warne Sie, lassen Sie die Finger hier raus«, rief der Beamte.

»Glauben Sie, Sie könnten so mir nichts dir nichts eine unserer Frauen schlagen, Sie Narr?«

»Schluß mit dem Geschwätz, ran an den Hund!«

»Sollten Sie sich lieber noch mal überlegen«, rief der Weiße.

Ich sah sie die Treppe hinaufdrängen und hatte auf einmal ein Gefühl, als platzte mir der Kopf. Ich wußte, daß sie den Mann angreifen wollten, ich war voller Wut und Angst zugleich, war angewidert und doch auch gefesselt. Ich wollte es und fürchtete doch die Folgen, war empört über das, was ich sah, und doch wallte Angst in mir. Nicht wegen des Mannes oder der Folgen eines Angriffs, sondern weil der Anblick von

Gewalt in mir etwas auslösen würde. Und unter all dem brodelten die beruhigenden Worte, die ich mein Lebtag gelernt hatte. Ich meinte, am Rande eines tiefen, dunklen Abgrundes zu stehen.

»Nein, nein«, hörte ich mich rufen. »Schwarze Brüder, schwarze Brüder! Das ist nicht der richtige Weg. Wir sind gesetzestreu. Wir sind Menschen, die das Gesetz achten, und lassen uns nicht leicht aus der Ruhe bringen.«

Mich schnell durch die Menge drängend, stand ich bald auf den Stufen, dem Vordersten gegenüber, sprach schnell, ohne lange zu überlegen, überließ mich ganz meinen aufgewühlten Gefühlen. »Wir achten das Gesetz und lassen uns nicht leicht aus der Ruhe bringen ...« Sie blieben stehen, hörten zu. Auch der Weiße war betroffen.

»Ja, aber jetzt sind wir soweit«, schrie eine Stimme.

»Ja, das stimmt«, antwortete ich. »Wir sind voller Wut. Aber wir wollen klug sein. Wir wollen ... wir wollen von dem großen Führer lernen, über dessen kluges Handeln die Zeitungen neulich berichteten ...«

»Was Mann? Wer?« schrie eine westindische Stimme.

»Los! Laßt den Kerl doch schwatzen, wollen den Polizisten lieber fertigmachen, bevor Hilfe für ihn kommt ...«

»Nein, wartet!« schrie ich. »Folgen wir einem Führer. Organisieren wir uns. *Organisieren!* Wir brauchen jemand, wie der weiße Führer in Alabama es war, über den ihr gelesen habt. Er hatte die Kraft, das Richtige zu tun trotz all dessen, was er fühlte ...«

»Wer?«

Ja, dachte ich, sie hören zu, wollen sogar zuhören. Niemand lachte. Wenn sie lachten, war es aus mit mir. Und ich spannte mein Zwerchfell an.

»Jener kluge Mann«, sagte ich, »ihr habt ja über ihn gelesen, der, als der Flüchtling dem Mob entkam und in seiner Schule Schutz suchte, jener kluge Mann, der stark genug war, das zu tun, was das Gesetz gebot, und ihn der Macht des Gesetzes und der Ordnung auslieferte …«

»Ja«, rief eine Stimme, »und dann hat man ihn gelyncht!«

Du lieber Gott, so ging es nicht. Jämmerliche Technik, das hatte ich nicht beabsichtigt.

»Er war ein weiser Führer«, schrie ich. »Er achtete das Gesetz. Und war das nicht das beste?«

»Ja, ja, er war weise«, lachte der Mann ärgerlich. »Und nun scher dich zum Teufel und überlaß uns den Polizisten.«

Die Menge schrie, und ich beantwortete ihr Schreien mit lautem Lachen, als wäre ich hypnotisiert.

»Aber war das nicht das einzig Richtige? Schließlich mußte er sich selbst schützen, weil …«

»… er ein Halunke war«, schrie eine Frau verächtlich.

»Ja, Sie haben recht. Er war weise und feige. Und wir? Was sollen wir tun?« schrie ich, durch die Antwort erschüttert. »Seht auf ihn«, schrie ich.

»Ja, das tut«, schrie ein alter Mann, als antwortete er einem Prediger in der Kirche …

»Und seht auch auf das alte Paar …«

»Ja; was geschieht weiter mit Schwester und Bruder Provo?« sagte er. »Es ist eine Schmach und Schande.«

»Und ihre Sachen liegen auf dem Bürgersteig. Seht auf ihre Sachen dort im Schnee. Wie alt sind Sie?« schrie ich.

»Siebenundachtzig«, antwortete der alte Mann leise und verwirrt.

»Was? Sprechen Sie lauter, damit unsere Brüder, die nur langsam aus der Ruhe zu bringen sind, Sie hören.«

»Ich bin siebenundachtzig Jahre alt.«

»Habt ihr das gehört? Siebenundachtzig. Siebenundachtzig, und nun seht, was er in siebenundachtzig Jahren zusammengetragen hat, und das nun im Schnee liegt, wie die Eingeweide eines Kaninchens; aber wir achten das Gesetz, lassen uns nur schwer aus der Ruhe bringen und halten jeden

Tag in der Woche die andere Wange hin. Was sollen wir tun? Was würdet ihr, was würde ich, was würde er getan haben? Was muß getan werden? Ich schlage vor, wir tun, was weise ist, was das Gesetz vorschreibt. Betrachtet den alten Kram. Sollen zwei alte Leute in solchem Plunder in einem dreckigen Zimmer leben? Es ist feuergefährlich. Altes Geschirr und zerbrochene Stühle. Ja, ja! Betrachtet die alte Frau, jemandes Mutter, jemandes Großmutter, vielleicht. Wir nennen sie ›Dicke Mama‹, und sie verziehen uns ... das wißt ihr und daran erinnert ihr euch ... seht die Bettdecken und die ausgetretenen Schuhe. Ich weiß, daß sie jemandes Mutter ist, weil ich eine alte Brustpumpe in den Schnee fallen sah, und sie ist auch jemandes Großmutter, weil ich eine alte Karte sah mit der Aufschrift: ›Liebe Oma ...‹ Aber wir achten das Gesetz ... Ich sah in einem Korb ein paar Knochen, keine Wirbel- sondern Rippenknochen, Klopfknochen ... dieses alte Paar hat früher getanzt ... ich sah ... ›Was ist Ihr Beruf, Vater?‹ rief ich.

»Tagelöhner.«

»Tagelöhner. Habt ihr's gehört? Aber betrachtet den Kram, der wie Gekröse im Schnee liegt ... Was hat ihm seine Arbeit eingebracht? Lügt er?«

»Nein, er lügt nicht.«

»Nein.«

»Was hat ihm seine Arbeit eingebracht? Seine alten Grammophonplatten und ihre Topfpflanzen. Sie sind Menschen aus dem Süden, und was hier draußen herumliegt, wurde siebenundachtzig Jahre lang wie von einem Zyklon durcheinandergewirbelt. Siebenundachtzig Jahre – und *weg* ist es. Wie ein Rotz im Wind. Betrachtet sie. Sie sehen aus wie meine Mama und mein Papa, wie meine Großmama und mein Großpapa, und ich sehe aus wie ihr, und ihr seht aus wie ich. Betrachtet sie, aber vergeßt nicht, daß wir weise sind und das Gesetz achten. Und vergeßt das auch nicht, wenn ihr das

Gesetz da oben im Hauseingang mit dem Revolver in der Hand stehen seht. Seht, wie er in seiner blauen Uniform dasteht, mit der blauen Stahlpistole in der Hand. Betrachtet ihn! Ihr seht nicht nur einen Mann in blauer Uniform, nicht nur einen Revolver, ihr seht zehn für jeden von uns, zehn Revolver und zehn warme Anzüge und zehn dicke Bäuche und zehn Millionen ›Gesetze‹, so nennen wir sie unten im Süden! Gesetze! Aber wir sind weise und achten die Gesetze! Und dann auch die Frau mit ihrer eselsohrigen Bibel. Was versucht sie zu erreichen? Ihr Glaube ist ihr zu Kopf gestiegen, aber wir alle wissen, daß Glaube nicht für den Kopf, sondern für das Herz ist. ›Gesegnet sind die, die reinen Herzens sind‹, so heißt es. Von denen, die arm im Geist sind, wird nichts gesagt. Was will sie? Wie steht es mit denen, die klaren Geistes sind? Und klaren Auges, die den eiskalten Blick haben und denen keine Lüge entgeht? Seht auch den Schrank mit den gähnenden Schubladen. Siebenundachtzig Jahre, sie zu füllen, und was ist drin – Plunder und Trödel, und sie will das Gesetz brechen ... Was ist mit ihnen passiert? Sie gehören zu uns, zu euch und zu mir, wir sind desselben Volkes. Was ist mit ihnen passiert?«

»Das will ich euch sagen«, schrie ein schwergewichtiger Mann mit wütendem Gesicht und drängte sich durch die Menge. »Man hat sie enteignet, Sie blöder Hammel. Scheren Sie sich zum Teufel.«

»Enteignet?« schrie ich. Ich hob die Hand und ließ das Wort aus meiner Kehle pfeifen. »Ein gutes Wort. Enteignet! Enteignet, siebenundachtzig Jahre, und wessen enteignet? Sie haben nichts und können auch nichts haben und hatten auch nie etwas. Wer wurde also enteignet?« schrie ich. »Wir achten das Gesetz. Wer wird also enteignet? Wir? Die beiden Alten stehen hier draußen im Schnee, aber wir sind bei ihnen. Seht doch nur ihren Kram. Kein Heim, kein Fenster, aus dem sie die Nachricht schreien können, aber wir sind bei ihnen. Seht sie! Keine Hütte, in der sie beten, keinen Weg, auf dem sie singen können. Vor sich sehen sie eine Pistole, und wir sehen diese Pistole auch vor uns. Wir wollen nicht die Welt, sondern nur Jesus. Sie wollen nur Jesus, fünfzehn Minuten lang Jesus, auf dem Fußboden kniend den kein Teppich bedeckt … Und wie steht es damit, Mr. Gesetz? Bekommen wir die Viertelstunde für Jesus? Sie haben die Welt, können wir nicht Jesus haben?«

»Ich habe meine Befehle«, rief der Mann und schwenkte höhnisch die Pistole. »Sie tun schon recht daran, sie zur Ruhe zu mahnen. Was hier geschieht, ist gesetzlich, und ich schieße, wenn's nötig ist …«

»Und das Gebet?«

»Sie kommen nicht ins Haus.«

»Ihr letztes Wort?«

»Darauf können Sie sich verlassen.«

»Seht ihn«, rief ich der erregten Menge zu. »Mit der blauen Stahlpistole und der blauen Uniform. Ihr habt ihn gehört. Er ist das Gesetz. Er will uns niederschießen, weil wir das Gesetz achten. Wir sind also enteignet, und was noch schlimmer ist, er glaubt, er sei Gott. Seht ihn doch, mit einem Verbrecher rechts und links. Fühlt ihr nicht den kalten Wind, hört ihr ihn nicht fragen: ›Was habt ihr mit eurer schweren Arbeit erreicht? Was habt ihr erreicht? Wenn ihr bedenkt, was ihr in siebenundachtzig Jahren nicht erreicht habt, dann müßt ihr euch schämen …‹«

»Darüber erzähl mehr, Bruder«, unterbrach ein alter Mann. »Dann fühlt man, daß man kein Mensch ist.«

»Ja, die alten Leute hatten ein Traumbuch, aber vielleicht wurden die Seiten leer, und es gab ihnen nicht die richtige Zahl. Es hieß ›Das Sehende Auge‹, ›Das Große Traumbuch‹, ›Die Geheimnisse Afrikas‹, ›Die Weisheit Ägyptens‹; aber das Auge war blind und verlor seinen Glanz. Es ist trübe wie das schielende Auge eines Zimmermanns und kann nicht mehr richtig sehen. Wir haben nur die Bibel, aber dieses Gesetz ist stärker als sie. Wie nun weiter? Wohin …?«

»Dem Kerl an den Kragen«, rief der Schwergewichtige und eilte die Treppe hinauf.

Jemand stieß mich an.

»Nein, wartet«, rief ich.

»Machen Sie Platz.«

Man drängte gegen mich, und ich fiel, hörte einen Knall, hinein in den Wirbel sich bewegender Beine, Überschuhe, fühlte den zertrampelten Schnee kalt in meinen Händen. Wie ein Schuß, wie eine knallende Tüte. Ich kam wieder auf die Beine, sah oben auf der Treppe die Faust mit der Pistole, die über die wackelnden Köpfe hinweg in die Luft gerichtet war. Im nächsten Augenblick wurde er in den Schnee gezerrt. Sie schlugen von rechts und links auf ihn ein, keuchten vor Anstrengung. Das Knurren wurde tausendfach gespucktes, haßerfülltes Fluchen. Ich sah eine Frau, die mit dem spitzen Absatz ihres Schuhs auf ihn einschlug. Ihr Gesicht war eine leere Maske mit hohlen, schwarzen Augen, während sie zielte und dann zuschlug, zielte und zuschlug, bis das Blut floß, lief neben dem Mann her, den man jetzt wieder auf seine Füße gezerrt und dann Spießruten laufen ließ. Plötzlich sah ich ein Paar glänzender Handschellen durch die Luft sausen und auf die Straße fallen. Ein Junge brach aus der Menge hervor und hatte die elegante Mütze des Beamten auf dem Kopf. Der Beamte wurde hin und her gestoßen, und dann jagte ihn schneller Schlaghagel durch die Straße. Ich war außer mir vor Erregung. Die Menge wogte hinter dem Fliehenden her – wie ein Riese sah sie aus, der in einem Mauseloch verschwinden will. Die einen lachten, die anderen fluchten, und wieder andere bewahrten tiefes Schweigen.

»Der Hund hat die arme Frau geschlagen«, schrie die westindische Frau. »Schwarze Männer, habt ihr jemals so einen Halunken gesehen? Ich frage euch: ist das ein Gentleman? Der gemeine Hund! Zahlt es ihm heim, schwarze Männer. Zahlt es ihm tausendfach heim. Bis ins dritte und vierte Glied zahlt es ihm heim. Diesem gemeinen Kerl, bis ins dritte und vierte Glied. Haut ihn! Schützt eure schwarzen Frauen. Zahlt es dem frechen Hund heim bis ins dritte und vierte Glied!«

»Wir sind enteignet«, schrie ich laut, »enteignet, und wir wollen beten. Laßt uns hineingehen und beten. Wollen alle gemeinsam beten. Aber wir brauchen ein paar Stühle ... auf die wir den Kopf beim Beten legen. Wir brauchen Stühle!«

»Hier sind Stühle«, rief eine Frau vom Bürgersteig her. »Sollen wir die Stühle reintragen?«

»Natürlich«, rief ich. »Nehmt alles. Nehmt alles, versteckt den Kram. Bringt ihn dahin, woher er kam. Er versperrt die Straße, und das ist gegen das Gesetz. Wir achten das Gesetz, deshalb räumt die Straße von dem Plunder. Schafft ihn fort! Versteckt ihn. Versteckt ihre Schande. Versteckt unsere Schande!«

»Los, Leute«, schrie ich. Ich lief die Treppe hinunter, nahm einen Stuhl und lief wieder hinauf. Ich hatte auf einmal keinerlei Bedenken mehr gegen das, was ich tat. Die anderen folgten, nahmen Möbelstücke und schleppten sie in das Haus zurück.

»Das hätten wir längst tun sollen«, sagte jemand.

»Natürlich, schon längst.«

»Ich bin ja so froh, so *froh«,* rief eine Frau.

»Schwarze Männer, ich bin stolz auf euch, sehr stolz«, rief die westindische Frau.

Wir eilten in die kleine Wohnung, die nach Kohl roch, stellten die Sachen ab und holten andere. Männer, Frauen und Kinder nahmen die Sachen und eilten lachend und schreiend damit ins Haus. Ich suchte die beiden Helfer, aber sie schienen verschwunden zu sein. Als ich wieder auf der

Straße war, glaubte ich, einen von ihnen zu sehen. Er trug einen Sessel in das Haus.

»Sie achten auch das Gesetz«, rief ich ihm zu und erkannte, daß es jemand anderer war. Auch ein Weißer, aber ein anderer.

Der Mann lachte mich an und verschwand im Haus. Als ich die Straße erreichte, standen Männer und Frauen herum, jubelten jedesmal, wenn ein anderes Möbelstück wieder in das Haus getragen wurde. Es war der reinste Festtag. Und den wollte ich nicht stören.

»Wer sind die Leute?« rief ich von der Treppe herab.

»Welche Leute?« rief jemand zurück.

»Die da«, sagte ich und zeigte auf die, die ich meinte.

»Sie meinen die Kerle da drüben?«

»Ja, was wollen die hier?«

»Wir sind Freunde des Volkes«, rief einer der weißen Männer.

»Freunde welchen Volkes?« rief ich zurück, bereit, ihn anzuspringen, wenn er ›eures Volkes‹ sagte.

»Freunde der Armen«, schrie er. »Wir wollen helfen.«

»Wir glauben an die Bruderschaft«, rief ein anderer.

»Nehmt das Sofa und kommt mit«, rief ich. Ihre Anwesenheit paßte mir nicht, und ich war enttäuscht, als sie sich in die Menge mischten, die Sachen packten und ins Haus trugen. Wo hatte ich schon mal von ihnen gehört?

»Weshalb machen wir nicht einen Umzug?« rief einer der Weißen, als er an mir vorbeikam.

»Weshalb machen wir keinen Umzug!« schrie ich auf den Bürgersteig hinunter, ohne auch nur einen Augenblick zu überlegen.

Sofort waren sie bereit.

»Wollen wir einen Umzug machen ...«

»Ein famoser Gedanke.«

»Einen Demonstrationsumzug.«

»Eine Parade!«

Ich hörte die Sirene und sah im selben Augenblick den Streifenwagen in den Block einbiegen. Es war die Polizei. Ich sah in die Menge, versuchte, ihre Gesichter zu erkennen. Dann hörte ich jemand rufen: »Polizei!«, und andere antworten: »Soll nur kommen.«

Wohin soll das alles führen? dachte ich. Ich sah einen Weißen in das Haus laufen, als die Polizisten von ihrem Wagen sprangen und herbeieilten.

»Was ist hier los?« rief einer mit einem goldenen Schild die Treppe hinauf.

Es war ganz still geworden. Niemand antwortete. »Ich habe gefragt, was hier los ist«, wiederholte er. »Sie da«, rief er und zeigte dabei auf mich.

»Wir ... wir haben ... einen Haufen alter Möbel vom Bürgersteig geräumt«, rief ich, innerlich voller Spannung.

»Was soll das heißen?« fragte er.

»Großes Reinemachen«, rief ich. Am liebsten hätte ich laut gelacht. »Die alten Leute hatten ihren ganzen Kram auf die Straße gestellt, und wir bringen ihn wieder rein ...«

»Das heißt also, daß Sie in eine Zwangsräumung eingreifen«, rief er und bahnte sich einen Weg durch die Menge.

»Er hat nichts damit zu tun«, rief eine Frau hinter mir.

Ich blickte mich um, auf den Stufen hinter mir standen die, die im Hause gewesen waren.

»Wir gehören alle zusammen«, rief jemand, während die Menge sich wieder schloß.

»Straße frei machen«, befahl der Polizist.

»Das tun wir ja«, rief einer hinten aus der Menge.

»Mahoney!« rief er einem anderen Polizisten zu. »Melden Sie Aufruhr.«

»Aufruhr?« rief ihm einer der Weißen zu. »Von Aufruhr ist doch keine Rede.«

»Wenn ich sage Aufruhr, dann ist es Aufruhr«, antwortete der Polizist. »Und was macht ihr Weißen hier in Harlem?«

»Wir sind freie Bürger und können gehen, wohin wir wollen.«

»Achtung! Neue Polypen«, rief jemand.

»Sollen nur kommen.«

»Auch der Polizeipräsident!«

Es wurde zuviel für mich. Ich hatte die Dinge nicht mehr in der Hand. Was hatte ich gesagt, daß die Dinge sich so entwickelt hatten? Ich zog mich hinter der Menge auf den Stufen zurück und verschwand im Hausflur. Wohin? Ich eilte in die Wohnung der alten Leute. Aber da kann ich mich doch nicht verstecken, dachte ich, und ging wieder zur Treppe.

»Nein, hier können Sie nicht weiter«, sagte eine Stimme.

Ich wirbelte herum. Ein weißes Mädchen stand in der Tür.

»Was tun Sie hier?« schrie ich sie an. Meine Angst wurde Wut.

»Ich wollte Sie nicht erschrecken«, sagte sie. »Sie haben eine herrliche Rede gehalten, Bruder. Ich habe zwar nur das Ende gehört. Aber Sie haben die Leute aufgerüttelt ...«

»Aufgerüttelt?« sagte ich. »Aufgerüttelt ...«

»Seien Sie nicht zu bescheiden, Bruder«, sagte sie. »Ich habe Sie gehört.«

»Wollen lieber von hier verschwinden, Miss«, sagte ich. Es war mir gelungen, mich ein wenig zu beruhigen, und mein Herz klopfte nicht mehr so wild. »Unten sind viele Polizisten, und andere sind im Anmarsch.«

»Ja, nehmen Sie den Weg über das Dach«, sagte sie. »Sonst sieht Sie bestimmt jemand.«

»Über das Dach?«

»Ist ganz einfach. Sie gehen auf das Hausdach und dann weiter, bis Sie das Haus am Ende des Blocks erreichen. Dann gehen Sie durch die Tür und die Treppe runter, als hätten Sie jemand besucht. Aber beeilen Sie sich. Je länger Sie der Polizei unbekannt bleiben, desto größer wird Ihre Wirkung sein.«

Wirkung? dachte ich. Was meinte sie? Und was bedeutete das ›Bruder‹?

»Vielen Dank«, sagte ich und eilte zur Treppe.

»Alles Gute«, klang ihre Stimme hinter mir. Ich drehte mich um, sah ihr weißes Gesicht im trüben Licht des Hausflurs.

Ich jagte die Treppen hinauf, öffnete vorsichtig die Tür, und plötzlich flammte die Sonne hell auf dem Dach. Es war windig und kalt. Vor mir erstreckten sich mit Schnee bedeckte Wände, die die Häuser voneinander trennten, wie Hürden über die ganze Länge des Blocks, bis an die Ecke, und vor mir schwangen leere Wäscheleinen im Wind. Ich erreichte durch die Schneewehen das nächste Dach, dann das folgende, ging mit schneller Vorsicht. Fern im Südosten erhoben sich Flugzeuge von einem Flugplatz, und ich lief weiter, sah alle Kirchtürme, ein wildes Auf und Ab, und rauchende Schornsteine, die sich scharf gegen den Himmel lehnten, und unten auf der Straße wilde Schreie und das Heulen der Sirenen. Ich eilte weiter. Dann kletterte ich über eine Mauer und blickte zurück. Ich sah einen Mann hinter mir herlaufen. Er glitt aus, stolperte, kletterte mit keuchender Anstrengung über die niedrigen Trennwände zwischen den Häusern. Ich drehte mich wieder um und lief weiter, versuchte, die Reihe Schornsteine zwischen uns zu bringen und fragte mich, weshalb er nicht ›Halt‹ schrie, weshalb er nicht schoß. Ich lief weiter, duckte mich hinter einem Aufbau und lief dann weiter auf das nächste Dach. Fiel, meine Hände fühlten den kalten Schnee. Schlug mit den Knien auf, raffte mich wieder auf, lief weiter, drehte mich um, und der kleine, schwarzgekleidete Mann lief immer noch hinter mir her. Die Ecke schien meilenweit entfernt. Ich versuchte, die

Dächer zu zählen, die mich ansprangen und die ich noch überwinden mußte. Ich zählte sieben. Ich lief weiter, hörte Schreie, mehr Sirenen, blickte mich um, und der kurzbeinige Mann lief immer noch, als ich die Tür eines Hauses zu öffnen versuchte, um durch sie in das Haus hinunter zu laufen. Die Tür war verschlossen, ich lief weiter, versuchte im Zickzack zu laufen, hörte das Knirschen von Kies unter meinen Füßen und hinter mir. Ich schwang mich über eine Trennwand, kam dicht an einem großen Taubenschlag vorbei, verursachte die Flucht eines Schwarms erregter wilder Vögel, die mir, während sie wild um mich herumflatterten, so groß wie Bussarde vorkamen. Sie flatterten auf und davon, glitten dahin in wütenden Kreisen, verdunkelten die Sonne, und ich rannte weiter, blickte mich um, glaubte eine Sekunde lang, er wäre fort, und dann sah ich ihn wieder hinter mir her stolpern. Warum schießt er nicht? Warum nicht? Wenn es doch wie zu Hause wäre, wo ich in *allen* Häusern jemand kannte, vom Sehen oder persönlich, durch Blut und Herkunft, Schande und Stolz und durch den Glauben.

Es war ein mit Teppichen belegter Treppenflur, und ich lief mit klopfendem Herzen diesen Flur hinab, als auf einmal ein Hund in der oberen Etage wütend zu bellen anfing. Schnell lief ich weiter, mein Körper war inwendig wie Glas, als ich die Treppe hinuntersprang. Ich blickte durch das Treppenhaus nach unten und sah in der Tiefe fahles Licht durch eine Glastür sickern. Was war wohl aus dem Mädchen geworden? Hatte sie den Mann hinter mir hergejagt? Was tat sie dort? Ich eilte, von niemand angehalten, weiter und blieb endlich in der Vorhalle stehen. Ich atmete tief, lauschte, ob seine Hand oben nicht die Tür öffnete, und säuberte meine Kleider. Dann ging ich ganz unbefangen auf die Straße, wie ich das so oft im Kino gesehen hatte. Von oben kam kein Laut mehr. Auch das böse Bellen des Hundes war verstummt.

Es war ein langer Block, und ich war in ein Haus geraten,

das nicht an der Straße, sondern an der Avenue lag. Eine Abteilung berittener Polizei jagte um die Ecke. Die Hufe der Pferde dröhnten dumpf durch den Schnee, die Männer hoben sich in den Sätteln und schrien. Ich beschleunigte meine Schritte, lief aber nicht, ging in entgegengesetzter Richtung. Furchtbar! Was hatte ich eigentlich gesagt, das dieses Ergebnis zeitigte? Wie würde das enden? Vielleicht wurde jemand getötet. Mit Pistolenkolben wurde auf Köpfe eingeschlagen. An der Ecke blieb ich stehen, sah mich nach meinem Verfolger, dem Detective, um, hielt Ausschau nach einem Bus. Die lange, weiße Straße war leer, über mir kreisten immer noch die aufgeregten Tauben. Ich sah zu den Dächern auf, ob er nicht von dort auf mich herabsah. Die Schreie wurden lauter, dann heulte ein anderer grün-weißer Streifenwagen um die Ecke, jagte an mir vorbei in Richtung auf den Block. Ich kam durch einen Block, in dem ich etwa ein Dutzend Beerdigungsinstitute sah. Jedes hatte ein Neonschild, und alle befanden sich in Sandsteinhäusern. Pomphafte Leichenwagen standen am Bordstein. Einer war mattschwarz gestrichen, und seine Fenster erinnerten an gotische Bögen. Durch sie sah ich Trauerkränze auf einem Sarg. Ich eilte weiter.

Immer noch sah ich das Gesicht des Mädchens unten an der kurzen Treppe vor mir. Aber wer war der Mann, der mich über die Dächer verfolgt hatte? Verfolgt hatte? Warum war er so schweigsam gewesen, und warum war er allein hinter mir her? Ja, und warum hatte man keinen Streifenwagen geschickt, der mich abfing? Ich verließ den Block mit den Beerdigungsinstituten, ging in die helle Sonne, die den Schnee aus der Avenue fegte, ging jetzt ganz gemächlich wie ein Spaziergänger, versuchte, so zu tun, als hätte ich es nicht eilig. Ich bemühte mich, ein möglichst gleichgültiges Gesicht zu machen, als könnte ich weder denken noch sprechen, schlurrte über den Bürgersteig, gab es aber voller Ekel auf, als ich mich verstohlen umgesehen hatte. Vor mir sah ich einen Wagen halten. Ein Mann sprang aus ihm. Er trug eine Instrumententasche. Ein Arzt.

»Schnell, Herr Doktor«, schrie ein Mann von der Treppe. »Sie hat bereits Wehen.«

»Gut«, erwiderte der Arzt, »darauf haben wir ja gewartet.«

»Ja, aber früher als wir gedacht haben.«

Ich sah sie in dem Hausflur verschwinden. Wie lange dauert es, bis man glücklich auf der Welt ist, dachte ich. An der Ecke wartete ich mit mehreren anderen auf das Umspringen der Ampeln. Ich war gerade zu der Überzeugung gekommen, daß ich noch mal davongekommen war, als neben mir eine ruhige, eindringliche Stimme sagte: »Das war eine Glanzleistung, Bruder.«

Wenn ich innerlich auch gespannt war wie eine aufgezogene Feder, drehte ich mich doch fast lethargisch um. Ein kleiner, unscheinbar aussehender Mann mit buschigen Augenbrauen stand ruhig lächelnd neben mir. Er sah nicht aus wie ein Polizist.

»Wie meinen Sie?« fragte ich mit träger, ferner Stimme.

»Brauchst keine Angst zu haben«, sagte er, »ich bin ein Freund.«

»Weswegen sollte ich Angst haben? Und mein Freund sind Sie nicht.«

»Sagen wir ein Bewunderer«, entgegnete er lustig.

»Bewunderer von was?«

»Ihrer Rede«, antwortete er. »Ich habe sie gehört.«

»Was für eine Rede? Ich habe keine Rede gehalten«, sagte ich.

Er lächelte wissend. »Sie können jedenfalls allerhand. Aber kommen Sie mit. Es könnte Ihnen schaden, mit mir zusammen gesehen zu werden. Wir wollen irgendwo eine Tasse Kaffee trinken.«

Etwas in mir sagte mir, ich sollte seine Aufforderung ablehnen, aber ich war irgendwie interessiert und vielleicht auch geschmeichelt. Wenn ich ablehnte, könnte das vielleicht als Gefühl der Schuld ausgelegt werden. Und wie ein Polizist oder Detective sah der Mann nicht aus. Schweigend ging ich neben ihm her in eine Cafeteria am Ende des Blocks. Bevor wir sie betraten, warf er von außen einen Blick durch das Fenster.

»Setzen Sie sich an einen Tisch in der Nähe der Wand, da können wir in aller Ruhe miteinander sprechen. Ich bestelle den Kaffee.«

Ich sah ihn mit rollenden Schritten durch das Lokals gehen. Ich suchte mir einen Tisch und beobachtete ihn. In der Cafeteria war es warm. Es war jetzt Spätnachmittag, und an den Tischen saßen nur vereinzelte Gäste. Ich sah den Mann an die Theke gehen und dort seine Bestellung aufgeben. Während er in die hellerleuchteten Glasvitrinen mit dem Gebäck sah, erinnerten seine Bewegungen an die eines kleinen, lebhaften Tieres, das den leckersten Kuchen entdecken wollte. Er hat also meine Rede gehört. Ich werde ja gleich erfahren, was er zu sagen hat, dachte ich, als er jetzt mit seinen rollenden, springenden Schritten – Ferse – Sohle – Zehen – auf mich zukam. Es sah so aus, als hätte er diesen Gang besonders geübt, und ich hatte ein Gefühl, als spielte er in irgend etwas eine Rolle. Dieses Etwas an ihm war nicht eigentlich wirklich – ein Gedanke, den ich gleich wieder fallen ließ, denn der ganze Nachmittag hatte etwas Unwirkliches. Ohne sich suchend umzusehen, kam er gleich an meinen Tisch, als hätte er von vornherein gewußt, daß ich mich an diesen und keinen anderen setzte – obwohl viele andere Tische noch leer waren. Auf jeder Tasse balancierte er einen Teller mit Kuchen, stellte die Tassen auf den Tisch und schob mir, ehe er sich setzte, Kaffee und Kuchen zu.

»Ich dachte, ein Stück Käsekuchen würde Ihnen schmekken«, sagte er.

»Käsekuchen?« sagte ich. »Kenne ich nicht.«

»Schmeckt gut«, sagte er. »Zucker?«

»Bitte«, sagte ich.

»Nein, nach Ihnen, Bruder.«

Ich sah ihn an. Dann nahm ich drei Löffel voll und schob ihm die Zuckerdose hin. Ich war wieder voller Spannung.

»Vielen Dank«, sagte ich. Am liebsten hätte ich ihn gleich gefragt, was sein ›Bruder‹ bedeutete.

Er lächelte, stach mit der Gabel in den Käsekuchen und schob dann ein viel zu großes Stück in den Mund. Seine Manieren sind schlecht, dachte ich und versuchte ihm das unter die Nase zu reiben, indem ich ein besonders kleines Stück von dem Kuchen abstach und vorsichtig in den Mund steckte. »Ja«, sagte er und nahm einen Schluck Kaffee. »So was von Rede habe ich seit … einerlei … habe ich lange nicht gehört«, sagte er. »Sie haben die Leute aufgerüttelt. Wie Sie das fertigbrachten, begreife ich nicht. Das hätten mal ein paar von *unseren* Rednern hören sollen! Ein paar Worte und Sie hatten die Leute soweit. Andere hätten viel Zeit und viele Worte dazu gebraucht. Ich möchte Ihnen für dieses so instruktive Erlebnis danken.«

Schweigend trank ich meinen Kaffee. Ich mißtraute dem Mann und wußte nicht, wieviel ich ihm sagen konnte.

»Der Käsekuchen ist gut«, sagte er, bevor ich noch etwas erwidern konnte. »Wirklich sehr gut. Wo haben Sie das Reden gelernt?«

»Nirgendwo«, erwiderte ich viel zu schnell.

»Dann sind Sie sehr talentiert. Sie sind der geborene Redner. Kaum zu glauben.«

»Ich war einfach wütend«, sagte ich. Das gab ich ohne weiteres zu, denn ich wollte wissen, wie er weiter reagierte und was er zu sagen hatte.

»Dann haben Sie Ihre Wut aber sehr geschickt beherrscht. Was Sie sagten, war sehr beredt. Warum?«

»Warum? Vermutlich war ich irgendwie ergriffen; ich weiß es nicht. Vielleicht wollte ich auch nur mal eine Rede halten. Die Menge wartete – und da habe ich ein paar Worte gesprochen. Vielleicht glauben Sie das nicht, aber ich wußte nicht, was ich sagen würde …«

»Aber …«, sagte er mit wissendem Lächeln.

»Wieso aber?«

»Sie wollen zynisch erscheinen, aber ich durchschaue Sie. Ich weiß Bescheid, ich habe sehr genau zugehört. Sie waren ungeheuer erregt. All Ihre Gefühle waren aufgewühlt.«

»Vielleicht«, erwiderte ich. »Vielleicht erinnerte mich das, was ich sah, an etwas Besonderes.«

Er beugte sich vor, betrachtete mich gespannt. Er lächelte immer noch.

»Erinnerte es Sie an Menschen, die Sie kennen?«

»Wahrscheinlich.«

»Ich glaube, Sie zu verstehen. Sie sahen einen Toten …«

Ich ließ meine Gabel fallen. »Niemand wurde getötet«, sagte ich hart. »Worauf wollen Sie hinaus?«

»*Der Tote auf dem Straßenpflaster* – so lautet der Titel eines Kriminalromans …, den ich mal gelesen habe …« Er lachte. »Ich spreche nur metaphorisch. Sie leben und sind doch tot. Tot – im Leben … eine Einheit aus Gegensätzen.«

»Ach«, sagte ich. Was sollte dieses zweideutige Gerede?

»Die Alten sind Bauerntypen, wurden von der Industrie kaputtgemacht. Alles auf den Abfallhaufen geworfen. Das haben Sie sehr gut herausgestellt. ›Siebenundachtzig Jahre und nichts erreicht‹, sagten Sie. Und damit hatten Sie durchaus recht.«

»Ich glaube, ihr Anblick hat mich sehr ergriffen«, sagte ich.

»Natürlich. Und dann sprachen Sie sehr eindrucksvoll. Aber Ihre Gefühle sollten nicht nur dem einzelnen gelten. Der zählt nicht.«

»*Wer* zählt nicht?«

»Die Alten«, erwiderte er grimmig. »Das ist sehr traurig. Aber die sind schon tot, gestorben. Die Geschichte ist über sie hinweggegangen. Schade, aber daran ist nun mal nichts zu ändern. Sie sind wie tote Äste, die abgeschnitten werden müssen, damit der Baum neue Früchte trägt, sonst wird der Sturm der Geschichte ihn eines Tages fällen. Und es ist besser, der Sturm fällt sie ...«

»Aber ...«

»Nein, lassen Sie mich weitersprechen. Diese Leute sind alt. Menschen werden alt und Menschentypen genau so. Und diese sind sehr alt. Sie haben nur noch ihren Glauben. Nur daran können sie denken. Deshalb werden sie beiseite geworfen. Sie sind tot, weil sie die Notwendigkeit der historischen Situation einfach nicht begreifen.«

»Aber ich habe sie *gern,* sagte ich. »Ich habe sie gern, denn sie erinnern mich an Menschen, die ich im Süden kenne. Es hat lange gedauert, bis ich das erkannt habe, aber sie sind Menschen wie ich, nur daß ich ein paar Jahre lang eine Schule besucht habe.«

Er bewegte den runden Totenkopf hin und her. »Nein, Bruder, Sie irren sich und sind sentimental. Sie sind nicht wie sie. Vielleicht waren Sie das mal, aber heute sind Sie es nicht mehr. Sonst hätten Sie nie und nimmer so sprechen können. Vielleicht waren Sie es, aber das ist nun vorbei, ist tot. Vielleicht erkennen Sie das jetzt noch nicht, aber jener Teil von Ihnen ist tot. Sie haben jenes Selbst, jenes alte, bäuerliche Selbst noch nicht ganz abgelegt, aber es ist tot, und Sie werden es ganz ablegen und dann ein ganz neuer Mensch werden. In Ihrem Geist ist die *Geschichte* lebendig geworden.«

»Was Sie sagen, verstehe ich nicht«, antwortete ich. »Ich habe nie auf einer Farm gelebt und auch nicht Landwirtschaft studiert. Aber ich weiß, weshalb ich die Rede gehalten habe.«

»Und weshalb?«

»Weil ich empört darüber war, daß man die alten Leute so einfach auf die Straße gesetzt hat. Deshalb. Wie *Sie* das nennen, ist mir einerlei. Ich jedenfalls war empört.«

Er zuckte mit den Schultern. »Lassen wir das«, sagte er. »Ich glaube, Sie würden immer wieder so handeln. Vielleicht haben Sie Interesse daran, für uns zu arbeiten.«

»Für wen?« fragte ich plötzlich erregt. Was hatte der Mann vor?

»Für unsere Organisation. Wir brauchen für diesen Bezirk einen guten Redner. Jemand, der die Sorgen der Leute in Worte zu fassen vermag«, sagte er.

»Wer kümmert sich denn um ihre Sorgen?« erwiderte ich. »Angenommen, sie würden Gegenstand einer Rede, wer würde da schon zuhören?«

»Aber diese Sorgen sind da«, sagte er mit seinem wissenden Lächeln. »Sie sind da, und wenn der Ruf des Protestes erst mal ertönt, sind auch die zur Stelle, die ihn hören und handeln.«

Seine Art zu sprechen hatte Selbstvertrauen und Bestimmtheit, als hätte er alles immer genau überlegt – einerlei worüber er sprach. Wie selbstsicher dieser Weiße ist, dachte ich. Er hat nicht einmal gemerkt, daß ich Angst hatte, und spricht ganz vertraulich. Ich stand auf. »Verzeihung«, sagte ich, »ich muß an die Arbeit, und außerdem interessieren mich nur meine eigenen Sorgen.«

»Aber die alten Leute taten Ihnen doch so leid«, sagte er mit halbgeschlossenen Augen. »Sind Sie mit ihnen verwandt?«

»Ja, sie sind genau so schwarz wie ich«, erwiderte ich lachend.

Er lächelte, die Augen starr auf mich gerichtet.

»Im Ernst, sind Sie mit ihnen verwandt?«

»Wir wurden im gleichen Ofen gebrannt«, sagte ich.

Die Worte zündeten wie ein elektrischer Funke. »Weshalb

immer wieder die Rasse in den Vordergrund schieben?« fuhr er mich an. Seine Augen funkelten.

»Was denn sonst?« fragte ich verwirrt. »Glauben Sie denn, ich wäre dabeigewesen, wenn es sich um Weiße gehandelt hätte?«

Er hob die Hände hoch und lachte. »Darüber wollen wir jetzt nicht sprechen«, sagte er. »Sie haben den Leuten jedenfalls sehr geholfen. Ich kann mir nicht denken, daß Sie der Individualist sind, der zu sein Sie behaupten. Sie waren ganz der, der seine Pflicht anderen gegenüber kennt und dementsprechend handelt. Was auch immer Sie persönlich denken, Sie waren der Sprecher Ihres Volkes, und Sie haben die Pflicht, in seinem Interesse zu handeln.«

Er war für mich zu kompliziert. »Vielen Dank für Kuchen und Kaffee, mein Freund. Jene alten Leute interessieren mich ebensowenig wie Ihre Arbeit. Ich wollte einfach eine Rede halten. Ich halte *gern* Reden. Was dann geschah, ist ein Geheimnis für mich. Sie haben den Falschen erwischt. Sie hätten sich an einen von denen wenden sollen, die das Geschrei gegen die Polizisten anfingen ...« Ich stand auf.

»Einen Augenblick noch«, sagte er. Er zog einen Briefumschlag aus der Tasche und schrieb etwas darauf. »Vielleicht ändern Sie Ihre Meinung. Was die anderen angeht, so kenne ich die schon.«

Ich sah das weiße Papier in seiner ausgestreckten Hand.

»Daß Sie mir mißtrauen, ist sehr klug von Ihnen«, sagte er. »Sie wissen nicht, wer ich bin, und haben kein Vertrauen zu mir. Das ist ganz richtig. Aber ich gebe die Hoffnung nicht auf, denn eines Tages werden Sie von selbst zu mir kommen. Und dann ist alles anders, denn dann sind Sie bereit. Rufen Sie unter dieser Nummer an und verlangen Sie Bruder Jack. Sie brauchen Ihren Namen nicht zu nennen, erwähnen Sie nur unser Gespräch. Sollten Sie sich heute abend noch entschließen, rufen Sie mich gegen acht Uhr an.«

»Okay«, erwiderte ich und nahm den Zettel. »Ich glaube kaum, daß ich Gebrauch davon mache. Aber wer weiß?«

»Überlegen Sie es sich noch einmal, Bruder. Die Zeiten sind schwer, und Sie scheinen sehr empört zu sein.«

»Ich wollte nur eine Rede halten«, sagte ich wieder.

»Aber trotzdem waren Sie empört. Und manchmal ist der Unterschied zwischen individueller und organisierter Empörung der Unterschied zwischen verbrecherischem und politischem Tun«, sagte er.

Ich lachte. »Was? Ich bin weder Verbrecher noch Politiker. Sie haben den falschen Mann erwischt. Aber nochmals, vielen Dank für Kaffee und Käsekuchen – Bruder.«

Ich ließ ihn sitzen. Ein stilles Lächeln hatte sich über sein Gesicht gebreitet. Als ich die Avenue überquert hatte, schaute ich durch die Fensterscheiben. Er saß immer noch da. Auf einmal kam mir der Gedanke, daß er der Mann war, der mich über das Dach verfolgt hatte. Er hatte mich nicht verfolgt. Er hatte nur die gleiche Richtung eingeschlagen wie ich. Von dem, was er sagte, hatte ich nicht viel verstanden. Aber er hatte mit viel Vertrauen gesprochen. Jedenfalls war ich der bessere Läufer gewesen. Vielleicht war alles nur irgendein Trick. Anscheinend wußte er viel und sprach aus einem Wissen heraus, das viel tiefer war, als seine Worte vermuten ließen. Vielleicht war es nur das Wissen, das ihn auf dem gleichen Weg hatte fliehen lassen wie ich. Aber was hatte *er* zu fürchten? Ich hatte die Rede gehalten und nicht er. Das Mädchen in der Wohnung hatte gesagt, meine Wirkung wäre um so größer, je länger ich verborgen bliebe. Aber auch das machte nicht viel Sinn. Deswegen war er vielleicht gelaufen. Er wollte ungesehen bleiben und wirken. Aber wieso wirken? Er machte sich zweifellos lustig über mich. Ich mußte ein komisches Bild abgegeben haben, als ich so über die Dächer sauste und wie ein schwarzgesichtiger Komödiant vor einem Geist zusammenschrak, als die weißen Tauben vor mir aufflogen. Der Teufel soll den Kerl holen. Er brauchte nicht so selbstgefällig zu tun, ich wußte manches, das er nicht wußte. Er sollte sich einen anderen suchen. Er wollte mich sicher nur für etwas benutzen. Irgendwie wollte jeder den anderen zu etwas benutzen. Weshalb wollte er *mich* als Redner? Sollte er doch selbst seine Reden halten. Ich machte mich auf den Heimweg. Ich war froh, daß ich ihn so gehörig hatte abblitzen lassen.

Es wurde dunkler und viel kälter. Kälter als ich es je erlebt hatte. Warum in aller Welt, so dachte ich, und stemmte den Kopf gegen den kalten Wind, verlassen wir die warme Heimat und begeben uns in die Kälte, um niemals zurückzukehren? Es konnte doch nur etwas sein, das Hoffnung, Frieren und Zwangsräumung wert war. Ich war traurig. Eine alte Frau kam vorbei. Sie schleppte zwei Einkaufstaschen. Sie blickte auf den schlammigen Boden, und ich dachte an das alte Paar, das man aus seiner Wohnung vertrieben hatte. Wie hatte alles geendet, und wo waren sie jetzt? Welch furchtbare Erregung. Wie hatte er es genannt? Der Tod auf dem Straßenpflaster. Wie oft passierte so etwas? Und was würde er von Mary sagen? Sie war beileibe nicht tot und ließ sich von New York nicht zermahlen. Sie wußte, wie man hier lebte. Viel besser als ich mit all meiner Schulweisheit, meinem *Bledsoeismus.* Ja, das war der richtige Ausdruck. Ich wurde zermahlen und zermalmt, nicht Mary. Der Gedanke an sie stärkte mich. Ich konnte mir nicht vorstellen, daß Mary je so hilflos wäre wie die alte Frau bei der Zwangsräumung, und als ich endlich meine Wohnung erreichte, war die Niedergeschlagenheit fast von mir abgefallen.

14. KAPITEL

Der Kohlgeruch in Marys Wohnung ließ mich meinen Entschluß ändern. Während ich, von dem Geruch umgeben, im Flur stand, wurde mir klar, daß ich das Angebot nicht so einfach ablehnen konnte. Kohl war immer eine deprimierende Erinnerung an die mageren Jahre meiner Kindheit, und ich litt im stillen, wenn sie ihn auftrug. In dieser Woche war es nun schon das dritte Mal, und mir dämmerte, daß Mary schlecht bei Kasse sein mußte.

Und dabei habe ich mich noch beglückwünscht, eine Arbeit abgelehnt zu haben, dachte ich, und weiß nicht einmal, wieviel Geld ich ihr schulde. Mir wurde sehr unbehaglich zumute. Wie sollte ich mich ihr gegenüber verhalten? Ich schlich mich in mein Zimmer, legte mich aufs Bett und begann zu grübeln. Mary hatte noch andere Mieter, die alle arbeiteten. Ich wußte auch, daß sie von Verwandten unterstützt wurde. Aber das alles konnte mich nicht beruhigen: Mary liebte einen abwechslungsreichen Küchenzettel, und daß es nun dauernd Kohl gab, war bestimmt kein Zufall. Warum hatte ich das nicht schon längst gemerkt? Sie war zu gütig gewesen, hatte mich nie gemahnt, und während ich auf dem Bett lag, hörte ich sie sagen: »Lassen Sie mich doch mit diesen Kleinigkeiten in Ruh, eines Tages wird's schon anders«, wenn ich mich bei ihr wegen der Rückstände für

Miete und Beköstigung entschuldigen wollte. Vielleicht hatte einer der anderen Mieter gekündigt oder war arbeitslos geworden. Was für Sorgen hatte Mary? Wer ›kümmerte sich um ihre Sorgen‹, wie der rotköpfige Mann es ausgedrückt hatte? Monatelang hatte sie nun schon für mich gesorgt,und doch wußte ich das nicht. Welche Wandlung vollzog sich in mir? Ich hatte sie als etwas so Selbstverständliches hingenommen, daß mir bei der Ablehnung des Angebots ein Gedanke an sie gar nicht gekommen war. Ebensowenig hatte ich daran gedacht, in welche Verlegenheit ich sie brachte, wenn die Polizei bei ihr erschien, um mich wegen meiner wilden Rede zu verhaften. Plötzlich hatte ich das Bedürfnis, zu ihr zu gehen. Vielleicht war ich noch nie wirklich bei ihr gewesen. Ich hatte mich wie ein kleines Kind und nicht wie ein Mann betragen.

Ich nahm den zerknüllten Zettel aus der Tasche und las die Telefonnummer. Er hatte von einer Organisation gesprochen. Wie hieß diese Organisation? Ich hatte nicht danach gefragt. Ich Narr! Trotz meines Mißtrauens gegen den rotköpfigen Mann hätte ich mich nach dem, was ich ablehnte, genauer erkundigen müssen. Hatte ich das Angebot nicht nur aus Angst, sondern auch aus Groll abgelehnt? Weshalb hatte er nicht einfach gesagt, um was es sich handelte, anstatt zu versuchen, mir mit seinem Wissen zu imponieren?

Unten im Flur hörte ich Mary singen. Ihre Stimme war hell und klar, obwohl sie den traurigen *Back Water Blues* sang. Lauschend lag ich auf meinem Bett, während die Melodie zu mir heraufdrang, mich einhüllte und mir zum Bewußtsein brachte, was alles ich ihr verdankte. Als die Melodie verklang, stand ich auf und zog meinen Mantel an. Vielleicht war es noch nicht zu spät. Ich mußte irgendwo ein Telefon finden und ihn anrufen. Dann konnte er mir genau sagen, was er wollte, und ich konnte mich entscheiden.

Dieses Mal hörte mich Mary. »Wann sind Sie denn nach Hause gekommen?« sagte sie, durch die halbgeöffnete Küchentür blickend. »Ich habe Sie gar nicht gehört.«

»Vor ein paar Minuten«, erwiderte ich. »Sie hatten zu tun, und ich wollte Sie nicht aufhalten.«

»Und nun wollen Sie schon wieder fort? Wollen Sie nicht lieber erst zu Abend essen?«

»Doch, Mary«, sagte ich, »ich muß nur schnell noch mal fort. Ich habe was vergessen.«

»Bei dieser Kälte noch mal raus? Ist das denn so wichtig?«

»Weiß ich nicht, aber vielleicht ist es eine Überraschung für Sie«, sagte ich.

»Mich überrascht so leicht nichts«, erwiderte sie. »Aber bleiben Sie nicht zu lange, damit Sie was Warmes in den Magen kriegen.«

Während ich durch die Kälte ging und nach einer Telefonzelle Ausschau hielt, wurde mir klar, daß ich mich Mary gegenüber sozusagen verpflichtet hatte, ihr eine Überraschung zu bereiten, und das machte mir mein Vorhaben irgendwie leichter. Schließlich war es auch eine Arbeit, durch die ich mein Rednertalent üben konnte; und welcher Art die Bezahlung auch war, sie war jedenfalls mehr als ich augenblicklich hatte. Wenigstens konnte ich Mary einen Teil meiner Schulden bezahlen. Und vielleicht freute es sie auch, daß sie mit ihrer Prophezeiung recht gehabt hatte.

Es sah so aus, als sollte ich den Kohlgeruch nicht wieder loswerden. In dem kleinen Eßlokal, in dem ich ein Telefon fand, roch es nach Kohl.

Bruder Jack schien über meinen Anruf gar nicht erstaunt.

»Ich wüßte gern ...«

»Kommen Sie so schnell wie möglich hierher«, sagte er und nannte mir eine Adresse in der Lenox Avenue. Dann hängte er ein, bevor ich meinen Satz beenden konnte.

Ich ging wieder hinaus in die Kälte. Ich ärgerte mich, daß

er so wenig überrascht und so kurz angebunden gewesen war. Ohne besondere Hast machte ich mich auf den Weg. Es war nicht weit. Als ich die Ecke der Lenox Avenue erreichte, hielt ein Wagen mit mehreren Insassen. Unter ihnen befand sich Jack. Er lächelte.

»Steigen Sie ein«, sagte er. »Reden können wir nachher. Wir sind auf dem Weg zu einer Party. Vielleicht mal eine Abwechslung für Sie.«

»Aber ich bin dafür nicht angezogen«, erwiderte ich. »Ich rufe lieber morgen noch einmal an.«

»Angezogen?« kicherte er. »Sehen tadellos aus. Steigen Sie ein.«

Ich stieg ein und saß zwischen ihm und dem Fahrer. Auf dem Rücksitz saßen drei Männer. Der Wagen setzte sich in Bewegung.

Niemand sprach. Bruder Jack schien gleich in tiefes Nachdenken zu versinken. Die anderen sahen in die Nacht hinaus. Als säßen wir zufällig in einem Wagen der U-Bahn zusammen. Ich fühlte mich nicht gerade behaglich, fragte mich, wohin die Fahrt ging, war aber entschlossen, ebenso stumm zu bleiben wie die anderen. Schnell glitt der Wagen durch den Straßenmatsch.

Während ich in die vorbeisausende Nacht hinausblickte, fragte ich mich, was für Männer mit mir zusammen in dem Wagen saßen. Sie benahmen sich jedenfalls nicht so, als führen sie zu einer Party. Ich hatte Hunger und würde bestimmt nicht rechtzeitig zum Essen zu Hause sein. Einerlei, vielleicht kam für Mary und mich mehr dabei heraus. Jedenfalls mußte ich den Kohl nicht essen.

Einen Augenblick lang hielt der Wagen, als die rote Ampel aufleuchtete, dann fuhren wir schnell weiter durch eine schneebedeckte Landschaft, die hier und da von einer Laterne und den dolchartigen Lichtstrahlen vorbeisausender Autos erhellt wurde. Wir sausten durch den Central Park, der jetzt vom Schnee gänzlich verändert war. Als befänden wir uns im Frieden einer stillen Landschaft, und doch wußte ich, daß hier, irgendwo in der Nähe, ein Zoo mit seinen gefährlichen Tieren war: Löwen und Tiger in geheizten Käfigen, schlafende Bären, in den Gruben zusammengerollte Schlangen. Und dann das große Becken mit dem dunklen Wasser, alles von Schnee und Nacht bedeckt, von fallendem Schnee und fallender Nacht, unter Schwarz und Weiß, unter grauem Nebel und grauem Schweigen begraben. Am Kopf des Fahrers vorbei sah ich durch die Windschutzscheibe Hauswände. Langsam fuhr der Wagen in den Verkehr hinein und dann weiter über eine abschüssige Straße.

Wir hielten vor einem prunkvoll aussehenden Haus in einem seltsamen Stadtteil. Als ich mit den anderen ausstieg, las ich auf dem Regendach das Wort *Hades*. Schnell betraten wir eine Halle, die von trüben Lampen hinter Milchglas erhellt war, gingen an einem uniformierten Portier vorbei, der mir unheimlicherweise irgendwie bekannt vorkam. Als wir den schalldichten Aufzug betraten und mit einer Geschwindigkeit von einer Meile pro Minute lossausten, hatte ich ein Gefühl, als hätte ich dies alles schon einmal erlebt. Dann hielt der Aufzug mit leichtem Ruck, und ich wußte nicht, ob wir aufwärts oder abwärts gefahren waren. Bruder Jack führte mich durch den Flur zu einer Tür, auf der ich einen Klopfer aus dunkler Bronze in Form einer großäugigen Eule sah. Er zögerte einen Augenblick, streckte lauschend den Kopf vor, bedeckte die Eule mit der Hand, und anstatt des Klopfens, das ich erwartete, hörte ich helles Glokkengeläut. Kurz darauf wurde die Tür halb geöffnet, und ich sah eine feingekleidete Frau, deren hartes, aber schönes Gesicht ein Lächeln zeigte.

»Treten Sie ein, Brüder«, sagte sie. Ihr exotisches Parfüm füllte die Diele.

Ich sah einen Clip mit funkelnden Diamanten, als ich

beiseite trat, um die anderen vorgehen zu lassen, aber Bruder Jack schob mich nach vorn.

»Verzeihung«, sagte ich. Aber sie wankte nicht, und ich fühlte ihre duftende Zartheit, sah ihr Lächeln, als wären sie und ich hier allein gewesen. Dann war ich an ihr vorbei. Ich war verwirrt. Nicht so sehr durch die enge Berührung mit ihr als durch das Gefühl, dies alles schon einmal erlebt zu haben. Ich wußte nicht, ob ich Ähnliches in einem Kino gesehen oder in einem Buch gelesen hatte, oder ob es sich um einen Traum handelte, der verschüttet in meiner Seele lag. Aber wie dem auch sei, es war, als beträte ich einen Schauplatz, den ich bisher aus irgendwelchen Gründen nur aus weiter Ferne gesehen hatte. Ich fragte mich, wie diese Leute an die teure Wohnung kamen.

»Legen Sie im Arbeitszimmer ab«, sagte die Frau, »ich hole etwas zu trinken.«

Wir betraten einen Raum mit vielen Büchern und alten Musikinstrumenten an den Wänden: eine irische Harfe, ein Jagdhorn, eine Klarinette und eine Holzflöte, die an roten und blauen Bändern hingen. Ausgestattet war das Zimmer mit einem Ledersofa und mehreren Sesseln.

»Legen Sie den Mantel aufs Sofa«, sagte Bruder Jack.

Ich zog den Mantel aus und blickte um mich. Die Skala des Radios, das in einen Teil des Bücherschrankes aus naturfarbenem Mahagoni eingebaut war, war erleuchtet, aber ich hörte nichts. Ich sah einen großen Tisch mit Schreibzeug aus Silber und Kristall, und als sich einer der Männer vor den Bücherschrank stellte, fiel mir der Gegensatz zwischen der reichen Ausstattung des Raumes und der ärmlichen Kleidung der Männer besonders auf.

»Wir gehen ins andere Zimmer«, sagte Bruder Jack und ergriff meinen Arm. Wir betraten einen großen Raum, dessen eine Wand unter italienisch-roten Behängen verschwand, die in reichen Falten von der Decke fielen. Mehrere gutgekleidete Männer und Frauen bildeten Gruppen, manche standen in der Nähe eines Flügels, während andere sich in den beigefarbenen Polstersesseln aus hellem Holz rekelten. Ich sah mehrere sehr anziehende junge Frauen, gönnte ihnen aber kaum mehr als einen flüchtigen Blick. Ich fühlte mich sehr unbehaglich, wenn mich auch niemand weiter beachtete. Als sähe man mich nicht, als wäre ich hier und doch nicht hier. Die anderen gesellten sich jetzt zu den verschiedenen Gruppen, und Bruder Jack ergriff meinen Arm.

»Wir wollen was trinken«, sagte er und führte mich an das Ende des Raumes.

Die Frau, die uns eingelassen hatte, mixte hinter einer schönen Bar, die für jeden Nachtklub groß genug gewesen wäre, Drinks.

»Hast du für uns was zu trinken, Emma?« fragte Bruder Jack.

»Das muß ich mir erst mal überlegen«, erwiderte sie, legte den Kopf mit der glatten Frisur auf die Seite und lächelte.

»Nicht lange überlegen, sondern handeln«, entgegnete er. »Wir haben Durst. Dieser junge Mann hat heute das Rad der Geschichte um zwanzig Jahre vorangedreht.«

»So?« sagte sie mit gespannten Augen. »Das mußt du mir mal erzählen.«

»Lies es lieber morgen in der Zeitung, Emma. Die Dinge kommen ins Rollen. Ja, ganz gewaltig.« Er lachte ein tiefes Lachen.

»Was soll's sein, Bruder?« sagte sie. Ihr Blick glitt langsam über mein Gesicht.

»Bourbon«, antwortete ich ein wenig zu laut und dachte, daß es das beste Getränk des Südens war. Mein Gesicht glühte, aber ich erwiderte ihren Blick. Es war nicht der ›Ich-habe-an-dir-als-menschliches-Wesen-kein-Interesse-Blick‹, den ich vom Süden her kannte, der über einen Schwarzen wegglitt, als wäre er ein Pferd oder ein Insekt; es war etwas mehr, ein direkter ›Was-ist-denn-das-für-einer-Blick‹, der mir tief unter die Haut zu dringen schien ... Irgendwo in meinem Bein zuckte ein Muskel.

»Emma, Bourbon! *Zwei* Bourbons«, sagte Bruder Jack.

Sie nahm eine Karaffe. »Ich bin sehr interessiert ...«

»Natürlich. Immer dasselbe. Interessiert und interessant. Aber wir haben Durst.«

»Nur vor Ungeduld«, sagte sie und füllte die Gläser. »Ich meine natürlich *dich*. Wo hast du diesen jungen Helden des Volkes aufgetan?«

»Ich habe ihn nicht aufgetan«, erwiderte Jack. »Er stieg auf aus der Menge. Das Volk hat seine Führer immer wieder aus sich selbst hervorgebracht ...«

»Hervorgebracht ...!« sagte sie. »Dummes Zeug, es kaut auf ihnen herum und spuckt sie wieder aus. Seine Führer werden gemacht und nicht geboren. Und dann werden sie wieder vernichtet. Das hast du selbst mehr als einmal gesagt. Hier, Bruder.«

Er sah sie an. Ich ergriff das schwere Kristallglas und hob es an den Mund, froh, daß ich so einen Grund hatte, ihrem Blick aus dem Weg zu gehen. Zigarettenrauch wehte durch den Raum. Auf dem Flügel hinter mir erklang eine Reihe reicher Arpeggios. Als ich mich umwandte, hörte ich Emma nicht leise genug sagen: »Müßte er nicht ein bißchen schwärzer sein?«

»Red keinen Unsinn«, entgegnete Bruder Jack böse. »Sein Aussehen interessiert uns weniger als seine Stimme. Hoffentlich dich auch, Emma.«

Mir wurde plötzlich heiß, und das Atmen fiel mir schwer. Am anderen Ende des Raumes sah ich ein Fenster. Ich ging ans Fenster und sah hinaus. Wir befanden uns irgendwo in der Höhe. Straßenlampen und Verkehr webten ihre Muster in die Nacht unter uns. Sie meint also, ich sei nicht schwarz genug. Was will sie denn? Einen schwarzgesichtigen Komödianten? Wer ist sie überhaupt? Bruder Jacks Frau oder seine Freundin? Vielleicht soll ich Teer, Tinte, Schuhwichse, Graphit schwitzen. Was war ich, ein Mensch oder ein Naturprodukt?

Das Fenster lag so hoch, daß ich den Verkehrslärm unten kaum hören konnte ... Der Anfang war nicht gerade ermutigend. Aber Bruder Jack würde mich anstellen, falls er mich noch gebrauchen konnte, und nicht diese Emma. Gern hätte ich ihr mal gezeigt, wie schwarz ich bin, dachte ich, und nahm einen tüchtigen Schluck Bourbon. Er war angenehm weich, kühl floß er mir durch die Kehle. Ich mußte vorsichtig mit dem Zeug sein. Es konnte etwas passieren, wenn ich zuviel trank. Mit diesen Menschen mußte ich vorsichtig sein. Immer vorsichtig. Mit allen Menschen mußte ich vorsichtig sein ...

»Ein herrlicher Blick«, sagte eine Stimme. Ich drehte mich um und sah einen großen, dunklen Mann. »Würden Sie uns bitte in die Bibliothek folgen?« sagte er.

Bruder Jack, die Männer, die mit in dem Wagen gesessen hatten, und zwei andere, die ich noch nicht gesehen hatte, warteten.

»Treten Sie ein, Bruder«, sagte Bruder Jack. »Erst die Arbeit, dann das Vergnügen. Das ist und bleibt eine gute Regel. Eines Tages heißt es: Arbeit macht Vergnügen, denn dann gibt es wieder Arbeitsfreude. Nehmen Sie bitte Platz!«

Ich setzte mich in den Sessel, direkt vor ihn, fragte mich, was seine Worte bedeuteten.

»Im allgemeinen, Bruder«, sagte er, »stören wir unsere Festlichkeiten nicht durch geschäftliche Dinge, aber in Ihrem Fall ist das notwendig.«

»Ich bedauere sehr«, entgegnete ich. »Ich hätte früher anrufen sollen.«

»Bedauern? Es ist uns eine Freude. Seit Monaten warten

wir auf Sie. Oder auf jemanden, der das kann, was Sie getan haben.«

»Aber was ...?«

»Was wollen wir? Was ist unsere Mission? Sehr einfach: wir erstreben für jeden Menschen eine bessere Welt. Zu viele sind ihres Erbes verlustig gegangen, und wir haben uns zu einer Bruderschaft zusammengeschlossen, um hier Wandel zu schaffen. Was halten Sie davon?«

»Nun, ein herrliches Vorhaben«, erwiderte ich und versuchte die volle Bedeutung seiner Worte zu verstehen. »Großartig. Aber wie?«

»Indem wir zur Tat aufrufen, wie Sie es heute morgen getan haben ... Brüder, ich war dabei«, sagte er, sich den anderen zuwendend, »und er war ganz hervorragend. Mit ein paar Worten brachte er eine wirkungsvolle Demonstration gegen eine Zwangsräumung zuwege.«

»Ich war auch dabei«, sagte ein anderer. »Einfach verblüffend.«

»Erzählen Sie uns etwas von Ihrem Leben«, sagte Bruder Jack. Seine Stimme und sein Gebaren verlangten wahrheitsgetreue Antwort. Und ich berichtete kurz, ich wäre hierher gekommen, mir das Geld für die Fortsetzung meines Studiums zu verdienen, aber leider wäre mir das bisher nicht gelungen.

»Beabsichtigen Sie trotzdem, auf die Schule zurückzukehren?«

»Augenblicklich nicht«, sagte ich. »Das habe ich hinter mir.«

»Ist auch besser so«, sagte Bruder Jack. »Auf der Schule lernen Sie nichts Besonderes. Der Besuch eines College hat natürlich allerlei für sich – aber das meiste von dem, was man dort lernt, muß man wieder vergessen. Haben Sie sich mit Volkswirtschaft beschäftigt?«

»Etwas.«

»Soziologie?«

»Ja.«

»Vergessen Sie das, wenn ich Ihnen raten darf. Ich werde Ihnen allerlei Bücher und Material geben, die Sie über unser Programm unterrichten. Aber eins nach dem anderen. Vielleicht wollten Sie gar nicht für eine Bruderschaft arbeiten?«

»Sie haben bisher noch mit keinem Wort erwähnt, worin meine eventuelle Arbeit besteht?«

Er sah mich starr an, nahm sein Glas in die Hand und nahm einen tiefen Schluck.

»Ich will es so ausdrücken: Haben Sie Lust, ein neuer Booker T. Washington zu werden?«

»Was!« Ich suchte Hohn in seinen leeren Augen, als ich sah, daß er den Kopf leicht auf die Seite gelegt hatte. »So was ...!«

»Ich meine es ernst.«

»Dann verstehe ich Sie nicht.« War *ich* betrunken? Ich sah ihn an. *Er* schien nüchtern zu sein.

»Was sagen Sie zu dieser Idee? Oder besser noch, was halten Sie von Booker T. Washington?«

»Er war bestimmt eine hervorragende Persönlichkeit. Wenigstens wird das behauptet ...«

»Aber?«

»Ja ...« Ich suchte nach Worten. Es ging mir wieder einmal zu schnell. Das war doch Wahnsinn! Und doch betrachteten mich die anderen voller Ruhe. Einer von ihnen steckte sich eine halblange Pfeife an. Das Streichholz knisterte und fing dann Feuer.

»Also ...«, drängte Bruder Jack.

»Meiner Meinung nach reicht er an den Gründer nicht heran.«

»So? Und weshalb nicht?«

»Erstens war der Gründer vor ihm da und tat eigentlich schon da, was Booker T. Washington tat, und sogar noch mehr. Und mehr Menschen glaubten an ihn. Über Booker

T. Washington wird immer wieder diskutiert, über den Gründer aber kaum …«

»Vielleicht weil der Gründer außerhalb der Geschichte steht, während Booker T. Washington noch eine lebendige Kraft ist. Kurzum, der *neue* Washington soll sich für die Armen einsetzen …«

Ich sah in mein Kristallglas mit dem Bourbon. Es war unglaublich und doch seltsam erregend, und ich hatte das Gefühl, der Geburt wichtiger Ereignisse beizuwohnen, als hätte sich ein Vorhang aufgetan und als dürfte ich einen flüchtigen Blick auf das werfen, was im Gange war. Und doch war keiner dieser Männer irgendwie bekannt, oder besser: noch nie hatte ich ihr Bild in einer Zeitung gesehen.

»In dieser Zeit der Unentschlossenheit, in der sich alle alten Antworten als falsch erweisen, schauen die Menschen zurück auf die Toten und erwarten von ihnen einen Fingerzeig«, fuhr er fort. »Sie wenden sich erst an den einen, dann an den anderen von denen, die in der Vergangenheit Großes geleistet haben.«

»Verzeihung, Bruder«, sagte der mit der Pfeife, »vielleicht werden Sie etwas konkreter.«

»Ich bitte, mich nicht zu unterbrechen«, erwiderte Bruder Jack eiskalt.

»Ich möchte nur darauf hinweisen, daß wir eine wissenschaftliche Terminologie haben«, sagte der Mann und unterstrich seine Worte mit der Pfeife. »Schließlich nennen wir uns Wissenschaftler. Ich meine, wir sollten uns dementsprechend ausdrücken.«

»Wenn's soweit ist«, erwiderte Bruder Jack. »Wenn's soweit ist … Ja, Bruder«, sagte er, sich mir wieder zuwendend, »leider vermögen die Toten nur wenig. Sonst wären sie nicht die Toten. Aber andererseits wäre die Annahme, die Toten seien vollkommen machtlos, ein schwerer Fehler. Sie sind es nur insofern, als sie nicht die ganze Antwort auf die Frage geben können, die die Geschichte den Lebenden stellt. Aber sie versuchen es dennoch! Wenn die Toten in Krisenzeiten die gebieterischen Schreie des Volkes hören, dann antworten sie. Gerade in diesem Land mit den vielen nationalen Gruppen werden all die alten Helden wieder ins Leben zurückgerufen: Jefferson, Jackson, Pulaski, Garibaldi, Booker T. Washington, Sun Yatsen, Danny O'Connell, Abraham Lincoln und zahllose andere werden wieder auf die Bühne der Geschichte gerufen. Ich kann nicht nachdrücklich genug darauf hinweisen, daß wir einen Wendepunkt in der Geschichte erreicht haben, uns in einer schweren Weltkrise befinden. Vor uns liegt Vernichtung, wenn sich nicht bald ein Wandel vollzieht. Und der Wandel *muß* kommen – und zwar vom Volk aus. Denn, Bruder, die Feinde des Menschen enteignen die Welt! Verstehen Sie mich?«

»Ich fange an, Sie zu verstehen«, antwortete ich tief beeindruckt.

»Das alles kann man auch anders, genauer fassen, aber dazu fehlt es augenblicklich an Zeit. Wir sprechen jetzt in leicht verständlichen Worten. Wie Sie heute morgen zu der Menge.«

»Ja«, erwiderte ich. Sein starrer Blick machte mich unruhig.

»Es handelt sich also nicht darum, ob Sie der neue Booker T. Washington sein wollen. Booker T. Washington erwachte heute bei einer gewissen Zwangsräumung in Harlem zu neuem Leben. Er kam aus der Anonymität der Menge und sprach zum Volk. Sie sehen nun wohl, daß ich keinen Spott mit Ihnen treibe. Und auch nicht mit Worten spiele. Dieses Phänomen läßt sich wissenschaftlich erklären – wie unser gelehrter Bruder mich eben erinnerte –; das werden Sie zu gegebener Zeit kennenlernen, aber wie Sie es auch nennen, die Wirklichkeit der Weltkrise ist eine Tatsache. Wir alle hier sind Realisten und Materialisten. Es geht nur darum, wer den Lauf der Ereignisse bestimmt. Deshalb haben wir Sie in dieses Zimmer geführt. Heute morgen antworteten Sie auf den Appell des Volkes, und wir möchten, daß Sie der wahre Dolmetscher des Volkes werden. Sie sollen der neue Booker T. Washington werden, sollen noch größer werden als er.«

Tiefes Schweigen. Ich hörte den Tabaksaft in der Pfeife schmurgeln.

»Vielleicht äußert sich der Bruder zu dem Gesagten«, sagte der Mann mit der Pfeife.

»Nun, Bruder?« sagte Bruder Jack.

Ich blickte in ihre wartenden Gesichter. »Alles ist für mich so neu, daß ich selbst noch nicht weiß, was ich denke«, entgegnete ich. »Glauben Sie wirklich, in mir den Richtigen gefunden zu haben?«

»Das soll Sie weiter nicht beschäftigen«, sagte Bruder Jack. »Sie wachsen mit Ihrer Aufgabe. Sie müssen nur tüchtig arbeiten und tun, was Ihnen gesagt wird.«

Sie hatten sich erhoben. Ich sah sie an, kämpfte gegen ein Gefühl der Unwirklichkeit. Sie sahen mich an, wie damals die Kameraden, als ich in meine College-Kameradschaft aufgenommen wurde. Nur war das hier wirklich, und ich mußte mich jetzt entscheiden oder einfach sagen, ich hielte sie für wahnsinnig, und dann zu Mary zurückkehren. Aber was verliere ich dabei? dachte ich. Jedenfalls haben sie mich aufgefordert, einen von uns, zu Beginn von etwas Großem. Und wenn ich ablehnte, wohin mit mir – sollte ich Gepäckträger am Bahnhof werden? Hier hatte ich jedenfalls eine Chance, Reden zu halten.

»Wann soll ich anfangen?« fragte ich.

»Morgen, wir dürfen keine Zeit verlieren. Wo wohnen Sie übrigens?«

»Bei einer Frau in Harlem als Untermieter.«

»Ist die Frau verheiratet?«

»Sie ist Witwe«, sagte ich. »Sie vermietet Zimmer.«

»Eine gebildete Frau?«

»Kaum.«

»Etwa wie das alte Paar, das heute aus seiner Wohnung getrieben wurde?«

»So ungefähr, aber rüstiger. Fast zäh«, sagte ich lachend.

»Fragt sie viel? Sind Sie mit ihr befreundet?«

»Sie war immer sehr gut zu mir«, sagte ich. »Sie erlaubte mir zu bleiben, als ich die Miete nicht mehr bezahlen konnte.«

Er schüttelte den Kopf. »Nein.«

»Wieso?«

»Sie müssen umziehen«, sagte er. »Wir werden Ihnen weiter downtown eine andere Wohnung besorgen, wo Sie leichter zu erreichen sind.«

»Aber ich habe kein Geld, und die Frau ist durchaus zuverlässig.«

»Das alles wird erledigt«, winkte er ab. »Sie müssen von vornherein wissen, daß unsere Arbeit viele Gegner hat. Unsere Disziplin verlangt deshalb, daß wir mit niemandem sprechen und Situationen vermeiden, in denen unwissentlich Informationen gegeben werden. Sie müssen einen Strich unter Ihre Vergangenheit machen. Haben Sie Angehörige?«

»Ja.«

»Stehen Sie mit ihnen in Verbindung?«

»Natürlich. Ich schreibe ihnen dann und wann«, sagte ich. Seine Fragerei fing an, mir auf die Nerven zu gehen. Seine Stimme war kalt und forschend geworden.

»Schreiben Sie ihnen vorläufig nicht«, sagte er. »Aber dazu werden Sie auch keine Zeit haben. Hier ...« Er suchte etwas in seiner Rocktasche und stand dann plötzlich auf.

»Was ist los?« fragte jemand.

»Nichts. Entschuldigen Sie«, sagte er. Er rollte an die Tür und winkte. Einen Augenblick später erschien die Frau.

»Emma, den Zettel, den ich dir gegeben habe, gib ihn dem neuen Bruder«, sagte er, als sie das Zimmer betrat und die Tür schloß.

»Ach, Sie sind es«, sagte sie mit bedeutungsvollem Lächeln.

Ich sah, wie sie in den Busenausschnitt ihres Taftkleides griff und einen weißen Umschlag hervorzog.

»Das ist Ihre neue Identität«, sagte Jack. »Öffnen Sie den Umschlag.«

Ich fand in dem Umschlag einen Zettel, auf dem ein Name stand.

»Das ist Ihr neuer Name«, sagte Bruder Jack. »Wenn Sie an sich denken, tun Sie es mit diesem Namen. Fangen Sie gleich an. Denken Sie so sehr daran, daß Sie, auch wenn Sie mitten in der Nacht gerufen werden, sofort auf den Namen reagieren. Unter diesem Namen werden Sie bald im ganzen Land bekannt sein. Sie hören von heute ab auf keinen anderen Namen, verstanden?«

»Ich werde mich bemühen.«

»Vergessen Sie seine Wohnung nicht«, sagte der große Mann.

»Nein«, antwortete Bruder Jack mit gerunzelter Stirn. »Emma, etwas Geld.«

»Wieviel, Jack?« fragte sie.

Er wandte sich mir zu. »Schulden Sie viel Miete?«

»Reichlich.«

»Dreihundert, Emma«, sagte er.

»Keine Widerrede«, sagte er, als ich über die Höhe der Summe staunte. »Damit bezahlen Sie Ihre Schulden und kleiden sich neu ein. Rufen Sie mich morgen früh an, bis dahin habe ich Ihnen eine Wohnung beschafft. Vorläufig zahlen wir sechzig Dollar die Woche.«

Sechzig die Woche! Ich brachte kein Wort heraus. Die Frau war durch das Zimmer an den Tisch getreten, kam mit dem Geld zurück und reichte es mir.

»Stecken Sie's lieber gleich ein«, sagte sie freundlich.

»Ja, Bruder, das wäre vorläufig alles«, sagte er. »Wie steht's mit einem Drink, Emma?«

»Natürlich, natürlich«, sagte sie. Sie ging an einen Schrank, entnahm ihm eine Flasche und mehrere Gläser, die sie fast bis zur Hälfte mit einer hellen Flüssigkeit füllte.

»Bitte sehr, Bruder«, sagte sie.

Bruder Jack ergriff sein Glas, hob es an die Nase und roch daran.

»Auf die Brüderschaft der Menschen ... auf die Geschichte und den Wandel«, sagte er und stieß mit mir an.

»Auf die Geschichte«, sagten wir alle.

Das Zeug brannte, und ich mußte den Kopf senken, um die Tränen zu verbergen, die mir in die Augen stiegen.

»Aaah!« sagte jemand mit tiefer Befriedigung.

»Los!« sagte Emma, »wollen zu den anderen gehen.«

»Jetzt etwas Vergnügen«, sagte Bruder Jack. »Vergessen Sie Ihre neue Identität nicht.«

Ich hätte mich gern mit meinen Gedanken beschäftigt, aber dazu ließ man mir keine Zeit. Ich wurde in das große Zimmer geschoben und unter meinem neuen Namen vorgestellt. Jeder lächelte, und jeder schien darauf bedacht, mich kennenzulernen, als wüßten alle, welche Rolle ich spielen sollte. Jeder drückte mir warm die Hand.

»Was denken Sie über die Rechte der Frau, Bruder?« fragte mich eine einfache Frau in einem weiten Kleid aus schwarzem Samt. Aber noch bevor ich den Mund öffnen konnte, zog Bruder Jack mich zu einer Gruppe von Männern, von denen einer über die Zwangsräumung genau Bescheid zu wissen schien. In unserer Nähe, neben dem Flügel, sang eine andere Gruppe Folksongs, mit mehr Stimmaufwand als Melodie. Wir gingen von einer Gruppe zur anderen, Bruder Jack immer sehr bestimmt, die anderen immer sehr respektvoll. Er muß allerlei Macht besitzen, dachte ich, kein Clown.

Aber diesen Booker-T.-Washington-Quatsch sollte der Teufel holen. Ich würde meine Arbeit tun, dabei aber immer ich selbst bleiben, wer ich auch war. Ich würde mein Leben nach dem des Gründers formen. Vielleicht glaubten sie, ich handelte wie Booker T. Washington. Mir sollte das einerlei sein. Was ich von mir dachte, würde ich für mich behalten. Und ich mußte ihnen auch verheimlichen, daß ich Angst hatte, als ich die Rede hielt. Plötzlich fühlte ich ein Lachen in mir. Mit dieser Art Geschichtswissenschaft würde ich mich mal genauer befassen.

Wir standen also in der Nähe des Klaviers, wo ein junger Mann mich nach allerlei Führern der Harlemer Gemeinde fragte. Ich kannte sie nur dem Namen nach, tat aber so, als kenne ich sie genau.

»Ja«, sagte er, »in Zukunft werden wir mit allen diesen Kräften arbeiten müssen.«

»Ja, ganz recht«, erwiderte ich und drehte mein Glas, daß es leicht klirrte.

Ein untersetzter Mann sah mich und bedeutete den anderen, ruhig zu sein. »Hören Sie mal, Bruder«, rief er ... »Hört auf zu spielen ...«

»Ja ... Bruder?« sagte ich.

»Sie sind der, den wir brauchen. Auf Sie haben wir gewartet.«

»So?« erwiderte ich.

»Wie wär's mit einem Spiritual, Bruder? Oder einem alten Negerarbeitslied? Vielleicht: *Ich war in Atlanta, das ich noch niemals gesehen.«* Er sang, streckte die Arme von sich wie ein Pinguin seine Flügel, das Glas in der einen, die Zigarre in der anderen Hand. *»Der Weiße schläft im Federbett, der Nigger auf der Erde.* Haha! Wie wär's damit, Bruder?«

»Der Bruder *singt nicht«*, rief Bruder Jack mit böser Stimme.

»Unsinn, *alle* Farbigen singen.«

»Ein empörendes Beispiel unbewußten, rassischen Chauvinismus'!« sagte Jack.

»Dummes Zeug, ich *mag* ihre Lieder *gern*«, sagte der Untersetzte verbissen.

»Der Bruder *singt nicht!*« schrie Bruder Jack wieder. Sein Gesicht war dunkelrot geworden.

Der Untersetzte stierte ihn an. »Soll doch selber sagen, ob *er* singen kann oder nicht. Los, Bruder. Los. *Zieh, Moses*«, begann er in flackrigem Bariton, legte die Zigarre fort und schnippte mit den Fingern, »*Zieh in der Ägypter Land, und sag dem alten Pharao, er soll dem schwarzen Volk das Singen nicht verbieten!* Wenn der farbige Bruder singen will, dann kann ihm das keiner verbieten. Das ist sein Recht«, schrie er angriffslustig.

Bruder Jack sah aus, als würde er ersticken. Er hob die Hand, winkte. Ich sah zwei Männer durch den Raum eilen, den Untersetzten packen und wegschleppen. Bruder Jack folgte ihnen. Sie verschwanden jenseits der Tür und hinterließen tiefes Schweigen.

Einen Augenblick lang stand ich da, stierte auf die Tür, dann drehte ich mich um. Das Glas brannte mir in der Hand, und ich meinte, der Kopf würde mir bersten. Weshalb starrten mich alle an, als wäre ich der Verantwortliche? Weshalb starrten sie mich an? Plötzlich schrie ich: »Was ist denn los? Habt ihr noch nie einen Betrunkenen gesehen ...«, denn während irgendwo draußen in der Diele die tiefe Stimme des Untersetzten grölte: *Die Mammie aus St. Louis mit dem Diamantring am Finger* ... Dann wurde eine Tür zugeknallt, und das Grölen verstummte. Verblüffte, verwirrte Gesichter füllten den Raum. Und plötzlich fing ich an, hysterisch zu lachen.

»Er hat mich ins Gesicht geschlagen«, keuchte ich. »Ins Gesicht hat er mich geschlagen mit meterlangem Gedärm.« Ich krümmte mich, brüllte, und bei jedem neuen Gelächterstoß schien der Raum auf und ab zu tanzen.

»Mit Schweinsmagen hat er mich beschmissen«, schrie ich, aber niemand schien mich zu verstehen. Meine Augen füllten sich mit Tränen, ich konnte kaum sehen. »Er ist geladen wie eine Strandhaubitze«, lachte ich, mich der Gruppe neben mir zuwendend. »Er ist vollkommen besoffen ... hat keine Ahnung von Musik!«

»Ja. Bestimmt«, sagte jemand nervös. »Haha! ...«

»Sternhagelvoll!« lachte ich. Ich war wieder etwas zu Atem gekommen und stellte nun fest, daß sich die schweigsame Spannung der anderen in leichtes Lachen löste, das durch den Raum wogte und schnell dröhnendes Brüllen, ein Gelächter aller Dimensionen, Intensitäten und Intonationen wurde. Alle lachten. Als wollte der Raum vor Lachen bersten.

»Habt ihr Bruder Jacks Gesicht gesehen?« schrie ein Mann, den Kopf schüttelnd.

»Es war Mord.«

»Red doch nicht.«

»Ich sage dir, es war Mord.«

Irgendwo im Zimmer klopfte man einem, der dem Erstikken nahe war, auf den Rücken. Taschentücher wurden sichtbar ... viel Schneuzen und Augenwischen. Ein Glas zerklirrte am Boden, ein Stuhl wurde umgeworfen. Ich kämpfte gegen das schmerzende Lachen an, und ehe ich mich beruhigte, merkte ich, daß sie alle mich mit verlegener Dankbarkeit ansahen. Keine offene Dankbarkeit, die irgendwie tat, als wäre nichts Besonderes passiert. Ich lächelte. Manche schienen bereit, zu mir zu kommen, mir auf den Rücken zu klopfen, mir die Hand zu schütteln. Als hätte ich ihnen etwas erzählt, was sie gern hören wollten, als hätte ich ihnen einen großen Dienst erwiesen, den ich nicht begriff. Das las ich in ihren Gesichtern. Mir tat der Bauch weh. Am liebsten wäre ich gegangen, hätte mich ihren Blicken entzogen. Dann kam eine kleine, hagere Frau auf mich zu und ergriff meine Hand.

»Ich bedauere sehr, daß das passieren mußte«, sagte sie mit

langsamer Yankee-Stimme. »Wirklich und wahrhaftig. Manche unserer Brüder verfügen nicht über die nötige Bildung. Aber sie meinen es nicht böse. Gestatten Sie, daß ich mich in ihrem Namen bei Ihnen entschuldige.«

»Ach, er war betrunken«, sagte ich und sah in ihr schmales New England-Gesicht.

»Ja, das weiß ich, das war er offensichtlich. *Ich* würde unsere farbigen Brüder nie auffordern zu singen, obwohl ich ihre Lieder sehr gern mag. Ich weiß, daß sich das nicht gehört. Sie sind hier, um mit uns zusammen zu kämpfen, nicht, um uns zu unterhalten. Hoffentlich verstehen Sie mich, Bruder.«

Ich lächelte sie an.

»Natürlich verstehen Sie mich. Aber ich muß nun gehen. Leben Sie wohl«, sagte sie, reichte mir ihre kleine, behandschuhte Hand und ging.

Ich war verwirrt. Was meinte sie? Wußte sie, daß wir uns ärgerten, weil andere glaubten, wir wären nur zu ihrer Unterhaltung da und von Natur aus Sänger? Aber jetzt, nach dem gemeinsamen Gelächter, quälte mich noch etwas: war es nicht doch möglich, uns um ein Lied zu bitten? Hatte der Untersetzte nicht das Recht, einen Fehler zu begehen, ohne daß seine Motive bewußt oder unbewußt bösartig waren? Schließlich hatte er *gesungen* oder es wenigstens versucht. Wenn ich *ihn* um ein Lied bäte? Ich sah, wie die kleine Frau, die in ihrem schwarzen Kleid wie eine Missionarin aussah, sich durch die Menge wand. Was tat sie hier? Welche Rolle spielte sie? Einerlei was sie wollte, sie ist hübsch, und ich mag sie.

In diesem Augenblick forderte Emma mich auf, mit ihr zu tanzen. Und ich tanzte mit ihr, und der Flügel spielte, und ich dachte an die Prophezeiung des Veteranen und preßte sie an mich, als wenn ich jeden Abend mit einer Frau wie ihr tanzte. Jetzt, da ich mich darauf eingelassen hatte, durfte ich keinerlei Überraschung oder Aufregung an den Tag legen, auch nicht in Situationen, die meiner Erfahrung fremd waren. Andernfalls hätte man mich vielleicht für unzuverlässig oder unwürdig gehalten. Irgendwie fühlte ich, daß man von mir auch das verlangte, wofür mich – außer vielleicht meine Phantasie – nichts vorbereitet hatte. Aber das war im Grunde nichts Neues für mich, denn die Weißen schienen immer damit zu rechnen, daß man das wußte, was sie immer möglichst geheim gehalten hatten. Ich mußte also nur vorbereitet sein – wie es mein Großvater gewesen war, als man von ihm als Beweis für seine Stimmfähigkeit verlangte, daß er die ganze United States Constitution auswendig konnte. Und er hatte sie sehr in Verlegenheit versetzt, als er diesen Beweis erbrachte, aber den Stimmzettel hatte er deshalb doch nicht erhalten. Wie dem auch war, diese hier waren anders.

Es war kurz vor fünf Uhr morgens, viele Tänze und viele Bourbons später, als ich in Marys Haus landete. Irgendwie war ich überrascht, daß mein Zimmer noch dasselbe war – nur das Bett hatte Mary neu überzogen. Die gute alte Mary. Ich fühlte mich traurig ernüchtert. Und als ich mich auszog, sah ich meine abgetragenen Kleider und erkannte, daß ich neue haben mußte. Ja, es war höchste Zeit. Auch einen neuen Hut mußte ich haben. Sein Grün war durch die Sonne verschossen und braun geworden, wie ein Blatt, auf das der Schnee des Winters fiel. Mein neuer Name verlangte einen neuen Hut. Einen schwarzen Hut mit breitem Rand; vielleicht einen Homburg ... Humbug? Ich lachte. Packen konnte ich morgen früh; ich besaß nicht viel, und das war vielleicht ganz gut. Mit leichtem Gepäck würde ich reisen, weit und schnell. Die Brüder handelten schnell. Welch ein Unterschied zwischen Mary und denen, um deretwillen ich sie verließ. Aber weshalb mußte ich sie verlassen, um die Arbeit zu vollbringen, die es mir vielleicht ermöglichte, etwas von dem zu tun, was sie von mir erwartete? Was für ein Zimmer würde Bruder Jack für mich wählen, und weshalb durfte ich mir mein Zimmer nicht selbst aussuchen? Um ein Führer in Harlem zu werden, brauchte ich doch nicht anderswo zu wohnen. Ja, ich sah alles anders, aber ich mußte mich ihrem Urteil fügen. Sie schienen in diesen Dingen sehr bewandert.

Aber wieweit konnte ich ihnen trauen, und wieweit unterschieden sie sich von den Treuhändern? Wie dem auch sei, ich war nun gebunden. Ich würde durch die Arbeit mit ihnen allerlei lernen, dachte ich, und dann dachte ich an das Geld. Knisternde, neue Banknoten, und ich versuchte mir Marys Überraschung vorzustellen, wenn ich meine Schulden (Miete und Beköstigung) bezahlte. Sie würde sicher glauben, ich machte mich über sie lustig. Aber mit Geld konnte ihre Hochherzigkeit nicht gutgemacht werden. Sie würde es nie begreifen, daß ich, jetzt wo ich Arbeit gefunden hatte, gleich ausziehen wollte. Und sollte mir irgendwie Erfolg beschieden sein, konnte mein Verhalten als Gipfel der Undankbarkeit ausgelegt werden. Wie sollte ich mich ihr gegenüber verhalten? Sie hatte für ihre Güte nichts verlangt. Vielleicht nur eins: ich sollte das werden, was sie einen ›Führer der Rasse‹ nannte. Ich begann, in der Kälte zu zittern. Es war verdammt schwer, ihr zu sagen, daß ich ausziehen wollte. Das war ein furchtbarer Gedanke für mich. Aber was half alle Sentimentalität? Wie Bruder Jack gesagt hatte: die Geschichte stellt hohe Anforderungen an uns. Aber diesen Anforderungen konnte man nicht aus dem Weg gehen, wenn man der Herr und nicht das Opfer seiner Zeit sein wollte. Glaubte ich das? Vielleicht war ich schon auf dem Weg. Außerdem, so dachte ich, konnte ich schon jetzt zugeben, daß manches an Menschen wie Mary mir nicht gefiel. Vor allem wußten solche Menschen nicht, wo ihre eigene Persönlichkeit aufhört und die des Mitmenschen beginnt. Sie denken meist nur als ›wir‹, während ich immer gern als ›ich‹ gedacht habe, und das hat allerlei Reibereien, sogar in meiner eigenen Familie, zur Folge gehabt. Auch Bruder Jack und die anderen sprachen als ›wir‹, aber es war ein anderes, größeres und umfangreicheres ›Wir‹.

Ja, ich hatte nun einen neuen Namen und neue Probleme. Vielleicht war es richtig, mich um das Alte nicht mehr zu kümmern. Vielleicht war es auch das beste, Mary nicht mehr zu sehen, ihr das Geld in einem Umschlag auf den Küchentisch zu legen, wo sie es sicher finden würde. Ja, das wäre vielleicht das beste, dachte ich müde. Dann brauchte ich nicht vor ihr zu stehen, nicht über Gefühle und Worte zu stolpern, die doch zu keiner Klärung führten … Noch eins über die Menschen im ›Hades‹: was sie fühlten und meinten, schienen sie in klaren, harten Worten zu sagen. Auch das muß ich noch lernen … Ich kroch unter die Bettdecke, hörte die Sprungfedern unter mir knarren. Das Zimmer war kahl. Ich lauschte auf die nächtlichen Geräusche im Haus. Die Uhr tickte mit leerer Hast, als wollte sie die Zeit überholen. Auf der Straße heulte eine Sirene.

15. KAPITEL

Dann erwachte ich und war doch nicht wach. Aufrecht saß ich im Bett und versuchte, durch das eklig graue Licht die Bedeutung des harten, nervenzerreißenden Lärms zu erkennen. Ich schob die Decke beiseite und hielt mir die Ohren zu. Jemand klopfte an das Heizungsrohr. Hilflos blickte ich um mich. Vielleicht minutenlang. Mir dröhnte der Kopf. In der Seite hatte ich furchtbares Jucken. Ich riß den Pyjama auf und kratzte mich, und plötzlich schien der Schmerz meinen Kopf zu verlassen und sich auf meine Seite zu stürzen. Ich sah graue Streifen da erscheinen, wo sich die Haut unter meinen kratzenden Nägeln löste. Und während ich sie betrachtete, sah ich Blut aus den Kratzwunden sickern. Die Wunden schmerzten, verbanden Zeit und Zimmer wieder miteinander, und ich dachte: das Zimmer hat an meinem letzten Tag bei Mary seine Wärme verloren – und plötzlich überfiel mich tiefe Traurigkeit.

Der Wecker, dessen Läuten in dem größeren Lärm unterging, zeigte halb acht, und ich stand auf. Ich mußte mich beeilen. Ich mußte meine Einkäufe machen, mußte Bruder Jack anrufen und seine Instruktionen einholen und dann Mary das Geld geben. Warum hörte der Krach nicht auf? Ich griff nach meinen Schuhen, zuckte zusammen, als das Klopfen auf einmal dicht über meinem Kopf erdröhnte. Wann hört das endlich auf? dachte ich. Und weshalb fühle ich mich so elend? Der Bourbon? Oder wurde ich krank?

Plötzlich rannte ich durch das Zimmer, schlug mit dem Schuhabsatz wütend gegen das Heizungsrohr.

»Hör endlich auf, verdammter Hammel!«

Mir platzte der Kopf. Außer mir, schlug ich auf das Rohr ein. Die Silberbronze sprang ab, und das schwarze, rostige Eisen kam zum Vorschein. Der andere schlug jetzt mit einem Stück Metall gegen das Rohr, und die Schläge klangen hart und taten weh.

Wenn ich nur wüßte, wer es war, dachte ich und sah mich nach etwas Schwerem um, um damit an das Rohr zu schlagen. Wenn ich das nur wüßte!

Dann sah ich auf einmal in der Nähe der Tür etwas, das ich bisher noch nie bemerkt hatte: die gußeiserne Figur eines sehr schwarzen, rotlippigen Negers mit breitem Mund, dessen weiße Augen mich vom Fußboden anstarrten. Sein Gesicht war ein ungeheures Grinsen; er hielt eine große, geöffnete schwarze Hand in Höhe der Brust. Es war eine Sparbüchse, wie man sie früher in Amerika herstellte. Legte man ein Geldstück in die offene Hand und drückte dann auf einen Hebel an der Hinterseite, hob sich der Arm, und das Geldstück flog in den grinsenden Mund. Eine Sekunde lang rührte ich mich nicht, fühlte, wie Wut in mir wach wurde, lief hinüber, packte das Ding. Daß Mary in ihrer Duldsamkeit oder Urteilslosigkeit diesen Hohn auf uns in ihrem Hause verwahrte, erregte mich plötzlich ebensosehr wie das Klopfen am Heizungsrohr. Als ich das Ding jetzt in der Hand hielt, schien der Ausdruck des Gesichtes eher Atemnot als Grinsen. Er erstickte, war bis zum Halse mit Geldstücken gefüllt.

Wie kam die Sparbüchse hierher? fragte ich mich, während ich an das Heizungsrohr eilte und ihm mit dem krausen

Eisenkopf einen Schlag versetzte. »Hör endlich auf«, schrie ich. Aber das schien den unsichtbaren Klopfer nur noch wütender zu machen. Der Lärm war betäubend. Oben und unten im Haus fielen die Mieter in das Klopfen ein. Ich hämmerte mit dem eisernen Kerl weiter, die Silberbronze flog mir ins Gesicht wie Sand, den der Wind vor sich hertreibt. Unter den Schlägen summte das Rohr. Fenster wurden aufgerissen. Stimmen schrien Schimpfworte durch den Luftschacht.

Wer hat damit angefangen, fragte ich mich, wer ist der Verantwortliche? »Weshalb benimmt man sich nicht wie anständige Menschen des zwanzigsten Jahrhunderts?« schrie ich, und versetzte dem Rohr wieder einen Schlag. »Benehmt euch anständig! Und nicht wie die Hottentotten.«

Dann ein Krachen, der eiserne Kopf zerbarst in meiner Hand. Wie Heuschrecken flogen die Geldstücke durch das Zimmer, fielen klingend und klirrend auf den Fußboden, rollten davon, irgendwohin. Ich war wie erstarrt.

»Hör sich das mal einer an! Hör sich das mal einer an!« rief Mary unten im Flur. »Bei dem Krach werden sogar die Toten wach! Und dabei wissen sie ganz genau: wenn die Heizung nicht brennt, ist der Heizer betrunken oder hat die Arbeit einfach liegen lassen und ist bei seiner Frau. So ein Unverstand!«

Sie stand jetzt vor meiner Tür. Ihr Klopfen mischte sich in die Schläge gegen das Rohr, und sie rief: »Kommt das Klopfen nicht auch aus Ihrem Zimmer?«

Unentschlossen blickte ich um mich, betrachtete die Splitter des Kopfes und die Geldstücke, die auf dem Fußboden umherlagen.

»Hören Sie nicht?« rief sie.

»Was ist denn los?« rief ich zurück. Ich bückte mich und las wie besessen die Splitter auf und dachte dabei, wenn sie die Tür öffnet, bin ich verloren …

»Ich fragte nur, ob der Lärm nicht auch aus Ihrem Zimmer kommt?«

»Ja, Mary, das tut er«, rief ich, »aber es ist alles in Ordnung ... Ich bin schon auf.«

Ich sah, wie der Türknopf sich drehte. Ich erstarrte, als ich sie sagen hörte: »Klang so, als käme der Krach auch von hier. Sind Sie schon angezogen?«

»Nein«, rief ich. »Ich bin gerade dabei. Bin gleich fertig.«

»Kommen Sie dann in die Küche; da ist es warm. Auf dem Ofen steht warmes Wasser zum Waschen ... und auch Kaffee. Du lieber Gott, was für 'n Krach ...«

Ich bewegte mich erst wieder, als sie nach unten gegangen war. Ich mußte mich beeilen. Ich kniete wieder nieder, hob einen Splitter der Sparbüchse auf, ein Stück der rothemdigen Brust, und las darauf, in einem Bogen weißer eiserner Buchstaben: ›Gib mir was zu essen‹ ... wie der Name eines Klubs auf dem Hemd eines Sportlers. Die Sparbüchse war geplatzt wie eine Granate, und ihre bunten Splitter vermischten sich mit den Geldstücken auf dem Fußboden. Ich betrachtete meine Hand. Sie war blutig. Ich wischte das Blut ab und dachte: wohin mit den Brocken? Das hier und die Nachricht, daß ich ausziehe, ist zuviel für sie. Ich nahm eine Zeitung vom Stuhl, faltete sie und fegte Geldstücke und Splitter zu einem Haufen zusammen. Wo soll ich das verstecken? fragte ich mich, während ich voller Ekel die eisernen Locken und das dunkle Rot eines Teils des grinsenden Mundes betrachtete. Weshalb, dachte ich ärgerlich, hat Mary überhaupt solchen Kram? Weshalb? Ich sah unter das Bett. Alles blitzsauber. Da konnte ich nichts verstecken. Sie war eine viel zu gründliche und saubere Hausfrau. Und das Geld? Vielleicht hatte der letzte Mieter die Büchse hier vergessen. Wem das Geld auch gehörte, es mußte versteckt werden. Im Schrank würde sie es auch finden. Ein paar Tage nach meinem Auszug würde sie den

Schrank säubern, und dann fand sie das Geld. Das Klopfen war nun kein einfacher Protest mehr gegen die Kälte, es war ein wilder Rumba-Rhythmus geworden:

Bum!
Bum-Bum!
Bum-Bum!
Bum!
Bum!
Bum-Bum!
Bum-Bum!

Sogar der Fußboden bebte.

»Einen Augenblick, ihr verdammten Schweine«, sagte ich laut, »dann verschwinde ich. Rücksicht auf andere kennt ihr nicht! Warum denkt ihr nicht mal an die, die gern schlafen möchten? Und wenn jemand einem Nervenzusammenbruch nahe ist …?«

Aber da war immer noch das Paket. Mir blieb nichts anderes übrig, als es irgendwie auf dem Weg downtown zu verlieren. Ich machte ein festes Bündel daraus und steckte es in die Manteltasche. Ich würde Mary einfach mehr geben und ihr auf diese Weise das Geld aus der Sparbüchse ersetzen. Ich wollte ihr geben, was ich übrig hatte, die Hälfte von dem, was ich besaß, wenn das notwendig sein sollte. Damit wäre dann wenigstens ein Teil abgegolten. Das würde sie sicher freuen. Aber dann wurde mir auf einmal klar, daß ich mit ihr *sprechen* mußte. Einen Ausweg gab es nicht. Weshalb kann ich ihr nicht ganz einfach sagen, daß ich ausziehe? Weshalb ihr nicht das Geld geben und das Haus verlassen? Sie war die Vermieterin und ich der Mieter. – Nein, es war mehr, und ich war nicht hart, nicht geübt genug, ihr auch nur zu sagen, ich hätte Arbeit gefunden, irgendwas, aber das mußte gleich geschehen.

Als ich die Küche betrat, saß sie am Tisch und trank Kaffee.

Der Wasserkessel auf dem Ofen summte, und aus der Tülle strömte der Dampf. »Sie sind heute morgen aber langsam«, sagte sie. »Im Kessel ist Wasser zum Waschen. Sie sehen sehr müde aus, vielleicht ist kaltes Wasser besser.«

»Schon gut«, antwortete ich. Ich fühlte, wie mir der Dampf ins Gesicht strömte, der erst feucht und dann kalt wurde. Die Uhr über dem Ofen ging nach.

Ich ging in das Badezimmer, steckte den Stöpsel ein, goß etwas von dem heißen Wasser in das Becken und ließ kaltes Wasser aus dem Hahn zulaufen. Ich benetzte mein Gesicht immer wieder mit dem tränenwarmen Wasser, dann trocknete ich mich ab und ging in die Küche zurück.

»Lassen Sie den Kessel wieder vollaufen«, sagte sie, als ich zurückkehrte. »Wie geht es Ihnen?«

»Einigermaßen«, erwiderte ich.

Sie saß da, die Ellbogen auf die emaillierte Tischplatte gestützt, die Tasse in beiden Händen, den kleinen Finger ihrer rauhen Hand leicht gekrümmt. Ich ging an den Spülstein und drehte den Kran auf, fühlte den kalten Strahl auf meiner Hand und dachte an das, was nun kam …

»Längst genug«, rief Mary mir zu. »Sie schlafen wohl noch?«

»Scheint mir auch so«, erwiderte ich. »Ich dachte gerade an was anderes.«

»Das lassen Sie mal, trinken Sie lieber Ihren Kaffee. Sobald ich mit meinem fertig bin, will ich mal nachsehen, was ich Ihnen zum Frühstück vorsetzen kann. Nach der langen Nacht sind Sie sicher hungrig. Zum Abendessen sind Sie auch nicht nach Hause gekommen.«

»Es ließ sich nicht einrichten«, sagte ich, »aber eine Tasse Kaffee genügt.«

»Sie sollten was dazu essen«, warnte sie mich und goß die Tasse voll.

Ich nahm die Tasse und trank einen kleinen Schluck. Der

schwarze Kaffee schmeckte bitter. Sie sah von mir zur Zukkerdose und dann wieder zu mir, sagte aber kein Wort; dann schwenkte sie ihre Tasse und blickte hinein.

»Muß mir mal einen neuen Filter kaufen«, sagte sie nachdenklich. »Meiner läßt immer Kaffee und den Satz durch, das Gute mit dem Schlechten. Wie es eigentlich kommt, weiß ich nicht, aber auch bei den besten Filtern hat man immer wieder etwas Satz in der Tasse.«

Ich blies in die dampfende Flüssigkeit und mied Marys Blicke. Das Klopfen wurde wieder unerträglich. Ich mußte mich auf den Weg machen. Ich blickte auf die heiße, metallische Oberfläche des Kaffees, sah einen öligen, schillernden Wirbel.

»Ja, Mary«, begann ich dann, »ich muß mit Ihnen mal was besprechen.«

»Nein, nein«, sagte sie verdrießlich, »lassen Sie mich heute morgen mit Ihrer Miete in Ruh. Ich mach mir deswegen keine Sorgen. Wenn Sie Geld haben, werden Sie schon zahlen. Bis dahin denken Sie nicht dran. Bei mir soll niemand hungern. Haben Sie Aussicht auf Arbeit?«

»Nein – das heißt …«, stammelte ich, die Gelegenheit ergreifend. »Aber ich habe heute morgen eine Besprechung. Vielleicht wird's was.«

Ihr Gesicht hellte sich auf. »Das ist ja fein. Sie bekommen schon Arbeit. Das weiß ich ganz genau.«

»Aber meine Schulden …«, begann ich wieder.

»Reden Sie nicht davon. Wollen Sie ein paar warme Semmeln?« fragte sie, stand auf und öffnete den Schrank. »Dann haben Sie bei dem kalten Wetter was im Magen.«

»Dazu habe ich keine Zeit mehr«, sagte ich. »Aber ich habe etwas für Sie …«

»Was denn?« klang ihre Stimme dumpf aus dem Schrank.

»Hier«, sagte ich schnell und griff nach dem Geld in der Tasche.

»Was? – Einen Augenblick, muß erst mal sehen, wo der Sirup ist.«

»Schauen Sie doch mal«, sagte ich eifrig und zog eine Hundert-Dollarnote aus der Tasche.

»Muß oben auf dem Regal stehen«, sagte sie. Sie wandte mir immer noch den Rücken zu.

Ich seufzte, als sie eine kleine Leiter neben dem Schrank holte, sich an den Türen festhaltend hinaufstieg und auf das obere Brett sah. Ich würde es ihr nie sagen können.

»Aber ich will Ihnen doch was geben«, sagte ich.

»Lassen Sie mich mal einen Augenblick in Ruh. *Was* wollen Sie mir denn geben?« sagte sie dann und sah über eine Schulter hinweg zu mir.

Ich winkte mit dem Geldschein. »Dies hier!« Sie drehte mir den Kopf zu. »Was haben Sie denn da?«

»Geld.«

»Geld! Du lieber Gott.« Sie verlor fast das Gleichgewicht, als sie sich jetzt vollständig umdrehte. »Woher haben Sie denn das viele Geld? Haben Sie in der Lotterie gespielt?«

»Ja. Und meine Nummer ist rausgekommen«, sagte ich dankbar – und dachte dabei: welche Nummer soll ich nennen, wenn sie danach fragt. Ich hatte ja keine Ahnung. Ich hatte noch nie gespielt.

»Aber warum haben Sie mir das nicht gesagt? Ich hätte auch gern einen Nickel gesetzt.«

»Ich habe nie geglaubt, daß ich was gewinne.«

»So was! Es war bestimmt das erste Mal, daß Sie gespielt haben.«

»Ja.«

»Ich wußte doch, daß Sie ein Glückspilz sind. Ich spiele schon jahrelang – und Sie gewinnen gleich beim erstenmal so einen Haufen Geld. Aber ich brauche Ihr Geld nicht. Das hat Zeit, bis Sie Arbeit gefunden haben.«

»Sie sollen auch nicht alles haben«, entgegnete ich schnell. »Das ist nur eine Anzahlung.«

»Aber es ist ja eine *Hundert*-Dollarnote. Wenn ich versuche, sie wechseln zu lassen, wollen die Weißen gleich meine ganze Lebensgeschichte wissen.« Sie schnaubte. »Wo ich geboren bin, wo ich arbeite, wo ich während des letzten halben Jahres gewesen bin – und wenn ich ihnen das alles erzählt habe, glauben sie immer noch, ich hätte das Geld gestohlen. Haben Sie's nicht kleiner?«

»Das ist die kleinste Note. Nehmen Sie sie, mir bleibt noch genug.«

Sie sah mich verschmitzt an. »So?«

»Ganz bestimmt.«

»Ja – helfen Sie mir erst mal hier runter, ehe ich falle und mir den Hals breche.« Sie stieg von der kleinen Leiter. »Ich freue mich sehr. Aber eins will ich Ihnen sagen: ich nehme nur einen Teil für mich und den Rest verwahre ich für Sie. Und wenn Sie was brauchen, kommen Sie zu Mary.«

»Ich glaube, es geht mit mir jetzt bergauf«, sagte ich. Sie faltete den Schein sorgfältig zusammen und steckte ihn in eine Ledertasche, die immer an der Stuhllehne hing.

»Ich bin wirklich froh, denn jetzt kann ich die Rechnung bezahlen, wegen der ich schon so viel Scherereien gehabt habe. Das tut mir ordentlich gut, den Leuten das Geld auf den Tisch zu schmeißen und ihnen zu sagen, sie sollten mich endlich in Ruh lassen. Ja, ich glaube, mit Ihnen geht's jetzt bergauf. Haben Sie die Nummer geträumt?«

Ich sah in ihr erregtes Gesicht. »Ja«, antwortete ich, »aber es war ein sehr wirrer Traum.«

»Welche Zahl war es denn? Was ist denn das?« schrie sie. Sie stand auf und zeigte auf das Linoleum in der Nähe des Heizrohres.

Ich sah einen ganzen Schwarm Schaben wie irr an dem Heizungsrohr herunterlaufen, wo dieses durch die Decke kam. Infolge der Schläge bebte das Rohr, und sie fielen auf den Fußboden der Küche.

»Schnell den Besen«, schrie Mary. »Drüben im Schrank.«

Ich eilte um den Stuhl herum, nahm den Besen, lief zu ihr und vernichtete die auseinander stiebenden Schaben mit Besen und Füßen, hörte das Knacken und Krachen, als ich sie zertrat.

»Dieses Sauzeug«, schrie Mary. »Schnell, die da unter dem Tisch. Daß die uns nicht entwischt.«

Ich schwang den Besen, fegte die zertretenen Insekten zusammen. Außer Atem holte Mary die Kehrschaufel und gab sie mir.

»Viele Menschen leben im Dreck«, sagte sie angeekelt. »Da braucht nur einer ein bißchen zu klopfen, und schon kommt der Dreck zum Vorschein. Braucht nur mal ein bißchen zu klopfen.«

Ich betrachtete die feuchten Flecken auf dem Linoleum, hängte Schaufel und Besen wieder an ihren Platz und wollte das Zimmer verlassen.

»Wollen Sie denn nichts essen?« sagte sie. »Sobald ich mit der Schweinerei hier fertig bin, gebe ich Ihnen was.«

»Ich habe keine Zeit mehr«, sagte ich, die Hand schon am Türgriff. »Ich habe mich früh verabredet und muß vorher noch was erledigen.«

»Kehren Sie lieber irgendwo ein. Bei der Kälte mit leerem Magen rumlaufen tut nicht gut. Und dann glauben Sie nicht, Sie könnten auswärts essen, nur weil Sie mal ein bißchen Geld in der Tasche haben.«

»Das tue ich schon nicht«, erwiderte ich, während sie sich die Hände wusch.

»Dann viel Glück«, rief sie. »Sie haben mir heute morgen wirklich eine schöne Überraschung bereitet – so wahr ich hier stehe.«

Sie lachte froh, und ich ging durch den Flur in mein

Zimmer und schloß die Tür. Ich zog den Mantel an und nahm die Preisaktenmappe aus dem Schrank. Sie war noch genau so neu wie an dem Abend der großen Balgerei. Sie beulte sich aus, als ich die Splitter der Sparbüchse und die Geldstücke hineintat und die Klappe schloß. Dann machte ich den Schrank zu und ging.

Das Klopfen ärgerte mich jetzt kaum noch. Mary sang irgendein trauriges und heiteres Lied, als ich durch den Flur ging. Sie sang immer noch, als ich die Tür öffnete und den Flur betrat. Dann erinnerte ich mich, und in dem trüben Licht des Flurs nahm ich das leicht duftende Stück Papier aus meiner Brieftasche und faltete es vorsichtig auseinander. Ein Zittern befiel mich. Der Flur war kalt. Dann hörte das Zittern auf, und ich warf einen langen, harten Blick auf meinen neuen Bruderschaftsnamen.

Die Wagen hatten bereits den Schnee, der in der Nacht gefallen war, zu Schlamm zermahlen, und es war etwas wärmer geworden. Ich mischte mich unter die Fußgänger auf dem Bürgersteig und fühlte die Aktenmappe mit dem schweren Paket gegen mein Bein schlagen. Ich wollte mich der Eisensplitter und der Münzen an dem ersten Abfalleimer entledigen. Sie sollten mich nicht länger an meinen letzten Morgen bei Mary erinnern. Ich ging auf eine Reihe verbeulter Abfalleimer zu, die vor ein paar alten Privathäusern standen. Als ich sie erreicht hatte, ließ ich das Paket in einem von ihnen verschwinden und ging dann weiter – als ich hörte, wie eine Tür geöffnet wurde und jemand hinter mir herschrie.

»Das gibt's nicht. Kommen Sie sofort zurück und nehmen Sie das Zeug wieder raus.«

Ich drehte mich um und sah auf der Treppe eine kleine Frau in einem grünen Mantel, der ihren Kopf und ihre Schultern bedeckte und dessen Ärmel wie gelähmte Arme baumelten.

»Ja, ich meine Sie«, rief sie. »Holen Sie sich Ihren Dreck

wieder. Und tun Sie Ihren Abfall *nie* wieder in meinen Eimer.«

Sie war eine kleine, gelbe Frau, mit einem Kneifer an einer Schnur, das Haar in Löckchen aufgedreht.

»Wir halten hier alles sauber und ordentlich und dulden es nicht, daß die Neger aus dem Süden uns alles versauen«, schrie sie voller Haß.

Schon blieben die Leute stehen. Ein Hausmeister kam aus einem der Häuser und stellte sich mitten auf den Bürgersteig. Er knallte die zur Faust geballte rechte Hand in die offene linke. Verlegen und ärgerlich zögerte ich. War diese Frau nicht bei Sinnen?

»Nun mal schnell. Ja, Sie meine ich. Nehmen Sie den Dreck und raus! Rosalie«, rief sie jemand im Innern des Hauses zu, »ruf die Polizei an. Rosalie.«

Soweit darf ich es nicht kommen lassen, dachte ich und ging an den Abfalleimer zurück. »Was ist denn dabei?« rief ich der Frau zu. »Für die Straßenkehrer ist Abfall Abfall. Ich wollte es nur nicht auf die Straße werfen. Ich wußte auch nicht, daß der eine Abfall besser ist als der andere.«

»Werden Sie auch noch frech!« antwortete die Frau. »Ich bin's leid, mir von Negern aus dem Süden alles verdrecken zu lassen.«

»Schon gut«, sagte ich, »ich hol's wieder raus.«

Ich griff in den halbgefüllten Eimer, fühlte nach dem Paket, während der Gestank faulenden Abfalls mir in die Nase stieg. Meine Hand ekelte sich, aber das schwere Paket war tief in den Eimer gesunken. Fluchend schob ich mit der sauberen Hand den Ärmel hoch und suchte so lange, bis ich das Paket gefunden hatte. Dann wischte ich den Arm mit dem Taschentuch ab und ging weiter. Die Leute, die stehengeblieben waren, grinsten mich an.

»Geschieht Ihnen ganz recht«, schrie die kleine Frau von der Treppe.

Ich drehte mich um und ging auf sie zu. »Jetzt aber Schluß, Sie gelbes, verschrumpeltes Stück. Wollen Sie immer noch die Polizei rufen?« Meine Stimme klang auf einmal schrill. »Ich habe getan, was Sie wollten, noch ein Wort und ich tue, was ich möchte.« Sie sah mich mit großen Augen an. »Das kann ich mir vorstellen ...«, sagte sie, und öffnete die Tür ...

»Ich möchte es nicht nur, ich tue es auch.«

»Sie sind kein Gentleman«, schrie sie und knallte die Tür zu.

An der nächsten Reihe von Abfalleimern wischte ich mir Handgelenk und Hände mit einem Stück Zeitungspapier ab und wickelte den Rest der Zeitung um das Paket. Ich wollte es irgendwo auf die Straße werfen.

Zwei Blocks weiter war meine Wut verraucht, aber ich kam mir auf einmal sehr verlassen vor. Auch die Leute, die an der Straßenkreuzung warteten, schienen vereinsamt, jeder mit seinen eigenen Gedanken beschäftigt. Als die Ampel umsprang, ließ ich das Paket in den zertrampelten Schnee fallen und eilte weiter. Ich dachte: so, das wäre erledigt.

Ich war schon zwei Blocks weitergegangen, als jemand hinter mir herrief: »He, Sir ..., warten Sie mal einen Augenblick!« Und ich hörte eilige Schritte im Schnee knirschen. Dann stand er neben mir, ein vierschrötiger Mann in abgetragenen Kleidern. Sein Atem wehte in weißen Strähnen in die Kälte, als er mich keuchend anlächelte.

»Sie gingen so schnell, daß ich schon glaubte, ich würde Sie nicht einholen«, sagte er. »Haben Sie nicht was verloren?«

Du lieber Gott, dachte ich, ein Retter in der Not! Ich war fest entschlossen, alles zu leugnen. »Was verloren? Nein.«

»Bestimmt nicht?« sagte er und runzelte die Stirn.

»Nein«, sagte ich. Ich sah seine gerunzelte Stirn, sah Angst in seinen Augen, die mich anstarrten.

»Aber ich hab's doch *gesehen«,* sagte er und sah schnell die Straße hinauf. »Was haben Sie vor?«

»Vorhaben? Was soll das heißen?«

»Sie haben was verloren und wollen es auf einmal nicht verloren haben ... Da stimmt doch was nicht.« Er trat ein paar Schritte zurück, blickte schnell zu den Passanten oben in der Straße, von wo er gekommen war.

»Was wollen Sie eigentlich?« sagte ich. »Ich habe Ihnen doch gesagt, daß ich nichts verloren habe.«

»Erzählen Sie mir nichts. Ich hab's mit eigenen Augen *gesehen*. Was sagen Sie hierzu?« sagte er, und nahm das Paket aus der Zeitung. »Fühlt sich an wie Geld oder ein Revolver oder sonst was. Ich weiß ganz genau, daß Sie es fallengelassen haben.«

»Ach das«, erwiderte ich. »Nichts von Bedeutung – ich dachte, Sie ...«

»Sieh mal einer an! Jetzt erinnern Sie sich auf einmal? Ich glaubte, ich täte Ihnen einen Gefallen, und nun wollen Sie mich zum Narren halten. Sind wohl so ne Art Verbindungsmann oder Rauschgifthändler oder sonst was? Wollen mir wohl so 'n Zeug anhängen?«

»Zeug?« sagte ich. »Sie irren sich ...«

»Irren sich ... Großartig. Nehmen Sie das Zeug«, sagte er und drückte mir das Paket in die Hand, als wäre es eine Bombe mit brennender Zündschnur. »Ich habe Frau und Kinder. Ich wollte Ihnen einen Gefallen tun, und Sie bringen mich dafür in Schwierigkeiten. Sind wohl auf der Flucht vor einem Detective oder sonst wem?«

»Einen Augenblick«, sagte ich, »Ihre Phantasie geht mit Ihnen durch. Es ist nur Abfall ...«

»Auf den Schwindel falle ich nicht rein«, knurrte er. »Ich weiß schon, was für Abfall das ist. Euch jungen New Yorker Negern ist nicht zu trauen. Das sage ich Ihnen ins Gesicht. Hoffentlich erwischt man Sie bald und sperrt Ihren Arsch ins Gefängnis.«

Er eilte davon, als ob ich die Pocken hätte. Ich betrachtete das Paket. Er glaubt, es enthielte einen Revolver oder gestohlene Dinge, dachte ich, während ich hinter ihm her blickte. Ich ging ein paar Schritte weiter und wollte das Paket gerade auf die Straße fallen lassen, als ich mich zufällig umblickte und ihn zusammen mit einem anderen stehen und empört in meine Richtung zeigen sah. Ich eilte weiter. Schnell, sonst rief er noch die Polizei. Ich steckte das Paket wieder in die Aktenmappe. Ich wollte damit warten, bis ich downtown ankam.

In der U-Bahn lasen die Leute die Morgenzeitung, streckten ihre unangenehmen Gesichter vor. Während der Fahrt schloß ich die Augen und versuchte, an Mary zu denken. Als ich mich umdrehte, sah ich die Schlagzeile: *Wilder Protest gegen Zwangsräumung in Harlem,* gerade noch in dem Augenblick, als der Mann die Zeitung senkte und durch die berstende Tür den Wagen verließ. Ich konnte es kaum erwarten, bis ich die 42. Straße erreichte, wo ich die Geschichte auf der ersten Seite einer Zeitung mit Kurznachrichten fand. Ich las sie eifrig. Von mir wurde nur als einem unbekannten Aufwiegler gesprochen, der sich in der allgemeinen Aufregung aus dem Staub gemacht hatte. Daß ich damit gemeint war, bezweifelte ich keinen Augenblick. Es hatte zwei Stunden gedauert, bis die Menge endlich das Grundstück geräumt hatte. Mit einem Gefühl neuer Wichtigkeit betrat ich das Bekleidungsgeschäft.

Ich wählte einen besseren Anzug, als ich vorgehabt hatte, und während er geändert wurde, kaufte ich einen Hut, Hemden, Schuhe, Unterwäsche und Socken. Dann rief ich Bruder Jack an, der mir wie ein General seine Befehle erteilte. Ich sollte mich in ein bestimmtes Haus in der oberen East Side begeben, wo ich ein Zimmer fände, sollte ferner allerlei Literatur über die Bruderschaft lesen, die dort auf mich wartete, und dann bei der Versammlung, die am Abend in Harlem stattfände, eine Rede halten.

Die Adresse war die eines unansehnlichen Hauses, in dessen Nähe viele Spanier und Iren wohnten. Als ich auf die Hausklingel drückte, warfen Jungens Schneebälle quer über die Straße. Die Tür wurde von einer kleinen, nett aussehenden, lächelnden Frau geöffnet. »Guten Morgen, Bruder«, sagte sie. »Die Wohnung ist für Sie bereit. Er sagte, Sie würden um diese Zeit kommen, und ich bin gerade noch rechtzeitig fertig geworden. Nein, sehen Sie, der viele Schnee!«

Ich folgte ihr über drei Treppenzüge und fragte mich, was ich mit einer ganzen Wohnung anfangen sollte.

»Hier, bitte«, sagte sie, zog ein Schlüsselbund aus der Tasche und öffnete eine Tür vorn im Flur. Ich betrat ein kleines, gemütlich ausgestattetes Zimmer, in das hell die Wintersonne schien. »Dies ist das Wohnzimmer«, sagte sie stolz, »und gegenüber das Schlafzimmer.« Es war geräumiger, als ich es brauchte, mit einer Kommode, zwei Sesseln, zwei Schränken, einem Bücherbrett und einem Tisch, auf dem die Bücher lagen, die Bruder Jack erwähnt hatte. Neben dem Schlafzimmer befand sich das Badezimmer, eine kleine Küche war auch vorhanden.

»Hoffentlich gefällt es Ihnen, Bruder«, sagte sie, als sie mich verließ. »Wenn Sie was brauchen, klingeln Sie bitte.«

Die Wohnung war sauber und nett und gefiel mir gut – vor allem das Badezimmer mit der Badewanne und der Dusche. Ich ließ gleich die Wanne vollaufen und badete ausgiebig. Ich fühlte mich sauber und erfrischt und machte mich an die Lektüre der Bücher und Flugblätter. Meine Aktenmappe mit den Splittern der Spardose lag auf dem Tisch. Ich würde mich des Paketes später entledigen. Jetzt mußte ich vor allem an die Versammlung am Abend denken.

16. KAPITEL

Um halb acht holten mich Bruder Jack und ein paar andere ab, und wir fuhren mit einem Taxi nach Harlem. Wie das erste Mal sagte keiner ein Wort. Aus einer Ecke des Wagens klang leichtes Knistern, wenn der Mann, der hier saß, an seiner Pfeife sog, in der mit Rum getränkter Tabak glimmte und in der Dunkelheit einen roten Fleck bildete. Während der Fahrt wurde ich immer nervöser. Im Taxi kam es mir übermäßig warm vor. In einer Seitenstraße stiegen wir aus und gingen in der Dunkelheit durch eine enge Gasse zur Rückseite eines großen, scheunenartigen Gebäudes, wo bereits andere Mitglieder der Bruderschaft versammelt waren.

»Wir sind am Ziel«, sagte Bruder Jack. Er ging voran durch eine dunkle Hintertür in einen Umkleideraum, der von kahlen, tiefhängenden Birnen erhellt wurde. Es war ein kleiner Raum mit Holzbänken und einer Reihe von stählernen Spinden, in deren Türen allerlei Namen eingekratzt waren. Es roch hier wie im Umkleideraum von Football-Spielern: nach altem Schweiß, Jod, Blut und Franzbranntwein, und ich fühlte, wie allerlei Erinnerungen in mir wach wurden.

»Wir warten, bis der Saal voll ist«, sagte Bruder Jack. »Erst dann erscheinen wir – wenn ihre Ungeduld den Höhepunkt erreicht hat.« Er grinste mich an. »Inzwischen können

Sie an Ihre Rede denken. Haben Sie das Material durchgesehen?«

»Den ganzen Tag«, erwiderte ich.

»Gut. Ich schlage vor, genau auf das zu hören, was wir anderen sagen. Wir sprechen vor Ihnen. Auf diese Weise erhalten Sie allerlei Hinweise für Ihre Ansprache. Sie sprechen als letzter.«

Ich nickte. Ich sah, wie er zwei der Männer beim Arm faßte und sich mit ihnen in eine Ecke zurückzog. Ich war allein. Die anderen studierten ihre Notizen und sprachen miteinander. Ich durchquerte das Zimmer und betrachtete eine alte Photographie, die mit Heftzwecken an der vergilbten Wand befestigt war. Es war das Bild eines früheren Preisboxers in Kampfstellung, eines sehr volkstümlichen Boxers, der im Ring sein Augenlicht verloren hatte. Vielleicht hier in der Arena, dachte ich. Das war vor Jahren gewesen. Die Photographie war derart dunkel und undeutlich, daß der Dargestellte jeder Nationalität hätte angehören können. Groß und mit entspannten Muskeln machte er einen ganz harmlosen Eindruck. Ich erinnerte mich, was mein Vater über den unfairen Kampf erzählt hatte, in dem jener blind geschlagen worden war, von dem Skandal, der unterdrückt wurde, und daß der Boxer in einer Blindenanstalt gestorben war. Wer hätte jemals gedacht, daß ich den Schauplatz jenes Geschehens kennenlernen würde? Wie seltsam griff doch alles ineinander. Ich wurde auf einmal traurig und ließ mich müde auf einer Bank nieder. Die anderen sprachen weiter leise miteinander. Ich beobachtete sie mit plötzlicher Wut. Weshalb kam ich als letzter an die Reihe? Und wenn sie bis dahin die Zuhörer durch ihre Reden zu Tode gelangweilt hatten? Ich würde wahrscheinlich niedergeschrien, bevor ich noch richtig begonnen hatte … Vielleicht aber auch nicht, dachte ich und schob meine Befürchtungen beiseite. Vielleicht erzielte ich dadurch eine Wirkung, daß ich mich ihnen anders näherte als sie. Vielleicht war das sogar bezweckt ... Jedenfalls mußte ich Vertrauen zu ihnen haben; mußte es.

Aber meine Nervosität wich nicht. Ich kam mir hier überflüssig vor. Von jenseits der Tür hörte ich Stühle rücken und Stimmengewirr. Allerlei kleine Sorgen wirbelten in mir: vielleicht vergaß ich meinen neuen Namen. Vielleicht erkannte mich einer der Zuhörer. Ich beugte mich vor, wurde mir plötzlich meiner Beine in der neuen blauen Hose bewußt. Wie wußte ich, ob es meine Beine waren? Und wie heiße ich? dachte ich und versuchte, mit mir zu scherzen. So absurd das auch war, meine Nervosität ließ nach. Mir war, als sähe ich meine Beine zum erstenmal – unabhängige Dinge, die mich von sich aus in Gefahr oder Sicherheit tragen konnten. Ich starrte auf den staubigen Fußboden. Dann war mir, als kehrte ich aus langer Bewußtlosigkeit zurück, als stände ich gleichzeitig an beiden Enden eines Tunnels. Ich sah mich aus der Ferne des Schulgeländes, während ich hier in der alten Arena auf einer Bank saß. Im neuen blauen Anzug. Abseits von einer Gruppe gespannter Männer, die mit leisen, scharfen Stimmen miteinander sprachen. Und doch hörte ich in der Ferne das Rücken von Stühlen, immer mehr Stimmen und Husten. Von irgendwoher, tief in meinem Innern, sah ich das alles, aber was ich sah, war von verwirrender, formloser Undeutlichkeit, wie auf einem Photo aus der Jugendzeit: leeres Gesicht, ausdrucksloses Lächeln, zu große Ohren, Pickel – zu viele, zu deutliche Pickel. Ich erkannte, daß ich am Anfang einer neuen Phase stand. Jener Teil meiner selbst, der in der Vergangenheit lebte, durfte das College, die Apparate im Krankenhaus, die Balgerei nicht verlassen – das alles lag nun weit hinter mir. Vielleicht war es der Teil von mir, der lustlos beobachtete und alles sah, dem nichts entging, immer noch der hämische, über alles diskutierende Teil; die stets widersprechende Stimme, mein Großvaterteil;

der zynische, ungläubige Teil – der Verräter, der immer mit innerem Zwiespalt drohte. Wie dem auch war, ich wußte, daß ich ihn unterdrücken mußte. Ja, mußte! Hatte ich heute abend Erfolg, dann war ich auf dem Weg zu etwas Großem. Keine Nervenkrisen mehr, kein Denken mehr an vergangene Schmerzen ...

Nein, dachte ich, meinem Körper eine andere Haltung gebend, es sind dieselben Beine, auf denen ich den weiten Weg von zu Hause gekommen bin. Und doch waren sie irgendwie neu. Der neue Anzug gab mir etwas Neues. Die neuen Kleider, der neue Name und die neuen Umstände. Etwas so subtil Neues, daß man es kaum ausdenken konnte, aber es war da. Ich wurde ein anderer. Undeutlich und wie in plötzlicher Panik fühlte ich, daß ich in dem Augenblick, in dem ich das Podium betrat und den Mund öffnete, ein anderer sein würde. Nicht gerade ein Niemand mit einem künstlichen Namen, der gerade so gut jedem anderen oder niemand hätte gehören können. Sondern eine andere Persönlichkeit. Nur wenige kannten mich bisher ... aber nach dem heutigen Abend ... Wie war es? Um bekannt zu werden, brauchten einen vielleicht nur viele Menschen zu betrachten, ihre Augen starr auf einen zu richten ... vielleicht genügte das, um ein anderer zu werden. Vielleicht genügte das, einen in etwas anderes oder einen anderen zu verwandeln. Wie der Knabe durch ständiges Wachsen ein Mann wird. Ein Mann mit tiefer Stimme – schon als zwölfjähriger Junge hatte ich eine tiefe Stimme gehabt. Aber wenn sich nun jemand von der Schule unter den Zuhörern befand? Oder einer aus Marys Haus – vielleicht Mary selbst? »Nein, auch das würde nichts daran ändern«, hörte ich mich leise sagen, »das alles ist vorbei.« Ich hatte einen anderen Namen. Ich handelte nach den Befehlen anderer. Selbst wenn ich Mary auf der Straße begegnet wäre, ich mußte, ohne sie zu kennen, an ihr vorbeigehen. Ein niederdrückender Gedanke – ich stand plötzlich auf, verließ den Ankleideraum und ging hinaus in die Gasse.

Ich hatte meinen Mantel nicht angezogen und fror. Über dem Eingang brannte ein schwaches Licht; es ließ den Schnee glitzern. Ich ging auf die im Dunkel liegende Seite der Gasse, blieb an einem Zaun stehen, der nach Karbolsäure roch. Während ich über die Gasse blickte, erinnerte mich der Geruch an ein großes, tiefes Loch, das früher einmal ein Stadion gewesen war. Das Stadion war vor meiner Geburt durch Feuer zerstört worden. Übriggeblieben waren nur das etwa vierzig Fuß tiefe Loch unterhalb des sich in der Hitze krümmenden Weges und der Betonboden mit dem geisterhaften, verbogenen, verrosteten Gestänge. Das Loch wurde dann als Abfallgrube benutzt, und nach dem Regen stieg ein ekliger Geruch aus dem faulenden Wasser. Und in Gedanken stand ich jetzt auf dem Weg und sah über das Loch hinweg, an einer Hooverville Hütte aus Kistenholz und verbogenen Blechschildern vorbei, zu einem kleinen Bahnhof, der jenseits lag. Dunkles, tiefeloses Wasser stand regungslos in dem Loch, und in der Nähe der Hooverville stand eine Rangiermaschine müßig auf den blanken Schienen, und als eine weiße Dampfwolke träge aus ihrem Schornstein aufstieg, sah ich einen Mann aus der Hütte kommen und über den Pfad gehen, der zum Weg oben führte. Gebeugt und dunkel, zerfetzte Schuhe, zerfetzter Hut und zerfetzte Ärmel, so schlurrte er langsam auf mich zu, von einer drohenden Wolke aus Karbolsäure umgeben. Er war Syphilitiker, der allein in der Hütte zwischen dem Loch und dem Bahnhof wohnte und die Straße nur betrat, um Geld für sein Essen und das Desinfektionsmittel zu erbetteln, in das er seine Lumpen tauchte. In Gedanken sah ich ihn eine Hand ausstrecken, deren Finger abgefressen waren, und ich lief weg – zurück in die Dunkelheit, die Kälte und die Gegenwart.

Ich fror. Ich blickte auf die Straße und sah durch die

tunnelgleiche Dunkelheit oben in der Gasse drei berittene Polizisten unter dem kreisrunden Licht der Laterne stehen, das den Schnee glitzern ließ. Sie hielten ihre Pferde am Zügel. Die Köpfe von Mensch und Tier beugten sich einander zu, als sprächen sie leise miteinander. Das Leder der Sättel und Gamaschen funkelte. Drei weiße Männer und drei schwarze Pferde. Dann kam ein Wagen vorbei, und sie wurden voll sichtbar, ihre Schatten flogen wie Träume durch das Gefunkel aus Schnee und Dunkelheit. Und als ich mich zum Gehen wandte, hob eins der Pferde heftig den Kopf, und ich sah, wie die behandschuhte Faust nach oben gerissen wurde. Dann wildes Wiehern, und das Pferd verschwand in der Dunkelheit. Hartes, wildes Klirren von Metall und das Stampfen der Hufe folgten mir bis an die Tür. Vielleicht sollte Bruder Jack das wissen.

Aber innen berieten sie noch, und ich setzte mich wieder auf die Bank.

Ich beobachtete sie, kam mir sehr jung und unerfahren und doch seltsam alt vor: ein Alter, das beobachtete und still in mir wartete. Die Zuhörer waren allmählich unruhig geworden; ein ferner, wilder Lärm, der an das Entsetzen der Zwangsräumung erinnerte. Mein Geist wanderte. Ein Kind in Kniehosen stand vor einem Drahtzaun und betrachtete einen großen, schwarzweißen Hund, der mit einer langen Kette an einen Apfelbaum gefesselt war. Es war Master, die Bulldogge, und ich war das Kind, das Angst hatte, ihn zu berühren, obwohl er, vor Hitze keuchend, mich wie ein dicker, gutmütiger Mann anzugrinsen schien. Der Speichel troff ihm silbern aus den Lefzen. Und während die Stimmen der Menge und dann ungeduldiges Händeklatschen immer lauter wurden, dachte ich an Masters leises, heiseres Knurren. Genau so hatte er geknurrt, wenn er wütend war oder wenn man ihm sein Fressen brachte, wenn er faul nach Fliegen schnappte oder einem Eindringling den Anzug zerfetzte. Ich mochte den alten Master gern, aber ich traute ihm nicht. Ich wollte der Menge gefallen, aber ich traute ihr nicht. Dann blickte ich zu Bruder Jack und lächelte. Ja, so war es. Irgendwie glich er einem Bullterrier.

Aber jetzt wurden Lärm und Händeklatschen ein Lied, und ich sah Bruder Jack zur Tür eilen. »Los, Brüder«, sagte er, »es ist soweit.«

Wir verließen zusammen den Ankleideraum und kamen durch einen dunklen Gang, der von fernem Lärm dröhnte. Dann wurde es heller, und ich sah das Licht eines Scheinwerfers in den rauchigen Nebel stechen. Wir gingen weiter, ohne ein Wort zu sagen. Bruder Jack folgte zwei sehr schwarzen Negern und zwei Weißen, die unseren Zug eröffneten, und plötzlich schien sich der Lärm über uns zu erheben und noch mehr anzuschwellen. Ich sah, daß die anderen nun in Viererreihen gingen; ich war allein am Ende, wie der Zapfen an einer Sämaschine. Vor uns bezeichnete ein schräger Lichtstreifen den Eingang zu einer der Ebenen der Arena, und als wir vorbeikamen, begann die Menge zu toben. Dann waren wir wieder schnell im Dunkeln, und während wir in die Höhe stiegen, schien der Lärm unter uns zu versinken, und wir gingen in helles, blaues Licht und waren bald auf einer Rampe. Rechts und links, sich in einer Kurve erstreckend, sah ich die Reihen undeutlicher Gesichter – dann war ich plötzlich wie blind und stieß hart gegen den, der vor mir herging.

»Das passiert das erste Mal immer«, schrie er. Er blieb stehen, damit ich mein Gleichgewicht wieder fände. Seine Stimme klang dünn in dem Getöse. »Das kommt vom Scheinwerfer.«

Er hatte sein Licht jetzt auf uns gerichtet, führte uns in die Arena und umfaßte uns mit seinen Strahlen. Die Menge tobte. Das Lied platzte los wie eine Rakete, und Hände schlugen den Takt:

John Browns Leiche liegt
verwesend in dem Grab,
John Browns Leiche liegt
verwesend in dem Grab,
John Browns Leiche liegt
verwesend in dem Grab,
Seine Seele aber wandert in den Himmel.

So was! dachte ich. Sie machen aus dem alten Lied ein neues. Zuerst war mir alles so fern, als sähe ich von einem hohen Balkon herab. Dann ging ich schnell hinein in das Beben der Stimmen und fühlte etwas wie elektrisches Prikkeln auf meinem Rückgrat. Wir gingen auf ein mit Fahnen geschmücktes Podium zu, das vorn in der Arena aufgebaut war, weiter durch eine Gasse zwischen Reihen von Menschen, die auf Klappstühlen saßen, dann auf das Podium, an mehreren Frauen vorbei, die aufstanden, als wir kamen. Mit einem Nicken zeigte Bruder Jack auf die für uns bestimmten Stühle, und stehend boten wir dem Beifall die Stirn.

Unter und über uns saßen die Zuhörer, eine Reihe aus Gesichtern nach der anderen, die Arena eine schüsselförmige Anhäufung von Menschen. Dann sah ich die Polizisten und erschrak. Wenn die mich wiedererkannten? Sie standen an der Wand. Ich berührte den Arm des Mannes vor mir, sah, wie er sich umdrehte, während sein Mund mitten im Lied verstummte.

»Wozu die Polizei?« fragte ich und beugte mich über die Lehne seines Stuhles.

»Polizei? Keine Angst! Heute abend sind sie zu unserem Schutz hier. Die Versammlung hat sehr große politische Folgen!« sagte er und wandte sich wieder um.

Wer hatte die Polizei zu unserem Schutz befohlen? dachte ich. Aber jetzt war das Lied zu Ende, und das Gebäude hallte wider von Applaus und Rufen, bis aus der hinteren Reihe der Ruf ertönte, in den alle schnell einstimmten:

Schluß mit der Entrechtung der Armen
Schluß mit der Entrechtung der Armen!

Die Zuhörerschaft schien eine Einheit geworden zu sein, eins in Atmen und Sprechen. Ich blickte zu Bruder Jack. Er stand vor einem Mikrophon, die Füße fest auf das mit schmutziger Leinwand bedeckte Podium gestellt. Er ließ die Blicke um sich schweifen. Seine Haltung war würdevoll und gütig, wie die eines Vaters, der etwas verwirrt dem zuhört, was seine geliebten Kinder ihm erzählen. Ich sah, wie er die Hand zum Gruß hob. Die Zuhörerschaft tobte. Und ich hatte ein Gefühl, als käme ich der Menge immer näher, wie die Linse einer Kamera sich ihrem Objekt nähert. Ich fühlte ihre Hitze und Erregung, fühlte das Dröhnen der Stimmen und des Beifalls gegen mein Zwerchfell prallen. Meine Augen flogen von Gesicht zu Gesicht, schnell, fließend, versuchten, jemand zu erkennen, jemand aus dem alten Leben, aber die Gesichter wurden immer undeutlicher, je weiter sie sich von dem Podium entfernten.

Die Reden begannen. Zuerst ein Gebet von einem Negerprediger; dann sprach eine Frau über Kinder. Dann Reden über verschiedene Aspekte der wirtschaftlichen und politischen Lage. Ich paßte genau auf, versuchte, mir einen Satz, ein Wort aus dem Arsenal harter und genauer Redewendungen zu merken. Es wurde ein spannender Abend. Zwischen den Reden flammten Lieder auf, Zwischenrufe ertönten wie in einer Erweckungsbewegung im Süden. Und ich war irgendwie auf das alles abgestimmt, konnte es physisch fühlen. Mit den Füßen auf der schmutzigen Leinwand stehend, meinte ich, mich dort in einem Symphonie-Orchester zu befinden, wo die Schlaginstrumente standen. Alles packte mich derart, daß ich es bald aufgab, Sätze zu memorieren, und mich ganz von der Erregung tragen ließ.

Jemand zupfte mich am Ärmel – ich war an der Reihe. Ich ging ans Mikrophon, wo Bruder Jack wartete, trat in den Lichtkreis, der mich wie ein nahtloser Käfig aus fleckenlosem Stahl umgab. Ich blieb stehen. Das Licht war so grell, daß ich die Zuhörer, die Schüssel mit den menschlichen Gesichtern, nicht mehr sehen konnte. Als hätte sich ein halbdurchsichtiger Vorhang zwischen uns gesenkt, durch den sie mich sehen konnten – denn sie klatschten Beifall –, ohne selbst gesehen zu werden. Ich fühlte die harte, mechanische Isolierung der Maschine im Krankenhaus – und das gefiel mir nicht. Ich stand da, hörte kaum, wie Bruder Jack mich vorstellte. Dann war er damit fertig, und ermutigender Beifall brauste auf. Und ich dachte: sie erinnern sich. Einige von ihnen waren dabeigewesen.

Das Mikrophon war seltsam und entnervend. Ich näherte mich ihm nicht richtig. Meine Stimme klang rauh und hohl – und nach ein paar Worten schwieg ich verlegen. Das war ein schlechter Anfang. Es mußte etwas geschehen. Ich beugte mich vor und sagte zu denen, die dicht vor dem Podium saßen: »Verzeihung, bisher hat man mich von dieser blanken, elektrischen Maschine so fern gehalten, daß ich die Technik noch nicht kenne … Und um die Wahrheit zu sagen: das Ding sieht aus, als wollte es mich beißen. Betrachten Sie es nur mal genauer: sieht aus wie der Stahlschädel eines Menschen! Ob der wohl auch an Entrechtung gestorben ist?«

Das zog, und während sie lachten, kam jemand und stellte den Apparat richtig ein. »Dürfen nicht zu nahe davor stehen«, riet er.

»Was ist denn das?« sagte ich. Tief und bebend schallte meine Stimme über die Arena. »Ist's so besser?«

Leichter Beifall.

»Sehen Sie, ich brauchte nur eine Chance. Sie haben sie mir gegeben, und nun kann's losgehn.«

Der Applaus wurde stärker. Aus der ersten Reihe unten ertönte die weittragende Stimme eines Mannes: »Wirf den Ball, Bruder, und wir fangen ihn.«

Mehr brauchte ich nicht. Der Kontakt war geschaffen, und seine Stimme war gleichsam auch die der anderen. Ich war voller Spannung und nervös. Als wäre ich irgendwer, als versuchte ich, in einer fremden Sprache zu sprechen. Denn ich konnte mich der Worte und Sätze, die ich aus den Flugschriften kennengelernt hatte, nicht erinnern. Ich mußte auf die Tradition zurückgreifen, und da es sich um eine politische Versammlung handelte, wählte ich die politische Technik, deren Anwendung mir von zu Hause so gut bekannt war: die Armen und Bedrückten, die es leid waren, sich länger wie bisher behandeln zu lassen. Ich sah die Zuhörer nicht, deshalb redete ich das Mikrophon und die mir helfende Stimme vor mir an.

»Ihr wißt, daß viele uns, die wir hier versammelt sind, für dumm und stumpf halten«, schrie ich. »Stimmt's?«

»Den Nagel auf den Kopf getroffen, Bruder«, schrie die Stimme. »Haarscharf.«

»Ja, das glauben viele. Man nennt uns das ›gewöhnliche Volk‹. Aber ich habe hier gesessen und gelauscht und um mich gesehen und zu erkennen versucht, was an uns so ›gewöhnlich‹ ist. Ich glaube, die anderen machen sich einer argen Verdrehung der Tatsachen schuldig – wir sind ungewöhnliche Leute.«

»Auch der hat gesessen«, rief die Stimme in den Tumult hinein. Ich machte eine Pause, hob die Hand, um dem Lärm Einhalt zu gebieten.

»Ja, wir sind ungewöhnliche Menschen – und ich will euch auch sagen, weshalb. Man nennt uns dumm und behandelt uns dementsprechend. Und was geschieht mit so dummen

Menschen? Überlegt das einmal! Seht um euch! Man hat eine Parole und eine Politik, hat das, was Bruder Jack ›Theorie und Praxis‹ nennen würde. Die lautet: ›Nie einen armen Dummkopf gerecht behandeln. Ihn entrechten, ihn aus seiner Wohnung jagen. Seinen leeren Kopf als Spucknapf und seinen Rücken als Fußmatte benutzen. Ihn kaputtmachen. Ihm seinen Lohn nehmen. Seinen Protest benutzen wie ein ehernes Horn, das ihn zum Schweigen bringt; aus seinen Gedanken, seiner Hoffnung und Sehnsucht das leise Klingen einer Zimbel machen. Eine kleine Zimbel, die einen Sprung hat und am 4. Juli leise klingt. Gedämpftes, leises Klingen. Nicht zu laut! Genau nach der Uhr! Für die Dummköpfe nur harmlose Tänze. Den BIG WORMY APPLE; den CHICAGO GET AWAY, den SHOO FLY DON'T BOTHER ME!‹

Und wißt ihr auch, was uns so ungewöhnlich macht?« flüsterte ich leiser. *»Wir lassen uns das alles gefallen.«*

Tiefes Schweigen. Der Rauch brodelte im Licht des Scheinwerfers.

»Wieder ein Schlag«, hörte ich die Stimme traurig sagen. »Aber dagegen ist nichts zu machen.« Und ich dachte: ist er gegen mich oder für mich?

»Entrechtung, *Ent*-eignung! Das ist das richtige Wort« fuhr ich fort. »Man hat versucht, uns unsere Mannheit und Weibheit zu nehmen. Unsere Kindheit und unsere Jugend. Ihr habt eben die Zahlen gehört, die unsere Schwester über die Kindersterblichkeit nannte. Wißt ihr denn nicht, daß ihr euch freuen sollt, als ungewöhnliche Menschen auf die Welt gekommen zu sein? Und weiter: Man hat sogar versucht, uns die Wut und den Ärger über unsere Entrechtung zu nehmen. Und noch eins will ich euch sagen: Wenn wir uns nicht wehren, werden die anderen bald Erfolg haben. Es ist die Zeit der Entrechtung, der Heimlosigkeit, der Zwangsräumungen. Man wird uns sogar das Hirn aus den Köpfen nehmen. Und wir sind so ungewöhnlich, daß wir das gar nicht merken. Vielleicht sind wir zu höflich. Vielleicht wollen wir die Unfreundlichkeiten gar nicht sehen. Man hält uns für blind, ungewöhnlich blind. Und das wundert mich weiter nicht. Überlegt das nur einmal: man hat uns gleich bei der Geburt eines Auges beraubt. Und so sehen wir nur noch geradeaus. Wir sind eine Nation einäugiger Mäuse. Habt ihr so etwas schon mal gesehen – etwas so Ungewöhnliches?!«

»Und es ist keine Frau im Haus«, rief die Stimme durch das Beben bitteren Lachens. »Wieder ein Schlag!«

Ich beugte mich vor. »Und merkt euch: wenn wir nicht achtgeben, stehen sie bald auf unserer blinden Seite – und weg ist das Auge, das wir noch haben –, und wir sind so blind wie die Fledermäuse. Man fürchtet, wir könnten was sehen. Deshalb sind so viele unserer guten Freunde heute abend hier – blaue Stahlpistolen und blaue Uniformen –, aber ich meine, es genügt, daß wir ein Auge ohne Widerstand verloren haben, und dieser Meinung werdet ihr alle auch sein. So wollen wir denn zusammenstehen. Habt ihr schon mal bemerkt, meine dummen, einäugigen Brüder, daß zwei vollständig Blinde sich zusammentun und einander helfen können? Sie stolpern, stoßen gegen Gegenstände, aber sie gehen auch Gefahren aus dem Weg. Sie kommen weiter. Wir wollen uns zusammentun, wir ungewöhnlichen Menschen. Mit unseren Augen sehen wir vielleicht, was uns, wer uns so ungewöhnlich macht. Bisher waren wir wie Einäugige, von denen die einen auf der einen und die anderen auf der anderen Seite der Straße gingen. Jemand wirft mit Steinen, und da geht das Geschimpfe gleich los, einer beschuldigt den anderen, und der Krach ist da. Aber wir irren uns. Weil ein dritter die Finger im Spiel hat. Ein aalglatter, gemeiner Hund läuft mitten über den Fahrdamm und schmeißt mit Steinen. Er allein. Er richtet den Schaden an. Er behauptet, er müßte Platz haben – und das nennt er seine Freiheit. Und er weiß, daß wir auf dem einen Auge blind sind, und er schmeißt so lange, bis er uns ganz verwirrt und dumm gemacht hat – ungewöhnlich dumm. Ja, seine Freiheit hat uns fast blind gemacht. Psst, keine Namen nennen!« rief ich und hob die Hand. »Ich sage nur eins: der Teufel soll diesen Kerl holen. Ich sage nur, kommt rüber. Wir wollen uns zusammentun. Ich sehe für euch, und ihr seht für mich. Ich bin ein guter Fänger und habe einen geschickten Arm.«

»Du triffst ins Schwarze, Bruder, mit jedem Schuß!«

»Wir wollen ein Wunder tun«, rief ich. »Wir wollen das uns genommene Auge zurückverlangen. Wollen wieder sehen können. Wir wollen uns vereinen und so unsere Sehkraft vermehren. Schaut um die Ecke, ein Sturm kommt auf. Schaut durch die Avenue, dort steht nur ein Feind. Seht ihr sein Gesicht nicht?«

Es war eine natürliche Pause, Beifall dröhnte, aber ich merkte auf einmal, daß der Strom der Worte versiegt war. Was sollte ich tun, wenn sie gleich wieder zuhören wollten? Ich beugte mich vor, versuchte durch die Schranke aus Licht zu sehen. Sie gehörten mir, und ihren Verlust konnte ich mir nicht leisten. Aber plötzlich kam ich mir so nackt vor. Ich fühlte, daß mir die Worte wiederkamen, daß ich etwas sagen wollte, das ich besser verschwieg.

»Seht mich an!« Die Worte wollten heraus aus meinem Innern. »Ich wohne noch nicht lange hier. Die Zeiten sind schwer, ich habe die Verzweiflung kennengelernt. Ich stamme aus dem Süden, und seit ich hier bin, weiß ich, was eine Zwangsräumung ist. Ich war schon so weit, daß ich der Welt mißtraute ... Aber seht mich an, etwas Seltsames ereignet sich. Ich stehe hier vor euch, und ich muß bekennen ...«

Plötzlich stand Bruder Jack neben mir und tat so, als stellte er das Mikrophon ein. »Vorsichtig«, flüsterte er. »Machen Sie nicht alles kaputt, was Sie angefangen haben.«

»Ich passe schon auf«, erwiderte ich, mich dem Mikrophon zuwendend.

»Darf ich bekennen?« rief ich. »Ihr seid meine Freunde. Wir teilen unsere Entrechtung, und man sagt, Bekennen täte der Seele gut. Darf ich?«

»Ganz große Sache, Bruder«, rief die Stimme.

Hinter mir leichte Unruhe. Ich wartete, bis alles still war, und sprach dann schnell weiter.

»Schweigen ist Zustimmung«, sagte ich, »und so will ich es denn sagen, will es bekennen.« Ich hob die Schultern, streckte das Kinn vor, und meine Augen starrten in das Licht. *»Etwas Seltsames und Wunderbares ... ein großer Wandel vollzieht sich augenblicklich in mir ... während ich hier vor euch stehe.«*

Ich fühlte, wie die Worte sich ganz von selbst bildeten, langsam aus mir tropften. Das Licht schien zu opalisieren, wie flüssige Seife, die leicht in einer Flasche geschüttelt wird.

»Ich will es euch schildern. Es ist etwas ganz Seltsames. Etwas, das ich nirgendwo in der Welt kennengelernt habe. Ich fühle eure Blicke auf mir. Ich höre euren Atem. Und jetzt, in diesem Augenblick, in dem ihr eure weißen und schwarzen Augen auf mich richtet ... fühle ich, fühle ich ...«

Ich stolperte in so vollkommenes Schweigen, daß ich das Räderwerk der großen Uhr hörte, die irgendwo auf dem Balkon an der Zeit nagte.

»Und was fühlst du?« schrie eine schrille Stimme.

Meine Stimme wurde heiseres Flüstern. »Ich fühle, ich fühle plötzlich, daß ich menschlicher geworden bin. Versteht ihr das? Nicht, daß ich Mensch geworden wäre, denn als solcher bin ich auf die Welt gekommen. Sondern daß ich menschlicher geworden bin. Ich fühle mich stark, fühle mich imstande, allerlei zu vollbringen. Ich fühle, daß ich scharf und deutlich und weit hineinsehen kann in den dunklen Korridor der Geschichte, und in ihm höre ich den Schritt militanter Brüderlichkeit. Nein, laßt mich weiter bekennen ... Ich habe den Drang, meine Gefühle zu äußern ... Ich fühle, daß ich hier, nach einer langen, verzweifelten und ungewöhnlich blinden Reise nach Hause gekommen bin ... Nach Hause. Während eure Augen mich ansehen, fühle ich, daß ich meine wahre Familie gefunden habe. Mein wahres Volk! Mein wahres Land! Ich bin ein neuer Bürger des Landes eurer Träume, ein Eingeborener eures brüderlichen Landes. Ich fühle, daß heute abend, hier in dieser alten Arena, das Neue geboren, das Alte, das noch Lebenskraft hat, neu erweckt wird. In jedem von euch, in mir, in uns allen.

SCHWESTERN, BRÜDER!

WIR SIND DIE WAHREN PATRIOTEN! DIE BÜRGER DER WELT VON MORGEN!

WIR WERDEN NICHT LÄNGER ENTRECHTET WERDEN!«

Wie ein Donnerschlag brach der Beifall los. Ich stand da, wie durchbohrt, konnte nicht mehr sehen, und mein Körper bebte in dem Tosen, das mich umgab. Ich machte eine unbestimmte Bewegung. Was sollte ich tun – ihnen zuwinken? Ich sah hinein in die Schreie, das Rufen, das schrille Pfeifen, und meine Augen brannten in dem grellen Licht. Ich fühlte eine dicke Träne über mein Gesicht rollen und wischte sie verlegen ab. Andere Tränen folgten. Weshalb half man mir nicht weg von hier, bevor ich alles verdarb? Aber mit den Tränen wuchs auch der Beifall, und überrascht hob ich den Kopf, während meine Tränen strömten. Der Lärm wurde regelmäßiges Wogen. Sie hatten angefangen mit den Füßen zu stampfen, und ich lachte, senkte jetzt ohne Scham den Kopf. Der Lärm schwoll an, aus dem Hintergrund vernahm ich das Krachen splitternden Holzes. Ich wurde müde, aber sie jubelten immer noch, bis ich endlich auf die Stuhlreihe zuging. Rote Flecken tanzten mir vor den Augen. Jemand ergriff meine Hand und flüsterte mir etwas ins Ohr.

»Sie haben's geschafft, verdammt noch mal, geschafft!«

Und ich war betroffen über das heiße Gemisch aus Haß und Bewunderung, das durch seine Worte brach, während ich ihm dankte und meine Hand aus seinem harten Griff befreite.

»Danke«, sagte ich »aber die anderen hatten sie gründlich vorbereitet.«

Mich schauderte. Seine Worte klangen, als hätte er mich am liebsten erdrosselt. Ich konnte nicht sehen, und überall war großes Durcheinander, und plötzlich packte mich jemand, so daß ich das Gleichgewicht verlor, und dann fühlte ich mich gegen warme, weibliche Weichheit gepreßt.

»Ach, Bruder, Bruder!« schrie mir eine Frauenstimme ins Ohr. »Brüderchen!« Und dann fühlte ich den heißen, feuchten Druck ihrer Lippen auf meiner Backe.

Verschwommene Gestalten bewegten sich um mich. Ich taumelte umher wie beim Blindekuhspiel. Man schüttelte mir die Hände, klopfte mir auf den Rücken. Mein Gesicht war naß vom Speichel der Begeisterung, und ich nahm mir vor, wenn ich wieder im Schweinwerferlicht stand, eine dunkle Brille aufzusetzen.

Es war eine ohrenbetäubende Demonstration. Wir ließen die Leute rufen und jubeln, ließen sie die Stühle umwerfen und mit den Füßen auf den Fußboden stampfen. Bruder Jack führte mich von dem Podium. »Wir müssen fort«, rief er. »Die Dinge sind nun wirklich in Fluß gekommen. Diese Energie muß jetzt in die richtigen Bahnen geleitet werden.«

Er führte mich durch die schreiende Menge, und immer wieder mußte ich Hände schütteln, während ich weiter stolperte. Dann kamen wir in den dunklen Gang, und als wir das Ende erreichten, verschwanden die Flecken vor meinen Augen, und ich konnte wieder sehen. An der Tür blieb Bruder Jack stehen.

»Hören Sie nur«, sagte er. »Warten Sie auf weitere Befehle!« Hinter uns dröhnte immer noch der Beifall. Dann unterbrachen mehrere der anderen ihre Gespräche und gesellten sich uns zu. Immer noch dröhnte der Beifall hinter der sich schließenden Tür.

»Was sagen Sie?« fragte Bruder Jack begeistert. »Ist das nicht allerhand für den Anfang?«

Gespanntes Schweigen. Ich sah in ein Gesicht nach dem anderen, in schwarze und weiße, und schnelle Angst ergriff mich. Die Gesichter waren böse.

»Nun?« sagte Bruder Jack; seine Stimme klang auf einmal hart.

Ich hörte das Knarren von Schuhen.

»Nun?« wiederholte er.

Dann sprach der Mann mit der Pfeife, und seine Worte waren ein schneller Angriff, der die Spannung vermehrte.

»Ein sehr unbefriedigender Anfang«, sagte er ruhig und unterstrich das Wort ›unbefriedigend‹ mit einer Bewegung seiner Pfeife. Er sah mir ins Gesicht, und ich war verwirrt. Ich betrachtete die anderen. Ihre Gesichter waren gleichgültig, unbewegt und stumpf.

»Unbefriedigend!« platzte Bruder Jack los. »Und welche Überlegung rechtfertigt dieses hervorragende Urteil?«

»Billiger Sarkasmus dürfte augenblicklich wohl kaum angebracht sein«, erwiderte der Bruder mit der Pfeife.

»Sarkasmus? Sie sind sarkastisch. Ja, wir haben weder für Sarkasmus noch dummes Geschwätz Zeit. Oder für Narrheiten! Wir erlebten einen äußerst wichtigen Augenblick unseres Kampfes. Die Dinge sind in Fluß gekommen, und Sie sind auf einmal nicht damit einverstanden. Sie haben wohl Angst vor dem Erfolg? Was ist los? War das nicht das Ziel unseres Kampfes?«

»Die Frage beantworten Sie sich selbst. Sie sind der große Führer. Sehen Sie in Ihre Kristallkugel.«

Bruder Jack fluchte.

»Brüder!« sagte jemand.

Bruder Jack fluchte und wandte sich einem anderen Bruder zu. »Sie«, sagte er zu dem grobknochigen Mann, »haben Sie den Mut, mir zu sagen, was hier gespielt wird? Sind wir eine Bande von Eckenstehern geworden?«

Schweigen. Jemand schlurrte mit den Füßen. Der Mann mit der Pfeife sah jetzt mich an.

»Habe ich was verkehrt gemacht?« fragte ich.

»Verkehrter konnte es gar nicht sein«, erwiderte er kalt.

Wortlos, wie vor den Kopf geschlagen, starrte ich ihn an.

»Nun mal raus mit der Sprache«, sagte Bruder Jack plötzlich ganz ruhig. »Was ist los, Bruder? Sagen Sie es ganz offen. Was hat Ihnen nicht gefallen, worüber beschweren Sie sich?«

»Ich beschwere mich nicht, es ist nur meine Meinung. Falls wir noch eine Meinung haben dürfen«, erwiderte der Bruder mit der Pfeife.

»Also dann Ihre Meinung«, sagte Bruder Jack.

»Meiner Meinung nach war die Rede wild, hysterisch, politisch unverantwortlich und gefährlich«, sagte er hart. »Und was noch schlimmer ist, sie war inkorrekt.« Er sprach das Wort ›inkorrekt‹ aus, als bezeichnete es das gemeinste Verbrechen. Ich starrte ihn mit offenem Mund und irgendwie schuldbewußt an.

»Sooo«, sagte Bruder Jack, einen nach dem anderen ansehend. »Ihr habt die Sache also miteinander besprochen und eure Entschlüsse gefaßt. Haben Sie ein Protokoll aufgenommen, Herr Vorsitzender? Haben Sie Ihre sicher klugen Ausführungen schriftlich fixiert?«

»Von Besprechung ist nicht die Rede, und meine Meinung ist durchaus berechtigt«, erwiderte der Mann mit der Pfeife.

»Wenn auch keine ausgesprochene Versammlung, so doch eine Besprechung mit sich daraus ergebenden Entschlüssen – und zwar bevor hier alles beendet war.«

»Aber, Bruder«, versuchte einer einzugreifen.

»Ein erstaunliches Verhalten«, fuhr Bruder Jack jetzt lächelnd fort. »Ein ganz hervorragendes Beispiel geschickter, theoretischer Tanzerei, die an Nijinsky erinnert und der Geschichte vorauseilen will. Aber laßt das, Brüder, laßt das, wenn ihr nicht in eurer Dialektik steckenbleiben wollt. Die Bühne der Geschichte ist noch nicht aufgebaut. Vielleicht ist sie im nächsten Monat soweit, jetzt aber noch nicht. Und was meinen Sie, Bruder Wrestrum?« fragte er den großen Mann, der in Gestalt und Größe an den Supercargo erinnerte.

»Meiner Meinung nach war die Rede des Bruders rückständig und reaktionär«, sagte er.

Ich wollte antworten, konnte es aber nicht. Kein Wunder, denn seine Stimme war ein so seltsames Gemisch gewesen, als er mich beglückwünschte. Ich konnte nur in das breite Gesicht mit den haßerfüllten Augen starren.

»Und Sie?« sagte Bruder Jack.

»Mir gefiel die Rede«, antwortete der Mann, »meiner Meinung nach war sie sehr wirkungsvoll.«

»Und Sie?« fragte Bruder Jack den nächsten.

»Ich halte die Rede für verfehlt.«

»Und weshalb?«

»Wir müssen die Leute bei ihrer Intelligenz packen ...«

»Sehr richtig«, unterbrach ihn der Bruder mit der Pfeife. »Die Rede war die Antithese einer Annäherung von der wissenschaftlichen Seite her. Unser Standpunkt ist auf Vernunft begründet. Wir sind dafür, uns der Gesellschaft auf wissenschaftlichem Wege zu nähern, und die Rede, mit der wir uns heute abend identifiziert haben, macht das, was vorher gesagt wurde, wieder kaputt. Die Zuhörerschaft hat nicht mehr ruhig gedacht, sondern sich in Geschrei ausgetobt.«

»Ja, wie der Mob hat sie sich benommen«, sagte der große schwarze Bruder.

Bruder Jack lachte. »Und dieser Mob«, sagte er, »ist dieser

Mob *gegen* uns oder *für* uns – wie beantworten unsere starren Wissenschaftler diese Frage?«

Aber bevor sie noch antworten konnten, fuhr er fort: »Vielleicht haben Sie recht, vielleicht ist sie nur Mob. Und wenn das der Fall ist, dann will dieser Mob zu uns stoßen. Ich brauche euch Theoretikern nicht zu sagen, daß die Wissenschaft ihre Urteile auf das *Experiment* begründet. Ihr aber zieht eure Schlüsse, bevor das Experiment durchgeführt ist. Was sich hier heute abend ereignet, ist nur ein kleiner Anfang. Der *erste* Schritt ist immer die Lösung der Energien. Ich kann durchaus verstehen, daß Ihr davor Angst habt – Ihr habt Angst vor dem nächsten Schritt –, denn eure Aufgabe ist es, diese Energien in die richtigen Bahnen zu leiten. Und sie werden in die richtigen Bahnen geleitet – und zwar nicht durch ein paar ängstliche Theoretiker, die ins Leere reden, sondern von denen, die mutig zupacken und die Leute führen.«

Er wurde immer erregter, sah immer wieder von einem Gesicht ins andere. Sein roter Kopf knisterte förmlich, aber keiner nahm seine Herausforderung an.

»Es ist ekelhaft«, sagte er, sich mir zuwendend. »Unser neuer Bruder hat instinktiv das getan, was eure Wissenschaft zwei Jahre lang vergeblich gesucht hat, und nun fallt ihr mit vernichtender Kritik über ihn her.«

»Ich bitte zu bedenken«, sagte der Bruder mit der Pfeife, »daß ein Hinweis auf das Gefährliche seiner Rede keine vernichtende Kritik bedeutet. Im Gegenteil. Wie wir, muß auch der neue Bruder lernen, sich wissenschaftlich auszudrücken. Darin muß er geschult werden.«

»Endlich sind wir soweit«, sagte Bruder Jack und zog die Mundwinkel herunter. »*Schulung.* Noch ist nicht alles verloren. Es besteht also noch Hoffnung, daß unser wilder, aber wirkungsvoller Bruder noch zahm wird. Die Wissenschaftler sehen eine Möglichkeit. Sehr gut, das also wurde verabredet, vielleicht nicht wissenschaftlich, aber doch verabredet. Für die nächsten Monate wird sich unser neuer Bruder einem intensiven Studium und einer gründlichen Belehrung durch Bruder Hambro unterziehen. Das ist gut so«, sagte er, als ich etwas entgegnen wollte. »Das wollte ich Ihnen nachher noch sagen.«

»Aber das ist eine lange Zeit«, sagte ich, »und wovon soll ich inzwischen leben?«

»Ihr Gehalt geht weiter«, sagte er. »Unterdessen werden Sie keine unwissenschaftlichen Reden mehr halten, die die wissenschaftliche Ruhe unserer Brüder stören. Ja, Sie werden aus Harlem verschwinden. Vielleicht werden Sie dann sehen, ob die Brüder mit dem Organisieren ebenso schnell bei der Hand sind wie mit ihrer Kritik.«

»Meiner Meinung nach hat Bruder Jack recht«, sagte ein kleiner, kahler Mann. »Und ich meine, daß wir vor allem die Begeisterung der Leute nicht fürchten sollten. Wir müssen diese Begeisterung nur in die Kanäle leiten, wo sie das meiste Gute stiftet.«

Die anderen schwiegen. Der Bruder mit der Pfeife sah mich unbeugsam an.

»Kommen Sie«, sagte Bruder Jack. »Wir wollen gehen. Wenn wir unser Ziel nicht aus dem Auge verlieren, sind unsere Chancen besser als zuvor. Und vergessen wir nicht, daß Wissenschaft kein Schachspiel ist, wenn Schach auch wissenschaftlich gespielt werden kann. Und noch etwas dürfen wir nicht vergessen: wenn wir die Massen organisieren wollen, müssen wir vor allem selbst erst organisiert sein. Wir verdanken es unserem neuen Bruder, daß die Dinge einen Wandel erfahren haben. Wir dürfen die uns gebotene Gelegenheit nicht versäumen. Und das ist eure Aufgabe.«

»Wollen abwarten«, sagte der Bruder mit der Pfeife. »Und was den neuen Bruder angeht, so werden ein paar Gespräche mit Bruder Hambro nichts schaden.«

Als ich nach draußen ging, dachte ich, wer zum Teufel ist denn dieser Hambro? Jedenfalls kann ich froh sein, daß man mich nicht entlassen hat. Nun muß ich also wieder in die Schule.

Draußen, in der Nacht, löste sich die Gruppe auf, und Bruder Jack zog mich beiseite. »Machen Sie sich keine Sorge. Bruder Hambro ist sehr interessant, und eine gewisse Schulungszeit war unvermeidlich. Ihre Rede heute abend war eine Probe, die Sie glänzend bestanden haben. Aber jetzt sollen Sie auf die wirkliche Arbeit vorbereitet werden. Hier ist die Adresse. Gehen Sie gleich morgen früh zu Bruder Hambro. Er weiß Bescheid.«

Als ich zu Hause ankam, schien ich mit meinen Kräften am Ende. Ich nahm eine heiße Dusche und ging zu Bett, aber meine innere Spannung ließ nicht nach. Ich war enttäuscht und wollte nur schlafen, aber meine Gedanken kehrten immer wieder in die Versammlung zurück. Sie hatte wirklich stattgefunden. Ich hatte Glück gehabt, hatte die wichtigen Dinge zur richtigen Zeit gesagt, und die Zuhörer hatten mich gemocht. Vielleicht aber hatte ich auch das Falsche an die richtige Stelle gesetzt – aber wie dem auch sei, sie waren, ohne Rücksicht auf die Brüder, damit einverstanden gewesen, und von nun an würde sich mein Leben anders gestalten. Es verlief schon anders. Denn jetzt erkannte ich, daß ich alles, was ich in der Versammlung sagte, wirklich meinte, wenn ich auch nicht gewußt hatte, daß ich es sagen würde. Ich hatte nur eine gute Erscheinung machen, nur so viel sagen wollen, daß die Bruderschaft sich weiter für mich interessierte. Was sich dann ergeben hatte, war vollkommen unberechnet gewesen, als hätte ein anderes Selbst in mir alles übernommen und zu Ende geführt. Und gut, daß es das getan hatte, sonst wäre ich vielleicht gefeuert worden.

Auch meine Technik war anders gewesen. Niemand, der mit mir zusammen auf dem College war, hätte die Rede erkannt. Aber das war gut so, ich *war* jemand Neues – wenn ich auch in sehr altmodischer Weise gesprochen hatte. Ich hatte eine Wandlung durchgemacht, und während ich jetzt in der Dunkelheit ruhelos im Bett lag, fühlte ich etwas wie Zuneigung zu der verschwommenen Zuhörerschaft, deren Gesichter ich nie deutlich gesehen hatte. Schon nach den ersten Worten waren sie mitgegangen. Sie wollten, daß ich Erfolg hatte, und zum Glück hatte ich für sie gesprochen, und sie hatten meine Worte verstanden. Ich gehörte zu ihnen. Ich setzte mich aufrecht, umschlang meine Knie, als der Gedanke mich traf. Vielleicht war das die Bedeutung der Worte: ›Geweiht sein und verworfen werden‹. Gut, wenn dem so war, ich war bereit, es hinzunehmen. Meine Möglichkeiten kamen mir auf einmal viel größer vor. Als Sprecher der Bruderschaft würde ich neben meiner eigenen Gruppe eine andere vertreten, die viel größer war. Die Zuhörerschaft war sehr gemischt, ihre Ansprüche gingen über das rein Rassische hinaus. Ich würde alles tun, ihnen nach Möglichkeit zu helfen. Wenn sie es mit mir versuchen wollten, würde ich mein Bestes tun. Wie hätte ich mich anders vor der eigenen Auflösung bewahren können?

Ich saß im Dunkeln da, versuchte, mich der Rede zu erinnern. Schon kam sie mir wie der Ausdruck eines anderen vor. Aber ich wußte, daß es meine Rede war, und wenn ein Stenograph sie mitgeschrieben hatte, wollte ich sie morgen noch einmal lesen.

Worte, Sätze jagten mir durch den Geist. Wieder sah ich den blauen Dunst. Was hatte ich mit den Worten ›ich bin menschlicher geworden‹ gemeint? Hatte ich diese Worte aus einer der vorhergehenden Reden übernommen oder hatte ich mich nur versprochen? Einen Augenblick dachte ich an meinen Großvater, aber diesen Gedanken schob ich gleich wieder beiseite. Was hatte ein alter Sklave mit Menschlichkeit zu tun? Vielleicht hatte Woodridge im College in der

Literaturstunde diese Worte gebraucht. Ich sah ihn deutlich vor mir, wie er, halbtrunken von seinen eigenen Worten und voll Verachtung und Begeisterung, vor der Tafel hin und her ging, die mit Zitaten von Joyce, Yeats und Sean O'Casey beschrieben war. Hager, nervös, sauber, als ging er über ein hochgespanntes Seil, auf das keiner von uns sich jemals wagen würde. Ich hörte ihn sagen: ›Ebensowenig wie wir wollte Stephen das ungeschaffene Bewußtsein seines Volkes schaffen. Er wollte nur die *ungeschaffenen Züge seines Gesichts* schaffen. Unsere Aufgabe besteht darin, aus uns Individuen zu machen. Das Bewußtsein eines Volkes ist die Gabe seiner Individuen, die sehen, bewerten, berichten ... Wir schaffen die Rasse, wenn wir uns selbst schaffen, und dann haben wir zu unserem Staunen etwas viel Wichtigeres geschaffen: wir haben eine Kultur geschaffen. Warum damit die Zeit vertun, ein Bewußtsein für etwas zu schaffen, das es nicht gibt? Denn, sehen Sie, Blut und Haut denken nicht.‹

Nein, Woodridge war es nicht. ›Menschlicher‹. Wollte ich sagen, daß ich weniger geworden war von dem, was ich war, weniger ein Neger, oder ein Wesen, das weniger beiseite stand? Weniger ein Verbannter aus meiner Heimat, dem Süden? Aber das alles ist negativ. Weniger werden – um mehr zu werden? Vielleicht war es das, aber in welcher Weise denn menschlich*er*? Auch Woodridge hatte hiervon nie gesprochen. Es war wieder einmal ein Geheimnis; wie bei der Zwangsräumung hatte ich Worte geäußert, über die ich selbst nicht Herr war.

Ich dachte an Bledsoe und Norton und an das, was sie getan hatten. Sie hatten mich in das Dunkel gestoßen und mich damit die Möglichkeit sehen lassen, etwas Größeres und Wichtigeres zu vollbringen, als ich jemals geträumt hatte. Hier war ein Weg, der nicht durch die Hintertür führte, ein Weg, der weder von Schwarz noch Weiß begrenzt war, sondern ein Weg, der, wenn man lange genug lebte und schwer genug arbeitete, zu höchster Belohnung führte. Hier war ein Weg, an den großen Entscheidungen teilzunehmen, endlich das Geheimnis zu erkennen, wie das Land, wie die Welt in Wirklichkeit arbeiteten. Während ich hier im Dunkeln lag, sah ich zum erstenmal etwas von der Möglichkeit, mehr zu sein als nur das Mitglied einer Rasse. Es war kein Traum, diese Möglichkeit war vorhanden. Ich mußte nur arbeiten und lernen und lange genug leben, den Gipfel zu erreichen. Natürlich würde ich mit Hambro zusammen studieren, wollte lernen, was er mir beizubringen hatte und noch vieles andere dazu. Wenn's doch schon morgen wäre. Je eher ich mit Hambro fertig war, desto eher konnte ich mit meiner eigentlichen Arbeit beginnen.

17. KAPITEL

Als Bruder Jack mich vier Monate später gegen Mitternacht in meiner Wohnung anrief, mich für eine Fahrt bereit zu machen, war ich sehr aufgeregt. Zum Glück war ich noch auf und angezogen, und als er ein paar Minuten später kam, stand ich schon voller Erwartung am Bordstein. Vielleicht, so dachte ich, als ich ihn in seinem Überzieher hinter dem Steuerrad kauern sah, habe ich hierauf gewartet.

»Wie geht's, Bruder?« fragte ich, als ich in den Wagen stieg.

»Ein bißchen müde«, erwiderte er. »Nicht genug Schlaf. Dafür aber viele Probleme.«

Als er dann den Wagen in Bewegung setzte, wurde er wieder schweigsam, und ich nahm mir vor, ihn nicht durch Fragen zu belästigen. Das hatte ich inzwischen gründlich gelernt. Im ›Hades‹ war sicher etwas im Gange, dachte ich, während ich ihn nachdenklich auf die Straße starren sah. Vielleicht wollten die Brüder mich auf Herz und Nieren prüfen. Mir sollte das recht sein. Schon lange wartete ich auf eine Prüfung.

Aber anstatt zum ›Hades‹ fuhr er, wie ich zu meinem Staunen bei einem Blick durch das Wagenfenster entdeckte, nach Harlem. Der Wagen hielt.

»Wollen was trinken«, sagte er und stieg aus. Er ging auf ein

Neonschild mit einem großen Stierkopf und der Aufschrift El Toro Bar zu.

Ich war enttäuscht. Ich hatte keine Lust, etwas zu trinken. Ich wollte den Schritt tun, der mich noch von meiner Arbeit trennte. Gereizt betrat ich mit ihm das Lokal. Es war warm und still. Die üblichen Reihen aus Flaschen mit den exotischen Namen standen auf den Regalen, und im Hintergrund, wo sich vier Spanier bei einem Glas Bier unterhielten, spielte eine Musikbox mit roten und grünen Lichtern ›Media Luz‹. Während wir auf den Kellner warteten, versuchte ich den Zweck unserer Fahrt zu ergründen.

Nach dem Beginn meiner Studien bei Bruder Hambro hatte ich Bruder Jack kaum gesehen. Meine Zeit war genau eingeteilt. Aber wenn sich etwas Besonderes ereignet hätte, so hätte ich das von Bruder Hambro bestimmt erfahren. Auch heute morgen mußte ich wieder zu ihm. *Der* ist ein fanatischer Lehrer, dieser Hambro, dachte ich. Er war ein großer, freundlicher Mann, war Anwalt und der Haupttheoretiker der Bruderschaft. Er hatte sich als harter Lehrmeister erwiesen. Abgesehen von den täglichen Diskussionen mit ihm und einer genau festgelegten Lektüre hatte ich mehr gearbeitet, als ich es jemals im College für notwendig gehalten hatte. Sogar meine Nächte waren genau eingeteilt. Jeder Abend brachte eine Zusammenkunft oder Versammlung in einem der vielen Bezirke (seit meiner Rede war dies heute mein erster Ausflug nach Harlem), wo ich neben den Rednern auf dem Podium saß und mir allerlei Notizen machte, die dann am nächsten Tag besprochen wurden. Jede sich bietende Gelegenheit, sogar das gemütliche Zusammensein nach den Versammlungen, wurde für meine Schulung ausgenutzt. Während dieser kleinen Feste merkte ich mir genau, welche ideologische Haltung sich in den Gesprächen der Teilnehmer offenbarte. Dabei ging ich bald ganz methodisch zu Werke; ich hatte inzwischen die vielen Aspekte der Bruderschaftspolitik und ihre Wirkung auf die verschiedenen sozialen Gruppen kennengelernt, und die stadtweite Mitgliederschaft kannte mich. Meine Haltung bei der Zwangsräumung war nicht in Vergessenheit geraten, und wenn ich auch keine Reden hatte halten dürfen, so wurde ich doch immer wieder als eine Art Held hingestellt.

In der Hauptsache aber war es doch eine Zeit des Zuhörens gewesen, und da ich im Grunde ein Redner war, war ich ungeduldig geworden. Ich kannte die Argumente der Bruderschaft jetzt so gut – nicht nur die, die ich bezweifelte, sondern auch die, an die ich glaubte –, daß ich sie im Schlaf hersagen konnte. Und dennoch war über meine weitere Verwendung bisher noch nichts verlautet. Deshalb hatte ich gehofft, der mitternächtliche Anruf bedeutete den Anfang neuen Tuns.

Neben mir saß Bruder Jack, immer noch in seine Gedanken versunken. Er schien es gar nicht eilig zu haben, das Lokal zu verlassen oder mit mir zu sprechen, und während der langsame Kellner unsere Drinks mixte, versuchte ich vergebens zu erkennen, weshalb er mich hierhin gebracht hatte. Vor mir auf der Wand, die sonst meist ein Spiegel zierte, sah ich eine Stierkampfszene: der Stier griff den Mann an, der das rote Tuch mit den starren Falten so dicht vor dem Tier schwenkte, daß beide, Stier und Mensch, sich in einem Wirbel aus ruhiger, reiner Bewegung zu vereinen schienen. Reine Anmut, dachte ich und blickte über die Theke hinweg, wo in Überlebensgröße das rosa und weiße Bild eines weißen Mädchens aus einer sommerlichen Bierreklame mit einem Kalender, der den 1. April anzeigte, herabschaute. Als dann endlich die Drinks vor uns standen, wurde Bruder Jack lebendig. Seine Nachdenklichkeit war wie weggeblasen, als wäre alles, was ihn quälte, erledigt und er selbst plötzlich frei.

»Kehr in die Wirklichkeit zurück«, sagte er und gab mir

einen freundlichen Stoß. »Sie ist ja nur das Pappbild einer kalten, stählernen Zivilisation.«

Ich lachte, freute mich über seinen Scherz. »Und das?« fragte ich, auf die Stierkampfszene zeigend.

»Echtes Barbarentum«, antwortete er. Er blickte nach dem Kellner, und seine Stimme wurde Geflüster. »Wie hat Ihnen die Arbeit mit Hambro gefallen?«

»Großartig«, antwortete ich. »Er ist sehr genau und streng. Hätte ich im College solche Lehrer gehabt, dann wüßte ich heute mehr. Ich habe viel bei ihm gelernt, aber ob es den Brüdern, die mit meiner Rede in der Arena nicht einverstanden waren, genügt, das weiß ich nicht. Sollen wir uns nicht mal wissenschaftlich unterhalten?«

Er lachte, und dabei leuchtete das eine Auge heller als das andere. »Kümmern Sie sich nicht um die Brüder«, sagte er. »Sie schaffen es schon. Bruder Hambros Berichte über Sie waren ausgezeichnet.«

»Das freut mich«, sagte ich. Ich hatte inzwischen die Darstellung einer weiteren Stierkampfszene entdeckt: der Stier hatte den Matador auf die Hörner genommen und in die Höhe geschleudert. »Ich habe mir viel Mühe gegeben, die Ideologie zu meistern.«

»Meistern«, sagte Bruder Jack. »Aber übertreiben Sie sie nicht. Lassen Sie sich nicht von ihr unterkriegen. Nichts schläfert die Leute mehr ein als Ideologie. Das Ideal ist natürlich der Mittelweg zwischen Ideologie und Inspiration. Sagen Sie, was die Leute hören wollen, aber sagen Sie das so, daß die Leute tun, was wir wollen.« Er lachte. »Vergessen Sie auch nicht, daß die Theorie *nach* der Praxis kommt. Erst handeln, dann theoretisieren. Das ist ein Gesetz von ungeheurer Wirkung.«

Er blickte mich an, als sähe er mich nicht, und ich konnte nicht unterscheiden, ob er mich auslachte oder mit mir zusammen lachte. Jedenfalls lachte er.

»Ja«, sagte ich, »ich will versuchen, alles zu meistern, was man von mir verlangt.«

»Das können Sie ohne weiteres«, sagte er. »Die Kritik der Brüder soll Sie nicht stören. Werfen Sie ihnen ein paar Brokken Ideologie an den Kopf – und sie lassen Sie in Ruhe –, vorausgesetzt natürlich, daß Sie dazu die nötige Rückendekkung haben und die verlangten Resultate vorweisen können. Noch ein Glas?«

»Danke, ich habe genug.«

»Bestimmt?«

»Bestimmt.«

»Gut. Und nun zu Ihrer neuen Verwendung. Morgen werden Sie der Hauptsprecher des Harlemer Bezirks ...«

»Was!«

»Ja. Das hat das Komitee gestern beschlossen.«

»Das kommt mir etwas plötzlich.«

»Sie werden's schaffen. Und nun hören Sie genau zu. Sie werden das fortsetzen, was Sie bei der Zwangsräumung begonnen haben. Die Leute dürfen nicht wieder einschlafen. Halten Sie sie wach. Sorgen Sie dafür, daß sie sich uns in Massen anschließen. Einige der älteren Mitglieder werden Ihnen dabei helfen. Vor allem überlegen Sie, wie Sie das erreichen. Sie haben volle Handlungsfreiheit – sind dabei aber streng an die Disziplin gebunden und dem Komitee verantwortlich.«

»Ich verstehe«, erwiderte ich.

»Noch nicht ganz«, sagte er, »aber das wird schon noch kommen. Unterschätzen Sie die Disziplin nicht, Bruder. Sie unterstellt Sie in allem, was Sie tun, der ganzen Organisation. Unterschätzen Sie die Disziplin nicht. Sie ist sehr streng, aber innerhalb ihres Rahmens haben Sie volle Handlungsfreiheit. Und Ihre Arbeit ist sehr wichtig. Verstehen Sie?« Seine Augen sahen mich forschend an, während ich zustimmend nickte.

»Wir wollen jetzt gehen, damit Sie noch etwas Schlaf bekommen«, sagte er und leerte sein Glas. »Sie sind jetzt Soldat, und Ihre Gesundheit gehört der Organisation.«

»Ich werde bereit sein«, sagte ich.

»Das weiß ich. Dann bis morgen. Sie treffen das Exekutivkomitee der Harlemer Sektion um neun Uhr. Sie wissen ja, wo es seinen Sitz hat.«

»Nein, Bruder, das weiß ich nicht.«

»So? Dann fahren Sie lieber eben mit. Ich habe da noch etwas zu erledigen, und Sie können gleich sehen, wo Sie arbeiten werden. Ich bringe Sie hin«, sagte er.

Das Bezirksbüro war in einer umgebauten Kirche untergebracht, deren Hauptteil von einen Pfandleiher gemietet war. Die hohen Fenster verschwanden hinter dem Kram, so daß durch sie kein Licht auf die dunkle Straße fiel. Über eine Treppe erreichten wir das zweite Stockwerk und betraten einen großen Raum mit einer hohen gotischen Decke.

»Noch ein Stückchen weiter«, sagte Bruder Jack und zeigte an das Ende des Raumes, wo ich eine Reihe kleinerer Zimmer sah, von denen eins erleuchtet war. Dann erschien ein Mann in der Tür und kam hinkend auf uns zu.

»Guten Abend, Bruder Jack«, sagte er.

»Sieh da, Bruder Tarp? Ich hoffte, Bruder Tobitt hier zu treffen.«

»Das weiß ich. Er war hier, mußte aber gleich wieder fort«, sagte der Mann. »Er hat diesen Brief für Sie hinterlassen. Er will Sie später anrufen.«

»Gut, gut«, sagte Bruder Jack. »Unser neuer Bruder.«

»Freut mich, Sie kennenzulernen«, sagte der Bruder lächelnd. »Ich habe Ihre Rede in der Arena gehört. Famos haben Sie gesprochen.«

»Danke«, erwiderte ich.

»Die Rede hat Ihnen also gefallen, Bruder Tarp?« fragte Bruder Jack.

»Er hat mir aus dem Herzen gesprochen«, erwiderte Bruder Tarp.

»Sie werden ihn von nun an öfter hören. Er ist euer neuer Sprecher.«

»Großartig«, sagte der Mann. »Manches scheint bald anders zu werden.«

»Richtig«, sagte Bruder Jack. »Nun zeigen Sie ihm eben noch sein Büro, dann wollen wir wieder gehen.«

»Gern, Bruder«, sagte Tarp. Er hinkte vor mir her in eins der dunklen Zimmer und drehte das Licht an. »Hier«, sagte er.

Ich blickte in ein kleines Büro mit einfachem Tisch, auf dem ein Telefon stand. Neben dem Tisch ein kleinerer mit einer Schreibmaschine. In einem Bücherschrank standen Bücher und Flugschriften, und an einer Wand hing eine Weltkarte mit alten nautischen Zeichen und der Heldengestalt des Kolumbus an der einen Seite.

»Wenn Sie was brauchen, wenden Sie sich an Bruder Tarp«, sagte Bruder Jack. »Er ist immer hier.«

»Danke, das werde ich tun«, entgegenete ich. »Morgen früh werde ich mich genauer orientieren.«

»Ja, und jetzt müssen wir gehen, sonst wird es mit dem Schlaf nichts mehr. Gute Nacht, Bruder Tarp. Sorgen Sie dafür, daß morgen alles in Ordnung ist.«

»Das lassen Sie meine Sorge sein, auf mich können Sie sich verlassen. Gute Nacht.«

»Leute wie Bruder Tarp sind uns Garantie für unseren Erfolg«, sagte er, als wir in den Wagen stiegen. »Körperlich ist er zwar alt, aber ideologisch erfrischend jung. Auf ihn kann man sich in den schwersten Situationen verlassen.«

»Er macht einen guten Eindruck«, sagte ich.

»Sie werden nicht enttäuscht sein«, sagte er. Dann schwieg er. Bis zu meiner Wohnung sagte er kein Wort mehr.

Als ich ankam, war das Komitee schon in dem Raum mit der hohen gotischen Decke versammelt. Seine Mitglieder saßen in Klappstühlen um zwei kleine Tische, die zusammengeschoben waren und nun eine Einheit bildeten.

»Sie kommen rechtzeitig«, sagte Bruder Jack. »Sehr gut. Wir legen bei unseren Führern großen Wert auf Pünktlichkeit.«

»Ich werde versuchen, immer pünktlich zu sein«, entgegnete ich.

»Er ist euer neuer Sprecher, Brüder und Schwestern«, sagte er. »Wir wollen anfangen. Sind alle da?«

»Bis auf Bruder Tod Clifton«, sagte jemand.

Überrascht hob Bruder Jack den roten Kopf. »So?«

»Er wird gleich kommen«, sagte ein junger Bruder. »Wir haben bis heute morgen drei Uhr gearbeitet.«

»Trotzdem sollte er pünktlich sein. Also«, sagte Bruder Jack und sah auf seine Uhr, »wir wollen anfangen. Ich habe nur wenig Zeit, aber was ich zu sagen habe, ist bald gesagt. Sie alle wissen, was sich in jüngster Zeit ereignet und welche Rolle unser neuer Bruder dabei gespielt hat. Kurzum, Ihre Aufgabe ist es nun, dafür zu sorgen, daß die Dinge vorangetrieben werden. Dabei ist zweierlei zu beachten: wir müssen Methoden ersinnen, durch die unsere Agitation an Wirkung gewinnt und die die Energien, die schon gelöst wurden, in die richtigen Bahnen leiten. Das erfordert eine größere Mitgliederschaft. Die Leute sind voller Tatendrang. Wenn wir sie nicht aktivieren, werden sie passiv, vielleicht sogar zynisch. Wir müssen also sofort zuschlagen, und der Schlag muß sitzen.

Deshalb«, sagte er, mir zunickend, »wurde unser Bruder zum Bezirkssprecher ernannt. Sie aber sollen ihm treu helfen und in ihm das neue Werkzeug der Autorität des Komitees sehen ...«

Ich hörte Beifall aufflattern, der aber verstummte, als sich die Tür öffnete. Ich blickte an den Stuhlreihen entlang und sah einen Mann ohne Hut den Raum betreten. Er war ungefähr so alt wie ich. Er trug einen dicken Sweater und eine breite, lange Hose, und während die anderen aufsahen, hörte ich den tiefen Seufzer einer Frau. Mit leichtem Negerschritt trat der Mann aus dem Dunkel in das Licht. Er war sehr schwarz und auffallend schön. Als er die Mitte des Zimmers erreicht hatte, sah ich, daß er das feine Gesicht jener Statuen hatte, die man oft in nördlichen Museen findet und in südlichen Städten heute noch antrifft, wo die weißen Kinder aus dem Herrenhaus und die schwarzen Kinder aus den Arbeiterhäusern sich nach Namen, Haltung und Charakter wie Läufe einer Doppelflinte gleichen. Und als er jetzt groß neben dem Tisch stand, auf den er sich stützte, sah ich seine breiten, starken Hände auf der dunklen Maserung des Holzes, die muskulösen Arme in dem Sweater, die gewölbte Brust, die sich gleichmäßig hob und senkte, sah das glatte, viereckige Kinn und auf der Linie seiner afro-angelsächsischen Wange, die ein feines Gemisch war aus Samt über Stein und Granit über Bein, ein kleines x-förmiges Pflaster.

Er stand da, sah uns mit ferner Abgeschlossenheit an, in der ich unter freundlichem Zauber ungestellte Fragen fühlte. Da ich in ihm einen möglichen Rivalen witterte, beobachtete ich ihn verstohlen und hätte zu gern gewußt, wer er war.

»Bruder Tod Clifton kommt zu spät«, sagte Bruder Jack. »Unser Jugendführer kommt zu spät. Weshalb?«

Der junge Mann zeigte auf seine Backe und lächelte. »Ich mußte zum Arzt«, sagte er.

»Wieso?« fragte Bruder Jack und betrachtete das Kreuz aus Heftpflaster auf der dunklen Haut.

»Nur eine kleine Begegnung mit den Nationalisten. Mit

den Jungens von Ras dem Mahner«, antwortete Bruder Clifton. Wieder hörte ich eine Frau seufzen, die ihn mit leuchtenden, mitleidigen Augen ansah.

Bruder Jack warf mir einen schnellen Blick zu. »Haben Sie schon von Ras gehört? Er ist der wilde Bursche, der sich selbst als schwarzen Nationalisten bezeichnet.«

»Soviel ich mich erinnere, nicht«, erwiderte ich.

»Sie werden sicher bald von ihm hören. Setzen Sie sich, Bruder Clifton. Setzen Sie sich. Seien Sie vorsichtig. Sie sind für die Organisation von großem Wert und dürfen sich nicht leichtsinnig Gefahren aussetzen.«

»In diesem Fall war es unvermeidlich«, entgegnete der junge Mann.

»Trotzdem«, sagte Bruder Jack, der das Gespräch fortsetzen wollte.

»Werden wir uns weiterhin allen Zwangsräumungen widersetzen?« fragte ich.

»Sie haben sie zu einer Hauptfrage gemacht.«

»Weshalb also nicht offener Kampf?«

Er sah mich an. »Was schlagen Sie vor?«

»Die Sache hat schon so viel Staub aufgewirbelt, daß es vielleicht angebracht ist, die ganze Gemeinde dafür zu interessieren.«

»Und wie denken Sie sich das?«

»Ich schlage vor, die Gemeindeführer um Unterstützung anzugehen.«

»Das wird nicht so einfach sein«, sagte Bruder Jack. »Die meisten Führer sind gegen uns.«

»Meiner Meinung nach hat er recht«, sagte Bruder Clifton. »Man müßte sie so weit bringen, daß sie die Wichtigkeit der *Frage* an sich erkennen, ganz einerlei, ob sie gegen uns sind oder nicht. Die Frage geht doch die ganze *Gemeinde* und nicht nur eine Partei an.«

»Gewiß«, sagte ich. »So sehe ich die Sache auch. Bei der

Erregung über die Zwangsräumungen können sie sich uns gegenüber eine feindliche Haltung nicht leisten, das verbieten einfach die Interessen der Gemeinde ...«

»So haben wir sie also vor der Flinte.«

»Das scheint mir durchaus der Fall zu sein«, sagte Bruder Jack.

Die anderen waren der gleichen Meinung.

»Ja«, sagte Bruder Jack mit einem leichten Grinsen, »wir sind diesen Führern immer aus dem Weg gegangen. Aber in dem Augenblick, in dem wir in breiter Front vorgehen, wird alles Sektierertum eine Last, die man abwerfen muß. Sonst noch Vorschläge?« Er ließ die Blicke um sich schweifen.

»Bruder«, sagte ich, mich plötzlich erinnernd, »als ich nach Harlem kam, machte ein Mann, der auf einer Leiter stand und eine Rede hielt, einen besonders starken Eindruck auf mich. Er sprach sehr aufgeregt und mit fremdem Akzent, aber seine Zuhörer waren begeistert ... Weshalb tun wir das nicht auch?«

»Dann *kennen* Sie ihn ja«, sagte Bruder Jack plötzlich grinsend. »Ja, Ras der Mahner hatte in Harlem ein Monopol. Vielleicht sollten wir es, da wir stärker geworden sind, einmal probieren. Das Komitee will vor allem Resultate sehen.«

Das war also Ras der Mahner, dachte ich.

»Wir werden mit dem Mahner allerlei Schwierigkeiten haben«, sagte eine große Frau. »Seine Spießgesellen werden sich das so ohne weiteres nicht gefallen lassen. Die mögen nun einmal kein weißes Fleisch, und wenn's das eines gebratenen Kaninchens wäre.«

Wir lachten.

»Er gerät außer sich, sobald er Weiße und Schwarze zusammen sieht«, sagte sie zu mir.

»Das überlaß nur uns«, sagte Clifton und berührte seine Backe.

»Gut, aber keine Gewalttätigkeit«, sagte Bruder Jack. »Die

Bruderschaft ist gegen Gewalt, gegen Terror und Provokation jeder Art. Darüber sind wir uns ja einig, Bruder Clifton?«

»Durchaus«, erwiderte Clifton.

»Wir dulden keine aggressive Gewalttätigkeit. Verstanden? Auch keine Angriffe auf Beamte oder andere, die uns nicht angreifen. Wir lehnen jede Form von Gewalt ab. Das wissen Sie doch?«

»Ja, Bruder«, sagte ich.

»Nachdem ich hierauf noch einmal nachdrücklich hingewiesen habe, muß ich gehen«, sagte er. »Seht zu, was ihr erreicht. Ihr könnt mit der Unterstützung anderer Bezirke in jeder Hinsicht rechnen. Vergeßt aber nicht, daß wir alle der Disziplin unterstehen.«

Er ging, und wir verteilten die Arbeit. Ich schlug vor, jeder sollte in dem Bezirk, den er besonders gut kannte, arbeiten. Da bisher keine Verbindung zwischen der Bruderschaft und den Gemeindeführern bestand, übernahm ich die Aufgabe, diese Verbindung herzustellen. Es wurde ferner beschlossen, mit unseren Versammlungen auf der Straße zu beginnen. Bruder Clifton sollte über den Erfolg berichten und dann alles Weitere mit mir überlegen.

Während der Besprechung studierte ich ihre Gesichter. Sie schienen nur an das zu denken, was uns beschäftigte, schienen, ob Schwarz oder Weiß, mit allem einverstanden. Aber als ich dann versuchte, sie nach Typen zu ordnen, gelang mir das nicht. Die große Frau, die aussah wie eine Waschfrau aus dem Süden, hatte das Frauenwerk zu betreuen. Sie sprach in abstrakten, ideologischen Ausdrücken. Der ängstlich aussehende Mann mit dem Leberfleck im Nacken sprach sich offen und voller Eifer für Handeln aus. Und Bruder Tod Clifton, der Jugendführer, sah, abgesehen von seinem Krauskopf, der noch nie die durchgreifende Wirkung eines glättenden Kammes erfahren hatte, irgendwie aus wie ein Stenz.

Ich konnte keinen von ihnen eingruppieren. Sie schienen mir vertraut und waren doch ebenso verschieden wie Bruder Jack und die anderen Weißen von allen Weißen verschieden waren, die ich bisher kennengelernt hatte. Sie waren alle verwandelt, wie vertraute Menschen, die man im Traum sieht. Ja, dachte ich, auch ich bin anders, und das werden sie sehen, wenn das Reden beendet ist und das Handeln beginnt. Ich muß nur darauf achten, mir niemand zum Feind zu machen. Vielleicht könnte es dem einen oder dem anderen nicht passen, daß mir die hohe Stellung übertragen wurde.

Aber als dann Bruder Clifton in mein Büro kam, um mit mir die Straßenversammlungen zu besprechen, konnte ich keinerlei Anzeichen von Groll bei ihm entdecken. Er war mit Leib und Seele bei dem, was wir vorhatten. Er sagte mir, wie ich mit den lästigen Fragestellern am besten fertig würde, die wissen wollten, wie sie sich zu verhalten hätten, wenn wir angegriffen würden, und wie sie im Getümmel die Feinde von den Freunden unterscheiden könnten. Wenn er auch den Eindruck eines Stenz machte, so war er in dem, was er sagte, doch sehr genau und klar, und ich zweifelte keinen Augenblick daran, daß er auf seinem Gebiet gründlich Bescheid wußte.

»Und was wird Ihrer Meinung nach das Resultat sein?« fragte ich ihn, als er zu Ende gesprochen hatte.

»Ganz groß«, antwortete er. »Größer als alles seit Garvey.«

»Wenn ich dessen nur sicher sein könnte«, sagte ich. »Ich habe Garvey nie kennengelernt.«

»Ich auch nicht«, sagte er. »Ich weiß aber, daß er in Harlem eine große Rolle spielte.«

«Ja, aber wir sind kein Garvey, und dann war es eines Tages auch mit ihm zu Ende.«

»Jedenfalls hat der Mann etwas an sich gehabt«, sagte Clifton mit plötzlicher Leidenschaft. »Das *muß* er, sonst hätte er die vielen Menschen nicht auf die Beine gebracht. Unsere Leute sind *nicht leicht* aus der Ruhe zu bringen. Er hat das großartig verstanden.«

Ich sah ihn an. Sein Blick war nach innen gerichtet. Dann lächelte er. »Machen Sie sich keine Sorge«, sagte er. »Wir haben einen wissenschaftlichen Plan, und Sie haben die Leute schon einmal aufgerüttelt. Die Lage ist so schlecht, daß sie zuhören werden, und wenn sie das *tun,* dann werden sie auch handeln.«

»Hoffentlich«, antwortete ich.

»Bestimmt. Ich bin seit drei Jahren in der Bewegung und fühle, daß etwas anders geworden ist. Die Leute sind zu allem bereit.«

»Hoffentlich irren Sie sich nicht«, sagte ich.

»Ich irre mich nicht«, erwiderte er. »Wir müssen sie nur um uns sammeln.«

An jenem Abend war es fast winterlich kalt. Die Straßenecke war hell erleuchtet, und die Negermenge war groß und dicht. Ich stand oben auf der Leiter, an deren Fuß eine Gruppe von Cliftons Jugendabteilung stand, und jenseits von ihren Rücken mit den hochgeschlagenen Mantelkragen sah ich die Gesichter der Zweifelnden, der Neugierigen und der Überzeugten in der Menge. Es war noch früh, und ich schleuderte meine Stimme mit aller Kraft gegen den Verkehrslärm, fühlte die feuchte Kälte der Luft auf meinen Backen und Händen, während meine Stimme vor Erregung immer eindringlicher wurde. Ich fühlte, daß ich Kontakt mit der Menge hatte, denn sie antwortete mit hartem Applaus und Zustimmung. In diesem Augenblick sah Tod Clifton mich an und deutete in eine bestimmte Richtung. Und über die Köpfe der Menge hinweg und vorbei an den dunklen Ladenfronten und den blinkenden Neonlichtern sah ich etwa zwanzig junge Burschen sich mit schnellen Schritten nähern. Ich blickte auf Clifton. »Gleich geht's los!« sagte er. »Sprich weiter. Gib den Jungens das Zeichen.«

»Liebe Brüder, die Zeit des Handelns ist gekommen«, rief ich. Und dann sah ich, wie die Jugendgruppe und ein paar ältere Männer sich in den hinteren Teil der Menge begaben, um dem heranrückenden Feind zu begegnen. Dann kam aus der Dunkelheit etwas herangeflogen und traf mich hart an der Stirn. Ich fühlte, wie die Menge nach vorn drängte, die Leiter kippte nach hinten, und ich schwankte wie auf Stelzen über der Menge. Dann lag ich auf der Straße. Klappernd folgte mir die Leiter. Alle waren von Panik ergriffen. Ich sah Clifton neben mir. »Es ist Ras der Mahner«, schrie er. »Können Sie Ihre Hände gebrauchen?«

»Ich kann meine Fäuste gebrauchen!« Ich war wütend.

»Dann ist alles in Ordnung. Also ran. Zeigen Sie, was Ihre Fäuste können.«

Er drängte vor, schien in die wirbelnde Menge zu tauchen. Ich war neben ihm, und die Leute rannten in die Hauseingänge und verschwanden in der Dunkelheit.

»Da drüben ist Ras«, schrie Clifton. Und ich habe den Lärm von zersplitterndem Glas gehört, und die Straße wurde dunkel. Jemand hatte die Laternen zerschlagen, und durch die Dunkelheit sah ich Clifton auf ein Neonlicht in einem dunklen Schaufenster zugehen. Etwas sauste dicht an meinem Kopf vorbei. Dann kam ein Mann herangelaufen. Er hatte ein Eisenrohr in der Hand, und dicht neben ihm sah ich Clifton. Er bückte sich, packte das Handgelenk des anderen, drehte sich um, wie ein Soldat, der kehrtmacht, so daß er jetzt mich ansah. Dann riß er den Ellbogen des Mannes über dessen Schulter, und der Mann erhob sich auf die Zehenspitzen und schrie, während Clifton sich langsam aufrichtete und den Arm wie einen Hebel nach unten drückte.

Ich hörte ein hartes Krachen und sah den Mann zusammensacken. Das Rohr fiel klirrend auf den Bürgersteig.

Dann traf mich ein harter Schlag in die Magengegend, und plötzlich kam mir zu Bewußtsein, daß auch ich mich an der Schlägerei beteiligte. Ich sank auf die Knie, stand wieder auf und sah meinen Gegner vor mir. »Los, Onkel Tom«, sagte er, und ich schlug auf ihn ein. Er hatte seine Hände, und ich hatte meine. Der Kampf war nicht ungleich, aber ich hatte mehr Glück als er. Ich schlug ihn weder zu Boden noch k. o. Aber ich traf ihn zweimal so gut, daß er es vorzog, anderswo weiterzukämpfen. Als er sich umdrehte, stellte ich ihm ein Bein und eilte dann weiter.

Die Kämpfenden zogen sich in die Dunkelheit zurück, wo die Straßenlaternen bis an die Ecke zerschlagen waren, und alles war still bis auf das Ächzen und Stöhnen und den Lärm von Schritten und Schlägen. Die Dunkelheit war verwirrend, und ich konnte die Unseren nicht von den anderen unterscheiden. Ich bewegte mich mit aller Vorsicht und versuchte etwas zu sehen. Oben in der Straße schrie jemand in die Dunkelheit: »Aufhören! Aufhören!« Ich dachte: Polizei! und sah mich nach Clifton um. Das Neonschild glühte geheimnisvoll. Durcheinander und lautes Fluchen. Und dann sah ich ihn. Er arbeitete sich durch die Menge zu einem Ladeneingang mit dem Schild: WIR LÖSEN SCHECKS EIN. Ich eilte ihm nach, hörte Gegenstände an meinem Kopf vorbeisausen und dann das Zersplittern von Glas. Cliftons Arme machten kurze Bewegungen, trafen Ras den Mahner am Kopf und in die Magengegend, schnelle, haargenaue Schläge. Er schlug mit aller Vorsicht, damit der andere nicht in die Fensterscheibe fiel, damit er selbst nicht in das Glas schlug, versetzte Ras Linke und Rechte, daß er nur so hin und her taumelte, wie ein betrunkener Stier. Während ich näher kam, versuchte Ras, auszubrechen, aber Clifton zwang ihn wieder in die Hocke, die Hände auf dem dunklen Boden des Hauseingangs, die Hacken gegen die Tür gestemmt, wie ein Sprinter, der gleich losrennen will. Und dann brach er los, packte

Clifton, versetzte ihm einen Schlag, und ich hörte den keuchenden Atem, und Clifton lag auf dem Rücken, und etwas blitzte in Ras' Hand. Er kam näher, eine kleine schwere Gestalt, so breit wie der Hauseingang, mit dem Messer in der Hand. Ich drehte mich um, suchte das Stück Rohr, tauchte nach ihm, kroch auf Knien und Händen, und dann kam ich wieder hoch und sah, wie Ras nach unten griff, mit der einen Hand Clifton beim Kragen packte, während die andere das Messer hielt. Er blickte auf Clifton herab und keuchte wie ein wilder Stier. Mir lief es kalt über den Rücken, als ich sah, wie er das Messer schwang und dann mitten im Schwung einhielt; dann das Messer wieder hob, und wieder im Schwung einhielt und fluchte. Wie er es wieder hob und wieder einhielt. Das alles ging unendlich schnell. Und dann weinte er und sprach schnelle Worte, und ich ging langsam auf ihn zu.

»Mensch«, platzte Ras los, »eigentlich müßte ich dich umbringen, umbringen müßte ich dich, und in der Welt sähe es besser aus. Aber du bist ein Schwarzer, Mann. Warum bist du schwarz? Ich schwöre, eigentlich müßte ich dich umbringen. Noch nie hat jemand den Mahner geschlagen, noch nie!«

Ich sah, daß er das Messer wieder hob, und während er es dann unbenutzt wieder sinken ließ, stieß er Clifton auf die Straße zurück und stand nun schluchzend über ihm.

»Was machst du bei den Weißen? Was? Ich habe dich schon lange beobachtet und mir gesagt: Der wird bald anders, der wird's bald leid. Der schmeißt ihnen die Brocken vor die Füße. Weshalb ist so einer, wie er, immer noch bei den Weißen?«

Immer noch auf ihn zugehend, sah ich sein Gesicht von roten, zornigen Tränen glühen, während er immer noch über Clifton stand, mit dem noch unschuldigen Messer – und rot glühten die Tränen im Licht des Schildes im Fenster.

»Du bist doch *mein* Bruder, Mensch. Brüder haben die

gleiche Farbe. Wie kannst du die Weißen *Brüder* nennen? Scheiße, Mann. Das ist doch Scheiße! Brüder haben die gleiche Farbe. Wir sind die Söhne von Mama Afrika. Hast du das vergessen? Du bist schwarz – SCHWARZ! Du gottverdammter Kerl!« sagte er und hob wieder das Messer. »Du hast schwarzes *Haar* und dicke *Lippen!* Und sie sagen, daß du *stinkst!* Sie hassen dich, Mann! Du bist Afrikaner! Ja, AFRIKANER! Weshalb bist du mit ihnen zusammen? Laß die Scheiße doch liegen, Mann! Die bescheißen dich doch nur. Das wissen wir doch. Sie versklaven uns – hast du das vergessen? Für die ist ein Schwarzer doch nur Dreck. Wie können sie deine *Brüder* sein?«

Ich stand jetzt neben ihm. Ich schlug mit dem Stück Rohr hart zu und sah das Messer durch die Dunkelheit fliegen, während er nach seinem Handgelenk griff. Und ich hob das Rohr wieder, plötzlich heiß vor Angst und Haß, als er mich aus seinen scheelen, kleinen Augen ansah und nicht wich.

»Und du, Mann«, sagte der Mahner, »ein richtiger, kleiner schwarzer Teufel. Ein verdammt schlauer Mungo. Woher kommst *du* denn, daß du es mit den Weißen hältst? Ich weiß es, verdammt noch mal. Ich weiß es! Aus dem Süden kommst du. Aus Trinidad. Aus Barbados, Jamaika, Südafrika, und du läßt dich von den Weißen dauernd in den Arsch treten. Was willst du denn verleugnen, daß du das schwarze Volk verrätst? Weshalb kämpfst *du* gegen uns? Ihr *jungen* Leute! Ihr jungen Leute mit so viel Bildung! Ich habe deine Reden gehört. Weshalb gehst du über zu den Versklavern? Was ist das für eine Bildung? Was für ein schwarzer Mensch ist der, der seine eigene Mama verrät?«

»Halt's Maul«, sagte Clifton und sprang auf die Füße. »Halt's Maul!«

»Nein, verdammt noch mal«, schrie Ras und fuhr sich mit den Fäusten über die Augen. »Ich spreche weiter. Wenn du mich auch mit dem Rohr schlägst, du mußt zuhören, wenn der Mahner spricht. Mensch, komm zu uns. Wir schaffen eine glorreiche Bewegung des schwarzen Volkes. *Des schwarzen Volkes.* Was tun die anderen denn? Geben sie dir Geld? Wer braucht denn das verfluchte Zeug? Ihr Geld klebt von schwarzem Blut. Es ist unsauber. Wer ihr Geld anfaßt, faßt in Scheiße, Mann. Geld ohne Würde. Ganz *gemeine* Scheiße!«

Clifton wollte ihn anspringen. Aber ich hielt ihn zurück, schüttelte den Kopf. »Komm, der Mann hat sie nicht alle beisammen«, sagte ich und zog ihn am Arm weiter.

Ras schlug sich mit den Fäusten auf die Schenkel. *»Ich* hätte sie nicht alle beisammen, Mann? Du nennst *mich* verrückt? Seht euch beide an und dann mich. Ist das denn *Verstand?* Stehen hier, und die Farbe eines jeden ist ein anderes Schwarz. Drei Schwarze balgen sich auf der Straße wegen des weißen Versklavers. Ist das vernünftig? Ist das Verstand, ist das Vernunft? Ist das der moderne schwarze Mensch des zwanzigsten Jahrhunderts? Zum Teufel, Mann. Ist das Selbstachtung – Schwarz gegen Schwarz? Und was geben sie euch für euren Verrat? Ihre Frauen? Darauf fallt ihr rein?«

»Wir wollen gehen«, sagte ich. Plötzlich wurde in der Dunkelheit das Entsetzen der großen Balgerei damals auf dem Herrenabend wieder in mir lebendig, aber Clifton sah Ras gespannt und wie verzaubert an und riß sich los.

»Wir wollen gehen«, wiederholte ich. Er rührte sich nicht, betrachtete immer noch den anderen.

»Du kannst gehen, er aber nicht«, sagte Ras. »Du bist schon angesteckt, aber er ist noch der echte Schwarze. In Afrika wäre er Häuptling, ein schwarzer König. Und hier sagt man, er vergewaltigt die verfluchten Weiber, die kein Blut in den Adern haben. Ich wette, daß er sie sich nicht einmal vom Leibe halten kann – so ne Scheiße! So ne Verrücktheit! Treten dich dauernd in den Hintern, von der Wiege bis zum Grabe – und nennen dich *Bruder*. Das ist doch Wahnsinn! Ist das logisch? Besieh ihn dir doch mal, Mensch, öffne die Augen«, sagte er zu mir. »Wenn ich so aussähe, würde ich die Welt aus den Angeln heben! Überall kennt man mich: in Japan und Indien – in allen farbigen Ländern. Jugend! Intelligenz! Der Mann ist von Natur aus Fürst! Wo hast du denn deine Augen? Wo ist deine Selbstachtung? Arbeitest für diese Schweinehunde? Ihre Tage sind gezählt, die Zeit ist schon nahe, und du benimmst dich, als wären wir noch im neunzehnten Jahrhundert. Ich verstehe dich nicht. Bin ich denn so dumm? Antworte doch Mensch.«

»Ja«, brach Clifton los. »Ja, verdammt.«

»Du meinst, ich bin verrückt. Weil ich so schlecht spreche? Nun, ich spreche nicht meine Muttersprache. Ich bin Afrikaner. Hältst du mich wirklich für verrückt?«

»Ja, ja.«

»Das glaubst du?« sagte Ras. »Was tun sie denn für dich, schwarzer Mann? Geben dir die stinkenden Weiber.«

Clifton drängte wieder vor, und wieder hielt ich ihn zurück. Und Ras blieb stehen und sprach weiter, und rot glühte sein Kopf.

»Weiber? *Verdammt,* Mann. Ist das Gleichheit? Ist das die Freiheit des schwarzen Menschen? Ein Schlag auf den Rükken und eine Fotze ohne Leidenschaft. Gewürm! Und so billig gibst du dich her? Wie behandeln die denn mein Volk! Hast du den Verstand verloren? Diese Weiber sind doch Dreck. Sind stinkendes Wasser. Du weißt, daß der feine Weiße den Schwarzen haßt, das ist doch so einfach. Und nun gibt er euch seinen Dreck, und dafür sollt ihr seine schmierige Arbeit tun. Sie verraten dich, und du verrätst das schwarze Volk. Sie betrügen dich, Mann. Sollen sich untereinander bekämpfen. Sich gegenseitig totschlagen. Wir wollen uns organisieren – Organisation ist gut –, aber wir organisieren die Schwarzen. Die SCHWARZEN! Der Teufel hole diesen Sohn einer Hündin! Er nimmt eine von den Fosen und erzählt dann den Schwarzen, seine Freiheit liegt zwischen ihren verschrumpelten Beinen – und inzwischen reißt *er* alle Macht an sich und alles Geld und läßt für den Schwarzen nichts mehr übrig. Den guten weißen Frauen aber erzählt er, der Schwarze ist ein Schänder, und er hält sie eingeschlossen, und sie erfahren nicht die Wahrheit, aber er macht aus den Schwarzen eine Rasse von Bastarden.

Wann wird der Schwarze diese kindische Gemeinheit endlich mal leid? Hat er dich denn schon so eingeschüchtert, daß du deinem schwarzen Verstand nicht mehr traust? Gebt euch doch nicht so billig her, ihr Jungen! Verleugnet euch doch nicht selbst. Es hat eine Milliarde Gallonen schwarzen Blutes gekostet, euch zu schaffen. Schaut doch nur mal in euch, und ihr werdet die Könige unter den Menschen. Ein Mann weiß, daß er ein Mann ist, wenn er nichts hat, wenn er nackt ist – das braucht ihm keiner noch besonders zu sagen. Du bist ein Meter achtzig groß, Mann. Und bist jung und klug. Schwarz bist du und schön. Laß dir nichts anderes vorreden. Wenn du das alles nicht wärest, dann wärst du schon längst tot. Ja, tot! Ich hätte dich getötet! Ras der Mahner hob schon das Messer und wollte dich töten, aber er konnte es nicht. Weshalb tust du es nicht? das frage ich mich. Ich will es auch jetzt noch. Aber irgend was sagt mir: nein, nein. Vielleicht tötest du deinen schwarzen König. Und ich sage: ja, ja. Und deshalb nehme ich dein demütigendes Handeln hin. Ras erkennt deine schwarzen Möglichkeiten, Mann. Ras würde nie den schwarzen Bruder dem weißen Versklaver opfern. Lieber *weint* er. Ras ist ein Mann – das braucht ihm kein Weißer zu sagen –, und Ras *weint*. Weshalb erkennst du nicht, was deine schwarze Pflicht ist? Komm mit auf unsere Seite.«

Sein Atem ging schwer, und seine hohe Stimme hatte auf einmal etwas Flehendes. Er war ein Mahner, und die wilde, irre Beredsamkeit seines Flehens verfehlte nicht ihren Eindruck auf mich. Nun stand er da und wartete auf Antwort.

Plötzlich flog ein großes Transportflugzeug dicht über den Häusern dahin, ich blickte auf, und keiner von uns sagte ein Wort, wir betrachteten nur die Maschine.

Plötzlich schüttelte der Mahner die Faust gegen das Flugzeug und schrie: »Der Teufel soll sie holen. Eines Tages haben wir so was auch. Der Teufel hol das Biest.«

Er stand da, schüttelte die Faust, während das Flugzeug die Häuser durch seinen gewaltigen Flug beben ließ. Dann war es verschwunden, und ich sah die unwirkliche Straße hinab. Oben in der Straße dauerte der Kampf im Dunkel an, und wir waren allein. Ich sah den Mahner an. Ich wußte nicht, ob ich wütend oder verwundert war.

»Hören Sie mal«, sagte ich, den Kopf schüttelnd, »reden wir vernünftig miteinander. Von jetzt an sind wir jeden Abend an der Straßenecke. Wir sind für jeden Kampf gerüstet. Wir wollen keinen Kampf, vor allem nicht mit Ihnen, aber weglaufen werden wir auch nicht …«

»Verflucht«, schrie er, vorwärts springend, »hier ist *Harlem.* Es ist *mein* Gebiet, das Gebiet der Schwarzen. Meinst du denn, wir ließen die Weißen hier ihr Gift verspritzen? Ließen sie einfach hier rein, um uns unterzukriegen? Die Läden hier haben sie schon alle. Rede vernünftig, wenn du mit Ras redest.«

»Das tue ich«, erwiderte ich. »Nun hören Sie zu, wie wir zugehört haben. Wir werden jeden Abend hier sein. Jeden Abend – und wenn Sie wieder auf einen unserer Brüder mit dem Messer losgehen – ob weiß oder schwarz –, wir werden das nicht vergessen.«

Er schüttelte den Kopf, »Ich vergesse dich auch nicht.«

»Gut. Sehr gut. Wenn Sie das vergessen, gibt's Krach. Sie irren sich; sehen Sie denn nicht, daß wir an Zahl überlegen sind? Schon suchen Sie Hilfe …«

»Natürlich. Schwarze Hilfe. Gelbe und braune Hilfe.«

»Alle, die eine brüderliche Welt wollen«, sagte ich.

»Red keinen Quatsch, Mensch. Die *Weißen* brauchen sich nicht mit den Schwarzen zu verbinden. Sie haben, was sie wollen. Sie sind doch nur gegen euch. Wo ist denn der schwarze Verstand geblieben?«

»So kommen wir nicht weiter«, sagte ich. »Mit dem Kopf muß man denken und nicht mit dem Bauch.«

Er schüttelte heftig den Kopf und sah Clifton an. »Dieser Schwarze redet von Verstand und Vernunft. Ich frage euch beide: seid ihr wach oder schlaft ihr? Das ist eure Vergangenheit, und wohin geht ihr? Aber einerlei, lebt weiter in eurer verderbten Ideologie und freßt euer eigenes Eingeweide wie eine lachende Hyäne. Ihr seid nirgendwo. Nirgendwo. Ras ist weder dumm noch bange. Nein. Ras ist schwarz und kämpft für die Freiheit der Schwarzen. Die Weißen haben, was sie wollen, und lachen euch frech ins Gesicht, und ihr stinkt und erstickt in dem weißen Gewürm.«

Er spuckte wütend auf die dunkle Straße. Die Spucke flog rosa durch das rote Glühen.

»Lassen Sie mich aus dem Spiel, ich weiß, was ich tue«, sagte ich. »Vergessen Sie nur nicht, was ich gesagt habe. Kommen Sie, Bruder Clifton. Der Mann stinkt vor Eiter, vor schwarzem Eiter.«

Wir ließen ihn stehen. Ein Stück Glas zersplitterte unter meinem Fuß.

»Vielleicht ist es so«, sagte Ras. »Aber ein Narr bin ich nicht. Ich bin keiner der gebildeten schwarzen Narren, der glaubt, alles zwischen den Weißen und Schwarzen könnte durch ein paar verfluchte Lügen geregelt werden, die man in Büchern findet, die meist von Weißen geschrieben wurden. Dreihundert Jahre schwarzen Blutes waren nötig, die Zivilisation der Weißen aufzubauen, und die kann man nicht in einer Minute wieder wegwischen. Blut schreit nach Blut. Vergeßt das nicht. Und vergeßt auch nicht, daß ich anders bin als ihr. Ras weiß, worum es geht. Und er hat auch keine

Angst, weil er schwarz ist. Er ist auch kein Verräter um der Weißen willen.«

Bevor ich noch antworten konnte, sprang Clifton in der Dunkelheit vor. Ein harter Schlag, und Ras lag am Boden. Clifton atmete schwer, und Ras lag auf der Straße, ein schwerer, schwarzer Mann mit roten Tränen auf dem Gesicht, in denen sich das Licht des Schildes mit der Aufschrift: WIR LÖSEN SCHECKS EIN spiegelte.

Und während Clifton auf ihn herabblickte, schien er wieder eine stumme Frage zu stellen.

»Weg hier«, sagte ich. »Weg hier.«

Wir gingen weiter. Sirenen heulten, Clifton fluchte vor sich hin.

Dann waren wir aus der Dunkelheit heraus in einer belebten Straße, und er wandte sich mir zu. Tränen schimmerten in seinen Augen.

»Der arme, verhetzte Hundesohn«, sagte er.

»Dasselbe glaubt er von dir«, entgegnete ich. Ich war froh, aus der Dunkelheit heraus zu sein und die mahnende Stimme nicht mehr zu hören.

»Der Mann ist verrückt«, sagte Clifton. »Dabei muß man ja den Verstand verlieren.«

»Wie kommt er eigentlich an den Namen?« fragte ich.

»Soviel ich weiß, hat er ihn sich selber gegeben. *Ras* ist im Osten ein Ehrentitel. Wundert mich nur, daß er nicht auch von Äthiopien sprach, das seine Schwingen ausbreitet«, sagte er, Ras nachahmend. »Das klingt irgendwie wie das Zischen einer Schlange ... Ich weiß nicht – weiß nicht.«

»Wir werden scharf auf ihn aufpassen müssen«, sagte ich.

»Ja, das werden wir«, entgegnete er. »Er gibt den Kampf nicht auf ... Und noch vielen Dank, daß Sie mich vor dem Messer ...«

»Deswegen keine Sorge«, sagte ich. »Er tötet seinen König nicht.«

Er wandte sich um und sah mich an, als glaubte er, es wäre mein Ernst. Dann lächelte er.

»Einen Augenblick lang dachte ich, es wäre aus mit mir«, sagte er.

Während wir zum Büro gingen, fragte ich mich, was Bruder Jack zu dem Kampf sagen würde.

»Unsere Organisation muß stärker sein als seine«, sagte ich.

»Ja, das muß sie. Aber innerlich ist Ras stark«, sagte Clifton. »Und das ist gefährlich.«

»Damit gibt er sich nicht zufrieden«, entgegnete ich. »Er käme sich als Verräter vor.«

»Nein«, sagte Clifton, »das tut er bestimmt nicht. Haben Sie nicht gehört, wie er sprach. Und was er sagte?«

»Natürlich habe ich das gehört«, erwiderte ich.

»Ich weiß nicht«, sagte er. »Manchmal meine ich, der Mensch sollte sich aus allem geschichtlichen Geschehen heraushalten ...«

»Was?«

»Sich um nichts kümmern, allem den Rücken kehren. Sonst könnte er jemand totschlagen oder verrückt werden.«

Ich antwortete nicht. Vielleicht hat er recht, dachte ich, und plötzlich war ich sehr froh, die Bruderschaft gefunden zu haben.

Am nächsten Morgen regnete es. Ich war vor den anderen im Bezirk und sah aus dem Fenster meines Büros nach draußen, vorbei an der vorspringenden Wand eines Gebäudes, und jenseits des eintönigen Musters aus Backstein und Mörtel sah ich eine Reihe von Bäumen, die sich groß und nicht ohne Anmut in den Regen erhoben. Ein Baum stand in der Nähe, und ich sah, wie der Regen seine Rinde und seine zögernden Knospen streifig machte. Mir gegenüber standen Bäume vor dem langen Block in einer Reihe, erhoben sich groß in tropfende Nässe über schmutzige Hinterhöfe. Und mir kam der Gedanke, daß hier, wenn man die baufälligen Zäune entfernte und alles mit Blumen und Gras bepflanzte, ein schöner Park geschaffen werden könnte. In diesem Augenblick flog eine große Tüte aus einem Fenster links von mir, platzte wie eine stumme Granate, entleerte den Abfall, den sie enthielt, in die Bäume und mit dumpfem, verdrießlichem Knall auf den Boden, wo er wie ein Pfannkuchen liegen blieb. Ekel packte mich. Ich dachte: eines Tages scheint die Sonne in diese Hinterhöfe. Wenn die Zeiten ruhiger werden, veranstaltet die Gemeinde vielleicht ein allgemeines Reinemachen. Aber das war natürlich nicht so aufregend, wie die Ereignisse der vergangenen Nacht.

Ich setzte mich an meinen Schreibtisch, der Landkarte gegenüber. Bruder Tarp betrat das Büro.

»Guten Morgen, schon so früh hier?« sagte er.

»Guten Morgen. Ich habe so viel zu tun, daß ich nicht früh genug anfangen kann«, erwiderte ich.

»Sie schaffen es schon«, sagte er. »Aber ich will Sie nicht stören. Ich will dies hier nur eben aufhängen.«

»Soll ich Ihnen helfen?«

»Nein, ich kann's allein«, sagte er. Er kletterte mit seinem lahmen Bein mühsam auf einen Stuhl, der unter der Landkarte stand, und hängte ein Bild auf, strich darüber, glättete es sorgfältig, kletterte wieder vom Stuhl und stellte sich dann neben den Tisch.

»Wissen Sie auch, wer das ist?«

»Natürlich« entgegnete ich, »es ist Frederick Douglass.«

»Ja, das ist er. Wissen Sie was über ihn?«

»Nicht viel. Mein Großvater hat mir allerlei über ihn erzählt.«

»Das genügt. Er war ein großer Mann. Schauen Sie ihn hin und wieder mal an. – Haben Sie auch alles, was Sie brauchen – Papier und so weiter?«

»Ja, vielen Dank, Bruder Tarp. Auch Dank für das Douglass-Bild.«

»Keine Ursache«, sagte er von der Tür aus. »Douglass gehört uns allen.«

Ich saß jetzt dem Bild von Frederick Douglass gegenüber. Plötzliche Ehrfurcht überkam mich. Ich erinnerte mich der Stimme meines Großvaters und wollte ihr Echo doch nicht hören. Dann nahm ich den Hörer in die Hand und rief die Führer der Gemeinde an.

Sie standen in einer Reihe da, wie Gefangene: Prediger, Politiker, Geistesarbeiter. Alle bewiesen, daß Clifton recht hatte. Der Kampf gegen die Zwangsräumungen war eine derart dramatische Angelegenheit geworden, daß die meisten Führer fürchteten, ihre Anhänger könnten sich uns ohne sie anschließen. Ich ließ keinen außer acht und mochte er noch so unbedeutend sein; hohe Tiere, Doktoren, Grundbesitzer und Straßenprediger. Und alles vollzog sich so schnell und glatt, daß es nicht mir, sondern einem anderen zu passieren schien, der in Wirklichkeit meinen neuen Namen trug. Ich lachte fast in das Telefon, als ich hörte, mit welcher Hochachtung mich der Direktor des Men's House behandelte. Mein neuer Name war in aller Munde, dachte ich, aber alles ist normalerweise so unwirklich, daß man glaubt, man brauchte etwas nur einen Namen zu geben, um es wirklich zu machen. Und doch bin ich der, für den sie mich halten …

Unsere Arbeit verlief so glatt, daß wir ein paar Sonntage später einen Umzug veranstalteten, um unsere Stellung in der Gemeinde zu festigen. Wir arbeiteten fieberhaft. Aller Widerstand in meinem Innern, alle Konflikte der letzen Tage bei Mary schienen im Kampf der Gemeinde zu versinken, und ich war ruhig und beherrscht. Die Unruhe, die das Aufstellen der Posten und die vielen Reden mit sich brachten, schien mich zu immer größerer Arbeit anzutreiben. Meine kühnsten Gedanken wurden Tat.

Als ich erfuhr, daß einer der arbeitslosen Brüder früher in Wichita, Kansas, Soldaten gedrillt hatte, stellte ich eine Abteilung von über einen Meter achtzig großen Männern auf, deren Aufgabe es war, durch die Straßen zu marschieren und mit ihren genagelten Schuhen Funken aus dem Pflaster zu schlagen. Am Tage des Umzugs lockten sie mehr Menschen auf die Straße als eine Hundebalgerei auf einer Landstraße. Wir nannten sie die Volksfunkenschläger, und wenn sie in der Frühlingsdämmerung durch die Seventh Avenue marschierten, dann brannte sozusagen die Straße. Die Gemeinde lachte und jubelte, und die Polizei machte dumme Gesichter. Sie war beeindruckt, und die Funkenschläger marschierten weiter. Dann kamen die Fahnen und die Banner und die Schilder mit den Sprüchen; dann die Trommlerinnen, die schönsten Mädchen, die wir auftreiben konnten. Sie stolzierten einher und wirbelten vor Begeisterung für die Bruderschaft. Fünfzehntausend Einwohner von Harlem zogen hinter unseren Schildern her und marschierten über den Broadway zur City Hall. Ja, die ganze Stadt sprach von uns.

Dieser Erfolg beschleunigte meinen Aufstieg. Mein Name verbreitete sich wie Rauch in einem luftlosen Zimmer. Ich war dauernd unterwegs. Reden hier und da, überall, uptown und downtown. Ich schrieb Artikel für die Zeitungen, führte Umzüge an, war der Sprecher von Abordnungen und so weiter. Und die Bruderschaft tat alles, meinen Namen bekanntzumachen. Artikel, Telegramme und viele Briefe trugen meine Unterschrift. Manche hatte ich selbst geschrieben, die meisten aber nicht. Reklame wurde mit mir und für mich gemacht, ich und die Organisation waren dasselbe. Das wurde in Wort und Bild in der Presse behauptet. Als ich mich eines Frühlingsmorgens zur Arbeit begab, wurde ich von fünfzig Menschen gegrüßt, die ich nicht kannte, und ich begriff, daß ich doppelt war: das alte Selbst, das nachts ein paar Stunden schlief und manchmal von meinem Großvater, von Bledsoe, Brockway und Mary träumte, das Selbst, das ohne Flügel flog und sich von hohen Höhen in die Tiefe stürzte; und das neue, öffentliche Selbst, das für die Bruderschaft sprach und viel wichtiger wurde als das andere. Und ich meinte, ich liefe mit mir selbst um die Wette.

Ich liebte meine Arbeit in diesen Tagen der Sicherheit. Ich hielt Augen und Ohren offen. Die Bruderschaft war eine Welt innerhalb einer Welt, und ich war entschlossen, alle ihre Geheimnisse zu ergründen und so weit vorzustoßen, wie ich konnte. Ich sah keine Grenzen, sie war die einzige Organisation im ganzen Land, in der ich die höchste Stelle erreichen konnte, und die wollte ich erreichen. Und wenn ich dazu ein ganzes Gebirge aus Worten erklettern mußte. Denn jetzt glaubte ich, trotz allen Geredes von Wissenschaft um mich herum, an den Zauber des gesprochenen Wortes. Manchmal beobachtete ich das wäßrige Spiel des Lichts auf Douglass' Bild und dachte, wie wunderbar es doch war, daß er sich vom Sklaven zum Minister heraufgearbeitet hatte. Und wie schnell! Vielleicht, so dachte ich, erlebe ich Ähnliches. Douglass floh in den Norden und fand Arbeit auf einer Werft. Ein großer Bursche im Seemannsanzug, der, genau wie ich, einen anderen Namen angenommen hatte. Welches war sein wirklicher Name? Einerlei, als *Douglass* wurde er erst er selbst, zeigte er erst, wer er war. Und nicht als Bootsbauer, wie er gedacht hatte. Vielleicht lag der Sinn allen Zaubers in den unerwarteten Wandlungen. ›Als Saulus beginnt man und endet als Paulus‹, hatte mein Großvater oft gesagt. ›Wenn man jung ist, ist man ein Saulus, aber laß dir mal den Wind des Lebens um die Ohren pfeifen und dann versuch, ein Paulus zu werden, wenn das auch nicht so einfach ist.‹

Nein, eins stand fest: man wußte nie, wohin man ging. Das

allein stand fest. Außerdem wußte man nicht, wie man das Ziel erreichte – wenn es auch, falls man es erreichte, irgendwie richtig war. Hatte es nicht mit einer Rede angefangen, und hatte mir diese Rede nicht ein Stipendium für das College eingebracht, wo ich gehofft hatte, durch weitere Reden eine Stelle bei Bledsoe zu erreichen und schließlich nationaler Führer zu werden? Ja, ich hatte eine Rede gehalten, und sie hatte mich zum Führer gemacht, wenn auch nicht zu dem Führer, von dem ich geträumt hatte. Ja, so war es. Und keine Klagen, dachte ich und betrachtete die Karte; du suchtest Menschen und fandest sie, wenn auch eines anderen Stammes und in einer hellen, neuen Welt. Die Welt war seltsam, wenn man aufhörte, über sie nachzudenken; aber es war eine Welt, die durch die Wissenschaft kontrolliert werden konnte, und die Bruderschaft hatte sowohl die Wissenschaft als auch die Geschichte unter Kontrolle.

So lebte ich eine ganze Zeitlang mit der Intensität, die chronische Spieler entfalten, die überall Hinweise auf ihr Glück sehen: in Wolken, vorbeifahrenden Lastwagen, in U-Bahn-Wagen, in Träumen, in der Form von Hundedreck auf dem Pflaster. Ich war ganz im Bann der allumfassenden Idee der Bruderschaft. Die Organisation hatte der Welt eine neue Gestalt und mir eine neue vitale Rolle gegeben. Alles bildete eine Einheit, alles konnte durch unsere Wissenschaft kontrolliert werden. Das Leben war Muster und Disziplin. Und die Schönheit der Disziplin zeigt sich erst, wenn sie arbeitet. Und sie arbeitet sehr gut.

18. KAPITEL

Unter dem Zwang meiner Erfahrungen mit Bledsoe und den Treuhändern las ich jeden eingehenden Brief, und so kam es, daß ich auch den Umschlag nicht einfach beiseite legte. Er trug keinen Stempel und schien das Unwichtigste in der Morgenpost zu sein:

Bruder,

anbei der Rat eines Freundes, der Sie genau beobachtet hat. *Mäßigen Sie Ihr Tempo.* Arbeiten Sie weiter für das Volk, aber bedenken Sie, daß Sie einer der Unseren sind, und vergessen Sie nicht, daß, wenn Sie zu groß werden, man kurzerhand Schluß mit Ihnen macht. Sie kommen aus dem Süden und wissen, daß hier *die Welt der Weißen* ist. Nehmen Sie also einen gutgemeinten Rat an und übertreiben Sie nichts, damit den farbigen Menschen Ihre Hilfe erhalten bleibt. *Man* mag Ihr Tempo nicht, und wenn Sie es trotzdem beibehalten, ist es aus mit Ihnen. Seien Sie also vorsichtig ...

Ich sprang auf. Giftig raschelte das Blatt Papier in meinen Händen. Was sollte das heißen? Wer hatte mir dieses Schreiben geschickt?

»Bruder Tarp«, rief ich. Ich las die krummen Zeilen noch

einmal. Die Handschrift kam mir irgendwie bekannt vor. »Bruder Tarp!«

»Was ist denn?«

Als ich aufblickte, traf mich ein neuer Schock. Umrahmt vom grauen Licht des frühen Morgens schien mich in der Tür mein Großvater aus seinen Augen anzusehen. Ich atmete tief: Dann Schweigen, in dem ich sein Schnaufen vernahm, während er mich mit ruhigen Augen ansah.

»Was gibt's?« sagte er wieder und hinkte in das Zimmer.

Ich griff nach dem Umschlag. »Wie kommt das hierher?« fragte ich.

»Was?« fragte er und nahm den Umschlag ruhig aus meiner Hand.

»Er ist nicht gestempelt.«

»Ja – das habe ich auch bemerkt«, erwiderte er. »Vermutlich hat jemand ihn gestern abend in den Kasten geworfen. Ich hab ihn zusammen mit der Post aus dem Kasten genommen. Ist er nicht für Sie?«

»Doch«, erwiderte ich, seinem Blick ausweichend. »Aber – ohne Datum. Ich möchte nur wissen, wann er hier angekommen ist. – Weshalb sehen Sie mich so an?«

»Weil Sie ein Gesicht machen, als hätten Sie einen Geist gesehen. Fühlen Sie sich nicht wohl?«

»Es ist weiter nichts«, antwortete ich. »Ich bin nur ein wenig aufgeregt.«

Wieder peinliches Schweigen. Er stand da, und ich zwang mich, ihn anzusehen. Der Großvater war nun verschwunden, und geblieben war nur forschende Ruhe. »Setzen Sie sich einen Augenblick, Bruder Tarp. Ich möchte Sie mal was fragen.«

Er setzte sich auf einen Stuhl. »Schießen Sie los.«

»Sie hören so allerlei, Bruder Tarp, und kennen die Mitglieder – wie denkt man über mich?«

Er legte den Kopf auf die Seite. »Nun … daß Sie auf dem Wege sind, ein richtiger Führer zu werden …«

»Aber?«

»Da gibt es kein Aber. Das denkt man, und ich habe keinen Grund, Ihnen das zu verschweigen.«

»Und die anderen?«

»Welche anderen?«

»Die anders denken.«

»Von denen habe ich kein Wort gehört.«

»Aber ich habe bestimmt auch *Feinde«,* sagte ich.

»Jeder hat Feinde, aber ich habe noch nie gehört, daß einer in der Bruderschaft gegen Sie ist. Hier *schätzt* Sie *jeder.* Oder haben Sie was anderes gehört?»

»Nein. Aber dennoch habe ich meine Bedenken. Wenn ich sie bisher als etwas Selbstverständliches hingenommen habe, halte ich es doch für richtig, mir Gewißheit zu verschaffen, mit wessen Hilfe ich wirklich rechnen kann.«

»Deshalb brauchen Sie sich keine Sorge zu machen. Bisher hat alles, was Sie taten, zu einem guten Ende geführt, wie die Leute es erwarteten, auch das, mit dem manche nicht einverstanden waren. Zum Beispiel das da«, sagte er und zeigte auf die Wand in der Nähe meines Tisches.

Es war ein symbolisches Plakat mit einer Gruppe heroischer Gestalten: ein amerikanisch-indianisches Paar, das die entrechtete Vergangenheit darstellte; ein blonder Bruder (im Overall) und eine führende irische Schwester, die die entrechtete Gegenwart bedeuten sollten, und Bruder Tod Clifton und ein junges weißes Paar (man hatte es für falsch gehalten, Clifton nur mit einem Mädchen zu zeigen), umgeben von einer Kindergruppe gemischter Rassen, die die Zukunft bedeutete, ein Farbfoto mit leuchtenden Hauttönen und glatten Kontrasten.

»So?« sagte ich und las die Bildunterschrift:

›Nach dem Kampf: der Regenbogen von Amerikas Zukunft.‹

»Ja, als Sie damals das Plakat vorschlugen, waren manche Mitglieder dagegen.«

»Das stimmt.«

»Und man tobte, weil Mitglieder der Jugendabteilung in die U-Bahn gingen und das Plakat über Abführmittel-Plakate und so weiter klebten – und wissen Sie, was dieselben Leute heute tun?«

»Höchstwahrscheinlich schimpfen sie immer noch auf mich, weil ein paar Jungen dabei erwischt und festgenommen wurden.«

»Schimpfen? Sie prahlen damit. Heute nageln sie das Regenbogen-Plakat an die Wände ihrer Wohnung, gleich neben das ›Gott schütze unser Heim‹ und das Vaterunser. Sind ganz versessen darauf. Genau so wie mit den Funkenschlägern und so weiter. Seien Sie unbesorgt. Vielleicht sind sie gegen manche Ihrer Ideen, aber wenn's drauf ankommt, sind sie doch dabei. Die einzigen Feinde, die Sie vielleicht haben, sind die Eifersüchtigen, die es nicht ertragen können, daß Sie solche Erfolge aufweisen und das tun, was schon vor Jahren hätte getan werden müssen. Aber was bedeutet es schon, wenn ein paar Leute gegen Sie stänkern? Es bedeutet doch nur, daß Sie jemand geworden sind.«

»Ich möchte das gern glauben, Bruder Tarp«, sagte ich. »Solange ich die Leute auf meiner Seite habe, glaube ich an das, was ich tue.«

»Und das ist richtig«, sagte er. »Wenn die Dinge mal schief gehen, dann ist die Gewißheit, Hilfe zu haben ...« Er schwieg, und es sah so aus, als starrte er auf mich herab, obwohl er mich in Augenhöhe über den Tisch hinweg ansah.

»Was ist los, Bruder Tarp?«

»Sie sind doch aus dem Süden?«

»Ja.«

Er erhob sich halb vom Stuhl, griff mit der einen Hand in die Tasche, während die andere das Kinn stützte. »Was ich sagen möchte, kann ich nicht sagen. Ehe ich hierher kam, war ich lange da unten. Und als ich mich auf den Weg hierher machte, waren sie hinter mir her. Ich meine: ich mußte weg, ich mußte fliehen.«

»Irgendwie ist es mir genau so ergangen«, sagte ich.

»Auch hinter Ihnen war man her?«

»Nicht so richtig, Bruder Tarp. Aber ich hatte das Gefühl, als wenn's so wäre.«

»Es ist nicht dasselbe«, sagte er. »Sie haben sicher bemerkt, daß ich hinke.«

»Ja.«

»Das habe ich nicht immer getan. Und wirklich lahm bin ich auf dem Bein auch nicht. Die Ärzte haben es immer wieder untersucht, und sie sagen das Bein ist in Ordnung. Gesund wie ein Stück Stahl. Ich hinke nur, weil ich lange eine Kette am Bein geschleppt habe.«

Ich konnte es weder in seinen Augen sehen noch in seinen Worten hören, aber ich wußte, daß er nicht log oder Eindruck auf mich machen wollte. Ich schüttelte den Kopf.

»Ja«, fuhr er fort. »Kein Mensch weiß das. Man glaubt, ich hätte Rheumatismus. Aber nur die Kette hat Schuld, und nach neunzehn Jahren schleppe ich immer noch das Bein nach.«

»Neunzehn Jahre.«

»Neunzehn Jahre, sechs Monate und zwei Tage. Und was ich getan habe, war nicht viel. Das heißt, damals war es nicht viel. Aber im Laufe der Zeit verwandelte es sich in etwas anderes, und dann sah es auf einmal genau so aus, wie die anderen es haben wollten. Erst die Zeit hat es so schlimm gemacht. Mit allem, was ich hatte, mußte ich dafür büßen. Man ließ mir nur das Leben. Ich verlor meine Frau, meine Jungen und mein Stück Land. Was als Auseinandersetzung zwischen zwei Männern begann, wurde ein Verbrechen, das mich neunzehn Jahre meines Lebens gekostet hat.«

»Was haben Sie denn verbrochen, Bruder Tarp?«

»Ich sagte ›nein‹ zu jemand, der mir was wegnehmen wollte. Für dieses ›Nein‹ mußte ich bezahlen. Selbst heute ist die Schuld noch nicht ganz bezahlt und kann ihrer Auffassung nach *niemals* bezahlt werden.«

Schmerz klopfte in meiner Kehle, und ich empfand etwas wie dumpfe Verzweiflung. Neunzehn Jahre! Und hier sprach er nun ganz ruhig mit mir, und es war sicher das erste Mal, daß er versuchte, mit jemandem darüber zu sprechen. Aber warum ausgerechnet mit mir? Das fragte ich mich.

»Ich sagte ›nein‹! Nein, *verdammt* noch mal! Immer wieder sagte ich ›nein‹, bis ich die Kette sprengte und floh.«

»Und wie?«

»Hin und wieder durfte ich zu den Hunden gehen. Und ich schloß Freundschaft mit den Hunden und wartete. Da unten lernt man das Warten. Ich wartete neunzehn Jahre. Und als dann eines Morgens Hochwasser kam, lief ich weg. Man glaubte, ich wäre unter den Ertrunkenen, als der Damm brach. Aber das stimmte nicht. Ich hatte die Kette zerbrochen und war geflohen. Ich stand im Schlamm, in der Hand eine langstielige Schaufel, und ich fragte mich: Tarp, kannst du es schaffen? Und in meinem Innern sagte ich mir: ja. Und das Wasser und der Schlamm und der Regen – alles sagte ja, und ich machte mich auf den Weg.«

Plötzlich lachte er froh. Ich war fast erschrocken.

»Ich hätte nie geglaubt, daß ich das alles so gut erzählen könnte«, sagte er. Er kramte in seiner Tasche und brachte endlich etwas zum Vorschein, das wie ein Tabaksbeutel aus Öltuch aussah. Aus dem Beutel nahm er etwas, das in ein Taschentuch gewickelt war.

»Ich habe immer die Freiheit geliebt. Und manchmal ist es mir auch gutgegangen. Trotz der schweren Zeit ist es mir gutgegangen, obwohl meine Gesundheit nicht die beste war. Aber auch in den besten Zeiten habe ich immer daran gedacht. Denn ich wollte die neunzehn Jahre nicht vergessen. Und deshalb habe ich das hier als Andenken und Erinnerung verwahrt.«

Er wickelte den Gegenstand aus dem Taschentuch, und ich beobachtete dabei die Hände des alten Mannes.

»Ich möchte es Ihnen schenken. Da«, sagte er und reichte es mir. »Ein seltsames Geschenk, aber ich glaube, es enthält allerlei Bedeutung, und vielleicht erinnert es Sie an das, wofür wir in Wirklichkeit kämpfen. Für mich bedeutet es nur zwei Worte: *ja* und *nein*. Aber es bedeutet doch noch viel mehr …«

Ich sah ihn die Hand auf den Tisch legen. »Bruder«, sagte er – es war das erste Mal, daß er mich so nannte –, »ich möchte, daß Sie es annehmen. Vielleicht bringt es Ihnen Glück. Es ist das Kettenglied, das ich durchfeilte, um fliehen zu können.«

Ich nahm es in die Hand, ein dickes, dunkles, öliges Stück Stahl, das durchgefeilt, aufgebogen und wieder zurückgebogen war, auf dem ich Spuren sah, die vielleicht von der Schneide einer Axt herrührten. Ein solches Kettenglied hatte ich auf Bledsoes Tisch gesehen, aber Bledsoes Kettenglied war glatt gewesen. Das von Tarp trug die Spuren der Hast und Gewalt, sah aus, als wäre es angegriffen und besiegt worden, bis es sich endlich ergab.

Ich betrachtete ihn und schüttelte den Kopf, während er mich scharf beobachtete. Ich fand keine Worte, ihn weiter über das Kettenglied zu befragen, und streifte es über die Knöchel und schlug dann hart damit auf den Tisch.

Bruder Tarp kicherte: »Daß man es so gebrauchen könnte, ist mir nie eingefallen«, sagte er. »Großartig. Ganz großartig.«

»Aber weshalb schenken Sie es mir, Bruder Tarp?«

»Weil ich es Ihnen schenken *muß*. Versuchen Sie nicht, mich zu veranlassen, das zu sagen, was ich nicht sagen kann. Sie können reden, ich aber nicht.« Dann stand er auf und hinkte zur Tür. »Mir hat es Glück gebracht, und hoffentlich bringt es auch Ihnen Glück. Tragen Sie es nur immer bei sich und betrachten Sie es von Zeit zu Zeit. Und wenn Sie's leid sind, dann geben Sie es mir wieder.«

»Nein, nein«, rief ich hinter ihm her. »Ich hab's gern und weiß auch weshalb. Vielen Dank.«

Ich betrachtete den dunklen Reifen aus Metall um meine Faust und legte ihn dann auf den anonymen Brief. Ich wollte ihn nicht und wußte auch nicht, was ich mit ihm machen sollte. Wenn ich ihn trotzdem behielt, dann nur, weil ich fühlte, daß Bruder Tarps Geste eine tiefempfundene Bedeutung hatte, die ich achten mußte. Vielleicht war es so, als gäbe jemand seinem Sohn die Uhr seines eigenen Vaters, die der Sohn annahm, nicht weil er die altmodische Uhr gern gehabt hätte, sondern weil die Feierlichkeit und der unausgesprochene Ernst der väterlichen Geste, die ihn mit seinen Vorfahren verband, einen Höhepunkt in seiner Gegenwart bedeutete und seiner nebelhaften und chaotischen Zukunft etwas Konkretes versprach. Und dann dachte ich, daß, wäre ich nach Hause zurückgekehrt und nicht in den Norden gegangen, mein Vater mir die alte Hamilton mit dem langen Schlüssel meines Großvaters gegeben hätte. Ja, und nun bekam sie mein Bruder, und ich hatte sie auch nie haben wollen. Was machten sie wohl zu Hause? Ich bekam plötzlich Heimweh.

Ich fühlte, wie die Luft vom Fenster her heiß gegen meinen Hals wehte, und durch den morgendlichen Kaffeeduft hörte ich eine kehlige Stimme halb lachend und halb feierlich singen:

Komm nicht in des Morgens Frühe,
Auch nicht in des Tages Hitze,
Komme in des Abends Kühle,
Daß ich meine Sünd abspüle.

Erinnerungen wallten auf, aber ich schob sie beiseite. Ich hatte keine Zeit für Erinnerungen, denn was sie mir brachten, gehörte einer vergangenen Zeit an.

Seit ich Bruder Tarp wegen des Briefes gerufen und er das Zimmer verlassen hatte, waren nur wenige Minuten vergangen, und doch schien es mir, als wäre ich in einen Brunnen aus vielen Jahren hinabgetaucht. Ich betrachtete jetzt ganz ruhig das Schreiben, das einen Augenblick lang meine Sicherheit ins Wanken gebracht hatte, und ich war froh, daß ich Bruder Tarp und nicht Clifton oder einen anderen gerufen hatte, vor denen ich mich meiner Aufregung hinterher geschämt hätte. Er hatte mir irgendwie mein Vertrauen und meine Ruhe wiedergegeben. Vielleicht hatte der Schock, als ich glaubte, in Tarps Augen meinen Großvater zu sehen, mir meine Sicherheit wiedergegeben. Vielleicht aber hatten das auch seine ruhige Stimme, seine Geschichte und das Kettenglied getan.

Er hat recht, dachte ich. Wer mir den Brief geschrieben hat, will mich nur in Verwirrung bringen. Irgendein Feind will unsere Fortschritte aufhalten, indem er meinen Glauben durch mein altes, südliches Mißtrauen und unsere Angst vor dem Verrat der Weißen zerstört. Als hätte er von meiner Erfahrung mit Bledsoes Briefen gewußt, und als wollte er dieses Wissen dazu benutzen, nicht nur mich, sondern die ganze Bruderschaft zu vernichten. Aber das war unmöglich; keiner von denen, die mich heute kannten, wußte um diese Geschichte. Es war ein zufälliges Zusammentreffen. Wenn ich diesem blöden Kerl doch nur an die Gurgel gekonnt hätte. Die Bruderschaft war der einzige Ort im ganzen Land, wo wir frei waren, wo uns die größte Möglichkeit gegeben war, unsere Fähigkeiten zu nutzen – und das wollte der Kerl kaputtmachen. Mein Aufstieg kümmerte ihn weniger als der der Bruderschaft. Und die Bruderschaft mußte größer werden und wollte wachsen. Hatte ich nicht kürzlich noch neue

Befehle erhalten, Vorschläge für die Organisierung von noch mehr Menschen zu machen? Und gegen ›eine Welt der Weißen‹ war die Bruderschaft. Wir wollten eine Welt der Bruderschaft aufbauen.

Aber wer hatte den Brief geschickt? Ras der Mahner? Nein, das sah ihm nicht ähnlich. Nein, er war direkter, war gegen jede Zusammenarbeit von Schwarzen und Weißen. Es mußte jemand anderer sein, jemand, der heimtückischer war als Ras. Aber wer, fragte ich mich. Dann wandte ich mich meiner Arbeit zu und schob diese Gedanken vorläufig beiseite.

Schon warteten die Leute auf mich, wollten meinen Rat in dieser oder jener Angelegenheit. Mitglieder wollten Instruktionen für kleinere Komiteesitzungen, die in den Ecken der großen Halle abgehalten wurden. Ich hatte gerade eine Frau verabschiedet, die ihren Mann, der im Gefängnis saß, weil er sie geschlagen hatte, wieder frei haben wollte, als Bruder Wrestrum das Büro betrat. Ich erwiderte seinen Gruß und sah, wie er es sich in einem Sessel bequem machte. Er ließ seine Augen mit Mißbehagen über meinen Schreibtisch schweifen. Er schien etwas wie Autorität in der Bruderschaft zu besitzen, welche Funktion er aber ausübte, war nicht ganz klar. Ich hatte das Gefühl, daß er allgemein als Schnüffler tätig war.

Kaum hatte er es sich bequem gemacht, als er schon fragte: »Was haben Sie da alles auf Ihrem Tisch liegen, Bruder?« Und dabei zeigte er auf einen Haufen Papiere.

Ich lehnte mich langsam in meinen Sessel zurück und sah ihn an. »Meine Arbeit«, antwortete ich kühl, fest entschlossen, jede Einmischung von vornherein zu unterbinden.

»Ich meinte das«, sagte er und zeigte auf eine bestimmte Stelle auf dem Tisch. Seine Augen begannen zu funkeln.

»Arbeit, nur Arbeit«, erwiderte ich.

»Das da auch?« sagte er und zeigte auf das Kettenglied, das Bruder Tarp mir geschenkt hatte.

»Ein persönliches Geschenk von Bruder Tarp«, erwiderte ich. »Aber was kann ich für Sie tun?«

»Das will ich nicht wissen, Bruder. Was ist es?«

Ich nahm das Kettenglied in die Hand und reichte es ihm. In dem schräg durch das Fenster fallenden Sonnenlicht sah der ölige Überzug des Metalls seltsam hautähnlich aus. »Wollen Sie es nicht genauer betrachten, Bruder? Einer unserer Brüder trug es neunzehn Jahre lang in einer Strafkolonne.«

»Nein.« Er wich zurück. »Nein, vielen Dank. Meiner Meinung nach, Bruder, sollte man so etwas nicht offen herumliegen lassen.«

»Das ist Ihre Meinung«, erwiderte ich. »Und weshalb?«

»Weil man alles uns Trennende nicht dramatisieren sollte.«

»Ich dramatisiere nichts. Es ist mein persönliches Eigentum, das zufällig auf dem Tisch liegt.«

»Jeder kann es sehen.«

»Natürlich«, erwiderte ich. »Aber meiner Meinung nach ist es eine gute Erinnerung an das, wogegen unsere Bewegung kämpft.«

»Nein, nein«, sagte er und schüttelte den Kopf. »So etwas schadet nur der Bruderschaft. Wir wollen die Leute vor allem auf das hinweisen, was uns verbindet. Das allein fördert die Bruderschaft. Über alles Trennende soll in der Bruderschaft nicht gesprochen werden. In der Bruderschaft sind wir alle Brüder.«

Ich war belustigt. Offensichtlich quälte ihn etwas, das viel tiefer saß als der Wunsch, alles uns Trennende zu vergessen. In seinen Augen war Angst. »So habe ich das nie gesehen, Bruder«, sagte ich und drehte das Kettenglied zwischen Daumen und Zeigefinger.

»Das sollten Sie aber«, sagte er. »Wir müssen uns ganz in der Hand haben. Was der Bruderschaft schadet, muß ausgeschaltet werden. Sie wissen doch, daß wir Feinde haben. Ich achte genau auf das, was ich sage und tue, um die Interessen der Bruderschaft in keiner Weise zu schädigen. Denn unsere Bewegung ist etwas Herrliches – und so müssen wir sie erhalten. Wir müssen uns selbst genau *beobachten,* Bruder. Sie verstehen ja wohl, was ich meine. Leider wird zu oft vergessen, daß ihr anzugehören ein Privileg ist. Wir müssen alles vermeiden, was zu Mißverständnissen führen könnte.«

Worauf wollte er hinaus? Was hatte das alles mit mir zu tun? Hatte er den Brief geschrieben? Ich legte das Stück Eisen auf den Tisch und zog den anonymen Brief aus dem Haufen Papiere hervor. Ich hielt ihn an einer Ecke, so daß die schräg einfallende Sonne durch das Papier fiel und die Schrift sichtbar werden ließ. Ich beobachtete ihn voller Spannung. Er hatte sich jetzt vorgebeugt und betrachtete das Stück Papier. Aber seine Augen verrieten nicht, daß er es wiedererkannte. Ich legte den Brief auf das Stück Eisen. Ich war eher enttäuscht als erlöst.

»Unter uns gesagt, Bruder, viele unserer Mitglieder glauben nicht an die Bruderschaft.«

»So?«

»Nein. Sie gehören ihr nur aus Eigennutz an. Menschen nennen einen Bruder, und wenn man den Rücken gewandt hat, ist man doch nur der schwarze Sohn einer Hündin. Hab auf die ganz besonders ein Auge.«

»Sie sind mir bisher noch nicht begegnet, Bruder«, sagte ich.

»Du wirst sie noch kennenlernen. Hüte dich vor dem Gift. Die einen wollen einem nicht die Hand reichen, und die anderen ärgern sich, wenn man was erreicht. Aber sie sind doch Mitglieder der Bruderschaft.«

Ich sah ihn an. Mir war noch nie der Gedanke gekommen, daß die Bruderschaft jemanden zwingen könnte, mir die Hand zu reichen. Und daß er das erzwingen wollte, war ebenso empörend wie geschmacklos.

Plötzlich lachte er. »Ja, drin sind sie. Aber ich schaue ihnen schon auf die Finger. Wenn sie Brüder sein wollen, sollen sie es auch wirklich sein. Ich bin fair«, sagte er mit plötzlich selbstgefälligem Gesicht. »Ich bin fair. Jeden Tag frage ich mich: Hast du gegen das Interesse der Bruderschaft gehandelt? Und wenn ich etwas finde, dann reiße ich es aus, dann brenne ich es aus, wie man die Bißwunde eines tollen Hundes ausbrennt. Wer ein wahrer Bruder sein will, hat allerlei zu tun. Man muß reinen Herzens sein, muß diszipliniert sein in Körper und Geist. Verstehen Sie, was ich meine, Bruder?«

»Ich glaube schon«, sagte ich. »Manche Menschen empfinden so in bezug auf ihre Religion.«

»Religion?« Er blinzelte. »Menschen wie ich und Sie sind voller Mißtrauen«, sagte er. »Wir sind so verdorben, daß es für manche von uns schwer ist, an die Bruderschaft zu glauben. Manche wollen sogar Rache. Das meine ich. Die müssen wir ausrotten. Wir müssen lernen, unseren anderen Brüdern zu vertrauen. Haben *sie* die Bruderschaft nicht ins Leben gerufen? Sind *sie* nicht zu uns gekommen, haben *sie* uns Schwarzen nicht die Hand gereicht und gesagt: Wir wollen alle Brüder sein? Haben sie das nicht getan? Und jetzt? Haben sie uns nicht bei der Organisierung geholfen, halfen sie uns nicht, unseren Kampf durchzuhalten und so weiter? Das haben sie getan, und dafür müssen wir vierundzwanzig Stunden täglich danken. *Bruderschaft.* Dieses Wort dürfen wir keine Sekunde lang aus den Augen verlieren. Und damit komme ich zu dem, was mich zu Ihnen führt, Bruder.«

Er richtete sich in dem Sessel auf und umschlang die Knie mit den Händen. »Ich habe einen Plan, den ich mit Ihnen besprechen möchte.«

»Und welchen Plan, Bruder?« fragte ich.

»Es handelt sich um folgendes: ich meine, wir sollten nach außen hin zeigen, was wir sind. Wir müßten ein paar Banner und dergleichen haben. Vor allem für unsere schwarzen Brüder.«

»Ja«, erwiderte ich interessiert. »Aber weshalb halten Sie das für so wichtig?«

»Weil das die Bruderschaft stärkt. Sie werden sich erinnern, daß unser Volk bei Umzügen oder Beerdigungen, bei Tänzen und dergleichen immer allerlei Fähnchen und Banner trägt, wenn sie auch nichts bedeuten. Dadurch wird die Veranstaltung irgendwie wichtiger. Die Leute bleiben stehen, sehen zu und hören zu. ›Was ist denn da los?‹ Aber Sie wissen genau so gut wie ich, daß das keine richtigen Fahnen sind – ausgenommen vielleicht die von Ras dem Mahner, der behauptet, er wäre Äthiopier oder Afrikaner. Aber wir haben keine richtige Fahne, die uns allein gehört. Und die Leute wollen eine Fahne, die nur ihnen gehört. Verstehen Sie, was ich meine?

»Ja«, erwiderte ich und dachte daran, wie allein ich mir immer vorkam, wenn eine Fahne vorbeigetragen wurde. Das war so gewesen, bis ich die Bruderschaft fand … *mein* Stern war noch nicht in der Fahne.

»Das wissen Sie doch«, sagte Bruder Wrestrum. »Jeder will eine Fahne. Wir brauchen eine Fahne für die Bruderschaft und auch ein Abzeichen, das wir tragen.«

»Ein Abzeichen?«

»Ja, eine Nadel oder einen Knopf.«

»Sie meinen ein Emblem?«

»Ja, etwas, das jeder trägt, eine Nadel oder was Ähnliches, so daß die Brüder, wenn sie einander begegnen, gleich Bescheid wissen. Wenn wir so etwas hätten, wäre Bruder Clifton das nicht passiert …«

»Was wäre nicht passiert?«

Er lehnte sich zurück. »Wissen Sie das denn nicht?«

»Ich weiß nicht, was Sie meinen.«

»So etwas sollte man schnell vergessen«, sagte er. Er beugte sich wieder vor und legte die großen, geschlossenen Hände auf den Tisch. »Ja, es war bei einer Versammlung, und ein paar Rowdys wollten die Versammlung sprengen, und während der Schlägerei packte Tod Clifton aus Versehen einen Weißen und verprügelte *ihn,* weil er meinte, er wäre einer von den Rowdys. So behauptete *er* wenigstens. So etwas darf nicht vorkommen, Bruder; das richtet nur Schaden an. Hätten wir ein Abzeichen, wäre es ausgeschlossen.«

»Das hat sich wirklich ereignet?«

»Ja, Bruder Tod Clifton kennt keine Rücksicht, wenn's ihn packt ... Aber wie gefällt Ihnen mein Vorschlag?«

»Man sollte ihn dem Komitee unterbreiten«, sagte ich vorsichtig. In diesem Augenblick klingelte das Telefon. »Entschuldigen Sie einen Augenblick, Bruder«, sagte ich.

Es war der Herausgeber einer neuen Illustrierten, der um ein Interview ›mit einem unserer erfolgreichsten jungen Leute‹ bat.

»Sehr schmeichelhaft«, sagte ich, »aber dazu habe ich keine Zeit. Befragen Sie unseren Jugendführer, Bruder Tod Clifton. Er ist ein viel interessanteres Thema.«

»Nein, nein«, sagte Wrestrum, heftig den Kopf schüttelnd, als der Herausgeber sagte: »Aber wir sprächen gerne mit Ihnen ... Sie haben ...«

»Sie wissen ja wohl«, unterbrach ich ihn, »daß unsere Arbeit von vielen abgelehnt wird ...«

»Gerade deshalb möchten wir Sie sprechen. Sie und diese Kontroverse bilden einen Komplex, und es ist unsere Pflicht, unsere Leser über solche Fragen genau zu informieren.«

»Das gleiche gilt auch für Tod Clifton.«

»Nein, Sie sind der Mann, und Sie sind es unserer Jugend schuldig, uns zu erlauben, ihr Ihre Geschichte zu berichten«, sagte er.

Ich sah, daß Bruder Wrestrum sich vorbeugte. »Unserer Meinung nach sollte die Jugend ermutigt werden, nach Erfolgen zu streben. Schließlich sind Sie doch jemand, der auf dem Weg zum Gipfel ist. Wir brauchen alle Helden, deren wir habhaft werden können.«

»Aber hören Sie mal«, lachte ich in das Telefon, »ich bin kein Held, und den Gipfel habe ich noch lange nicht erreicht. Ich bin nur ein Rad in der Maschine. Wir bilden in der Bruderschaft eine große Einheit«, sagte ich und sah Bruder Wrestrum zustimmend nicken.

»Aber Sie kommen nicht um die Tatsache herum, daß Sie als erster unseres Volkes die Aufmerksamkeit auf sich lenken.«

»Bruder Clifton war drei Jahre früher als ich in der Bewegung tätig. Und außerdem ist die Sache nicht so einfach. Der einzelne zählt nur wenig. Wichtig ist nur das große Ganze. Ihm opfert jeder seinen persönlichen Ehrgeiz.«

»Gut. Großartig. So was wollen die Leute hören. Das muß ihnen nur mal gesagt werden. Ich schicke Ihnen eine Reporterin, sie ist in zwanzig Minuten bei Ihnen.«

»Sie lassen nicht locker ... aber ich habe sehr viel zu tun.«

Und wenn Bruder Wrestrum nicht kopfschüttelnd dagesessen und mir klarzumachen versucht hätte, was ich sagen sollte, ich hätte abgelehnt. Statt dessen willigte ich ein. Vielleicht, so dachte ich, könnte etwas freundliche Reklame nicht schaden. Eine solche Illustrierte erreichte manche schüchterne Seele, die unsere Stimme nicht erreichen konnte. Ich mußte mich nur hüten, zuviel über meine Vergangenheit zu verraten.

»Entschuldigen Sie diese Unterbrechung, Bruder«, sagte ich. Ich legte auf und sah ihm in die neugierigen Augen. »Ich werde dem Komitee Ihren Vorschlag so schnell wie möglich unterbreiten.«

Ich blieb stehen, um ihn nicht zu einem weiteren Gespräch zu ermutigen. Er erhob sich, obwohl er seinen Besuch bei mir noch gern ausgedehnt hätte.

»Ich muß noch ein paar andere Brüder besuchen«, sagte er. »Ich komme bald mal wieder.«

»Jederzeit«, erwiderte ich. Ich griff nach ein paar Papieren, um ihm die Hand nicht geben zu müssen.

Als er die Tür erreicht hatte, blieb er stehen und drehte sich um. Die Hand am Türrahmen und die Stirn runzelnd, sagte er: »Und, Bruder, vergessen Sie nicht, was ich Ihnen über das Ding da auf Ihrem Tisch gesagt habe. So etwas bringt nur Verwirrung. Man sollte es nicht so offen herumliegen lassen.«

Ich war froh, als er fort war. Wie kam er dazu, mir bei einem Gespräch, von dem er nur die Hälfte hören konnte, klarmachen zu wollen, was ich sagen sollte! Es war offensichtlich, daß er Clifton nicht mochte. Und ich mochte *ihn* nicht. Und dann das dumme Zeug und die Angst wegen des Kettengliedes! Tarp hatte es neunzehn Jahre getragen und konnte lachen – aber dieser dicke …

Dann vergaß ich Bruder Wrestrum. Ich sah ihn erst zwei Wochen später im Hauptquartier downtown wieder, wo auf einer Versammlung neue strategische Maßnahmen besprochen werden sollten.

Ich erschien als letzter. An der einen Seite des Raumes standen lange Bänke. Es war heiß in dem rauchigen Raum. Meist ging es bei solchen Versammlungen zu wie bei einem Wettkampf oder einem Herrenabend, aber heute war alles still. Die weißen Brüder schienen sich nicht besonders behaglich zu fühlen, und manche der Harlemer Brüder waren augenscheinlich in Kampfstimmung. Aber man ließ mir keine Zeit, hierüber genauer nachzudenken. Kaum hatte ich mich wegen meines Zuspätkommens entschuldigt, als Bruder Jack mit dem Hammer auf den Tisch schlug und sich gleich mir zuwandte.

»Bruder, bei einigen unserer Brüder scheint es, was Ihre

Arbeit und Ihr Verhalten angeht, zu Mißverständnissen gekommen zu sein«, sagte er.

Ich sah ihn mit leeren Augen an und suchte nach Zusammenhängen. »Bedauere sehr, Bruder Jack, aber ich verstehe Sie nicht. Ist an meiner Arbeit etwas auszusetzen?«

»Scheint so«, erwiderte er. Sein Gesicht war vollkommen neutral. »Gewisse Beschwerden liegen vor, nach denen ...«

»Beschwerden? Habe ich irgendwelche Direktiven nicht befolgt?«

»Gerade darüber scheinen Zweifel zu bestehen. Aber hören wir hierzu doch gleich Bruder Wrestrum.«

»Bruder Wrestrum!«

Als hätte mich der Schlag getroffen. Seit unserem Gespräch war er nicht mehr bei mir gewesen, und ich sah ihm über den Tisch hinweg in das ausweichende Gesicht. Gebückt stand er da, und eine zusammengerollte Zeitung ragte aus seiner Tasche.

»Ja, Brüder«, begann er. »Ich habe die Beschwerden vorgebracht, so schwer es mir auch fiel. Aber ich habe die Entwicklung der Dinge genau verfolgt und bin zu der Überzeugung gekommen, daß, wenn wir nicht *bald* eingreifen, der Bruder unsere Bruderschaft lächerlich macht.«

Leichter Protest wurde laut.

»Ja, ich meine das genau so, wie ich es gesagt habe. Dieser Bruder bedeutet für unsere Bewegung die allergrößte Gefahr.«

Ich sah Bruder Jack an. Seine Augen funkelten. Ich glaubte, Spuren eines Lächelns zu sehen, während er etwas auf ein Blatt Papier schrieb. Mir brach der Schweiß aus.

»Äußern Sie sich genauer, Bruder«, sagte der weiße Bruder Garnett, »die Beschuldigungen sind schwerer Natur, und wir alle wissen, daß unser Bruder Hervorragendes geleistet hat. Äußern Sie sich also deutlicher.«

»Gut, das werde ich tun«, schrie Wrestrum und riß die

Zeitung aus der Tasche, entrollte sie und warf sie dann auf den Tisch. »Das hier meine ich.«

Ich trat einen Schritt vor. Aus der Zeitschrift sah mir mein eigenes Bild entgegen.

»Wie kommt das Bild in die Zeitschrift?« sagte ich.

»So ist's richtig«, schrie Wrestrum. »Tun Sie auch noch so, als hätten Sie es nie gesehen.«

»Ich habe es nie gesehen«, erwiderte ich.

»Lügen Sie doch den weißen Brüdern nichts vor!«

»Ich lüge nicht. Ich habe das Bild bisher nicht gesehen. Und wenn ich es gesehen hätte, was wäre dabei?«

»Das wissen Sie ganz genau«, schrie Wrestrum wieder.

»Ich weiß gar nichts. Was soll das alles? Wir sind hier alle versammelt. Wenn Sie was zu sagen haben, dann raus damit.«

»Brüder, dieser Mann ist ... Opportunist. Das beweist dieser Artikel. Ich beschuldige diesen Mann, die Bruderschaft für seine eigenen Interessen zu benutzen.«

»Artikel?« Dann fiel mir das Interview ein, das ich vergessen hatte. Ich begegnete den Blicken der anderen, die erst mich, dann Wrestrum ansahen.

»Und was sagt der Artikel über uns?« fragte Bruder Jack und zeigte auf die Zeitschrift.

»Sagen?« erwiderte Wrestrum. »Nichts sagt er. Er handelt nur von *ihm*. Was *er* denkt und tut. Und was *er* noch tun wird. Kein Wort über uns andere, die wir die Bewegung aufgebaut haben, als er von ihr noch keine Ahnung hatte. Lesen Sie den Artikel, wenn Sie meinen, ich hätte gelogen. Lesen Sie ihn.«

Bruder Jack wandte sich mir zu. »Stimmt das?«

»Ich kenne den Artikel nicht«, antwortete ich. »Und was das Interview angeht, so hatte ich es leider vergessen.«

»Aber jetzt fällt es Ihnen wieder ein?« sagte Bruder Jack.

»Ja, es fällt mir wieder ein. Übrigens war Wrestrum dabei, als das Interview verabredet wurde.«

Alle schwiegen.

»Zum Teufel, Bruder Jack«, sagte Wrestrum, »hier steht es doch schwarz auf weiß. Er versucht, den Leuten beizubringen, daß er die ganze Bruderschaft ist.«

»Ich tue nichts dergleichen. Ich versuchte, den Herausgeber dazu zu bringen, Tod Clifton zu interviewen. Das wissen Sie ganz genau. Da Sie so wenig über das wissen, was ich tue, sagen Sie doch offen, was *Sie* vorhaben.«

»Gut also: Sie treiben ein doppeltes Spiel. Jawohl, das tun Sie. Brüder, dieser Mann ist der schlimmste Opportunist.«

»Beweisen Sie das«, erwiderte ich, »wenn Sie es können. Aber jetzt Schluß mit den Verleumdungen.«

»Ich werde es beweisen«, sagte er und streckte das Kinn vor. »Ich werde es beweisen. Er tut genau das, was ich schon andeutete. Aber ich will euch noch mehr sagen – er versucht, alles in seiner Hand zu vereinigen, so daß die Mitglieder nur auf *ihn* hören. Denkt nur an seinen letzten Aufenthalt in Philly. Wir wollten dort eine Versammlung abhalten, und was geschah? Es erschienen etwa zweihundert Menschen. Er will erreichen, daß die Leute nur dann erscheinen, wenn er spricht.«

»Aber Bruder, wir haben doch festgestellt, daß der Aufruf nicht richtig abgefaßt war«, unterbrach ihn einer der Brüder.

»Das weiß ich. Aber das war es nicht ...«

»Aber das Komitee befaßte sich ausführlich mit dem Aufruf und ...«

»Auch das weiß ich, Brüder. Ich habe durchaus nicht die Absicht, das Komitee anzugreifen. Daß alles so kam, ist nur die Folge davon, daß ihr diesen Mann nicht kennt. Er arbeitet im dunkeln, eine Art Verschwörung ist bereits ...«

»Was für eine Art Verschwörung?« fragte einer der Brüder und beugte sich über den Tisch.

»Nun, eine Verschwörung«, erwiderte Wrestrum. »Er will die Kontrolle der Bewegung in Harlem in die Hand bekommen. Er will *Diktator* werden.«

Tiefe Stille im Raum. Nur die Ventilatoren summten. Sie sahen ihn mit neuem Interesse an.

»Das sind sehr schwere Beschuldigungen«, sagten zwei Brüder gleichzeitig.

»Schwer? Das weiß ich. Deshalb trage ich sie hier vor. Dieser Opportunist hält sich für mehr, weil er eine gewisse Bildung besitzt. Er ist das, was Bruder Jack einen erbärmlichen Individualisten nennt.«

Er schlug mit der Faust auf den Konferenztisch, seine Augen wurden klein und rund in dem gespannten Gesicht. Am liebsten hätte ich diesem Gesicht einen Schlag versetzt. Es schien nicht länger wirklich zu sein, sondern eine Maske, hinter der das wirkliche Gesicht wahrscheinlich lachte, über mich und über die anderen. Denn was er sagte, konnte er selbst nicht glauben. Das war unmöglich. *Er* war der Verschwörer, und das wollte er vor den ernsten Gesichtern der Komiteemitglieder verbergen. Jetzt begannen mehrere Brüder zugleich zu sprechen, und Bruder Jack schlug, Ruhe heischend, auf den Tisch.

»Aber, Brüder«, sagte Bruder Jack. »Ein jeder zu seiner Zeit. Was wissen Sie über den Artikel?« fragte er mich.

»Nicht sehr viel«, antwortete ich. »Der Herausgeber der Zeitschrift rief an, er würde wegen eines Interviews eine Reporterin zu mir schicken. Die Reporterin stellte ein paar Fragen und machte mit einer kleinen Kamera ein paar Aufnahmen. Mehr weiß ich nicht.«

»Gaben Sie der Reporterin eine von Ihnen vorbereitete Auskunft?«

»Ich wies sie auf unsere offizielle Literatur hin. Ich habe ihr weder gesagt, was sie mich fragen, noch was sie schreiben sollte. Natürlich versuchte ich, ihr behilflich zu sein. Wenn ein Artikel über mich der Bewegung neue Freunde zuführte, so hielt ich das für meine Pflicht.«

»Brüder, der Artikel war natürlich längst *fix und fertig«*, sagte Wrestrum. »Dieser Opportunist hat die Reporterin einfach zu sich bestellt. Einfach bestellt und ihr dann gesagt, was sie schreiben sollte.«

»Das ist eine ganz infame Lüge«, sagte ich. »Sie waren dabei und wissen, daß ich versuchte ein Interview mit Tod Clifton zu arrangieren.«

»Wer lügt?«

»Sie. Sie sind ein hundsgemeiner Lügner. Ein Lügner sind Sie und nicht mein Bruder.«

»Habt ihr das gehört, Brüder?«

»Wir wollen vor allem ruhig bleiben«, mahnte Bruder Jack. »Ihre Beschuldigungen sind sehr schwer, Bruder Wrestrum. Können Sie sie beweisen?«

»Ich kann sie beweisen. Lest nur, was in der Zeitschrift steht, dann habt ihr den Beweis.«

»Das soll geschehen. Und was sonst noch?«

»Hört nur, was die Leute in Harlem sagen. Nur von ihm ist die Rede, nie von dem, was wir anderen tun. Ich sage euch, Brüder, dieser Mann bedeutet für die Leute von Harlem eine Gefahr. Er muß sofort entfernt werden.«

»Darüber hat allein das Komitee zu entscheiden«, sagte Bruder Jack. Dann wandte er sich mir zu. »Und was haben Sie zu Ihrer Verteidigung zu sagen, Bruder?«

»Verteidigung?« fragte ich. »Nichts. Ich habe nichts zu verteidigen. Ich habe versucht, meine Arbeit zu tun, und wenn die Brüder das noch nicht wissen, ist es zu spät, es ihnen jetzt zu sagen. Ich weiß nicht, was hinter all diesem steckt, aber die Kontrolle von Zeitschriften gehört nicht zu meinem Aufgabenkreis. Ich hatte auch keine Ahnung davon, daß ich unter Anklage stehe.«

»Es handelt sich nicht um ein Verfahren gegen Sie«, erwiderte Bruder Jack. »Sollte es jemals so weit kommen, was ich nicht hoffe, werden Sie rechtzeitig benachrichtigt. Da es sich um einen außergewöhnlichen Fall handelt, bittet das Komitee Sie, das Zimmer zu verlassen, während wir das fragliche Interview lesen und besprechen.«

Ich verließ den Raum und begab mich in ein leeres Büro. Ich war wütend und voller Ekel. Wrestrum hatte mich vor einem der Hauptausschüsse der Bruderschaft wieder in den Süden verbannt, und ich kam mir wie nackt vor. Ich hätte ihn erwürgen können, daß er mich vor den anderen zu einer so kindischen Auseinandersetzung gezwungen hatte. Und doch mußte ich ihn bekämpfen, mit Worten, die er verstand, wenn unser Wortgefecht auch an den Unsinn eines Varieté-Dialogs erinnerte. Vielleicht sollte ich auf den anonymen Brief hinweisen. Aber vielleicht sah der eine oder andere in ihm den Beweis dafür, daß ich die volle Unterstützung des Bezirks nicht mehr besaß. Wenn Clifton hier gewesen wäre, der hätte diesen Clown schon fertiggemacht. Nahm man ihn ernst, weil er schwarz war? Was war denn eigentlich mit diesen Menschen los? Sahen sie denn nicht, daß sie es mit einem Clown zu tun hatten? Aber ich wäre außer mir gewesen, wenn sie gelacht oder auch nur gelächelt hätten, dachte ich, denn wenn sie über ihn lachten, dann lachten sie auch über mich ... Und doch, wenn sie gelacht *hätten,* es wäre alles weniger unwirklich gewesen. Wo zum Teufel stand ich eigentlich?

»Sie können hereinkommen«, rief ein Bruder. Und ich betrat den Raum, ihr Urteil zu hören.

»Wir alle haben den Artikel gelesen«, sagte Bruder Jack, »und sind froh, daß wir alle ihn harmlos fanden. Vielleicht wäre etwas mehr Ausführlichkeit über die anderen Mitglieder des Harlemer Bezirks wünschenswert gewesen. Aber wir haben keinen Beweis dafür, daß Sie hierbei eine Rolle spielten. Bruder Wrestrum hat sich geirrt.«

Seine höflichen Worte und der Gedanke, daß sie, um zu dieser Feststellung zu kommen, so viel Zeit vertan hatten, machten mich wütend.

»Sein Irrtum war ein Verbrechen« sagte ich.

»Kein Verbrechen, nur übergroßer Eifer.«

»Ich sehe in ihm Verbrechen und Übereifer«, erwiderte ich.

»Nein, Bruder, kein Verbrechen.«

»Er hat meinen guten Ruf angegriffen ...«

Bruder Jack lächelte. »Nur, weil er aufrichtig war, Bruder. Er dachte dabei allein an das Wohlergehen der Bruderschaft.«

»Aber weshalb verleumdete er mich? Ich verstehe Sie nicht ganz, Bruder Jack. Er weiß genau, daß ich kein Feind bin. Ich bin auch ein Bruder«, fügte ich hinzu, als ich ihn lächeln sah.

»Die Bruderschaft hat viele Feinde, und wir dürfen mit Fehlern, die ein Bruder macht, nicht zu hart ins Gericht gehen.«

Dann sah ich das törichte, niedergeschlagene Gesicht Wrestrums, und mein Zorn legte sich.

»Gut, Bruder Jack«, sagte ich, »ich freue mich, daß man von meiner Unschuld ...«

»Bezüglich des *Artikels«,* erwiderte er und stach mit dem Finger in die Luft.

Irgendwas verhärtete sich in meinem Hinterkopf. Ich sprang auf.

»Bezüglich des Artikels! Soll das heißen, daß Sie den anderen Quatsch glauben? Liest denn hier jeder Dick Tracy?«

»Das hat mit Dick Tracy nichts zu tun«, schrie er mich an. »Die Bewegung hat viele Feinde.«

»Dann bin ich also ein Feind geworden«, sagte ich. »Was ist denn nur los? Es sieht so aus, als hätte keiner von euch irgendwelche Verbindung mehr mit mir.« Ich blickte auf den Tisch.

»Interessiert Sie, was wir weiter beschlossen haben, Bruder?«

»Natürlich«, sagte ich. »Jedes seltsame Verhalten interessiert mich. Wen interessiert es nicht, wenn ein Wildgewordener von denen, die man für die besten Geister des Landes hielt, ernst genommen wird? Natürlich interessiert mich das. Sonst wäre ich, wie jeder Vernünftige, schon längst von hier verschwunden.«

Protest wurde laut. Bruder Jack bekam einen roten Kopf und schlug auf den Tisch, um Ruhe zu schaffen.

»Vielleicht darf ich ein paar Worte an den Bruder richten«, sagte Bruder MacAfee.

»Natürlich«, sagte Bruder Jack verdrießlich.

»Bruder, wir haben volles Verständnis für Ihre Gefühle«, begann Bruder MacAfee, »aber Sie dürfen nicht vergessen, daß die Bewegung viele Feinde hat. Das ist nicht zu leugnen, und wir müssen vor allem an die Organisation denken, auch gegen unsere persönlichen Gefühle. Die Bruderschaft ist größer als jeder von uns. Keiner von uns zählt als Individuum, wenn es sich um ihre Sicherheit handelt. Ich versichere Ihnen, daß wir alle voll des guten Willens Ihnen gegenüber sind. Sie haben Hervorragendes geleistet. Hier geht es allein um die Sicherheit der Organisation, und wir müssen die gegen Sie erhobenen Beschuldigungen nachprüfen.«

Ich fühlte mich plötzlich so leer. Was er sagte, war durchaus logisch, und ich mußte mich ihm fügen. Sie irrten sich natürlich, aber sie mußten alles tun, ihren Irrtum zu erkennen. Ich konnte sie nicht daran hindern. Sie würden sehr bald sehen, daß die Beschuldigungen falsch waren und ich gerechtfertigt dastand. Aber was sollte das Gerede von den Feinden? Ich sah in ihre von Rauch umhüllten Gesichter. Noch nie hatte ich so ernsten Zweifeln gegenübergestanden. Bisher hatte ich nur immer eine Ganzheit um meine Arbeit empfunden, wie ich sie noch nie, auch nicht während meiner College-Zeit mit all ihren Irrtümern, kennengelernt hatte. Bruderschaft war etwas, dem sich die Menschen ganz hingeben konnten; das war ihre Stärke und damit auch meine Stärke. Und dieses Gefühl der Ganzheit gab die Gewißheit, daß sie der Geschichte einen anderen Verlauf geben würde. Das hatte ich mit jeder Faser meines Seins geglaubt, aber wenn ich auch jetzt noch innerlich zu diesem Glauben stand, war ich doch so getroffen, daß ich gar nicht versuchte, mich zu verteidigen. Still stand ich da und wartete auf ihr Urteil. Jemand trommelte mit den Fingern auf der Tischplatte. Ich hörte das Rascheln von Seidenpapier.

»Ich versichere Ihnen, daß Sie mit der Fairness und Weisheit des Komitees rechnen können«, ertönte Bruder Tobitts Stimme vom Ende des Tisches her. Aber zwischen ihm und mir stand eine Rauchwand, und ich konnte sein Gesicht kaum erkennen.

»Das Komitee hat beschlossen«, begann Bruder Jack mit harter Stimme, »Ihnen bis zur endgültigen Klärung der gegen Sie erhobenen Beschuldigungen Folgendes vorzuschlagen: entweder verzichten Sie vorläufig auf jede Arbeit in Harlem oder Sie sind mit einer Verwendung downtown einverstanden. Sollten Sie sich zu letzterem entschließen, müssen Sie Ihre Arbeit sofort aufnehmen.«

Meine Beine schienen mir den Dienst zu versagen. »Heißt das, daß ich meine Arbeit aufgeben soll?«

»Falls Sie es nicht vorziehen, der Bewegung anderswo zu dienen.«

»Seht ihr denn nicht ein …«, begann ich und sah sie der Reihe nach an. Aber ich sah nur Endgültigkeit in ihren Augen.

»Sollten Sie zu weiterer Arbeit für die Bewegung bereit sein«, sagte Bruder Jack und griff nach seinem Hammer, »so würden Sie downtown Vorträge über die Frauenfrage halten.«

Plötzlich hatte ich ein Gefühl, als drehte ich mich mit der Schnelligkeit eines Kreisels.

»Über was?«

»Die Frauenfrage. Meine Arbeit ›Über die Frauenfrage in den Vereinigten Staaten‹ gibt Ihnen die notwendigen Aufschlüsse und Hinweise. Und damit, Brüder«, sagte er und ließ seine Augen um den Tisch schweifen, »ist die Versammlung vertagt.«

Ich stand da, hörte den Schlag des Hammers in meinen Ohren widerhallen. Ich dachte *Frauenfrage* und forschte in ihren Gesichtern nach einem Zeichen von Schadenfreude, lauschte, ob ich nicht in ihren Stimmen, als sie die Halle verließen, unterdrücktes Lachen entdeckte, stand da, wehrte mich gegen das Gefühl, das Ziel eines beleidigenden Scherzes geworden zu sein, und das um so mehr, weil ihre Gesichter keinerlei Anzeichen hierfür verrieten.

Verzweifelt bemühte sich mein Geist, sich mit der Tatsache abzufinden. Es blieb ja alles, wie es war. Man versetzte mich, man forschte nach, und ich, der ich immer noch glaubte, mich immer noch der Disziplin beugte, mußte ihren Beschluß annehmen. Ich durfte jetzt nicht untätig sein. Denn gerade jetzt lernte ich einige der Aspekte der Organisation kennen, über die ich bisher nichts wußte (höhere Ausschüsse und Führer, die man nie zu sehen bekam, Gruppen von Freunden und Anhängern, die unseren Interessen ganz fern zu stehen schienen), jetzt begannen alle Geheimnisse von Macht und Autorität, die mir bisher verschlossen waren, sich zu enthüllen. Nein, trotz meiner Wut und meiner Ablehnung war mein Ehrgeiz zu groß, als daß er so ohne weiteres auf alles hätte verzichten können. Und weshalb sollte ich mir Zwang auferlegen, weshalb mich absondern? Ich war ein *Sprecher* – weshalb sollte ich nicht über Frauen oder irgendein anderes Thema sprechen? Nichts lag außerhalb des Schemas unserer Ideologie, alles lag im Bereich unserer Politik, und meine größte Sorge war, in der Bewegung es zu etwas zu bringen.

Ich verließ das Gebäude. Immer noch hatte ich das Gefühl, als drehte ich mich wie ein Kreisel in rasender Bewegung. Aber mein Optimismus wuchs. Daß ich Harlem verlassen mußte, war ein schwerer Schlag. Aber dieser Schlag traf sie genau so wie mich, denn ich hatte erkannt, daß der Weg zu dem, was Harlem wollte, auch mein Weg war. Und mein Wert für die Bruderschaft unterschied sich nicht von dem Wert meiner nützlichsten Beziehung für mich: ich mußte in bezug auf die Hoffnungen, den Haß, die Angst und die Wünsche der Gemeinschaft ganz offen und ehrlich sein. Man sprach zu dem Komitee genau so gut wie zu der Gemeinde. Downtown würde es nicht anders sein. Die neue Verwendung war eine Herausforderung und bot Gelegenheit, festzustellen, was von den Ereignissen in Harlem die Folge meiner eigenen Bemühungen war und was auf das Konto des Eifers der Leute selbst ging. Und schließlich war diese neue Arbeit auch, das sagte ich mir, der Beweis für den guten Willen des Komitees. Denn daß ich mit seiner Erlaubnis über ein Thema sprechen durfte, das nach meinen bisherigen Erfahrungen in unserer Gesellschaft immer tabu gewesen war, bewies, daß man nicht nur an mich, sondern auch an die Prinzipien der Bruderschaft glaubte, daß man nicht haltmachte, wenn es sich um Frauen handelte. Man mußte den Beschuldigungen gegen mich nachgehen, aber meine neue Verwendung war der unsentimentale Beweis dafür, daß der Glaube an mich nicht erschüttert war. Ich fröstelte trotz der Hitze. Ich hatte dem Gedanken in meinem Geist noch keine feste Form gegeben, aber einen Augenblick lang hatte ich mich einer alten, südlichen Rückständigkeit hingegeben, die ich für tot gehalten hatte und die nun beinahe meine ganze Karriere vernichtet hätte.

Der Abschied von Harlem war schwerer, als ich glaubte, und ich konnte mich nicht dazu entschließen, jemand Lebewohl zu sagen. Auch Bruder Tarp und Clifton nicht.

Von den anderen ganz zu schweigen, die mich immer über alles, was sich in der Gemeinde ereignete, unterrichtet hatten. Ich packte meine Papiere in die Aktentasche und machte mich auf den Weg downtown, als ginge ich in eine Versammlung.

19. KAPITEL

Mit einem Gefühl der Erregung ging ich zu meinem ersten Vortrag. Das Thema an sich würde die Zuhörerschaft unbedingt interessieren, alles andere aber hing von mir ab. Wenn ich nur dreißig Zentimeter größer und hundert Pfund schwerer gewesen wäre, dann hätte ich mich einfach mit einem Schild auf der Brust: ICH WEISS ALLES ÜBER SIE vor sie hingestellt, und sie wären so tief ergriffen gewesen, als stände der Gespenstermann – wenn auch etwas verändert und gezähmt – vor ihnen. Ich hätte ebensowenig zu sprechen wie Paul Robeson spielen mußte. Mein Anblick allein hätte ihnen einen Schauer nach dem anderen über den Rücken gejagt.

Und es klappte einigermaßen. Ihre Begeisterung machte alles zu einem Erfolg, und die Flut von Fragen hinterher ließ keinerlei Zweifel in mir aufkommen. Erst am Schluß der Versammlung kamen die Entwicklungen, die mein sonst so mißtrauischer Geist nicht vorausgesehen hatte. Ich verabschiedete mich gerade von den Zuhörern, als sie erschien: eine jener Frauen, die glühen, als wären sie das bewußte Symbol des Lebens und der weiblichen Fruchtbarkeit. Sie würde so gern, sagte sie, gewisse Aspekte unserer Ideologie mit mir besprechen.

»Sie ist ziemlich verwickelt«, sagte sie interessiert, »und

wenn ich auch Ihre kostbare Zeit nicht in Anspruch nehmen möchte, so habe ich doch das Gefühl, daß Sie ...«

»Aber gern«, erwiderte ich und führte sie fort von den anderen, bis zu der Wand, wo neben dem Eingang ein halbaufgerollter Feuerwehrschlauch hing, »sehr gern.«

»Aber Bruder«, sagte sie, »es ist schon so spät, und Sie sind sicher müde. Was mich quält, können wir auch ein anderes Mal ...«

»*So* müde bin ich nicht«, entgegnete ich. »Und wenn etwas in unserer Ideologie Ihnen nicht klar ist, ist es meine Pflicht, Ihnen zu helfen.«

»Aber es ist schon so spät«, erwiderte sie. »Vielleicht kommen Sie mal abends, wenn Sie weniger zu tun haben, zu mir. Dann können wir über alles sprechen. Aber vielleicht ...«

»Was?«

»Vielleicht«, lächelte sie, »darf ich Sie doch bitten, schon heute abend mitzukommen. Ich darf hinzufügen, daß ich einen guten Kaffee anbieten kann.«

»Dann stehe ich zu Ihrer Verfügung«, sagte ich und stieß die Tür auf.

Ihre Wohnung lag in einem der besseren Viertel der Stadt, und ich muß wohl mein Staunen verraten haben, als ich das geräumige Wohnzimmer betrat.

»Hoffentlich haben Sie erkannt, Bruder« – sie gab dem Wort ein verwirrendes Glühen –, »daß mich vor allem die geistigen Werte der Bruderschaft interessieren. Daß ich wirtschaftlich gesichert bin und ein angenehmes Leben führe, ist nicht mein Verdienst. Aber was will das *alles* bedeuten, wenn es in der Welt derart aussieht? Ich meine, wenn es weder Sicherheit in der Sphäre des Geistigen noch der Gefühle gibt, wenn von Gerechtigkeit nicht mehr die Rede sein kann?«

Sie zog jetzt den Mantel aus und sah mich ernst an. Und ich dachte: Gehört sie zur *Heilsarmee?* Ist sie eine verdrängte Puritanerin? Und ich erinnerte mich, daß Bruder Jack in einem Privatgespräch geäußert hatte, die reichen Mitglieder suchten politische Rettung durch finanzielle Unterstützung der Bruderschaft. Alles ging mir ein bißchen zu schnell, und ich sah sie ernst an.

»Ich sehe, daß Sie sich ernstlich mit der Frage befaßt haben«, sagte ich.

»Ich habe es versucht«, erwiderte sie, »und sie ist mehr als verwirrend. Aber machen Sie es sich bequem, ich bringe nur eben meine Sachen nach draußen.«

Sie war eine kleine, etwas pummelige Frau mit rabenschwarzem Haar, in dem sich, kaum merklich, eine weiße Strähne zu zeigen begann, und als sie kurz darauf in einem reichen, roten Abendkleid erschien, war sie so auffallend, daß ich meine schon erstaunten Blicke von ihr abwenden mußte.

»Wie herrlich Sie wohnen«, sagte ich und ließ meine Blicke über die roten Polstermöbel gleiten, bis sie an einem lebensgroßen Aktbild, einem rosaroten Renoir, hängen blieben. Andere Bilder schmückten das Zimmer und ließen die großen Wände in warmer, reiner Farbe glühen. Was soll man zu all dem sagen, dachte ich und betrachtete einen Fisch aus blankem Messing, der auf einem Stück Ebenholz montiert war.

»Es freut mich, daß es Ihnen hier gefällt, Bruder«, sagte sie. »Auch wir fühlen uns sehr wohl, wenn Hubert leider auch nur wenig Zeit hat, es zu genießen. Er hat so viel zu tun.«

»Hubert?«

»Mein Mann. Leider mußte er verreisen. Er hätte sicher gern Ihre Bekanntschaft gemacht, aber er ist so viel unterwegs. Geschäftlich natürlich.«

»Das läßt sich nicht vermeiden«, entgegnete ich mit plötzlichem Unbehagen.

»Leider. Aber sprechen wir lieber über die Bruderschaft und ihre Ideologie.«

Etwas in ihrer Stimme erweckte in mir Behagen und Erregung zugleich. Es war nicht nur der Hintergrund aus Reichtum und sorgenfreiem Leben, was mir beides fremd war, sondern einfach das Zusammensein mir ihr und die Möglichkeit einer Unterhaltung auf höherer Ebene. Als reichten sich das mißtönend Unsichtbare und das offensichtlich Rätselhafte die Hand zu einer zart ausgewogenen Harmonie. Sie ist reich, dabei aber doch menschlich, dachte ich, und beobachtete das glatte Spiel ihrer entspannten Hände.

»Die Bewegung hat so viele Aspekte«, sagte ich. »Wo sollen wir beginnen? Vielleicht kann ich Ihnen da nicht helfen.«

»So *tief* sind meine Konflikte nicht«, sagte sie. »Sie werden sie ohne große Mühe aus dem Wege räumen können. Setzen Sie sich doch auf das Sofa. Es ist bequemer.«

Ich setzte mich auf das Sofa, während sie auf eine Tür zuging. Die Schleppe ihres Kleides rauschte sinnlich über den Perserteppich. Dann wandte sie sich um und lächelte. »Vielleicht ziehen Sie dem Kaffee ein Glas Wein oder Milch vor?«

»Lieber ein Glas Wein.« Der Gedanke an Milch war mir geradezu widerwärtig. Mit alle dem hatte ich nicht gerechnet, dachte ich. Sie kam mit einem Tablett zurück, auf dem zwei Gläser und eine Karaffe standen, stellte sie vor uns auf den niedrigen Cocktailtisch, und ich hörte den Wein melodisch in die Gläser rinnen. Eins der Gläser stellte sie vor sich hin.

»Auf die Bewegung«, sagte sie und hob ihr Glas mit lächelnden Augen.

»Auf die Bewegung«, sagte ich.

»Und die Bruderschaft.«

»Und die Bruderschaft.«

»Das war ein guter Gedanke«, sagte ich. Ich sah ihre halbgeschlossenen Augen und das leicht gehobene Kinn in meiner Nähe. »Mit welchem Teil unserer Ideologie sollen wir beginnen?«

»Ich möchte alles kennenlernen. Das Leben ist ohne sie so furchtbar leer und ohne Zusammenhang. Ich glaube aufrichtig, daß mir die Bruderschaft die Hoffnung bietet, das Leben wieder lebenswert zu machen. Ich weiß natürlich, daß diese Philosophie zu weit gespannt ist, als daß ich sie gleich begriffe. Aber sie ist doch so vital und lebendig, daß man das Gefühl hat, wenigstens einen Versuch machen zu müssen. Sind Sie nicht auch meiner Meinung?«

»Ja«, erwiderte ich, »ich kenne nichts Bedeutenderes.«

»Ich freue mich, daß Sie meiner Meinung sind. Deshalb bin ich auch wohl immer so ergriffen, wenn ich Sie reden höre. Irgendwie vermitteln Sie einem die pulsende Vitaltät der Bewegung. Es ist wirklich erstaunlich. Sie geben mir ein so tiefes Gefühl der Sicherheit, wenn auch ...« Sie unterbrach sich mit einem geheimnisvollen Lächeln. »Ich gestehe, daß ich auch Angst vor Ihnen habe.«

»Angst? Das ist doch kaum glaublich.«

»Wirklich«, erwiderte sie, während ich lachte. »Es ist so gewaltig – so *primitiv.*«

Ich hatte ein Gefühl, als wiche die Luft aus dem Zimmer. Auf einmal war es so unnatürlich still. »Wirklich primitiv?« fragte ich.

»Ja, *primitiv*. Hat Ihnen denn noch nie jemand gesagt, daß Ihre Stimme manchmal klingt wie ein Tam-Tam?«

»Du lieber Gott«, lachte ich. »Und ich dachte, sie wäre der Widerhall tiefer Gedanken.«

»Natürlich haben Sie recht«, sagte sie. »Ich meine auch nicht primitiv im herkömmlichen Sinn. Wahrscheinlich meine ich *mächtig*, gewaltig. Sie packt nicht nur die Gefühle, sondern auch den Verstand. Nennen Sie es, wie Sie wollen, sie hat derart viel nackte Gewalt, daß sie mich einfach durchbohrt. Schon der Gedanke an so viel Vitalität läßt mich beben.«

Ich sah sie an. Sie war mir jetzt so nahe, daß ich ein

einzelnes, pechschwarzes Haar, das sich aus der Frisur gelöst hatte, sehen konnte. »Ja«, erwiderte ich, »die Erregung ist wohl da, aber in Wirklichkeit wird sie durch unsere wissenschaftliche Annäherung ausgelöst. Bruder Jack sagt immer wieder, wir sind nichts, wenn wir keine Organisation sind. Und die Erregung wird nicht nur ausgelöst, sie wird auch geleitet, kanalisiert – das allein ist die wahre Quelle unserer Wirkung. Dieser vorzügliche Wein kann Erregung auslösen, aber ich glaube nicht, daß er irgend etwas zu organisieren vermag.«

Sie beugte sich anmutig vor, den Arm auf die Rückenlehne des Sofas gelegt. »Ja«, sagte sie, »und das alles tun Sie in Ihren Reden. Man *muß* einfach reagieren, wenn man auch nicht ganz begreift, was Sie meinen. Aber dennoch weiß ich, was Sie sagen, und das allein inspiriert noch mehr.«

»Ja, ich werde von der Zuhörerschaft ebenso beeinflußt wie diese von mir. Ihre Reaktion läßt mich mein Bestes geben.«

»Und dazu kommt noch ein anderer wichtiger Aspekt«, sagte sie. »Ein Aspekt, der mich besonders interessiert. Er gibt den Frauen Gelegenheit zur Selbstäußerung, was doch so ungeheuer wichtig ist. Als wäre jedes Jahr ein Schaltjahr – und das sollte ja eigentlich der Fall sein. Die Frauen sollten genau so frei sein wie die Männer.«

Und wenn ich wirklich frei wäre, dachte ich und hob mein Glas, dann würde ich mich aus dem Staube machen.

»Meiner Meinung nach haben Sie heute abend besonders gut gesprochen – es ist höchste Zeit, daß die Frauen einen Vorkämpfer in der Bewegung haben. Bisher habe ich Sie immer nur über Minoritätenprobleme sprechen hören.«

»Es ist für mich ein neues Arbeitsfeld«, entgegnete ich. »Aber von nun an wird für uns die Frauenfrage im Vordergrund stehen.«

»Das ist großartig und vor allem zeitgemäß. Irgendwie

muß den Frauen Gelegenheit gegeben werden, das Leben wirklich kennenzulernen. Fahren Sie fort, sprechen Sie über Ihre Idee«, sagte sie. Sie rückte näher an mich heran, und ihre Hand berührte leicht meinen Arm.

Und ich sprach weiter. Das Sprechen war mir Erlösung. Meine Begeisterung, die Wärme des Weines rissen mich fort. Und erst als ich mich ihr zuwandte und eine Frage an sie stellte, merkte ich, daß sie noch dichter an mich herangerückt war und ihre Augen mich nicht losließen.

»Weiter, bitte, sprechen Sie weiter«, hörte ich. »Wenn Sie sprechen, wird alles so klar ... bitte.«

Ich sah, wie das schnelle, mottenflügelgleiche Flattern ihrer Lider die Weiche ihrer Lippen wurde, während wir zueinander hingezogen wurden. Weder Gedanken noch Absicht, sondern nur unendliche Wärme. Dann klingelte es, und ich schüttelte sie ab und stand auf. Es klingelte wieder, als auch sie sich erhob. Das rote Kleid fiel in schweren Falten auf den Teppich, und sie sagte: »Sie machen alles so herrlich lebendig.« Und wieder klingelte es. Und ich versuchte, mich zu bewegen, die Wohnung zu verlassen, suchte meinen Hut, wurde wütend und dachte: Ist sie verrückt geworden? Hört sie denn nicht? Und da stand sie auf einmal bestürzt vor mir, als handelte ich gegen alle Vernunft. Sie ergriff meinen Arm mit plötzlicher Energie und sagte: »Hierher, dort hinein.« Sie zog mich fast, und wieder klingelte es, durch eine Tür und durch einen kurzen Flur, in ein Schlafzimmer. Hier blieb sie stehen, betrachtete mich mit einem Lächeln und sagte: »Es ist mein Schlafzimmer«, während ich sie ungläubig ansah.

»Ihres, *Ihres?* Und das Klingeln?«

»Kümmere dich nicht darum«, girrte sie und lachte mir in die Augen.

»Seien Sie doch vernünftig«, sagte ich und schob sie beiseite. »Und die Tür?«

»Ach, Sie meinen das Telefon, nicht wahr, Liebster?«

»Und Ihr Mann?«

»In Chikago ...«

»Aber vielleicht ...«

»Nein, Liebling, ausgeschlossen ...«

»Vielleicht aber doch.«

»Aber, Bruder, ich weiß es doch ganz genau. Ich habe mit ihm gesprochen.«

»Was haben Sie? Was wird hier gespielt?«

»Ach, Liebster. Es ist kein Spiel. Du brauchst keine Angst zu haben. Wir können tun und lassen, was wir wollen. Er ist in Chikago, sucht seine verlorene Jugend«, sagte sie und brach in staunendes Lachen aus. »Was kümmern ihn Freiheit, Notwendigkeit, Frauenrechte und dergleichen! Du weißt ja Bescheid, Bruder. Die Krankheit unserer Klasse – Bruder, mein Liebster.«

Ich wich einen Schritt zurück; links von mir war noch eine Tür, durch die ich das Schimmern von Chrom und Kacheln sah.

»Bruderschaft, Liebster«, sagte sie und faßte mit ihren kleinen Händen meinen Bizeps. »Belehr mich, sprich weiter. Lehr mich die herrliche Ideologie der Bruderschaft.« Und ich hätte sie am liebsten umgebracht und wollte doch bei ihr bleiben, und wußte, daß ich weder das eine noch das andere tun sollte. Wollte sie mich ins Unglück stürzen, oder war es eine Falle, die ein geheimer Feind der Bewegung gestellt hatte, der nur draußen mit Kamera und Knüppel wartete?

»Gehen Sie ans Telefon«, sagte ich mit erzwungener Ruhe und versuchte, meine Hände frei zu machen, ohne sie zu berühren. Denn hätte ich sie berührt ...

»Sprichst du dann weiter?« fragte sie.

Ich nickte. Dann drehte sie sich, ohne ein Wort zu sagen, um, ging an den Toilettentisch mit dem großen ovalen Spiegel und nahm den elfenbeinfarbenen Hörer ab. Und in dem gespiegelten Augenblick sah ich mich zwischen ihrer eifrigen Gestalt und einem großen, weißen Bett stehen, gefangen in einer schuldigen Haltung, mit gespanntem Gesicht und baumelndem Schlips. Und hinter dem Bett ein anderer Spiegel, der jetzt wie eine wilde Woge unsere Bilder hin und her warf, vorwärts und zurück, wütend Zeit und Ort und Situation vervielfältigend. Was ich sah, war abwechselnd deutlich und undeutlich, wie unter den wütenden Stößen eines Blasebalgs, während ihre Lippen tonlos sagten: *»Verzeihung«,* und dann ungeduldig ins Telefon hinein: »Ja, am Apparat«, und dann wieder zu mir, das Mundstück mit der Hand verdekkend: »Es ist nur meine Schwester. Bin gleich fertig.« Und in meinem Geist wirbelten Geschichten von Dienern, die ihrer Herrin den Rücken waschen mußten, von Chauffeuren, die mit dem Herrn die Frau des Hauses teilten; Pullmanschaffnern, die von reichen Frauen, die auf der Fahrt nach Reno waren, in den Salon geladen wurden – und dachte: Aber das ist die Bewegung, die Bruderschaft. Und dann sah ich sie lächeln, hörte sie sagen: »Ja, Gwen, ja«, während sie die freie Hand hob, als wollte sie ihr Haar glätten. Und in schneller Bewegung wogte das Kleid beiseite wie ein Schleier, und mir stockte der Atem, als ich die edel geformte Nacktheit sah, die der Spiegel zart und fest umrahmte. Es war wie ein Traum, dann schwang das Kleid zurück, und ich sah nur ihre geheimnisvoll lächelnden Augen über dem reichen, roten Kleid.

Ich war auf dem Weg zur Tür, hin- und hergerissen zwischen Wut und wilder Erregung. Ich hörte das Klicken des Telefons, als ich an ihr vorbeiging, und fühlte sie gegen mich wirbeln – und dann war ich verloren, denn der Konflikt zwischen der ideologischen Pflicht und dem biologischen Drängen war zu fein verwirrt. Ich ging zu ihr. Sollen sie die Tür einschlagen. Soll kommen, wer will.

Ich wußte nicht, ob ich wachte oder träumte. Es war totenstill, und doch war ich sicher, daß ich ein Geräusch gehört hatte, daß es von der anderen Seite des Zimmers kam, während sie neben mir lag und leicht seufzte. Es war seltsam. Mein Geist wollte sich nicht beruhigen. Ich hörte das Geräusch ganz deutlich. Ich blickte um mich und sah dann den Mann in dem trüben Licht des Flures stehen. Er sah weder mit Interesse noch mit Überraschung in das Zimmer. Sein Gesicht war ausdruckslos, seine Augen starr. Ich hörte regelmäßiges Atmen. Dann hörte ich, wie sie sich neben mir bewegte.

»Ach, Liebster«, sagte sie, und ihre Stimme klang wie aus weiter Ferne, »schon wieder zurück?«

»Ja«, sagte er. »Weck mich morgen früh rechtzeitig; ich habe viel zu tun.«

»Ich will's nicht vergessen, Liebster«, sagte sie schläfrig. »Schlaf gut ...«

»Du auch«, sagte er mit kurzem, hartem Lachen.

Die Tür wurde geschlossen. Eine Zeitlang lag ich im Dunkeln, atmete schnell. Es war so seltsam. Ich streckte die Hand aus und berührte sie. Keine Antwort. Ich beugte mich über sie, fühlte ihren Atem, der warm und rein mein Gesicht streifte. Ich hatte das Bedürfnis, bei ihr zu bleiben, denn ich erlebte etwas Köstliches, dessen ich zu spät und gefahrvoll teilhaftig geworden war und das ich nun für immer verlieren sollte. Das Herz krampfte sich mir zusammen. Aber es war so, als sollte sie nie wach werden, und wenn sie jetzt wach wurde, würde sie schreien und kreischen. Schnell glitt ich aus dem Bett, richtete meine Blicke in den Teil der Dunkelheit, von wo das Licht gekommen war, und versuchte meine Kleider zu finden. Ich tappte und tastete umher, fand endlich einen Stuhl. Aber der Stuhl war leer. Wo waren meine Kleider? Was für ein Narr ich war! Wie konnte ich mich in diese Situation begeben? Nackt tastete ich weiter durch die

Dunkelheit, fand den Stuhl mit meinen Kleidern, zog mich schnell an und verließ das Zimmer. An der Tür blieb ich stehen, warf einen Blick durch das trübe Licht, das aus dem Flur kam. Sie schlief, ohne Seufzer oder Lächeln, eine schöne Träumerin, den elfenbeinfarbenen Arm über dem rabenschwarzen Kopf. Mein Herz schlug wild, als ich die Tür schloß und durch den Flur ging. Ich rechnete damit, dem Mann ... nein, den Männern, einer ganzen Menge zu begegnen, die mich aufhalten wollten. Dann befand ich mich auf der Treppe.

Tiefe Stille herrschte im Haus. In der Empfangshalle döste der Pförtner. Das gestärkte Chemisett unter dem Kinn bewegte sich im Rhythmus seines Atems auf und ab. Sein weißer Kopf war kahl. In Schweiß gebadet erreichte ich die Straße. Ich wußte immer noch nicht, ob ich den Mann wirklich gesehen oder ob ich geträumt hatte. War es denn möglich, daß ich ihn und er mich nicht gesehen hatte? Oder hatte er mich gesehen und sich nur aus Sophisterei, Dekadenz und Überkultur ruhig verhalten? Ich eilte durch die Straße, und meine Angst wurde mit jedem Schritt größer. Weshalb hatte er mich nicht erkannt, weshalb hatte er nichts gesagt, weshalb hatte er nicht geflucht? Weshalb hatte er mich nicht angegriffen? Weshalb war er über ihr Verhalten nicht empört? Und wenn es sich nun um eine Probe handelte, wenn man feststellen wollte, wie ich in einer solchen Situation reagierte? Jedenfalls würde es für unsere Feinde ein gefundenes Fressen sein. Ich ging weiter, Angstschweiß auf der Stirn. Weshalb mußten sie immer wieder ihre Frauen einschalten? Zwischen uns und alles, was wir in der Welt ändern wollten, stellten sie immer wieder eine Frau: auf jedem Gebiet, sei es nun sozialer, politischer oder wirtschaftlicher Art. Weshalb, zum Teufel, waren sie so sehr darauf versessen, den Klassenkampf mit diesen Dummheiten zu vermischen, die uns und sie nur erniedrigten – und alle menschlichen Motive dazu?

Den ganzen nächsten Tag befand ich mich in einem Zustand der Erschöpfung und wartete voller Spannung darauf, daß der Plan sich mir endlich enthüllte. Jetzt wußte ich ganz genau, daß der Mann in der Tür gestanden hatte, ein Mann mit einer Aktentasche, der ins Zimmer blickte, ohne aber irgendwie zu verraten, daß er mich gesehen hatte. Ein Mann, der wie ein gleichgültiger Ehemann gesprochen hatte, der mich irgendwie an ein einflußreiches Mitglied der Bruderschaft erinnerte – an jemand, der mir so vertraut war, daß mich der Gedanke, ihn nicht identifizieren zu können, fast um den Verstand brachte. Unberührt lag meine Arbeit vor mir. Jedes Klingeln des Telefons füllte mich mit neuer Furcht. Ich spielte mit Bruder Tarps Kettenglied.

Wenn sie bis vier Uhr nicht anruft, bin ich gerettet, beruhigte ich mich, aber immer noch kein Zeichen, nicht einmal die Aufforderung, zu einer Versammlung zu erscheinen. Schließlich rief ich sie an, hörte ihre Stimme, fröhlich, leicht, diskret. Aber kein Wort über die vergangene Nacht oder den Mann. Und als ich sie so sicher und fröhlich sprechen hörte, hatte ich nicht den Mut, beides zu erwähnen. Vielleicht war das in ihren Kreisen so Sitte. Vielleicht war der Mann da, vielleicht hatten sie vereinbart, daß die Frau tun und lassen konnte, was sie wollte.

Sie wollte wissen, ob ich die Besprechungen mit ihr fortsetzen wollte.

»Natürlich«, sagte ich.

»Ach, Bruder«, entgegnete sie.

Ich legte den Hörer auf. Ich war beruhigt und voller Angst zugleich. Ich konnte das Gefühl nicht loswerden, daß man mich auf die Probe gestellt und ich die Probe nicht bestanden hatte. Die ganze nächste Woche beschäftigte mich dieser Gedanke, und ich wurde immer unruhiger, vor allem, weil ich nicht wußte, wo ich stand. Ich versuchte, Veränderungen in meinen Beziehungen zu Bruder Jack und den anderen festzustellen, aber sie verrieten nichts. Und wenn sie es getan hätten, die letzte Bedeutung wäre mir doch verschlossen geblieben, denn es bestand immerhin die Möglichkeit, daß es sich dabei um die alten Beschuldigungen gegen mich handelte. Ich stand zwischen Schuld und Unschuld, die beide schon nicht mehr voneinander zu trennen waren. Meine Nerven waren in dauernder Spannung, mein Gesicht wurde hart, sein Ausdruck zu nichts verpflichtend, wurde wie das Bruder Jacks und der anderen Führer. Dann ließ die Spannung ein wenig nach. Die Arbeit mußte erledigt werden – und ich mußte eben warten. Und trotz meiner Schuld und Unsicherheit lernte ich vergessen, daß ich ein einsamer, schuldiger schwarzer Bruder war, und voller Vertrauen betrat ich einen Raum, in dem Weiße waren. Mit erhobenem Kopf, einem nicht zu breiten Lächeln, bereit, die Hand, die sich entgegenstreckte, fest und warm zu schütteln. Und dazu die richtige Mischung aus Arroganz und Bescheidenheit, um allen zu genügen. Ich stürzte mich in meine Vorträge, verteidigte die Rechte der Frauen, setzte mich für sie ein. Und wenn die Frauen auch eifrig umhersummten, so war ich doch darauf bedacht, das Biologische scharf von dem Ideologischen zu trennen. Das war nicht immer leicht, denn es sah ganz so aus, als hätten die Schwestern untereinander verabredet (und angenommen, daß ich damit einverstanden war), daß das Ideologische nur ein überflüssiger Schein war, die wirklichen Sorgen des Lebens zu verbergen.

Ich stellte fest, daß die meisten Zuhörer downtown immer irgend etwas Unsagbares von mir erwarteten, wenn ich erschien. Das fühlte ich ganz deutlich, wenn ich vor ihnen stand, und das hatte mit dem, was ich sagte, nichts zu tun. Ich brauchte nur vor ihnen zu erscheinen, und von dem Augenblick an, in dem sie ihre Blicke auf mich richteten, schienen sie eine seltsame Erleichterung zu erfahren, die sich weder in Lachen noch Tränen oder sonst einem stetigen, unvermischten Gefühl äußerte. Was es eigentlich war, konnte ich nicht ergründen. Mein Schuldgefühl wurde dann wieder wach. Einmal sah ich mitten im Satz in dieses Meer aus Gesichtern und dachte: Ob sie es wissen? Deswegen also? und hätte beinahe meinen Vortrag verdorben. Aber dessen war ich sicher: es war nicht die gleiche Haltung, die sie gewissen anderen schwarzen Brüdern gegenüber zeigten, die sie so oft mit Geschichten unterhielten, daß sie schon lachten, bevor diese Burschen noch den Mund aufgemacht hatten. Nein, es war etwas anderes. Eine Art Erwartung, eine Stimme des Wartens, die Hoffnung auf etwas, was wie Rechtfertigung aussah. Als erwarteten sie von mir mehr als nur Reden oder Unterhaltung. Etwas schien sich zu ereignen, das meinem Bewußtsein verborgen blieb. Ich führte eine Pantomime auf, die beredter war als meine ausdrucksreichsten Worte. Ich gehörte dazu, aber ich konnte es ebensowenig ergründen wie das Geheimnis des Mannes in der Tür. Vielleicht, sagte ich mir, liegt es an deiner Stimme. An deiner Stimme und ihrem Verlangen, in dir den lebendigen Beweis für ihren Glauben an die Bruderschaft zu finden. Um meinen Geist zu entlasten, hörte ich auf, weiter darüber nachzudenken.

Und dann, eines Abends, als ich über meinen Notizen für eine Reihe von Vorträgen eingeschlafen war, klingelte das Telefon. Ich wurde zu einer dringenden Sitzung ins Hauptquartier bestellt. Voller Angst verließ ich das Haus. Nun ist es soweit: entweder die Beschuldigungen oder die Frau. Daß eine Frau mich reingelegt hatte! Was sollte ich ihnen sagen? Daß sie unwiderstehlich und ich auch nur ein Mensch war? Was hatte das mit Verantwortung, mit dem Aufbau der Bruderschaft zu tun?

Mehr konnte ich zu meiner Entschuldigung nicht finden. Ich kam zu spät. Im Versammlungsraum war es drükkend heiß. Drei kleine Ventilatoren wirbelten die dicke Luft durcheinander, und die Brüder saßen in Hemdsärmeln um den zernarbten Tisch, auf dem ein Gefäß mit eisgekühltem Wasser stand. Perlen aus Feuchtigkeit glitzerten auf der Außenseite.

»Ich bitte meine Verspätung zu entschuldigen, Brüder«, sagte ich. »Ein paar wichtige Einzelheiten für meinen Vortrag morgen, die sich noch in letzter Minute ergaben, hielten mich fest.«

»Sie hätten sich die Mühe und uns den Zeitverlust ersparen können«, erwiderte Bruder Jack.

»Ich verstehe Sie nicht«, sagte ich plötzlich wie im Fieber.

»Er meint, daß Sie sich in Zukunft nicht mehr mit der Frauenfrage beschäftigen werden. Damit ist es aus«, sagte Bruder Tobitt. Ich rüstete mich schon zum Angriff, aber bevor ich noch ein Wort sagen konnte, feuerte Bruder Jack eine erregende Frage auf mich ab.

»Was ist aus Bruder Tod Clifton geworden?«

»Bruder Clifton habe ich seit Wochen nicht mehr gesehen. Ich hatte mit meiner Arbeit downtown alle Hände voll zu tun. Was ist passiert?«

»Er ist verschwunden«, erwiderte Bruder Jack, »verschwunden. Vertun Sie keine Zeit mit unnützen Fragen. Deswegen haben wir Sie nicht kommen lassen.«

»Seit wann ist das bekannt?«

Bruder Jack schlug auf den Tisch. »Wir wissen nur, daß er verschwunden ist. Aber erledigen wir, was wir zu erledigen haben. Sie, Bruder, kommen sofort wieder nach Harlem. Wir stehen einer Krise gegenüber, seit Bruder Clifton nicht nur verschwunden ist, sondern sich auch seinen Aufgaben als nicht gewachsen gezeigt hat. Andererseits schlagen Ras der Mahner und seine Bande hieraus Kapital und verstärken ihre Agitation. Sie sollen sofort nach dort zurück und alles tun, unsere Stärke in der Gemeinde wiederherzustellen. Sie erhalten die Kräfte, die Sie brauchen, und werden uns auf einer Versammlung, über die Sie morgen Näheres erfahren, mitteilen, welche strategischen Maßnahmen Sie für notwendig halten. Und noch eins: seien Sie pünktlich.« Er unterstrich die letzten Worte mit einem Hammerschlag.

Ich war wie erlöst. Keines meiner eigenen Probleme war erörtert worden. Ich fragte, ob die Polizei von dem Verschwinden Cliftons benachrichtigt worden wäre. Irgend etwas stimmte hier nicht. Clifton hatte viel zu großes Verantwortungsgefühl, und für ihn stand zu viel auf dem Spiel, als daß er so ohne weiteres verschwunden wäre. Hatte Ras der Mahner vielleicht etwas damit zu tun? Das schien wenig wahrscheinlich. Harlem war einer unserer stärksten Bezirke, und vor einem Monat noch, als ich kaltgestellt wurde, wäre Ras von der Straße weggepfiffen worden, wenn er versucht hätte, uns anzugreifen. Wenn ich nicht so sehr darauf bedacht gewesen wäre, dem Komitee keinerlei Anlaß zu Klagen zu geben, hätte ich die Beziehung zu Clifton und der ganzen Harlemer Mitgliedschaft besser gepflegt. Mir war, als erwachte ich plötzlich aus tiefem Schlaf.

20. KAPITEL

Ich war so lange fort gewesen, daß mir die Straßen fremd vorkamen. Die Rhythmen uptown waren langsamer und doch auch irgendwie schneller. Eine andere Spannung lag in der warmen Nachtluft. Ich drängte mich durch die sommerliche Menge, nicht in den Bezirk, sondern ins Jolly Dollar, einer Grill-Bar in der oberen 8. Avenue, deren Inhaber Barrelhouse hieß. Hier hatte ich um diese Stunde meist einen meiner besten Leute, den Bruder Maceo, bei seinem Abendschoppen gefunden.

Ich blickte durch das Fenster und sah Männer in Arbeitskleidung und ein paar betrunkene Frauen, die an der Theke lehnten. In dem Gang zwischen Lokal und Theke standen ein paar Männer in schwarz-blau-gewürfelten Hemden und aßen ein Stück Fleisch vom Grill. Im hinteren Teil des Lokals saßen mehrere Männer und Frauen in der Nähe der Musikbox. Als ich das Lokal betrat, konnte ich Maceo nirgendwo finden. Ich ging zur Theke, um hier auf ihn zu warten.

»Guten Abend, Brüder«, sagte ich zu den zwei Männern neben mir, die ich vorhin schon gesehen hatte. Sie sahen mich seltsam an; die Augenbrauen des einen zuckten schief in die Höhe, während er den anderen betrachtete.

»Scheiße«, sagte der große Mann.

»Natürlich. Ist der mit dir verwandt?«

»Scheiße, keine Spur.«

Ich drehte mich um und sah sie an. Der Raum kam mir plötzlich so dunkel vor.

»Der ist sicher besoffen«, meinte der zweite Mann. »Glaubt vielleicht, er wäre mit dir verwandt.«

»Dann lügt seine Besoffenheit ihm was vor. Mit dem möchte ich nicht verwandt sein, auch nicht, wenn ich's wäre – he, Barrelhouse!«

Ich ließ die beiden stehen und ging weiter hinein in das Lokal und betrachtete sie von dort aus mit einem Gefühl der Spannung. Sie machten nicht den Eindruck, betrunken zu sein, und ich hatte auch nichts Beleidigendes gesagt; ich war auch sicher, daß sie wußten, wer ich war. Was war los? Der Gruß der Bruderschaft war genau so bekannt und vertraut wie jeder andere auch.

Ich sah Barrelhouse vom anderen Ende des Lokals heranrollen. Er trug eine weiße Schürze, die durch einen stramm sitzenden Gürtel eingekerbt war, so daß er aussah wie ein Bierfaß aus Metall, das in der Mitte eine Nut hat. Als er mich sah, lächelte er.

»Der Teufel soll mich holen, wenn das nicht der gute Bruder ist«, sagte er, mir die Hand entgegenstreckend. »Wo sind Sie so lange gewesen, Bruder?«

»Ich habe downtown gearbeitet«, sagte ich, während Dankbarkeit in mir aufwallte.

»Großartig, großartig«, sagte Barrelhouse.

»Wie geht das Geschäft?«

»Wollen lieber nicht darüber sprechen. Schlecht geht es, sehr schlecht.«

»Das tut mir leid. Ein Glas Bier hätte ich gern«, sagte ich, »wenn Sie die Herren bedient haben.« Ich beobachtete sie im Spiegel.

»Gern«, erwiderte Barrelhouse. Er nahm ein Glas und

drehte den Zapfhahn auf. »Was hast du denn?« sagte er zu dem großen Mann.

»Hör mal zu, Barrel, wir möchten dich mal was fragen«, erwiderte der Große. »Wir wüßten gern, wessen Bruder der da drüben zu sein glaubt. Kommt hier rein und begrüßt jeden mit Bruder.«

»Er ist *mein* Bruder«, sagte Barrel, das schäumende Glas zwischen seinen langen Fingern haltend. »Was dagegen?«

»Ja«, sagte ich. »Das ist unser Gruß. Und wenn ich Sie eben Bruder nannte, wollte ich Sie nicht beleidigen. Ich bedaure sehr, daß Sie das falsch aufgefaßt haben.«

»Hier, Bruder, Ihr Bier«, sagte Barrelhouse.

»Er ist also dein Bruder, Barrel?«

Barrels Augen wurden klein, während er seine breite Brust über die Theke neigte und plötzlich ein trauriges Gesicht machte.

»Gefällt's dir hier, MacAdams?« sagte er düster. »Schmeckt das Bier?«

»Ja«, erwiderte MacAdams.

»Kühl genug?«

»Ja, aber Barrel ...«

»Und die Musik gefällt dir auch?« fragte Barrelhouse weiter.

»Ja, aber ...«

»Und die gute, saubere, verträgliche Atmosphäre hier gefällt dir auch?«

»Natürlich, aber davon ist doch nicht die Rede«, sagte der Mann.

»Natürlich rede ich davon«, erwiderte Barrelhouse traurig. »Wenn's so ist, dann soll's auch so *bleiben,* und versuche nur nicht, meine anderen Gäste zu verärgern. Dieser Mann hat für die Gemeinde mehr getan als jeder andere und vor allem du.«

»*Welche* Gemeinde?« sagte MacAdams und sah mich an. »Ich habe gehört, er hätte das weiße Fieber und wäre ...«

»Mußt auch alles andere *hören«,* entgegnete Barrelhouse. »Auf der Herrentoilette hängt Papier. Damit putz dir mal die Ohren aus.«

»Meine Ohren gehen dich nichts an.«

»Komm, Mac«, sagte sein Freund. »Denk nicht mehr dran. Und übrigens hat sich der Mann ja entschuldigt.«

»Meine Ohren gehen dich nichts an«, wiederholte MacAdams. »Sag deinem Bruder, er soll nicht so ohne weiteres in jedem einen Verwandten sehen. Viele von uns sind mit dieser Art Politik nicht einverstanden.«

Ich sah sie nacheinander an. Eine Schlägerei – darüber war ich hinaus –, vor allem aber konnte ich sie mir jetzt, da ich eben in die Gemeinde zurückkehrte, unter keinen Umständen leisten. Ich sah MacAdams an und war froh, als der andere mit ihm in einen anderen Teil des Lokals ging.

»Dieser MacAdams hält sich für besonders schlau«, sagte Barrelhouse. »Immer muß er nörgeln. Aber so fühlen heute viele.«

Ich schüttelte enttäuscht den Kopf. Einer solchen Gegnerschaft war ich bisher noch nicht begegnet. »Was ist mit Bruder Maceo los?« fragte ich.

»Weiß ich nicht, Bruder. Er kommt nicht mehr so regelmäßig wie sonst. Scheint sich hier allerlei zu ändern. Die Leute haben kein Geld mehr.«

»Überall sind die Zeiten schwer. Aber was ist hier im Gange, Barrel?«

»Das wissen Sie doch, Bruder. Einfach ist das Leben nicht, und viele von denen, die durch Sie Arbeit bekamen, sind heute arbeitslos. Das wissen Sie doch.«

»Sie meinen die Leute in unserer Organisation?«

»Eine ganze Reihe von ihnen. Auch Bruder Maceo.«

»Aber warum denn? Es ging ihnen doch ganz gut.«

»So war es mal – solange Ihre Leute sich für sie einsetzten. Sobald das aufhörte, flogen die Leute auf die Straße.«

Ich sah ihn an. Groß stand der ehrliche Kerl vor mir. Ich konnte nicht glauben, daß die Organisation ihre Arbeit eingestellt hatte, und doch sagte der Mann die Wahrheit. »Geben Sie mir noch ein Glas Bier«, sagte ich. Dann wurde er gerufen. Er füllte das Glas und ließ mich allein.

Ich trank langsam, hoffte, Bruder Maceo würde erscheinen, bevor ich das Glas geleert hatte. Aber er kam nicht. Ich winkte Barrelhouse zu und machte mich auf den Weg in den Bezirk. Vielleicht konnte Bruder Tarp mir Auskunft geben. Oder mir wenigstens Genaueres über Clifton berichten.

Ich ging durch den dunklen Block hinüber zur Siebten und dann weiter. Die Dinge fingen an, beunruhigend auszusehen. Unterwegs sah ich nichts, was auf die Tätigkeit der Bruderschaft hinwies. In einer heißen Seitenstraße sah ich ein paar Männer, die ein Streichholz nach dem anderen am Bordstein anrissen und sich bückten, als suchten sie ein Geldstück. Trübe flackerte die Flamme der Streichhölzer in ihr Gesicht. Dann befand ich mich auf einmal in einem Block, der mir seltsam bekannt vorkam. Der Schweiß brach mir aus. Ich wäre fast zu Marys Tür gegangen. Ich drehte mich um und ging schnell weiter.

Barrelhouse hatte mich auf die dunklen Fenster des Bezirks – nicht aber darauf vorbereitet, daß ich nach Bruder Tarp umsonst suchen würde. Ich betrat das Zimmer, in dem er schlief, aber er war nicht da. Dann ging ich durch die dunkle Halle in mein altes Büro und ließ mich erschöpft auf meinen Schreibtischstuhl fallen. Alles schien mir zu entgleiten, und mir fiel nichts ein, wodurch ich dieses Gefühl hätte bannen können. Ich versuchte, darüber nachzudenken, bei wem vom Bezirks-Komitee ich mich telefonisch nach Clifton erkundigen konnte; aber auch hier wieder kam ich zu keinem Entschluß. Denn wenn meine Wahl auf jemand fiel, der glaubte, ich hätte mich versetzen lassen, weil ich mein eigenes Volk haßte, dann wurde alles nur noch verwickelter. Natürlich paßte manchen meine Rückkehr nicht. Und deshalb war es richtiger, allen zusammen die Stirn zu bieten und nicht erst zu warten, bis einer von ihnen die anderen gegen mich aufgehetzt hatte. Vor allem wollte ich mit Bruder Tarp sprechen, zu dem ich großes Vertrauen hatte. Sobald er da war, sollte er mich über den Stand der Dinge informieren. Vielleicht konnte er mir auch sagen, was Clifton zugestoßen war.

Aber Bruder Tarp kam nicht. Ich holte mir eine Kanne Kaffee und wollte die Nacht mit der Durchsicht der Bezirksberichte verbringen. Als er um drei Uhr noch nicht da war, ging ich in sein Zimmer. Es war leer, auch das Bett war nicht mehr da. Ich bin ganz allein, dachte ich. Es mußte sich allerlei ereignet haben, über das ich nichts wußte. Etwas, das nicht nur die Mitglieder zum Erlahmen gebracht hatte, sondern sie, wie aus den Berichten hervorging, in Scharen aus der Bewegung hatte austreten lassen. Barrelhouse hatte gesagt, die Organisation hätte den Kampf aufgegeben, und das war die einzige Erklärung, die ich für Bruder Tarps Abwesenheit finden konnte. Falls es nicht zwischen ihm und Clifton oder ein paar anderen Führern zu Unstimmigkeiten gekommen war. Als ich jetzt an meinen Schreibtisch zurückkehrte, sah ich, daß das Douglass-Bild verschwunden war. Ich fühlte in meiner Tasche nach dem Kettenglied. Das wenigstens hatte ich damals mitgenommen. Ich schob die Berichte beiseite. Sie gaben keinen Aufschluß darüber, weshalb die Dinge auf einmal so standen. Ich rief bei Clifton an. Hörte das Klingeln, immer wieder. Schließlich gab ich es auf und setzte mich in den Sessel, um etwas zu schlafen. Ich mußte warten, bis die Versammlung einberufen wurde. Meine Rückkehr in den Bezirk glich der Rückkehr in eine tote Stadt.

Als ich erwachte, sah ich zu meiner Überraschung ziemlich viele Mitglieder in der Halle, und da ich vom Komitee keinerlei Direktiven bezüglich meiner weiteren Tätigkeit hatte, teilte ich die Anwesenden in verschiedene Gruppen und schickte sie auf die Suche nach Clifton. Niemand konnte mir Genaueres mitteilen. Bis zum Tag seines Verschwindens war Clifton wie sonst regelmäßig im Bezirk erschienen. Zu Streitigkeiten mit Mitgliedern war es nicht gekommen. Clifton hatte nichts von seiner Popularität verloren. Auch von Zusammenstößen mit Ras dem Mahner wußte man nichts, obwohl dieser in der vergangenen Woche eine immer umfangreichere Aktivität entfaltet hatte. Was den Verlust an Mitgliedern und Einfluß anging, so war das das Resultat eines neuen Programms, das die Aufgabe unserer alten Agitationstechnik forderte. Zu meiner Überraschung war das Interesse für lokale Fragen anderen, die in ihrem Ausmaß nationaler und internationaler waren, gewichen, und man merkte ganz deutlich, daß die Interessen Harlems augenblicklich nicht mehr im Vordergrund standen. Was das zu bedeuten hatte, konnte ich nicht ergründen, denn von einem derartigen Programmwechsel hatte ich downtown nichts gemerkt. Clifton war vergessen, meine weitere Tätigkeit schien von einer Erklärung des Komitees abzuhängen, und ich wartete mit wachsender Erregung auf die Einberufung der Versammlung, auf der strategische Maßnahmen besprochen werden sollten.

Derartige Versammlungen fanden gewöhnlich gegen ein Uhr statt, und wir wurden rechtzeitig benachrichtigt. Um halb zwölf hatte ich noch keinerlei Nachricht erhalten. Ich wurde immer unruhiger. Um zwölf Uhr bemächtigte sich meiner ein Gefühl der Einsamkeit. Irgend etwas war im Gange. Aber was, wie, warum? Schließlich rief ich das Hauptquartier an, konnte aber keinen der Führer erreichen. Was hat das zu bedeuten? fragte ich mich. Dann rief ich die Führer anderer Bezirke an. Das Ergebnis war das gleiche. Jetzt wußte ich, daß die Versammlung ohne mich tagte.

Weshalb ohne mich? Hatten sie Wrestrums Beschuldigungen untersucht und sie als wahr befunden? Es sah so aus, als wäre die Mitgliederzahl während meiner Tätigkeit downtown *zurück*gegangen. Oder war es die Frau? Was es auch war, man durfte mich jetzt unter keinen Umständen von einer Versammlung fernhalten. Im Bezirk mußte unbedingt gehandelt werden. Ich eilte zum Hauptquartier.

Als ich dort ankam, tagte die Versammlung, wie ich es vermutet hatte. Außerdem war angeordnet worden, jegliche Störung – durch wen auch immer – zu verhindern. Es war ganz offensichtlich, daß man nicht vergessen hatte, mich zu benachrichtigen. Wutschnaubend verließ ich das Gebäude. Gut, dachte ich, wenn die mich jetzt rufen, können sie lange warten. Vor allem hätte man mich damals nicht absetzen dürfen, und da ich nun retten sollte, was noch zu retten war, hätten sie mir jegliche Hilfe zukommen lassen müssen. Ich würde mich nun downtown um nichts mehr kümmern. Ich würde mich auch auf nichts einlassen, was ohne das Harlemer Komitee beschlossen wurde. Und dann beschloß ich, mir vor allem ein Paar neue Schuhe zu kaufen. Ich machte mich auf den Weg in die 5. Avenue.

Es war heiß, die Bürgersteige waren mit der mittäglichen Menge gefüllt, die sich nur widerwillig an ihre Arbeit begab. Ich ging dicht am Bordstein entlang, um nicht immer wieder von den Passanten, von denen die einen schnell, die anderen langsam gingen, angestoßen zu werden, um das Geschwätz der Frauen in Sommerkleidern nicht zu hören, und betrat schließlich mit einem Gefühl der Erleichterung den kühlen Schuhladen, in dem es nach Leder roch.

Meine Füße fühlten sich wohl in den leichten Sommerschuhen, als ich wieder in die glühende Hitze trat, und ich dachte, mit welcher Freude wir als Jungen die Winterschuhe gegen die leichten Sommerschuhe vertauscht hatten, dachte an unsere Wettrennen, die mit den Jungen aus der Nachbarschaft veranstaltet wurden, erlebte wieder das köstliche Gefühl, das schnelle Leichtfüßigkeit auslöst. Ja, dachte ich, das letzte Wettrennen hast du nun hinter dir, und nun kehre in den Bezirk zurück, für den Fall, daß du doch noch gerufen wirst. Ich ging jetzt schnell, meine Füße fühlten sich frisch und leicht, während ich mich durch die Menge der sonnenverbrannten Gesichter drängte. Um der Menge in der 42. Straße aus dem Wege zu gehen, bog ich in die 43. Straße ein, und hier wurde es dann dramatisch.

Ein kleiner Obstkarren mit leuchtenden Pfirsichen und Birnen stand am Bordstein, und der Verkäufer, ein rotgesichtiger Mann mit einer dicken Nase und funkelnden, schwarzen italienischen Augen, sah wissend unter seinem großen, weiß- und orangefarbenen Sonnenschirm hervor zu mir und dann weiter zu einer Menge hin, die sich vor einem Hause, auf der anderen Seite der Straße, gebildet hatte. Was hat er nur? dachte ich. Dann war ich auf der anderen Straßenseite und ging an der Menge vorbei, die mir den Rücken zuwandte. Eine leise, einschmeichelnde Stimme sagte Worte, deren Bedeutung ich nicht begriff, und schon wollte ich weitergehen, als ich den Jungen sah. Es war ein schlanker, brauner Bursche, den ich sofort als Cliftons Freund erkannte, und der jetzt gespannt über die Wagen hinweg zum Block in der Nähe der Post sah, von wo sich ein großer Polizist näherte. Vielleicht weiß der etwas, dachte ich, als er sich umdrehte, mich sah und verwirrt stehenblieb.

»Hallo«, rief ich, und als er sich dann der Menge zuwandte und pfiff, wußte ich nicht, ob der Pfiff mir oder jemand anderem galt. Ich drehte mich schnell um, sah ihn zu einer großen Pappschachtel laufen, die in der Nähe des Hauses stand, und die Träger aus Leinwand über die Schulter werfen. Dann blickte er wieder zum Polizisten, ohne sich weiter um mich zu kümmern. Verwirrt drängte ich mich in die Menge und dann weiter nach vorn, wo ich zu meinen Füßen ein viereckiges Stück Karton liegen sah, auf dem sich etwas wild hin- und herbewegte. Es war eine Art Spielzeug. Ich sah in die gespannten Gesichter der Menge, dann wieder vor mich, und jetzt erkannte ich es ganz deutlich. So etwas hatte ich noch nie gesehen. Eine grinsende Puppe aus orangefarbenem und schwarzem Seidenpapier, deren Kopf und Füße aus dünnen Pappscheiben bestanden und die durch einen geheimnisvollen Mechanismus bewegt wurde, der sie hin und her tanzen ließ in lockergliedriger, schulterzuckender, wild sinnlicher Bewegung, in einem Tanz, der vollkommen losgelöst war von dem schwarzen, maskengleichen Gesicht. Eine Tanzpuppe ist es nicht, aber *was* dann? dachte ich, während sich die Puppe mit der wilden Herausforderung hin und her bewegte, wie jemand, der in aller Öffentlichkeit etwas Erniedrigendes tut. Sie tanzte, als brächten ihre Bewegungen perverse Freude. Und in das Kichern der Menge hinein hörte ich das Rascheln des gefältelten Seidenpapiers, während eine aus dem Mundwinkel kommende Stimme leise sagte:

Schüttelt sie! Rüttelt sie!
Sambo, die tanzende Puppe, meine Damen und Herren.
Schüttelt ihn, zieht ihm den Hals lang und stellt ihn auf die Erde,
Das andere besorgt er dann selbst.

Lachen müßt ihr, seufzen müßt ihr.
Tanzen wollt ihr, wenn er tanzt,
Seht und staunt, meine Dame und Herren,
Sambo, die tanzende Puppe!
Kauft ihn für euer Kind, kauft ihn für eure Freundin, sie liebt euch dann viel mehr als sonst.
Freude bringt er, Tränen lacht ihr,
Schüttelt ihn, rüttelt ihn, er geht nicht kaputt,
Denn er ist Sambo, der tanzende, pranzende Sambo,
Sambo der Zauberer, Sambo die Boogie-Woogie-Puppe aus Papier.

Und kostet nur fünfundzwanzig Cents, den vierten Teil eines Dollars …
Meine Damen und Herren. Freude bringt er, kauft ihn,
Sambo, den …

Ich wußte, daß ich zum Bezirksbüro gehen mußte, aber ich wurde von den leblosen, knochenlosen Sprüngen der grinsenden Puppe festgehalten und schwankte zwischen dem Wunsch, in das Lachen der Zuschauer einzustimmen und die Puppe mit beiden Füßen zu zertreten, als sie plötzlich zusammenbrach, während die Zehe des Marktschreiers auf die runden Scheiben aus Pappdeckel trat, die die Füße darstellten. Zum Vorschein kam eine schwarze Hand, die am Hals der Puppe zog, bis er doppelt so lang war. Dann fing die Puppe wieder an zu tanzen. Und dann verschwand die Hand, während die Stimme weiter tönte. Mir war, als wäre ich in einen seichten Tümpel geraten, dessen Boden versank und dessen Wasser sich über meinem Kopf schloß. Ich blickte auf.

»Aber das kann doch nicht …« begann ich. Aber er sah absichtlich an mir vorbei. Ich war wie gelähmt. Ich starrte ihn an, wußte, daß ich nicht träumte, und hörte:

Was macht ihn glücklich, was läßt ihn tanzen,
Den Sambo, den Jambo, den Freudenbringer?
Er ist mehr als ein Spielzeug, meine Damen und Herren, er ist Sambo, die tanzende Puppe, das Wunder unsres Jahrhunderts.
Seht mal den Rumba, den Suzy-Q, den Sambo-Boogie,
Den Sambo-Woogie. Er ißt nicht und frißt nicht, er klappt zusammen und schläft.
Er verjagt euren Kummer,
Verjagt allen Schmerz,
Aus euerm Herz,
Er lebt von der Sonne eures herrlichen Lächelns.

Und kostet nur das kleine winzige Stück eines Dollars,
Denn er will, daß ich esse,
Er freut sich, wenn es mir schmeckt.
Sie nehmen ihn einfach und schütteln ihn … alles andere tut er dann selbst.

Vielen Dank, meine Dame.

Es war Clifton. Bewegte sich leicht hin und her in den Knien, beugte seine Beine, ohne dabei die Füße von der Stelle zu bewegen, zog die rechte Schulter schief in die Höhe, und sein Arm zeigte steif auf die springende Puppe, während er aus dem Mundwinkel heraus sprach.

Wieder ertönte der Pfiff, und ich sah, wie er zu seinem Aufpasser blickte, dem Jungen mit der Pappschachtel.

»Wer will noch einen kleinen Sambo, bevor er weiter muß? Keine Scheu, meine Damen und Herren. Wer will den kleinen …?«

Wieder der Pfiff. »Wer will noch einen kleinen Sambo, den tanzenden, pranzenden? Schnell, meine Damen und Herren. Der kleine Sambo, der Freudenbringer, darf sich nicht öffentlich zeigen. Aber soll man für Freude Steuern bezahlen? Beeilen Sie sich, meine Damen und Herren …«

Eine Sekunde lang begegneten sich unsere Augen, und er lächelte mich verächtlich an, dann sagte er weiter seinen Spruch. Ich fühlte mich verraten. Ich sah auf die Puppe und fühlte, wie sich mir die Kehle zuschnürte. Wut trieb mir die Spucke hoch, während ich mich leicht nach hinten bog und dann vorwärts schnellte. Dann ein Blitz aus Weiße und ein Knattern, als fiele schwerer Regen auf eine geöffnete Zeitung. Und dann sah ich die Puppe nach hinten kippen, sah sie dahinwelken zu einem Haufen zerknitterten Seidenpapiers, den häßlichen Kopf auf dem langen Hals emporgereckt und immer noch in den Himmel grinsend. Empört wandte sich die Menge gegen mich. Wieder der Pfiff. Ein kleiner, dickbäuchiger Mann sah erst auf den Boden, dann sah er mich an. Lachte laut auf, zeigte auf mich, dann auf die Puppe. Die Zuschauer wichen vor mir zurück. Ich sah Clifton zum Haus gehen, wo neben dem Jungen mit der Pappschachtel ein ganzes Regiment Puppen mit immer wilder werdender Bewegung tanzte, während die Menge sich vor Lachen bog.

»Sie, Sie!« begann ich wieder. Er nahm zwei Puppen und kam nach vorn. In diesem Augenblick näherte sich der Aufpasser. »Er kommt«, sagte er und machte eine Kopfbewegung nach dem Polizisten hin. Er nahm die Puppen, warf sie in die Pappschachtel und lief davon.

»Folgen Sie dem kleinen Sambo um die Ecke, meine Damen und Herren«, rief Clifton. »Jetzt geht's erst los ...«

Das alles ging so schnell, daß nur ich und eine alte Frau in einem blaugetupften Kleid übrig waren. Sie sah mich lächelnd an und blickte dann auf den Bürgersteig. Ich sah eine der Puppen. Ich betrachtete die Puppe. Die Frau lächelte immer noch. Ich hob den Fuß und zertrat die Puppe. Die Frau schrie: »Nicht doch!« Der Polizist stand uns genau gegenüber. Ich bückte mich, hob die Puppe auf und machte mich auf den Weg. Ich untersuchte das Ding, das so seltsam gewichtslos in meiner Hand lag, meinte fast, es würde gleich in meiner Hand lebendig werden. Aber es war nur zerknittertes Papier. Ich steckte die Puppe in die Tasche, in der ich auch Tarps Kettenglied verwahrte, und ging dann hinter der verschwindenden Menge her. Ich konnte Clifton nicht wieder gegenübertreten. Ich wollte ihn nicht wiedersehen. Vielleicht hätte ich mich vergessen und wäre über ihn hergefallen. Ich ging also in der entgegengesetzten Richtung weiter, zur 6. Avenue, an dem Polizisten vorbei. Daß ich ihn hier und unter diesen Umständen treffen mußte! Was war mit Clifton passiert? Alles war so ganz anders, so unerwartet. Wie konnte er in so kurzer Zeit von der Bruderschaft abfallen? Und weshalb versuchte er, alles, was er aufgebaut hatte, wieder niederzureißen? Was würden Nichtmitglieder, die ihn kannten, sagen? Es war, als hätte er sich entschlossen – wie hatte er das damals in der Nacht des Kampfes gegen Ras formuliert? –, außerhalb des *geschichtlichen Geschehens* zu bleiben. Mitten auf der Straße blieb er stehen. Ja, ›untertauchen‹ hatte er gesagt. Und doch wußte er, daß wir nur innerhalb der Bruderschaft bekannt werden konnten, daß wir nur in ihr keine leblosen Puppen waren wie Sambo. Wie konnte er nur mit allem Menschlichen so gemein Spott treiben? Du lieber Gott! Und ich hatte mich geärgert, daß ich nicht zu der Versammlung geladen war. So sehr ich auch darüber nachdachte, ich konnte nicht ergründen, weshalb nicht. Ich wollte es vergessen und der Bruderschaft weiterhin treu bleiben. Denn wenn ich aus ihr ausbrach, dann mußte ich untertauchen … Untertauchen! Und woher hatte er die Puppen? Weshalb ausgerechnet auf diese Weise ein paar Vierteldollar verdienen? Weshalb verkaufte er nicht Äpfel oder Liedertexte, weshalb wurde er nicht Schuhputzer?

Ich ging an der U-Bahn-Station vorbei und dann weiter um die Ecke der 42. Straße. Und immer noch bemühte sich mein Geist um Klarheit. Und als ich dann die Ecke erreicht hatte und den sonnigen Bürgersteig mit den vielen Menschen betrat, standen sie schon am Bordstein und beschatteten ihre Augen mit den Händen. Ich sah, wie der Verkehr sich mit dem Umspringen der Ampeln bewegte, und auf der anderen Seite der Straße sahen ein paar Fußgänger zur Mitte des Blocks, wo sich die Bäume des Bryant Park über zwei Männer erhoben. Aus den Bäumen wirbelte ein Taubenschwarm, und alles ereignete sich in dem schnellen Spiel ihres Kreisens, ganz plötzlich und im Lärm des Verkehrs, und doch schien es sich in meinem Geist wie ein langsam ablaufender Film, dessen Ton verstummt ist, zu entfalten.

Zuerst dachte ich, es wäre ein Polizist und ein Schuhputzer. Dann stoppte der Verkehr einen Augenblick, und jenseits der in der Sonne funkelnden Schienen der Straßenbahn erkannte ich Clifton. Sein Helfer war verschwunden, und Clifton trug die Pappschachtel an einem Riemen über der Schulter, und der Polizist ging seitlich hinter ihm her. Sie kamen auf mich zu, gingen an einem Zeitungsstand vorbei, und ich sah die Schienen im Asphalt und einen Hydranten am Bordstein, sah die kreischenden Vögel und dachte: du mußt ihm folgen und seine Strafe bezahlen … als der Polizist Clifton, dem die Pappschachtel gegen das Bein schlug, einen Stoß versetzte. Clifton sagte etwas über die Schulter hinweg und ging dann weiter, während eine der Tauben in die Straße schoß und wieder aufflog und dabei eine Feder verlor, die im blendenden Licht der Sonne weiß wehte. Ich sah, daß der Polizist Clifton wieder einen Stoß versetzte, fest trat er auf in seinem schwarzen Hemd, sein Arm schoß steif vor, stieß Clifton in ein kopfschnackendes Stolpern, bis er sich auffing und wieder etwas über die Schulter hinweg sagte. Die beiden bewegten sich in einer Art Marsch, den ich oft gesehen hatte, aber nie mit jemandem wie Clifton. Und ich sah, wie der Polizist seinen Befehl bellte und vorstürzte, den Arm ausstreckte, nicht traf und das Gleichgewicht verlor, als Clifton wie ein Tänzer sich auf seinen Zehen umdrehte, den rechten Arm in kurzem, hartem Bogen schwang, den Oberkörper nach links warf, wobei der Riemen, der die Schachtel hielt, von der Schulter rutschte. Sein rechter Fuß machte einen Schritt nach vorn, und sein linker Arm folgte mit einem Uppercut, der dem Polizisten die Mütze vom Kopf schlug und ihn so schwer traf, daß er auf dem Bürgersteig hin und her taumelte und dann auf den Boden fiel. Clifton warf die Pappschachtel beiseite, ging halb in Hocke, stellte den linken Fuß vor und hob wartend die Fäuste. Und zwischen den vorbeiflitzenden Wagen sah ich, wie der Polizist sich auf die Ellbogen stützte, wie ein Betrunkener, der versucht, das Gleichgewicht wiederzufinden, wie er den Kopf schüttelte und vorstreckte. Und irgendwo zwischen dem dumpfen Lärm des Verkehrs und dem Beben der Untergrundbahn hörte ich schnelle Explosionen und sah die Tauben bei jedem Knall wild durcheinanderflattern. Der Polizist saß jetzt aufrecht und erhob sich auf seine Knie. Er sah Clifton an, und die Tauben schwebten wieder hinab in die Bäume, und Clifton starrte den Polizisten immer noch an, und dann brach er zusammen.

Er fiel nach vorn auf die Knie, wie jemand der betet, als ein untersetzter Mann mit einem Hut, dessen Rand heruntergeklappt war, aus der Nähe des Zeitungsstandes kam und laut protestierte. Ich konnte mich nicht bewegen. Die Sonne schien dicht über meinem Kopf zu kreisen. Jemand schrie. Ein paar Männer liefen durch die Straße. Der Polizist stand jetzt und blickte fast überrascht auf Clifton herab. Den Revolver hatte er noch in der Hand. Ich machte ein paar Schritte nach vorn, ohne etwas zu sehen, ohne zu denken, aber mein Geist registrierte alles genau. Auf die andere Seite der Straße, bis an den Bordstein. Und ich sah Clifton jetzt genauer. Er lag noch da, wie er zusammengebrochen war, auf der Seite, ein großer, nasser Fleck auf seinem Hemd wurde größer, und ich konnte den Fuß nicht auf den Bordstein setzen. Wagen fuhren dicht hinter mir, aber ich konnte den Schritt nicht tun, der mich auf den Bürgersteig brachte. Ich stand da, ein Bein auf der Straße und das andere über dem Bordstein erhoben, hörte Pfeifen schrillen und sah zum Zeitungsstand, von wo sich zwei Polizisten in schnellem, dickbäuchigem Lauf näherten. Ich sah wieder auf Clifton; der Polizist winkte mir mit dem Revolver, mich zu entfernen, schrie mich an mit einer Stimme, die wie die eines Knaben klang.

»Zurück auf die andere Seite.« Es war der Polizist, dem ich ein paar Minuten zuvor in der 43. begegnet war. Mein Mund war trocken.

»Er ist mein Freund. Ich will ihm helfen«, sagte ich und setzte endlich den Fuß auf den Bordstein.

»Der braucht keine Hilfe mehr. Gehen Sie rüber auf die andere Seite.«

Dem Polizisten hing das Haar ins Gesicht. Seine Uniform war beschmutzt, und ich beobachtete ihn ohne jede Erregung, zögerte, hörte den Lärm sich nähernder Schritte. Alles schien auf einmal so langsam zu werden. Langsam wurde die Pfütze auf dem Bürgersteig größer. Meine Augen trübten sich. Ich hob den Kopf. Der Polizist beobachtete mich neugierig. Oben im Park hörte ich wütendes Flügelschlagen, fühlte auf meinem Hals den Druck von Augen. Ich drehte mich um. Ein rundköpfiger, pausbäckiger Junge mit sommersprossiger Nase und slavischen Augen beugte sich über den Zaun des Parks, und als er jetzt sah, daß ich mich umdrehte, rief er jemand, der hinter ihm stand, mit schriller Stimme und erregtem Gesicht etwas zu ... Was will er? fragte ich mich und wandte mich dem wieder zu, was ich nicht mehr sehen wollte.

Es waren jetzt drei Polizisten. Der eine beobachtete die Menge, und die anderen sahen nach Clifton. Der erste Polizist hatte seine Mütze wieder aufgesetzt.

»Hören Sie mal, junger Mann«, sagte er sehr deutlich, »für heute reicht's mir – – rüber auf die andere Seite.«

Ich öffnete den Mund, konnte aber keinen Ton hervorbringen. Einer der Polizisten ließ sich auf die Knie nieder, untersuchte Clifton und machte sich Notizen.

»Ich bin sein Freund«, sagte ich, und der, der die Notizen machte, blickte auf.

»Mit dem ist's aus, Mac«, sagte er. »Sie haben diesen Freund nicht mehr.«

Ich sah ihn an.

»He, Mickey«, rief der Junge am Zaun, »den haben sie kalt gemacht.«

Ich blickte auf Clifton. »Nun«, sagte der kniende Polizist. »Wie heißen Sie?«

Ich nannte meinen Namen. Ich beantwortete seine Fragen über Clifton, so gut ich es konnte. Dann kam der Wagen. Dieses Mal hatte er nicht auf sich warten lassen. Wie betäubt sah ich zu, als man Clifton in das Innere des Wagens schob. Auch die Schachtel mit den Puppen. Auf der anderen Straßenseite wogte immer noch die Menge. Dann war der Wagen weg, und ich machte mich auf den Weg zur U-Bahn.

»Hören Sie mal«, schrillte die Stimme des Jungen. »Ihr Freund konnte seine Fäuste richtig gebrauchen. Piff! Paff! Eins, zwei, und der Polyp saß auf dem Hintern.«

Ich neigte den Kopf bei dieser letzten Huldigung, und während ich weiter durch die Sonne ging, wünschte ich das, was ich erlebt hatte, aus meinem Geist zu radieren.

Ich ging die Treppe, die auf den U-Bahn-Station führte, hinunter, ohne etwas zu sehen. Mein Geist war mit ganz anderen Dingen beschäftigt. In der Station war es kühl, und ich lehnte mich gegen einen Pfeiler, hörte die Züge auf der anderen Seite vorbeirasen und fühlte das Brausen der Luft. Weshalb trat ein Mensch aus allem geschichtlichen Geschehen heraus, weshalb verkaufte er so widerlichen Tand? Mit dieser Frage befaßte sich mein Geist immer wieder. Weshalb entwaffnete er sich, weshalb verzichtete er auf seine Stimme, weshalb trennte er sich von der einzigen Organisation, die ihm Gelegenheit bot, sich selbst zu erkennen? Der Bahnsteig bebte. Ich blickte nach unten. Papierfetzen wirbelten im Luftzug, fielen wieder auf den Boden, sobald der Zug vorbei war. Weshalb *hatte* er uns verlassen? Weshalb hatte er den Bahnsteig verlassen und sich vor den Zug geworfen? Weshalb tauchte er in das Nichts, in die Leere gesichtsloser Gesichter, tonloser Stimmen, weshalb wollte er mit dem geschichtlichen Geschehen nichts mehr zu tun haben? Ich versuchte, das alles von einem Standpunkt aus zu betrachten, der abseits war von dem, was ich in Büchern gelesen hatte und dessen ich mich halb erinnerte. Geschichte berichtet vom Verlauf menschlichen Lebens: wer mit wem kämpfte und mit welchem Ergebnis; wer kaufte und wer gewann und wer lebte, um hinterher darüber zu lügen. Alles, so heißt es, wird getreulich aufgezeichnet, alles Wichtige. Aber doch nicht ganz, denn in Wirklichkeit werden nur das Bekannte, das Geschehene, das Gehörte und nur die Ereignisse, die der Berichter für wichtig hält, aufgezeichnet, jene Lügen, die den Machthabern ihre Macht sichern. Der Polizist würde Cliftons Historiker sein, sein Richter, sein Zeuge und sein Henker, und ich war der einzige Zeuge für die Verteidigung, kannte weder das Ausmaß seiner Schuld noch die Art seines Verbrechens. Wo waren heute die Historiker? Und wie würden sie darüber berichten?

Ich stand da, während die Züge, blaue Funken sprühend, ein- und ausfuhren. Was dachte man über uns Menschen des Übergangs? Zu denen auch ich gehört hatte, bevor ich die Bruderschaft fand – Zugvögel, die zu unbekannt waren, als daß ihre Klassifizierung sich lohnte, die zu still waren für die, die jeden Laut berichteten, die von Natur aus für die verschwommensten Worte zu verschwommen und den Zentren historischer Entscheidungen zu fern waren, als daß sie historische Dokumente unterzeichnen oder ihren Unterzeichnern Beifall spenden konnten. Wir, die wir weder Romane noch Geschichte oder andere Bücher schreiben. Wie steht es um uns, dachte ich und sah Clifton wieder vor mir. Ich setzte mich auf eine Bank, während ein Stoß kalter Luft durch den Tunnel brauste.

Fahrgäste kamen über den Bahnsteig. Einige von ihnen waren Neger. Ja, dachte ich, wie steht es mit denen von uns, die aus dem Süden in die geschäftige Stadt sausen, wie der Teufel aus dem Kasten, dessen Federn gesprungen sind – so plötzlich, daß unser Gang leicht wird wie der eines Tiefseetauchers bei plötzlichem Wechsel des Druckes. Wie steht es um die Burschen, die dort still und ruhig auf dem Bahnsteig warten, so still und ruhig, daß sie in ihrer Unbeweglichkeit mit der Menge zusammenstoßen; die lärmend dastehen in ihrer Stille; schrill wie ein Schreckensschrei in ihrer Ruhe? Wie steht es um die drei Burschen, die jetzt über den Bahnsteig kommen, groß und schlank, steif gehend, die Schultern schwingend in ihren gebügelten, für den Sommer viel zu warmen Anzügen, mit dem hohen, engen Kragen um den Hals, den gleichen billigen, schwarzen Filzhüten, die sie in strenger Feierlichkeit auf ihren pomadisierten Köpfen tragen. Mir war, als hätte ich ihresgleichen bisher noch nie gesehen: sie gingen langsam, wiegten die Schultern, bewegten die Beine von den Hüften aus in Hosen, die, fest um die Fußgelenke, sich nach oben ballonförmig weiteten. Ihre Röcke waren lang, eng anliegend in den Hüften, und die Schultern waren zu breit, als daß sie die eines westlichen Menschen hätten sein können. Diese jungen Leute, deren Körper aussahen ... was hatte doch einer meiner Lehrer von mir gesagt? ›Sie sehen aus wie eine jener afrikanischen Skulpturen, die zugunsten einer Idee verzerrt wurden.‹ Gut, zugunsten welcher Idee, zugunsten wessen Idee?

Ich betrachtete sie, die sich wie Tänzer in einer Art Trauerzug zu bewegen schienen: schwingender Gang, geheimnisvolle, schwarze Gesichter, sich langsam bewegend über den Bahnsteig der U-Bahn, wobei die Schuhe mit den metallbelegten Absätzen seltsam rhythmisch klapperten. Jeder mußte sie gesehen, mußte ihr stummes Lachen gehört oder die schwere Pomade ihres Haares gerochen haben, vielleicht aber hatte sie auch niemand beachtet. Sie waren Menschen außerhalb des geschichtlichen Geschehens, waren unberührt, glaubten nicht an Bruderschaft, hatten zweifellos nie etwas von ihr gehört. Oder hätten vielleicht wie Clifton geheimnisvoll ihre Geheimnisse verworfen, Menschen des Übergangs, deren Gesichter unbeweglich waren. Ich stand auf und ging hinter ihnen her. Frauen mit Paketen und ungeduldige Männer mit Strohhüten und blau-weiß-gestreiften Leinenanzügen standen längs des Bahnsteigs, als sie vorbeikamen. Und plötzlich dachte ich: kommen sie, die anderen zu begraben oder wollen sie selbst begraben werden, wollen sie ihr Leben geben oder es in Empfang nehmen? Sehen die anderen sie, denken sie über sie nach, auch die, die so dicht neben ihnen stehen, daß sie sie ansprechen könnten? Und wenn sie antworteten, würden die ungeduldigen Geschäftsleute in den konventionellen Anzügen und die müden Hausfrauen mit ihren Paketen sie überhaupt verstehen? Was würden sie sagen? Denn diese Jungen sprechen eine seltsame Übergangssprache, denken Übergangsgedanken, wenn sie vielleicht auch dieselben alten Träume träumen. Sie waren Menschen außerhalb der Zeit – falls sie nicht die Bruderschaft fanden. Menschen außerhalb der Zeit, die bald vergangen und vergessen sein würden ... Aber wer wußte (und jetzt befiel mich ein solches Zittern, daß ich mich gegen einen Abfalleimer lehnen mußte), ob sie nicht die Retter, die wahren Führer, die Träger von etwas sehr Wertvollem waren? Die Verwalter von etwas Unbequemem, Lästigem, das sie haßten, denn sie lebten außerhalb des Bereichs der Geschichte, und niemand war da, der ihrem Wert Beifall spendete, und sie selbst begriffen ihn nicht. Und wenn Bruder Jack sich irrte? Wenn die Geschichte eine Spielerin war und nicht die Kraft in einem Labor-Experiment, wenn die Jungen ihr letzter Trumpf waren? Wenn die Geschichte kein vernünftiger Bürger war, sondern ein Irrer voll paranoischer Arglist, wenn diese Jungen ihre Agenten, ihre große Überraschung waren? Ihre eigene Rache? Denn sie standen außerhalb, in der Dunkelheit mit Sambo, der tanzenden Papierpuppe. Wie mein gefallener Bruder Tod Clifton (Tod, Tod), liefen davon, gingen den Kräften der Geschichte aus dem Weg, anstatt eine Stellung einzunehmen, von der aus sie alles beherrschten.

Ein Zug lief ein. Ich folgte ihnen in den Wagen. Viele Plätze waren noch frei, und die drei setzten sich zusammen. Ich blieb stehen, hielt mich an der Stange in der Mitte fest und blickte durch den Wagen. Auf der einen Seite sah ich eine weiße Nonne in Schwarz, die den Rosenkranz betete, und auf der anderen Seite des Ganges, in der Nähe der Tür, stand eine weißgekleidete Nonne, das genaue Ebenbild der anderen, nur daß sie schwarz war und keine Schuhe an den schwarzen Füßen trug. Die Nonnen sahen sich nicht an, sahen nur auf ihre Kruzifixe, und plötzlich lachte ich, und ein Lied, das ich vor langer Zeit im Golden Day gehört hatte, formte sich in meinem Geist.

Brot und Wein
Brot und Wein
Dein Kreuz ist längst
Nicht so schwer wie meins.

Und die Nonnen fuhren weiter mit geneigten Köpfen.

Ich betrachtete die jungen Burschen. Sie saßen genau so feierlich da wie sie gingen. Von Zeit zu Zeit betrachtete einer von ihnen sein Spiegelbild im Fenster und bog dann den Hutrand etwas nach unten. Die anderen beobachteten ihn schweigend, wechselten einen spöttischen Blick und sahen dann wieder geradeaus. Ich schwankte hin und her im Rhythmus des Zuges, fühlte wie die Ventilatoren über mir die heiße Luft auf mich herunterdrückten. Ich fragte mich, was ich in Beziehung zu diesen jungen Leuten war. Vielleicht ein Zufall wie Douglass. Vielleicht erschienen alle hundert Jahre oder so Menschen wie sie, wie ich in der Gesellschaft. Und doch hätten wir, hätte ich, nach aller geschichtlichen Logik und Vernunft, seit Anfang des neunzehnten Jahrhunderts nicht mehr existieren dürfen. Vielleicht war ich wie sie irgend ein atavistischer Rest, ein ferner Meteor, der vor hundert Jahren erloschen war und jetzt nur noch durch das Licht lebte, das den Raum mit solcher Schnelligkeit durcheilt, daß er nicht erkennt, daß seine Quelle längst ein Stück Blei geworden ist ... Solche Gedanken waren natürlich töricht. Ich betrachtete die jungen Leute wieder. Einer von ihnen schlug dem anderen auf die Knie, und ich sah ihn drei zusammengerollte Zeitschriften aus der inneren Rocktasche ziehen. Zwei reichte er weiter, die dritte behielt er für sich. Die anderen vertieften sich gleich, ohne ein Wort zu sagen, in ihren Inhalt. Einer von ihnen hielt die Zeitschrift dicht vors Gesicht, und einen Augenblick lang erlebte ich alles wieder: funkelnde Schienen, den Hydranten, den gefallenen Polizisten, die herabtauchenden Vögel und in der Mitte der zusammenbrechende Clifton. Dann sah ich das Titelbild der Zeitschrift und dachte, Clifton hätte sie besser gekannt als ich. Er kannte sie längst. Ich beobachtete sie genau, bis sie ausstiegen. Sie wiegten die Schultern, und ihre Absätze mit den Metallplättchen klirrten ferne, geheime Botschaften in das kurze Schweigen des haltenden Zuges.

Ich verließ die U-Bahn, schwach, wankte durch die Hitze, als trüge ich einen schweren Stein, das Gewicht eines Berges auf meinen Schultern. Meine neuen Schuhe drückten. Während ich durch die Menge in der 125. Straße ging, wurde mir schmerzlich bewußt, daß auch andere Männer wie die jungen Burschen angezogen waren, daß Mädchen dunkle, exotisch farbige Strümpfe und Kleider trugen, die eine surrealistische Variation des Stils downtown waren. Schon lange gab es sie. Aber irgendwie hatte ich sie nie bemerkt. Ich hatte sie selbst damals nicht bemerkt, als meine Arbeit so erfolgreich gewesen war. Sie standen außerhalb des geschichtlichen Geschehens, und meine Aufgabe war es, sie alle daran teilhaben zu lassen. Ich betrachtete ihre Gesichter, und jedes Gesicht erinnerte mich an eines aus dem Süden, das ich kannte. Vergessene Namen kamen mir in den Sinn, wie vergessene Teile eines Traumes. Ich bewegte mich mit der Menge, war wie in Schweiß gebadet, lauschte auf den mahlenden Lärm des Verkehrs, das anschwellende Plärren aus dem Lautsprecher eines Plattenladens, wo ein schwermütiger Blues gespielt wurde. Ich blieb stehen. War das alles, was Geschichte wurde? War das die einzig wahre Geschichte der Zeit, die Stimmung, die von Trompeten, Posaunen, Saxophonen und Trommeln geplärrt wurde, ein Lied mit schwülstigen, unpassenden Worten? Mein Geist arbeitete nicht mehr genau. Als begegnete ich in diesem kurzen Block jedem, den ich damals gekannt hatte, von denen aber niemand mich anlächelte, keiner meinen Namen sagte. Niemand sah mich an. Ich ging einher in fieberhafter Einsamkeit. In der Nähe der Ecke schossen ein paar Jungen aus dem Einheitspreisgeschäft. Sie hatten Zuckerstangen in den Händen, die sie fallen ließen, während ein Mann hinter ihnen herrannte. Sie kamen auf mich zu, keuchten vorbei, und nur mit Mühe widerstand ich dem Verlangen, dem Mann ein Bein zu stellen, und war dann um so verwirrter, als eine alte Frau, die weiter entfernt stand, ein Bein vorschob und einen schweren Sack schwang. Der Mann fiel, rutschte über den Bürgersteig, während sie triumphierend den Kopf schüttelte. Ein Gefühl der Schuld bedrückte mich. Ich stand am Rand des Bürgersteigs, beobachtete die Menge, die den Mann anzugreifen drohte, bis ein Polizist erschien und die Menge auseinandertrieb. Und wenn ich auch wußte, daß hier keiner etwas tun konnte, fühlte ich mich doch verantwortlich. All unsere Arbeit war doch nur sehr gering gewesen, sozusagen nichts hatte sich verändert. Und das alles war meine Schuld. Die Bewegung hatte mich derart gefesselt, daß ich vergessen hatte, das zu messen, was sie hervorbrachte. Ich hatte geschlafen, geträumt.

21. KAPITEL

Als ich das Bezirksbüro betrat, verstummten die Scherze einer kleinen Gruppe von Mitgliedern der Jugendabteilung, und man begrüßte mich. Aber ich konnte ihnen das, was ich wußte, nicht mitteilen. Ich nickte ihnen nur zu und ging dann in mein Büro, schloß die Tür gegen ihre Stimmen, setzte mich und blickte hinaus in die Bäume. Das einst frische Grün der Bäume war dunkel geworden und verwelkte, und irgendwo ließ ein Händler, der Wäscheleinen verkaufte, seine Glocke und seine Rufe ertönen. Und dann stand auf einmal – so sehr ich mich auch dagegen sträubte – das Erlebte wieder vor mir, nicht der Tote, sondern die Puppen. Weshalb hatte ich den Kopf verloren und auf die Puppe gespuckt? fragte ich mich. Was hatte Clifton empfunden, als er mich sah? Er hatte mich sicher gehaßt, während er weiter seine Ware anpries, aber dennoch hatte er keine Notiz von mir genommen. Innerlich hatte er über meine politische Dummheit gelacht. Ich war einfach explodiert und hatte ganz gefühlsmäßig gehandelt, anstatt auf die Bedeutung der Puppen, auf ihn, auf die obszöne Idee hinzuweisen, und die Gelegenheit zu ergreifen, auf die Menge erzieherisch einzuwirken. Eine solche Gelegenheit ließen wir sonst nicht ungenutzt, und ich hatte versagt. Was ich getan hatte, hatte sie nur noch lauter lachen lassen ... Ich hatte sozialer Rückständigkeit unter die Arme gegriffen und sie gefördert … Die Szene wandelte sich … er lag in der Sonne, und dieses Mal sah ich einen Rauchstreifen, den Rest der Rauchschrift eines Reklameflugzeugs, zögernd am Himmel hängen. Eine große Frau in knallig grünem Kleid stand neben mir und sagte: Oh! Oh! …

Ich drehte mich um, mit dem Gesicht zur Wandkarte, zog die Puppe aus der Tasche und warf sie auf den Tisch. Mein Magen wurde rebellisch. Für so etwas sterben! Ich nahm sie mit einem Gefühl, als faßte ich etwas Unsauberes an, vom Tisch, und betrachtete das gefältelte Papier. Die Füße aus Karton hingen herab, zogen die Papierbeine in elastische Falten, eine Konstruktion aus Seidenpapier, Pappdeckeln und Leim. Und doch haßte ich das Ding, als wäre es etwas Lebendiges. Was hatte die Puppe tanzen lassen? Die Papphände bildeten Fäuste, die Finger waren durch orangefarbene Striche angedeutet, und dann sah ich, daß die Puppe zwei Gesichter hatte, eins auf jeder Seite der Pappscheibe, und beide Gesichter grinsten. Wieder hörte ich Cliftons Stimme, die ausrief, wie man die Puppe zum Tanzen brachte, und ich faßte die Puppe bei den Füßen und zog ihren Hals lang und sah, wie sie zusammensank und vorwärts glitt. Ich versuchte es noch einmal, drehte das andere Gesicht nach vorn. Die Puppe bewegte sich müde, schüttelte sich und sank wieder zusammen.

»Los, tanz doch mal«, sagte ich und zog wieder an dem Kopf. »Der Menge hast du doch auch was vorgetanzt.« Ich drehte sie um. Das eine Gesicht grinste genau so breit wie das andere. Die Puppe hatte Clifton angegrinst, wie sie auch die Menge angegrinst hatte, und der Spaß der Menge war sein Tod geworden. Sie hatte auch gegrinst, als ich den Narren spielte und sie anspuckte, und gegrinst hatte sie auch, als Clifton sich nicht um mich kümmerte. Dann bemerkte ich einen feinen, schwarzen Draht und zog ihn aus dem gekrausten Papier. Am Ende des Drahtes befand sich eine Schlinge. Ich schob die Schlinge über meinen Finger und straffte den Draht. Und jetzt tanzte die Puppe. Clifton hatte sie die ganze Zeit über tanzen lassen, und niemand hatte den schwarzen Draht gesehen.

Weshalb hast du ihn nicht geschlagen? fragte ich mich. Weshalb hast du ihm nicht den Kiefer zerschlagen? Warum hast du ihn nicht geschlagen und gerettet? Du hättest eine Schlägerei anfangen sollen – dann wäret ihr beide verhaftet worden und kein Schuß wäre gefallen ... Aber weshalb hatte er sich dem Polizisten widersetzt? Er war doch schon öfter verhaftet worden. Er wußte, was man einem Polizisten bieten konnte. Was hatte der Polizist gesagt, daß Clifton so wütend wurde und den Kopf verlor? Und plötzlich kam mir der Gedanke, daß er vielleicht *schon* wütend war, bevor er Widerstand leistete, bevor er den Polizisten überhaupt gesehen hatte. Mein Atem ging kurz. Ich fühlte, daß meine Kräfte mich verließen. Wenn er nun geglaubt hatte, *ich hätte* ihn verraten? Es war ein furchtbarer Gedanke. Ich richtete mich in dem Sessel auf, hielt mich fest, als wäre ich einem Zusammenbruch nahe. Einen Augenblick lang versuchte ich, mit dem Gedanken fertig zu werden, aber es gelang mir nicht. Ich konnte nur für die Lebendigen, nicht aber für die Toten die Verantwortung übernehmen. Mein Geist lehnte diesen Gedanken ab. Der Zwischenfall war politisch. Ich betrachtete die Puppe und dachte: Das politische Äquivalent eines solchen Spaßes ist der Tod. Aber diese Definition ist zu allgemein. Seine wirtschaftliche Bedeutung? Das Leben eines Menschen ist nicht mehr wert als eine Puppe für 25 Cents. Aber damit war der Gedanke, daß meine Wut ihm in den Tod geholfen hatte, nicht beseitigt. Und immer noch sträubte sich mein Geist dagegen. Denn was hatte ich mit der Krise zu tun, die seine Integrität zerbrochen hatte? Was hatte ich damit zu tun, daß er Puppen verkaufte? Aber auch diesen

Gedanken ließ ich schließlich fallen. Ich war kein Detektiv, und politisch gesehen, waren alle Einzelwesen bedeutungslos. Die Erschießung war alles, was von ihm übrig war. Clifton hatte sich bewußt außerhalb des geschichtlichen Geschehens gestellt, und abgesehen von dem Bild, das sie in meinem Geist hinterließ, wurde nur diese Tatsache berichtet, und die allein war wichtig.

Aufrecht und steif saß ich da, als wartete ich auf den Knall der Schüsse, kämpfte an gegen das Gewicht, das mich zu Boden zu zerren schien. Ich hörte die Glocke des Händlers mit den Wäscheleinen ... Was würde ich dem Komitee berichten, wenn die Zeitungen den Bericht brachten? Der Teufel sollte sie holen. Wie würde ich die Puppen erklären? Weshalb sollte ich überhaupt etwas sagen? Was konnten wir tun, den Schlag zu erwidern? *Das* allein beschäftigte mich. Wieder ertönte unten im Hof die Glocke. Ich betrachtete die Puppe. Ich fand nichts, was den Verkauf der Puppen durch Clifton gerechtfertigt hätte, aber alles rechtfertigte ein öffentliches Begräbnis, und diesen Gedanken griff ich auf, als hinge mein Leben davon ab. Und doch wollte ich mich auch wieder von diesem Gedanken abwenden, wie ich mich von Cliftons Leiche abwenden wollte, die auf dem Straßenpflaster lag. Aber nichts konnte diese Schwäche entschuldigen. Wir mußten jede politisch wirksame Waffe gegen sie ergreifen. Clifton verstand das. Er mußte beerdigt werden, und ich wußte nichts von irgendwelchen Verwandten. Einer mußte dafür sorgen, daß er unter die Erde kam. Ja, die Puppen waren obszön, und was er getan hatte, war Verrat. Aber er war nur der Verkäufer, nicht der Erfinder, und wir mußten unbedingt verbreiten, daß die Bedeutung seines Todes größer war als der Zwischenfall oder das Objekt, das ihn veranlaßt hatte. Das gab uns Gelegenheit, ihn zu rächen und einen solchen Tod in Zukunft zu verhindern ... ja, und es diente auch dazu, die Mitglieder, die uns verlassen hatten, zu uns zurückzuführen. Es war grausam, aber eine Grausamkeit im Interesse der Bruderschaft. Denn gegen die große Macht unserer Feinde hatten wir nur unseren Körper und unseren Geist. Und das, was wir hatten, mußten wir bis zum letzten einsetzen. Denn sie besaßen die Macht, eine Papierpuppe zur Vernichtung seiner Integrität und als Entschuldigung für seinen Tod zu benutzen. Gut, dann werden wir sein Begräbnis dazu benutzen, seine Integrität wiederherzustellen … Denn die war alles, was er gehabt hatte oder haben mußte. Und jetzt sah ich die Puppe nur noch undeutlich, und feuchte Tropfen fielen auf ihr aufsaugendes Papier.

Ich beugte mich vor und starrte ins Leere, als an die Tür geklopft wurde. Ich sprang auf wie beim Knall eines Schusses, ließ die Puppe in der Tasche verschwinden und wischte mir schnell über die Augen.

»Herein!« rief ich.

Langsam öffnete sich die Tür. Eine Gruppe der Jugendabteilung drängte mit fragenden Gesichtern langsam ins Zimmer. Die Mädchen weinten.

»Ist es wahr?« fragten sie.

»Daß er tot ist? Ja«, erwiderte ich und sah sie an. »Ja.«

»Aber warum …?«

»Es war Provokation und Mord«, sagte ich. Meine Erregung wurde langsam Wut. Immer noch standen sie da mit fragenden Gesichtern.

»Er ist tot«, sagte ein Mädchen mit leerer Stimme. »Tot.«

»Und was sagt man zu dem Verkauf der Puppen?« fragte ein großer Junge.

»Das weiß ich nicht«, erwiderte ich. »Ich weiß nur, daß er erschossen wurde. Unbewaffnet. Ich weiß, wie er starb. Ich habe ihn sterben sehen.«

»Ich will nach Hause«, schrie ein Mädchen. »Ich will nach Hause.«

Ich ging auf sie zu und stützte sie. Ein kleines braunes Ding mit Söckchen, lehnte sie leicht an mich. »Nein, wir können jetzt nicht nach Hause«, sagte ich, »keiner von uns. Wir müssen kämpfen. Ich ginge lieber spazieren und vergäße alles. Aber das darf nicht sein. Wir brauchen keine Tränen, sondern Wut. Wir müssen jetzt daran denken, daß wir Kämpfer sind, und solche Ereignisse müssen uns die Bedeutung unseres Kampfes vor Augen führen. Wir müssen zurückschlagen. Ihr aber sollt jetzt alle Mitglieder zusammentrommeln. Wir müssen unsere Antwort geben.«

Als sie mich jetzt schnell verließen, weinte das Mädchen immer noch. »Komm, Shirley«, sagten sie und nahmen das Mädchen, das immer noch an meiner Schulter lehnte, zwischen sich.

Ich rief das Hauptquartier an, aber wieder erreichte ich niemanden. Ich rief im ›Hades‹ an. Niemand meldete sich. Deshalb berief ich eine Versammlung der führenden Mitglieder des Bezirks ein, und wir faßten selbständig unsere Entschlüsse. Ich versuchte, den Jungen aufzutreiben, der mit Clifton zusammengewesen war, aber er war verschwunden. Mitglieder begaben sich mit Büchsen auf die Straßen, um für die Beerdigung zu sammeln. Drei alte Frauen gingen in die Leichenhalle und forderten seinen Leichnam. Wir verteilten Zettel mit Trauerrand und bezeichneten den Polizeibeamten als den allein Schuldigen. Prediger wurden aufgefordert, im Namen ihrer Gemeinden Protestschreiben an den Bürgermeister zu senden. Die Geschichte zog immer weitere Kreise. Ein Bild Cliftons wurde an die Redaktionen der Negerzeitungen geschickt und von ihnen veröffentlicht. Die Leute wurden unruhig und waren voller Wut. Straßenversammlungen wurden veranstaltet. Durch die Tätigkeit von meiner Unentschlossenheit befreit, stürzte ich mich in die Arbeit, die die Organisation der Beerdigung mit sich brachte – und dennoch stand ich nicht mit beiden Beinen auf der Erde. Zwei Tage und zwei Nächte lang fand ich keinen Schlaf, nickte nur für ein paar Minuten an meinem Tisch ein. Ich aß nur sehr wenig.

Das Begräbnis sollte möglichst viele Menschen auf die Straße bringen. Anstatt die Trauerfeier in einer Kirche oder Kapelle abzuhalten, wählten wir den Mount Morris Park, und alle früheren Mitglieder wurden aufgefordert, sich dem Trauerzug anzuschließen.

An einem heißen Samstagnachmittag fand die Beerdigung statt. Der Himmel war leicht verhängt, und Hunderte von Menschen nahmen an dem Trauerzug teil. Ich war überall, gab Befehle und ermutigte in fieberhaftem Taumel, und doch entging mir nichts. Brüder und Schwestern tauchten auf, die ich seit meiner Rückkehr nicht gesehen hatte. Auch Mitglieder downtown und abgelegenen Bezirken. Ich beobachtete sie erstaunt, während sie sich versammelten, und fragte mich, wie tief ihre Trauer wohl war, als der Zug sich zu formieren begann.

Verhängte Fahnen und schwarze Banner. Schwarzgeränderte Schilder mit der Aufschrift:

UNSERE HOFFNUNG
BRUDER TOD CLIFTON
WURDE ERSCHOSSEN.

Ein Trommlerkorps mit schwarzverhängten Trommeln war engagiert worden. Dazu eine Kapelle mit dreißig Instrumenten. Keine Wagen und nur sehr wenig Blumen. Langsam bewegte sich der Zug, und die Kapelle spielte traurige, romantische Märsche. Und wenn die Kapelle schwieg, setzten mit dumpfem Schlag die Trommeln ein. Es war heiß, und die Atmosphäre war voller Spannung. Die Lieferwagen mieden den Bezirk, und die Polizeiabteilungen waren verstärkt worden. Und Straße auf, Straße ab schauten die Leute aus den Fenstern ihrer Wohnungen, und Männer und Jungen standen auf den Dächern in der leicht verschleierten Sonne. Ich ging mit den alten Gemeindeführern an der Spitze des Zuges. Es war ein langsamer Marsch, und wenn ich mich von Zeit zu Zeit umblickte, sah ich junge Burschen in modischen Anzügen und Männer in Overalls und Spieler aus den Kneipen sich dem Zug anschließen. Männer mit eingeseiften Gesichtern und vorgesteckten Servietten kamen aus den Barbierläden, betrachteten den Zug und sprachen leise miteinander. Und ich fragte mich: sind sie alle Cliftons Freunde, oder reizt sie nur das Schauspiel und der langsame Takt der Musik? Hinter mir her wehte ein heißer Wind, voll des ekligen, süßlichen Geruchs einer läufigen Hündin.

Ich blickte mich um. Die Sonne schien auf bedeckte Köpfe, und über den Fahnen und Bannern und blinkenden Hörnern sah ich den billigen, grauen Sarg auf den Schultern von Cliftons größten Gefährten, die von Zeit zu Zeit von anderen abgelöst wurden. Sie trugen ihn hoch, und sie trugen ihn stolz, und wütende Trauer war in ihren Augen. Der Sarg wogte dahin wie ein schwer beladenes Schiff in einem Kanal, bewegte sich langsam über die gebeugten Köpfe. Ich hörte das stetige dumpfe Rollen der Trommeln, und alle Geräusche schienen erwartungsvoll zu schweigen. Hinter mir der Lärm von Schritten; vor mir die Menge, die die Straßen blockweise einsäumte. Tränen und unterdrücktes Schluchzen und viele harte, rote Augen. Langsam bewegte sich der Zug weiter.

Zuerst durch ärmliche Straßen, ein schwarzes Band der Sorge, dann bogen wir in die 7. Avenue ein und weiter zur Lenox. Dann fuhr ich mit den führenden Brüdern mit einem Taxi voraus zum Park. Ein Bruder in der Parkverwaltung hatte den Aussichtsturm geöffnet, und ein primitives Podium aus Brettern und alten Sägeböcken war unter der schwarzen Eisenglocke errichtet worden, und als der Zug in den Park einzog, standen wir hoch oben und warteten. Auf ein Zeichen von ihm wurde die Glocke geläutet, und ich fühlte meine Trommelfelle beben, als das tiefe, hohle Bim-Bam sie traf.

Ich blickte herab und sah die Menge im Takt des dumpfen Trommelschlags den Hügel heraufkommen. Kinder, die auf den Rasenflächen spielten, unterbrachen ihr Spiel, und Schwestern des Krankenhauses in der Nähe kletterten auf das Dach, den Zug zu sehen. Und ihre weiße Tracht leuchtete lilienweiß in der jetzt entschleierten Sonne. Aus allen Richtungen strömten die Menschen in den Park. Dumpf schlugen die Trommeln, dann ein langer Wirbel, und tiefe Stille breitete sich über alles, ein Gebet für den unbekannten Soldaten. Und während ich in die Tiefe blickte, befiel mich ein Gefühl tiefer Verlassenheit. Weshalb waren sie hier? Weshalb hatten sie uns gefunden? Weil sie Clifton kannten? Oder benützten sie seinen Tod, ihre Proteste anzubringen, wollten sie nur mal wieder zusammenkommen, gemeinsam schwitzen und atmen und in dieselbe Richtung schauen? Gab es hierfür überhaupt eine Erklärung? Bedeutete es Liebe oder politisch gestalteten Haß? Konnte Politik überhaupt der Ausdruck von Liebe sein?

Über dem Park stieg Schweigen auf aus dem dumpfen Trommelschlag und den knirschenden Schritten auf den Wegen. Dann ertönte irgendwo im Zug eine bebende, alte, klagende, männliche Stimme in einem Lied, taumelte zuerst allein in das Schweigen, bis ein Horn in der Kapelle nach der Melodie tastete und sie endlich fand, sich über die Stimme erhob, die ihr folgte, wie zwei schwarze Tauben über einem schädelweißen Schuppen sich in die stille, blaue Luft erheben und wieder in die Tiefe stürzen. Und ein paar Takte lang bildeten der süße Ton des Horns und der heisere Bariton des alten Mannes in dem heißen, schweren Schweigen eine Harmonie. ›Viele Tausend sind gegangen.‹ Und während ich hoch über dem Park stand, wollte etwas sich aus meiner

Kehle lösen. Es war ein Lied aus der Vergangenheit, aus der Vergangenheit in der Schule und der noch älteren zu Hause. Und jetzt fielen ein paar Ältere in der Menge ein. Ich hatte es nie für ein Marschlied gehalten, aber jetzt ging der Zug in seinem Takt. Im langsamen Rhythmus des Liedes marschierte er den Hügel herauf. Ich suchte den Hornbläser. Es war ein junger, schlanker Schwarzer, der, das Horn hochhaltend, das Gesicht der Sonne zuwandte. Und mehrere Meter hinter ihm, neben den jungen Männern gehend, die den Sarg trugen, sah ich das Gesicht des alten Mannes, der das Lied angestimmt hatte, und fühlte, wie Neid mich ergriff. Es war ein müdes, altes, gelbes Gesicht, und seine Augen waren geschlossen, und ich sah eine Narbe wie von einem Messer an seinem Hals, während das Lied aus seiner Kehle strömte. Er sang mit dem ganzen Körper, und sein Singen war so natürlich wie sein Gang. Seine Stimme übertönte die der anderen, verschmolz mit der des blinkenden Horns. Jetzt beobachtete ich ihn mit feuchten Augen. Die Sonne schien mir heiß auf den Kopf, und ich fühlte, daß sich ein Wunder in der singenden Menge vollzog. Als wäre das Lied schon immer dagewesen. Und er wußte es und hatte es angestimmt. Und ich wußte, daß ich das auch gewußt hatte, aber ich hatte versäumt, das Lied zu erwecken, aus einer undeutlichen, namenlosen Scham und Angst heraus. Aber er hatte es gewußt und es geweckt. Auch weiße Brüder und Schwestern stimmten ein. Ich sah in dieses Gesicht, versuchte, sein Geheimnis zu ergründen, aber es verriet mir nichts. Ich betrachtete den Sarg und die Menschen in dem Zug, lauschte ihnen und erkannte, daß ich auf etwas in mir selbst lauschte, und eine Sekunde lang vernahm ich den harten Schlag meines Herzens. Etwas Tiefes hatte die Menge ergriffen, und der alte Mann und der Mann mit dem Horn hatten es zuwege gebracht. Sie hatten etwas angerührt, das tiefer war als Protest oder Glaube. Bilder aller Kirchenversammlungen meines

Lebens wurden in mir lebendig und mit ihnen viel vergessene und viel unterdrückte Wut. Aber das gehörte der Vergangenheit an, und zu viele von denen, die jetzt den Gipfel des Hügels erreichten und ihn füllten, hatten es nie geteilt, und manche waren in anderen Ländern geboren. Und doch waren alle ergriffen. Das Lied hatte uns alle geweckt. Nicht die Worte, denn sie waren bekannte Sklavenworte. Als hätte er die Erregung unter den Worten gewandelt, während die alte sehnende, ergebene, transzendente Erregung immer in ihnen klang, aber durch jenes Etwas vertieft, für das die Theorie der Bruderschaft mir keinen Namen gegeben hatte. Ich stand da, versuchte, es zu fassen, während sie Tod Cliftons Sarg in den Turm und dann langsam die Wendeltreppe hinauftrugen. Sie stellten den Sarg auf das Podium, und ich betrachtete die Form des billigen, grauen Sarges und konnte mich nur noch an den Klang seines Namens erinnern.

Das Lied war zu Ende. Der Gipfel des Hügels war ein Meer aus Bannern, Hörnern und in die Höhe blickenden Gesichtern. Ich konnte bis zur 125. Straße sehen, wo die Polizisten hinter einer Reihe von Wurst- und Eiskarren standen; und zwischen den Karren sah ich einen Erdnußverkäufer unter einer Straßenlampe stehen, auf der sich Tauben niedergelassen hatten. Und dann sah ich, wie er die Arme ausstreckte, die Handflächen nach oben gewendet, und plötzlich war er, sein Kopf, seine Schultern, seine ausgestreckten Arme mit flatternden, pickenden Vögeln bedeckt.

Jemand stieß mich an, und ich fuhr zusammen. Es war Zeit, die Schlußworte zu sprechen. Aber ich hatte keine Worte, und noch nie hatte ich an einer Bruderschaft-Beerdigung teilgenommen und kannte ihr Ritual nicht. Aber sie warteten. Ich stand da, allein. Kein Mikrophon, das mir geholfen hätte, vor mir nur den Sarg auf den wackligen Holzböcken.

Ich blickte in ihre von der Sonne getroffenen Gesichtern,

suchte nach Worten, und fühlte, wie vergeblich es war, und Wut erfaßte mich. Deswegen waren sie zu Tausenden gekommen. Was wollten sie hören? Weshalb waren sie gekommen? Aus welchem Grund war es anders als das, was den rotbackigen Jungen erregte, als Clifton auf die Erde sank? Was wollten sie, was konnten sie? Weshalb waren sie nicht zur Stelle, als das alles noch hätte verhindert werden können?

»Was soll ich euch sagen, weshalb wartet ihr hier noch?« schrie ich plötzlich. Seltsam schrill klang meine Stimme in der windstillen Luft. »Welchen Sinn hat das? Und wenn ich euch nun sagte, es wäre keine Beerdigung, sondern ein Fest und daß die Kapelle den Kehraus spielt, damit ihr endlich geht? Verdammt noch mal, der Spaß ist vorbei. Oder hofft ihr, irgendeine Zauberei zu erleben, daß der Tote aufsteht und wandelt? Geht nach Hause, er ist tot, mausetot. Das Ende liegt im Anfang, und das besagt alles. Es gibt auch keine Wunder, und niemand hält eine Predigt. Geht nach Hause und vergeßt ihn. Er liegt frisch gestorben in seinem Sarg. Geht nach Hause und denkt nicht mehr an ihn. Er ist tot, und wenn ihr an jemand denken wollt, dann denkt an euch.« Ich machte eine Pause. Sie sprachen leise und sahen herauf zu mir.

»Ich habe euch gesagt: geht nach Hause«, schrie ich, »aber noch immer steht ihr hier. Fühlt ihr denn nicht, wie heiß die Sonne brennt? Weshalb wartet ihr noch? Ich habe euch nichts zu sagen. Kann ich in zwanzig Minuten das sagen, dessen Werden einundzwanzig Jahre dauerte und in zwanzig Sekunden zu Ende war? Worauf wartet ihr, wenn ich euch nichts anderes sagen kann als nur seinen Namen? Und wenn ich zu euch spreche, dann hört ihr doch nur, was ihr bereits wißt, alles vielleicht, bis auf seinen Namen.«

Sie lauschten gespannt, und es war, als sähen sie nicht mich, sondern das Muster, das meine Stimme in der Luft bildete.

»Gut also, ihr steht lauschend da in der Sonne, und ich will versuchen, in der Sonne zu euch zu sprechen. Dann geht nach Hause und vergeßt es. Vergeßt es. Sein Name war Clifton, und man hat ihn erschossen. Sein Name war Clifton, und er war groß, und viele hielten ihn für schön. Und wenn er das selbst auch nicht glaubte, ich glaube, er war schön. Sein Name war Clifton, und sein Gesicht war schwarz, und sein Haar war dicht und kleingelockt – als bestände es aus lauter kleinen Korken. Er ist tot, und außer ein paar Mädchen kümmert sein Tod niemand... Habt ihr das verstanden? Seht ihr ihn? Denkt an euren Bruder oder euren Vetter John. Seine Lippen waren dick und in den Mundwinkeln leicht nach oben gezogen. Er lächelte oft. Er hatte gute Augen und schnelle Hände, und ein Herz hatte er auch. Er dachte nach über die Dinge und hatte tiefes Gefühl. Ich will ihn nicht edel nennen, denn dieses Wort gilt für unsereinen nicht. Sein Name war Clifton, Tod Clifton, und wie jeder andere wurde auch er vom Weibe geboren, lebte eine Zeitlang, um dann zu sterben. Das wäre über ihn zu sagen. Sein Name war Clifton, und eine Zeitlang lebte er unter uns, und er weckte allerlei Hoffnung in der jungen, männlichen Mannheit, und wir, die wir ihn kannten, liebten ihn, und er starb. Weshalb wartet ihr also? Ihr habt alles gehört. Weshalb auf mehr warten, wenn das, was ich sagen kann, doch nur Wiederholung ist?«

Sie standen da. Sie lauschten. Rührten sich nicht.

»Gut. So will ich es euch noch einmal sagen: sein Name war Clifton, und er war jung und ein Führer, und als er starb, hatte er ein Loch in der Ferse seines Strumpfes, und als er sich vorbeugte, schien er kleiner, als wenn er stand. So starb er. Und wir, die wir ihn liebten, sind hier, ihn zu betrauern. So einfach ist das alles und so kurz. Sein Name war Clifton, und er war schwarz, und sie haben ihn erschossen. Ist das nicht genug? Wollt ihr noch mehr wissen? Genügt das nicht, eure Gier nach Erregung zu befriedigen und euch nach Hause zu schicken, um alles im Schlaf zu vergessen? Geht, trinkt einen

Schoppen und vergeßt es. Oder lest es in der *Daily News*. Sein Name war Clifton, und man hat ihn erschossen, und ich war dabei, als er zusammenbrach. Deshalb weiß ich es.

Hier die Tatsachen. Er stand und fiel. Er fiel und kniete. Er kniete und blutete. Er blutete und starb. Er brach zusammen zu einem Haufen wie jeder andere auch, und sein Blut verrann wie das Blut jedes anderen. *Rot* war sein Blut und naß, wie jedes Blut, spiegelte den Himmel und die Häuser und die Vögel und die Bäume, oder auch dein Gesicht wider, wenn du in seinen trüben Spiegel blicken würdest. Und es trocknete in der Sonne wie jedes andere Blut auch trocknet. Weiter nichts ... Sie vergossen sein Blut, und er blutete. Sie schossen ihn nieder, und er starb. Das Blut floß auf den Bürgersteig und bildete eine Pfütze, leuchtete eine Zeitlang und wurde dann trübe und staubig, und trocknete. Das ist die Geschichte, und so endete alles. Es ist eine alte Geschichte, und es ist schon so viel Blut geflossen, daß einen das weiter nicht erregt. Blut ist nur dann wichtig, wenn es die Adern eines lebendigen Menschen füllt. Seid ihr solche Geschichten nicht leid? Habt ihr nicht genug, übergenug von allem Blut? Weshalb hört ihr noch zu? Weshalb geht ihr nicht fort? Es ist hier draußen heiß. Es riecht nach Formalin. Aber das Bier in den Kneipen ist kühl, und im Savoy spielt leise das Saxophon. Viele lustige Lügen werden in den Barbierläden und Schönheitssalons erzählt. Und in zweihundert Kirchen wird in der Abendkühle gepredigt, und in den Kinos wird viel gelacht. Hört lieber ›Amos und Andy‹ und vergeßt alles. Hier hört ihr doch nur die alte Geschichte. Nicht einmal eine junge Frau in Rot ist hier, die um ihn trauert. Hier gibt es nichts zu bemitleiden, niemand, der zusammenbricht oder schreit. Nichts, das in euch die schöne alte Angst erweckte. Die Geschichte ist zu kurz und einfach. Sein Name war Clifton, Tod Clifton, er war unbewaffnet, und sein Tod war so sinnlos, wie sein Leben nichtig war. An hundert Straßenecken hatte er für die Bruderschaft gekämpft, und er glaubte, dadurch menschlicher zu werden, aber er mußte krepieren wie ein Hund auf der Straße.

Ja, ja!« rief ich verzweifelt. So hatte ich mir das nicht gedacht. Es war nicht politisch. Bruder Jack wäre sicher nicht damit einverstanden gewesen, aber es half nichts – ich mußte so weitersprechen.

»Hört mir zu, der ich auf diesem sogenannten Berg stehe!« rief ich. »Ich will berichten, wie es in Wirklichkeit war! Sein Name war Tod Clifton, und er war voller Illusionen. Er glaubte, er wäre ein Mensch, und war doch nur Tod Clifton. Er wurde infolge eines Fehlers im Urteil erschossen, und er blutete, und sein Blut trocknete, und dann verwischten die Füße der Menge seine Flecken. Es war ein normaler Fehler, dessen viele Menschen sich schuldig machen: er dachte, er wäre ein Mensch, und glaubte, daß Menschen nicht so hin und her gestoßen werden dürften. Aber es war heiß downtown, und er vergaß seine Geschichte, vergaß Zeit und Ort. Er verlor den Bezug zur Wirklichkeit. Dann der Polizist und die wartenden Zuschauer, aber er war Tod Clifton, und Polizisten sind überall. Der Polizist! Was ist mit ihm? Er war ein Polizist. Ein guter Bürger. Aber diesem Polizisten juckte ein Finger, und eifrig lauschte sein Ohr nach einem Wort, das sich auf *trigger** reimt. Und als Clifton fiel, hatte er das Wort gefunden. Der Polizist sagte den Vers und der Reim paßte. Seht euch doch mal um. Seht, was er tat, seht in euch und fühlt seine furchtbare Gewalt. Es war durchaus natürlich. Das Blut floß wie Blut in einem lustigen Mord auf einer lustigen Straße in einer lustigen Stadt an einem lustigen Tag in einer lustigen Welt.

Tod Clifton ist eins mit der Zeit. Aber was hat das mit euch in dieser Hitze, unter dieser verschleierten Sonne zu tun? Er

* Abzugshahn.

ist nun ein Teil der Geschichte und hat seine wahre Freiheit gefunden. Schrieben sie seinen Namen nicht auf ein Formular? Seine Rasse: farbig. Religion: unbekannt, wahrscheinlich Baptist. Geburtsort: US. Irgendeine Stadt im Süden. Nächste Verwandte: unbekannt. Adresse: unbekannt. Beruf: arbeitslos. Todesursache (genaue Angabe): widerstand der Wirklichkeit in Form eines Revolvers Kaliber .38 – in den Händen des ihn verhaftenden Beamten, in der 42. Straße, zwischen der Bibliothek und der Untergrundbahn in der Hitze eines Nachmittags, starb an Schußwunden, verursacht von zwei Kugeln, die aus einer Entfernung von drei Schritt abgefeuert wurden. Die eine Kugel drang in die rechte Herzkammer und blieb dort stecken; die andere durchschlug das Rückgrat, drang bis in die Hüfte, eine weitere trat im Rücken aus, und nur der liebe Gott weiß, wo sie geblieben ist.

Das war Tod Cliftons kurzes, bitteres Leben. Jetzt liegt er in dem zugenagelten Sarg. Er liegt im Sarg, und wir sind mit ihm im Sarg, und wenn ich euch das noch gesagt habe, dann könnt ihr gehen. Es ist dunkel in dem Sarg und eng. Seine Decke ist rissig, und die Toilette im Vorraum ist verstopft. Ratten und Schaben hausen in ihm, und als Wohnung ist er viel zu teuer. Die Luft ist schlecht, und im Winter ist er kalt. Tod Clifton ist groß und braucht viel Platz. ›Sag ihnen, sie sollen den Sarg verlassen.‹ Das würde er sagen, wenn ihr ihn hören könntet. ›Sag ihnen, sie sollen sich aus dem Sarg scheren, und sag auch den Polizisten, sie sollen den Reim vergessen. Sie sollen ihnen beibringen, daß, wenn sie *nigger* und *trigger* reimen, der Revolver losgeht.‹

Das wäre alles. In ein paar Stunden liegt Clifton mit kalten Knochen im Grab. Und laßt euch nichts vormachen. Nie wieder werden diese Knochen auferstehen. Ich und ihr bleiben im Sarg. Ich weiß nicht, ob Tod Clifton eine Seele hatte. Ich weiß nur, daß mein Herz schwer ist und daß ich viel verloren habe. Ich weiß auch nicht, ob *ihr* eine Seele habt. Ich weiß nur, daß ihr Menschen aus Fleisch und Blut seid, und das Blut wird verrinnen, und das Fleisch wird kalt werden. Ich weiß nicht, ob alle Polizisten Dichter sind, aber ich weiß, daß alle Polizisten einen Revolver mit einem *trigger* haben. Und ich weiß auch, wie man uns nennt. Im Namen von Bruder Clifton hütet euch vor den *triggers*. Geht nach Hause, wo es kühl ist, schützt euch gegen die Sonne. Vergeßt ihn. Als er lebendig war, war er unsere Hoffnung. Aber weshalb um eine Hoffnung trauern, die tot ist? Noch eins bleibt zu sagen, aber auch das habe ich bereits gesagt. Sein Name war Tod Clifton, er glaubte an die Bruderschaft, er weckte unsere Hoffnungen und starb.«

Ich konnte nicht weitersprechen. Unten warteten sie, Hände und Taschentücher beschatteten die Augen. Ein Prediger trat zum Sarg, las etwas aus der Bibel vor, und ich stand da und betrachtete die Menge und fühlte, daß ich versagt hatte. Ich hatte meinen Gefühlen freien Lauf gelassen und alles Politische gemieden. Und sie standen in der Sonne und in Schweiß gebadet, und hörten zu, als ich wiederholte, was sie längst wußten. Jetzt hatte der Prediger zu Ende gesprochen. Jemand gab dem Kapellmeister ein Zeichen, und feierliche Musik ertönte, als sie den Sarg über die Wendeltreppe trugen. Schweigend stand die Menge da, während wir langsam durch sie hindurchschritten. Ich fühlte ihre Bedeutung und das Unbekannte in ihr und die unterdrückte Spannung – ob Tränen oder Wut – das wußte ich nicht. Aber als wir den Hügel hinunter und weiter durch die Menge zum Leichenwagen gingen, fühlte ich es. Die Menge schwitzte und bebte vor Erregung. Tiefe Stille herrschte, aber die Blicke mancher ließen mich allerlei erkennen. Am Bordstein stand der Leichenwagen, und neben ihm hielten ein paar Wagen. In ein paar Minuten waren sie beladen und besetzt. Die Menge stand immer noch da, sah zu, wie wir Tod Clifton davontrugen. Und als ich mich ein letztes Mal umsah, erblickte ich nicht die Menge, sondern die harten Gesichter von Männern und Frauen.

Wir fuhren los, und als die Wagen hielten, standen wir an einem Grab und legten ihn hinein. Die Totengräber schwitzten. Sie verstanden ihr Geschäft, und ihre Sprache war Irisch. Sie schaufelten das Grab schnell zu, und wir gingen. Tod Clifton lag unter der Erde.

Ich ging durch die Straßen zurück und fühlte mich so erschöpft, als hätte ich selbst das Grab geschaufelt. Ich war verwirrt und ging lustlos durch die Menge, die in einer Art Nebel zu brodeln schien, als hätten sich die dünnen, feuchten Wolken verdichtet und über unsere Köpfe gesenkt. Ich wollte irgendwohin, an einen kühlen Ort, mich ausruhen, ohne zu denken, aber es war ja noch so viel zu erledigen. Pläne mußten gefaßt, die Erregung der Menge mußte organisiert werden. Ich schleppte mich weiter, ging einher wie ein Mann des Südens in südlichem Wetter, schloß hin und wieder die Augen vor dem blendenden Rot, Gelb und Grün billiger Sporthemden und Sommerkleider. Die Menge brodelte, schwitzte, keuchte. Frauen mit Paketen, Männer mit blankgeputzten Schuhen. Auch im Süden hatten sie immer blankgeputzte Schuhe. ›Schwarzer Schuh, beschuhter Schwarzer‹, tönte es in meinem Kopf. In der 8. Avenue standen die Marktwagen dicht nebeneinander am Bordstein. Improvisierte Sonnendächer beschatteten die verwelkenden Früchte und Gemüse. Es roch nach verfaulendem Kohl. Ein Wassermelonenverkäufer stand im Schatten neben seiner Karre, eine große Scheibe orangefarbenen Melonenfleisches in der Hand, pries seine Ware mit heiserer Stimme – Heimat, Kindheitserinnerungen, grüne Schatten und Sommerkühle. Orangen, Kokosnüsse und Alligatorbirnen lagen in sauberen Haufen auf kleinen Tischen. Ich ging vorbei, wand mich durch die langsam sich bewegende Menge. Schale und welke Blumen, downtown abgelehnt, glühten fiebrig auf einer Karre, wie leuchtende Fetzen, verfaulten unter dem nichtigen Wasserstrahl aus einer durchlöcherten Konservenbüchse. Die Menge bestand aus heißen Gestalten, gesehen durch das von Dampf beschlagene Glas einer Waschmaschine. Und in der Straße stand immer noch die berittene Abteilung der Polizei, die Augen gleichgültig unter dem kurzen, blanken Schirm ihrer Mütze, die Körper leicht nach vorn geneigt, die Zügel lose und doch bereit in der Hand, Männer und Pferde aus Fleisch, die Männer und Pferde aus Stein nachahmten. Tod Cliftons *Tod*, dachte ich. Die Händler überschrien den Lärm des Verkehrs, und ich glaubte sie wie aus weiter Ferne zu hören, und wußte nicht, was sie riefen. In einer Seitenstraße fuhren Kinder auf einem verbogenen Dreirad auf dem Bürgersteig und trugen eins der Schilder mit der Aufschrift:

UNSERE HOFFNUNG
BRUDER TOD CLIFTON
WURDE ERSCHOSSEN.

Und durch den Nebel hindurch fühlte ich wieder die Spannung. Sie war da, war nicht zu leugnen. Sie war da, und etwas mußte geschehen, bevor sie in der Hitze versickerte.

22. KAPITEL

Als ich sie in Hemdsärmeln, vorgebeugt, die Hände um die gekreuzten Knie geschlungen, dasitzen sah, war ich nicht überrascht. Freut mich, daß ihr da seid, dachte ich, nun kann's losgehen. Als hätte ich damit gerechnet, sie hier zu finden, genau wie in den Träumen, in denen ich meinem Großvater begegnete, der mich durch die Dimensionslosigkeit eines Traumraums ansah. Ich erwiderte ihre Blicke ohne Überraschung oder Erregung, obwohl ich selbst im Traum wußte, daß Überraschung die normale Reaktion war und ihr Fehlen Verwirrung und Warnung bedeutete.

Ich stand in dem Raum, beobachtete sie, während ich meine Jacke auszog, sah sie um einen kleinen Tisch sitzen, auf dem ein Wasserkrug, ein Glas und ein paar rauchende Aschenbecher standen. Die eine Hälfte des Raumes war dunkel, und nur eine Lampe brannte, gleich über dem Tisch. Sie betrachteten mich schweigend, Bruder Jack mit einem Lächeln, das nicht tiefer ging als seine Lippen, den Kopf leicht auf die Seite geneigt, mich mit forschenden Augen ansehend. Die anderen mit leeren Gesichtern, sahen aus Augen, die nichts verrieten und tiefe Unsicherheit hervorrufen sollten. In Spiralen stieg der Rauch ihrer Zigaretten auf, während sie beherrscht und wartend dasaßen. So seid ihr schließlich doch noch gekommen, dachte ich, ging an den

Tisch und setzte mich auf einen Stuhl. Einen Arm legte ich auf den Tisch, dessen Kühle ich fühlte.

»Nun, wie war's?« fragte Bruder Jack. Er streckte die gefalteten Hände über den Tisch und sah mich, den Kopf immer noch leicht auf die Seite geneigt, an.

»Sie haben die Menge gesehen«, erwiderte ich. »Endlich haben wir die Leute wieder soweit.«

»Nein, wir haben die Menge nicht gesehen. Wie war es?«

»Die Leute waren ergriffen«, erwiderte ich. »Jedenfalls sehr viele von ihnen. Mehr weiß ich nicht. Sie waren auf unserer Seite, aber wie weit, das kann ich nicht sagen ...« Einen Augenblick lang hörte ich meine Stimme in der stillen Halle mit der hohen Decke.

»Mehr hat der große Taktiker uns also nicht zu berichten?« sagte Bruder Tobitt. »Wieso waren die Leute ergriffen?«

Ich sah ihn an, fühlte, wie betäubt meine Gefühle waren; sie hatten sich zu lange und zu tief durch einen Kanal bewegt.

»Das zu entscheiden, ist Sache des Komitees. Sie wurden aufgerüttelt. Mehr konnten wir nicht tun. Immer wieder haben wir versucht, das Komitee wegen der zu ergreifenden Maßnahmen zu erreichen. Aber umsonst.«

»So?«

»So handelten wir denn auf meine Verantwortung hin.«

Bruder Jacks Augen wurden klein. »Was sagten Sie? Ihre was?«

»Meine Verantwortung«, sagte ich.

»Seine Verantwortung«, sagte Bruder Jack. »Habt Ihr das gehört, Brüder? Habe ich richtig verstanden? Woher haben Sie die?« sagte er. »Erstaunlich; woher haben Sie die?«

»Von Ihrer Ma...« begann ich. Ich vollendete den Satz nicht. Dann sagte ich: »Vom Komitee.«

Schweigen. Ich sah ihn an. Sein Gesicht rötete sich, und ich bemühte mich, Haltung zu bewahren. Irgendwo in meinem Magen zitterte ein Nerv.

»Alle sind gekommen«, sagte ich in dem Versuch, die Situation zu retten. »Wir erkannten die günstige Gelegenheit, und die Gemeinde stimmte uns zu. Schade, daß Sie nicht dabei waren ...«

»Er bedauert, daß wir nicht dabei waren«, sagte Bruder Jack. Er hob seine Hand. Ich sah die tiefen Furchen in der Handfläche. »Der große Taktiker mit der *eigenen* Verantwortung bedauert unsere Abwesenheit ...«

Merkt er denn nicht, was ich empfinde, dachte ich, merkt er denn nicht, weshalb ich so handelte? Was hatte er vor? Tobitt ist ein Narr. Aber weshalb greift er mich in dieser Weise an?

»Sie hätten dann den nächsten Schritt tun können«, sagte ich mühsam. »Wir taten, was wir konnten ...«

»Auf Ihre Verantwortung«, sagte Bruder Jack und nickte bei jedem Wort mit dem Kopf.

Ich ließ ihn nicht aus den Augen. »Ich hatte den Auftrag, die Leute wieder auf unsere Seite zu holen, und das habe ich versucht. Ich sah keinen anderen Weg. Was bezweckt Ihre Kritik? Was habe ich falsch gemacht?«

»Jetzt fragt uns der große Taktiker auch noch«, sagte er und rieb sich das Auge mit leichten, kreisförmigen Bewegungen seiner Faust, »was er falsch gemacht hat. Konnte er überhaupt etwas falsch machen? Habt ihr das gehört, Brüder?«

Jemand hustete. Ein anderer goß Wasser in ein Glas, und ich hörte, wie das Glas sich schnell füllte, dann das Tröpfeln der letzten Tropfen vom Rande des Kruges in das Glas. Ich sah ihn wieder an. Mein Geist bemühte sich, seine Worte zu begreifen.

»Sie meinen, daß er die Möglichkeit, falsch gehandelt zu haben, nicht von der Hand weist?« fragte Bruder Tobitt.

»Reine Bescheidenheit, Bruder. Reinste Bescheidenheit.

Vor uns steht ein außergewöhnlicher Taktiker, ein Napoleon der Strategie und der eigenen Verantwortung. ›Schmiedet das Eisen, solang es noch heiß ist‹, lautet sein Motto. ›Greift die Gelegenheit beim Schopf.‹ ›Ins Schwarze treffen.‹ ›Immer ran, feste ran.‹ Und so weiter.«

Ich stand auf. »Ich verstehe das alles nicht, Bruder. Was wollen Sie sagen?«

»Das ist eine vernünftige Frage, Brüder. Setzen Sie sich, es ist heiß. Er will wissen, was wir meinen. Vor uns steht nicht nur ein außergewöhnlicher Taktiker, sondern ein Mann, der alle Feinheiten des Wortes kennt.«

»Und auch für gute Sarkasmen ein feines Ohr hat«, sagte ich.

»Auch für Disziplin? Setzen Sie sich doch, es ist heiß ...«

»Auch für Disziplin, Befehle und Ratschläge, falls diese zu haben sind«, erwiderte ich.

Bruder Jack grinste. »Setzen Sie sich ... Auch für Geduld?«

»Wenn ich nicht müde und erschöpft bin«, antwortete ich, »und auch nicht so erhitzt wie augenblicklich.«

»Sie werden das noch lernen«, sagte er. »Sie werden es lernen, auch unter den eben von Ihnen genannten Umständen. Gerade unter diesen Umständen. Das ist wertvoll. Denn dann kann man erst von Geduld sprechen.«

»Ja, ich merke, daß ich bereits mit dem Lernen anfange«, erwiderte ich. »In diesem Augenblick schon damit beginne.«

»Bruder«, sagte er trocken, »Sie ahnen ja gar nicht, wieviel Sie lernen ... Aber setzen Sie sich doch.«

»Ja«, sagte ich und setzte mich wieder. »Aber ganz abgesehen von meiner persönlichen Erziehung möchte ich Sie doch daran erinnern, daß die Leute in diesen Tagen uns gegenüber nur wenig Geduld kennen. Wir müssen diese Zeit besser nutzen.«

»Und ich könnte Ihnen sagen, daß Politiker keine Privatpersonen sind«, sagte Bruder Jack. »Aber ich tue es nicht. Doch wie könnten wir die Zeit besser nutzen?«

»Indem wir ihre Erregung organisieren.«

»Wieder hat unser großer Taktiker Farbe bekannt. Heute ist er sehr geschäftig. Erst eine Rede an der Leiche des Brutus und jetzt ein Vortrag über die Geduld der Neger.«

Tobitt freute sich. Ich sah, wie die Zigarette zwischen seinen Lippen bebte, als er ein Streichholz anriß, um sie anzuzünden. »Ich beantrage, seine Ausführungen zu einer Flugschrift zusammenzufassen«, sagte er und strich sich mit den Fingern über das Kinn. »Sie stellen sicher ein natürliches Phänomen dar ...«

Nun aber Schluß, dachte ich. Der Kopf wurde mir leichter, aber in der Brust fühlte ich einen Druck.

»Hören Sie zu«, sagte ich. »Ein unbewaffneter Mann wurde getötet. Ein Bruder, ein führendes Mitglied wurde von einem Polizisten erschossen. Wir hatten unser Prestige in der Gemeinde verloren. Ich sah eine Gelegenheit, die Leute wieder zu sammeln, und so handelte ich denn. Wenn das falsch war, dann habe ich falsch gehandelt. Äußert euch doch ganz offen. Mit Sarkasmus erreichen wir bei der Menge nichts.«

Bruder Jacks Kopf rötete sich. Die anderen wechselten bedeutungsvolle Blicke.

»Er hat die Zeitungen nicht gelesen«, sagte jemand.

»Das war nicht nötig«, sagte Bruder Jack. »Er war ja dabei.«

»Ja, ich war dabei«, entgegnete ich, »wenn Sie den Mord meinen.«

»Sie sehen also«, sagte Bruder Jack, »er war persönlich anwesend.«

Bruder Tobitt stemmte die Hände gegen den Tischrand. »Und doch zogen Sie diesen Rummel von Beerdigung auf.«

Mir zuckte die Nase. Ich wandte mich ihm bedächtig zu, mit gezwungenem Lächeln.

»Schade, daß Sie bei diesem Rummel als Hauptattraktion fehlten. Was habt Ihr an dem Begräbnis auszusetzen?«

»Endlich kommen wir weiter«, sagte Bruder Jack und schob seinen Stuhl zurück. »Der Stratege hat eine sehr interessante Frage aufgeworfen. Er fragt, was an dem Begräbnis auszusetzen ist. Ich werde diese Frage beantworten. Unter Ihrer Führung hat ein Verräter Dinge verkauft, die seine Einstellung gegen die Neger, gegen die Minorität und ihr Rassengefühl deutlich zum Ausdruck bringen. Und dafür wurde er als Held begraben. Fragen Sie immer noch, was an dem Begräbnis auszusetzen war?«

»Es galt nicht einem Verräter«, sagte ich.

Er erhob sich halb, faßte die Rücklehne seines Stuhls. »Das sagen Sie.«

»Wir haben nur den Mord an einem unbewaffneten schwarzen Mann in das richtige Licht gerückt.«

Er hob die Hände hoch. Der Teufel soll dich holen, dachte ich. Ja, der Teufel! Er war ein Mensch!

»Der schwarze Mann, wie Sie ihn nennen, war ein Verräter«, sagte Bruder Jack. »Ein Verräter.«

»Was ist ein Verräter, Brüder?« fragte ich und fühlte belustigte Wut in mir. »Er war Mensch und Neger. Mensch und Bruder; Mensch und Verräter, wie Sie sagen. Dann war er tot, und ob lebendig oder tot, er war voller Widersprüche. So voll, daß er halb Harlem auf die Straße holte, daß halb Harlem unserem Ruf folgte, trotz der brennenden Sonne. Was ist also ein Verräter?«

»Er tritt den Rückzug an«, sagte Bruder Jack. »Beobachtet ihn, Brüder. Nachdem er die Bewegung in die Lage versetzt hat, die Neger einen Verräter schlucken zu lassen, fragt er jetzt, was ein Verräter ist.«

»Ja«, sagte ich. »Ja, und meine Frage ist durchaus berechtigt, Bruder. Manche halten mich für einen Verräter, weil ich downtown gearbeitet habe. Andere würden mich Verräter schimpfen, wenn ich Beamter wäre, und wieder andere, wenn ich ruhig in meiner Ecke säße und mich nicht rührte. Gewiß, ich weiß genau, was Clifton tat …«

»Und Sie verteidigen ihn?«

»Deswegen nicht. Ich war genau so empört wie ihr. Aber, zum Teufel, ist der Mord an einem unbewaffneten Menschen politisch nicht wichtiger als die Tatsache, daß er ein paar obszöne Puppen verkaufte?«

»Und dann setzten Sie Ihre persönliche Verantwortung ein«, sagte Jack.

»Mir blieb nichts anderes übrig. Vergessen Sie nicht, daß ich an der Versammlung, auf der strategische Maßnahmen besprochen wurden, nicht teilnahm.«

»Sahen Sie denn nicht, was Sie spielten?« sagte Tobitt. »Haben Sie denn keine Achtung vor Ihrem Volk?«

»Es war ein gefährlicher Fehler, Ihnen die Gelegenheit zu geben«, sagte ein anderer.

Ich sah den Sprecher an. »Das Komitee kann mir diese Gelegenheit nehmen, wenn es will. Aber weshalb eigentlich diese Aufregung? Wenn nur ein Zehntel der Leute die Puppen so betrachtete wie wir, dann wäre unsere Arbeit bedeutend einfacher. Die Puppen sind doch nichts.«

»Nichts«, erwiderte Jack. »Uns kann dieses Nichts bald um die Ohren krachen.«

Ich seufzte. »Das dürfte nicht in Frage kommen«, sagte ich. »Seht ihr denn nicht, daß die Leute nicht so abstrakt denken? Täten sie es, das neue Programm wäre vielleicht nicht gescheitert. Die Bruderschaft ist nicht das Negervolk. Das ist keine Organisation. Ihr seht in Cliftons Tod nur den Schaden, den er dem Ansehen der Bruderschaft vielleicht zufügt. Ihr seht in ihm nur den Verräter. Aber Harlem reagiert anders.«

»Jetzt hält er auch noch einen Vortrag über die Reaktion der Neger«, sagte Tobitt.

Ich sah ihn an. Ich war sehr müde. »Und was ist die Quelle Ihrer hervorragenden Beiträge zu der Bewegung, Bruder? Und Ihrer tiefen Kenntnis der Neger? Stammen Sie aus einer alten Pflanzerfamilie? Schlurft nachts Ihre schwarze Mammy durch Ihre Träume?«

Er schnappte nach Luft wie ein Fisch auf dem Trocknen. »Vermutlich wissen Sie nicht, daß ich mit einer jungen, klugen Negerin verheiratet bin«, sagte er.

Deshalb also bist du so keß, dachte ich. Ich sah, daß das Licht schräg auf ihn fiel und unter seiner Nase einen keilförmigen Schatten bildete. Daher also ... Wie hätte ich ahnen sollen, daß eine Frau ihre Finger im Spiel hat?

»Verzeihung, Bruder«, sagte ich. »Ich habe Sie falsch beurteilt. Sie gehören zu uns. Ja, praktisch sind Sie selbst Neger geworden. Durch Immersion oder Injektion?«

»Nein, so was«, sagte er und schob seinen Stuhl zurück.

Komm nur mal ran, dachte ich, nur eine Bewegung. Eine kleine Bewegung.

»Brüder«, sagte Jack, die Augen auf mich gerichtet. »Wir wollen doch nicht abschweifen. Was sagten Sie eben?«

Ich beobachtete Tobitt. Er funkelte. Ich grinste.

»Ich sagte, daß der Polizei Cliftons Ideen ganz gleichgültig waren. Er wurde erschossen, weil er schwarz war und Widerstand leistete. Vor allem, weil er schwarz war.«

Bruder Jack runzelte die Stirn. »Wieder reiten Sie den Rassengaul. Aber was sagt man zu den Puppen?«

»Ich vertrete die Rasse, die ich vertreten muß«, erwiderte ich, »und was die Puppen angeht, so weiß man, daß Clifton, soweit es die Polizei interessiert, auch Liedertexte hätte verkaufen können, Bibeln oder Matzen. Wäre er weiß gewesen, dann lebte er noch. Oder wenn er sich hätte stoßen lassen ...«

»Schwarz und weiß. Weiß und schwarz«, sagte Tobitt. »Wollen wir uns diesen Rassenwahnsinn anhören?«

»Sie brauchen es nicht, Bruder«, sagte ich. »Sie erhalten

Ihre Information aus erster Quelle. Ist es eine Mulattenquelle, Bruder? Antworten Sie nicht. Das einzig Bedenkliche ist, daß diese Quelle zu klein ist. Glauben Sie denn, die Menge wäre heute auf die Straße gegangen, weil Clifton Mitglied der Bruderschaft war?«

»*Warum* gingen die Leute auf die Straße?« fragte Jack. Er duckte sich, als wollte er zu einem Sprung ansetzen.

»Weil wir ihnen die Gelegenheit boten, ihren Gefühlen Ausdruck zu geben, sich zu bejahen.«

Bruder Jack rieb sich das Auge. »Wissen Sie, daß Sie ein großer Theoretiker geworden sind?« sagte er. »Ich kann nur staunen.«

»Das bezweifle ich, Bruder, aber in der Einsamkeit fängt man an, nachzudenken«, erwiderte ich.

»Ja, das stimmt. Einige unserer besten Ideen wurden im Gefängnis geboren. Aber Sie haben noch nie im Gefängnis gesessen, und Sie wurden hier auch nicht angestellt, um zu denken. Hatten Sie das vergessen? Wenn ja, dann hören Sie jetzt mal zu: Sie wurden nicht engagiert, um zu denken.« Er sprach sehr bedächtig, und ich dachte, so ... endlich weiß ich Bescheid. Nackt, alt und verfault. Endlich ist die Katze aus dem Sack ...

»Endlich weiß ich, woran ich bin«, sagte ich, »und mit wem ...«

»Verdrehen Sie meine Worte nicht. Für uns alle besorgt das Komitee das Denken. Für uns *alle.* Sie wurden als Redner engagiert.«

»Ja, ich wurde *engagiert.* Alles war so brüderlich, daß ich das vergaß. Und wenn ich nun doch eine Idee äußern möchte?«

»Die Ideen werden von uns geliefert. Und wir haben ein paar sehr wichtige und dringliche Ideen. Ideen gehören zu unserem Apparat. Die richtigen Ideen für die richtige Gelegenheit.«

»Und wenn Sie die Gelegenheit falsch beurteilen?«

»Sollte das jemals der Fall sein, dann verhalten Sie sich ganz still.«

»Auch wenn ich recht habe?«

»Sie sagen nichts, was von dem Komitee nicht gebilligt wurde. Sollten Sie das trotzdem tun, dürften Sie zum letztenmal gesprochen haben.«

»Und wenn meine Leute mich hören wollen?«

»Dann wird das Komitee die Antwort wissen.«

Ich sah ihn an. Der Raum war heiß, still und rauchig. Die anderen blickten mich seltsam an. Ich hörte, wie jemand eine Zigarette in einem gläsernen Aschenbecher zerdrückte. Ich schob meinen Stuhl zurück, atmete tief, war beherrscht. Ich war auf einem gefährlichen Weg, und ich dachte an Clifton und versuchte, den Weg zu verlassen. Ich sagte nichts.

Plötzlich lächelte Jack und spielte wieder den väterlichen Freund.

»Überlassen Sie uns Theorie und Strategie«, sagte er. »Wir haben unsere Erfahrung. Wir haben unsere Prüfungen bestanden, während Sie gleich zu Anfang mehrere Klassen übersprungen haben. Aber es waren wichtige Klassen, besonders wichtig für die Aneignung strategischer Kenntnisse. Strategie verlangt einen Gesamtüberblick. Sie verlangt mehr als das Auge sieht. Besäßen Sie jede Art Sicht – ins Weite, in die Nähe, überall hin –, dann würden Sie vielleicht das politische Bewußtsein der Harlemer Leute anders beurteilen.«

Sieht er denn nicht, daß ich ihnen klarmachen will, wie die Wirklichkeit aussieht, dachte ich. Hindert mich meine Mitgliedschaft, Harlem richtig zu empfinden? »Gut«, sagte ich. »Machen Sie, was Sie wollen, Bruder. Aber über das politische Bewußtsein Harlems weiß ich einigermaßen Bescheid. Diese Klasse habe ich nicht übersprungen. Ich schildere einen Teil Wirklichkeit, den ich kenne.«

»Diese Äußerung ist besonders verdächtig«, sagte Tobitt.

»Ich weiß«, erwiderte ich und strich mit dem Daumen

über die Tischkante, »daß eure Privatquelle euch anders unterrichtet. Geschichte wird während der Nacht gemacht, nicht wahr, Bruder?«

»Ich habe Sie gewarnt«, sagte Tobitt.

»Einen brüderlichen Rat«, sagte ich. »Versuchen Sie, mehr zu erfahren. Vielleicht hören Sie, daß man seit Wochen zum erstenmal wieder auf unseren Appell geantwortet hat. Und noch eins will ich Ihnen sagen: wenn wir das, was heute begann, nicht zu Ende führen, ist es vielleicht das letzte ...«

»Nun enthüllt er uns auch noch die Zukunft«, sagte Bruder Jack.

»Vielleicht ... hoffentlich aber nicht.«

»Er steht mit Gott in Verbindung«, sagte Tobitt. »Dem schwarzen Gott.«

Ich sah ihn grinsend an.

»Weder mit Gott noch mit Ihrer Frau«, erwiderte ich. »Beide sind mir bisher noch nicht begegnet. Aber ich habe hier mit den Leuten zusammengearbeitet. Lassen Sie sich mal von Ihrer Frau die Orte zeigen, wo die Baumwollegreniermaschinen arbeiten, oder die Barbierläden oder die Lokale, in denen die Musikbox spielt, oder die Kirchen, Bruder. Ja, und die Schönheitssalons am Samstag, wenn die Haare gebrannt werden. Da erfahren Sie einen Haufen Geschichte, die nirgendwo aufgezeichnet wird, Bruder. Sie werden das alles nicht glauben, aber es ist trotzdem wahr. Lassen Sie sich von ihr mal abends den Vorgarten eines billigen Wirtshauses zeigen, dann hören Sie, was los ist. Stellen Sie sie mal an eine Ecke und lassen Sie sich von ihr berichten, was sie dort gehört hat. Sie werden erfahren, daß viele Leute wütend darüber sind, weil wir sie nicht zur Tat geführt haben. Das ist für mich ebenso maßgebend wie das, was ich sehe und fühle, was ich gehört habe und weiß.«

»Nein«, sagte Bruder Jack und sprang auf. »Maßgebend ist für Sie, was das Komitee beschließt. Schluß damit. Das Komitee faßt seine Entschlüsse, und es gehört nicht zu seiner Praxis, den falschen Begriffen des Volkes eine Bedeutung beizulegen, die sie nicht verdienen. Wo ist Ihre Disziplin geblieben?«

»Ich spreche nicht gegen die Disziplin. Ich will nur nützliche Arbeit leisten. Ich will nur auf einen Teil Wirklichkeit hinweisen, der dem Komitee entgangen zu sein scheint. Eine Demonstration würde genügen …«

»Das Komitee will von solchen Demonstrationen nichts wissen«, sagte Bruder Jack. »Solche Methoden haben keinen Wert mehr.«

Etwas unter mir schien sich zu bewegen, und ein Seitenblick ließ mich plötzlich Gegenstände in dem dunklen Teil der Halle erkennen. »Hat denn niemand gesehen, was sich heute ereignet hat?« sagte ich. »War es ein Traum? Inwiefern war die Menge wirkungslos?«

»Solche Mengen sind nur unser Rohstoff, *einer* der Rohstoffe, die nach unserem Programm geformt werden.«

Ich ließ meine Blicke um den Tisch schweifen und schüttelte den Kopf. »Kein Wunder, daß man mich beschimpft und uns des Verrats beschuldigt …«

Plötzliche Erregung.

»Das sagen Sie noch mal«, schrie Bruder Jack und kam auf mich zu.

»Es ist wahr, und ich wiederhole es. Bis heute nachmittag sagten die Leute, die Bruderschaft verriete sie. Ich sage nur, was mir gesagt wurde, und deshalb verschwand Bruder Clifton.«

»Das ist eine gemeine Lüge«, sagte Bruder Jack.

Dieses Mal sah ich ihn langsam an und dachte, ja, wenn du das meinst … »Sagen Sie so etwas nie wieder«, sagte ich ganz ruhig. »Keiner von euch, nie wieder. Ich habe berichtet, was ich gehört habe.« Ich hatte die Hand jetzt in der Tasche, und Bruder Tarps Kettenglied umspannte meine Knöchel. Ich sah jeden einzeln an, versuchte mich zu beherrschen und fühlte doch, daß mir das nicht gelang. Mir wirbelte der Kopf, als führe ich auf einem unhörbaren Karussell. Jack sah mich an, beugte sich vor. Neues Interesse blitzte in seinen Augen.

»Sie haben das also gehört«, sagte er. »Sehr gut. Aber hören Sie auch dieses: unsere Politik richtet sich nicht nach den falschen und kindischen Vorstellungen des Mannes auf der Straße. Unsere Aufgabe ist es nicht, die Leute zu fragen, was sie denken, sondern ihnen zu sagen, was sie denken sollen.«

»Das ist Ihre Meinung«, erwiderte ich, »und sagen Sie das den Leuten gefälligst selbst. Wer sind Sie denn, der große, weiße Vater?«

»Nicht ihr Vater, sondern ihr Führer. Auch Ihr Führer. Vergessen Sie das nicht.«

»Mein Führer bestimmt. Aber wie sehen Ihre Beziehungen zu den Leuten genau aus?«

Sein Kopf begann zu glühen. »Der Führer. Als Führer der Bruderschaft bin ich ihr Führer.«

»Wissen Sie genau, daß Sie nicht ihr großer, weißer Vater sind?« sagte ich, ihn scharf beobachtend. Ich fühlte das heiße Schweigen und die Spannung, die von meinen Zehen in meine Beine strömte, während ich meine Füße schnell unter mich zog. »Wäre es nicht besser, man nennte sie Marse Jack?«

»Passen Sie mal auf«, schrie er. Er sprang auf die Füße und beugte sich über den Tisch. Ich kippte meinen Stuhl halb um, so daß er auf den hinteren Beinen stand, als er sich zwischen mich und das Licht stellte. Er hielt sich am Tischrand fest, stolperte in eine fremde Sprache hinein, keuchte und hustete und schüttelte den Kopf, während ich mich jetzt auf den Zehen zu halten versuchte, bereit, ihn anzuspringen. Und während ich ihn so über mir und die anderen hinter ihm sah, schien plötzlich etwas aus seinem Gesicht zu springen. Du siehst Gespenster, dachte ich, und hörte das Etwas auf den Tisch fallen und weiter rollen. Sein Arm schoß vor und faßte einen Gegenstand von der Größe einer Murmel und ließ ihn – plumps – in sein Glas fallen. Ich sah das Wasser als zerfetzten, lichtbrechenden Strahl aus dem Glas springen und sich dann in kleinen, schnellen Tropfen über die blanke Tischplatte ergießen. Der Raum schien seine Form zu verlieren. Ich wogte über ihnen auf und ab und fühlte den Stoß im Kreuz, als die Stuhlbeine den Boden wieder berührten. Das Karussell drehte sich schneller. Ich hörte Jacks Stimme, kümmerte mich aber nicht um sie. Ich starrte auf das Glas, sah das Licht hindurchscheinen, sah einen Schatten auf der dunklen Maserung des Tisches – und auf dem Boden des Glases ein Auge. Ein Glasauge. Ein buttermilchweißes, von den Lichtstrahlen verzerrtes Auge. Ein Auge, das mich wie aus dem tiefen Wasser eines Brunnens anstierte. Dann blickte ich zu ihm auf, der über mir stand und sich im Licht der einen Lampe gegen die dunkle Hälfte der Halle abhob ... »Sie müssen sich der Disziplin beugen. Entweder Sie fügen sich den Entschlüssen oder Sie gehen ...«

Ich starrte in sein Gesicht. Ich kochte vor Wut. Sein linkes Auge war eingesunken. Ein Strich aus greller Röte zeigte sich da, wo sich das Augenlid nicht ganz schloß, und sein Blick hatte das Befehlshaberische verloren. Ich sah von seinem Gesicht zum Glas und dachte, er weidet sich nur aus, um mich zu verwirren ... Die anderen wissen das längst. Sie sind nicht überrascht. Ich starrte auf das Auge. Jack ging jetzt hin und her, auf und ab und schrie.

»Bruder, hören Sie zu?« Er blieb stehen, schielte mit zyklopischer Wut zu mir hin. »Was ist los?«

Ich starrte ihn immer noch an, konnte nicht antworten. Dann begriff er. Er näherte sich dem Tisch, lächelte böse.

»Ach, das. Das hat Sie erschreckt? Sie sind ein Gefühlsmensch«, sagte er. Er nahm das Glas, drehte es, und das Auge drehte sich mit und schien mich auf einmal durch den geringten Boden anzusehen.

»Wußten Sie das nicht?«

»Nein, ich wollte es auch nicht wissen.« Jemand lachte.

»Sehen Sie, das beweist, wie lange Sie bei uns sind.« Er stellte das Glas auf den Tisch. »Ich habe mein Auge bei Erfüllung meiner Pflicht verloren. Was sagen Sie dazu?« sagte er, mit einem Stolz, der meine Wut nur steigerte.

»Wie Sie es verloren haben, ist mir ganz einerlei, solange Sie es verbergen.«

»Ihre Einstellung zeigt, daß Sie den Sinn des Opfers nicht begreifen. Ich mußte einen Auftrag durchführen und führte ihn auch durch. Verstanden? Obwohl er mich ein Auge kostete …«

Er lachte jetzt, hielt das Glas mit dem Auge hoch, als wäre es ein Orden.

»Anders als der Verräter Clifton«, sagte Tobitt.

Die anderen waren belustigt.

»Ja«, sagte ich, »ja. Es war eine heroische Tat. Sie rettete die Welt. Aber jetzt verdecken Sie die blutende Wunde.«

»Überschätzen Sie sie nicht«, sagte Jack jetzt ruhiger. »Helden sind die, die sterben. Das hier war nichts – nachdem es einmal geschehen war. Eine kleine Lehre in bezug auf Disziplin. Und wissen Sie, was Disziplin ist, Bruder von der persönlichen Verantwortung? Sie ist Opfer, *Opfer,* OPFER.«

Er stieß das Glas auf den Tisch. Das Wasser bespritzte meine Hand. Ich bebte wie Espenlaub. Das also bedeutet Disziplin, dachte ich, Opfer … ja, und Blindheit. Er sieht mich nicht. Er sieht mich nicht einmal. Will ich ihn erwürgen? Ich weiß es nicht. Er kann doch nicht. Ich weiß es immer noch nicht. Also: Disziplin ist Opfer. Ja, und Blindheit. Ja. Und ich sitze hier, und er versucht, mich einzuschüchtern. Ja, das tut er mit dem verdammten blinden Glasauge … Solltest du ihm nicht klarmachen, daß du es kapiert hast? Solltest du das nicht? Sollte er das nicht wissen? Schnell. Solltest du nicht? Sieh doch mal. Famose Arbeit. So vollkommen nachgebildet, daß es fast lebendig aussieht … Solltest du nicht? Vielleicht passierte es da, wo er die seltsame Sprache lernte, die er eben sprach. Solltest du nicht? Er soll die unbekannte Sprache, die Sprache der Zukunft sprechen. Was hast du denn vor? Disziplin. Die muß man lernen. Sagte er das? Stimmt das? Stehe ich? Du sitzt hier. Oder nicht? Du bist immer noch hier. Oder nicht? Er sagte, du müßtest lernen, also lernst du. So hat er das die ganze Zeit über gesehen. Sollte man ihm nicht mal klarmachen, daß er dauernd Rätsel aufgibt? Also verhalte dich ruhig. Lerne und denke nicht an das Auge, es ist tot … Ja, und nun betrachte ihn, sieh, jetzt dreht er sich um, nach rechts und links und kommt kurzbeinig auf dich zu. Sieh nur, hopp, hopp, das einäugige Leuchtfeuer. Gut … gut … Hop … hop … der kurzbeinige Diakonus. Gut. Nagle ihn fest, den kurz-humpelnden dialektischen Diakon … Ja. So. Nun lernst du wieder … Beherrschen … Geduld … ja …

Ich sah ihn an, als sähe ich ihn das erste Mal, sah einen kleinen Bantam Hahn mit hochgewölbter Schädeldecke und einer blutigen Augenhöhle, über der sich das Lid nicht ganz schließen wollte. Ich betrachtete ihn jetzt genau und sah einige der roten Flecken verschwinden. Ich hatte ein Gefühl, als erwachte ich aus einem Traum. Wie in einem Wirbel war ich umhergeschleudert worden.

»Ich kann mir vorstellen, wie Ihnen zumute ist«, sagte er wie ein Schauspieler, der seinen Auftritt in einem Stück beendet hat und nun wieder natürlich spricht. »Ich erinnere mich der Zeit, als es mir nicht besser erging. Erfreulich war sie nicht. Und glauben Sie mir, gern hätte ich das alte wieder.« Er tastete im Wasser nach dem Glasauge, und ich sah, wie seine glatte, halbrunde, halb amorphe Form seinen Fingern immer wieder entglitt und in dem Glas herumsauste, als suchte es einen Ausweg. Dann endlich hatte er es, schüttelte das Wasser ab und blies darauf, während er durch den dunklen Teil des Raumes ging.

»Aber wer weiß, Brüder«, sagte er, uns den Rücken zuwendend, »wenn unsere Arbeit Erfolg hat, gibt mir die neue Gesellschaft vielleicht ein lebendiges Auge. Ausgeschlossen wäre das nicht – wenn ich auch ohne meins ganz gut fertig geworden bin ... Wieviel Uhr ist es eigentlich?«

Welche Art Gesellschaft wird ihn lehren, mich zu sehen, dachte ich, während ich Tobitt »Viertel nach sechs« antworten hörte.

»Dann wollen wir sofort aufbrechen, wir haben noch einen weiten Weg«, sagte er, auf uns zukommend. Er hatte das Auge wieder eingesetzt und lächelte. »Was sagen Sie nun?« fragte er mich.

Ich nickte. Ich war sehr müde. Ich nickte nur.

»Hoffentlich passiert Ihnen das nicht. Aufrichtig.«

»Und wenn es mir dennoch passiert, empfehlen Sie mir wohl Ihren Augenarzt«, erwiderte ich, »dann sehe ich mich vielleicht nicht, wie andere mich nicht sehen.«

Er sah mich seltsam an. Dann lachte er. »Er scherzt, Brüder. Er empfindet wieder brüderlich. Aber trotzdem, hoffentlich brauchen Sie so was nie. Und nun gehen Sie zu Bruder Hambro. Er wird Sie über das Programm informieren und Ihnen weitere Instruktionen geben. Und heute lassen Sie alles laufen, wie es will. Die Entwicklung hat nur dann Wert, wenn wir sie wertvoll machen. Sonst wird sie vergessen«, sagte er und zog seine Jacke an. »Und Sie werden erkennen, daß es so am besten ist. Die Bruderschaft muß immer als koordinierte Einheit handeln.«

Ich sah ihn an. Wieder roch ich allerlei üble Düfte, und ich sehnte mich nach einem Bad. Die anderen waren inzwischen aufgestanden und auf dem Weg zur Tür. Ich stand auf. Das Hemd klebte mir am Rücken.

»Noch eins«, sagte Jack und legte mir die Hand auf die

Schulter. Er sprach ganz ruhig. »Beherrschen Sie dieses Gefühl, das ist Disziplin. Lernen Sie, Ihre brüderlichen Gegner durch Ideen, mit polemischer Geschicklichkeit zu vernichten. Das andere ist für unsere Feinde. Verwahren Sie es für sie. Und nun ruhen Sie sich aus.«

Ich begann zu zittern. Sein Gesicht schien auf mich zuzukommen und wieder zurückzuweichen. Er schüttelte den Kopf und lächelte grimmig.

»Ich weiß, wie Ihnen zumute ist«, sagte er. »Schade, daß die ganze Anstrengung umsonst war. Aber auch das ist an sich eine Art Disziplin. Ich sage Ihnen nur, was ich gelernt habe, und ich bin ein gut Teil älter als Sie. Gute Nacht.«

Ich betrachtete sein Auge. Er weiß also, wie mir zumute ist. Welches Auge ist blind? »Gute Nacht», sagte ich.

»Gute Nacht, Bruder«, sagten alle. Nur Tobitt schwieg.

Schon Nacht, dachte ich, aber gut wird sie nicht sein. Dann noch ein letztes: »Gute Nacht.«

Sie gingen. Ich nahm meine Sachen, ging auch und setzte mich an meinen Schreibtisch. Ich hörte sie die Treppe hinuntergehen und unten die Tür schließen. Ich meinte, einer schlechten Komödie beigewohnt zu haben. Aber diese Komödie war Wirklichkeit, und ich erlebte sie, und sie war das einzig historisch bedeutungsvolle Leben, das ich leben konnte. Wenn ich es aufgab, war ich nirgendwo. Genau so tot und bedeutungslos wie Clifton. Ich tastete im Dunkeln nach der Puppe und legte sie auf den Tisch. Er war tot, und sein Tod zeitigte nichts. Nicht einmal eine reinigende Tat zeitigte er. Er hatte zu lange gewartet, und die Direktiven in bezug auf ihn waren andere geworden. Kaum eine Beerdigung. Das war alles. Nur ein paar Tage, aber er hatte alles verpaßt, und nun konnte ich nichts mehr tun. Jedenfalls war er tot und damit fern von allem.

Während ich so dasaß, wuchs meine Wut. Und ich versuchte, ihrer Herr zu werden. Ich konnte mich nicht frei machen, ich mußte die Verbindung bewahren, um weiter kämpfen zu können. Aber nie wieder würde ich der sein, der ich war. Nie. Nach dem heutigen Abend würde ich anders aussehen, anders fühlen. Aber wie ich sein würde, wußte ich nicht. Ich konnte nicht zurück zu dem, was ich war – viel war es nicht –, aber ich hatte zuviel verloren, um das zu sein, was ich war. Mit Clifton war auch etwas von mir gestorben. Ich würde also zu Hambro gehen. Einerlei was dabei herauskam. Ich stand auf und ging in die Halle. Das Glas stand noch da, und ich fegte es vom Tisch, hörte es rumpeln und in die Dunkelheit rollen. Dann verließ ich das Haus.

23. KAPITEL

Das Lokal war heiß und überfüllt. Eine lebhafte Unterhaltung über Cliftons Erschießung war im Gange. Ich stand in der Nähe der Tür und bestellte einen Bourbon. Dann bemerkte mich jemand, und man versuchte, mich ins Lokal zu holen.

»Heute abend bitte nicht«, sagte ich. »Er war einer meiner besten Freunde.«

»Das wissen wir«, sagte jemand. Ich bestellte noch einen Bourbon und verließ das Lokal.

Als ich die 125. Straße erreichte, näherte sich mir eine Gruppe Arbeiter, die Unterschriften für eine Petition sammelten, die die Entlassung des schuldigen Polizeibeamten forderte, und einen Block weiter hielt eine jener bekannten Straßenpredigerinnen eine Rede über die Hinmetzelung Unschuldiger. Die Empörung über den Mord an Clifton war größer, als ich gedacht hatte. Lieber Gott, dachte ich, vielleicht hält sie an. Ich will heute abend noch zu Hambro gehen.

Überall auf der Straße standen kleine Gruppen, und ich ging schneller weiter, bis ich plötzlich auf der 7. Avenue stand, und dort sah ich unter einer Straßenlaterne, von einer großen Menge umgeben, Ras den Mahner. Mit dieser Begegnung hatte ich in keiner Weise gerechnet. Kaum hatte ich mich zum Gehen gewandt, als er sich zwischen seinen Fahnen vorbeugte und rief: »Sehen Sie, meine schwarzen Damen und Herren. Da ist der Vertreter der Bruderschaft. Sieht Ras richtig? Versucht der Herr unbemerkt an uns vorbeizugehen? Fragen Sie *ihn* doch mal! Auf was warten Sie, Sir? Wie stellen Sie sich zu dem Mord an unserem schwarzen Jugendlichen, der seinen Tod Ihrer hinterlistigen Organisation verdankt?«

Die Leute drehten sich um, sahen hin zu mir und bildeten einen engen Kreis um mich. Manche versuchten, mich von hinten in die Menge zu stoßen. Der Mahner beugte sich wieder vor, zeigte auf mich unter der grünen Ampel.

»Fragen Sie ihn, wie sie sich dazu stellen, meine Damen und Herren. Haben sie Angst – oder tun sich die Weißen und ihre schwarzen Helfershelfer zusammen, um uns weiter zu verraten?«

»Rühren Sie mich nicht an«, schrie ich, als mich jemand am Arm packte.

Ich hörte eine leise fluchende Stimme.

»Gebt dem Bruder Gelegenheit zu antworten!« sagte jemand.

Ihre Gesichter kamen mir näher. Ich hätte am liebsten gelacht, denn plötzlich kam ich mir vor wie ein Stück Ware in einem Ausverkauf. Aber den Leuten war nicht lächerlich zumute.

»Meine Damen und Herren, Brüder und Schwestern«, sagte ich, »ich lehne es ab, auf einen solchen Angriff zu antworten. Sie alle kennen mich und meine Arbeit. Eine Entgegnung meinerseits dürfte also überflüssig sein. Meiner Meinung nach ist es gegen allen Anstand, den unglücklichen Tod eines unserer vielversprechendsten jungen Männer als Entschuldigung für einen Angriff auf eine Organisation zu benutzen, die darauf hinarbeitet, derartigen empörenden Vorfällen ein für allemal ein Ende zu bereiten. Welche Organisation hat als erste gegen diesen Mord protestiert? Die Bruderschaft. Wer hat das Volk aufgerufen? Die Bruderschaft. Wer wird immer wieder für das Volk eintreten? Die Bruderschaft.

Wir handelten und werden auch weiterhin handeln. Aber in der uns eigenen disziplinierten Weise. Unsere Arbeit ist immer positiv. Wir weigern uns, unsere und eure Energie in voreiligen, unüberlegten Taten zu vergeuden. Wir alle sind Amerikaner, ob weiß oder schwarz – und mag der Mann auf der Leiter da drüben noch soviel reden, wir sind Amerikaner. Wir überlassen es gern jenem Herrn, den Namen des Toten zu mißbrauchen. Die Bruderschaft bedauert und betrauert tief den Verlust ihres Bruders. Und wir werden entschlossen dafür sorgen, daß sein Tod der Anfang tiefgreifender und dauernder Veränderungen wird. Es ist weiter kein Kunststück, zu warten, bis ein Mensch sicher unter der Erde liegt und sich dann auf eine Leiter zu stellen und alles das in den Dreck zu ziehen, an das jener glaubte. Etwas Dauerhaftes aus seinem Tod schaffen erfordert Zeit und sorgfältiges Planen …«

»Sir«, rief Ras, »schweifen Sie nicht ab. Sie beantworten meine Frage nicht. Wie stellen Sie sich zu dem Mord?«

Ich drängte mich vor bis an den Rand der Menge. Wenn das so weiterging, konnte es verhängnisvoll werden.

»Hören Sie auf, den Toten für Ihre selbstsüchtigen Ziele zu mißbrauchen«, sagte ich. »Lassen Sie ihn in Frieden ruhen. Hören Sie endlich auf, in dieser Weise seine Leiche zu schänden.«

Während ich mich entfernte, wütete er, und ich hörte Rufe aus der Menge: »Sag dem mal gründlich Bescheid. Dem Grabschänder.«

Der Mahner fuchtelte mit den Armen, zeigte auf mich und schrie: »Der Mann ist ein bezahlter Helfershelfer des weißen Versklavers. Wo war er während der letzten Monate, als unsere schwarzen Kinder und Frauen so sehr litten …«

»Lassen Sie den Toten ruhen«, schrie ich. Dann rief jemand: »Scher dich nach Afrika. Jeder von uns kennt den Bruder.«

Gut, dachte ich, gut. Dann Schritte hinter mir. Ich wirbelte herum und sah zwei Männer, die plötzlich stehenblieben. Sie gehörten zu Ras' Leuten.

»Hören Sie mal, Sir«, rief ich Ras zu. »Es wäre schon besser, Sie riefen Ihre Leute zurück. Zwei von ihnen scheinen mir folgen zu wollen.«

»Gemeine Lüge«, schrie er.

»Es sind Zeugen da, falls mir etwas zustoßen sollte. Ein Mensch, der einen Toten kurz nach der Beerdigung wieder ausgräbt, ist zu allem fähig. Aber ich warne Sie ...«

Wütende Schreie barsten aus der Menge, und ich sah die Männer mit haßerfüllten Augen an mir vorbeigehen. Sie ließen die Menge stehen und verschwanden um die Ecke. Ras griff jetzt die Bruderschaft an, und andere aus der Menge antworteten ihm, und ich machte mich auf den Weg zurück zur Lenox, kam an einem Kino vorbei, als sie mich packten und auf mich einschlugen. Aber dieses Mal hatten sie den falschen Ort gewählt. Der Portier des Kinos griff ein, und die beiden liefen zurück dorthin, wo Ras seine Straßenversammlung abhielt. Ich bedankte mich bei dem Mann und ging weiter. Ich hatte Glück gehabt. Verletzt war ich nicht worden, aber Ras wurde wieder frech. In einer weniger belebten Straße hätten sie vielleicht allerlei angerichtet.

Als ich die Avenue erreichte, blieb ich am Bordstein stehen und winkte einem Wagen, der weiterfuhr. Ein Krankenwagen fuhr vorbei, dann wieder ein Taxi, dessen Fahne nach unten geklappt war. Ich sah mich um. Ich fühlte, daß sie mich von irgendwo oben in der Straße beobachteten, aber sehen konnte ich sie nicht. Weshalb kam denn kein Taxi? Dann stellten sich drei Männer in cremefarbenen Sommeranzügen neben mich auf den Bordstein, und etwas an ihnen traf mich wie ein Hammerschlag. Sie trugen alle drei dunkle Brillen. Das hatte ich schon tausendmal gesehen, aber plötzlich erhielt das, was ich bisher für eine leere Nachahmung einer Hollywood-Mode gehalten hatte, eine persönliche Bedeutung. Warum nicht, dachte ich, warum nicht, und ich eilte über die Straße in einen kühlen Drugstore.

Ich sah sie auf einem Kasten mit Sonnenvisieren, Haarnetzen, Gummihandschuhen, einem kleinen Karton mit falschen Wimpern liegen und nahm die mit den dunkelsten Gläsern. Das Glas war so dunkelgrün, daß es fast schwarz wirkte. Sofort setzte ich die Brille auf, versank in Schwärze und verließ den Laden wieder.

Ich konnte kaum sehen. Es war jetzt fast dunkel, und die Straßen waren in vages Grün getaucht. Langsam überquerte ich die Straße wieder und blieb in der Nähe der U-Bahn stehen, damit meine Augen sich an die Dunkelheit gewöhnten. Eine seltsame Erregung kochte in mir, als ich nach dem dunklen Licht blickte. Durch die heißen Ausgänge der U-Bahn strömten die Menschen, und ich fühlte, wie die U-Bahn-Züge den Bürgersteig beben ließen. Ein Taxi hielt, ein Mann stieg aus, und schon wollte ich das Taxi besteigen, als eine Frau die Treppe hinunterkam und lächelnd vor mir stehenblieb. Was will die, dachte ich, als ich sie in dem engen Sommerkleid lächelnd vor mir stehen sah; eine große junge Frau, die nach Christmas-Night-Parfüm roch, kam näher.

»Rinehart, Baby, bist du es?« fragte sie.

Rinehart, dachte ich. So also arbeitet sie. Sie hatte die Hand auf meinen Arm gelegt, und schneller, als ich es für möglich hielt, hörte ich mich antworten: »Bist du es, Baby?« und wartete dann gespannt.

»Endlich bist du mal pünktlich«, sagte sie. »Aber warum hast du keinen Hut auf? Wo hast du den schönen Hut, den ich dir gekauft habe?«

Am liebsten hätte ich gelacht. Der Christmas-Night-Duft hüllte mich jetzt ein, und ich sah ihr Gesicht sich mir nähern und ihre Augen größer werden.

»Aber Sie sind ja gar nicht Rinehart. Was haben Sie vor? Sie sprechen auch nicht wie Rinehart. Was soll das?«

Ich lachte und trat einen Schritt zurück. »Ich glaube, wir haben uns beide geirrt«, sagte ich.

Auch sie trat zurück, faßte ihre Handtasche fester und betrachtete mich verwirrt.

»Verzeihen Sie, es geschah ohne jede Absicht. Für wen hatten Sie mich denn gehalten?«

»Für Rinehart. Lassen Sie sich nur nicht von ihm erwischen, wenn Sie sich für ihn ausgeben.«

»Nein«, erwiderte ich. »Aber Sie schienen sich so sehr über das Wiedersehen zu freuen, daß ich Sie nicht enttäuschen wollte. Der Mann kann sich jedenfalls freuen.«

»Und ich hätte schwören können, daß Sie er waren. Aber verschwinden Sie schnell, sonst gibt's noch Krach«, sagte sie. Sie trat zur Seite, und ich ging weiter.

Seltsam. Aber das mit dem Hut war ein guter Gedanke. Ich eilte weiter und versuchte, irgendwo Ras' Leute zu entdekken. Aber das war die reinste Zeitverschwendung. Ich betrat den ersten besten Hutladen, kaufte den größten Hut, den man dort vorrätig hatte und setzte ihn auf. Mit diesem Hut auf dem Kopf, so dachte ich, konnte man mich sogar in einem Schneesturm entdecken – aber man würde mich für jemand anders halten.

Dann war ich wieder auf der Straße und ging wieder auf die U-Bahn zu. Meine Augen hatten sich schnell an die dunkle Brille gewöhnt. Die Welt war von dunkelgrüner Intensität. Die Lichter der Wagen glühten wie Sterne, und die Gesichter waren geheimnisvoll verschwommen. Die grellen Leuchtreklamen der Kinos wurden stummer, mild-dunkler Schimmer. Ich machte mich mit kühnen Schritten wieder dahin auf den Weg, wo Ras seine Versammlung abhielt. Das war eine wichtige Probe. Wenn sie glückte, konnte ich unbesorgt zu Hambro gehen. In der bösen Zeit, die für mich anbrach, konnte ich mich unbehindert bewegen.

Zwei Männer näherten sich mir. Ihre langen, federnden Schritte fraßen den Bürgersteig, und ihre schwarzseidenen Sporthemden bewegten sich rhythmisch auf ihren Rücken. Die zwei trugen dunkle Brillen, ihre Hüte mit den hochgeklappten Krempen thronten hoch auf dem Kopf. Stenze, dachte ich, als ich sie sprechen hörte.

»Sieh mal da, Daddy«, sagten sie.

»Sag mal, Rinehart, was hast du gesetzt?«

Verdammt, die sind wahrscheinlich seine Freunde, dachte ich, winkte ihnen zu und ging weiter.

»Wissen auch so Bescheid, Rinehart«, rief der eine von ihnen. »Aber Vorsicht, Vorsicht.«

Ich winkte wieder, als wüßte ich, was sie meinten. Sie lachten hinter mir her. Ich hatte jetzt fast das Ende des Blocks erreicht. Ich war in Schweiß gebadet. Wer war dieser Rinehart, und wobei sollte er vorsichtig sein? Ich mußte versuchen, Genaueres über diesen Rinehart zu erfahren, um weiteren Verwechselungen aus dem Wege zu gehen.

Ein Auto mit plärrendem Radio kam vorbei. Vor mir hörte ich den Mahner die Menge anbellen. Dann näherte ich mich und blieb in der Gasse stehen, die offensichtlich für die Fußgänger frei gelassen worden war. Hinter mir standen die Menschen in zwei Reihen vor dem Ladenfenster. Vor mir versanken die Zuhörer in dunkelgrüne Dämmerung. Der Mahner gestikulierte wild, schimpfte auf die Bruderschaft.

»Jetzt muß gehandelt werden. Wir müssen sie aus Harlem rausschmeißen«, schrie er. Und einen Augenblick lang glaubte ich, seine umherschweifenden Augen hätten mich erkannt.

»Ras sagt: schmeißt sie raus! Es ist Zeit, daß Ras der Mahner Ras der ZERSTÖRER wird.«

Zustimmende Rufe. Ich blickte mich um und sah die Männer, die mir gefolgt waren, und dachte: Was meint er damit, Zerstörer?

»Ich wiederhole, meine schwarzen Damen und Herren, jetzt muß gehandelt werden. Ich, Ras der Zerstörer, wiederhole: *die Zeit ist gekommen.«*

Ich zitterte vor Erregung. Sie hatten mich nicht erkannt. Großartig, dachte ich. Den Hut sehen sie, mich aber nicht. Zauberei. Verbirgt mich, obwohl ich dicht vor ihnen stehe ... Aber dann wurde ich plötzlich doch unsicher. Jetzt, da Ras die Vernichtung aller Weißen in Harlem forderte, achtete natürlich niemand auf mich. Eine neue, bessere Probe war notwendig. Wenn ich meinen Plan durchführen wollte ... Welchen Plan? Zum Teufel, ich weiß es nicht. Weiter ...

Ich wand mich aus der Menge und machte mich zu Hambro auf den Weg. Eine Gruppe Stenze grüßte mich im Vorbeigehen. »He, Daddy«, riefen sie.

»He!« erwiderte ich.

Als hätten mich meine Kleidung und mein Gang in eine Brüderschaft geführt, in der ich auf den ersten Blick erkannt wurde – nicht an meinem Gesicht, sondern an meiner Kleidung, Uniform oder Gang. Aber das weckte gleich wieder ein neues Gefühl der Unsicherheit. Ich war kein Stenz, sondern eine Art Politiker. Oder war ich es doch? Wie würde eine wirkliche Probe verlaufen? Wie wäre es zum Beispiel bei den Burschen im Jolly Dollar, die so beleidigend frech gewesen waren, ausgegangen? Während ich daran dachte, hatte ich die 8. Avenue überquert. Ich machte kehrt, um den Omnibus uptown noch zu erreichen.

Viele der Stammgäste standen um den Schanktisch. Das Lokal war besetzt, und Barrelhouse hatte alle Hände voll zu tun. Ich fühlte, wie die Fassung der Brille in den Nasenrükken einschnitt, als ich mich mit dem Hut auf dem Kopf an die Theke drängte. Barrelhouse sah mich wütend, mit vorgeschobenen Lippen an.

»Was nehmen Sie heute abend?« fragte er.

»Ein Ballantine«, antwortete ich mit meiner natürlichen Stimme.

Ich beobachtete seine Augen, während er das Bier vor mich stellte und dann die große Hand offen auf die Theke legte, um zu kassieren. Mit klopfendem Herzen ließ ich, wie sonst auch, das Geldstück über die Theke rollen und wartete. Das Geldstück verschwand in seiner Faust.

»Danke«, sagte er. Dann bediente er weiter und ließ mich verwirrt stehen. Irgendwie schien er meine Stimme, nicht aber mich erkannt zu haben. Großartig, großartig, dachte ich, vielleicht funktioniert es wirklich großartig.

Jedenfalls geschah etwas mit mir, tief in mir. Ich war wie erlöst. Es war heiß. Vielleicht war es das. Ich trank das kühle Bier und sah zum hinteren Teil des Lokals. Männer und Frauen bewegten sich wie Traumgestalten in dem rauchgrünen Dunst. Die Musikbox dröhnte, und ich meinte, in eine tiefe, schmutzige Höhle zu blicken. Und dann trat jemand beiseite, und an der geschwungenen Theke vorbei sah ich die sich bewegenden Köpfe und Schultern und dann die Musikbox, die glühte wie ein böser Traum vom Feurigen Ofen. Und die Musikbox plärrte:

Jelly, Jelly,
Jelly,
Die ganze Nacht.

Und doch, dachte ich, während ich einen Spieler die Gewinne ausbezahlen sah, hatte die Bruderschaft in diesem Lokal endgültig Fuß gefaßt. Hambro mochte dafür eine Erklärung finden, neben allem anderen sollte er mir auch das erklären.

Ich leerte das Glas und wandte mich zum Gehen, als ich an der Eßtheke Bruder Maceo sah. Ich eilte auf ihn zu, vergaß meine Verkleidung, die mir erst wieder einfiel, als ich fast neben ihm stand. Ich verlangsamte meine Schritte und unterzog meine Verkleidung einer neuen Probe. Ich griff über seine Schulter hinweg nach der schmierigen Speisekarte, die zwischen dem Zuckerstreuer und der Soßenflasche stand, und tat dann so, als läse ich sie durch die dunkle Brille.

»Wie sind die Rippchen?« fragte ich.

»Gut, wenigstens die, die ich esse.«

»So? Verstehen Sie denn was von Rippchen?«

Er hob langsam den Kopf, sah nach den aufgespießten Hähnchen, die sich über den kleinen blauen Flammen des Bratofens drehten. »Vermutlich genau so viel wie Sie«, antwortete er. »Vielleicht sogar noch mehr, denn ich esse Rippchen schon ein paar Jahre länger als Sie und nicht nur in diesem Lokal. Was wollen Sie überhaupt? Wollen Sie hier Krach anfangen?«

Er wandte sich um und sah mich herausfordernd an. Er war sehr aufgebracht, und am liebsten hätte ich gelacht.

»Nur die Ruhe ...«, knurrte ich. »Kann doch mal was fragen?«

»Die Antwort haben Sie ja gehört«, sagte er und drehte sich auf dem Schemel um. »So, nun brauchen Sie nur noch das Messer zu ziehen.«

»Messer?« erwiderte ich. Wieder hätte ich am liebsten gelacht. »Wer redet denn hier von Messer?«

»Dran denken tun Sie bestimmt. Man braucht nur mal was zu sagen, was so Burschen wie Ihnen nicht gefällt, und sofort sind Sie mit dem Klappmesser bei der Hand. Los, ziehen Sie es doch. Ich bin bereit, zu sterben, wie immer. Los.«

Er nahm den Zuckerstreuer, und ich stand da und hatte plötzlich das Gefühl, daß der alte Mann vor mir gar nicht

Bruder Maceo, sondern jemand anderer war, der sich verkleidet hatte, mich zu verwirren. Die Brille arbeitete zu gut. Er ist ein mutiger alter Bruder, dachte ich, aber das darf natürlich nicht passieren.

Ich zeigte auf seinen Teller. »Ich habe Sie doch nur nach den Rippchen gefragt«, sagte ich, »nicht nach Ihren Rippen. Wer hat denn von Messer gesprochen?«

»Reden Sie nicht lange, ziehen Sie's doch«, sagte er. »Los. Oder wollen Sie warten, bis ich Ihnen den Rücken kehre? Gut, hier ist er, hier ist mein Rücken.« Er drehte sich schnell auf dem Schemel um und dann wieder um, bereit, den Zuckerstreuer nach mir zu werfen.

Gäste sahen zu uns hin, kamen auf uns zu.

»Was gibt's denn, Maceo?« fragte jemand.

»Nichts, mit dem ich nicht fertig würde. Dieser blöde Kerl will sich hier mausig machen ...«

»Beruhigen Sie sich«, erwiderte ich. »Achten Sie darauf, daß Ihr Mund Ihren Kopf nicht ins Unglück stürzt.« Und dabei dachte ich: Weshalb rede ich denn auf einmal so?

»Das lassen Sie meine Sorge sein. Nun mal endlich raus mit dem Messer!«

»Hau das Großmaul in die Pfanne, Maceo.«

Ich hörte, woher die Stimme kam. Ich drehte mich um, so daß ich Maceo, den Hetzer, und die Gäste sehen konnte, die die Tür versperrten. Auch die Musikbox schwieg, und ich fühlte die Gefahr sich so schnell nähern, daß ich mich, ohne weiter nachzudenken, umdrehte, vorsprang und eine Bierflasche ergriff. Ich zitterte am ganzen Leib.

»Gut«, sagte ich, »wenn Sie es so haben wollen. Der Nächste, der den Mund auftut, bekommt das hier zu spüren.«

Maceo bewegte sich, und ich fuchtelte mit der Flasche herum. Ich sah, wie er sich umdrehte und den Arm zum Wurf krümmte. Aber dazu kam er nicht, weil ich zu dicht vor ihm stand. Ein dunkler alter Mann im Overall und mit einer grauen Tuchmütze mit langem Schirm, der durch die grünen Brillengläser wie eine Traumgestalt aussah.

»Los«, sagte ich. »Los.« Wie irrsinnig war das alles! Ich wollte nur meine Verkleidung an einem Freund erproben und war nun bereit, ihn niederzuschlagen – nicht von mir aus, sondern weil Ort und Umstände es so wollten. Natürlich war das wahnsinnig und doch wirklich und gefährlich, und wenn er sich bewegte, würde ich ihn so brutal treffen wie nur möglich. Anderes blieb mir nicht übrig. Mein Selbstschutz verlangte das, sonst fielen die Besoffenen über mich her. Maceo war ganz ruhig. Kalt sah er mich an, und dann hörte ich eine dröhnende Stimme. »In meinem Lokal dulde ich keine Schlägerei.« Es war Barrelhouse. »Stellt die Sachen wieder hin. Sie gehören mir.«

»Laß sie doch, Barrelhouse!«

»Sollen sich auf der Straße prügeln, aber nicht hier. – He«, rief er. »Seht mal her ...«

Ich sah, wie er sich, einen Revolver in der großen Hand, über die Theke beugte.

»Stellt die Sachen an ihren Platz«, sagte er traurig. »Stellt mein Eigentum wieder *hin.*«

Bruder Maceo sah erst mich, dann Barrelhouse an.

»Stell's weg, Alter«, sagte ich und dachte: Weshalb handelte ich so aus Stolz? Ich bin's ja gar nicht.

»Stell du's weg«, sagte er.

»Stellt ihr *beide* die Sachen an ihren Platz. Und du, Rinehart«, sagte Barrelhouse und zeigte dabei mit dem Revolver auf mich, »scher dich aus dem Lokal und laß dich nicht wieder blicken. Auf dein Geld verzichte ich gern.«

Ich wollte protestieren, aber er streckte mir die offene Hand entgegen.

»Los, Rinehart, reiz mich nicht. Krach dulde ich hier nicht«, sagte Barrelhouse.

Bruder Maceo hatte den Zuckerstreuer wieder auf den

Tisch gestellt. Ich stellte die Flasche hin und ging dann auf die Tür zu.

»Und laß den Revolver in der Tasche, Rine«, sagte Barrelhouse, »meiner ist geladen, und ich habe einen Waffenschein.«

Ich ging auf die Tür zu. Meine Kopfhaut juckte, und ich beobachtete die zwei.

»Das nächste Mal stellen Sie keine Fragen, auf die Sie keine Antwort haben wollen«, rief Maceo. »Und wenn Sie diese Sache endgültig bereinigen wollen, ich bin bereit.«

Draußen fühlte ich die frische Luft um mich herum explodieren, und ich stand der Tür gegenüber, lachte laut und wie erlöst, daß der Scherz diese Wendung genommen hatte, warf einen Blick zurück auf den herausfordernden Alten mit der langschirmigen Mütze und auf die verwirrt dreinblikkende Menge. Rinehart, Rinehart, dachte ich, wer ist dieser Rinehart?

Ich lachte immer noch, als ich im nächsten Block auf das Umspringen der Ampeln wartete. Neben mir stand eine Gruppe von Männern an der Straßenecke und ließ eine Flasche mit billigem Wein kreisen, während sie über Cliftons Tod diskutierten.

»Wir brauchen nur ein paar Revolver«, sagte einer von ihnen. »Auge um Auge.«

»Ja, lieber Maschinengewehre. Reich mir mal die Pulle, Muckleroy.«

»Wenn es das Sullivan-Gesetz nicht gäbe, wäre New York längst ein großer Schießstand«, sagte ein anderer.

»Da haste die Pulle, behalte sie aber nicht zu lange.«

»Sie ist mein ein und alles, Muckleroy. Und das willst du mir nehmen?«

»Sauf und reich sie weiter.«

Als ich um sie herumging, hörte ich einen von ihnen fragen: »Was sagen Sie, Mr. Rinehart, wo hängt der Schwanz?«

Auch hier wieder, dachte ich, und ging eilig weiter. »Er steht«, sagte ich, denn ich kannte die Antwort auf diese Frage, »er steht.«

Sie lachten.

»Morgen wird er wieder hängen.«

»Hören Sie mal, Mr. Rinehart, haben Sie keine Arbeit für mich?« sagte einer von ihnen und kam auf mich zu. Ich winkte ihm kurz zu und überquerte die Straße. Ich ging schnell durch die 8. zur nächsten Bushaltestelle.

Die Läden und Lebensmittelläden waren jetzt dunkel, und Kinder liefen über die Bürgersteige, verschwanden in der Menge der Erwachsenen und tauchten wieder auf. Ich ging weiter, betroffen über die dahinflutenden Gestalten, die ich durch die Brille sah. Ob die Welt für Rinehart auch so aussah? Für all die jungen Burschen mit dunkler Brille? ›Denn jetzt blicken wir wie durch ein dunkles Glas, aber dann ... aber dann ...‹ Ich konnte mich des Schlusses nicht erinnern.

Sie trug eine Einkaufstasche und ging mit trippelnden Schritten. Bis sie meinen Arm berührte, glaubte ich, sie hielte Selbstgespräche.

»Sieh mal einer an, willst mich wohl heute abend nicht sehen. Welche Nummer kam raus?«

»Nummer? Welche Nummer?«

»Weißt schon, was ich meine«, sagte sie. Ihre Stimme wurde lauter. Sie stemmte die Hände in die Hüften und sah mich an. »Ich meine die Nummer von heute. Du bist doch Rine der Schmuggler?«

»Rine der Schmuggler?«

»Ja, Rinehart der Schmuggler. Willst mich wohl zum Narren halten?«

»Ich heiße nicht Rinehart, Frau«, sagte ich. Ich sprach besonders deutlich und entfernte mich einen Schritt von ihr. »Sie haben sich geirrt.«

Ihr Mund blieb vor Staunen offen. »Sie sind nicht …? Sie sehen genau so aus wie er«, sagte sie mit heißem Zweifel in ihrer Stimme. »So was! Dann kann ich ja wieder gehen. Wenn mein Traum wahr geworden ist, muß ich den Halunken sofort aufsuchen. Und ich hab das Geld doch so nötig.«

»Hoffentlich haben Sie gewonnen«, sagte ich und bemühte mich, sie deutlich zu erkennen, »und hoffentlich bezahlt er Sie auch aus.«

»Vielen Dank. Zahlen tut er sicher. Jetzt sehe ich auch, daß Sie nicht Rinehart sind. Verzeihung, daß ich Sie aufgehalten habe.«

»Schon gut«, erwiderte ich.

»Hätte ich Ihre Schuhe gesehen, hätte ich sofort Bescheid gewußt.«

»Wieso …?«

»Rine, der Schmuggler, trägt immer nur Schuhe mit dicker Zehenkappe.«

Ich sah sie langsam davontrippeln. Kein Wunder, daß jeder ihn kennt, dachte ich, bei dem Rummel, in dem wir leben. Zum erstenmal seit Cliftons Erschießung sah ich, daß ich schwarze Schuhe mit weißen Einsätzen trug.

Als der Streifenwagen an den Bordstein schwenkte und langsam neben mir herfuhr, wußte ich, was kam, bevor der Polizist noch den Mund aufgemacht hatte.

»Sind Sie Rinehart?« sagte der Polizist, der nicht am Steuer saß. Er war weiß. Ich sah das Schild an seiner Mütze funkeln, aber seine Nummer erkannte ich nicht.

»Leider nicht«, erwiderte ich.

»Das sagen Sie. Was tun Sie hier? Wollen Sie uns hinhalten?«

»Sie irren sich«, erwiderte ich, »ich bin nicht Rinehart.«

Der Wagen hielt. Das Licht eines Scheinwerfers schien mir in die mit der grünen Brille bedeckten Augen. Er spuckte auf die Straße. »Warten wir mal ab«, sagte er. »Erwischen Sie doch mal. Für wen halten Sie sich eigentlich?« rief er, während der Wagen sich wieder in Bewegung setzte und davonsauste.

Und bevor ich mich noch zum Gehen wenden konnte, kamen mehrere Männer aus der Kneipe an der Ecke. Einer von ihnen hatte einen Revolver in der Hand.

»Was wollten die Schweine von dir, Daddy?« fragte er.

»Nichts. Sie haben mich mit jemand verwechselt.«

»Und mit wem?«

Ich sah sie an. Waren sie Verbrecher oder waren sie nur wegen Cliftons Erschießung so aufgeregt?

»Mit jemandem mit Namen Rinehart«, sagte ich.

»*Rinehart* – habt ihr das gehört?« knurrte der Mann mit dem Revolver. »Rinehart. Die Polypen sind wohl blind geworden. Jeder sieht doch, daß Sie nicht Rinehart sind.«

»Aber er hat doch Ähnlichkeit mit Rine«, entgegnete ein anderer, der die Hände in den Hosentaschen hatte.

»Einen Dreck hat er.«

»Mensch, red nicht. Rinehart fährt um diese Abendzeit immer nur in seinem Cadillac.«

»Hören Sie mal zu, Jack«, sagte der Mann mit dem Revolver, »geben Sie sich nur nicht für Rinehart aus. Wer das tut, muß eine glatte Zunge, ein herzloses Herz haben und zu allem bereit sein. Wenn die Polypen Sie wieder belästigen, geben Sie uns Bescheid. Wir möchten denen mal das Handwerk legen.«

»Gewiß«, erwiderte ich.

»Rinehart«, sagte er wieder. »*So* ein Quatschkopf.«

Sie drehten sich um und gingen wieder, immer noch redend, in die Kneipe zurück. Und ich machte mich schnell davon. Ich hatte Hambro einen Augenblick lang vergessen, und anstatt in westlicher ging ich in östlicher Richtung. Ich wollte die Brille absetzen, besann mich aber dann doch anders. Vielleicht waren Ras' Leute noch hinter mir her.

Es war jetzt stiller. Niemand beachtete mich, obwohl die Straße voller Fußgänger war, die sich langsam durch das geheimnisvolle Grün bewegten. Vielleicht bin ich endlich aus seinem Gebiet heraus, dachte ich und versuchte, Rinehart einzuordnen. Er ist die ganze Zeit über schon dagewesen, aber ich habe immer in die falsche Richtung gesehen. Er und seinesgleichen, aber ich hatte an ihm vorbeigesehen, bis Cliftons Tod (oder war es Ras?) mich darauf aufmerksam machte. Was, zum Teufel, verbarg sich hinter den Dingen? Wenn eine dunkle Brille und ein weißer Hut meine Identität so schnell auslöschen konnten, wer war dann tatsächlich wer?

Ein exotisches Parfüm schien hinter mir her die Straße hinaufzuwogen, und ich bemerkte eine Frau, die mir wie zufällig folgte.

»Ich habe schon lange darauf gewartet, daß du mich erkennst, Daddy«, sagte eine Stimme. »Lange habe ich auf dich gewartet.«

Es war eine angenehme Stimme. Sie klang etwas heiser, und viel Müdigkeit lag in ihr.

»Hörst du mich denn nicht, Daddy?« sagte sie. Ich blickte mich um und hörte: »Nein, Daddy, dreh dich nicht um. Mein Mann könnte in der Nähe sein. Geh weiter, und ich sage dir dann, wo wir uns treffen können. Ich habe schon geglaubt, du würdest nicht kommen. Paßt es dir heute abend?«

Sie ging jetzt neben mir her, und plötzlich fühlte ich eine Hand in meiner Tasche.

»Brauchst nicht böse auf mich zu sein, hier ist es. Und kommst du nun auch wieder zu mir?«

Ich blieb stehen, faßte ihre Hand und betrachtete sie. Ein exotisches Mädchen, auch durch meine Brille gesehen. Sie sah mich an mit einem Lächeln, das plötzlich erstarb. »Rinehart, *Daddy,* was hast du denn?«

Nun geht's wieder los, dachte ich, sie festhaltend.

»Ich bin nicht Rinehart, Miss«, sagte ich. »Und das tut mir heute abend wirklich zum erstenmal leid.«

»Aber Daddy, aber Rinehart! Willst du deinen Liebling loswerden? Was habe ich getan?«

Sie ergriff meinen Arm, und wir standen uns mitten auf dem Bürgersteig gegenüber. Und dann schrie sie plötzlich: »Oooooh! Sie sind es wirklich nicht. Und ich wollte Ihnen sein Geld geben. Machen Sie, daß Sie wegkommen. Schnell, verschwinden Sie!«

Ich ging weiter. Ihr Gesicht war verzerrt, während sie mit den hohen Absätzen aufstampfte und schrie. Hinter mir hörte ich jemand sagen: »Was gibt's?« Und dann vernahm ich den Lärm laufender Füße, während ich um die Ecke rannte, heraus aus dem Bereich ihrer Schreie. Das nette Mädchen, dachte ich, das nette Mädchen!

Mehrere Blocks weiter blieb ich stehen. Atemlos. Voller Freude und doch auch ärgerlich. Wie blöde die Menschen doch sein konnten. Hatten denn alle plötzlich den Verstand verloren? Ich blickte mich um. Es war eine helle Straße, die Bürgersteige waren voller Menschen. Ich blieb am Bordstein stehen, versuchte, zu Atem zu kommen. Im oberen Teil der Straße leuchtete über dem Bürgersteig ein Schild mit einem Kreuz:

Der Weg zum Heil!
Vergiss den lebendigen Gott nicht!

Die Buchstaben glühten dunkelgrün, und ich fragte mich, ob das die Folge der grünen Brille war oder ob die Neonröhren diese Farbe hatten. Ein paar Betrunkene torkelten vorbei. Ich war auf dem Weg zu Hambro. Ich kam an einem Mann vorbei, der, den Kopf in die Hände gestützt, am Bordstein saß. Wagen fuhren vorbei. Ich ging weiter. Zwei Kinder mit feierlichen Gesichtern verteilten Zettel, die ich nicht annehmen wollte. Dann ging ich zurück und ließ mir doch einen geben. Schließlich mußte ich ja wissen, was sich in der Gemeinde zutrug. Ich nahm den Zettel, ging unter eine Straßenlaterne und las:

Vergiß nicht den Unsichtbaren!
Dein Wille geschehe, o Herr!
Ich sehe alles, weiß alles, sage alles, heile alles.
Unbekannte Wunder wirst du schauen.

REV. B. P. RINEHART
Geistiger Technologe

Das Alte ist immer neu
Wege zum Heil in New Orleans, der Heimat des Mysteriums,
Birmingham, New York, Chikago, Detroit und L. A.
Für Gott ist kein Problem zu schwer.
Komm zu uns!

VERGISS NICHT DEN UNSICHTBAREN!

Besucht unseren Gottesdienst, unsere Gebetsversammlungen, dreimal wöchentlich.
Kommt zu uns in die NEUE OFFENBARUNG des ALTEN GLAUBENS!

VERGISS NICHT DAS GESEHENE UNGESEHENE!
VERGISS NICHT DEN UNSICHTBAREN!
IHR, DIE IHR MÜDE SEID, KOMMT NACH HAUSE!
ICH TUE, WAS IHR GETAN SEHEN WOLLT. WARTET NICHT!

Ich warf den Zettel in die Gosse und ging weiter. Ich ging langsam, mein Atem ging immer noch schwer. *War es möglich?* Bald erreichte ich das Schild. Es hing über einem Laden, der in eine Kirche verwandelt worden war. Ich betrat die niedrige Vorhalle und wischte mir den Schweiß vom Gesicht. Hinter mir hörte ich das Auf und Ab eines alten Gebets, wie ich es seit Verlassen der Schule nicht mehr gehört hatte. Und in der Schule nur, wenn Landprediger gebeten wurden, das Gebet zu sprechen. Die Stimme hob und senkte sich in traumhaftem Rhythmus – war zum Teil Aufzählung der irdischen Versuchungen, die der Gemeinde drohten, zum Teil ekstatische Entfaltung vokaler Virtuosität, zum Teil ein Flehen an Gott. Ich wischte mir immer noch den Schweiß ab und sah verstohlen auf die einfachen Darstellungen biblischer Szenen auf den Fenstern, als zwei alte Frauen sich mir näherten.

»Guten Abend, Reverend Rinehart«, sagte die eine von ihnen. »Wie geht es unserm Seelenhirten an diesem heißen Abend?«

Nein, nein, dachte ich. Aber vielleicht war es richtiger, auf alles einzugehen. So sagte ich denn: »Guten Abend, Schwestern.« Ich dämpfte meine Stimme durch das vorgehaltene Taschentuch und roch dabei den Duft des Mädchens auf meiner Hand.

»Dies ist Schwester Harris, Reverend. Sie will unserer kleinen Schar beitreten.«

»Gott segne Sie, Schwester Harris«, sagte ich und ergriff ihre ausgestreckte Hand.

»Ich habe Sie vor vielen Jahren einmal sprechen hören, Reverend. Damals waren Sie – es war in Virginia – zwölf Jahre alt. Und nun bin ich hier im Norden, und Sie – Gott sei dafür Dank – predigen immer noch das Evangelium und tun die Arbeit des Herrn. Daß Sie den alten Glauben in dieser bösen Stadt predigen …«

»Schwester Harris«, sagte die andere, »wir wollen lieber reingehen und uns Plätze sichern. Außerdem hat der Reverend sicher noch viel zu tun. Sonst wäre er nicht so früh gekommen.«

»Ja«, erwiderte ich und betupfte meinen Mund mit dem Taschentuch. Es waren mütterliche, alte Frauen von südlichem Typ, und plötzlich kam namenlose Verzweiflung über mich. Ich wollte ihnen erzählen, daß Rinehart ein Schwindler war, aber gerade jetzt klang ein Ruf aus dem Innern der Kirche, und dann hörte ich laute Musik.

»Hören Sie mal, Schwester Harris. Das ist die neue Gitarrenmusik, die, wie ich Ihnen erzählte, Reverend Rinehart für uns besorgt hat. Ist sie nicht himmlisch?«

»Gelobt sei Gott«, sagte Schwester Harris. »Gelobt sei Gott.«

»Verzeihen Sie, Reverend. Ich muß eben noch mit Schwester Judkins sprechen wegen des Geldes, das sie für den Baufonds gesammelt hat. Und, Reverend, gestern abend habe ich zehn Exemplare Ihrer herrlichen Rede verkauft. Eins sogar an die weiße Dame, für die ich arbeite.«

»Gott segne Sie«, sagte ich mit verzweifelter Stimme. »Gott segne Sie!«

Dann öffnete ich die Tür und sah an ihren Köpfen vorbei in einen kleinen Raum mit vielen Männern und Frauen, die auf Klappstühlen saßen, nach vorn, wo eine schlanke Frau in einem alten schwarzen Kleid auf einem Klavier leidenschaftlich Boogie-Woogie spielte, während ein junger Mann mit einem Käppchen selbstgerecht Riffs auf einer elektrischen Gitarre anschlug, die mit einem Verstärker verbunden war, der von der Decke über einer weiß und golden leuchtenden Kanzel hing. Ein Mann in einer eleganten roten Kardinalsrobe und einem hohen Spitzenkragen stand vor einer großen Bibel und stimmte einen Choral an, in den die Gemeinde in unbekannter Sprache einfiel. Und hinter und über ihm auf der Wand las ich die Worte in goldenen Buchstaben:

ERLEUCHTE UNS!

Die ganze Szene bewegte sich undeutlich und geheimnisvoll in dem grünen Licht, dann schloß sich die Tür, und der Gesang wurde gedämpft.

Es war zuviel für mich. Ich nahm die Brille ab, klemmte den weißen Hut sorgfältig unter den Arm und ging weiter. Ist das möglich, dachte ich, ist das wirklich möglich? Und ich wußte, daß es möglich war. Ich hatte schon früher davon gehört, aber so aus der Nähe hatte ich es noch nie erlebt. Wie konnte er denn das alles sein: Rine der Schmuggler, Rine der Spieler, Rine der Erpresser, Rine der Liebhaber und Rinehart der Reverend? Konnte er beides sein: Rinde und Herz? War es überhaupt Wirklichkeit? Aber konnte ich daran zweifeln? Er war ein Mann, der alles konnte. Rinehart der Könner. Es war so wahr, wie ich wahr war. Seine Welt war Möglichkeit, und er wußte es. Er war mir um Jahre voraus, und ich war ein Narr. Ich mußte nicht bei Sinnen und blind gewesen sein. Die Welt, in der wir lebten, war ohne Grenzen. Eine siedende, heiße, fließende Welt, und Rinehart der Halunke war in ihr zu Hause. Vielleicht war *nur* Rinehart der Halunke in ihr zu Hause. Es war unglaublich, aber vielleicht konnte nur das Unglaubliche geglaubt werden. Vielleicht war Wahrheit immer nur Lüge.

Vielleicht, so dachte ich, wollte ich das alles von mir abschütteln, wie Jack die Wassertropfen von seinem Glasauge abschüttelte. Ich sollte Rinehart politisch klassifizieren, ihn und seine Situation, und dann alles schnell vergessen. Ich verließ die Kirche so schnell, daß ich, ohne es zu wissen, bald in meinem Büro war, wo mir dann einfiel, daß ich zu Hambro wollte.

Ich war niedergeschlagen und doch auch fasziniert. Ich wollte Rinehart kennenlernen, und doch, so dachte ich, bin ich erregt, weil ich weiß, daß ich ihn nicht kennenzulernen brauche, daß das Wissen um seine Existenz, der Umstand, daß wir verwechselt werden, allein genügen, mich zu überzeugen, daß Rinehart wirklich ist. Es sollte nicht sein, aber es ist so. Es kann sein, es ist, einfach deshalb, weil es unbekannt ist. Jack würde von einer solchen Möglichkeit nicht träumen, auch Tobitt nicht, der glaubte, er wüßte über alles Bescheid. Zuwenig war bekannt, zuviel lag im dunkeln. Ich dachte an Clifton und auch an Jack. Was wußte man eigentlich über sie? Was wußte man über mich? Wer aus meinem alten Leben hatte mich herausgefordert? Und nach all der langen Zeit hatte ich eben erst entdeckt, daß Jack ein Auge fehlte.

Mir juckte der ganze Körper, als käme ich gerade aus einem Gipsverband und als wäre mir die Freiheit der Bewegung ungewohnt geworden. Im Süden kannte man jeden, aber die Reise in den Norden war ein Sprung in das Unbekannte. Wieviel Tage konnte man durch die Straßen der großen Stadt gehen, ohne einen Bekannten zu treffen, und wieviel Abende? Man konnte tatsächlich ein ganz neuer Mensch werden. Dieser Gedanke war erschreckend, denn nun schien die Welt vor meinen Augen zu zerfließen. Wenn alle Grenzen fielen, dann war Freiheit nicht nur Erkenntnis des Notwendigen, sie war Erkenntnis des Möglichen. Und während ich zitternd dasaß, erkannte ich flüchtig die Möglichkeiten, die Rineharts vielfache Persönlichkeiten offenbarten, und ich wandte mich ab. Sie näher zu betrachten und darüber nachzudenken, war zu verwirrend. Dann betrachtete ich die blanken Brillengläser und lachte. Sie hatten mich nur unkenntlich machen sollen und waren statt dessen ein politisches Instrument geworden. Denn wenn Rinehart sie bei seiner Arbeit verwendete, dann konnte ich das auch. Es war zu einfach, und doch hatten sie mir schon einen neuen Teil der Wirklichkeit geöffnet. Was würde das Komitee dazu sagen? Was sagte ihre Theorie zu einer derartigen Welt? Ich dachte an die Geschichte eines Schuhputzers, der im Süden deshalb solchen Zulauf hatte, weil er anstatt eines Dobbs oder Stetson einen weißen Turban trug. Ich mußte laut lachen. Jack würde bei dem kleinsten Versuch, ihm die Dinge so darzustellen, aus dem Häuschen geraten. Und doch war etwas Wahres daran. Dies war das wirkliche Chaos, das er zu beschreiben glaubte – wie lange schien das schon her … Außerhalb der Bruderschaft befanden wir uns außerhalb der Geschichte; aber innerhalb von ihr sah man uns nicht. Ein verteufelter Zustand, wir waren nirgendwo. Ich wollte nichts damit zu tun haben, aber dennoch wollte ich darüber diskutieren, mit jemand darüber sprechen, der mir dann sagte, es wäre nur eine kurze, emotionale Illusion. Ich wollte, daß die Welt ihre alten Stützen behielt. Mein Verlangen, Hambro zu sprechen, wuchs.

Als ich das Büro verließ, fiel mein Blick auf die Wandkarte, und ich lächelte Kolumbus zu. Was für ein Indien hatte er gefunden! Ich hatte die Halle schon fast durchschritten, als es mir einfiel. Ich kehrte um, setzte die Brille und den Hut auf. Ich brauchte sie, um unbelästigt durch die Straßen zu kommen.

Ich nahm ein Taxi. Hambro wohnte in den West Eighties. Als ich im Vorflur stand, klemmte ich den Hut unter den Arm und steckte die Brille in die Tasche zu Bruder Tarps Kettenglied und Cliftons Puppe. Meine Tasche konnte das alles kaum fassen.

Hambro führte mich in sein kleines Arbeitszimmer mit den vielen Büchern an den Wänden. Aus einem anderen Teil der Wohnung klang die Stimme eines Kindes, das *Humpty Dumpty* sang. Sie erweckte demütigende Erinnerungen an mein erstes Osterprogramm, als ich vor der Zuhörerschaft in der Kirche stand und die Worte vergessen hatte …

»Die Kleine«, sagte Hambro, »will nicht zu Bett. Sie ist so eigenwillig.«

Das Kind sang jetzt sehr schnell *Hickory Dickory Dock,* als Hambro die Tür schloß. Er sagte etwas über das Kind, und ich sah ihn plötzlich gereizt an. Weshalb war ich bei all meinen Gedanken über Rinehart hierher gekommen?

Hambro war so groß, daß, wenn er die Beine übereinanderschlug, beide Füße den Boden berührten. Er war während meiner Lehrzeit mein Lehrer gewesen, aber jetzt erkannte ich, daß ich besser nicht hergekommen wäre. Hambros Juristenverstand war zu logisch beengt. Für ihn war Rinehart nur ein Verbrecher, und meine Gedanken über ihn ein Rückfall in reinen Mystizismus. Hoffentlich sieht er es so, dachte ich. Dann beschloß ich, ihn nach der Lage uptown zu fragen und gleich wieder zu gehen.

»Ja, Bruder Hambro«, sagte ich. »Wie soll ich mich in meinem Bezirk verhalten?«

Er sah mich mit dürrem Lächeln an. »Bin ich einer von den langweiligen Menschen geworden, die zuviel über ihre Kinder sprechen?«

»Nein, gewiß nicht«, sagte ich. »Ich habe einen schweren Tag hinter mir. Ich bin nervös. Cliftons Tod und dann die Zustände im Bezirk. Ich meine …«

»Natürlich«, sagte er, immer noch lächelnd, »aber weshalb machen Sie sich des Bezirkes wegen solche Sorge?«

»Weil wir die Dinge nicht mehr fest in der Hand haben. Ras' Leute waren heute abend hinter mir her, und mit unserer Stärke geht es rapide abwärts.«

»Das ist bedauerlich«, sagte er. »Aber was man jetzt auch unternähme, es würde den großen Plan nur stören. Leider, Bruder, müssen Ihre Mitglieder geopfert werden.«

Das Kind hatte inzwischen aufgehört zu singen, und es herrschte Totenstille. Ich betrachtete sein eckiges Gesicht und versuchte zu erkennen, inwieweit seine Worte aufrichtig waren. Ich fühlte irgendeine tiefe Wandlung. Als hätte meine Entdeckung Rineharts einen Abgrund zwischen uns aufgerissen, über den, wenn wir auch nebeneinander saßen, unsere Stimmen kaum reichten und ohne jedes Echo verklangen. Ich versuchte, mich von diesem Gefühl frei zu machen, aber die Entfernung blieb dennoch so groß, daß keiner den emotionalen Ton des anderen begriff.

»Opfern?« sagte meine Stimme. »Sie sagen das, als wäre es nichts.«

»Und doch habe ich recht. Wer nicht bei uns bleiben will, muß als überflüssig betrachtet werden. Die neuen Direktiven müssen genau befolgt werden.«

Das klang so unwirklich, so spielerisch. »Aber warum?« sagte ich. »Weshalb werden die Direktiven für einen Bezirk geändert, wenn die alten Methoden sich – besonders jetzt – als gut erweisen?« Irgendwie konnte ich meinen Worten nicht den notwendigen Nachdruck geben, und unter allem schwelte der Gedanke an Rinehart, stieß bis dicht unter die Oberfläche meines Geistes, etwas, das sehr eng mit mir verbunden war.

»Das ist doch so einfach, Bruder«, sagte Hambro. »Wir verbinden uns zeitweilig mit anderen politischen Gruppen, und die Interessen einer Gruppe von Brüdern müssen denen des Ganzen geopfert werden.«

»Weshalb habe ich hiervon nichts erfahren?« sagte ich.

»Das kommt schon – wenn's soweit ist – durch das Komitee. – Opfer ist jetzt notwendig …«

»Aber sollte das Opfer nicht willig von denen gebracht werden, die wissen, was sie tun? Meine Leute begreifen nicht, weshalb gerade sie geopfert werden. Sie *wissen* nicht einmal, daß sie geopfert werden – wenigstens nicht von uns …« Aber, so dachte ich weiter, wenn sie sich nun von der Bruderschaft ebenso täuschen lassen wollen wie von Rinehart?

Dieser Gedanke machte mich stutzig, und mein Gesicht muß einen seltsamen Ausdruck angenommen haben, denn Hambro, der die Ellbogen auf die Armlehnen seines Sessels stützte und die Fingerspitzen gegeneinanderstellte, hob die

Augenbrauen, als erwartete er, daß ich weiterspräche. Dann sagte er: »Die disziplinierten Mitglieder werden das verstehen.«

Ich zog Tarps Kettenglied aus der Tasche und streifte es über die Knöchel. Er beachtete es nicht. »Sehen Sie denn nicht, daß wir nur sehr wenige solcher Mitglieder haben? Heute brachte die Beerdigung Hunderte auf die Straße, die aber von uns abfallen, sobald sie sehen, daß nichts anderes folgt. Und jetzt werden wir auf den Straßen angegriffen. Verstehen Sie das nicht? Andere Gruppen reichen Petitionen ein. Ras ruft offen zu Gewalt auf. Das Komitee irrt sich, wenn es glaubt, das alles würde sich legen.«

Er zuckte mit den Schultern. »Dieses Risiko müssen wir eben auf uns nehmen. Wir alle müssen für das Ganze Opfer bringen. Nur Opfer bringt Wandel. Wir befolgen die Gesetze der Wirklichkeit, und damit bringen wir Opfer.«

»Aber die Gemeinde verlangt Gleichheit des Opfers«, sagte ich. »Wir haben nie eine Sonderbehandlung erstrebt.«

»So einfach ist das nicht, Bruder«, antwortete er. »Wir müssen das, was wir gewonnen haben, schützen. Es ist unvermeidlich, daß die einen größere Opfer bringen als die anderen …«

»Und diese einen sind meine Leute.«

»In diesem Falle, ja.«

»Der Schwache muß also für den Starken Opfer bringen. Das meinen Sie doch, Bruder?«

»Nein, ein Teil des Ganzen wird geopfert – und wird es immer wieder, bis eine neue Gesellschaft geschaffen ist.«

»Das verstehe ich nicht«, entgegnete ich. »Das begreife ich einfach nicht. Wir schuften uns ab, die Leute auf unsere Seite zu bringen, und wenn sie dann soweit sind, wenn sie begreifen, daß sie mit den Ereignissen verbunden sind, lassen wir sie wieder fallen. Das begreife ich nicht.«

Hambro lächelte fern. »Über die Angriffslust der Neger

brauchen wir uns keine Sorge zu machen. Weder jetzt noch zu einer anderen Zeit. Wir müssen vielmehr zu ihrem eigenen Besten ein wenig bremsen. Das ist wissenschaftliche Notwendigkeit.«

Ich sah ihn an. Sah in das lange, knochige, fast lincolnhafte Gesicht. Vielleicht hätte ich ihm zugetan sein können, dachte ich, er scheint ein wirklich gütiger und aufrichtiger Mensch zu sein, und dennoch spricht er so zu mir …

»Das glauben Sie also«, sagte ich ruhig.

»Mit aller Integrität«, erwiderte er.

Eine Sekunde lang dachte ich, ich würde lachen. Oder mit Tarps Kettenglied losschlagen. *Integrität!* Er spricht zu mir von *Integrität!* Ich beschrieb einen Kreis in der Luft. Ich versuchte, meine Integrität auf der Rolle der Bruderschaft aufzubauen, und nun war sie zu Wasser zerflossen und Luft geworden. Was war Integrität? Was hatte sie mit einer Welt zu tun, in der Rinehart möglich und erfolgreich war?

»Aber was hat sich denn geändert?« sagte ich. »Wurde mir nicht aufgegeben, ihre Angriffslust zu wecken?« Meine Stimme wurde traurig, hoffnungslos.

»Nur für die bestimmte Zeit«, sagte Hambro und beugte sich ein wenig vor. »Nur für diese bestimmte Zeit.«

»Und was geschieht nun weiter?« sagte ich.

Er blies einen Rauchring. Der blaugraue Ring stieg, sich in sich selbst drehend, in die Höhe, zögerte einen Augenblick und wurde dann verwehender Streifen.

»Nur den Kopf nicht hängen lassen«, sagte er. »Wir kommen schon weiter. Augenblicklich muß das Tempo etwas verlangsamt werden …«

Wie sieht er wohl durch die grüne Brille aus? dachte ich. Dann sagte ich: »Soll das heißen, daß die Leute zurückgehalten werden?«

»Spannen Sie mich nicht auf die Folterbank der Dialektik. Ich bin ein Bruder.«

»Sie meinen, die Bremsen des alten Rads der Geschichte müssen angezogen werden«, sagte ich. »Oder handelt es sich nur um die kleinen Räder *innerhalb* des Rades?«

Sein Gesicht wurde ernst. »Ich meine nur, daß ihr Tempo verlangsamt werden muß. Das Tempo unseres großen Plans darf unter keinen Umständen gestört werden. Sehr wichtig ist vor allem, daß alles zeitlich richtig eingeteilt wird. Außerdem haben Sie noch allerlei Arbeit vor, aber die ist jetzt mehr erzieherischer Art.«

»Und die Erschießung?«

»Die Unzufriedenen werden abfallen, und die, die bleiben, werden Sie belehren …«

»Ich glaube nicht, daß ich dazu imstande bin«, sagte ich.

»Weshalb nicht? Es ist genauso wichtig.«

»Weil sie gegen uns sind. Außerdem würde ich mir wie Rinehart vorkommen …« Das Wort rutschte mir so raus, und er sah mich an.

»Wie wer?«

»Wie ein Scharlatan«, antwortete ich.

Hambro lachte. »Ich dachte, das hätten Sie gelernt, Bruder.«

Ich sah ihn schnell an. »Was hätte ich gelernt?«

»Daß es unmöglich ist, aus den Leuten *nicht* Vorteil zu ziehen.«

»Das ist Rinehartismus – Zynismus …«

»Was?«

»Zynismus«, sagte ich.

»Kein Zynismus, sondern Realismus. Es handelt sich nur darum, zu ihrem eigenen Besten Vorteil aus ihnen zu ziehen.«

Ich beugte mich auf meinem Stuhl vor, wurde mir plötzlich der Unwirklichkeit des Gesprächs bewußt. »Aber wer beurteilt das? Jack? Das Komitee?«

»Unser Urteil stützt sich auf die Pflege wissenschaftlicher Objektivität«, sagte er mit einer Stimme, die ein Lächeln in sich barg, und plötzlich sah ich vor mir die Maschine im Krankenhaus und hatte ein Gefühl, als läge ich wieder in ihr.

»Machen Sie sich doch nichts vor«, sagte ich. »Die einzige wissenschaftliche Objektivität ist die Maschine.«

»Disziplin und nicht Maschine«, entgegnete er. »Wir sind Wissenschaftler. Wir müssen das Risiko unserer Wissenschaft übernehmen und bemüht bleiben, unsere Erkenntnis voranzutreiben. Oder wollen Sie den lieben Gott auferwekken, damit er die Verantwortung übernimmt?« Er schüttelte den Kopf. »Nein, Bruder, derartige Entscheidungen müssen wir selbst treffen. Auch auf die Gefahr hin, manchmal wie Scharlatane zu wirken.«

»Sie werden Überraschungen erleben«, sagte ich.

»Vielleicht, vielleicht aber auch nicht«, antwortete er. »Auf jeden Fall müssen wir, die wir in der Vorhut stehen, alles Notwendige sagen und tun, um möglichst viel Menschen das erkennen zu lassen, was für sie das Beste ist.«

Plötzlich hielt ich es nicht mehr aus.

»Sehen Sie mich an! Sehen Sie *mich* an!« sagte ich. »Wohin ich mich auch gewandt habe, immer wieder wollte mich jemand zu meinem Besten opfern – aber den Nutzen davon hatte jedesmal der andere. Und nun sitzen wir wieder auf dem alten Opferkarussell. Wann halten wir? Ist das eine wahre neue Definition? Ist Bruderschaft Opfer der Schwachen? Wenn dem so ist, wo halten wir da?«

Hambro machte ein Gesicht, als wäre ich gar nicht im Zimmer. »Das wird im geeigneten Augenblick die Wissenschaft besorgen. Und wir als Individuen müssen uns dabei natürlich in das richtige Licht setzen. Auch wenn nicht viel dabei herauskommt.« Er zuckte mit den Schultern. »Aber wenn Sie in dieser Richtung zu weit gehen, können Sie auf Führerschaft keinen Anspruch mehr erheben. Sie werden Ihr Vertrauen verlieren. Sie werden nicht mehr in genügendem Maße an Ihr Vermögen, andere führen zu können, glauben.

Deshalb müssen Sie Vertrauen zu denen haben, die Sie führen – zu der kollektiven Weisheit der Bruderschaft.«

Ich verließ ihn in einer Gemütsverfassung, die schlimmer war als die, in der ich gekommen war. Ich war schon an ein paar Häusern vorbei, als ich ihn hinter mir herrufen hörte. Dann sah ich ihn durch die Dunkelheit auf mich zueilen.

»Sie haben Ihren Hut vergessen«, sagte er und reichte ihn mir zusammen mit den Instruktionen bezüglich des neuen Programms. Ich betrachtete den Hut, dann ihn und dachte an Rinehart und Unsichtbarkeit, wußte aber, daß das für ihn keine Wirklichkeit haben würde. Ich wünschte ihm gute Nacht und ging durch die heiße Straße zum Central Park West, auf dem Weg in Richtung Harlem.

Opfer und Führerschaft, dachte ich. Für ihn war es einfach. Für *sie* war das einfach. Aber zum Teufel, ich war beides. Ich war Opferer und Opfer. Damit konnte ich nicht fertig werden. Aber Hambro kümmerte das natürlich nicht. Auch das war Wirklichkeit, meine Wirklichkeit. Er brauchte nicht das Messer an die eigene Kehle zu legen. Was würde er sagen, wenn *er* das Opfer wäre?

Ich ging weiter durch den dunklen Park. Wagen kamen vorbei. Von Zeit zu Zeit Stimmen, kreischendes Lachen hinter Bäumen und Hecken. Ich roch das von der Sonne versengte Gras. Der Himmel, gegen den sich das Licht eines Flugzeugs abhob, war immer noch bedeckt. Ich dachte an Jack, an die Leute beim Begräbnis, an Rinehart. Sie wollten Brot, und ich konnte ihnen nur ein Glasauge, aber nicht einmal eine elektrische Gitarre geben.

Ich blieb stehen und setzte mich auf eine Bank. Am besten gebe ich alles auf, dachte ich, das wäre das Anständigste. Ich konnte ihnen doch nur sagen, weiterhin zu hoffen, und versuchen, mich an die zu halten, die bereit waren, mir zuzuhören. War das also, was Rinehart war, ein Prinzip der Hoffnung, für das sie freudig bezahlten? Sonst war alles

Verrat, und das bedeutete Rückkehr zu Bledsoe und Emerson, war der Sprung aus dem Kübel der Absurdität in das Feuer der Lächerlichkeit. Und beides war Selbstbetrug. Aber ich konnte nicht alles aufgeben. Ich mußte mit Jack und Tobitt ins reine kommen. Das war ich Clifton und den anderen schuldig. Ich mußte bei der Stange bleiben … und dann kam mir ein Gedanke, der mich tief ergriff: wegen der Leute brauchst du dir keine Sorge zu machen. Wenn sie Rinehart dulden, dann werden sie es vergessen, und sogar für sie bist du unsichtbar. Der Gedanke dauerte nur den Bruchteil einer Sekunde, und ich verwarf ihn sofort. Aber er war doch wie ein Blitz an dem dunklen Himmel meines Geistes erschienen. Ja, so war es. Es war einerlei, denn sie erkannten ja nicht, was sich ereignet hatte, weder meine Hoffnung noch mein Versagen. Mein Ehrgeiz und meine Integrität bedeuteten ihnen nichts, und mein Versagen war ebenso belanglos wie das Cliftons. So war es schon immer gewesen. Nur in der Bruderschaft schien es für unseresgleichen eine Chance zu geben, einen Lichtschimmer, aber hinter der blanken und menschlichen Fassade von Jacks Auge hatte ich etwas Amorphes und eklige, rote Häßlichkeit gefunden. Aber auch das hatte keine Bedeutung, außer für mich.

Ja, ich *war,* und dennoch war ich unsichtbar, das war der fundamentale Widerspruch. Ich war, und doch wurde ich nicht gesehen. Das war erschreckend, und während ich so dasaß, fühlte ich eine andere erschreckende Welt der Möglichkeiten. Denn jetzt erkannte ich, daß ich Jack, ohne zuzustimmen, zustimmen konnte. Und ich konnte Harlem sagen, zu hoffen, wenn es keine Hoffnung gab. Vielleicht konnte ich ihnen sagen, zu hoffen, bis ich die Basis für etwas Wirkliches fand, einen festen Boden für ihr Handeln, das sie auf die Ebene der Geschichte führte. Aber bis dahin mußte ich sie in Bewegung halten, ohne mich selbst zu bewegen … Ich mußte einen Rinehart spielen.

Ich lehnte mich an eine Parkmauer und dachte an Jack und Hambro und an die Ereignisse des Tages. Ich bebte vor Wut. Es war doch alles Schwindel, gemeiner Schwindel. Sie hatten sich angemaßt, die Welt zu beschreiben. Was wußten sie von uns? Daß wir sehr zahlreich waren, gewisse Arbeiten taten, viele Stimmen bedeuteten und die Leute für die Protestumzüge stellten, die sie für sich organisierten. Ich stand an der Mauer, in mir brannte das Verlangen, sie zu demütigen, ihnen ihre Irrtümer nachzuweisen. Und jetzt wurden alle vergangenen Demütigungen wertvolle Teile meiner eigenen Erfahrung, und während ich in der schwülen Nacht an der Mauer lehnte, begann ich zum erstenmal meine Vergangenheit hinzunehmen, und während ich das tat, wallten Erinnerungen in mir auf. Als könnte ich auf einmal um Ecken sehen. Bilder vergangener Demütigungen flitzten mir durch den Kopf, und ich erkannte, daß sie mehr waren als nur einzelne Erfahrungen. Sie waren ich selbst; sie definierten mich. Ich war meine Erfahrungen, und meine Erfahrungen waren ich, und kein Blinder, mochte er noch so mächtig werden, mochte er auch die Welt erobern, konnte mir das nehmen, konnte nichts daran ändern, weder das Jucken noch den Hohn, weder das Lachen, das Schreien, den Ärger, die Wut noch den Schmerz, die ich ihm verdankte. Sie waren blind, blind wie die Fledermäuse, bewegten sich nur durch das Echo ihrer eigenen Stimmen. Und weil sie blind waren, würden sie sich selbst vernichten, und ich würde ihnen dabei helfen. Ich lachte. Ich hatte geglaubt, sie nähmen mich hin, weil nach ihrem Gefühl Farbe keine Rolle spielte. In Wirklichkeit spielte sie keine Rolle, weil sie weder Farbe noch Menschen sahen. Für sie bedeuteten wir Namen auf Stimmzetteln, die sie benutzten, wie es ihnen paßte, und wenn das geschehen war, wegwarfen. Es war ein Spaß, ein absurder Spaß. Und jetzt sah ich um eine Ecke in meinen Geist und sah Jack und Norton und Emerson eine einzige weiße Gestalt werden. Sie glichen einander sehr, und jeder versuchte mir sein Bild der Wirklichkeit aufzuzwingen, ohne sich einen Dreck darum zu kümmern, wie die Dinge für mich aussahen. Ich war nur Material, Rohstoff, der verwendet werden mußte. Ich hatte die anmaßende Absurdität eines Norton und Emerson gegen die Jacks und der Bruderschaft vertauscht – und das Resultat war das gleiche – allerdings mit dem Unterschied, daß ich jetzt meine Unsichtbarkeit erkannte.

Ich würde es also annehmen, erforschen, Rinde und Herz. Mit beiden Füßen würde ich hineinspringen, und sie würden an dem würgen. Natürlich würden sie das. Ich wußte nicht, was mein Großvater gemeint hatte, aber ich war bereit, seinen Rat auszuprobieren. Ich würde zu allem ja sagen, würde sie mit Lächeln unterminieren, in allem würde ich ihnen zustimmen, auch wenn es Tod und Verderben bedeutete. Ja, ich würde mich von ihnen verschlingen lassen, bis sie mich ausspien oder ihnen der Bauch platzte. Sollten sie doch an dem würgen, was sie nicht sehen wollten. Sollten sie ihre Witze darüber machen. Dieses Risiko hatten sie nicht einkalkuliert. Es war ein Risiko, von dem sie in ihrer Philosophie nie geträumt hatten. Sie wußten auch nicht, daß Disziplin Vernichtung, daß Ja-Sagen ihr Verderben werden konnte. Ja, zu allem würde ich ja sagen – immer wieder. Ich würde ja sagen, bis sie es auskotzten und sich in dem Dreck wälzten. Sie verlangten von mir das Rülpsen der Zustimmung, und das sollten sie hören. Ja! Ja! JA! Mehr verlangte man nicht von uns: man wollte uns hören, aber nicht sehen, und was man von uns hören wollte, sollte nur der optimistische Chor ewigen Ja-Sagens sein. Ja, ich werde also ja, ja und oui, oui und si si sagen. Aber in ihrem Innern werde ich herumtrampeln mit genagelten Schuhen. Auch in den aufgeblasenen dicken Nummern, die ich noch bei keiner Komiteesitzung gesehen hatte. Sie wollten eine Maschine? Gut, ich würde ein überempfindlicher Bestätiger ihrer falschen Begriffe werden, und um mir ihr Vertrauen zu erhalten, würde ich versuchen, immer zur Stelle zu sein. Ja, ich würde ihnen gut dienen und die Unsichtbarkeit fühlbar, wenn nicht sichtbar machen, und sie sollten erkennen, daß sie ebenso ekelhaft sein konnte wie ein verwesender Körper oder ein Stück schlechten Fleisches in einem Stew. Und wenn ich dabei zu Schaden kam? Auch gut? Aber glaubten sie nicht an das Opfer? Sie waren die scharfen Denker – würde das Verrat sein? Paßte das Wort für einen Unsichtbaren? Konnten sie Absicht in dem erkennen, was nicht sichtbar war ...?

Je mehr ich über die Möglichkeit nachdachte, desto mehr verfiel ich in eine Art morbider Faszination. Weshalb hatte ich sie nicht längst entdeckt? Wie anders wäre dann mein Leben verlaufen. Wie furchtbar anders! Weshalb hatte ich die Möglichkeiten nicht erkannt? Wenn ein Pächter den Besuch eines College dadurch ermöglichte, daß er während des Sommers als Kellner oder Fabrikarbeiter oder Musiker arbeitete und Examen machte und Doktor wurde, weshalb konnte das alles nicht gleichzeitig geschehen? Und war der alte Sklave nicht auch Wissenschaftler – oder wenigstens so genannt und als solcher anerkannt –, wenn er mit dem Hut in der Hand dastand, sich verbeugte und in seniler, gemeiner Unterwürfigkeit seine Kratzfüße machte? Lieber Gott! Welche Möglichkeiten gab es doch! Und dann der spiralförmige Fortschritt! Wer kannte alle Geheimnisse! Hatte ich nicht meinen Namen geändert und hatte mich jemals jemand deswegen gestellt? Und dann die Lüge, Erfolg wäre *Aufstieg*. Durch welch plumpe Lüge beherrschte man uns. Man konnte nur Erfolg haben und aufwärts steigen, man konnte ebensogut in die Tiefe stürzen. Auf *und* ab, vor und zurück, krebsweise und kreuzweise und im Kreise. Dabei konnte man seinen alten Selbst begegnen, die kamen und gingen, und vielleicht sogar zur selben Zeit. Daß ich das bisher nicht erkannt hatte! War ich groß geworden unter Politikern, die Spieler, Richter, die Schmuggler und Sheriffs, die Räuber waren; ja, und unter Männern des Klan, die Prediger und Mitglieder humanitärer Vereine waren? Zum Teufel, und hatte Bledsoe nicht versucht, mir das alles klarzumachen? Ich kam mir eher tot als lebendig vor. Das war ein toller Tag gewesen. Schlimmer hätte es nicht sein können, auch dann nicht, wenn ich erfahren hätte, daß der Mann, den ich Vater nannte, in Wirklichkeit nichts mit mir zu tun hatte.

Ich ging nach Hause und legte mich in den Kleidern aufs Bett. Es war heiß, und der Ventilator über mir wirbelte nur die Hitze in schweren, bleiernen Wellen durcheinander. Ich drehte die Brille in den Händen, beobachtete das hypnotische Flackern der Gläser und versuchte, Pläne zu machen. Ich würde meine Wut verbergen und sie einlullen; würde ihnen versichern, daß die Gemeinde dadurch mit ihrem Programm einverstanden wäre. Und als Beweis würde ich die Anwesenheitslisten fälschen und Mitgliedskarten mit erfundenen Namen ausstellen – natürlich nur Arbeitslose, damit Beiträge nicht in Frage kamen. Ja, und wenn ich die Gemeinde nachts und in gefahrvollen Zeiten besuchte, würde ich den weißen Hut und die dunkle Brille tragen. Das waren traurige Aussichten, aber doch ein Mittel, sie zu zerstören, wenigstens in Harlem. Ich sah keine Möglichkeit, eine Splitterbewegung zu organisieren, denn was würde dann der nächste Schritt sein? Wohin? Keine Verbündeten, denen wir uns als Gleichberechtigte anschließen konnten. Es fehlte auch an Zeit und Theoretikern, ein eigenes, besonderes Programm auszuarbeiten, obwohl ich fühlte, daß irgendwo zwischen Rinehart und Unsichtbarkeit große Möglichkeiten lagen. Aber wir hatten kein Geld, keinen Geheimdienst, weder in der Regierung noch in der Industrie oder in den Gewerkschaften. Und Verbindung mit unseren eigenen Leuten nur durch unsympathische Zeitungen, durch ein paar Pullmanschaffner, die Provinznachrichten aus fernen Städten mitbrachten, und eine Gruppe von Hausangestellten, die über das uninteressante Privatleben ihrer Arbeitgeber berichteten. Wenn wir doch nur ein paar wahre Freunde gehabt hätten, die in uns mehr sahen als geeignete Instrumente, die Verwirklichung ihrer eigenen Wünsche zu erreichen. Aber zum Teufel mit all dem Kram, dachte ich, ich würde bleiben, ein gutdisziplinierter Optimist werden und ihnen allen helfen, daß sie lustig die Hölle erreichten. Wenn ich ihnen nicht behilflich sein konnte, die Wirklichkeit unseres Lebens zu erkennen, so wollte ich das Meine dazu beitragen, daß sie sie nicht eher fühlten, als bis sie ihnen krachend ins Gesicht flog.

Nur eins machte mir zu schaffen: da ich jetzt wußte, daß ihre wirklichen Ziele nie in den Komiteesitzungen enthüllt wurden, mußte ich eine Quelle ausfindig machen, durch die ich erfuhr, wie ihre Operationen geleitet wurden. Aber wie? Hätte ich mich damals nicht downtown abschieben lassen, dann verfügte ich heute über genug Hilfe von seiten der Gemeinde um *durchzusetzen,* daß sie sich offenbarten. Ja, aber wäre ich nicht abgeschoben worden, dann lebte ich heute noch in einer Welt aus Illusionen. Aber wie sollte ich mich verhalten, nachdem ich den Faden der Wirklichkeit gefunden hatte? Es sah ganz so aus, als wäre ich von allen Seiten umzingelt, als zwänge man mich, sie im Dunkeln zu bekämpfen. Schließlich warf ich die Brille auf das Bett und fiel in einen kurzen Schlaf, in dem ich die Ereignisse der letzten wenigen Tage noch einmal erlebte. Aber nicht Clifton ging dabei zugrunde, sondern ich selbst. Wie zerschlagen wurde ich wach. Ich war in Schweiß gebadet. Plötzlich umströmte mich seltsames Parfum.

Ich lag auf dem Bauch, und mein Kopf ruhte auf meinen Handrücken. Und ich dachte: woher kommt der Duft? Als ich die Brille sah, wußte ich es. Ich hatte die Hand von Rineharts Mädchen angefaßt. Regungslos lag ich da, und sie schien auf dem Bett zu sitzen, ein helläugiger Vogel mit glänzendem Haar und reifen Brüsten, und ich war in einem Wald und hatte Angst, den Vogel zu verscheuchen. Dann wurde ich ganz wach, und der Vogel war verschwunden, aber das Bild des Mädchens war immer noch in meinem Geist. Was wäre geschehen, wenn ich sie mitgenommen hätte, wie weit hätte ich gehen können? Ein so begehrenswertes Mädchen – und Rinehart. Atemlos saß ich da, fragte mich, wie Rinehart das Informationsproblem gelöst haben würde. Die Lösung stand auf einmal vor mir: dazu brauchte ich eine Frau. Eine Frau, eine Freundin oder die Sekretärin eines der Führer, die bereit war, mir alles zu erzählen. Ich dachte an frühere Erfahrungen in der Bewegung. Kleine Zwischenfälle wurden wieder lebendig und mit ihnen das Lächeln und die Gesten gewisser Frauen, die ich nach den Versammlungen und auf den Parties kennengelernt hatte. Wie ich mit Emma im ›Hades‹ tanzte. Eng und weich schmiegte sie sich an mich. Schnell flammte Verlangen in mir auf, und ich wurde verlegen, als ich Jack in einer Ecke stehen sah. Und Emma hielt mich, ihre Brüste drängten sich an mich, und in ihren Augen glühte ein spöttisches Lächeln, und sie sagte: »Versuchung.« Und ich suchte verzweifelt nach einer geistreichen Erwiderung und sagte schließlich zu meiner Überraschung: »Überall lauert Versuchung.« Ich hörte sie lachen. »Touché. Touché. Sie sollten eines Nachmittags mal zu mir kommen und mit mir fechten.« Das war damals gewesen, als ich noch voller Hemmungen war und mich über Emmas Kühnheit und ihre Äußerung, ich wäre als Führer in Harlem nicht schwarz genug, ärgerte. Jetzt kannte ich keine Hemmungen mehr, dafür hatte das Komitee gesorgt. Sie war schon die richtige, und vielleicht fand sie mich nun auch schwarz genug. Für morgen war eine Komiteesitzung anberaumt, und da Jack an diesem Tag Geburtstag hatte, würde eine Feier im ›Hades‹ folgen. So würde ich meinen zweizackigen Angriff unter den günstigsten Umständen starten. Man zwang mich zu Rineharts Methoden. Also los gegen die Wissenschaftler.

24. KAPITEL

Schon am nächsten Tag begann ich mit dem Ja-Sagen, und es klappte großartig. Die Gemeinde war immer noch in großer Erregung. Mengen rotteten sich bei den geringsten Vorfällen zusammen. Schaufenster wurden eingeschlagen, und während des Morgens kam es zwischen Busfahrern und den Fahrgästen zu Schlägereien. Die Zeitungen berichteten von ähnlichen Zusammenstößen während der Nacht. Die mit Spiegeln versehene Fassade eines Ladens in der 125. Straße wurde zertrümmert, und als ich dort vorbeiging, sah ich eine Gruppe von Jungens, die vor dem zersplitterten Glas tanzten und ihre verzerrten Bilder betrachteten. Eine Gruppe aus Erwachsenen stand dabei und weigerte sich, weiterzugehen, als die Polizei sie dazu aufforderte, und murrte über Clifton. Mir gefiel das alles nicht, wenn ich dem Komitee auch die größten Schwierigkeiten an den Hals wünschte.

Als ich das Büro betrat, berichteten mehrere Mitglieder von Zusammenstößen in anderen Teilen des Bezirks. Auch das gefiel mir in keiner Weise. Gewalt hatte keinen Sinn, und da sie von Ras unterstützt wurde, richtete sie sich in Wirklichkeit gegen die Gemeinde. Aber wenn ich auch wußte, daß meine Verantwortung vergewaltigt wurde, war ich mit der Entwicklung der Dinge doch zufrieden und ging an die Ausführung meines Plans. Ich beauftragte Mitglieder, sich in die Menge zu mischen und jede weitere Anwendung von Gewalt zu entmutigen, und schrieb einen offenen Brief an alle Zeitungen, in dem ich sie beschuldigte, belanglose Zwischenfälle zu verdrehen und aufzubauschen.

Am Spätnachmittag berichtete ich dem Hauptquartier, daß die Ruhe einigermaßen wiederhergestellt und daß es uns gelungen wäre, einen großen Teil der Gemeinde für eine Aufräumkampagne zu interessieren, durch den die Hinterhöfe und unbebauten Grundstücke von jeglichem Schutt und Abfall befreit und die Gedanken Harlems von Clifton abgelenkt werden sollten. Es war ein derart durchsichtiges Manöver, daß ich den Glauben an meine Unsichtbarkeit verlor, als ich vor ihnen stand. Aber sie waren einverstanden und, als ich ihnen meine gefälschten Listen vorlegte, hell begeistert. Sie waren gerechtfertigt; ihr Programm war richtig. Der Ablauf der Ereignisse vollzog sich in der geplanten Richtung, die Geschichte war auf ihrer Seite, und Harlem liebte sie. Innerlich lächelnd, saß ich da, während ich ihren Bemerkungen zuhörte. Die Rolle, die ich spielte, sah ich ebenso genau wie Jacks rotes Haar. Ereignisse meiner Vergangenheit, anerkannte und ignorierte, wurden in meinem Geist in plötzlicher, höhnischer Bewußtheit, die gleichsam ein Blick um die Ecke war, wach. Ich wollte Rechtfertiger werden, meine Aufgabe würde es sein, das unvorhersagbare, menschliche Element von ganz Harlem zu leugnen, so daß sie es weiter nicht zu beachten brauchten, wenn es irgendwie mit ihren Plänen kollidierte. Ich wollte ihnen immer wieder das Bild einer frohen, passiven, gutgelaunten, empfänglichen Masse zeigen, die geneigt war, jeden ihrer Pläne anzunehmen. Wenn sich Situationen ergaben, auf die andere mit gerechter Empörung reagierten, dann würde ich sagen, daß wir voller Ruhe und Vertrauen wären (sollten sie uns aber lieber wütend sehen, dann brauchten sie das nur in ihrem Programm festzulegen; die Tatsachen waren unwichtig, unwirklich). Und wenn andere ihre Manöver besorgt betrachteten, dann mußte ich sie beruhigen und darauf hinweisen, daß *wir* in Wahrheit wie mit Röntgenstrahlen sähen. Wenn andere Gruppen Interesse für Reichtum zeigten, dann müßte ich den Brüdern und zweifelnden Mitgliedern anderer Bezirke klarmachen, daß *wir* Reichtum als verderbt und entwürdigend ablehnten; wenn andere Minoritäten trotz ihrer Sorgen das Land liebten, dann würde ich dem Komitee versichern, daß wir, die wir gegen solche absurd-menschlichen und unklaren Reaktionen gefeit waren, es in jeder Weise haßten. Und – das war der größte Widerspruch – wenn man den amerikanischen Schauplatz als verderbt und entartet bezeichnete, dann mußte ich sagen, daß wir, obwohl unentrinnbar mit seinen Adern und Sehnen verbunden, wunderbar gesund waren. Ja, ja! Obwohl ich unsichtbar war, würde ich ihre beruhigende Stimme der Verneinung sein. Ich würde Tobitt übertreffen, und was den Scheißkerl Wrestrum anging ... Während ich so dasaß, legte jemand meinen gefälschten Mitgliederlisten eine Bedeutung von nationaler Tragweite bei. Illusion schuf Gegenillusion. Wo würde sie enden? Glaubten sie an ihre eigene Propaganda?

Im ›Hades‹ ging es dann zu wie früher auch. Jacks Geburtstag bot Gelegenheit zu Champagner, und der heiße Hundstagsabend verlief sogar ausgelassener als sonst. Ich war voller Vertrauen, und doch klappte mein Plan hier nicht ganz. Emma war fröhlich und reagierte in jeder Weise, aber etwas in ihrem harten, schönen Gesicht warnte mich, die Finger von ihr zu lassen. Ich fühlte, daß, wenn sie sich auch willig hingab (zu ihrem eigenen Vergnügen), sie doch viel zu gerissen und in Intrigen zu bewandert war, als daß sie ihre Position als Jacks Geliebte dadurch gefährdete, daß sie mir etwas Wichtiges verriet. Während ich mit Emma tanzte und schäkerte, hielt ich Umschau nach einem Ersatz.

An der Theke trafen wir uns. Sie hieß Sybil und gehörte zu

denen, die annahmen, daß meine Vorträge über die Frauenfrage auf mehr als nur politischer Erkenntnis beruhten. Schon öfter hatte sie verraten, daß sie mich gern näher kennenlernen würde. Aber ich hatte immer so getan, als verstünde ich sie nicht, denn meine erste Erfahrung in dieser Hinsicht hatte mich gelehrt, solche Situationen zu meiden. Im ›Hades‹ war sie meist beschwipst und nachdenklich, der Typ der unverstandenen, verheirateten Frau, der ich, auch wenn sie mich interessiert hätte, wie der Pest aus dem Weg gegangen wäre. Aber jetzt machte ihr Unglücklichsein und der Umstand, daß sie die Frau eines ›hohen Tiers‹ war, sie zu dem, was ich suchte. Sie war sehr einsam, und alles klappte vorzüglich. Während der lärmenden Geburtstagsfeier, der am nächsten Abend noch eine öffentliche Feier folgen sollte, wurden wir weiter nicht beachtet, und als sie das Fest früh verließ, brachte ich sie nach Hause. Sie fühlte sich vernachlässigt, und er hatte dauernd zu tun, und als wir uns trennten, hatte ich mit ihr für den nächsten Abend ein Rendezvous in meiner Wohnung verabredet. George, ihr Mann, nahm an der Geburtstagsfeier teil, und man würde sie nicht vermissen.

Es war eine heiße Augustnacht. Blitze flackerten am östlichen Himmel, und atemlose Spannung lag in der feuchten Luft. Ich hatte den Nachmittag mit Vorbereitungen verbracht. Ich hatte das Büro unter dem Vorwand, mich nicht wohl zu fühlen, verlassen und mich auf diese Weise vor der Teilnahme an der Feier gedrückt. Ich war weiter nicht aufgeregt. Im Wohnzimmer stand eine Vase mit Lilien, und eine andere mit Rosen stand auf dem Tisch in der Nähe des Bettes. Ich hatte Wein, Whiskey, Likör und Eiswürfel, Obst, Käse, Nüsse, Backwerk, Schokolade und andere Delikatessen bei Vendome besorgt. Kurzum, ich hatte alles so hergerichtet, wie es meiner Meinung nach Rinehart getan hätte.

Aber ich machte alles von Anfang an falsch. Ich machte die

Drinks zu stark – und sie war nur zu sehr damit einverstanden. Und dann redete ich zu früh am Abend von Politik, die sie fast haßte. Obwohl sie mit der Ideologie ständig zu tun hatte, interessierte sie die Politik nicht, und von den Plänen, die ihren Mann Tag und Nacht beschäftigten, hatte sie keine Ahnung. Die Drinks interessierten sie mehr, und ich mußte zusammen mit ihr ein Glas nach dem andern leeren und anhören, was alles sie sich über Joe Louis und Paul Robeson zurechtgeträumt hatte. Und wenn ich beiden auch weder in Statur noch Temperament glich, so erwartete sie doch von mir, daß ich ›Old Man River‹ sang, umhersprang oder meine Muskeln spielen ließ. Ich war verwirrt und belustigt zugleich, und es wurde ein wirklicher Kampf zwischen uns beiden. Ich bemühte mich darum, daß wir beide den Boden nicht unter den Füßen verloren, und sie, mich in ihre Phantasien zu verstricken, in denen ich Bruder Taboo – mit dem alles möglich war – spielte.

Jetzt war es spät, und als ich das Zimmer mit einer neuen Runde Drinks betrat, hatte sie das Haar gelöst und winkte mich, eine goldene Haarnadel im Mund, zu sich. Sie saß auf dem Bett und sagte: »Komm zu Mama, Liebling.«

»Dein Drink«, sagte ich und reichte ihr ein Glas. Ich hoffte, der neue Drink würde jedes neue Verlangen entmutigen.

»Komm«, sagte sie scheu, »ich muß dich mal was fragen.«

»Was denn?«

»Das kann ich nur ganz leise sagen, Liebling.«

Ich setzte mich dicht neben sie. Und plötzlich war es mit meiner Haltung vorbei. Ich rückte von ihr fort. Wie sie so dasaß, erschien sie fast zimperlich, und doch hatte sie mir eben den bescheidenen Vorschlag gemacht, mit ihr zusammen ein abstoßendes Ritual zu vollziehen.

»Was war das!« sagte ich, und sie wiederholte es. War das Leben plötzlich eine verrückte Karikatur geworden?

»Das tust du doch für mich, Liebster?«

»Wirklich?«

»Ja«, sagte sie, »ja.«

Etwas wie naive Unschuld zeigte sich auf ihrem Gesicht, die mich besonders bestürzt machte, denn sie versuchte weder mich zu verhöhnen noch zu beleidigen. Und ich konnte nicht sagen, ob Entsetzen aus Unschuld heraus zu mir sprach oder ob Unschuld sich unverletzt aus dem gemeinen Geschehen des Abends erhob. Ich wußte nur, daß alles ein grober Mißgriff war. Sie wußte nichts, und ich war entschlossen, sie aus meiner Wohnung zu schaffen, bevor ich mich mit Unschuld oder Entsetzen auseinandersetzen mußte, solange ich beides noch mit einem Scherz abtun konnte. Wie würde sich Rinehart in dieser Situation verhalten, dachte ich, und da ich das wußte, war ich entschlossen, mich von ihr zu keinerlei Gewalttat reizen zu lassen.

»Aber, Sybil, siehst du denn nicht, daß ich so nicht bin? Ich empfinde eine zärtlich-schützende Zuneigung. Es ist hier wie in einem Backofen. Wir sollten im Central Park ein wenig spazierengehen.«

»Aber ich muß das haben«, sagte sie und löste die übereinandergeschlagenen Beine und richtete sich auf. »Du kannst das, es ist doch eine Kleinigkeit für *dich,* Liebling. Sag, daß du mich totschlägst, wenn ich nicht nachgebe. Schrei mich an, Liebling. Meine Freundin erzählte mir, der Mann hätte einfach gesagt: ›Zieh den Schlüpfer aus … und …‹«

»Was hat er gesagt?«

»Wirklich. Ganz bestimmt«, erwiderte sie. Ich sah sie an. Sie errötete. Ihre Backen, ihr sommersprossiger Busen wurden hellrot.

»Erzähl weiter«, sagte ich, während sie sich wieder auf den Rücken legte. »Und was geschah dann?«

»Ja … er nannte sie etwas ganz Gemeines«, erwiderte sie mit scheuem Zögern. Sie war eine alte Frau mit vertrockneter Haut und kastanienbraunem, natürlich gewelltem Haar, das sich wie ein Fächer über das Kissen breitete. Sie errötete tief. Wollte sie mich damit reizen, oder war es der unbewußte Ausdruck des Ekels?

»Ein ganz gemeines Wort«, sagte sie. »Ja, das war ein brutaler Kerl, groß, mit weißen Zähnen, so'n richtiger Rammler, wie man sagt. Und der sagte: ›Zieh den Schlüpfer aus, du Sau‹, und dann tat er es. Sie ist wirklich ein nettes Mädchen und so zart, und ihre Gesichtsfarbe erinnert an Erdbeeren mit Schlagsahne. Daß *jemand* sie so nannte, das kann man sich gar nicht vorstellen.«

Sie setzte sich wieder aufrecht. Ihre Ellbogen kerbten das Kissen ein, während sie mir ins Gesicht sah.

»Und weiter? Hat man ihn erwischt?« fragte ich.

»Natürlich nicht, Liebling, sie hat das nur mir und einer anderen Freundin erzählt. Ihr Mann durfte natürlich nichts erfahren. Er ... ach, es ist eine lange Geschichte.«

»Furchtbar«, sagte ich. »Meinst du nicht auch, daß wir ...«

»Das kann man wohl sagen. Monatelang konnte sie sich nicht beruhigen ...« Ihr Gesichtsausdruck flackerte, wurde dann verschwommen.

»Was hast du?« fragte ich. Ich fürchtete, sie würde anfangen zu weinen.

»Ich möchte nur wissen, was sie in *Wirklichkeit* spürte. Zu gern wüßte ich das.« Plötzlich sah sie mich geheimnisvoll an. »Darf ich dir ein Geheimnis anvertrauen?«

Ich setzte mich aufrecht. »Sag nur nicht, daß dir die Geschichte passiert ist.«

Sie lächelte. »Ach nein, nicht mir, aber einer guten Freundin. Aber weißt du was, Liebling«, sagte sie und beugte sich vertraulich vor, »ich glaube, ich bin Nymphomanin.«

»Du? Nein.«

»Manchmal habe ich schlechte Gedanken und Träume. Ich gebe ihnen nie nach, aber manchmal glaube ich, daß ich so bin. Eine Frau wie ich muß eine eiserne Disziplin haben.«

Ich lachte innerlich. Bald war sie dick, mit Doppelkinn und dreifacher Taille. Eine dünne goldene Kette trug sie um das dick werdende Fußgelenk. Und doch fühlte ich, daß etwas Warmes, aufreizend Weibliches von ihr ausging. Ich ergriff ihre Hand und streichelte sie. »Weshalb quälst du dich mit solchen Gedanken?« sagte ich. Ich sah, wie sie sich aufrichtete und aus dem Kissenzipfel eine gesprenkelte Feder zog, deren Flaum sie vom Kiel streifte.

»Unterdrückung«, sagte sie mit viel Sophisterei. »Die Männer haben uns immer nur unterdrückt. Wir müssen auf zuviel Menschliches verzichten. Aber noch ein Geheimnis.«

Ich neigte den Kopf.

»Darf ich es erzählen, Liebling?«

»Natürlich, Sybil.«

»Seit ich das erstemal davon hörte – ich war damals noch ein kleines Mädchen – habe ich mir immer wieder gewünscht, es auch einmal zu erleben.«

»Du meinst, was deine Freundin erlebte?«

»Ach ja!«

»Lieber Gott, Sybil, hast du das anderen auch erzählt?«

»Natürlich nicht. Das hätte ich nicht gewagt. Bist wohl sehr entsetzt?«

»Ein bißchen schon. Aber weshalb erzählst du mir das, Sybil?«

»Ich weiß, daß ich Vertrauen zu dir haben kann und du mich verstehst. Du bist nicht wie die andern Männer. Wir beide haben vieles gemeinsam.«

Sie lächelte jetzt. Sie streckte die Hand aus und berührte mich leicht, und ich dachte, nun geht's wieder los.

»Lege dich und laß mich dich auf dem weißen Laken betrachten. Du bist schön. Das weiß ich schon lange. Wie warmes Ebenholz auf weißem Schnee – sieh nur, was du kannst – du machst eine Dichterin aus mir. ›Warmes Ebenholz auf weißem Schnee‹ – ist das nicht poetisch?«

»Ich bin sehr empfindlich, und du darfst nicht deinen Spott mit mir treiben.«

»Aber so bist du, und ich fühle mich dir gegenüber so frei.«

Ich betrachtete die rote Druckstelle ihres Büstenhalters und dachte: Wer rächt sich an wem? Aber weshalb überrascht sein, da sie das ja immer wieder hören? Wenn eine große Macht daraus gemacht und ihnen beigebracht wird, jede Art Macht zu verehren. Trotz aller Warnungen wollen manche es doch am eigenen Leibe erfahren. Die besiegten Sieger. Vielleicht wollen das heimlich sehr viele. Vielleicht schreien sie, weil es nie Möglichkeit werden will …

»Ja«, sagte sie betrunken, »so mußt du mich ansehen, als wolltest du mich in Stücke reißen. Ich hab's gern, wenn man mich so ansieht.«

Ich lachte und berührte ihr Kinn. Sie hatte mich an der Strippe. Ich war betrunken, ich konnte weder was sagen noch wütend werden. Ich dachte daran, ihr einen Vortrag über die Achtung, die man in unserer Gesellschaft dem Bettgenossen schuldet, zu halten, aber ich bildete mir nicht mehr ein, die Gesellschaft zu kennen oder in sie zu passen. Außerdem, so dachte ich, hält sie dich nur für den Spaßmacher. Auch das wird ihnen beigebracht.

Ich ergriff mein Glas. Sie nahm das ihre und rückte wieder dicht an mich heran.

»Du tust es doch, Liebling?« sagte sie. Wie ein kleines Kind streckte sie die Lippen, die ohne Schminke wie rohes Fleisch aussahen, vor. Mach ihr doch den Spaß, sei Gentleman oder für was sie dich hält. Für was hält sie dich eigentlich? Offenbar für einen gezähmten Schänder, für einen Experten auf dem Gebiete der Frauenfrage. Vielleicht bist du das auch, immer bereit und zum Vergnügen der Damen mit einer entsprechenden Druckknopfvorrichtung versehen. Ja, ich hatte diese Falle gestellt und war selbst hineingeraten.

»Trink«, sagte ich zu ihr und gab ihr das gefüllte Glas in die Hand. »Nach einem ordentlichen Schluck wird alles wieder besser, wirklicher.«

»Ja, das wird wundervoll.« Sie nahm das Glas und sah mich nachdenklich an. »Ich bin das Leben, das ich führe, so leid, Liebling. Bald bin ich alt und habe nichts erlebt. Weißt du, was das bedeutet? George redet viel von Frauenrechten, aber was weiß er von dem, was eine Frau braucht? Viel Geschrei und wenig Wolle. Ach, du glaubst ja gar nicht, was du für mich tust.«

»Und du für mich, gute Sybil«, sagte ich und füllte das Glas wieder. Endlich begann das Getränk zu wirken.

Sie schüttelte das lange Haar über ihre Schultern, schlug die Beine übereinander und beobachtete mich. Ihr Kopf wurde ihr schwer.

»Trink nicht zuviel, Liebling«, sagte sie. »George kann dann nicht mehr.«

»Mach dir keine Sorgen«, erwiderte ich. »Ich vergewaltige am besten, wenn ich betrunken bin.«

Sie sah mich erregt an. »Ach! Dann gieß mir noch eins ein«, sagte sie und richtete sich auf. Sie war froh wie ein Kind und hielt mir eifrig das Glas hin.

»Was geschieht hier«, sagte ich, »die Neugeburt einer Nation?«

»Was sagst du, Liebling?«

»Nichts. Ein schlechter Scherz. Vergiß ihn.«

»Das gerade gefällt mir an dir, Liebling. Du hast mir bisher noch keinen einzigen gemeinen Witz erzählt. Komm, Liebling«, sagte sie, »schenk ein.«

Ich füllte ihr Glas, einmal, zweimal. Ich füllte unsere Gläser mehrere Male. Ich war in weiter Ferne; es kam nicht, weder bei mir noch bei ihr, und ich empfand etwas wie Mitleid, das ich nicht empfinden wollte. Dann sah sie mich an, die Augen leuchteten hinter halbgeschlossenen Lidern.

Sie richtete sich auf und traf mich an einer empfindlichen Stelle.

»Schlag mich, Daddy, du großer, schwarzer Kraftmensch. Weshalb dauert es so lange?« sagte sie. »Los doch, hau mich zusammen. Willst du mich nicht?«

Ich war so ärgerlich, daß ich sie auch so geschlagen hätte. Sie lag, für jeden Angriff bereit, errötete, ihr Nabel war kein kleiner Becher, sondern ein Loch in einem vom Erdbeben geschüttelten Land, das sich weit dehnte. Dann sagte sie: »Komm, komm doch«, und ich sagte: »Gewiß, gewiß.« Ich sah wild um mich und wollte den Drink schon über sie gießen und tat es dann doch nicht. Da sah ich ihren Lippenstift auf dem Tisch liegen, ergriff ihn und sagte: »Ja, ja.« Und dann beugte ich mich wütend, in trunkener Inspiration, über ihren Bauch:

SYBIL, DER WEIHNACHTSMANN
HAT DICH VERGEWALTIGT.
ÜBERRASCHUNG!

Weiter kam ich nicht. Ich bebte über ihr, meine Knie auf dem Bett, während sie mit unsteter Erwartung lauerte. Der Lippenstift war metallisch rot, und als sie im Vorgenuß keuchte, dehnten sich die Buchstaben und bebten auf und ab, und sie leuchteten wie ein Lichtzeichen.

»Schnell, Liebling, schnell«, sagte sie. Ich betrachtete sie und dachte: Warte nur, bis George das sieht – wenn es überhaupt soweit kommt. Er wird einen Aspekt der Frauenfrage kennenlernen, an den er noch nie gedacht hat. Namenlos lag sie da unter meinen Augen, bis ich ihr Gesicht sah, geformt von ihrer Erregung, die ich nicht befriedigen konnte, und ich dachte: Arme Sybil, sie nahm sich einen Jungen für die Arbeit eines Mannes, und nichts war so, wie sie es sich vorgestellt hatte. Auch der schwarze Kraftmensch konnte die Arbeit nicht leisten. Sie hatte jetzt alle Selbstbeherrschung verloren, und plötzlich beugte ich mich über sie und küßte sie auf den Mund.

»Psst, sei ganz still«, sagte ich, »so geht es nicht, wenn man ...«, und sie hob den Mund, verlangte nach mehr, und ich küßte sie wieder und beruhigte sie und sie schlummerte ein, und ich beschloß wieder, dieser Farce ein Ende zu machen. Solche Scherze waren was für Rinehart, nicht für mich. Ich torkelte nach draußen, holte ein feuchtes Handtuch und begann den Beweis für mein Verbrechen auszulöschen. Aber die Farbe war zäh wie die Sünde, und es dauerte einige Zeit. Mit Wasser ging es nicht. Whiskey hätte man gerochen, und so nahm ich schließlich Benzin. Zum Glück wurde sie erst wach, als ich fast fertig war.

»Hast du es getan, Liebling?« fragte sie.

»Ja, natürlich«, antwortete ich, »das wolltest du doch.«

»Ja, aber ich habe keine Erinnerung ...«

Ich betrachtete sie und hätte am liebsten gelacht. Sie versuchte, mich zu sehen, aber trotz aller Bemühungen fanden ihre Augen mich nicht, und ihr Kopf wackelte von der einen Seite auf die andere, und plötzlich war mir fröhlich zumute.

»Sag doch mal«, sagte ich und spielte mit ihrem Haar, »wie heißt du eigentlich?«

»Sybil«, sagte sie empört, dem Weinen nahe. »Du weißt doch, Liebling, daß ich Sybil heiße.«

»Als ich dich nahm, wußte ich es nicht.«

Ihre Augen weiteten sich, und ein Lächeln wogte über ihr Gesicht.

»Richtig, das konntest du auch nicht. Vorher hast du mich nie gesehen.« Sie war voller Freude. Ich sah fast, wie der Gedanke Form in ihrem Geist annahm.

»Ja«, sagte ich. »Ich kam direkt aus der Wand gesprungen. Ich überwältigte dich in der leeren Eingangshalle – erinnerst du dich? Und ich erstickte deine Schreckensschreie.«

»Habe ich mich tüchtig gewehrt?«

»Wie eine Löwin, die ihr Junges verteidigt.«

»Aber du warst so groß und stark und gewalttätig, und ich mußte mich fügen. Ich wollte doch nicht, Liebling. Du zwangst mich, gegen meinen Willen.«

»Gewiß«, sagte ich und ergriff ein seidenes Kleidungsstück. »Du wecktest das wilde Tier in mir. Ich überwältigte dich. Was hätte ich anderes tun sollen?«

Ich überlegte einen Augenblick, und eine Sekunde lang zuckte ihr Gesicht, als wollte sie weinen. Aber dann erblühte neues Lächeln.

»Und war ich eine gute Nymphomanin?« sagte sie und sah mich forschend an. »Wirklich und wahrhaftig?«

»Mehr, als du glaubst«, erwiderte ich. »George sollte ein Auge auf dich haben.«

Erregt wälzte sie sich hin und her. »Ach, Unsinn, George weiß gar nicht, was eine Nymphomanin ist, und wenn sie neben ihm im Bett läge.«

»Du bist großartig«, sagte ich. »Erzähl von George. Erzähl mir von diesem großen Kenner der sozialen Wandlung.«

Ihr Blick wurde stetiger. Sie runzelte die Stirn. »Wer, *George?«* sagte sie und sah mich mit triefenden Augen an. »George ist blind wie der Maulwurf in seinem Loch und hat von nichts eine Ahnung. Kannst du dir das vorstellen? Fünfzehn Jahre. Weshalb lachst du, Liebling?«

»Ich«, sagte ich, mein Lachen wurde lautes Gelächter. »Ausgerechnet ich ...«

»Noch nie habe ich einen Mann so herzlich lachen hören, Liebling.«

Ich zog ihr jetzt das Kleid über den Kopf, und ihre Stimme ertönte gedämpft durch die Shantungseide. Endlich hatte ich es ihr über die Hüften gezogen, und ihr rotes Gesicht kam durch den Kragen zum Vorschein. Das Haar war immer noch in loser Unordnung.

»Liebling«, sagte sie leise. »Tust du es mal wieder?«

Ich trat einen Schritt zurück und betrachtete sie. »Was?«

»Bitte, liebster Liebling, bitte«, sagte sie mit zuckendem Lächeln.

Ich fing wieder an zu lachen. »Natürlich, ganz gewiß ...«

»Wann, Liebling, wann?«

»Jederzeit«, erwiderte ich. »Vielleicht jeden Donnerstag um neun?«

»Ach, Liebling«, sagte sie und umarmte mich altmodisch. »Noch nie habe ich einen solchen Mann gesehen.«

»Weißt du das bestimmt?«

»Ganz bestimmt ... Auf Ehrenwort ... Glaubst du mir?«

»Gewiß; es ist gut, gesehen zu werden. Aber wir müssen jetzt gehen«, sagte ich, als sie sich wieder auf das Bett legen wollte.

Sie schmollte. »Ein Glas muß ich noch haben, Liebling, sonst kann ich nicht schlafen«, sagte sie.

»Du hast genug gehabt«, erwiderte ich.

»Ach, Liebling, nur noch ein Gläschen.«

»Gut, aber nur eins.«

Wir tranken noch ein Glas; ich sah sie an und fühlte, wie Mitleid und Ekel wieder in mir wach wurden, und ich war sehr niedergeschlagen. Sie betrachtete mich ernst, den Kopf auf die Seite geneigt.

»Liebling«, sagte sie, »weißt du, was Sybilchen denkt? Daß du sie los sein willst.«

Ich sah sie aus tiefer Leere an und füllte unsere Gläser wieder. Was hatte ich ihr getan, was hatte ich sie tun lassen? War alles in mich gesickert? Mein Handeln – nein – das schmerzliche Wort nahm ebenso zusammenhanglos Gestalt an wie ihr zuckendes Lächeln – meine Verantwortung. Alles? Ich bin unsichtbar. »Hier«, sagte ich, »trink.«

»Du auch, Liebling«, sagte sie.

»Ja«, sagte ich. Und dann sank sie in meine Arme.

Ich mußte wohl geschlummert haben. Ich hörte Eis in einem Glas klirren und dann das Schrillen der Klingel. Ich war unendlich traurig, als wäre es während der Stunde Winter geworden. Sie lag da, das kastanienbraune Haar gelöst, beobachtete durch schwerlidrige, blau umschattete Augen. Aus der Ferne klang wieder Klingeln.

»Nicht antworten, Liebling«, sagte sie mit einer Stimme, die plötzlich durch ihren Mund aus dem Zeitlosen kam.

»Was?« sagte ich.

»Nicht antworten, laß es klingeln«, sagte sie und streckte die Finger mit den roten Nägeln aus.

Ich nahm ihr den Hörer aus der Hand, verstand jetzt.

»Tu's nicht, Liebling«, sagte sie.

Wieder klingelte es, jetzt in meiner Hand, und ohne jeden Grund huschten mir, schnell wie Wasser, die Worte eines Kindergebets durch den Geist. Dann sagte ich: »Hallo!«

Es war eine aufgeregte, unbekannte Stimme aus dem Bezirk.

»Bruder, kommen Sie sofort hierher ...«, sagte eine Stimme.

»Ich bin krank. Was ist los?«

»Unruhen, Bruder. Und nur Sie können ...«

»Was für Unruhen ...?«

»Schlimme Unruhen, Bruder. Man versucht ...« Dann das harte Klirren von Glas, weit weg, brüchig und fein. Ihm folgte ein Krachen, und dann war die Verbindung weg.

»Hallo«, sagte ich.

Sybil lag bebend vor mir, und ihre Lippen sagten: »Liebling.«

Ich versuchte jetzt anzurufen, hörte das Zeichen wie aus weiter Ferne: A – men, A ... men ... Ich setzte mich. War es ein Trick? Wußte man, daß sie bei mir war? Ich hängte ein. Ihre Augen sahen mich aus ihren blauen Schatten an. »Lieb ...« Und dann stand ich auf und ergriff ihren Arm. »Wir müssen gehen, Sybil. In Harlem braucht man mich.« Erst jetzt wußte ich, daß ich gehen würde.

»Nein«, sagte sie.

»Ja«, erwiderte ich. »Komm.«

Sie legte sich auf das Bett zurück, forderte mich heraus. Ich ließ ihren Arm los und blickte um mich. Was für Unruhen um diese Stunde? Weshalb sollte ich gehen? Sie beobachtete mich, ihre Augen glänzten wässerig in blauen Schatten. Ich war niedergeschlagen und sehr traurig.

»Komm zu mir, Liebling«, sagte sie.

»Nein, wir wollen an die frische Luft gehen.« Und dann packte ich, ihre roten, öligen Nägel meidend, ihre Handgelenke und zog sie hoch. Zerrte sie nach der Tür. Wir torkelten, ihre Lippen berührten die meinen. Sie klammerte sich an mich, und einen Augenblick lang klammerte ich mich an sie mit einem Gefühl unsäglicher Traurigkeit. Dann rülpste sie, und ich sah mit leeren Augen in das Zimmer. Das Licht fing sich in der bräunlichen Flüssigkeit unserer Gläser.

»Liebling«, sagte sie, »das Leben könnte ganz anders sein …«

»Aber das tut es nie«, erwiderte ich.

»Liebling«, sagte sie wieder.

Der Ventilator surrte. Und in einer Ecke lag meine Aktenmappe, mit Staubflecken bedeckt wie mit Erinnerungen – der Abend der großen Balgerei. Ich fühlte ihren Atem mich heiß anwehen und schob sie sanft beiseite, lehnte sie an den Türrahmen, dann ging ich weiter, schnell wie das Gebet, an das ich eben gedacht hatte. Ich nahm die Aktenmappe, wischte den Staub am Hosenbein ab und fühlte ihr unerwartetes Gewicht, als ich sie unter den Arm klemmte. Leichtes Klirren in der Mappe.

Sie beobachtete mich immer noch. Ihre Augen waren hell, als ich ihren Arm ergriff.

»Wie geht's, Syb?« sagte ich.

»Geh nicht, Liebling«, antwortete sie. »Das kann doch George besorgen. Heute abend keine Reden.«

»Komm«, sagte ich und packte ihren Arm fester. Zog sie weiter, während sie seufzte und mich nachdenklich ansah.

Wir gingen langsam hinunter auf die Straße. Mir war der Kopf noch wirr von all den Drinks, und als ich in die große Leere aus Dunkelheit starrte, kamen mir fast die Tränen ... Was war in Harlem los? Was gingen mich die blinden Bürokraten an? *Ich bin unsichtbar.* Ich starrte durch die stille Straße, fühlte sie neben mir herstolpern und hörte sie eine kleine Melodie summen. Etwas Frohes, Kindliches, Sorgloses. Sybil, meine zu späte, zu frühe Liebe. Ach, meine Halsader pochte. Die Hitze in der Straße packte mich. Ich hielt Ausschau nach einem Taxi, aber es kam keins. Sie summte neben mir, ihr Duft strömte unwirklich in die Nacht. Wir gingen zum nächsten Block. Immer noch kein Taxi. Ihre hohen Absätze knallten unsicher auf dem Bürgersteig. Ich hielt sie an.

»Armer Liebling«, sagte sie, »seinen Namen weiß ich nicht.«

Ich drehte mich um, als hätte mich ein Schlag getroffen. »Was?«

»Namenloser, gemeiner Kerl und ein herrlicher Rammler«, sagte sie. Ihr Mund war ein trübes Lächeln. Ich sah sie auf hohen Absätzen *klapp, klapp* über den Bürgersteig eilen.

»Sybil«, sagte ich eher zu mir als zu ihr, »wo wird das enden?« Etwas riet mir, mich aus dem Staub zu machen.

»Ach«, sagte sie, »im Bett. Geh nicht fort, Liebling. Bleib bei Sybil.«

Ich schüttelte den Kopf. Über mir, in weiter Ferne, kreisten die Sterne. Dann schloß ich die Augen, und sie segelten rot hinter meinen Lidern weiter. Etwas sicherer auf den Beinen, ergriff ich ihren Arm.

»Sieh, Sybil«, sagte ich. »Bleib hier einen Augenblick stehen, ich hole aus der 5. Avenue ein Taxi. Bleib hier stehen.«

Wir stolperten weiter bis vor ein altes Haus mit dunklen Fenstern. Große griechische Medaillons hoben sich als helle Flecken von der Fassade über einem dunklen, verworrenen Steinmuster ab, und ich lehnte sie gegen die Treppe mit dem steinernen Ungeheuer. Sie lehnte da, mit wirrem Haar, sah mich beim Licht der Straße an und lächelte. Ihr Gesicht zur Seite geneigt, das rechte Auge verzweifelt geschlossen.

»Gewiß, Liebling, gewiß«, sagte sie.

»Ich bin gleich wieder da«, sagte ich und machte mich auf den Weg.

»Liebling«, rief sie hinter mir her, »*mein* Liebling.«

Echte Liebe, dachte ich, die Verehrung des Watschelbären, der davontrottet. Wie nannte sie mich? Liebling? Was bedeutete das? Ich bin unsichtbar …

Ich ging durch die späte stille Straße, hoffte, daß mir ein Taxi begegnete, bevor ich den ganzen Weg zurückgelegt hatte. Oben in der 5. Avenue brannten hell die Lichter, ein paar Wagen schossen durch das weit geöffnete Maul der Straße und darüber und jenseits die Bäume – groß, dunkel, hoch. Was war geschehen, fragte ich mich wieder. Weshalb rief man mich so spät an … und wer?

Ich eilte auf unsicheren Beinen weiter.

»Liebling«, rief sie hinter mir her, »Liiiieebling …«

Ich winkte, ohne mich umzusehen. Nie wieder, nie mehr, nie mehr. Ich ging weiter.

In der 5. Avenue kam ein Wagen vorbei, und ich versuchte, ihn herbeizurufen. Aber ich hörte nur eine Stimme, die lustig an mir vorbeifloß. Ich blickte die erleuchtete Avenue hinauf, hielt Ausschau nach einem anderen Wagen. Dann hörte ich plötzlich das Kreischen von Bremsen. Ich drehte mich um, sah den Wagen halten und einen weißen Arm, der mir zuwinkte. Der Wagen machte kehrt, kam näher und hielt dann mit einem Ruck. Ich lachte. Es war Sybil. Ich torkelte weiter, stand an der Wagentür. Sie lächelte mich an. Ihr vom Fenster eingerahmter Kopf war immer noch zur Seite geneigt, und das Haar hing ihr immer noch über die Schultern.

»Steig ein, Liebling, und bring mich nach Harlem ...«

Ich schüttelte den Kopf. Und der Kopf war mir schwer und traurig. »Nein«, sagte ich. »Ich muß an die Arbeit, Sybil. Fahr lieber nach Hause ...«

»Nein, Liebling, nimm mich mit.«

Ich wandte mich an den Fahrer, die Hand an der Tür. Er war klein, dunkelhaarig und verdrießlich. Ein roter Schimmer, der von der Ampel kam, färbte seine Nasenspitze.

Ich gab ihm die Adresse und meinen letzten Fünfdollarschein. Er nahm ihn. Er war immer noch verdrießlich.

»Nein, Liebling«, sagte sie. »Ich will nach Harlem. Will bei dir bleiben.«

»Gut Nacht«, sagte ich und trat vom Bordstein zurück.

Wir waren in der Mitte des Blocks, und ich sah sie abfahren.

»Nein«, sagte sie, »nein, Liebling. Verlaß mich nicht ...« Ihr Gesicht, großäugig und weiß, erschien in der Wagentür. Ich stand und sah ihn, schnell und verächtlich, davonfahren. Sein Schlußlicht war so rot wie seine Nase.

Ich ging mit geschlossenen Augen. Ich hatte das Gefühl, als schwämme ich, versuchte, klar zu denken, dann öffnete ich die Augen und ging hinüber auf die Parkseite, über das Steinpflaster. Hoch oben sausten die Wagen über den Fahrweg, ihre Kopflichter stechende Dolche. Alle Taxis waren besetzt, und alle fuhren downtown. Zentrum der Schwerkraft. Ich stolperte weiter. Mir wirbelte der Kopf.

In der Nähe der 110. Straße sah ich sie wieder. Sie wartete unter einer Laterne und winkte. Ich war nicht überrascht. Ich war Fatalist geworden. Ich ging langsam auf sie zu, hörte ihr

Lachen. Sie stand etwas von mir entfernt, und jetzt begann sie zu laufen, barfuß, unsicher, wie im Traum. Lief. Unstetig, aber schnell und ich, überrascht und außerstande, sie einzuholen, sah sie vor mir und rief: »Sybil, Sybil!«, lief bleibeinig an der Parkseite entlang.

»Komm, Liebling«, rief sie, blickte sich um und stolperte. »Fang Sybil ... Sybil.«

Sie lief barfuß und gürtellos weiter am Park entlang.

Ich lief, die Aktenmappe schwer unter dem Arm. Irgend etwas sagte mir, daß ich ins Büro müßte ... »Sybil! Warte!« rief ich.

Sie lief, die Farben ihres Kleides flammten flackernd, wo die Dunkelheit erhellt war. Eine raschelnde Bewegung. Beine, die unbeholfen unter ihr arbeiteten, und weiße, leuchtende Fersen, mit hochgerafften Röcken. Laß sie laufen, dachte ich. Aber jetzt überquerte sie die Straße und lief wild bis an den Bordstein und fiel, stand wieder auf, fiel wieder krachend auf den Hintern, vollkommen erledigt, nachdem sie den Schwung verloren hatte.

»Liebling«, sagte sie, als ich näher kam. »Verdammt noch mal, Liebling, hast du mich gestoßen?«

»Steh auf«, sagte ich ruhig. »Steh auf.« Ich ergriff ihren weißen Arm. Sie stand auf und breitete die Arme aus, mich zu umfassen.

»Nein«, sagte ich. »Es ist noch nicht Donnerstag. Ich muß jetzt gehen. Was hat man mit mir vor, Sybil?«

»Wer, Liebling?«

»Jack und George ... Tobitt und die anderen.«

»Hast mich doch gekriegt, Liebling«, sagte sie. »Laß die doch ... diese Gipsköpfe ... Haben ja keine Ahnung. Wir haben diese stinkende Welt nicht geschaffen, Liebling. Vergiß ...«

Ich sah das Taxi gerade noch zur rechten Zeit. Es kam schnell von der Ecke her; ein zweistöckiger Bus wurde zwei

Blocks weiter undeutlich sichtbar. Der Fahrer sah hin zu uns, den Kopf aus dem Fenster geneigt, saß hoch am Steuer, als er die schnelle U-Wendung machte und längs fuhr. Sein Gesicht war entsetzt und ungläubig.

»Komm jetzt, Sybil«, sagte ich. »Mach keine Geschichten.«

»Verzeihen Sie«, sagte der Fahrer mit besorgter Stimme. »Fahren Sie mit ihr nach Harlem?«

»Nein, die Dame fährt downtown«, sagte ich. »Steig ein, Sybil.«

»Der Liebling ist ein böser Tyrann«, sagte sie zu dem Fahrer, der mich schweigend ansah, als wäre ich nicht bei Sinnen.

»Ein tolles Frauenzimmer«, murmelte er, »ein ganz tolles Frauenzimmer.«

Aber sie stieg ein.

»Ein böser Tyrann, der Liebling.«

»Fahren Sie sie gleich nach Hause, und lassen Sie sie nicht aus dem Wagen. Sie soll nicht in Harlem rumlaufen. Sie ist eine vornehme große Dame ...«

»Ja, da haben Sie recht«, sagte er. »Da geht es toll zu.«

Der Wagen hatte sich schon in Bewegung gesetzt, als ich rief: »Was ist denn los?«

»Sie schlagen alles kurz und klein«, rief er, während er einen anderen Gang einschaltete. Ich sah ihnen nach und ging dann zur Bushaltestelle. Dieses Mal fahre ich hin. Ich winkte dem Bus und stieg ein. Wenn sie wiederkommt, bin ich weg. Und ich wußte ganz genau, daß ich mich beeilen mußte, aber mein Geist war noch zu benebelt, und ich konnte mich nicht sammeln.

Ich saß da, mit der Aktenmappe unterm Arm. Ich hatte die Augen geschlossen und fühlte den Bus sich schnell unter mir bewegen. Gleich bog er in die 7. Avenue ein. Sybil, vergib mir, dachte ich. Der Bus rollte weiter.

Aber als ich die Augen öffnete, fuhren wir gerade auf den

Riverside Drive. Auch das nahm ich ganz ruhig hin. Die ganze Nacht war ohne Zusammenhang. Ich hatte zuviel getrunken. Die Zeit verrann wie Wasser, unsichtbar, traurig. Als ich aus dem Bus blickte, sah ich ein Schiff, das stromaufwärts fuhr, die Positionslichter helle Punkte in der Nacht. Der kalte Geruch der See strömte auf mich zu, beständig und schwer, in der schnell sich entfaltenden Verschwommenheit verankerter Boote, dunklen Wassers und vorbeiströmender Lichter. Auf der anderen Seite des Flusses war Jersey, und ich dachte an meinen Einzug in Harlem. Längst vergangen, dachte ich, längst vergangen. Ich hatte das Gefühl, als versänke ich in den Fluß.

Rechts und vor mir erhob sich steil der Kirchturm, von einem roten Warnlicht gekrönt. Und dann kamen wir an dem Grabmal des Helden vorbei, und ich erinnerte mich eines Besuches hier. Man ging die Treppe hinauf ins Innere und sah in die Tiefe, wo er unter hängenden Fahnen schlief.

Schnell kam die 125. Straße. Ich torkelte aus dem Bus, hörte ihn weiterfahren, während ich über das Wasser sah. Es wehte ein leichter Wind, aber während ich hier stand, kam die Hitze wieder und klebte an mir. Weit vor mir in der Dunkelheit sah ich die monumentale Brücke, Ketten aus Lichtern über dem dunklen Fluß; und in der Nähe, hoch über dem Ufer, die Palisaden, ihre revolutionäre Agonie wie verloren in den zügellosen Lichtern der Achterbahn. »Die Zeit ist gekommen …«, begann das Schild auf der anderen Seite des Flusses, aber was kümmert mich die Zeit, dachte ich, da mich die Geschichte mit genagelten Schuhen zertrat. Ich ging über die Straße zum Trinkwasserbrunnen, fühlte, wie das Wasser kühlend in mich hineinfloß, dann befeuchtete ich ein Taschentuch und wischte mir damit über Gesicht und Augen. Das Wasser blitzte, gurgelte und spritzte. Ich neigte mein Gesicht vor, fühlte kühle Nässe, kindliche Quellenfreude. Und dann hörte ich den anderen Laut. Der Fluß war es nicht, auch nicht die Wagen, die durch die Dunkelheit blitzten, es war wie das Lärmen einer fernen Menge oder das Rauschen eines Flusses bei Hochwasser.

Ich ging weiter, fand die Treppe und ging sie hinab. Unter der Brücke lag der harte Steinfluß der Straße, und einen Augenblick lang betrachtete ich die Wellen aus Pflastersteinen, als wären sie Wasser, als wäre aus ihnen der Brunnen eben entsprungen. Immer noch wollte ich weiter, nach Harlem. Unter der Treppe glänzten stählern die Schienen der Straßenbahn. Ich eilte weiter. Der Lärm kam näher, myriadenstimmig, summend, mich umhüllend, die Luft betäubend, als ich unter der Rampe herging. Er kam näher, Zwitschern, Girren, gedämpftes Brausen, das mir etwas sagen, mir eine Botschaft geben zu wollen schien. Ich blieb stehen, sah mich um. Die Träger marschierten rhythmisch hinein in die Dunkelheit, über den Pflastersteinen leuchteten die roten Lichter. Dann war ich unter der Brücke, und es war, als hätten sie auf mich gewartet und nur auf mich – als wären sie von Ewigkeit an für mich bestimmt und verwahrt. Und ich schaute nach oben, von wo der Lärm kam, und mein Geist sah das Bild von Flügeln, als etwas mein Gesicht traf und streifte, und dann roch ich die stinkende Luft und sah den verkrusteten Damm, fühlte, wie es meinen Rock streifte, und ich hob meine Aktenmappe über meinen Kopf und lief, hörte es um mich platschen wie fallender Regen. Spießrutenlaufen, dachte ich, sogar die Vögel, sogar die Tauben und die Spatzen und die verfluchten Möwen! Ich lief blindlings weiter, kochte vor Wut und Verzweiflung und hartem Lachen. Lief vor den Vögeln davon – wohin, das wußte ich nicht. Ich lief. Weshalb war ich überhaupt hier?

Ich lief durch die Nacht. Lief in mich hinein. Lief.

25. KAPITEL

Als ich die Morningside erreichte, dröhnten Schüsse, als würde in weiter Ferne der 4. Juli gefeiert. Ich eilte weiter. In St. Nicolas brannte keine Straßenlaterne. Donnergetöse, und ich sah vier Männer auf mich zukommen, die etwas vor sich herschoben, das den Bürgersteig erschütterte. Es war ein Geldschrank.

»He! Ihr da!« begann ich.

»Scher dich zum Teufel! Mach Platz!«

Ich sprang zur Seite, auf die Straße, und auf einmal schien die Zeit erwartungsvoll stillzustehen. Wie in der Pause zwischen dem letzten Axthieb und dem Stürzen eines großen Baumes, wenn auf lauten Lärm lautes Schweigen folgt. Dann sah ich Gestalten, die in Hauseingängen und am Bordstein hockten. Und dann raste die Zeit auf einmal weiter, und ich lag auf der Straße bei vollem Bewußtsein, aber unfähig, mich zu erheben, mich gegen die Straße wehrend und die Feuerblitze sehend, als hinten an der Ecke der Avenue die Schüsse krachten. Links von mir sah ich die Männer, die immer noch den rumpelnden Geldschrank über den Bürgersteig stießen, als oben in der Straße, hinter mir, zwei Polizisten, die in ihren schwarzen Hemden fast unsichtbar waren, blitzende Revolver ausstreckten. Einer der Männer, die den Geldschrankroller vor sich herschoben, brach zusammen, und etwas weiter, an der Ecke vorbei, schlug eine Kugel in einen Autoreifen, und die befreite Luft schrie wie ein großes, zu Tode getroffenes Tier. Ich rollte und drehte mich, wollte näher an den Bordstein heran, brachte es aber nicht fertig, fühlte plötzlich warme Nässe auf meinem Gesicht und sah, wie der Geldschrank wild auf die Straßenkreuzung holperte und die Männer um die Ecke in der Dunkelheit verschwanden. Verschwanden, während der Geldschrank weitersprang und in der Kreuzung auf der Stromschiene liegen blieb. Funken sprühten auf und machten aus dem Block einen blauen Traum; einen Traum, den ich träumte und durch den ich die Polizisten dastehen sah wie bei einer Schießübung, den Fuß vorgestellt, den freien Arm in die Seite gestemmt und in aller Ruhe feuernd.

»Es wird brenzlig«, rief einer von ihnen, und ich sah sie kehrtmachen und dahin verschwinden, wo das schwache Glitzern der Straßenbahnschienen in das Dunkel hinein verblaßte.

Plötzlich wurde der Block lebendig; Männer, die aus den Bürgersteigen aufzutauchen schienen, drangen in die Läden über mir; ihre Stimmen klangen erregt. Und dann fühlte ich das Blut in meinem Gesicht, und ich konnte mich wieder bewegen, hatte mich schon auf die Knie erhoben, als jemand aus der Menge mir beim Aufstehen half.

»Verletzt?«

»Jemand – ich weiß nicht ...« Ich konnte sie nicht deutlich sehen.

»Verdammt noch mal. Hat ein Loch im Kopf«, sagte jemand.

Ein Licht blitzte mir ins Gesicht, kam näher. Ich fühlte eine harte Hand auf meinem Schädel und ging weiter.

»Ist nicht schlimm, nur ein Riß«, sagte eine Stimme. »Eins von diesen Fünfundvierzigern hat Sie getroffen, und dann sind Sie gefallen.«

»Der da drüben fällt nie wieder«, rief jemand vom Bürgersteig her. »Den haben sie fertiggemacht.«

Ich wischte mir über das Gesicht. Mir brummte der Kopf. Etwas fehlte.

»Hier … gehört das Ihnen?«

Jemand reichte mir meine Aktenmappe. Ich ergriff sie mit plötzlicher Panik, als hätte ich beinahe etwas unendlich Wertvolles verloren.

»Danke«, sagte ich und sah in ihre undeutlichen, bläulichen Gesichter. Dann warf ich einen Blick auf den Toten. Er lag mit dem Gesicht nach unten, und um ihn bewegte sich die Menge. Plötzlich kam mir der Gedanke, daß ich genauso gut hätte da liegen können, und dann hatte ich ein Gefühl, als hätte ich den Mann schon einmal gesehen, im hellen Licht eines Mittags, vor langer Zeit … vor wie langer Zeit? Wußte auch seinen Namen, dachte ich, und dann wurden mir plötzlich die Knie weich. Ich saß da, meine Hand, die die Aktenmappe hielt, stieß hart gegen die Straße, mein Kopf klappte nach vorn. Sie scharten sich um mich.

»Tritt mir nicht auf die Füße«, hörte ich, »laß das Schubsen. Ist doch Platz genug.«

Etwas mußte ich tun, und ich wußte, daß meine Vergeßlichkeit nicht wirklich war, wie man weiß, daß die vergessenen Einzelheiten gewisser Träume nicht eigentlich vergessen, sondern nur für kurze Zeit versunken sind. Ich wußte es, und im Geist versuchte ich den grauen Schleier zu durchstoßen, der jetzt hinter meinen Augen zu hängen schien und so dicht war wie der blaue Vorhang, der die Straße jenseits des Geldschranks verhängte. Das Schwindelgefühl schwand, und ich konnte aufstehen. Noch immer hielt ich die Aktenmappe und preßte ein Taschentuch gegen den Kopf. Oben in der Straße hörte man das Zersplittern großer Fensterscheiben, und durch das blaue Geheimnis der Dunkelheit schimmerten die Bürgersteige wie zerschlagene Spiegel. Alle Schilder in der Straße waren tot, aller Lärm des Tages hatte seine Bedeutung verloren. Irgendwo schrillte eine Alarmglocke, ein bedeutungsloser, belangloser Lärm, dem das Frohlocken der Plünderer folgte.

»Los«, sagte jemand in meiner Nähe.

»Wollen weiter«, sagte der Mann, der mir geholfen hatte. Er ergriff meinen Arm, ein hagerer Mann, der einen großen Sack über der Schulter trug.

»In Ihrem Zustand können Sie hier nicht bleiben«, sagte er. »Als wenn Sie betrunken wären.«

»Wohin?« fragte ich.

»Wohin? Irgendwohin, Mensch. Wir müssen weiter, können nicht noch lange überlegen, wohin ... He, Dupre!« rief er.

»Halt's Maul! Schrei meinen Namen nicht so laut«, entgegnete eine Stimme. »Hier, hier drüben, will mir ein paar Arbeitshemden besorgen.«

»Für mich auch, du«, sagte er.

»Gut, dies eine Mal, aber denk bloß nicht, ich wär dein Papa«, kam die Antwort.

Ich betrachtete den hageren Mann, dem ich mich plötzlich in Freundschaft verbunden fühlte. Er kannte mich nicht, seine Hilfe war selbstlos.

»He, Du«, rief er, »kommst du mit?«

»Ja, sobald ich die Hemden habe.«

Die Menge drängte sich in die Läden wie Ameisen um verstreuten Zucker. Hin und wieder das Klirren von zerschlagenem Glas und das Krachen von Schüssen. Feuerwehrwagen in fernen Straßen.

»Wie geht's?« fragte der Mann.

»Immer noch schwindlig«, erwiderte ich, »und schwach.«

»Zeigen Sie mal, ob's noch blutet. Ja, das ist bald wieder in Ordnung.«

Ich sah ihn nur undeutlich, obwohl ich seine Stimme genau hörte.

»Ja, glaube ich auch«, sagte ich.

»Können von Glück sagen, daß Sie noch leben. Diese Schweine schießen jetzt richtig«, sagte er. »Drüben auf der Lenox schossen sie in die Luft. Wenn ich nur meine Flinte hätte, würde ich es denen schon zeigen. Hier, trinken Sie einen Schluck guten Whiskey«, sagte er und zog eine Literflasche aus der Hüfttasche. »Da drüben in dem Schnapsladen habe ich eine ganze Kiste organisiert. Da braucht man nur zu atmen und man ist besoffen. Besoffen! Fünfzigprozentiger echter Whiskey fließt da durch die Gossen.«

Ich nahm einen Schluck, schüttelte mich, während mir der Whiskey durch die Kehle rann, war aber dennoch dankbar, denn er rüttelte mich auf. Um mich herum Drängen und Schieben, Zerren und Stoßen, dunkle Gestalten in blauem Schein.

»Sehen Sie mal, was die alles fortschleppen«, sagte er und warf einen Blick in die dunkle Menge. »Ich bin's leid. Waren Sie drüben auf der Lenox Avenue?«

»Nein«, erwiderte ich. Ich sah eine Frau langsam an uns vorbeigehen. Sie trug einen Besenstiel auf der Schulter, an dem ein Dutzend gerupfter Hühnchen an den Hälsen baumelte.

»Das hätten Sie mal sehen sollen. Alles kaputt. Augenblicklich sind die Frauen an der Arbeit. Ich sah eine alte Frau mit einer halben Kuh auf dem Rücken. Die kriegte fast O-Beine, als sie das Fleisch nach Hause schleppte ... Aber da kommt Dupre«, unterbrach er sich.

Ich sah einen kleinen, zähen Mann sich aus der Menge lösen. Er trug mehrere Schachteln. Auf dem Kopf hatte er drei Hüte, und mehrere Paar Hosenträger baumelten ihm um die Schultern, und als er jetzt auf uns zukam, sah ich, daß er ein Paar funkelnagelneue hohe Gummistiefel trug. Seine Taschen bauschten sich, und auf dem Rücken trug er einen schweren Sack.

»Verdammt, Dupre«, sagte mein Freund und zeigte auf seinen Kopf. »Einer davon ist doch für mich? Welche Sorte?«

Dupre blieb stehen und sah ihn an. »Bei der Auswahl natürlich nur das Beste. Nur *Dobbs.* Die feinsten Farben. Bin doch nicht verrückt. Wollen abhauen, ehe die Polypen wieder da sind. Verdammt, wie das brennt!«

Ich sah auf den Vorhang aus blauem Feuer, durch den sich vage Gestalten drängten. Dupre rief, und mehrere Männer tauchten aus der Menge auf und gesellten sich zu uns. Wir gingen weiter, mein Freund (Scofield nannten ihn die anderen) führte mich immer noch. Mein Kopf klopfte, blutete immer noch.

»Haben wohl auch was erbeutet«, sagte er und zeigte auf meine Aktenmappe.

»Nicht viel«, erwiderte ich und dachte: erbeutet? *Beute?* Und plötzlich wußte ich, weshalb sie so schwer war, und ich erinnerte mich an Marys zerschlagene Sparbüchse und die Geldstücke. Und dann öffnete ich die Aktenmappe und tat alles hinein – meinen Bruderschaftsausweis, den anonymen Brief und auch Cliftons Puppe.

»Packen Sie sie voll, Mensch. Nur nicht blöde sein. Warten Sie nur, bis wir in einer der Pfandleihen sind. Der hat seinen Baumwollpflücksack schon voll. *Der* versteht's.«

»Verdammt noch mal«, sagte ein Mann, der an meiner anderen Seite ging. »Ich *dachte,* es wäre ein einfacher Sack. Wo hat er den denn her?«

»Hat ihn mitgebracht, als er in den Norden kam«, sagte Scofield. »Der schwört, er will den Sack voller Dollarscheine haben, wenn er wieder zurückgeht. Nach heute abend braucht er ein Warenhaus, um all den Kram unterzubringen. Packen Sie Ihre Mappe ruhig voll.«

»Nein«, sagte ich, »ich hab schon genug drin.« Und auf einmal erinnerte ich mich genau, wohin ich wollte, aber ich konnte sie nicht verlassen.

»Vielleicht haben Sie recht«, sagte Scofield. »Vielleicht sind Diamanten und dergleichen drin. Der Mensch soll nicht gierig sein. Aber so mußte es ja mal kommen.«

Wir gingen weiter. Sollte ich mich von ihnen trennen und in den Bezirk gehen? Wo waren sie, bei der Geburtstagsfeier?

»Wie hat das hier eigentlich angefangen?« fragte ich.

Scofield schien überrascht. »Ich weiß es nicht. Ein Polizist erschoß eine Frau oder so was.«

Ein anderer kam auf uns zu. In diesem Augenblick schwirrte von irgendwoher etwas Stählernes nieder.

»Nein, so hat's nicht angefangen«, sagte er. »Es fing wegen des jungen Burschen an, wie heißt er doch noch?«

»Wer?« sagte ich. »Wie heißt wer?«

»Der junge Bursche.«

»Sie wissen doch, jeder ist doch empört darüber ...«

Clifton, dachte ich. Cliftons wegen. Eine Nacht für Clifton.

»Quatsch doch nicht«, sagte Scofield. »Ich hab's doch mit eigenen Augen gesehen. Gegen acht Uhr, unten auf der Lenox Avenue und der 123. Straße schlug der Polyp ein Kind, weil es nach einer ›Baby Ruth‹ griff, und die Mama des Kindes nahm die Zuckerstange, und dann schlug der Polizist die Frau, und da war auf einmal die Hölle los.«

»Und Sie waren dabei?« fragte ich.

»Genauso wie ich hier dabei bin. Ein anderer sagte, das Kind hätte den Polizisten wild gemacht, weil es sich eine Zuckerstange nahm, die nach einer weißen Frau benannt war.«

»Ich hab's ganz anders gehört«, sagte wieder ein anderer. »Als ich da war, hieß es, eine weiße Frau hätte schuld, weil sie einem schwarzen Mädchen den Mann wegnehmen wollte.«

»Ist doch einerlei, *wer* angefangen hat«, sagte Dupre. »Wenn's nur noch eine Weile dauert.«

»Es war eine weiße Frau, aber alles andere war anders. Sie war betrunken ...«, sagte eine andere Stimme.

Sybil kann's nicht gewesen sein, dachte ich. Da war es schon im Gang.

»Willste hören, wer damit angefangen hat?« rief ein Mann mit einem Fernglas vom Fenster einer Pfandleihe aus. »Willste das wirklich wissen?«

»Ja«, erwiderte ich.

»Brauchst gar nicht lange zu fragen. Das tat der große Führer, Ras der Zerstörer.«

»Der Affenjäger«, sagte jemand.

»Paß mal auf, du Schwein.«

»Keiner weiß, wie's angefangen hat«, sagte Dupre.

»Einer muß es doch wissen«, erwiderte ich.

Scofield reichte mir die Whiskeyflasche. Ich lehnte ab.

»Auf einmal ging's los, die Hundstage«, sagte er.

»Hundstage?«

»Ja, das heiße Wetter.«

»Ich sage immer, es war die Wut wegen des jungen Burschen. Wie hieß er doch ...?«

Wir kamen jetzt an einem Gebäude vorbei, und ich hörte eine Stimme wie wahnsinnig rufen: »Farbiger Laden. Farbiger Laden.«

»Dann häng ein Schild dran, du Schwein«, erwiderte eine Stimme. »Vielleicht bist du genau so'n Hund wie die anderen.«

»Der Saukerl«, sagte Scofield. »Scheint sich einmal in seinem Leben darüber zu freuen, daß er ein Farbiger ist.«

»Farbiger Laden«, plärrte die Stimme automatisch weiter.

»Hast du nicht doch etwas weißes Blut?«

»Nein, Sir«, erwiderte die Stimme.

»Soll ich ihm eins über den Schädel hauen?«

»Wozu? Hat doch nichts getan. Laß das Schwein in Ruh.«

Einige Häuser weiter kamen wir vor ein Eisenwarengeschäft. »Wollen hier mal halten«, sagte Dupre.

»Was gibt's denn?« fragte ich.

»Wer sind Sie?« sagte er und legte den dreifach behuteten Kopf auf die Seite.

»Niemand Besonderes. Einer von den …«, begann ich.

»Kennen wir uns nicht?«

»Glaube ich kaum.«

»Der Mann ist in Ordnung, du«, sagte Scofield. »Die Polypen haben ihn angeschossen.«

Dupre sah mich an und stieß dann etwas fort – ein Pfund Butter –, das weich über die heiße Straße rutschte. »Wir wollen jetzt tun, was getan werden muß«, sagte er. »Zuerst mal für jeden eine Taschenlampe … Und dann wollen wir lieber zusammenbleiben. Wollen nicht durcheinanderlaufen, der eine hierhin, der andere dorthin. Wollen Ordnung halten. Los.«

»Kommen Sie mit«, sagte Scofield.

Ich hatte keine Lust, sie zu führen oder sie zu verlassen. War froh, daß ich mit ihnen gehen konnte, wollte nur wissen, wohin sie gingen und was sie taten. Und die ganze Zeit über verließ mich der Gedanke nicht, daß ich in den Bezirk mußte. Wir betraten den Laden, gingen in das Dunkel, das von Metall schimmerte. Sie bewegten sich sehr vorsichtig, und ich hörte sie suchen, hörte, wie sie Gegenstände auf den Boden warfen. Dann klingelte die Registrierkasse.

»Hier sind Taschenlampen«, rief einer.

»Wieviel?« fragte Dupre.

»Ein ganzer Haufen.«

»Gut, gib jedem eine. Auch Batterien?«

»Sind auch genug da. Mindestens ein Dutzend Schachteln.«

»Gib mir eine Lampe mit Batterie. Will die Eimer suchen. Und dann gib jedem auch eine.«

»Hier stehen Eimer«, sagte Scofield. »Jetzt müssen wir nur noch das Öl finden.«

»Öl?« fragte ich.

»Brennöl, Mensch. Daß nur keiner hier raucht«, rief er.

Ich stand neben Scofield, der die Zinkeimer verteilte. Dann wurde der Laden lebendig vom Licht der Taschenlampen und von flackernden Schatten.

»Haltet die Lampen nach unten«, rief Dupre. »Braucht niemand zu sehen, wer wir sind. Und dann stellt euch mit den Eimern in eine Reihe, und ich fülle sie.«

»Hört mal, wie der alte Du wieder angibt – dieser Hammel! Will immer alle anführen, und bis jetzt hat er mich immer nur in den Dreck geführt.«

»Was soll denn geschehen?« fragte ich.

»Werden Sie schon sehen«, erwiderte Dupre. »He, du da hinten, komme hinter der Theke weg und nimm diesen Eimer. In der Kasse ist nichts drin. Wenn was drin wäre, hätte ich es längst.«

Plötzlich verstummte das Rasseln der Eimer. Wir begaben uns in den Hinterraum. Beim Licht einer Taschenlampe sah ich eine Reihe von Kanistern auf Regalen stehen. Dupre stand in den neuen Gummistiefeln vor ihnen und füllte seinen Eimer mit Öl. Wir bewegten uns in langsamer Reihe. Als die Eimer gefüllt waren, gingen wir hinaus auf die Straße. Ich stand dort im Dunkeln, fühlte steigende Erregung, während ihre Stimmen um mich laut wurden. Was hatte das alles zu bedeuten? Was sollte ich davon denken, wie mich *verhalten?*

»Wir wollen lieber mitten über die Straße gehen«, sagte Dupre. »Bis um die Ecke.«

Und als wir uns in Bewegung setzten, kam eine Gruppe von Jungens herangelaufen, und die Männer ließen ihre Taschenlampen aufleuchten, und wir sahen Gestalten in blonden Perücken, und die Schwänze der gestohlenen Fracks flatterten im Wind. Und hinter ihnen kam in heißer Verfolgung eine Schar mit Kindergewehren, die in einem Spielwarenladen gestohlen worden waren. Ich lachte mit den anderen und dachte: ein Festtag für Clifton.

»Macht die Lichter aus«, befahl Dupre.

Hinter uns Schreien und Lachen; vor uns der Lärm der Schritte der laufenden Jungen, in der Ferne Feuerwehrwagen und Schüsse und in den Pausen immer wieder das Klirren von Glas. Ich roch das Petroleum, das über den Rand der Eimer auf die Straße schwappte.

Plötzlich packte Scofield meinen Arm. »Lieber Gott, sehen Sie mal dahinten.«

Und ich sah Männer, die einen Milchwagen zogen. Und auf dem Wagen, umgeben von einer Reihe von Eisenbahnlichtern, saß eine dicke Frau mit einem weißen Lätzchen um den Hals. Sie trank Bier aus einem Faß, das vor ihr stand. Die Männer liefen ein paar Schritte und machten dann halt. Blieben zwischen den Deichseln stehen, machten wieder ein paar Schritte, blieben wieder stehen, schrien und lachten und tranken aus einem Krug, während die Frau auf dem Wagen den Kopf zurückwarf und leidenschaftlich mit der zitternden Stimme einer Bluessängerin sang:

Wäre ich nicht der Richter gewesen,
Dann hätte Joe Louis
Jim Jefferie erschlagen
Freibier!

und reichte den Schöpfbecher mit dem Bier weiter.

Wir traten verwundert beiseite, während sie sich, den Schöpfbecher wie einen großen Soßenlöffel in der Hand, anmutig bald nach dieser, bald nach jener Seite wie eine fette Dame bei einer Zirkusparade verbeugte. Dann lachte sie, tat wieder einen ordentlichen Schluck und ließ dabei mit der freien Hand eine Flasche Milch nach der anderen auf die Straße fallen. Unterdessen zogen die Männer den Wagen durch die Trümmer. In meiner Nähe Schreien, Lachen und mißbilligende Rufe.

»Man sollte diese Verrücktheit nicht dulden«, sagte Scofield wütend. »Das geht zu weit. Wie wollen die das Weib da wieder runterkriegen, wenn sie voll ist? Das sag mir mal einer. Wie wollen sie die runterkriegen? Schüttet einfach die gute Milch auf die Straße.«

Die dicke Frau regte mich auf. Milch und Bier – ich war sehr traurig und beobachtete den Wagen, der jetzt mit gefährlichem Schwung um die Ecke sauste. Wir gingen weiter, machten einen Bogen um die Flaschenscherben, während sich das überschwappende Petroleum mit der fahlen Milch vermischte. Was hatte sich bis jetzt ereignet? Weshalb war ich so unentschlossen? Mir tat der Kopf immer noch weh.

Scofield berührte meinen Arm. »Wir sind da«, sagte er.

Wir standen vor einem großen Mietshaus.

»Wo sind wir?« fragte ich.

»Hier wohnen die meisten von uns. Kommen Sie mit«, antwortete er.

Dazu also wollten sie das Petroleum. Ich konnte es nicht glauben, konnte nicht glauben, daß sie dazu den Mut hatten. Alle Fenster schienen leer. Sie selbst hatten es verdunkelt. Ich sah nur etwas, wenn eine Lampe aufleuchtete.

»Und wo wollen Sie wohnen?« fragte ich und blickte in die Höhe.

»Nennen Sie *das* wohnen?« sagte Scofield. »Nur so können wir Schluß damit machen.«

Ich suchte nach einem Zeichen des Zögerns in ihren undeutlichen Gestalten. Sie betrachteten das Gebäude, das sich über uns erhob, das dunkle Öl, das in den umherirrenden Lichtflecken schwappte, die ihre Eimer trafen. Sie beugten sich vor, ihre Schultern wölbten sich. Keiner sagte »nein« durch Wort oder Haltung. Und in den dunklen Fenstern und auf den Dächern konnte ich jetzt die Gestalten von Frauen und Kindern erkennen.

Dupre näherte sich dem Gebäude.

»Paßt alle auf«, sagte er. Sein dreifach behuteter Kopf

zeigte sich grotesk oben auf der Treppe. »Alle Frauen, Kinder, alle alten Leute und Kranken werden aus dem Haus geschafft. Und wenn ihr mit den Eimern die Treppe hinaufgeht, dann gleich bis oben hin. Bis oben hin! Und wenn ihr soweit seid, macht die Lampen an, geht in jedes Zimmer und seht nach, ob noch jemand drin ist, und wenn alle raus sind, dann gießt das Öl aus. Und wenn ihr damit fertig seid, dann rufe ich dreimal, und dann steckt ihr die Streichhölzer an. Und dann haut jeder ab.«

Ich kam nicht auf den Gedanken, einzugreifen oder Fragen zu stellen ... sie hatten einen Plan. Schon sah ich die Frauen und Kinder die Treppe herunterkommen. Ein Kind schrie. Und dann war auf einmal tiefe Stille, alle wandten sich um und starrten in die Dunkelheit. Irgendwo in der Nähe erschütterte Lärm die Dunkelheit, das Stampfen eines Lufthammers, wie ein Maschinengewehr. Sie hielten ein, mit der Empfindlichkeit äsenden Wildes, machten sich dann wieder an die Arbeit. Die Frauen und Kinder setzten sich wieder in Bewegung.

»Gut so, die Damen gehen die Straße hinauf bis zu den Leuten, bei denen sie wohnen werden«, sagte Dupre. »Und achtet auf die Kinder.«

Jemand stieß mich in den Rücken, und ich fuhr herum. Ich sah eine Frau an mir vorbeilaufen, auf Dupre zueilen und seinen Arm ergreifen. Ihre Gestalten schienen zu verschmelzen, während ihre Stimme schrie, bebend und verzweifelt ertönte.

»Bitte, Dupre«, schrie sie, »*bitte.* Du weißt, daß ich bald soweit bin. Das *weißt* du doch. Wo soll ich denn jetzt hin?«

Dupre schob sie beiseite und ging die Treppe hinauf. Er sah auf sie herab und schüttelte seinen Kopf mit den drei Hüten. »Geh, Lottie«, sagte er ruhig. »Weshalb denn das auf einmal? Wir haben alles genau überlegt, und daran ist nichts mehr zu ändern. Und hört mal alle zu«, sagte er, griff in den Schaft seines Stiefels, zog einen vernickelten Revolver hervor und schwenkte ihn. »*Abspringen* gibt es nicht. Und auf Auseinandersetzungen lasse ich mich nicht ein.«

»Hast verdammt recht, Dupre. Wir machen mit.«

»Mein Kind starb in dieser Bude an Tb. In dieser Todesfalle soll kein Mensch mehr *geboren* werden«, sagte er. »So, Lottie, verschwinde und überlaß alles andere uns Männern.«

Weinend stand sie da. Ich betrachtete sie: Pantoffeln, dicke Brüste und geschwollener, hochstehender Leib. In der Menge nahmen Frauen sich ihrer an und führten sie fort. Sie wandte sich noch einmal um und sah den Mann in den Gummistiefeln an.

Was für ein Mensch ist das? Was würde Jack zu ihm sagen? Jack! *Jack!* Wo war Jack?

»Los«, sagte Scofield und stieß mich an. Ich folgte ihm, voller Wut über Jacks Unwirklichkeit. Wir gingen in das Haus, die Treppen hinauf. Unsere Taschenlampen brannten. Vor uns sah ich Dupre. Er war ein Typ, wie noch nichts in meinem Leben ihn mich hatte sehen, verstehen oder gar achten lassen, ein Mensch außerhalb alles bisher Geplanten. Wir betraten Zimmer mit Spuren schneller Räumung. Es war heiß und schwül.

»Das ist meine Wohnung«, sagte Scofield. »Die Bettwanzen werden sich wundern.«

Wir gossen das Petroleum über eine alte Matratze, über den Fußboden. Dann gingen wir in den Flur, ließen die Lampen brennen. Von überall her im Hause der Lärm von Schritten und platschendem Öl, dann und wann der flehende Protest eines Alten, der gezwungen wurde, seine Wohnung zu verlassen. Die Männer arbeiteten jetzt in aller Stille wie Maulwürfe tief unter der Erde. Die Zeit schien stillzustehen. Niemand lachte. Dann kam von unten Dupres Stimme.

»Los. Alle sind raus. Wir fangen mit dem Anzünden oben an. Vorsicht, daß niemand in Brand gerät.«

Scofields Eimer enthielt noch etwas Petroleum. Ich sah, wie er einen alten Lappen nahm und ihn in den Eimer tauchte. Dann das Knistern eines Streichholzes, und dann stand auf einmal das Zimmer in Flammen. Die Hitze sprang auf, und ich zog mich schnell zurück. Er stand da gegen den roten Feuerschein, sah in die Flammen, schrie.

»Ihr verdammten Hunde. Glaubtet, ich täte es nicht. Aber nun ist's soweit. Seid ihr nun zufrieden?«

»Wollen gehen«, sagte ich.

Unter uns jagten die Männer, fünf bis sechs Stufen auf einmal nehmend, die Treppe hinunter, bewegten sich in dem gespenstischen Licht aus Aufblitzen und Flammen mit langen Traumsprüngen. Auf jeder Etage Flammen und Rauch. Plötzlich empfand ich Frohlocken in mir. Sie haben es getan, dachte ich. Sie haben es vorbereitet und allein durchgeführt. Ihr eigener Entschluß und ihre eigene Tat. Sie können also noch selbsttätig handeln …

Donnernde Schritte über mir. Jemand rief: »Weiter, Mensch, oben ist die Hölle los. Jemand hat die Tür zum Dach geöffnet, und überall brennt's.«

»Kommen Sie«, sagte Scofield.

Ich ging weiter, fühlte, wie mir etwas entglitt, und erst als ich die nächste Treppe zur Hälfte hinter mir hatte, bemerkte ich, daß mir die Aktenmappe fehlte. Eine Sekunde lang zögerte ich. Aber ich hatte die Mappe nun schon so lange, daß ich mich nicht von ihr trennen konnte.

»Kommen Sie«, rief Scofield. »Wird höchste Zeit.«

»Sofort«, rief ich zurück.

Männer jagten vorbei. Ich beugte mich vor, faßte das Geländer und stieg die Treppe wieder hinauf, leuchtete jede Stufe mit der Taschenlampe ab, ging langsam zurück, fand die Mappe. Eine ölige Fußspur mit Gipskörnern zeigte sich auf dem Leder. Ich hob sie auf, machte kehrt und wollte wieder nach unten. Das Öl geht so leicht nicht wieder ab, dachte ich ärgerlich. Aber ich hatte gewußt, daß dieses um die dunkle Ecke meines Geistes kam, ich hatte es gewußt und versucht, es dem Komitee zu sagen, aber das Komitee hatte nicht hören wollen. Ich eilte in wilder Erregung die Treppe hinunter. Auf dem Treppenabsatz sah ich einen Eimer, der noch halb mit Petroleum gefüllt war. Ich ergriff ihn und warf ihn in ein brennendes Zimmer. Eine von Rauch umsäumte Flamme sprang auf, füllte das Türloch, griff nach mir. Ich lief weiter, halb erstickt und hustend. Sie haben es von sich aus getan, dachte ich und hielt den Atem an – haben es geplant, organisiert, und dann das Feuer angelegt.

Ich stürzte hinaus in die frische Luft und in das Knallen der Nacht, und ich wußte nicht, ob es die Stimme eines Mannes, einer Frau oder eines Kindes war, aber einen Augenblick lang blieb ich auf der Treppe stehen, mit der roten Tür hinter mir, und hörte die Stimme mich bei meinem Bruderschaftsnamen rufen. Mir war, als erwachte ich aus tiefem Schlaf, und einen Augenblick stand ich da, blickte um mich, hörte auf eine Stimme, die in dem Lärm aus Rufen, Schreien, dem Schrillen der Alarmglocken und Heulen der Sirenen fast versank.

»Bruder, ist das nicht herrlich?« rief die Stimme. »Sie versprachen, unser Führer zu sein …«

Ich ging hinunter auf die Straße, langsam, aber voll des inneren Dranges, dieser Stimme zu entfliehen. Wo war Scofield geblieben?

Die meisten Augen, die in dem von Flammen durchzuckten Dunkel weiß aussahen, blickten zum Haus.

Dann hörte ich jemand sagen: »Wer ist das, Frau?« Und stolz wiederholte sie meinen Namen.

»Wo ist er? Packt ihn. Ras will ihn haben.«

Ich mischte mich in die Menge, wand mich durch sie, jeder Nerv wachsam. Eiskalt lief es mir über den Rücken. Ich blickte um mich, lauschte auf das, was die keuchenden, schwitzenden Menschen um mich her sagten, und merkte, daß ich sie jetzt, da ich sie sehen wollte, sehen mußte, nicht sehen konnte. Ich fühlte sie, die dunkle Masse, die sich durch dunkle Nacht bewegte, ein schwarzer Fluß, der sich durch schwarzes Land wälzte. Und Ras oder Tarp gingen vielleicht neben mir, und ich wußte es nicht. Ich war eins mit der Menge, bewegte mich über die schmutzige Straße mit den Öl- und Milchpfützen, meine Persönlichkeit war ausgelöscht. Und dann war ich beim nächsten Block, verschwand und tauchte wieder auf, hörte sie irgendwo in der Menge hinter mir. Bewegte mich weiter durch das Heulen der Sirenen und das Schrillen der Alarmglocken, geriet in sich schneller bewegende Massen. Lief und ging wieder langsam, versuchte, mich umzusehen, und fragte mich, wo die anderen geblieben waren. Hinter mir wurde jetzt geschossen, und rechts und links von mir wurden Schaufensterscheiben mit Abfalleimern, Ziegelsteinen und Metallstücken eingeworfen. Ich ging weiter, hatte das Gefühl, daß gleich eine gewaltige Kraft zur Explosion kam. Ich drängte mich seitlich durch die Menge, und dann stand ich in einem Hauseingang, sah sie vorbeiströmen und dachte mit einem Gefühl der Rechtfertigung an die Botschaft, die mich hierher gebracht hatte. Wer hatte mich gerufen? Eines der Bezirksmitglieder oder jemand, der an Jacks Geburtstagsfeier teilnahm? Wer verlangte mich im Bezirk, jetzt, da es zu spät war? Ja, ich war hier. Ich hätte gern gewußt, was diese klugen Köpfe jetzt dachten. Wo waren sie überhaupt und zu welch tiefen Schlüssen kamen sie? Welche ex post facto-Lehren der Geschichte? Und der Krach im Telefon, war das der Anfang gewesen, oder hatte Jack nur sein Auge aus dem Kopf springen lassen? Ich lachte betrunken, bis mir der Kof weh tat.

Plötzlich hörte das Schießen auf, und in das Schweigen fielen Stimmen, Schritte, Gestampfe.

»Hallo«, sagte jemand neben mir, »wohin?« Es war Scofield.

»Entweder verschwinden oder niedergeschlagen werden«, sagte ich. »Ich dachte, Sie wären noch da drüben.«

»Ich hab mich gedrückt. Eines der Nebenhäuser fing Feuer, und man mußte die Feuerwehr holen ... Wenn's nicht so knallte, könnte man die Kugeln für Moskitos halten.«

»Nehmen Sie sich in acht«, warnte ich ihn. Ich zog ihn weg von da, wo ein Mann gegen einen Pfosten lehnte und sich den verwundeten Arm abband.

Scofield ließ seine Taschenlampe aufleuchten, und einen Augenblick lang sah ich den Schwarzen. Sein Gesicht war grau vor Angst, während er das Blut aus der Wunde auf die Straße spritzen sah. Einem inneren Zwang gehorchend, bückte ich mich und zog die Binde fest an, fühlte das warme Blut über meine Hand fließen und sah, daß das Spritzen aufhörte.

»Es spritzt nicht mehr«, sagte ein junger Mann und blickte auf den Verletzten.

»So«, sagte ich, »drücken Sie fest zusammen. Bringen Sie ihn zum Arzt.«

»Sind Sie denn kein Arzt?«

»Ich?« sagte ich. *»Ich?* Sind wohl verrückt geworden? Wenn Ihnen an seinem Leben was gelegen ist, dann schaffen Sie ihn fort von hier.«

»Albert ist schon unterwegs«, sagte der junge Mann. »Aber ich dachte, Sie wären ...«

»Nein«, sagte ich und betrachtete meine blutigen Hände, »nein, ich nicht. Fest zuhalten, bis der Arzt kommt. Ich könnte nicht einmal Kopfschmerzen heilen.«

Ich wischte mir die Hände an der Aktenmappe ab, blickte auf den großen Mann, der mit dem Rücken, die Augen geschlossen, an dem Pfosten lehnte. Der junge Mann umklammerte den Arm, drückte auf den Verband, der ein funkelnagelneuer Schlips war.

»Los, weiter«, sagte ich.

»Sagen Sie mal«, sagte Scofield, während wir weitergingen. »War das nicht Ihre Frau, die vorhin *Bruder* hinter Ihnen herrief?«

»Bruder? Nein, die muß jemand anders gemeint haben.«

»Ich glaube, ich habe Sie schon mal irgendwo gesehen. Waren Sie mal in Memphis? Was kommt denn da?« sagte er. Und ich sah durch die Dunkelheit eine Abteilung Polizei mit weißen Helmen vorstürmen und in Deckung gehen, als ein Regen aus Ziegelsteinen von den Hausdächern auf sie niederprasselte. Einige von den Weißhelmen, die in die Hausgänge rannten, drehten sich um und schossen, und ich hörte Scofield knurren und sah, wie er sich duckte, und ich duckte mich auch. Und ich sah den roten Feuerblitz und hörte einen schrillen Schrei, und dann flog in weitem Bogen etwas von oben her durch die Luft und landete mit zermalmendem Knall auf der Straße. Ich hatte ein Gefühl, als wäre er in meinem Magen gelandet. Mir wurde schlecht, und ich kauerte da, sah an Scofield vorbei, der vor mir lag, und sah die dunkle zerschmetterte Gestalt. Und etwas entfernt die Leiche eines Polizisten. Sein Helm bildete einen kleinen, weißen, leuchtenden Hügel in der Dunkelheit.

Ich kroch voran, um zu sehen, ob Scofield verletzt war. In diesem Augenblick drehte er sich um und schimpfte auf die Polizisten, die versuchten, den getroffenen Kameraden wegzuschaffen. Seine Stimme war wütend. Er lag auf dem Boden und schoß mit einem vernickelten Revolver, wie Dupre einen hatte.

»Hinlegen«, schrie er über seine Schulter hinweg. »Schon lange will ich denen mal was aufbrennen.«

»Nicht mit dem Ding«, sagte ich. »Wollen weitergehen.«

»Ich kann schon mit dem Ding *schießen*«, sagte er.

Ich kroch hinter einen Haufen Körbe mit stinkenden Hühnchen, und links von mir kauerten in der Nähe des

Bordsteins ein Mann und eine Frau hinter einem umgestürzten Lieferwagen.

»Dehart«, sagte sie, »wir wollen weg von hier. Oben auf den Hügel, wo anständige Menschen wohnen.«

»Hügel! Quatsch nicht. Wir bleiben hier«, antwortete der Mann. »Jetzt geht's erst richtig los. Wenn's ein richtiger Rassenkampf wird, will ich dabeisein.«

Die Worte trafen mich wie Schüsse aus nächster Nähe. Mit meiner Zufriedenheit war's aus. Als hätte das Wort der Nacht eine Bedeutung gegeben, als hätte es sie geschaffen, sie in dem Augenblick lebendig werden lassen, als sein Atem schwach gegen die laute, von Aufruhr erfüllte Luft wehte. Und als er die Wut definierte und organisierte, schien es mich herumzuwirbeln, und in meinem Geist schaute ich zurück, über die Tage seit Cliftons Tod. Konnte das die Antwort sein, konnte es das sein, was das Komitee geplant hatte, die Antwort auf die Frage, weshalb sie unseren Einfluß an Ras abgegeben hatten? Plötzlich hörte ich den heiseren Knall einer Schrotflinte, und ich sah an Scofields glänzendem Revolver vorbei zu der Gestalt, die vom Dach gefallen war. Es war Selbstmord, ohne Schußwaffen war es Selbstmord, und bei den Pfandleihern konnte man die nicht kaufen. Und doch wußte ich mit niederschmetternder Angst, daß der Aufruhr, der vorläufig noch der Zusammenstoß von Menschen und Dingen war – mit Läden und Märkten – schnell der Zusammenstoß zwischen Menschen werden konnte – und die Gegenseite hatte mehr Menschen und Schußwaffen. Das sah ich jetzt immer deutlicher und in seinem wirklichen Umfang. Es war nicht Selbstmord, sondern Mord. Das Komitee hatte ihn geplant. Und ich hatte ihm dabei geholfen, war sein Werkzeug gewesen. Ein Werkzeug, gerade in dem Augenblick, in dem ich glaubte, frei zu sein. Indem ich so tat, als stimmte ich zu, *hatte* ich zugestimmt, hatte mich verantwortlich gemacht für die Gestalt, die zusammengekauert auf der Straße lag, erhellt von Flammen und Feuerblitzen, und für all die anderen, die die Nacht jetzt für den Tod reif machte.

Schwer schlug mir die Aktenmappe gegen das Bein, als ich zu laufen begann und Scofield allein ließ, der über seinen Mangel an Patronen schimpfte. Wild lief ich weiter, schlug mit der Aktenmappe schwer gegen den Kopf eines Hundes, der mich aus der Menge heraus ansprang. Heulend lief der Hund davon. Rechts von mir lag eine stille Wohnstraße mit Bäumen; ich durcheilte sie, lief zur 7. Avenue, in Richtung auf den Bezirk. Ich war jetzt voller Entsetzen und Haß. Das sollen sie bezahlen, dachte ich. Das sollen sie mir bezahlen!

Totenstill lag die Straße da im Licht des aufgegangenen Mondes. Für einen Augenblick hatte die Schießerei nachgelassen. Wie aus weiter Ferne nur vereinzelte Schüsse. Als tobte der Aufruhr in einer anderen Welt. Einen Moment lang blieb ich unter einem niedrigen, dichtbelaubten Baum stehen, sah die sauberen Bürgersteige mit den zierlichen Schatten vor den stillen Häusern. Als wären die Bewohner verschwunden, als hätten sie die Häuser verlassen, die nun still dastanden mit geschlossenen Fenstern, vor denen die Rolläden heruntergelassen waren. Flüchtlinge vor heranbrausender Flut. Dann hörte ich einsame Schritte in der Dunkelheit auf mich zukommen, ein gespenstisch klatschender Laut, den deutlich die halluzinatorischen Worte begleiteten:

Die Zeit verrinnt,
Die Seele stirbt,
Der Herr kommt uns näher
und näher!

– als wäre er tagelang, jahrelang gelaufen. Er trottete an den Bäumen, unter denen ich stand, vorbei, seine nackten Füße klatschten in der Stille auf den Bürgersteig. Er machte ein paar Schritte, und dann wieder der halluzinatorische Ruf.

Ich eilte weiter in die Avenue, wo ich im Licht eines brennenden Schnapsladens drei alte Frauen auf mich zukommen sah, deren hochgehobene Röcke mit Konserven gefüllt waren.

»Ich kann jetzt unmöglich aufhören, aber habe Erbarmen, Herr«, sagte eine von ihnen. »Habe Erbarmen, Jesus, süßer Jesus …«

Ich ging weiter, den Geruch von Alkohol und brennendem Teer in der Nase. Unten in der Avenue, zu meiner Linken, brannte noch eine einzelne Laterne, dort, wo der lange Block rechts von einer Straße durchschnitten wurde, und ich sah eine Menge, die einen Laden an der Straßenkreuzung plünderte. Konserven, Salamis, Leberwurst, Schweinsköpfe und Innereien flogen auf die Straße für die, die draußen standen, und über ihnen platzte ein Sack Mehl. Aus dem Dunkel hinter der Straßenkreuzung sah ich zwei berittene Polizisten herangaloppieren, groß und schwerhufig, ritten mitten hinein in die auseinanderspritzende Menge. Und ich sah die Pferde voranstürmen und die Menge zusammenbrechen und sich rückwärts bewegen wie eine Welle, hörte Schreie und Fluchen und auch Lachen – zurück, rechts und links, hinein in die Avenue, stolpernd und stoßend, während die Pferde mit erhobenen Köpfen und mit Schaumflocken bedeckt steifbeinig am Bordstein landeten, über den Bürgersteig rutschten wie auf Schlittschuhen und dann weiter, getragen von der Wucht des Angriffs, jetzt seitwärts, mit steifen Beinen, Funken aufstieben lassend, dahin, wo eine andere Menge einen anderen Laden plünderte. Und das Herz krampfte sich mir zusammen, als die erste Menge unerschütterlich an ihren ersten Beuteplatz zurückkehrte, mit höhnischen Rufen, wie Strandläufer, die nach dem Zurückfluten wilder Wogen den Strand absuchten.

Jack und die Bruderschaft verfluchend, ging ich um ein Eisengitter, das vor einer Pfandleihe umgerissen war, sah die

Polizisten zurückgaloppieren, sah sie einen neuen Angriff unternehmen. Dieses Mal mußte ein Mann dran glauben, und ich sah, wie eine Frau einem Pferd mit einer glänzenden Bratpfanne auf die Hinterbacken schlug. Das Tier wieherte und schlug aus. Das sollen sie bezahlen, bezahlen! Während ich weiter lief, kamen sie mir entgegen, Männer und Frauen, die Kästen mit Bier, Käse, ganze Ketten von Würsten, Wassermelonen, Säcke mit Zucker, Schinken, Maismehl, Öllampen trugen. Wenn ich nur hier, hier halt machen könnte. Hier, ehe die anderen mit den Revolvern kamen. Ich lief weiter.

Es wurde nicht mehr geschossen. Aber *wenn's* gleich wieder losgeht, dachte ich.

»Nimm dir eine Speckseite, Joe«, rief die Frau. »Joe, nimm die von Wilson.«

»O Herrgott, o Herrgott«, rief eine tiefe Stimme aus der Dunkelheit.

Ich ging weiter, in ein Gefühl schmerzender Einsamkeit getaucht, als ich die 125. Straße erreichte und meinen Weg in östlicher Richtung fortsetzte. Eine Abteilung berittener Polizisten galoppierte vorbei. Männer mit Maschinengewehren bewachten eine Bank und einen großen Juwelierladen. Ich ging in die Mitte der Straße, folgte den Straßenbahnschienen.

Der Mond stand jetzt hoch, und vor mir glitzerten die Glasscherben in der Straße wie das Wasser eines hochgehenden Flusses, über dessen Oberfläche ich wie im Traum weiterlief und schicksalhaft die Gegenstände mied, die das Hochwasser mit sich trieb. Dann hatte ich plötzlich ein Gefühl, als versänke ich, als würde ich eingesogen. Vor mir hing die Leiche, weiß, nackt, furchtbar, weiblich, an einem Laternenpfahl. Ich wußte nicht aus noch ein vor Entsetzen, wirbelte herum und hatte dabei das Gefühl, als vollführte ich einen gespensterhaften Salto. Und dennoch ging ich weiter, wich zurück und blieb stehen; und dann sah ich noch eine –

sieben im ganzen, die alle vor einem geplünderten Ladenfenster hingen. Ich stolperte, hörte das Krachen von Knochen unter den Füßen und sah ein Anatomieskelett auf der Straße liegen, den Schädel und in einiger Entfernung den Rest, und ich stand da und betrachtete die unnatürliche Steifheit derer, die da über mir hingen. Mannequins. Puppen, sagte ich laut. Haarlos, kahl und unfruchtbar. Und ich erinnerte mich der Jungen mit den blonden Perücken, wartete auf das befreiende Lachen, aber der Spaß setzte mir noch mehr zu als das Entsetzen. Sind sie unwirklich, dachte ich. Sind sie es? Wenn nur eine wirklich ist – wenn es Sybil ist? Ich faßte meine Aktenmappe fester, drehte mich um und lief …

Sie kamen heran in geschlossener Reihe, mit Knüppeln und Stöcken, Gewehren und Flinten, geführt von Ras dem Mahner, der Ras der Zerstörer geworden war und auf einem großen, schwarzen Pferd saß. Ein neuer Ras, voll hochmütiger, vulgärer Würde, gekleidet wie ein abessinischer Häuptling. Eine Pelzmütze auf dem Kopf, einen Schild am Arm, um die Schultern das Fell eines wilden Tieres. Eher die Gestalt aus einem Traum als aus Harlem, aus diesem nächtlichen Harlem, und dennoch wirklich, lebendig, beunruhigend.

»Laßt doch das dumme Plündern«, rief er einer Gruppe zu, die vor einem Laden stand. »Kommt mit, wir wollen das Arsenal stürmen und Waffen und Munition holen.«

Als ich seine Stimme hörte, öffnete ich meine Aktenmappe und suchte nach der dunklen Brille, meiner Rinehart-Brille. Als ich sie herauszog, sah ich die zerbrochenen Gläser auf die Straße fallen. Rinehart, dachte ich, Rinehart. Ich drehte mich um. Hinter mir war die Polizei. Wenn die Schießerei anfing, geriet ich ins Kreuzfeuer. Ich griff wieder in die Aktenmappe, fühlte Papier, Eisenstücke, Münzen. Meine Finger schlossen sich um Tarps Kettenglied, und ich zog es über die Knöchel und versuchte zu denken. Ich schloß die Klappe der Aktenmappe wieder. Eine neue Stimmung ergriff mich. Sie kamen näher, eine größere Menge, als Ras bisher auf die Beine gebracht hatte. Ich ging ruhig weiter, die Aktenmappe in der Hand. Mein Selbstgefühl war anders, und etwas wie Erleichterung füllte mich. Ich wußte plötzlich, was ich tun mußte, wußte es, bevor es Gestalt in meinem Geist annahm.

Jemand rief: »Aufgepaßt!« Und Ras beugte sich auf seinem Pferd vor, sah mich und warf einen Speer. Als ich die Bewegung seines Armes sah, ließ ich mich vornüberfallen, landete dabei auf den Händen wie ein Akrobat und hörte, wie der Speer eine der aufgehängten Puppen durchbohrte. Ich stand wieder auf. Die Aktenmappe hatte ich immer noch in der Hand.

»Verräter!« schrie Ras.

»Es ist der Bruder«, sagte jemand. Sie näherten sich dem Pferd, erregt und noch unentschlossen, und ich sah ihn an und wußte, daß ich nicht schlechter war als er, aber auch nicht besser, und daß alle die Monate der Illusion und die Nacht des Chaos nur ein paar einfache Worte erforderten, eine demütige, stumme Aktion, um die Luft zu reinigen. Um sie und mich zu wecken.

»Ich bin nicht mehr ihr Bruder«, schrie ich. »Sie wollen Rassenkampf, und dagegen bin ich. Je mehr von uns getötet werden, desto zufriedener sind sie.«

»Hört nicht auf den Lügner«, schrie Ras. »Hängt ihn auf, um den Schwarzen eine Lehre zu geben – dann gibt es keine Verräter mehr. Keine Onkel Toms mehr. Hängt ihn neben die Puppen.«

»Aber hört doch«, rief ich. »Es ist wahr, ich wurde von denen betrogen, die ich für unsere Freunde hielt – aber sie rechneten auch mit dem da. Sie brauchten diesen *Zerstörer,* damit er ihre Arbeit täte. Sie ließen euch im Stich, damit ihr in eurer Verzweiflung diesem Mann in eure Vernichtung folgtet. Seht ihr das nicht ein? Ihr selbst sollt eures Mordes, eures eigenen Opfers schuldig sein.«

Drei Männer kamen auf mich zu. Unbewußt hob ich die Hand – es war nur eine verzweifelte, oratorische Geste der Mißbilligung und Herausforderung – und rief: »Nein!« Aber meine Hand streifte den Speer. Ich packte den Schaft und zog den Speer aus der Puppe, hielt die Spitze nach vorn. »Was hier geschieht, haben sie längst geplant«, sagte ich. »Sie wollen, daß der Mob mit Maschinengewehren und Gewehren nach Harlem kommt. Sie wollen, daß Blut durch die Straßen fließt. Euer Blut, schwarzes Blut und weißes Blut, damit sie aus euerem Tod, eurer Not und Niederlage Propaganda machen können. Es ist so einfach, ihr habt es schon lange gewußt. Ein alter Spruch lautet: Nigger fängt man nur durch Nigger. Ja, mich benutzten sie, euch zu fangen, und jetzt soll Ras dasselbe mit mir tun und euer Opfer vorbereiten. Seht ihr das denn nicht? Ist das nicht klar ...?«

»Hängt den Lügner und Verräter auf«, schrie Ras. »Was wartet ihr noch?«

Ich sah eine Gruppe von Männern auf mich zukommen.

»Wartet«, sagte ich. »Schlagt mich tot, weil ich einen großen Fehler gemacht habe. Dabei aber laßt es bewenden. Tötet mich nicht um jener willen, die downtown über den Streich lachen, den sie euch gespielt haben ...«

Aber während ich sprach, wußte ich, daß es sinnlos war. Ich hatte keine Worte, keine Beredsamkeit, auch als Ras schrie: »Hängt ihn auf!« stand ich da, sah ihn an, und alles war auf einmal so unwirklich. Ich sah sie an und wußte, daß der Verrückte in der seltsamen Aufmachung wirklich und doch unwirklich war, wußte, daß er mein Leben wollte, daß er mich für verantwortlich hielt für all die Tage und Nächte und all das Leid, für alles, was ich nicht kontrollieren konnte, und daß ich kein Held war, sondern klein und schwarz mit einer gewissen Beredsamkeit und einer unendlichen Fähigkeit, mich mehr als alle anderen zum Narren halten zu lassen. Ich sah sie, erkannte sie endlich als die, die ich im Stich gelassen hatte und deren Führer ich jetzt war, ein Führer, der in dem Augenblick an ihre Spitze trat, als er sich von allen Illusionen frei machte.

Ich sah Ras auf dem Pferd, sah die paar Gewehre und erkannte das Absurde der ganzen Nacht und der einfachen und doch so verwirrenden vollständigen Vermischung von Hoffnung und Sehnen, Angst und Haß, die mich hierher getrieben hatten, und ich wußte plötzlich, wer ich war und wo ich war, und wußte auch, daß ich nun keinen Finger mehr rührte für die Jacks und Emersons, Bledsoes und Nortons. Daß ich mich hüten mußte vor ihrer Verwirrung, ihrer Ungeduld und ihrer Weigerung, die herrliche Absurdität ihrer amerikanischen und meiner Identität zu erkennen. Ich stand da und wußte, daß ich durch meinen Tod, daß, wenn ich von Ras auf dieser Straße in dieser vernichtenden Nacht aufgehängt wurde, ich sie vielleicht den Bruchteil eines Schrittes weiter brachte in der Erkenntnis ihres Seins und meines Seins und Gewesenseins. Aber diese Erkenntnis wäre zu eng gewesen; ich war unsichtbar, und Gehängtwerden machte mich nicht sichtbar, auch für ihre Augen nicht, denn sie wollten meinen Tod nicht nur meinet-, sondern meines ganzen Strebens und Bemühens wegen. Weil ich gelaufen war, gehetzt und gejagt worden war, weil ich gehandelt und dafür gebüßt hatte. Und dabei hatte ich angesichts ihrer Blindheit (duldeten sie nicht Rinehart und Bledsoe?) und meiner Unsichtbarkeit gar nicht anders handeln können. Und daß ich, ein kleiner schwarzer Mensch mit angenommenem Namen sterben sollte wegen eines großen schwarzen Menschen in seinem Haß und der Verwirrung über die Natur einer Wirklichkeit, die allein von Weißen kontrolliert zu werden schien, die, wie ich wußte, ebenso blind waren wie er, das war zuviel, weil empörend und absurd. Und ich wußte, daß es besser war, die eigene Absurdität zu Ende zu leben, als für die anderer, eines Ras oder eines Jack, zu sterben.

Als Ras schrie: »Hängt ihn auf!«, warf ich den Speer, und einen Augenblick lang sah es so aus, als hätte ich mein Leben hergegeben und ein neues Leben begonnen. Und ich sah, wie der Speer ihn traf, als er den Kopf wandte, um wieder zu schreien, ihm beide Backen durchbohrte. Ich sah die staunende Pause der Menge, als Ras an dem Speer hantierte, der ihm den Mund schloß. Einige der Männer hoben ihre Gewehre, aber sie standen zu nahe, als daß sie hätten schießen können, und ich traf den ersten mit Tarps Kettenglied und den anderen mit der Aktenmappe in die Magengegend, und dann lief ich in einen geplünderten Laden, hörte das Schrillen der Alarmglocke, während ich über umherliegende Schuhe, umgestürzte Schaukästen und Stühle stolperte – dahin, wo ich vor mir durch die Hintertür das Mondlicht fallen sah. Sie kamen hinter mir her wie lodernde Flammen, und ich führte sie weiter durch den Laden und dann auf die Avenue, und wenn sie geschossen hätten, dann hätten sie mich gleich gehabt; aber sie wollten mich aufhängen, lynchen, deshalb liefen sie, deshalb waren sie hinter mir her. Ich sollte durch den Strang sterben, als könnte das allein alles, auch die Speerwunde, wieder in Ordnung bringen. So lief ich denn, erwartete den Tod zwischen den Schulterblättern oder durch den Hinterkopf, und während ich lief, versuchte ich, Marys Haus zu erreichen. Es war kein überlegter Entschluß, sondern etwas, das ich plötzlich erkannte, während ich durch die Milchpfützen auf der dunklen Straße lief, stehenblieb, die schwere Aktentasche und das Kettenglied schwang und ihren Händen immer wieder entwischte.

Wenn ich mich doch hätte umdrehen, meine Waffen wegwerfen und zu ihnen hätte sagen können: »Hört mal, Leute, gönnt mir eine Pause, wir sind doch alle Schwarze … Niemand kümmert sich darum.« Aber ich wußte, daß wir es taten, sie wußten jedenfalls so viel, daß sie jetzt handelten. Wenn ich nur hätte sagen können: »Seht, sie haben uns einen Streich gespielt, den alten Streich mit neuen Variationen – wir wollen das Gerenne aufgeben, uns gegenseitig achten und lieben ...« Wenn ich nur ..., dachte ich, lief in eine neue Menge und glaubte schon, entronnen zu sein. Da traf mich ein Schlag gegen den Kiefer von jemand, der schreiend auf mich zukam. Und ich schwang das Kettenglied und traf seinen Kopf, eilte weiter, verließ die Avenue und geriet in sprühendes Wasser, das von oben zu kommen schien. Ein Hauptrohr war geplatzt und jagte einen dichten Vorhang aus Sprühwasser hinauf in die Nacht. Ich wollte zu Mary, aber ich eilte in südlicher Richtung durch die nasse Avenue, als ein berittener Polizist durch das Sprühwasser sprengte. Das schwarze Pferd triefte. Es jagte hindurch, groß und unwirklich, wieherte, stampfte über das Pflaster auf mich zu, als ich auf die Knie glitt. Ich sah den gewaltigen Körper auf mich zukommen, sah ihn über mir, hörte Hufschlag und Schreie und wie aus weiter Ferne, als säße ich in einer Gummizelle, das Rauschen von Wasser, und dann, als das Pferd fast vorbei war, versetzte mir das Haar des Schwanzes einen brennenden Peitschenschlag durch die Augen. Ich torkelte umher in wilden Kreisen, schwang blindlings die Aktenmappe, während das Bild eines feurigen Kometenschweifs hinter meinen schmerzenden Lidern brannte. Ich drehte mich um, schlug immer noch blindlings mit Aktenmappe und Kettenglied um mich und hörte wieder galoppierende Hufe, während ich hilflos weiterstolperte, hinein in die rohe, nackte Kraft des Wassers. Ich fühlte seine Kraft wie einen Schlag, naß, dröhnend und kalt. Und dann war ich hindurch, und ich konnte wieder etwas sehen, als ein anderes Pferd durch den Strahl galoppierte, ein Jagdpferd, das ein Hindernis nimmt, der Reiter nach hinten geneigt und das Pferd sich aufrichtend, dann von dem aufspritzenden Sprühwasser getroffen und verschlungen. Ich torkelte durch die Straße, der Kometenschweif brannte immer noch in meinen Augen. Ich sah schon ein wenig besser. Ich blickte zurück, sah das Wasser im Mondlicht sprühen wie ein irr gewordener Geiser. Zu Mary, dachte ich, zu Mary.

Vor den Häusern waren Eisenzäune und hinter diesen niedrige Hecken. Ich torkelte hinter eine Hecke und ließ mich keuchend fallen, um mich von der zermalmenden Kraft des Wassers zu erholen. Aber kaum lag ich da, den trockenen Hundstaggeruch der Hecke in der Nase, als sie vor dem Haus haltmachten, sich über den Zaun beugten. Sie ließen eine Flasche kreisen, und ihre Stimmen klangen müde, erschöpft.

»Das ist ne Nacht«, sagte einer von ihnen. »Das ist ne Nacht.«

»Genau wie die anderen auch.«

»Wieso?«

»Es wird genauso gehurt, geprügelt, gesoffen und gelogen ... reich mir mal die Pulle.«

»Ja, aber heute nacht habe ich Dinge gesehen, die ich noch nie gesehen habe.«

»Was glaubst du? Hättest mal sehen sollen, was vor zwei Stunden drüben in der Lenox Avenue los war. Du kennst doch Ras den Zerstörer. *Der* spuckte Blut.«

»Der Zerstörer?«

»Ja, der saß auf einem großen, schwarzen Pferd, hatte eine Pelzmütze auf dem Kopf und um die Schultern ein altes Löwenfell oder so was. Der machte einen Krach! Das hättest du mal sehen sollen! Ritt mit dem alten Gaul hin und her, weißt du, so'n alter Karrengaul. Mit Cowboysattel, und er hatte große Sporen an seinen Stiefeln.«

»Mensch ...«

»Ja. Ritt durch den Block und schrie: ›Vernichtet sie, jagt sie zum Teufel! Brennt sie raus! Ich, Ras, befehle es euch! Habt ihr das kapiert?‹ schrie er, ›ich, *Ras,* befehle es euch – schlagt sie tot.‹ Und dann steckt so'n alter Hanswurst mit lauter georgischer Stimme den Kopf aus dem Fenster und schreit: ›Reit sie zusammen, Cowboy! Gib denen mal Zunder!‹ Und der Kerl, der verrückte Halunke auf dem Gaul, sieht aus wie der Tod, der ein Sandwich frißt, er greift nach unten, zieht seinen Revolver und feuert auf das Fenster. Und dann redet er weiter von Kaputtmachen. Und eine Sekunde später war keiner mehr da, nur noch Ras mit dem Löwenfell auf dem Klepper. Der ist verrückt. Jeder andere will was erwischen, und der und seine Kerle wollen nur Blut.«

Ich lag da wie jemand, der dem Tod durch Ertrinken entronnen ist, lauschte, wußte immer noch nicht, ob ich lebte.

»Ich war dabei«, sagte eine andere Stimme. »Hast du gesehen, als die Polizei hinter ihm her war?«

»Ne … nimm erst mal nen Schluck.«

»Da hättest du ihn sehen sollen. Als er die Polizei sah, griff er hinter den Sattel und nahm da so was, das aussah wie ein alter Schild.«

»Ein *Schild?«*

»Ja. Und der hatte in der Mitte einen Stachel. Aber das ist noch nicht alles. Als er die Polypen sieht, ruft er einem seiner Leute zu, ihm den Speer zu reichen, und ein kleiner, dicker Kerl lief in die Straße und holte ihm einen. Weißt du, so einen wie die Afrikaner im Kino haben …«

»Wo warst du denn, Mensch?«

»Ich? Auf der Seite, wo einer in den Laden einbrach und durch das Fenster kühles Bier verkloppte … Gutes Geschäft«, lachte die Stimme. »Ich goß mir ein paar Budweiser ein und sah dem Treiben zu, als die Polypen die Straße raufgeritten kamen wie die Cowboys, und als dieser Ras – wie nennt er sich doch sonst noch? – die sieht, brüllt er wie ein Löwe und dreht sich um und stößt dem Gaul die Sporen in die Flanken. Genauso schnell wie auf der U-Bahn, wenn die Nickel bei Hochbetrieb in den Kasten fallen. Hättest den mal sehen sollen! Reich mir mal die Pulle!

Danke. Und dann kommt er rangeklappert mit vorgestrecktem Speer und dem Schild. Und brüllt was in Afrikanisch oder Westindisch. Und dabei senkt er den Kopf, als hätte er eine Ahnung davon, und braust dann los wie ein Jockey. Der alte schwarze Gaul wiehert, und er senkt den Kopf – und wo er den anderen traf, das weiß ich nicht. Als der aber den Stahl in seinem dicken Hintern fühlte, kam er rangebraust wie ein Kriegsschiff. Bevor die Polypen noch wissen, was los ist, ist Ras mitten unter ihnen, und einer von den Polypen griff nach dem Speer, aber Ras drehte sich um und schlug ihn über den Kopf, und der Polyp fiel vom Pferd, und das Pferd geht hoch, und Ras reißt sein Pferd rum und versucht einen anderen Polizisten aufzuspießen, und die Pferde schlagen aus und Ras versucht, noch einen aufzuspießen, aber er ist zu nah, und das Pferd furzt und pißt und kackt, und sie machen eine Wendung, und der Polyp schwenkt seinen Revolver, und wenn er den Revolver schwenkt, hält Ras mit der einen Hand den Schild hoch und schlägt mit der anderen mit dem Speer, und der Revolver kracht gegen den alten Schild und das klingt, als schmiß einer altes Eisen aus einem zwölfstöckigen Haus. Und als Ras sah, daß er zu nahe war, um einen Polypen aufzuspießen, warf er seinen Gaul rum, ritt ein Stückchen zurück, machte wieder kehrt und griff sie wieder an – mußte Blut fließen sehen. Aber die Polypen waren es endlich leid, und einer von ihnen fing an zu schießen. Und *da* war's aus. Und Ras hatte keine Zeit, seinen Revolver zu ziehen, und da schlug er mit dem Speer drauflos und knurrte was über den Polypen und seine Eltern und jagte den Gaul die Straße rauf.«

»Mensch, was erzählst *du* uns da?«

»Es ist wahr, Hand drauf.«

Sie lachten. Sie gingen weiter, und ich lag da wie in einem Krampf, wollte lachen und wußte doch, daß Ras nicht lächerlich war, oder besser: nicht lächerlich, sondern gefährlich, daß er falsch handelte, aber doch gerechtfertigt war, daß er verrückt und doch bei Verstand war ... Weshalb sahen die Leute nur das Komische, dachte ich. Und doch wußten sie, daß es nicht *nur* komisch, sondern auch gefährlich und traurig war. Jack hatte das gesehen oder war darüber gestolpert und benützte es, ein Opfer vorzubereiten. Und ich hatte als Werkzeug gedient. Mein Großvater hatte sich geirrt, als er sagte, man sollte ihnen zustimmen bis in den Tod und die Vernichtung hinein. Vielleicht aber hatte sich seit damals ein tiefer Wandel vollzogen.

Es gab nur einen Weg, sie zu vernichten. Ich erhob mich hinter der Hecke im verblassenden Mond, naß, in der heißen Luft frierend, und machte mich auf, Jack zu suchen. Ich betrat die Straße, hörte in der Ferne den Lärm des Aufruhrs und sah im Geist zwei Augen auf dem Boden eines zerschmetterten Glases liegen.

Ich hielt mich auf der dunklen Seite der Straße und der Vorgärten, dachte, daß, wenn er wirklich vorhatte, seine Strategie zu verbergen, er vielleicht mit einem Lautsprecherwagen im Bezirk erschien und, von Wrestrum und Tobitt begleitet, den freundlichen Ratgeber spielte.

Sie trugen Zivil, und ich dachte: Polypen – bis ich den Baseballschläger sah. Als ich mich umdrehte, hörte ich: »He, Sie da!«

Ich zögerte.

»Was haben Sie in der Mappe?« sagten sie. Hätten sie mich etwas anderes gefragt, ich wäre vielleicht stehengeblieben. Aber bei dieser Frage packten mich Scham und Wut, und ich lief davon, immer noch auf dem Weg zu Jack. Aber ich war jetzt in unbekanntem Gebiet, und irgendwer hatte aus einem bestimmten Grund den Deckel des Einsteigelochs entfernt, und ich fühlte, wie ich auf einmal in die Tiefe sank, tief und immer tiefer. Ein langer Fall, der auf einem Kohlenhaufen endete, aus dem eine Staubwolke aufstieg. Und ich lag im Dunkeln auf dem schwarzen Kohlenhaufen, lief nun nicht mehr herum, versteckte mich nicht mehr, hatte keine Angst mehr, hörte das rasselnde Rutschen der Kohlen, als von irgendwoher über mir ihre Stimmen zu mir in die Tiefe drangen.

»Hast du gesehen, wie der verschwand? Ich wollte ihm gerade eins versetzen.«

»Hast du ihn getroffen?«

»Das weiß ich nicht.«

»Glaubst du, daß der Kerl tot ist, Joe?«

»Vielleicht. Jedenfalls ist er weg. Nicht einmal seine Augen kann man sehen.«

»Der Nigger auf dem Kohlenhaufen, Joe?«

Jemand schrie in das Loch: »He, Schwarzer, komm raus. Woll'n nachsehen, was du in deiner Aktenmappe hast.«

»Komm runter und krieg mich«, sagte ich.

»Was ist in der Aktenmappe?«

»Du«, antwortete ich plötzlich lachend. »Was sagst du dazu?«

»Ich?«

»Ihr alle«, sagte ich.

»Bist ja verrückt«, sagte er.

»Und dennoch bist du in der Mappe.«

»Was hast du gestohlen?«

»Siehst du das nicht?« sagte ich. »Steck ein Streichholz an.«

»Was redet der Kerl eigentlich, Joe?«

»Steck ein Streichholz an. Der Kerl ist verrückt.«

Über mir sah ich eine kleine Flamme aufspringen. Sie

standen da mit geneigten Köpfen, als beteten sie, konnten mich aber auf dem Kohlenhaufen nicht sehen.

»Kommt runter«, sagte ich. »He, he! Steckt schon die ganze Zeit über in meiner Aktenmappe, aber damals kanntet ihr mich nicht, und jetzt könnt ihr mich nicht sehen.«

»Du Sauhund«, schrie der eine von ihnen wütend. Dann erlosch das Streichholz, und ich hörte etwas neben mich auf den Kohlenhaufen fallen. Oben sprachen sie weiter.

»Du verdammter, schwarzer Hund«, rief jemand, »sieh mal zu, wie dir das gefällt.« Und ich hörte, wie der Deckel mit dumpfem Knall das Einsteigeloch schloß. Feine Schmutzteilchen rieselten herab, als sie auf den Deckel traten, und einen Augenblick lang raschelten infolge meiner erschreckten Bewegung die Kohlen. Dann sah ich in die Höhe, durch dunklen Raum, dahin, wo für eine Sekunde das trübe Licht eines Streichholzes durch einen Kreis aus Löchern in dem Eisendeckel fiel. Dann dachte ich: so ist es immer gewesen, nur daß ich es jetzt weiß ... Ich lehnte mich zurück, war jetzt ganz ruhig, legte die Aktenmappe unter meinen Kopf. Morgen früh wollte ich den Deckel hochheben. Jetzt war ich müde, zu müde. Mein Geist arbeitete kaum noch, die zwei Glasaugen vereinten sich wie Klümpchen schmelzenden Bleis. Hier war von dem Aufruhr nichts mehr zu hören, und ich fühlte, wie der Schlaf an mir zerrte, und ich meinte, über dunkles Wasser hinzugleiten.

Es ist eine Art Tod ohne Hängen, dachte ich, ein lebendiger Tod. Morgen früh wollte ich den Deckel hochheben ... Mary; ich hätte zu Mary gehen sollen. Ich würde jetzt zu Mary gehen, auf dem einzigen Weg, den ich gehen konnte. Ich glitt dahin über das dunkle Wasser, schwimmend, seufzend ... unsichtbar schlafend.

Aber ich sollte Mary nie erreichen, und was den Deckel angeht, so war ich zu optimistisch gewesen. In großen, unsichtbaren Wogen flutete die Zeit über mich hin, aber der Morgen kam nie. Kein Morgen, kein Licht weckte mich, und ich schlief und schlief, bis mich der Hunger endlich weckte. Dann tastete ich mich durch die Dunkelheit, fühlte rauhe Wände, und bei jedem Schritt raschelten die Kohlen unter mir weg wie verräterischer Sand. Ich versuchte, in die Höhe zu greifen, fand aber nur Leere. Dann suchte ich nach der Leiter, die meist aus solchen Löchern herausführt, aber ich fand sie nicht. Ich mußte Licht haben, und auf Händen und Knien, die Aktenmappe unterm Arm, tastete ich die Kohlen ab, bis ich das Streichholzheftchen fand, das die Männer hatten fallen lassen. Wann war das gewesen? Aber es enthielt nur noch drei Hölzer, und um sie zu sparen, machte ich mich auf die Suche nach Papier, aus dem ich mir eine Fackel machen wollte. Langsam tastete ich wieder den Kohlenhaufen ab. Ich brauchte nur ein Stück Papier, um den Weg aus dem Loch zu finden, aber ich fand keins. Dann durchsuchte ich meine Taschen, fand nicht einmal eine alte Rechnung, keinen Reklamezettel, kein Bruderschaftstraktätchen. Weshalb hatte ich Rineharts Handzettel weggeworfen? Es gab nur eine Möglichkeit, mir eine Fackel zu machen. Ich mußte die Aktentasche öffnen. Sie enthielt meine Papiere.

Ich begann mit dem Zeugnis der High School, opferte ein kostbares Streichholz mit einem Gefühl fernen Hohns, lächelte sogar, als ich sah, wie das schnelle, aber schwache Licht die Dunkelheit verdrängte. Ich befand mich in einem tiefen Kellergeschoß voll formloser Dinge, die sich weiter ausstreckten, als ich sehen konnte, und es wurde mir klar, daß, wollte ich meinen Weg nach draußen finden, ich jedes Papier, das die Mappe enthielt, opfern mußte. Ich bewegte mich langsam in tieferes Dunkel hinein, erhellte meinen Weg mit den schwachen Fackeln. Dann kam Cliftons Puppe dran; aber sie brannte so trübe, daß ich etwas anderes aus der Mappe nahm. Beim Licht der rauchspuckenden Puppe öffnete ich ein zusammengefaltetes Papier. Es war der anonyme Brief. Er brannte so schnell weg, daß ich gleich ein anderes Blatt Papier auseinanderfaltete. Es war der Zettel, auf den Jack meinen Bruderschaftsnamen geschrieben hatte. Selbst in der Feuchtigkeit des Kellers roch ich noch Emmas Duft. Und als ich jetzt die Handschrift auf den beiden Zetteln in der sie verzehrenden Flamme sah, verbrannte ich mir die Finger und ließ das Papier fallen. Ich kniete nieder und betrachtete sie. Die Handschrift war dieselbe. Ich kniete da, wie betäubt, sah, wie die Flammen sie verzehrten. Daß er oder irgendein anderer mir damals den neuen Namen gab, mich mit demselben Federstrich auf Trab brachte, das war zuviel. Plötzlich begann ich zu schreien, rannte wie besessen durch die Dunkelheit, stieß gegen die Wände, zertrat die Kohlen und löschte in meiner Wut das kleine Licht.

Immer noch in der Dunkelheit umherirrend, stieß ich fluchend gegen die rauhen Wände eines schmalen Ganges, fiel gegen eine Art Scheidewand und flog, mit dem Kopf voran, hustend und niesend in einen dimensionslosen Raum, in dem ich weitertobte. Wie lange, das weiß ich nicht. Vielleicht Tage, vielleicht Wochen. Ich verlor jedes Gefühl für Zeit. Und wenn ich das Toben unterbrach, flammte gleich die Wut wieder auf, und es begann von neuem. Als ich mich schließlich kaum noch bewegen konnte, schien etwas zu sagen: »Laß es genug sein, mach dich nicht ganz kaputt. Du bist nun genug gerannt, bist nun endlich mit ihnen fertig.« Und dann brach ich zusammen, fiel auf das Gesicht, blieb erschöpft liegen, war so müde, daß ich nicht einmal die Augen schließen konnte. Es war weder ein Zustand des Träumens noch des Wachens, sondern etwas, was zwischen beiden lag, in dem ich gefangen war wie Truebloods Häher, den die Hornissen bis auf die Augen gelähmt hatten.

Aber irgendwie hatte sich der Boden jetzt in Sand verwandelt, und aus der Finsternis war Licht geworden, und ich lag da, der Gefangene einer Gruppe, die aus Jack, dem alten Emerson, aus Bledsoe, Norton, Ras, aus dem Schulrat und vielen anderen bestand, die ich nicht erkannte, die mich aber gehetzt hatten und sich jetzt um mich drängten, während ich an einem Fluß mit schwarzem Wasser lag, dort, wo sich eine Brücke in die Unendlichkeit spannte. Und ich protestierte dagegen, daß sie mich festhielten, und sie forderten, daß ich zu ihnen zurückkehrte, und waren wütend über meine Weigerung.

»Nein«, sagte ich, »ich bin mit all euren Illusionen und Lügen fertig. Und auch mit dem Gerenne.«

»Noch nicht«, sagte Jack über die ärgerliche Forderung der anderen hinweg, »aber bald, außer wenn du zurückkehrst. Weigere dich nur, und wir befreien dich sofort von deinen Illusionen.«

»Nein, danke, das tue ich selber«, sagte ich und wollte mich aus dem stechenden Sand erheben.

Aber dann kamen sie mit einem Messer auf mich zu und packten mich. Und ich fühlte den hellen, roten Schmerz, und sie nahmen die zwei blutigen Klümpchen und warfen sie über die Brücke, und aus meiner Angst heraus sah ich sie in die Luft fliegen und unter dem Brückenbogen hängenbleiben, und dann durch das Sonnenlicht in das dunkelrote Wasser tropfen. Während die anderen lachten, wurde vor meinen von Schmerz geschärften Augen die ganze Welt langsam rot.

»Jetzt bist du deine Illusionen los«, sagte Jack und zeigte auf meinen Samen, der in der Luft verdorrte. »Wie fühlst du dich ohne Illusionen?«

Und ich blickte auf durch einen Schmerz, der jetzt so wild war, daß die Luft metallisch zu brüllen schien, und immer wieder hörte ich:

»WIE FÜHLST DU DICH OHNE ILLUSIONEN?«

Und dann antwortete ich: »Voller Schmerzen und leer.« Und ich sah einen schimmernden Schmetterling dreimal um meine blutroten Geschlechtsteile flattern, die dort oben an der höchsten Stelle des Brückenbogens hingen. »Seht«, sagte ich und zeigte in die Höhe. Und sie sahen hin und lachten, und als ich ihre zufriedenen, verstehenden Gesichter sah, lachte ich wie Bledsoe, und das Lachen erschreckte sie. Neugierig kam Jack näher.

»Weshalb lachst du?« sagte er.

»Weil ich jetzt endlich sehe, was ich bisher nicht sehen konnte«, sagte ich.

»Was glaubt er zu sehen?« sagten sie.

Und Jack kam drohend näher, und ich lachte. »Ich habe jetzt keine Angst mehr«, sagte ich. »Aber wenn ihr hinschaut, dann seht ihr … Es ist nicht unsichtbar …«

»Was sehen wir?« fragten sie.

»Daß nicht nur mein Geschlecht da oben über dem Wasser verdorrt …« Aber dann wallte der Schmerz auf, und ich sah sie nicht mehr.

»Was? Sprich weiter«, sagten sie.

»Eure Sonne …«

»Was?«

»Und euren Mond …«

»Er ist verrückt …«

»Eure Welt …«

»Ich wußte längst, daß er ein mystischer Idealist ist«, sagte Tobitt.

»Ja«, sagte ich, »euer Universum, und was ihr auf das Wasser tropfen hört, ist die Geschichte, die ihr gemacht habt, alles was ihr noch machen werdet. Nun lacht, ihr Wissenschaftler. Laßt euer Lachen erschallen.«

Und hoch über mir schien sich die Brücke dorthin zu bewegen, wohin meine Augen nicht reichten, schritt einher wie ein Roboter, wie ein eiserner Mensch, dessen eiserne Beine unheilverkündend klangen. Und dann erhob ich mich mühsam, voller Sorgen und Schmerzen, und schrie: »Nein, nein, wir müssen ihn aufhalten.«

Und ich erwachte in der Dunkelheit.

Völlig wach jetzt, lag ich wie gelähmt da. Ich wußte nicht, was ich tun sollte. Später würde ich versuchen, den Weg nach draußen zu finden, aber jetzt konnte ich nur auf dem Boden liegen und den Traum noch einmal erleben. Ihre Gesichter waren so deutlich, als sähe ich sie im Licht eines Scheinwerfers vor mir. Irgendwo waren sie versammelt und machten ein großes Durcheinander aus der Welt. Meinetwegen. Ich war damit fertig, und trotz des Traumes war ich ganz.

Und dann wurde mir klar, daß ich nicht zu Mary oder in einen Teil meines alten Lebens zurückkehren konnte. Ich konnte mich ihm nur von außen nähern, und ich war für Mary ebenso unsichtbar gewesen wie für die Bruderschaft. Nein, zu Mary konnte ich nicht zurückkehren, auch nicht in die Schule oder in die Bruderschaft oder nach Hause. Ich konnte nur weitergehen oder hier unter der Erde bleiben. Ich würde also hierbleiben, bis ich von hier verjagt wurde. Hier konnte ich wenigstens versuchen, die Dinge in allem Frieden, und wenn nicht in Frieden, so doch in Ruhe zu überdenken. Hier, unter der Erde, würde ich meinen Wohnsitz aufschlagen. Das Ende lag im Anfang.

EPILOG

Ich habe also alles Wichtige mitgeteilt, oder besser, *fast* alles. Ich bin ein Unsichtbarer, und das brachte mich in ein Loch oder zeigte mir das Loch, in dem ich mich befand – und widerwillig fand ich mich mit der Tatsache ab. Was hätte ich anderes tun sollen? Wenn man sich daran gewöhnt hat, ist die Wirklichkeit so unwiderstehlich wie eine Keule, und ich wurde ohne jede Warnung in den Keller geprügelt. Vielleicht mußte es so sein. Ich weiß es nicht. Ich weiß auch nicht, ob die Befolgung dieser Lehre mich in die Nachhut oder *Avantgarde* gestellt hat. Vielleicht ist *das* alles eine Lehre für die Geschichte, und ich will solche Entscheidungen Jack und seinesgleichen überlassen, während ich verspätet versuche, die Lehre meines eigenen Lebens zu studieren.

Ich will ganz ehrlich sein – und das ist, nebenbei gesagt, ungeheuer schwierig. Für den, der unsichtbar ist, werden Probleme wie Gut und Böse, Ehrlichkeit und Unehrlichkeit, derart wandelbar in ihrer Gestalt, daß er sie miteinander verwechselt, je nachdem, wer durch ihn hindurchschaut. Ja, nun habe ich versucht, durch mich hindurchzusehen, und das ist mit Gefahr verbunden. Ich wurde immer dann besonders gehaßt, wenn ich versuchte, ehrlich zu sein. Oder wenn ich, wie jetzt, versuchte, das zum Ausdruck zu bringen, was ich als Wahrheit erkannt hatte. Niemand war zufrieden –

auch ich nicht. Andererseits war ich dann besonders beliebt und geschätzt, wenn ich versuchte, jemandes irrigen Glauben zu rechtfertigen und zu bestätigen, oder wenn ich meinen Freunden die falschen, absurden Antworten zu geben versuchte, die sie erwarteten. In meiner Gegenwart konnten sie sprechen und dem, was sie sagten, zustimmen, die Welt war vernagelt, und sie liebten sie. Sie empfingen ein Gefühl der Sicherheit. Aber das war der Haken: um *sie* zu rechtfertigen, mußte ich mir selbst zu oft an die Gurgel fahren, mußte mich ersticken, bis mir die Augen aus dem Kopf quollen, die Zunge aus dem Hals hing und hin und her schwang wie die Tür eines leeren Hauses im Wind. Ja, sie machte es glücklich, mich aber krank. So wurde ich krank von allem Bestätigen, von dem ewigen Ja-Sagen – gegen das Nein-Sagen meines Magens, von dem meines Hirns ganz zu schweigen.

Es gibt, nebenbei bemerkt, einen Bereich, in dem die Gefühle eines Menschen rationaler sind als sein Geist, und in diesem Bereich wird sein Wille gleichzeitig in verschiedene Richtungen gezerrt. Man mag darüber höhnen, aber ich weiß es. Das habe ich, länger als meine Erinnerung reicht, am eigenen Leibe erfahren. Und mein Problem war, daß ich immer die Wege anderer und nie meine eigenen Wege zu gehen versuchte. Heute werde ich so und morgen wieder anders genannt, aber nie wollte jemand wissen, wie ich selbst mich nannte. Nachdem ich jahrelang versucht hatte, mir die Meinungen anderer zu eigen zu machen, wurde ich schließlich rebellisch. Ich bin ein Unsichtbarer. Ich habe einen langen Weg hinter mir, ich bin zurückgekehrt und weit von dem Punkt in der Gesellschaft entfernt worden, den ich ursprünglich erreichen wollte.

So zog ich mich in den Keller zurück zum Winterschlaf. Ich ließ alles andere stehen und liegen. Aber das genügte nicht. Auch in meinem Winterquartier fand ich keine Ruhe. Und daran, verdammt noch mal, ist der Geist schuld. Der

Geist. Der ließ mir keine Ruhe. Gin, Jazz und Träume genügten nicht. Auch Bücher nicht. Meine verspätete Würdigung des grausamen Spaßes, der mich auf Trab gehalten hatte, genügte auch nicht. Immer wieder kehrte mein Geist zu meinem Großvater zurück. Und trotz der Farce, die meinen Versuch, zu der Bruderschaft ›ja‹ zu sagen, beendete, quälte mich immer noch sein Rat auf dem Sterbebett. Vielleicht verbarg er seine Bedeutung tiefer als ich dachte, vielleicht brachte mich seine Wut auf die falsche Spur – ich kann das nicht entscheiden. Hatte er vielleicht – zum Teufel, er mußte das Prinzip gemeint haben, daß wir das Prinzip bejahen mußten, auf dem das Land aufgebaut war, nicht die Menschen, oder wenigstens nicht die, die für Gewalt waren. Meinte er ›ja‹ sagen, weil er wußte, daß das Prinzip größer war als die Menschen, größer als die Zahlen und die gemeine Macht und alle Methoden, seinen Namen zu verderben? Meinte er die Bejahung des Prinzips, das sie aus dem Chaos und der Dunkelheit der feudalen Vergangenheit träumend hatten entstehen lassen, das sie derart vergewaltigt und kompromittiert hatten, daß es selbst für den korrupten Geist absurd wurde? Oder meinte er, daß wir für alles, die Menschen wie das Prinzip, die Verantwortung übernehmen mußten, weil wir die Erben waren, die sich das Prinzip zu eigen machen mußten, weil kein anderes unseren Bedürfnissen entsprach? Nicht der Macht oder der Rechtfertigung wegen, sondern weil wir, angesichts unserer Herkunft, nur so Überlegenheit erreichen konnten? Sollten wir vor allem das Prinzip, den Plan bejahen, in dessen Namen wir gemein behandelt und geopfert worden waren – nicht weil wir immer schwach sein würden, auch nicht weil wir bange oder opportunistisch waren, sondern weil wir älter waren als sie im Sinne des Zusammenlebens mit anderen und weil sie in uns manches – nicht viel, aber manches – der menschlichen Gier und Kleinheit, ja, und auch der Angst und des Aberglaubens erschöpften, die sie auf Trab gehalten hatten. (Ja, auch sie sind auf Trab, purzeln einer über den anderen.) Oder meinte er, wir sollten das Prinzip bejahen, weil wir, ohne eigene Schuld, mit allen anderen in der lauten, lärmenden, halb sichtbaren Welt verbunden waren, jener Welt, die von Jack und seinesgleichen, und leutselig von Norton und seinesgleichen, die es leid waren, nur die Strohmänner in dem nichtigen Spiel des ›Geschichtemachens‹ zu sein, für ein ergiebiges Ausbeutungsgebiet gehalten wurde? Hatte er erkannt, daß wir auch für diese das Prinzip bejahen mußten, damit sie nicht das Prinzip und uns vernichteten?

»Stimme ihnen zu bis in den Tod und die Vernichtung«, hatte der Großvater geraten. Zum Teufel, waren sie nicht ihr eigener Tod und ihre eigene Vernichtung, wenn das Prinzip nicht in ihnen und uns lebendig war? Und nun das Tollste des Spaßes: waren wir nicht *ein Teil von ihnen* und doch von ihnen getrennt, und mußten wir nicht sterben, wenn sie starben? Ich kann das nicht zu Ende denken. Es entgleitet mir. Aber was will ich denn wirklich, habe ich mich gefragt. Bestimmt nicht die Freiheit eines Rinehart oder die Macht eines Jack, auch nicht die Freiheit, nicht mehr auf Trab sein zu müssen. Nein, aber den nächsten Schritt konnte ich nicht tun, und so blieb ich in dem Loch.

Ich mache niemand für diesen Stand der Dinge verantwortlich. Gewiß nicht. Aber ich schreie auch nicht: *mea culpa.* Tatsache ist, daß jeder einen Teil seiner Krankheit in sich trägt; ich als Unsichtbarer tue es jedenfalls. Ich trug meine Krankheit, und wenn ich auch lange versucht habe, sie in die äußere Welt zu stellen, so zeigt mir der Versuch, sie niederzuschreiben, daß mindestens die Hälfte in meinem Innern lag. Langsam ergriff sie mich, wie jene seltsame Krankheit, die den Schwarzen befällt, der langsam zum Albino wird, als verschwände das Pigment unter der Wirkung irgendwelcher grausamer, unsichtbarer Strahlen. Jahrelang geht man einher und weiß, daß etwas nicht stimmt, und dann entdeckt man plötzlich, daß man durchsichtig ist wie die Luft. Zuerst sagt man sich, daß das nur ein schlechter Scherz oder daß die ›politische Situation‹ daran schuld ist. Aber irgendwie vermutet man, daß man selbst verantwortlich ist, und nackt und bebend steht man vor den Millionen Augen, die ungesehen durch einen hindurch blicken. Das ist die wahre Seelenkrankheit, der Speer in der Seite, das Zerren am Hals durch die mob-wütende Stadt, die Große Inquisition, die Umarmung der eisernen Braut, der Stich in den Bauch, der einem die Gedärme raushängen läßt, der Weg in die tödliche Gaskammer, der dann so hygienisch einwandfrei im Verbrennungsofen endet ... nur ist es schlimmer, weil man stumpfsinnig weiterlebt. Aber leben muß man, und man kann seine Krankheit entweder passiv lieben oder sie ausbrennen und dann in die nächste, konfliktbringende Phase gehen.

Ja, aber wie sieht diese nächste Phase aus? Wie oft habe ich das zu ergründen versucht? Immer wieder habe ich mich auf den Weg gemacht, sie zu erkennen. Dann, wie fast jeder andere in unserem Land, begann ich meinen Weg mit viel Optimismus. Ich glaubte an harte Arbeit, an Fortschritt und Taten, aber jetzt, nachdem ich zuerst ›für‹ und dann ›gegen‹ die Gesellschaft war, kenne ich für mich weder Reihe noch Grenze, und eine solche Haltung ist sehr gegen den Zug der Zeit. Aber meine Welt ist eine Welt unendlicher Möglichkeiten geworden. Was für ein Satz – und doch, es ist ein guter Satz und eine gute Lebensauffassung, und der Mensch sollte sich keine andere zu eigen machen. Das habe ich unter der Erde gelernt. Bis es irgendeinem Haufen gelingt, die Welt in die Zwangsjacke zu stecken, ist seine Definition Möglichkeit. Man verlasse die engen Grenzen dessen, was die Menschen Wirklichkeit nennen, und gehe in das Chaos – man frage Rinehart, der sich hierin auskennt – oder die Imagination. Auch das habe ich im Keller gelernt, und nicht dadurch, daß ich mein Wahrnehmungsvermögen abtöte. Ich bin unsichtbar, aber nicht blind.

Nein, die Welt ist genau so konkret, schlecht, gemein und erhaben wunderbar wie bisher, aber ich verstehe jetzt meine Beziehung zu ihr und ihre Beziehung zu mir besser. Es war ein langer Weg von jenen Tagen, als ich, voller Illusionen, ein öffentliches Leben führte und in der Annahme, die Welt und alle Beziehungen in ihr wären solide, zu arbeiten versuchte. Jetzt weiß ich, daß die Menschen verschieden sind, daß alles Leben geteilt ist und nur in der Teilung wahre Gesundheit ist. Auch deshalb bin ich in meinem Loch geblieben, weil mit immer größerer Leidenschaft daran gearbeitet wird, die Menschen nach einem Muster zu formen. Genau wie in meinem Traum warten Jack und die anderen mit ihren Messern, suchen nach einem Grund ... nun, um das ›Männchen zu kastrieren‹.

Weshalb diese Sucht nach Gleichförmigkeit – wo doch Verschiedenheit die Hauptsache ist. Jeder soll seine vielen Rollen spielen, dann gibt es keine Tyrannei. Wenn das mit der Gleichmacherei so weitergeht, dann zwingen sie mich, den Unsichtbaren, schließlich noch weiß zu werden, was keine Farbe, sondern Farblosigkeit ist. Soll ich nach Farblosigkeit streben? Ernst und ohne jeden Snobismus gesprochen, man überlege nur mal, was die Welt verlöre, wenn das geschähe. Amerika ist aus vielen Fäden gewebt. Ich würde es dabei belassen. »Sieger gewinnen nichts«, das ist die große Wahrheit für unser und jedes andere Land. Das Leben will gelebt, aber nicht kontrolliert werden; und Menschlichkeit wird dadurch gewonnen, daß man angesichts einer sicheren Niederlage weiterspielt. Unser Schicksal muß, trotz aller Vielfältigkeit, eins werden. Das ist keine Prophezeihung, sondern Hinweis. Einer der größten Scherze der Welt ist das Schauspiel der Weißen, die sich bemühen, der Schwärze zu entgehen, und doch jeden Tag schwärzer werden, und der

Schwarzen, die so gern weiß sein möchten, und stumpf und grau werden. Keiner von uns scheint zu wissen, wer er ist oder wohin er geht.

Da fällt mir ein, was mir kürzlich in der U-Bahn passiert ist. Zuerst sah ich nur einen alten Herrn, der irgendwie nicht Bescheid zu wissen schien. Das merkte ich gleich, denn als ich über den Bahnsteig blickte, sah ich, wie er sich mehreren Personen näherte und sich dann, ohne ein Wort gesagt zu haben, wieder abwandte. Er weiß nicht Bescheid, dachte ich, und er wird hier weiter auf und ab gehen, bis er mich sieht, und mich dann fragen. Vielleicht ist es ihm unangenehm, einem fremden Weißen gegenüber zuzugeben, daß er nicht Bescheid weiß. Vielleicht birgt das Gefühl, nicht zu wissen, wo man ist, die Gefahr in sich, das Gefühl dafür, wer man ist, zu verlieren. Ja, das muß es sein, dachte ich – wer die Richtung verliert, verliert sein Gesicht. Und jetzt fragt er mich, der ich den Weg verloren habe, mich, den Unsichtbaren. Ja, ich habe es gelernt, ohne Wegweiser zu leben. Soll er mich fragen.

Als er nur noch wenige Schritte von mir entfernt war, erkannte ich ihn. Es war Mr. Norton. Der alte Herr war jetzt magerer und runzliger, aber genau so flink wie immer. Als ich ihn sah, wurde das alte Leben einen Augenblick lang wieder wach, und ich lächelte mit Tränen in den Augen. Dann war es vorbei, tot, und als er mich fragte, wie er zur Centre Street käme, sah ich ihn mit gemischten Gefühlen an.

»Kennen Sie mich nicht?« fragte ich.

»Ich glaube kaum.«

»Sie sehen mich doch?« fragte ich und sah ihn gespannt an.

»Natürlich – aber wie komme ich zur Centre Street?«

»Das letzte Mal war es der Golden Day, und jetzt ist es die Centre Street. Sie sind bescheiden geworden. Aber wissen Sie wirklich nicht, wer ich bin?«

»Junger Mann, ich hab's eilig«, sagte er und legte die Hand ans Ohr. »Weshalb sollte ich Sie kennen?«

»Weil ich Ihr Schicksal bin.«

»Mein Schicksal?« Er sah mich verwirrt an und trat einen Schritt zurück. »Ist Ihnen nicht wohl, junger Mann? Mit welchem Zug muß ich fahren? Was sagten Sie?«

»Ich habe nichts dergleichen gesagt«, erwiderte ich kopfschüttelnd. »Schämen Sie sich nicht?«

»Schämen? Schämen?« fragte er empört.

Ich begann plötzlich zu lachen. »Ja, Mr. Norton, wenn Sie nicht wissen, wo Sie sind, dann wissen Sie auch nicht, wer Sie sind. Aus Scham kamen Sie also zu mir. Sie schämen sich doch?«

»Junger Mann, ich habe zu lange auf dieser Welt gelebt, um mich über etwas zu schämen. Sie sind wohl irr vor Hunger? Woher wissen Sie meinen Namen?«

»Ich bin doch Ihr Schicksal. Ich habe Sie gemacht. Weshalb sollte ich Sie nicht kennen?« sagte ich und ging auf ihn zu. Er wich zurück, bis an einen Pfeiler. Er blickte um sich, wie ein erschrecktes Tier. Er hielt mich für verrückt.

»Keine Angst, Mr. Norton«, sagte ich. »Da hinten auf dem Bahnsteig steht ein Wächter. Ihnen passiert nichts. Nehmen Sie irgendeinen Zug. Sie fahren alle zum Golden D...«

Inzwischen war ein Schnellzug eingefahren, und der alte Mann verschwand flink in einer seiner Türen. Ich stand da und lachte hysterisch. Ich lachte, bis ich mein Loch wieder erreicht hatte.

Als ich mich ausgelacht hatte, gab ich mich wieder meinen Gedanken hin – wie war alles gekommen? Und ich fragte mich, ob nicht alles ein Scherz war, aber ich fand keine Antwort auf diese Frage. Seitdem habe ich oft den unwiderstehlichen Drang, in jenes ›Herz der Dunkelheit‹, jenseits der Mason-Dixon-Line, zurückzukehren, aber dann sage ich mir, daß die wahre Dunkelheit in meinem eigenen Geist ist, und dann verdämmert der Gedanke. Aber der Drang besteht weiter. Manchmal habe ich das Bedürfnis, alles wieder zu bejahen, das ganze unglückliche Gebiet, und alles in ihm, das liebenswert und nicht liebenswert war, denn alles ist ein Teil von mir. Aber so weit wie jetzt bin ich bisher noch nie gekommen, denn alles Leben, aus dem Loch der Unsichtbarkeit betrachtet, ist absurd.

Warum schreibe ich dann, quäle ich mich, das alles niederzuschreiben? Weil ich gegen meinen Willen allerlei gelernt habe. Ohne die Möglichkeit der Tat wird alles Wissen nutzlos und vergessen, aber ich will weder nutzlos sein noch vergessen. Gewisse Gedanken lassen mich einfach nicht los. Sie nagen dauernd an meiner Lethargie und Selbstgefälligkeit. Weshalb muß gerade ich den Nachtmar träumen? Weshalb wurde ich auserwählt und dann beiseite geschoben? Vielleicht, damit ich ein paar Menschen alles *berichte*. Es scheint kein Entrinnen zu geben. Hier habe ich angefangen, der Welt meine Wut ins Gesicht zu schreien, aber jetzt, da ich versucht habe, alles niederzuschreiben, kehrt der alte Zauber, eine Rolle zu spielen, zurück, und ich werde wieder nach oben gezogen. So daß ich schon versagt habe, ehe ich noch beginne. (Vielleicht ist meine Wut zu groß; und da ich ein Redner bin, habe ich vielleicht zuviel Worte verbraucht.) Aber ich habe versagt. Schon der Versuch, alles niederzuschreiben, hat mich verwirrt und manches meiner Wut und meiner Bitterkeit unwirksam gemacht. So brandmarke ich und verteidige, oder ich fühle mich bereit, zu verteidigen. Ich brandmarke und bejahe, sage nein und sage ja, sage ja und sage nein. Ich brandmarke, weil ich, wenn auch darin verwikkelt und zum Teil verantwortlich, so abgrundtief schmerzlich getroffen wurde, daß ich in Unsichtbarkeit versank. Und ich verteidige, weil ich trotz allem liebe. Um etwas von allem loszuwerden, *muß* ich lieben. Ich biete kein unechtes Vergessen. Ich bin ein verzweifelter Mensch, aber zuviel des Lebens geht verloren, wenn seine Bedeutung verloren geht; es sei denn, man näherte sich ihm durch Liebe und Haß. So nähere ich mich ihm durch Teilung. Deshalb brandmarke, deshalb verteidige, hasse und liebe ich.

Vielleicht macht mich das ebenso menschlich wie mein Großvater es war. Einst dachte ich, mein Großvater wüßte nicht, was Menschlichkeit ist, aber das war ein Irrtum. Warum sollte ein alter Sklave die Worte äußern: »Dies oder jenes hat mich menschlicher werden lassen«, wie ich das in meiner Arenarede tat? Er kannte in bezug auf seine Menschlichkeit keine Zweifel. Er nahm seine Menschlichkeit hin, wie er das Prinzip hinnahm. Sie gehörte ihm, und das Prinzip lebt weiter in all seiner menschlichen und absurden Vielfältigkeit. Nachdem ich das alles niederzuschreiben versucht habe, habe ich mich entwaffnet. Man wird an meine Unsichtbarkeit nicht glauben, und man sieht auch nicht, wie jedes geltende Prinzip auch für mich gilt. Niemand sieht es, obwohl der Tod auf uns wartet. Trotzdem hat mich gerade die Entwaffnung zu einem Entschluß gebracht. Der Winterschlaf ist vorbei. Ich werfe die alte Haut ab und atme wieder. Die Luft ist voller Geruch, und aus der Tiefe wahrgenommen, kann es der Geruch des Todes oder des Frühlings – hoffentlich des Frühlings – sein. Aber man lasse sich von mir nichts vormachen, auch der Frühling *riecht* nach Tod, genau wie du und ich. Meine Unsichtbarkeit hat meine Nase gelehrt, den Geruch jeden Todes zu erkennen.

Als ich unter die Erde ging, löschte ich alles aus, nur nicht den *Geist.* Und der Geist, der einen Lebensplan geformt hat, darf nie das Chaos vergessen, gegen das sich dieser Plan richtet. Das gilt für Gesellschaften wie für Individuen. Und da ich versucht habe, dem Chaos, das in dem Muster aller Gewißheiten lebt, Gestalt zu geben, muß ich wieder hervorkommen, auftauchen aus der Tiefe. Aber ein Konflikt macht mir noch zu schaffen. Mit Louis Armstrong sagt die eine

Hälfte von mir: Öffne das Fenster und laß die schlechte Luft heraus, während die andere sagt: Es war gutes grünes Korn vor der Ernte. Natürlich scherzte Louis nur, *er* hätte Old Bad Air nie herausgelassen, denn dann wäre es mit Musik und Tanz ausgewesen, und die Musik, die aus Old Bad Airs Trompete tönte, war doch gute Musik. Old Bad Air lebt immer noch mit seiner Musik, mit Musik und den Tänzen und seiner Mannigfaltigkeit. Und das will ich auch. Wie ich schon sagte, ein Entschluß ist gefaßt. Ich streife die alte Haut ab und lasse sie hier – in dem Loch. Ich komme hervor, ohne sie nicht weniger unsichtbar, aber trotzdem komme ich wieder zum Vorschein. Und ich glaube, es ist die höchste Zeit. Auch Winterruhe kann übertrieben werden, wenn man sich das richtig überlegt. Vielleicht ist das mein größtes soziales Verbrechen. Mein Winterschlaf hat zu lange gedauert, denn es besteht die Möglichkeit, daß auch ein Unsichtbarer eine sozial verantwortliche Rolle spielen muß.

»Ach«, höre ich sagen, »er hat also alles nur konstruiert, um uns mit seinem Kram zu langweilen. Wir sollten seinem Geschwätz nur zuhören.« Aber das ist nur zum Teil wahr. Da ich unsichtbar und ohne Substanz, gleichsam eine körperlose Stimme bin, was hätte ich anderes tun können? Ich konnte doch nur versuchen zu berichten, was sich wirklich ereignete, wenn die Augen hindurch sahen. Nur eins macht mir Sorge:

Könnte es nicht sein, daß ich, nur auf anderer Welle, auch für euch spreche?

NACHWORT

Was, wenn überhaupt, kann ein Romanschriftsteller über seine Arbeit sagen, das nicht besser den Kritikern überlassen bliebe? Sie haben zumindest den Vorteil, nur die Wörter auf dem Papier lesen zu müssen, während für ihn die Aufgabe, den Prozeß zu erklären, der nötig ist, um sie dorthin zu befördern, gleichsam hieße, einem rauchgrauen Kobold den wohlgeordneten Rückzug zu befehlen – nicht einfach zurück in die traditionelle Flasche, sondern in das Farbband und die Tasten einer inzwischen nicht mehr existierenden Schreibmaschine. Um so mehr noch in diesem besonderen Fall, denn dies ist von Anfang an ein höchst eigenwilliger, selbstgenerativer Roman gewesen. Zu einer Zeit nämlich, als ich mit einer ganz anderen Erzählung kämpfte, kündigte er sich unversehens in etwas an, was die Anfangsworte seines Prologs werden sollten, nistete sich ein und schickte sich an, die nächsten sieben Jahre meine Phantasie herauszufordern. Mehr noch, trotz seiner in Friedenszeiten angesiedelten Szenerie brach er aus etwas hervor, was als Kriegsroman konzipiert war.

Es begann alles im Sommer 1945, in einer Scheune in Waitsfield, Vermont, wo ich mich auf Genesungsurlaub vom Dienst in der Handelsmarine befand. Nach Kriegsende setzte sich die Arbeit daran in verschiedenen Teilen von New York City, inklusive ihrer überfüllten Untergrundbahnen, fort: In einem umgebauten Stall in der 141. Straße, einer 1-Zimmer-Kellerwohnung an der St. Nicholas Avenue und, höchst unerwartet, in einer sonst von Juwelieren bewohnten Suite im 8. Stock des Hauses Nr. 608 in der Fifth Avenue. Der Großzügigkeit von Beatrice und Francis Steegmuller, die seinerzeit für ein Jahr im Ausland weilten, habe ich die Entdeckung zu verdanken, daß das Schreiben im eleganten Büro eines Kollegen ebenso schwierig sein kann wie in einer engen Harlemer Wohnung. Es gab allerdings gewichtige Unterschiede, von denen manche angesichts meines schwankenden Selbstvertrauens Wunder bewirkten und vielleicht als Katalysator für die wilde Mischung von Elementen dienten, die in den langsam entstehenden Roman eingingen.

Die Eigentümer der Suite, Sam und Augusta Mann, sorgten dafür, daß ich ungestört arbeiten konnte, mir zum Mittagessen Zeit nahm (oftmals auf ihre Kosten), und bestärkten mich nach Kräften in meinen Bemühungen. Ihnen verdanke ich es, daß ich die schicklichen Arbeitsstunden eines Geschäftsmannes einhalten konnte, und die stete Flut von schönen Dingen in der Suite sowie die sachkundige Wertschätzung ihrer Bewohner für Perlen und Diamanten, Platin und Gold gaben mir das Gefühl, weit über meine Verhältnisse zu leben. So war der 8. Stock faktisch und symbolisch der höchste Grad der Erhöhung, die dem entstehenden Roman widerfuhr, aber es war ein langer, weiter Weg von unserer Kellerwohnung bis hierher, der sich vielleicht ebensogut als irreführend hätte erweisen können, wenn ich mich nicht bewußt auf eine Romanfigur eingelassen hätte, die sich darauf konzentriert, ihren Weg in gesellschaftliche Bereiche zu finden, deren Verhaltensweisen, Motive und Rituale verrätselt waren.

Interessanterweise waren es nur die Fahrstuhlführer, die an meiner Anwesenheit in einem so wohlhabenden Haus

Anstoß nahmen, doch das war zu einer Zeit, da die Hausportiere in Wohngegenden der Mittel- und Oberschicht Leute wie mich routinemäßig zum Lieferantenaufzug verwiesen. Ich beeile mich jedoch hinzuzufügen, daß dergleichen in 608 niemals geschah, denn als die Fahrstuhlführer sich einmal an meine Gegenwart gewöhnt hatten, waren sie recht freundlich. Und das galt auch für den belesenen Einwanderer unter ihnen, den die Vorstellung, daß ich Schriftsteller sei, ziemlich amüsierte.

Im Gegensatz dazu betrachteten mich manche meiner Nachbarn in der St. Nicholas Avenue als fragwürdige Gestalt. Offenbar weil Fanny, meine Frau, zu festen Zeiten kam und ging, ganz wie jemand, der einer geregelten Arbeit nachgeht, während ich häufig zu Hause war und man mich zu den ungewöhnlichsten Stunden mit unseren Scotch Terriern spazierengehen sah. Doch im Grunde lag es daran, daß ich in keine der Rollen paßte, ob legale oder illegale, die meinen Nachbarn vertraut waren. Ich war weder Gangster noch Glücksspieler, weder Rauschgiftdealer, Postbeamter, Doktor, Zahnarzt, Anwalt, Schneider, Leichenbestatter, Friseur, Barmann noch Prediger. Und weil meine Sprache ein gewisses Maß an Bildung verriet, war es klar, daß ich nicht zur Gruppe der professionellen Gangster gehörte, die in der Nachbarschaft lebten oder arbeiteten. Mein ungeklärter Status gab so Anlaß zur Spekulation und sorgte für Unruhe, vor allem unter jenen, deren Haltung und Benehmen nicht mit den Geboten von Recht und Ordnung in Einklang standen. Darum erschöpfte sich unsere Beziehung in einem Kopfnicken; meine Nachbarn wahrten Distanz und ich ebenfalls. Doch ich blieb verdächtig, und an einem verschneiten Nachmittag, als ich eine dunkle Straße hinabging, der Wintersonne entgegen, gab mir eine Säuferin deutlich zu verstehen, welchen Platz ich auf ihrer Rangliste der diversen Typen und Figuren einnahm.

Lässig, inmitten ihrer benebelten Kumpane gegen die Fassade einer Eckbar gelehnt, sagte sie, als ich näher kam: »Der Nigger da muß so ne Art Zuhälter sein; der hält seine Alte auf Trab, aber ihn seh ich immer nur mit nen paar verdammten Kötern rumlaufen und 'n paar lausige Photos knipsen!«

Offen gestanden war ich fassungslos ob solcher Geringschätzung, denn mit Zuhälter meinte sie einen Typ, den man gewöhnlich an seinem Müßiggang erkennt, seiner protzigen Kleidung, seinem pompösen persönlichen Stil und dem skrupellosen Gebaren – allesamt Qualitäten, die mir so augenscheinlich fehlten, daß sie selbst über ihre provozierende Äußerung lachen mußte. Die List jedoch bezweckte, mir eine Antwort zu entlocken, ob ärgerlich oder versöhnlich war ihr egal, dazu war sie zu betrunken oder unbekümmert, solange sie nur Licht in das Dunkel meines Daseins warf. Ich war darum weniger verärgert als amüsiert, und da ich mich auf dem Heimweg befand, mit fünfzig ehrlich verdienten Dollar in der Tasche, konnte ich es mir wohl leisten, zu lächeln und mich weiterhin stumm in mein Geheimnis zu hüllen.

Dennoch hatte die Trinkerin ziemlich genau eines der ökonomischen Arrangements erraten, die mir das Schreiben ermöglichten, und auch das gehört zur Geschichte hinter diesem Roman. Meine Frau bestritt in der Tat den regelmäßigeren Teil unseres Lebensunterhalts, während ich nur catch-as-catch-can dazu beitrug. In der Zeit, als der Roman entstand, arbeitete sie als Sekretärin für verschiedene Organisationen, und später, als Krönung ihrer beruflichen Laufbahn, wurde sie geschäftsführende Direktorin des American Medical Center for Burma, einer Gruppe, welche die Arbeit von Dr. Gordon S. Seagrave, dem berühmten ›Burma-Chirurgen‹, unterstützte. Ich meinerseits besprach ein paar Bücher, verkaufte einige Artikel und Kurzgeschichten, arbeitete als freier Photograph (u. a. machte ich Coverporträts von Francis Steegmuller und Mary McCarthy), baute Verstärker und installierte Hi-Fi-Anlagen. Ich verfügte zudem über ein paar Ersparnisse aus meiner Arbeit als Seemann, über ein Rosenwald-Stipendium, das verlängert wurde, sowie über eine kleinere Summe Vorschuß von einem Verleger, und eine Zeitlang bezog ich ein monatliches Gehalt von unserer Freundin und Kunstmäzenin, der verstorbenen Mrs. J. Caesar Guggenheimer.

Natürlich wußten unsere Nachbarn nichts von alledem, ebensowenig wie unser Hauswirt, der die Schriftstellerei als eine so fragwürdige Beschäftigung für einen gesunden jungen Mann ansah, daß er nicht davor zurückschreckte, während unserer Abwesenheit in die Wohnung einzudringen und meine Papiere zu durchwühlen. Nun, solche Ärgernisse mußten als Teil meines verzweifelten Ringens, mich zum Romanschriftsteller zu mausern, hingenommen werden. Glücklicherweise glaubte meine Frau an mein Talent, sie besaß einen feinen Sinn für Humor und die Fähigkeit zu nachbarlicher Nachsicht. Ebensowenig übersah ich die amüsante Umkehrung einer gewöhnlich rassisch beschränkten Mobilität, die mich täglich aus einem schwarzen Viertel, wo Fremde meine Moral einzig aufgrund unserer gemeinsamen Hautfarbe und meiner vagen Abweichung von anerkannten Normen in Frage stellten, in eine überwiegend weiße Gegend führte, wo eben jene Hautfarbe und Rollenunbestimmtheit mich anonym und damit bar jeden öffentlichen Interesses machten. Rückblickend betrachtet scheint es, als wäre ich durch das Schreiben über Unsichtbarkeit transparent oder opak geworden, dazu bestimmt, hin- und herzupendeln zwischen dem geistesarmen Provinzialismus eines kleinen Dorfes und der freundlichen Uninteressiertheit einer großen Metropole. Was angesichts der Schwierigkeit, sich als Autor Kenntnis von dieser gleichen Gesellschaft anzueignen, keine schlechte Disziplin für einen amerikanischen Schriftsteller war.

Doch abgesehen von dem Zwischenspiel in der Fifth Avenue entstand der Roman hauptsächlich in Harlem, wo er vieles seiner Substanz aus Stimmen, Idiomen, Folklore, Traditionen und politischen Anliegen jener zog, deren rassische und kulturelle Ursprünge ich teile. Soviel also zur Ökonomie, Geografie und Soziologie des Kampfes, dem ich mich beim Schreiben dieses Romans ausgesetzt sah, und zurück zu den Umständen, unter denen es begann.

Die Erzählung, zu der die Stimme im Hintergrund gehört, die so wissend von Unsichtbarkeiten sprach (hier erwähnenswert, weil dies, wie sich zeigte, ein unbeholfener Schritt zum vorliegenden Roman war), handelt von den Erfahrungen eines schwarzen amerikanischen Piloten, der in ein Nazigefangenenlager gerät, in dem er ranghöchster Offizier ist und somit laut Kriegsrecht designierter Sprecher seiner Mithäftlinge. Wie zu erwarten, entzündet sich der dramatische Konflikt an der Tatsache, daß er der einzige Schwarze unter den Amerikanern ist, und die daraus resultierenden rassischen Spannungen nutzt der deutsche Lagerkommandant zum eigenen Vergnügen aus. Hin- und hergerissen zwischen seiner leidenschaftlichen Ablehnung sowohl des amerikanischen wie des fremden Rassismus und dem Glauben an jene demokratischen Werte, die er mit seinen weißen Landsleuten teilt, war mein Pilot zur Aufrechterhaltung seiner Moral gezwungen, sich auf seine Menschenwürde und sein neu erwachtes Bewußtsein der menschlichen Einsamkeit zu besinnen. Ihm offenbarte sich jene kriegsgeborene Vision viriler Brüderlichkeit nicht, über die Malraux so beredt schrieb, und mit großer Überraschung stellte er fest, daß seine einzige Rechtfertigung bei dem Versuch, mit seinen Landsleuten wie mit Waffenbrüdern umzugehen, just in jenen alten trügerischen Verheißungen bestand, wie sie in den nationalen Slogans und Parolen proklamiert wurden, die der Held aus Hemingways *In einem andern Land (A Farewell to Arms),* auf dem chaotischen Rückzug aus Caporetto, so obszön fand. Doch während es Hemingways Held gelingt, den Krieg hinter sich zu lassen und sich für die Liebe zu entscheiden, gab es für meinen Piloten weder die Möglichkeit zur Flucht noch eine wartende Geliebte. Darum mußte er entweder die transzendenten Ideale der Demokratie und seine eigene Würde bejahen, indem er jenen half, die ihn verachteten, oder seine Situation als hoffnungslos sinnentleert akzeptieren; eine Wahl, die einer Ablehnung seines eigenen Menschseins gleichkam. Die krönende Ironie all dessen lag in dem Faktum, daß keiner seiner Gegenspieler etwas von seinem inneren Kampf bemerkte.

All dies mag in seiner Nüchternheit ein wenig extrem klingen, doch historisch gesehen sind die meisten Waffenkonflikte dieser Nation – zumindest für Afro-Amerikaner – Kriege-im-Krieg gewesen. Das gilt für den Bürgerkrieg wie für den letzten indianischen Krieg, den spanisch-amerikanischen Krieg und die beiden Weltkriege. Und um seine Bürgerpflicht erfüllen zu können, mußte der Neger häufig noch um sein selbstbejahtes Recht zu kämpfen kämpfen. So war auch mein Pilot bereit, das größte Opfer darzubringen, das Regierungen in Kriegszeiten von ihren gesunden Bürgern verlangen, doch seines war eins, das sein Leben als weniger wert erachtete als das der Weißen, die das gleiche Opfer brachten. Diese Realität kam einer existentiellen Folter gleich, deren Schraube noch durch das Wissen angezogen wurde, daß, sobald der Friede unterzeichnet wäre, der deutsche Lagerkommandant in die Vereinigten Staaten auswandern und sogleich in den Genuß von Freiheiten kommen konnte, die selbst den heroischsten schwarzen Soldaten verweigert waren. Auf diese Weise wurden durch die vorherrschende Mythe von Rasse und Hautfarbe demokratische Ideale und militärischer Heldenmut gleichermaßen ad absurdum geführt.

Ich selbst hatte mich für die Handelsmarine als die demokratischere Form des Wehrdienstes entschieden (wie auch ein früherer Kollege, ein Dichter, der auf seiner ersten Seefahrt vor Murmansk umkam), und als Seemann, der in Europa an Land ging, traf ich zahlreiche Negersoldaten, die lebhaft Zeugnis ablegten von den mehr als undemokratischen Bedingungen, unter denen sie kämpften und arbeiteten. Doch da ich einen Vater hatte, der auf San Juan Hill, den Philippinen und in China gekämpft hatte, wußte ich, daß solche Klagen ein damals archetypisches amerikanisches Dilemma kennzeichneten: Wie schafft man es, einen Neger in Kriegszeiten als gleich anzuerkennen und ihm dann in Friedenszeiten die Gleichheit zu verweigern? Ich hatte auch von den Verfahren gegen Negersoldaten gehört, die, nachdem sie in getrennten Einheiten ausgebildet worden waren und Übergriffe von weißen Offizieren wie auch von Zivilangehörigen hatten erdulden müssen, daran gehindert wurden, Kampfeinsätze zu fliegen.

Ich hatte auch eine Kurzgeschichte veröffentlicht, die von einer solchen Situation handelt, und in jenem Versuch, Erfahrung in Fiktion zu verwandeln, entdeckte ich, daß das Drama, das darin zum Ausdruck kam, weitaus vielschichtiger war, als ich vermutet hatte. Doch als ich daranging, die Geschichte zu konzipieren als Konflikt zwischen Schwarz und Weiß, Mehrheit und Minderheit, mit weißen Offizieren, die sich weigerten, das Menschsein eines Negers anzuerkennen, der in der Beherrschung der hochtechnisierten Aufgaben eines Piloten einen würdigen Weg sah, seinem Land zu dienen und zugleich seinen ökonomischen Status zu verbessern, begann ich zu begreifen, daß mein Pilot auch Mühe hatte, *sich selbst* zu sehen. Dies wiederum hing mit seiner Ambivalenz angesichts der Klassenteilung und kulturellen Ungleichheit innerhalb seiner eigenen Gruppe zusammen; eine Ambivalenz, die zutage trat, nachdem er auf einer Plantage des

Südens eine Bruchlandung gemacht hatte und erlebte, wie ein Negerpächter ihm zu Hilfe eilte, dessen Aussehen und traditionelle Lebensweise ihn schmerzhaft an seinen eigenen armseligen militärischen Status und ihren gemeinsamen Ursprung in der Sklaverei erinnerten. Als Mann zweier Welten fühlte sich mein Pilot in beiden mißverstanden und war darum in keiner heimisch. Kurzum, die Geschichte schilderte seinen bewußten Kampf um eine selbstbestimmte Identität, den unanfechtbaren Beweis für seine Würde als Mensch. Ich war mir über seine Beziehung zu dem unsichtbaren Mann überhaupt nicht im klaren, doch augenscheinlich besaß er manche der Symptome.

In jene Zeit fiel auch die Veröffentlichung einer anderen Geschichte, in der ein junger afro-amerikanischer Seemann, vor der Küste von Swansea, Südwales, liegend, sich gezwungenermaßen mit den störenden ›amerikanischen‹ Aspekten seiner Identität auseinandersetzen muß, nachdem er von weißen Amerikanern während eines kriegsbedingten Stromausfalls auf einer Straße in Swansea namens Straight (nein, er hieß nicht Saulus und wurde auch kein Paulus!) zusammengeschlagen worden war. Hier jedoch kam der Zwang zur Selbsterkenntnis von einer Gruppe Waliser, die ihn retteten und ihn zu seiner Verwunderung als ›schwarzen Yankee‹ anredeten, ihn in einen Privatclub einluden und dann ihm zu Ehren die amerikanische Nationalhymne sangen. Beide Geschichten wurden 1944 veröffentlicht, doch nun, 1945, auf einer Farm in Vermont, verschaffte sich das Thema von der Identitätssuche eines jungen Negers in weitaus bestürzenderer Form Geltung.

Denn während ich meine Kurzgeschichten aus vertrauten Erfahrungen heraus strukturiert hatte und konkrete Vorstellungen von meinen Figuren und ihrem Werdegang besaß, war ich jetzt mit nichts Substantiellerem konfrontiert als einer spöttischen entkörperten Stimme. Und während ich mich daranmachte, das Handlungsgefüge eines Romans zu entwerfen vor dem Hintergrund des fortschreitenden Krieges, war der Konflikt, auf den diese Stimme meine Aufmerksamkeit lenkte, einer, der seit dem Bürgerkrieg bestand. Angesichts der Erfahrung der Vergangenheit hatte ich mich auf sicherem historischem Boden gefühlt, obgleich das literarische Problem bestehen blieb, die vielschichtigen menschlichen Empfindungen und philosophischen Entscheidungen zu vermitteln, denen ein so außergewöhnlicher Mensch sich ausgesetzt sah. Es war, so dachte ich, eine faszinierende Idee für einen amerikanischen Roman, aber eine schwierige Aufgabe für einen blutigen Anfänger. Deshalb verdroß es mich ungemein, daß meine Bemühungen durch eine ironisch-vertraute Stimme unterbrochen wurden, die mir so respektlos erschien wie ein vorlauter Trompetenstoß in einer Aufführung von – sagen wir – Brittens *Kriegsrequiem*.

Um so mehr, da die Stimme offenbar genau wußte, daß ich auf gar keinen Fall einen Science-fiction-Roman schreiben wollte. Tatsächlich schien sie mich mit Anspielungen auf jenes pseudowissenschaftliche soziologische Theorem foppen zu wollen, demzufolge die meisten afro-amerikanischen Schwierigkeiten auf unserer ›extremen Sichtbarkeit‹ beruhten; ein so trügerisches und hinterhältiges Schlagwort wie seine neueren oxymoronischen Vettern von der ›milden Mißachtung‹ und der ›Umkehrung der Diskriminierung‹, die beide im Klartext besagen: »Haltet diese Neger auf Trab – aber an ihrem angestammten Platz.« Meine Freunde hatten jahrelang sarkastische Witze über diese Phrase gerissen und die Behauptung aufgestellt, daß der dunklere Bruder zwar kontrolliert und ausgeglichen wäre – und für weitaus kontrollierter denn ausgeglichen gehalten werde –, aufgrund seiner Dunkelheit jedoch dem amerikanischen Gewissen mit solcher Intensität heimleuchte, daß die meisten Weißen angesichts seiner mißlichen Lage lieber moralische Blindheit vortäuschten, darunter auch die Späteinwanderer, um nicht sehen zu müssen, in welchem Maße auch sie von diesem zweitklassigen Status profitierten, während sie zugleich die ganze Schuld auf die weißen Südstaatler schoben.

Auf diese Weise macht die ›extreme Sichtbarkeit‹ allen Beteuerungen der Soziologen zum Trotz tatsächlich *un*sichtbar – ob zur Mittagszeit im Schaufenster von Macy's oder illuminiert von lodernden Fackeln und Blitzlichtern beim rituellen Opfergang zur Huldigung des weißen Ideals der Suprematie. Angesichts dieses Wissens und der Fortdauer von rassischer Gewalt wie auch der Unzulänglichkeit von gesetzlichen Schutzmaßnahmen fragte ich mich, was es sonst noch gebe, wenn nicht das Lachen, um unseren Willen auszuharren zu stärken? Und konnte es sein, daß in solchem Lachen ein subtiler Triumph verborgen war, den ich vermißt hatte, der aber dennoch bejahender war als der nackte Zorn? Eine geheime, mühsam erworbene Weisheit, die möglicherweise eine effektivere Strategie anbot, über die ein sich abmühender afro-amerikanischer Schriftsteller seine Vision vermitteln könnte?

Es war ein verwirrender Gedanke, doch die Stimme und die Echos ihres Blues-gefärbten Gelächters waren so überzeugend, daß ich in einen Gemütszustand geriet, in dem unversehens aktuelle Ereignisse, Erinnerungen und Artefakte sich miteinander zu verbinden begannen und eine vage, aber faszinierend neue Perspektive formten.

Kurz bevor der Sprecher der Unsichtbarkeit eindrang, hatte ich in einem benachbarten Dorf in Vermont ein Plakat gesehen, das die Aufführung einer ›Tom Show‹ ankündigte, jener vergessenen Bezeichnung für Varietévarianten von Mrs. Stowes *Onkel Toms Hütte,* in denen Weiße mit schwarzgeschminktem Gesicht auftreten. Ich hatte geglaubt, solche Art von Unterhaltung gehöre der Vergangenheit an, doch hier, in einem stillen Dorf des Nordens, war sie lebendig und sorgte mit Elisa für Nervenkitzel, die in ihrer Verzweiflung über das geborstene Eis sprang, von Scholle zu Scholle, und immer noch versuchte – und das während des 2. Weltkriegs! – den geifernden Bluthunden zu entkommen ... *Ach, die Berge sucht ich auf! Mein Antlitz zu verstecken! Die Berge riefen: Kein Versteck! Es gibt kein Versteck! Hier droben!*

Nein, denn was gemeinhin als vergangene Geschichte angesehen wird, ist, worauf auch William Faulkner beharrte, tatsächlich Teil der lebendigen Gegenwart. Verstohlen, unnachgiebig und heimtückisch beseelt sie sowohl den Betrachter wie die betrachtete Szenerie, Artefakte, Verhaltensweisen und Atmosphäre und spricht sogar, wenn keiner sie hören will.

Und nun, da ich zuhörte, begannen einst unbedeutende Dinge aus der Geschichte zu fallen und gegenwärtig zu werden. Sonderbare, unerwartete Dinge. So wie das Plakat, das mich an die Zähigkeit erinnerte, mit der die moralischen Ausflüchte einer Nation sich bei entsprechender Maskierung der rassischen Stereotypen halten können, und an die Leichtigkeit, mit der ihre tragischste Erfahrung in eine schwarzgesichtige Farce verwandelt werden konnte. Selbst beiläufig aufgeschnappte Informationen über den Werdegang bei Freunden und Bekannten verflochten sich mit dem langsam zutage tretenden Muster. Die Ehefrau des rassisch gemischten Paares, das uns beherbergte, war die Enkelin eines Vermonters, der im Bürgerkrieg General gewesen war; eine neue Dimension, die sich zur Präsenz des Plakates hinzufügte. Details von alten Photographien, Reime, Rätsel und Kinderspiele, Gottesdienste und Collegezeremonien, Schabernack und politische Aktivitäten – alles wurde wieder lebendig.

Ich hatte für die *New York Post* über den Aufstand von 1943 berichtet und zuvor für die Freilassung von Angelo Herndon und die Scottsboro Boys agitiert; ich war hinter Adam Clayton Powell Jr. marschiert, der um die Aufhebung der Rassentrennung in den Läden entlang der 125. Straße kämpfte, und hatte zusammen mit vielen anderen aus Protest gegen die Rolle Deutschlands und Italiens im spanischen Bürgerkrieg die Fifth Avenue blockiert. Alles und jedes schien Wasser auf meine dichterische Mühle zu sein. Manches sagte laut und vernehmlich »Nimm mich hier«, anderes blieb beunruhigend rätselhaft.

Wie die jähe Erinnerung an einen Vorfall aus meinen Collegetagen, als ich beim Öffnen eines Plastilinfasses, das irgendein Studio im Norden meinem invaliden Bildhauerfreund geschenkt hatte, inmitten der öligen Masse einen Fries fand mit Figuren, die jenen auf dem Saint-Gauden's Denkmal nachgebildet waren, einem Denkmal am Boston Common zur Erinnerung an Colonel Robert Gould Shaw und sein 54. Massachusetts Negerregiment. Ich hatte keine Ahnung, warum es mir jetzt wieder einfiel, aber vielleicht sollte es mich daran erinnern, daß ich, da ich einen Roman schrieb und vage nach Bildern der schwarz-weißen Brüderlichkeit suchte, gut daran täte, mir ins Gedächtnis zu rufen, daß Henry James' Bruder Wilky als Offizier an der Seite dieser Negersoldaten gekämpft hatte und daß Colonel Shaws Leiche mit denen seiner Männer in einen Graben geworfen worden war. Vielleicht sollte es mich auch daran erinnern, daß Krieg, mit Hilfe der Kunst, in etwas Tieferes und Bedeutsameres als seine vordergründige Gewalt verwandelt werden konnte …

Jedenfalls zeigte sich nun, daß die Stimme der Unsichtbarkeit aus den Tiefen unseres vielschichtigen amerikanischen Untergrunds heraus sprach. Wie verrückt-logisch also, daß ich ihren Eigner schließlich in einem verlassenen Keller – und ach, wie wortreich obendrein – ausmachen sollte. Natürlich war der Prozeß weitaus nicht so linear, wie das hier anklingen mag, doch so war die innere/äußere, subjektive/

objektive Entwicklung des Romans, seiner buntscheckigen Schale und seines surrealen Kerns …

Ich neigte allerdings immer noch dazu, meine Ohren zu verschließen und mit meinem unterbrochenen Roman fortzufahren, aber wie viele Schriftsteller war ich unter dem Ansturm dessen, was Conrad das ›destruktive Element‹ nannte, in einen Zustand der übersteigerten Wahrnehmung geraten; eine verzweifelte Lage, in der ein Romanschriftsteller Mühe hat, selbst die nebulöseste Idee oder Empfindung auszublenden, die sich im Verlauf des Entstehungsprozesses einstellen mag. Denn er lernt bald, daß solche amorphen Projektionen sehr wohl unverhoffte Gaben seiner tagträumenden Muse sein können, die, werden sie richtig wahrgenommen, genau den Stoff liefern, den er braucht, um im turbulenten Auf und Ab der Komposition nicht zu ertrinken. Andererseits können sie ihn zerschmettern, ihn im Treibsand der Unschlüssigkeit untergehen lassen. Ich hatte bereits genug Schwierigkeiten mit dem Versuch, all das beim Schreiben zu vermeiden, was sich lediglich als weiterer Roman des Rassenprotestes erweisen könnte, statt der dramatischen Studie über Menschlichkeit, die jeder lohnende Roman meinem Empfinden nach sein sollte, und die Stimme schien mich genau in jene angestrebte Richtung zu führen. Doch dann, als ich ihr spöttisches Lachen hörte und überlegte, welche Art von Individuum so reden würde, beschloß ich, daß es jemand sein müßte, der in den Untergrund der amerikanischen Erfahrung gedrängt worden war und dem es dennoch gelang, weniger zornig als ironisch daraus hervorzukommen, daß er ein Blues-gefärbter Über-Wunden-Lachender sein würde, der sich in seine Anklage über die *condition humaine* mit einschloß. Mir gefiel die Idee, und als ich mir den Sprecher vorzustellen suchte, brachte ich ihn mit jenen fortbestehenden Konflikten in Verbindung, tragischen wie komischen, welche die Energien meiner Gruppe seit Aufgabe der

Reconstruction in Anspruch genommen haben. Und nachdem ich ihn dazu bewegen konnte, etwas mehr von sich selbst zu offenbaren, kam ich zu dem Schluß, daß er fraglos ein ›Charakter‹ war, und zwar im doppelten Sinn des Wortes. Und ich sah, daß er jung war, machtlos (die Schwierigkeiten von Negerführern in jener Zeit widerspiegelnd) und ehrgeizig bemüht, eine Führerrolle zu erlangen, eine Rolle, in der er scheitern mußte. Da ich nichts zu verlieren hatte und mir selbst das größte Feld des Erfolgs oder Mißerfolgs absteckte, verknüpfte ich ihn, wenn auch nur sehr lose, mit dem Erzähler von Dostojewskis *Aufzeichnungen aus dem Untergrund,* und damit begann *ich* den Ablauf meiner Romanhandlung zu strukturieren, während *er* mit meinen spezielleren Anliegen verschmolz, mit der Romanform und gewissen Problemen, die sich aus der pluralistischen literarischen Tradition ergaben, der ich entstamme.

Dazu zählte u. a. die Frage, warum die meisten Protagonisten in der afro-amerikanischen Literatur (ganz zu schweigen von den schwarzen Romanfiguren von weißen Schriftstellern) ohne intellektuelle Tiefe waren. Allzu oft waren es in die heftigsten sozialen Kämpfe verwickelte Gestalten, den extremsten Formen menschlicher Not unterworfen, doch selten imstande, die Dinge, die sie quälten, beim Namen zu nennen. Sicherlich gibt es viele verdiente Persönlichkeiten, die sich tatsächlich nicht artikulieren können, doch es gab und gibt genug Ausnahmen im wirklichen Leben, die dem aufmerksamen Betrachter Modelle liefern. Und selbst wenn es sie nicht gäbe, wäre es notwendig, sowohl im Interesse der eigenen Ausdruckskraft wie auch als Beispiel menschlicher Möglichkeit, sie zu erfinden. Henry James hat uns in dieser Hinsicht mit seinen hyperbewußten ›super subtle fry‹-Charakteren, die auf ihre eigene kultivierte Upper-class-Weise die amerikanischen Tugenden von Bewußtheit und Gewissen verkörperten, viel gelehrt. Solche Idealgeschöpfe waren in der Welt, in der ich lebte, im allgemeinen nicht anzutreffen, doch man konnte nie wissen, weil so vieles in dieser Gesellschaft unbemerkt und ungeschrieben blieb. Andrerseits spürte ich, daß es eine der allgegenwärtigen Herausforderungen an einen amerikanischen Romancier war, seine unartikulierten Personen, Szenen und sozialen Prozesse mit Eloquenz auszustatten. Denn mit solchen Versuchen erfüllt er seine gesellschaftliche Aufgabe als amerikanischer Künstler.

Hier nun scheinen sich die Interessen von Kunst und Demokratie anzugleichen, denn die Entwicklung von bewußten, artikulierten Bürgern ist eines der anerkannten Ziele dieser demokratischen Gesellschaft – und die Schaffung von bewußt artikulierenden Protagonisten unabdingbar zur Erzeugung resonanter kompositorischer Zentren, durch die eine organische Konsistenz in der Ausgestaltung der Romanform erreicht werden kann. Indem er unserer verzweifelten amerikanischen Erfahrung eine Bedeutung auferlegt, sucht der Romancier Formen zu schaffen, in der Handlungen, Schauplätze und Personen für mehr als bloß sich selbst sprechen, und in diesem Unterfangen weiß er die wahre Natur der Sprache auf seiner Seite. Durch eine List des Schicksals nämlich (und ungeachtet unserer rassischen Probleme) ist die menschliche Vorstellungskraft integrativ – dasselbe gilt für die zentrifugale Kraft, die den demokratischen Prozeß vorantreibt. Und obwohl ein Roman nicht mehr als eine Form des symbolischen Handelns ist, ein bloßes Spiel des ›als ob‹, liegt darin seine eigentliche Funktion und sein Potential, einen Wandel herbeizuführen. Denn wo er zutiefst wahrhaftig ist, genau wie Politik im besten Sinne, ist er ein Schritt auf dem Weg zur Verwirklichung eines menschlichen Ideals. Diesem Ideal nähert er sich durch einen subtilen Prozeß, der in der Weigerung besteht, die Dingwelt als gegeben hinzunehmen, und statt dessen die Vielzahl der von Menschen gemachten Positiva bejaht.

Wenn uns also das Ideal einer wahrhaft politischen Gleichheit in der Wirklichkeit vorenthalten bleibt – wie es fürderhin geschieht –, ist immer noch jene fiktionale *Vision* einer idealen Demokratie vorhanden, in der sich Wirklichkeit und Ideal verbinden und uns mit Repräsentanzen einer künftigen Verfaßtheit der Dinge versehen, in der oben und unten, schwarz und weiß, Nordstaatler und Südstaatler, Einheimischer und Einwanderer eins werden und uns von transzendenten Wahrheiten und Möglichkeiten berichten gleich jenen, die man entdeckte, als Mark Twain Huck und Jim auf das Floß setzte.

Was mir zeigt, daß ein Roman als ein Floß der Hoffnung, Wahrnehmung und Unterhaltung gestaltet werden kann, das vielleicht dazu beiträgt, uns über Wasser zu halten, während wir versuchen, die Hindernisse beiseite zu räumen und die Strudel zu umschiffen, die den wechselhaften Kurs unserer Nation kennzeichnen, der uns dem demokratischen Ideal mal näherbringt, mal von ihm entfernt. Es gibt natürlich auch andere Ziele für einen Roman. Doch ich erinnere mich, daß man in den frühen, optimistischeren Tagen dieser Republik einmal davon ausging, daß jeder einzelne Bürger Präsident werden kann (und darauf vorbereitet sein sollte). Denn Demokratie verstand man nicht nur als ein Kollektiv von Individuen, wie W. H. Auden sie definierte, sondern als ein Kollektiv von politisch mündigen Bürgern, die dank unseres gerühmten Systems der Bildungs- und Chancengleichheit aufs Regieren vorbereitet wären. Wie sich zeigte, war es eine unwahrscheinliche Möglichkeit – wenn auch nicht ganz, wie die jüngeren Beispiele des Erdnußfarmers und des Filmschauspielers belegen.

Und selbst für Afro-Amerikaner gab es die kurze Hoffnung, die durch die Präsenz von schwarzen Kongreßmitgliedern in Washington zur Zeit der *Reconstruction* genährt worden war. Ich sah überdies keinen Grund, mir durch unsere ernüchterte Sicht des politisch Machbaren (kurz bevor ich diesen Roman zu schreiben begann, mußte A. Philip Randolph unserem F. D. Roosevelt einen Marsch auf Washington androhen, damit unsere Kriegsindustrien den Negern geöffnet wurden) unnötige Beschränkungen in meiner Freiheit als Romanautor auferlegen zu lassen, jene Möglichkeiten, die in der afro-amerikanischen Persönlichkeit und der beschränkten Struktur der amerikanischen Gesellschaft vorhanden waren, phantasievoll umzugestalten. Meine Aufgabe war es, diese Beschränkungen zu transzendieren.

Mark Twain hat beispielsweise gezeigt, daß der Roman sehr wohl als komisches Gegenmittel gegen die Krankheiten der Politik dienen *konnte,* und da die Afro-Amerikaner 1945 so gut wie heute im Kampf gegen die Verhältnisse gewöhnlich unterlagen, gab es keinen Grund, warum es ihnen nicht erlaubt sein sollte, wie Brer Rabbit und seine literarischen Vettern, die großen Helden der Tragödie und Komödie, den Sieg der bewußten Wahrnehmung über die Kräfte, die sie überwältigten, zu erringen. Darum mußte ich einen Erzähler erschaffen, der sowohl denken als auch handeln konnte, und ich sah in der Fähigkeit zur Selbstfindung die Grundlage seiner unbeholfenen Suche nach Freiheit.

Meine Aufgabe also war es, das allgemein Menschliche aufzuzeigen, das sich in der Not eines Menschen verbirgt, der sowohl schwarz als auch Amerikaner ist. Dies nicht nur als Mittel, meine persönliche Vision von menschlichen Möglichkeiten auszudrücken, sondern auch als Weg, mich der ihr inhärenten rein rhetorischen Herausforderung zu stellen, über die Barrieren von Rasse, Religion, Klasse, Farbe und Region hinweg zu kommunizieren – Barrieren, die auf den zahlreichen Teilungsstrategien beruhen, welche die mehr oder minder natürliche Anerkennung der bestehenden schwarzweißen Bruderschaft verhindern sollten und noch immer verhindern. Und um dieser nationalen Tendenz entgegenzuarbeiten, die meinem Protagonisten die gemeinsame menschliche Natur bestreitet, die er mit jenen teilt, die vielleicht von seiner Erfahrung lesen, mußte ich ihn mit einer Art Weltsicht ausstatten und ihm ein Bewußtsein mitgeben, das ihn in die Lage versetzt, ernsthafte philosophische Fragen aufzuwerfen, ihm eine sprachliche Gewandheit verleihen, die sich des ganzen Reichtums unserer bereitwillig geteilten Muttersprache spielerisch bedienen konnte, sowie ein Handlungsgefüge konstruieren, das ihn mit einer Vielzahl von amerikanischen Typen, wie sie auf den verschiedenen gesellschaftlichen Ebenen anzutreffen sind, zusammenbringen würde. Vor allem aber mußte ich die rassischen Stereotype aufbrechen, die den gesellschaftlichen Prozeß faktisch bestimmen, um – während ich zugleich mit der Fähigkeit des Lesers spielte, sich der fiktionalen Wahrheit zu öffnen – die menschliche Komplexität zu enthüllen, die Stereotype verdecken sollen.

Es wäre jedoch irreführend, wenn dadurch der Eindruck entstünde, der Prozeß des Schreibens wäre eine ganz und gar feierliche Angelegenheit gewesen, denn es machte auch großen Spaß. Ich wußte, daß ich einen Roman komponierte, ein literarisches Kunstwerk, das mir gestattete, die Fähigkeit des Romans zu nutzen, die Wahrheit durch eine ›Lüge‹ zu sagen, eine volkstümliche afro-amerikanische Bezeichnung für eine improvisierte Geschichte. Da ich in Friseurläden gearbeitet hatte, wo diese Form mündlicher Erzählkunst blühte, wußte ich, daß ich sowohl die reiche Tradition der Volkserzählung wie des Romans heranziehen konnte und daß ich, mir meines Talents nicht sicher, in der Weise eines Jazzmusikers, der ein musikalisches Thema gleich einem wilden Feuerwerk in allen Spielarten variiert, meinen Stoff improvisieren mußte. Als ich merkte, daß die Worte des Prologs den Keim des Endes wie des Anfangs enthielten, war ich frei, die Überraschungen zu genießen, welche die zutage tretenden Ereignisse und Personen boten.

Und es gab Überraschungen. Fünf Jahre vor Beendigung des Buches zeigte Frank Taylor, der mir meinen ersten Buchvertrag gab, einen Abschnitt daraus Cyril Connolly, dem Herausgeber der englischen Zeitschrift *Horizon,* der ihn in einem Heft über Kunst in Amerika abdruckte. Es handelte sich um die Erstveröffentlichung des 1. Kapitels, das kurz darauf in Amerika in der 1948 herausgegebenen Ausgabe des inzwischen nicht mehr existierenden Jahrbuchs *Magazine of the Year* erschien – ein Umstand, der die Copyrightdaten von 1947 und 1948 erklärt, die manchen Wissenschaftlern Kopfzerbrechen bereitet haben. Das eigentliche Erscheinungsdatum der vollständigen Ausgabe war 1952.

Diese Überraschungen waren ermutigend und einschüchternd zugleich, denn auf die Genugtuung über diesen kleinen Erfolg setzte die Angst ein, daß dieser eine Abschnitt, der die ›Balgerei‹-Szene enthält, vielleicht das einzige Interessante an dem Roman sein könnte. Doch ich blieb standhaft, und schließlich kam der Moment, wo die Arbeit mit meinem Lektor, Albert Erskine, bedeutsam wurde. Der Rest ist, wie man sagt, Geschichte. Ich hatte für den Roman bestenfalls zu hoffen gewagt, daß genügend Exemplare verkauft würden, damit mein Verleger sein Geld und mein Lektor seine Zeit nicht vergeudet hätten. Doch wie ich schon am Anfang sagte, dies ist stets ein höchst eigenwilliger, selbstgenerativer Roman gewesen, und der beste Beweis dafür ist die Tatsache, daß ich hier, dreißig erstaunliche Jahre später, erneut darüber schreibe.

10. November 1981 *Ralph Ellison*